# ELLA THOMPSON

# EIN TRAUM
# am Strand

## Stonebridge Island 2

Roman

WILHELM HEYNE VERLAG
MÜNCHEN

Penguin Random House Verlagsgruppe FSC® N001967

2. Auflage
Originalausgabe 08/2021
Copyright © 2021 by Ella Thompson.
Dieses Werk wurde vermittelt durch die
Michael Meller Literary Agency GmbH, München
Copyright © 2021 dieser Ausgabe
by Wilhelm Heyne Verlag, München,
in der Penguin Random House Verlagsgruppe GmbH,
Neumarkter Str. 28, 81673 München
Redaktion: Diana Mantel
Printed in Germany
Umschlaggestaltung: Eisele Grafik-Design, München,
unter Verwendung von © Bigstock (CasoAlfonso); Shutterstock.com
(kesipun, jack photo); iStockphoto (lucky-photographer)
Satz: Buch-Werkstatt GmbH, Bad Aibling
Druck und Bindung: GGP Media GmbH, Pößneck
ISBN: 978-3-453-58076-3

www.heyne.de

# Prolog

Hinter dem Ranchhaus lag die Wiese unter einem Meer von Lupinen verborgen, die sich in allen Farbschattierungen von Weiß über Rosa und Lila bis hin zu einem satten Blau im Wind wiegten. Eine Böe trug das Lachen und die Musik vom Patio über das sanfte Gefälle und ließ sie dann über die Klippe in die Halfmoon Bay wehen, wo sie vom Atlantik verschluckt wurden.

Summer Cooper setzte ihre Sonnenbrille auf und verpasste der Welt um sich herum damit einen Sepia-Filter. Sie saß mit ihren Schwestern Abby und Megan auf einer Picknickdecke und nippte an ihrem Island Brew, dem Craft Beer, das hier auf der Insel gebraut wurde.

»Was für ein Wahnsinnstag.« Megan ließ sich nach hinten fallen und streckte ihre Beine aus, die in ultrakurzen Shorts steckten. »Nach diesem matschigen, kalten Frühling haben wir uns diesen fantastischen Sommer wirklich verdient.«

»Da sagst du was«, murmelte Abby. Summer war sich sicher, dass Abby nicht wirklich zugehört hatte, denn ihr Blick klebte an Cameron Montgomerys Rücken, der am Grill stand und Burger-Patties und Maiskolben wendete. Abby hätte ihrer jüngsten Schwester sonst sicher nur bedingt zugestimmt – ihr Frühling war wundervoll gewesen. Weil sie sich zum ersten

Mal seit ewigen Zeiten verliebt hatte. In einen fantastischen Mann, so weit Summer das beurteilen konnte. Schließlich schaffte es Abby doch, sich von Camerons Anblick loszureißen. »Hast du Mom schon von unserer Entscheidung erzählt?«, fragte sie mit einem Seitenblick zu Megan.

»Was erzählt?« Summer drehte sich, genau wie ihre Schwestern, um und blickte zu ihrer Mutter Olivia auf, die sich aus der Gruppe der Party-Gäste gelöst hatte und mit ihrem Limonadenglas in der Hand zu ihnen herübergeschlendert war. Abby rutschte ein Stück zur Seite, um Olivia Platz auf der Decke zu machen. »Also, was sollte ich wissen?«, fragte ihre Mutter noch einmal und setzte sich im Schneidersitz zu ihnen.

Summer warf ihr, wie immer, einen prüfenden Blick zu. Olivia sah gut aus. Die Haut von der Sonne gebräunt, erste silberne Fäden zogen sich durch ihre braunen Locken. Wie ihre Töchter trug sie Shorts und Flip-Flops. Die dunklen Schatten, die sich nach dem Tod ihres Mannes Jack im vergangenen Herbst unter ihre Augen gelegt hatten, waren blasser geworden. Ein Fortschritt, auch wenn sie noch nicht ganz verschwunden waren. Summer hatte sich Sorgen gemacht, dass sie in ihrer Trauer versinken und keinen Weg mehr herausfinden würde. Aber das Gestüt, die Familie und ihre Freundinnen hatten sich geweigert, sie in ihrem Kummer verharren zu lassen. »Megan wird es dir sagen«, entschied Summer. Ganz einfach, weil sie nicht sicher war, wie ihre Mutter die Neuigkeiten aufnehmen würde.

*Verräterin* formte ihre jüngere Schwester lautlos mit den Lippen, als sie sich aufrichtete und Summer einen Blick aus zusammengekniffenen Augen zuwarf. Dann griff sie nach ihrem Handy, das sie neben sich auf die Decke geworfen hatte, und wischte mit dem Daumen über das Display. »Dieser hübsche Kerl heißt El Amor. Und wir haben ein Angebot für ihn abgegeben.«

Olivia griff danach und scrollte durch die Bilder und die Beschreibung des Pferdes. »Ein wunderschöner Hengst«, stimmte sie zu.

»Ja, nicht wahr?« Megan strahlte. »Zusammen mit Diva wird er das perfekte Zuchtpaar abgeben.«

Summer sah, wie ihre Mutter die Stirn runzelte und den Mund öffnete, um etwas zu sagen. Dann überlegte sie es sich offenbar anders und erwiderte Megans Lächeln. Doch es war völlig klar, was ihr durch den Kopf ging. Die gleiche Sorge, die ihnen allen dreien tagelang Kopfzerbrechen bereitet hatte. Sie konnten sich El Amor nicht durch die Lappen gehen lassen, er war perfekt für die Zucht. Aber das Geld, das sie für ihn ausgeben mussten, würde an anderer Stelle fehlen.

»Wir werden den Gürtel ein wenig enger schnallen«, sagte Abby, der Olivias Zweifel ebenfalls aufgefallen waren. »Und ein paar zusätzliche Aufträge annehmen. Du musst dir keine …«

»Schätzchen.« Olivia brachte ihre Älteste zum Schweigen, indem sie die Hand auf ihren Unterarm legte. »Ich mache mir keine Sorgen.« Sie sah ihre Töchter der Reihe nach an. »Ich habe die Leitung der *Silver Brook Stables* in eure Hände gelegt. Wenn ihr eine Entscheidung trefft, stehe ich voll und ganz hinter euch. Ihr wisst, was ihr tut.«

»Danke, Mom.« Summer lehnte sich zu ihrer Mutter hinüber, um sie auf die Wange zu küssen.

Olivia strich auch ihr in einer liebevollen Geste über den Arm. »Jetzt lasst uns anstoßen.« Sie hob ihr Glas zu einem

Toast. »Und dann wird es Zeit, die Hummer in den Topf zu werfen und ein Festmahl zu zaubern, wie es sich für einen 4. Juli gehört.«

# 1

Der 4. Juli war auf Stonebridge Island eine ernsthafte Angelegenheit. Nicht nur, weil die Insulaner ihre Parade zum Unabhängigkeitstag, die auf dem Wasser in der Fisherman's Cove abgehalten wurde, liebten. Die meisten Einheimischen lebten vom Fischfang oder Blaubeeranbau. In den Sommermonaten kamen noch die Touristen dazu, die die kleinen Städte Home Port und Sandy Beach auf Trab hielten. Kleine Auszeiten wie dieser Tag waren also mehr als willkommen.

Summer lehnte an der Wand des Ranchhauses und sah dem bunten Treiben auf dem Patio zu. Rot-weiß-blaue Wimpel flatterten fröhlich im Wind. Lichterketten schwangen etwas gemütlicher hin und her. Sie waren bereits eingeschaltet und schienen nur darauf zu warten, dass die Sonne, die ihre Reise in Richtung Meer schon angetreten hatte, endlich hinter den Horizont kippte. Die Picknicktische bogen sich unter der Last von Köstlichkeiten, die die Haushälterin des Gestüts, Rose Walsh, gekocht hatte, und die von den Gästen mitgebracht worden waren.

Vor einer Weile hatten Abbys Freundinnen Misha, Teyla und Becky vorbeigeschaut und spontan ein paar Songs gespielt, schließlich waren sie die in der Gegend so bekannten *Barn Cats*. Die Partygäste hatten spontan angefangen, auf der Wiese zu tanzen.

Inzwischen kam die Musik aus der Bluetooth-Box. Cameron schwenkte Abby herum, und Megan ließ sich von Zac Bridges, dem Meeresbiologen, mit dem sie diesen Sommer teilte, lachend um die eigene Achse wirbeln. Summer nippte an ihrem Bier. Sie tanzte ebenfalls gern, aber ihr Freund, Alec, hatte zwei linke Füße. Auf dem Footballfeld war er ein Gott, doch wehe, es ging darum, sich im Takt eines Songs zu bewegen, ohne der Tanzpartnerin auf den Füßen herumzutrampeln. Summer unterdrückte einen resignierten Seufzer. Vielleicht würde sie sich später einfach Cameron für einen Tanz ausleihen.

»Hey!« Camerons Schwester Valerie ließ sich neben Summer gegen die Hauswand sinken. Sie war für das Feiertagswochenende aus Boston gekommen, um es mit ihrem Bruder und den Coopers zu verbringen. Überhaupt schien sie inzwischen mehr Zeit auf Stonebridge Island zu verbringen als zuhause. Seit sie begonnen hatte, mit Cameron das alte Herrenhaus auf *Seal Rock Hall* zu restaurieren und zu einem Hotel umzubauen, hatte sie sich in die Insel verliebt. »Ich kann nie genug bekommen von dieser Aussicht«, schwärmte sie prompt.

Summer schob ihre Sonnenbrille auf den Kopf und genoss die Wärme, die die Wand hinter ihr den Tag über gespeichert hatte und nun nach und nach abgab. Sie versuchte, ihr Zuhause mit Valeries Augen zu sehen. Ein Ausblick, den sie ihr Leben lang Tag für Tag genossen hatte, dem sie aber nie überdrüssig geworden war. Das Meer breitete sich, geteilt von unzähligen kleinen Inseln, dunkelblau und glatt bis zum Horizont aus. Nur der Himmel machte ihm mit seiner eigenen Version von strahlendem Azur Konkurrenz. »Ich habe es in dreiunddreißig Jahren nicht geschafft, mich daran sattzusehen«, sagte sie und stieß mit Valerie an. »Ich wünsche dir, dass es dir genauso gehen wird.«

»Da bin ich mir sicher.« Valerie grinste und nippte an ihrem Bier, bevor sie mit der Flasche in der Hand auf die beiden tanzenden Paare wies. »Da liegt ganz schön viel Liebe in der Luft.«

»Hmm.« Summer wusste, dass das nur zum Teil stimmte. Zwischen Abby und Cameron waren es die ganz großen Gefühle. Sie würde sich nicht wundern, wenn bald ein funkelnder Ring am Finger ihrer älteren Schwester stecken würde. Megan hingegen ... amüsierte sich. Zac war ein süßer Typ, keine Frage. Und Summers jüngere Schwester mochte ihn. Aber er würde nur so lange auf Stonebridge Island bleiben, wie das Forschungsprojekt andauerte, das er betreute. Spätestens zum Labour Day würde er nach Portland zurückkehren. Megan genoss diese unverbindlichen Sommerlieben. Sie war glücklich mit diesen Konstellationen, also gönnte Summer ihr jeden dieser freien, unbändigen Momente. Manchmal wünschte sie sich, ebenso ungezwungen und offen zu sein, wenn es um den Umgang mit Männern ging. Alec jedenfalls erhoffte sich mehr Spontaneität von ihr, wie er in den letzten Monaten immer wieder hatte durchklingen lassen. Summer konnte ihn verstehen, aber sie hatte keine Ahnung, was sie anders machen konnte, um mehr gemeinsame Zeit herauszuschlagen. Statt sich den Kopf darüber zu zerbrechen, was sie noch verändern konnte, um ihrer Beziehung mehr Raum zu geben, hoffte sie auf sein Verständnis. Auch wenn sie spürte, dass seine Geduld einem Eiswürfel in der Sonne glich: Sie schwand unaufhaltsam, und Summer wusste nicht, wie sie diesen Prozess aufhalten sollte. Sie entdeckte ihn an dem Tisch mit den

Getränken, und er drehte sich genau in diesem Moment zu ihr um. Sein Blick hielt ihren fest. Wenn man vom Teufel sprach – oder über ihn nachdachte …

Valerie stieß sich von der Hauswand ab, als sie Alec auf sich zukommen sah. »Ich werde mal den Hummer probieren, den deine Mutter höchstpersönlich gefangen hat«, sagte sie und machte den Platz frei, damit Alec sich neben Summer an die Wand lehnen konnte. »Bis später.« Sie hob die Hand zu einem Winken und machte sich auf den Weg zu den Picknicktischen, von denen Alec gerade zu ihnen herübergeschlendert war.

»Hey, Baby«, sagte er und beugte sich vor, um Summer zu küssen. »Tolle Party«, ergänzte er, als er sich wieder von ihr löste.

»Danke. Ich werde es meiner Mutter ausrichten.« Summer lehnte sich an seine Schulter und atmete den vertrauten Geruch seines Rasierwassers ein. Seit fast zwei Jahren waren sie jetzt ein Paar. Sie hatten sich an der Machias High kennengelernt, der Highschool, an der er Footballtrainer war und Summer ehrenamtlich das Crosscountry-Laufteam betreute. Sie hatte es ihm nicht leicht gemacht, sie zu erobern, aber Alec war hartnäckig geblieben. Inzwischen fragte sie sich manchmal, ob er es bereute, sich so sehr um sie bemüht zu haben.

»Nachher steigt noch eine Party bei Carrie. Sollen wir hingehen und ein bisschen Dampf ablassen?« Er legte Summer den Arm um die Schulter und zog sie an sich, um sie auf den Scheitel zu küssen.

Dampf ablassen? Summer war seit fünf Uhr auf den Beinen, hatte Pferde gefüttert, geholfen, Ställe zu misten, und die Tiere bewegt, die auf dem Gestüt eingestellt waren, damit sie mit ihnen arbeitete. Was sie brauchte, waren ein Bett und sieben Stunden Schlaf. »Ja«, sagte sie stattdessen, weil Alec diese Antwort verdient hatte.

»Wenn wir gerade davon reden …«

Mist. Summer schloss die Augen und schluckte den resignierten Seufzer hinunter. Sie hatte gehofft, dass sie diesen wundervollen Tag ohne die Diskussion beenden könnten, auf die neuerdings jedes ihrer Gespräche hinauszulaufen schien.

»Wir könnten für ein paar Tage in das Sommerhaus meines Co-Trainers nach Camden abhauen. Eine kleine Auszeit. Miniurlaub. Nur du und ich.« Er strich mit der Hand an ihrem Arm hinauf und hinab. »Was hältst du davon?«

»Alec.« Summer löste sich aus seiner Umarmung und drehte sich zu ihm, dass sie ihm in die Augen sehen konnte. »Es tut mir wirklich leid, aber ich kann nicht. Ich habe dir doch von El Amor erzählt.«

»Das Pferd?« Er zog die Augenbrauen hoch, als könne er nicht glauben, dass sie ihm zugunsten eines Tieres einen Korb gab. Dabei wusste er ganz genau, wie sie tickte, und hatte ihr schon oft genug bei ihren Rettungsmissionen geholfen.

»Der preisgekrönte, wertvolle Zuchthengst«, korrigierte sie ihn. »Ihn zu kaufen ist ein finanzielles Risiko. Wir müssen das Loch ausgleichen, das sein Kauf in unser Budget reißt. Vor dem Herbst müssen wir unbedingt noch das Dach der Futterscheune decken. Dafür brauchen wir dringend Geld, wenn wir nicht noch einmal eine Hypothek aufnehmen wollen.«

»Dann können sich doch deine Schwestern mal ein bisschen ins Zeug legen. Warum hängt das alles an dir? Du brauchst mal ein paar freie Tage. Und ich brauche ein paar Tage mit dir.« Alec zog sie an sich und ließ seine Hand unter den Saum ihres Tops gleiten, wo er sie auf ihrem Rücken liegen ließ. Haut auf Haut. Er presste seine Lippen auf ihr Schlüsselbein und ließ sie dann an ihrem Hals hinaufgleiten. »Ich weiß schon gar nicht mehr, wie du nackt aussiehst«, raunte er in ihr Ohr.

Summer legte ihre Hände auf Alecs Brust und stemmte sich dagegen, bis sie ein wenig Abstand zwischen ihnen geschaffen hatte. »Meine Schwestern legen sich ins Zeug«, verteidigte sie ihre Familie. »Megan investiert ihre Zeit in die Zucht, und Abby hat angefangen, über die Reittherapie hinaus wieder als Psychotherapeutin zu arbeiten. Ich muss einfach meinen Teil dazu beitragen. Ich gebe den ganzen Sommer über Horsemanship-Kurse, die Pferdebesitzern helfen, ihre Tiere verstehen zu lernen. Und dann noch diese Workshops für Führungskräfte – du weißt schon, der letzte Schrei, bei dem man durch den Umgang mit Pferden begreift, wie man seine Mitarbeiter führt. Von den Problempferden und den ganz normalen Trainingseinheiten ganz zu schweigen.« Summer schüttelte den Kopf, weil sie den Ansturm der Klienten noch immer nicht fassen konnte. Sie hatte sich eigentlich schon vor Jahren aus diesem Geschäft zurückgezogen und erst jetzt wieder damit angefangen. Diese Kurse waren nicht gerade ihr Traumjob, halfen ihnen aber, in den schwarzen Zahlen zu bleiben. Kaum hatte Megan die Kursangebote auf die Homepage des Gestüts gesetzt, hatte das Telefon nicht mehr aufgehört zu klingeln. »Die Leute stehen auf diese Workshops und geben verdammt viel Geld dafür aus. Zusammen mit den Pferden, die ich zusätzlich noch betreuen und ausbilden muss, werde ich mir vor dem Labour Day mit Sicherheit keinen freien Tag rausschwitzen können.«

Die Wärme verschwand aus Alecs Blick. Die Stelle, an der gerade noch seine Hand unter ihrem Shirt gelegen hatte, fühlte sich auf einmal kühl an in der leichten Abendbrise, die aufgekommen war. »Weißt du was? Ich habe es wirklich langsam satt, dass sich alles nur um diese Pferde dreht.« Er trat einen Schritt zurück, brachte Abstand zwischen sie. »Vielleicht solltest du deine wertvolle Zeit heute Abend ebenfalls nicht verschwenden und lieber nicht zu Carries Party gehen. Ich kann mich auch allein amüsieren.«

»Alec, ich …« Sie wusste nicht, was sie sagen sollte, um ihn vom Gegenteil zu überzeugen. Was sollte sie denn tun? Die *Silver Brook Stables* waren das Erbe ihrer Familie. Ihre Mutter hatte das Gestüt erst in diesem Jahr an Summer und ihre Schwestern übergeben. Sollten sie das Ganze schon jetzt gegen die Wand fahren? Dafür musste Alec doch Verständnis haben.

Alec hatte darauf gewartet, dass sie etwas sagen würde, um ihn aufzuhalten. Doch als nichts kam, schüttelte er nur den Kopf. »Ich wünsche dir einen schönen Abend«, stieß er hervor. »Ich rufe dich nächste Woche an.« Damit drehte er sich um und ließ sie stehen.

Summer schloss die Augen und lehnte ihren Kopf gegen das ausgebleichte Holz des Ranchhauses. Sie wusste nicht, was schlimmer war. Dass ihr Freund sie so schnell und kompromisslos aus seinen Plänen für diese Nacht ausgeschlossen hatte? Oder die Dankbarkeit, nicht auf eine Party zu müssen, wenn ihr vor Erschöpfung schon im Stehen fast die Augen zufielen? Die Diskussion über einen gemeinsamen Urlaub war damit noch nicht vom Tisch. Alec war Sportler. Er hatte einen starken Willen zu siegen. So schnell gab er also nicht auf. Aber für den Moment war die Entscheidung vertagt.

\*

Matthew Walkers Kopf stand kurz davor zu explodieren. So weit er sich erinnern konnte, lag das nicht daran, dass er einen oder zwei Whiskeys mehr gekippt hatte, als ihm gutgetan hatte. Mühsam hob er die Lider – zumindest soweit das ging. Das rechte Auge war halb verdeckt. Was zur Hölle … Er versuchte, seinen Arm zu heben. Und schaffte es nicht, das raue Stöhnen zu unterdrücken, dass den scharfen Schmerz begleitete, der durch seinen Brustkorb tobte und ihm die Tränen in die Augen trieb.

»Schön langsam«, sagte eine weiche Frauenstimme mit starkem Südstaatenakzent über ihm.

Matt öffnete abermals die Augen und blinzelte in das grelle Licht über sich. Das verschwommene, dunkle Gesicht war kaum zu erkennen. »Ich lebe noch, oder?«, krächzte er.

»Ein bisschen verbeult, aber definitiv noch am Leben«, bestätigte die Frau, die sich über ihn beugte, und beendete den Satz mit einem gut gelaunten Glucksen. Sie war – dem typischen türkisfarbenen Krankenhaus-Outfit nach zu urteilen, das er erkannte, als sich sein Sichtfeld ein wenig schärfte – eine Krankenschwester. »Bleiben Sie einfach einen Moment ruhig liegen. Ich gebe dem Arzt und Ihrem Angehörigen Bescheid, dass Sie wieder da sind.«

»Was ist passiert?« Matt begriff, dass er sich im Krankenhaus befand. Wie war er hier gelandet?

»Ich hole den Arzt, Herzchen. Der wird den Rest mit Ihnen besprechen.« Sie legte in einer beruhigenden Geste ihre Hand auf Matts Arm, die sich angenehm kühl auf seiner hypersensiblen Haut anfühlte, und ließ ihn dann allein.

Er nutzte die Zeit, in der er allein war, zu einer Bestandsaufnahme und versuchte, den Schmerz, der in jeder Zelle seines Körpers zu sitzen schien, zu analysieren. »Ich glaube, ich habe mir die Niere gebrochen«, brachte er heraus, als er hörte, wie die Tür geöffnet wurde.

»Aus medizinischer Sicht eher unwahrscheinlich.«

»Dad?« Matt drehte den Kopf in Richtung der Stimme seines alten Herren. Und bereute es auf der Stelle.

»Ich bin überrascht, dass du dir nicht deinen sturen Schädel gebrochen hast. Das war eine verdammte Bruchlandung.« Hank Walkers wettergegerbtes Gesicht tauchte in Matts Blickfeld auf. »Du solltest zwar schnell sein, aber niemand hat gesagt, dass du deinen Kopf ausschalten sollst. Es war dein Job, für Ice und dich zu denken. Das Pferd unter Kontrolle zu halten.«

Ice Blue Fire – der Hengst, den Matt geritten hatte. »Ice …« Seine Gedanken rasten, und der Schmerz, der durch seine Glieder rotierte, nahm noch mal an Intensität zu. »Ist Ice …«

»Er lebt noch«, beendete sein Vater den Satz, ehe Matt die Frage stellen konnte. »Noch!«, betonte er.

»Mr. Walker!«, erklang die Stimme der Krankenschwester am anderen Ende des Raumes. Resolut und weniger freundlich als zuvor im Gespräch mit Matt. Wahrscheinlich gerieten sie und sein Vater nicht zum ersten Mal aneinander, seit er hier lag. Was wenig verwunderlich war. »Ich habe Sie gebeten, draußen zu warten, bis der Arzt bei Ihrem Sohn war.«

»Es ist nicht nur mein Recht, sondern auch meine Pflicht, nach Matt zu sehen. Ich muss wissen, dass es ihm gut geht«, widersprach Hank und wischte die Worte der Krankenschwester mit einer unwirschen Handbewegung zur Seite.

»Ice … was für Verletzungen …« *hat er*, wollte Matt fragen, doch die Worte gingen in einem erneuten schmerzhaften Stöhnen unter, als er versuchte, sich aufzurichten.

»Ich habe ein Video vom Sturz. Soll ich …«, setzte sein Vater an.

Dann verschwand sein Gesicht gemeinsam mit einem resoluten »Jetzt reicht es mir!« aus Matts Blickfeld. »Raus hier. Sonst lasse ich Sie vom Sicherheitsdienst entfernen.«

Ein Sturz. Die Worte seines Vaters hallten in Matts Kopf nach, vermischten sich mit dem permanenten Hämmern hinter seinen Schläfen. Da war etwas. Er konnte sich an Bruchstücke erinnern. Das Finale des Vielseitigkeitswettkampfes des *Kentucky Three-Day Events*. Sein eiserner Wille, die schier unglaubliche Zeit seines Konkurrenten Steven Willard zu unterbinden. Die jubelnde Menge. Ice unter ihm. Das Gefühl, als er seinen Schwerpunkt nach vorn verlagerte. Und dann … nichts mehr. »Danke, dass Sie ihn rausgeworfen haben.« Matt versuchte sich an einem Lächeln, das vermutlich ziemlich kläglich ausfiel. »Er ist definitiv nicht gut für meine Genesung.« Er sagte es wie im Scherz, aber es war viel näher an der Wahrheit, als die meisten Menschen um ihn herum glauben mochten. Hank Walker und sein Ehrgeiz hatten die Beziehung zwischen Matt und ihm schon früh ungesund werden lassen. Inzwischen hatte er das Verhältnis zu seinem Vater besser im Griff. Aber in Situationen wie dieser, verletzt und ohne Erinnerung an den Unfall, war er Hank ausgeliefert. Ein Umstand, den er hasste, so lange er denken konnte.

»Machen Sie sich keine Sorgen, Süßer. Ich kenne mich mit anstrengenden Verwandten aus«, ging die Krankenschwester – ihr Name war Keyla, wie er jetzt auf dem Namensschild an ihrem Kittel erkennen konnte – auf seinen Scherz ein. »Haben Sie Schmerzen, Herzchen?«

»Ja«, gab er zu.

»Dann gebe ich Ihnen noch was. Ich habe dem Arzt Bescheid gesagt, dass Sie wieder unter uns weilen, aber er ist im Moment noch bei einem anderen Notfall. Am besten, Sie verschlafen einfach die Zeit, bis er bei Ihnen vorbeischaut.«

»Klingt gut«, murmelte Matt. »Jumper ... mein Hund.« Das Bild seines Jack Russels tauchte für den Bruchteil einer Sekunde vor seinem inneren Auge auf. »Jemand muss sich um Jumper kümmern.« Seine Stimme hallte von den Wänden wider. Und ... lallte er? Das Mittel, das sie in den Zugang auf seinem Handrücken injizierte, schien unmittelbar zu wirken und ließ sein Umfeld zu einer Art hellblauer Watte mutieren.

»Keine Sorge, jemand vom Gestüt kümmert sich um ihn«, beruhigte Keyla ihn.

»Wenn Sie mich jetzt noch vor meinem Vater beschützen, halte ich um Ihre Hand an.«

Keyla lachte gut gelaunt und tätschelte seine Schulter. »Nichts versprechen, das Sie nicht halten können, Herzchen.«

Begleitet von ihren Worten, die wie Melasse um ihn herum schwappten, driftete Matt in die Dunkelheit zurück.

Die Diagnose, mit der der Arzt aufwartete, als Matt das nächste Mal zu sich kam, war niederschmetternd. Sein Schlüsselbein und ein paar Rippen waren gebrochen und sein Becken schwer geprellt. Offenbar war Ice auf ihn gestürzt – was erklärte, warum Matt sich fühlte, als wäre ein Bulldozer über ihn hinweggerollt. Die Gehirnerschütterung und der Cut in seiner Augenbraue, der eine Narbe hinterlassen würde, waren dagegen harmlos.

Als Hank ihn am Abend unter Schwester Keylas wachsamen Blicken erneut besuchte, erinnerte er Matt daran, dass er es seiner verdammt guten Konstitution als Leistungssportler verdankte, dass er den Sturz so glimpflich überstanden hatte. Zwei, drei Monate und er saß wieder im Sattel.

Matt war nicht unbedingt der Meinung, dass der Sturz glimpflich ausgegangen war: Laut seines Arztes war er für mindestens eineinhalb, zwei Monate außer Gefecht gesetzt. Von Ice gar nicht zu reden. Matt erinnerte sich daran, wie sein Vater erwähnt hatte, dass der Hengst noch lebte. Über seine Verletzungen hatte er allerdings nichts gesagt. Matt wagte nicht, sich zu erkundigen. Zum einen, weil er sich noch immer nicht an die Details des Unfalls erinnerte. Und zum anderen, weil er sich nicht sicher war, was er mit dem anfangen würde, was sein Vater ihm offenbaren könnte.

Zumindest für seinen Hund war gesorgt. Die Frau seines Gestütsbesitzers und damit seine Chefin, Ellyn Parsons, hatte Jumper aus Matts Wohnung geholt und kümmerte sich um ihn, bis er wieder auf den Beinen war.

Drei Tage hielt Matt es in der Klinik aus, bis er die Flucht ergriff. Keyla und ihre Kolleginnen kümmerten sich wunderbar um ihn, und die Ärzte waren alles andere als zurückhaltend mit den Schmerzmitteln. Aber die Untätigkeit trieb ihn in den Wahnsinn – genau wie sein Vater, der ihm jeden Tag mit neuen Ideen und Therapieplänen auf die Nerven ging. Matt war klar, dass er um schweißtreibende, kräftezehrende Physiotherapie nicht herumkam. Aber irgendwie würde er es schaffen, in seinen Pick-up zu klettern und zu den Terminen zu fahren. Sobald er die Tür seines Apartments hinter sich ins Schloss warf, war er wenigstens vor seinem alten Herrn sicher. Er hatte kein Problem damit, die nächsten zwei Monate mit Aufbautraining und den ungelesenen Büchern zu verbringen, die sich in seiner Wohnung stapelten, weil er im vergangenen Jahr nicht einmal Zeit zum Lesen gehabt hatte. Ganz ohne die Ratschläge von jemandem, der nicht im mindesten wusste, wie es ihm gerade ging.

Doch bevor Matt nach Hause konnte, musste er noch eine Sache erledigen. Sein Boss, Garret Parsons, hatte seit Matts Sturz nichts von sich hören lassen. Seine Frau Ellyn allerdings hatte sich nicht nur um Jumper gekümmert, sie hatte ihm zudem ein paar Nachrichten hinterlassen und ihn gebeten, sich zu melden. Matt hatte noch nicht mit ihr gesprochen. Was hätte er ihr auch sagen sollen? Aber er hatte ihr geschrieben, dass er auf dem Weg zu den *Woodberry Racing Stables* war und sich dort mit ihr treffen und nach Ice sehen würde.

Er schaffte es gerade mal bis zu dem Torbogen mit dem Namen des Gestüts, das die Besucher auf dem Anwesen der Parsons willkommen hieß. Matt ließ seinen Wagen am staubigen Straßenrand ausrollen und starrte auf die endlosen weißen Koppelzäune, hinter denen Pferde grasten. Unbewusst suchte er die Herden nach Ice ab. Schließlich rieb er sich über sein unrasiertes Gesicht und fuhr dann mit seiner Hand durch die Haare. Was tat er hier? Er wusste nicht, was mit seinem Pferd passiert war, aber es war sicher nicht weniger gut als er davongekommen. Es stand ganz sicher auf keiner Weide.

Genauso sicher wusste er plötzlich, dass er *Woodberry* nicht betreten konnte. Nicht, solange er nicht wusste, was eigentlich passiert war.

Matt zog den Schalthebel in Drive und fuhr auf die Straße zurück. Er legte die wenigen Meilen bis Willisburg zurück und parkte hinter dem *Roadkill*, einer Bar, die nicht zu den besten der Gegend gehörte. Aber sie hatte geöffnet, obwohl es noch nicht einmal Mittag war, und passte zu seiner Stimmung.

Er war bei seinem zweiten Drink, als die Tür aufgestoßen wurde. Dann hörte er Jumpers glückliches Bellen – und im nächsten Moment machte der Jack Russell seinem Namen alle Ehre und sprang ihm direkt in den Schoß, ließ den geblümten Seidenschal fallen, den er hereingeschleppt hatte, und leckte Matt einmal quer über das Gesicht. Der kleine Kerl wackelte vor Freude nicht nur mit dem Schwanz, sondern mit dem ganzen Körper. Als hätte er Matt drei Jahre nicht mehr gesehen, und ein bisschen fühlte es sich tatsächlich so an. Das Herumgezappel seines Hundes ließ Matts gebrochene Rippen erzittern und trieb ihm vor Schmerz die Tränen in die Augen. Mit seiner freien Hand versuchte Matt, den Hund ein bisschen zu beruhigen und gleichzeitig zu streicheln. Was wiederum eine sehr beruhigende Wirkung auf ihn hatte. Jumper hob genüsslich seinen Kopf, damit Matt ihn an seiner Lieblingsstelle – unter dem Kinn – kraulen konnte.

Natürlich hatte sein Hund den Weg von *Woodberry* ins *Roadkill* nicht allein gefunden. Der undefinierbare, aber für eine solche Absteige typische Geruch wurde von einem teuren Parfüm überdeckt. Matt machte sich nicht die Mühe aufzusehen. Ein Blick auf die sündhaft teuren Stiefel, die in seinem Blickfeld auftauchten, war unverwechselbar. Ein Paar schlanker, in Jeans gehüllter Beine schwang sich auf den Barhocker neben ihm.

»Der dürfte dir gehören.« Matt hielt den Seidenschal hoch. Jumper hatte die Angewohnheit, Dinge zu apportieren, ganz egal, wem sie gehörten. Wenn ihm etwas gefiel, schleppte er es einfach davon. Wie eine Elster auf vier Pfoten. Dieses (vermutlich nicht ganz billige) Tuch hatte der Hund mit Sicherheit aus dem Auto seiner Chauffeurin geklaut. »Wie hast du mich gefunden?«, fragte Matt, nachdem Ellyn Parsons ihr Tuch wieder an sich genommen hatte.

Sie zog sein Glas zu sich heran und roch an seinem Drink. »Buffalo Trace? Ich nehme auch einen«, sagte sie zum Barkeeper. »Ich habe Bruce angerufen«, beantwortete sie Matts Frage.

»Der mich natürlich verpfiffen hat.« Matt kippte seinen Bourbon und schob das Glas in Richtung Thekenrand, damit Bruce ihm ebenfalls noch einmal einschenkte. Das Banjo-Solo eines Bluegrass-Songs aus den Lautsprechern nervte ihn. Natürlich würde niemand auf die Idee kommen, der Frau des reichsten Mannes der Gegend seine Anwesenheit in seiner Spelunke zu verheimlichen. Mit Garret Parsons legte man sich nicht an. In Willisburg gab es keine nennenswerte Industrie, was den Gestütsbesitzer automatisch zum wichtigsten Arbeitgeber in der Stadt machte. »Treibst du dich oft in dieser Art von Kneipe herum?«, konnte er sich eine Spitze in Ellyns Richtung nicht verkneifen. Ihr Auftauchen zeigte ihm sein Versagen. Warum hatte er es nicht fertiggebracht, einfach auf den Hof des Gestüts zu fahren und nach Ice zu sehen?

Ellyn schnaubte wenig damenhaft. »Eher nicht, wie du dir vermutlich denken kannst«, gab sie zurück. Ihrem Ton nach nahm sie ihm seinen kleinen Seitenhieb nicht übel. Sie ließ ihren Blick über das Flaschenregal hinter dem Tresen gleiten, in dem hauptsächlich Bourbon-Flaschen aneinandergereiht standen. Eine Wand wurde von diversen, hässlichen Leuchtreklame-Schildern bedeckt, während der Bereich hinter der Tanzfläche mit einer ganzen Reihe ausgestopfter Tiere dekoriert war, denen die Bar ihren Namen verdankte. Ellyn schüttelte sich leicht und rümpfte die Nase. »Ich sorge mich um meine Mitarbeiter«, nahm sie das Gespräch wieder auf. »Wie geht es dir?«

Matt wies auf die Schlinge, die seinen Arm fixierte, um seine Schulter heilen zu lassen. Die Kombination aus Schmerzmitteln und Whiskey ließ ihn ein wenig schwindelig werden. Wenigstens hatte Jumper aufgehört herumzuzappeln und sich auf Matts Schoß zusammengerollt. »Ich bin außer Gefecht gesetzt. Für mindestens zwei Monate.«

»Wenn du etwas brauchst oder wir etwas für dich tun können, gib mir Bescheid.«

Matt wusste, dass Ellyn es so meinte, wie sie es sagte. Genauso wie er wusste, dass er zu stolz war, um die Hilfe anzunehmen. Was vermutlich jeder andere in seiner Situation dämlich finden würde. Aber er war ungern jemandem etwas schuldig. »Du kannst dafür sorgen, dass mein Vater im Stall beschäftigt ist. Damit er mich in Ruhe lässt.«

»Er sorgt sich um dich«, versuchte Ellyn es, wie immer die Vermittlerin. Sie wussten beide, dass sich Hank Walker nur für Matts Leistung interessierte. Für den Erfolg. »Warum bist du hier, Matt? Warum bist du nicht auf das Gestüt gekommen, wie wir es besprochen hatten?«

»Weil … ich …« Matt drehte sein Bourbon-Glas zwischen den Fingern. Am liebsten hätte er mit den Schultern gezuckt. Aber das ließ sein gebrochenes Schlüsselbein nicht zu. Also starrte er in die bernsteinfarbene Flüssigkeit, die im Licht der hässlichen Deckenlampe über ihm funkelte. Wie sollte er Ellyn erklären, was er selbst nicht verstand? Er hatte es schlicht nicht fertiggebracht, den Weg nach *Woodberry* einzuschlagen. »Wie geht es ihm?«, fragte er, statt Ellyn eine Lüge aufzutischen, die sie beide nicht glauben würden.

»Ice?« Die Frau seines Bosses nippte an ihrem Drink. »Nicht gut.« Für einen Moment ließ sie die Worte wirken, sorgte dafür, dass sie zu Matt durchdrangen. Erst dann kam sie auf die Details zu sprechen. »Er hat mit den Vorderhufen das Hindernis gecrasht. Muskelabriss in der rechten Schulter. Im ersten Moment haben wir gedacht, er hat sich das Bein gebrochen, aber ich habe darauf bestanden, Ice erst einmal röntgen zu lassen.«

Scheiße! Matt schloss die Augen und rieb sich mit seiner freien Hand über das Gesicht. Hätte Ellyn sich nicht durchgesetzt, hätte man das Pferd möglicherweise noch an Ort und Stelle ... Und er hätte nichts tun können, weil er zu diesem Zeitpunkt bereits auf dem Weg ins Krankenhaus war. »Das ist vermutlich noch nicht alles«, stellte er mit einem Seitenblick zu Ellyn fest. Der Schmerz, den diese Verletzung mit sich brachte, war furchtbar, und ein Pferd nach einem solchen Erlebnis völlig traumatisiert.

Doch darauf ging Ellyn nicht ein und zählte ihm stattdessen weitere Verletzungen auf. »Er ist an dem beschädigten Hindernis hängen geblieben. Das hat ihm ein paar Abschürfungen eingebracht und eine wirklich unschöne Risswunde am Bauch, in der Schenkelgegend.«

»Wie steht Garret dazu?«, fragte Matt, als Ellyn nicht weitersprach.

»Du kennst ihn. Im ersten Moment wollte er ihn ... na, du weißt schon.« Ellyn senkte den Blick in ihren Whiskey.

Ja, er wusste schon. Sein Boss hatte vermutlich getobt und gedroht, Ice zum Abdecker zu geben. Das gehörte zu seinen Standardaussagen, wenn er einen Wutausbruch hatte. Ganz egal, ob das Pferd einen Stammbaum wie Ice Blue Fire hatte oder nicht. »Und du hast ihn wie immer davon abgehalten.«

»Ice ist ein wundervolles Tier. Er wird auch noch einen fantastischen Deckhengst abgeben, falls er keine Rennen mehr läuft. Aber der Tierarzt hat mir versichert, dass seine Chancen gut stehen, es wieder in den Wettkampf zurückzuschaffen. Wir fangen ganz vorsichtig an, ihn zu trainieren. Den nächsten Monat über lassen wir ihn zweimal am Tag zehn Minuten im Schritt gehen. Wenn die Narbenbildung begonnen hat, darfst du ein bisschen im Schritt reiten und ihn leicht traben lassen. In etwa acht Wochen können wir anfangen, uns an das alte Trainingsprogramm heranzutasten.«

Matt würde so schnell bestimmt auf kein Pferd mehr steigen, auch wenn seine Heilung in etwa so lange dauern würde wie die des Hengstes. »Bei mir wird es noch eine ganze Weile dauern, bis ich wieder im Sattel sitze. Also zähle lieber nicht auf mich.«

»Ach was.« Ellyn leerte ihren Whiskey in einem Zug. »Ice bekommt ein bisschen Reizstrom für den Aufbau seines Muskelgewebes. Ihr beide geht zur Physiotherapie. Und in ein paar Wochen seid ihr wie neu.« Sie rutschte von ihrem Barhocker, legte ein paar Scheine auf den Tresen und hob Jumper von Matts Oberschenkeln. »Komm mit«, forderte sie Matt auf. »Ich fahr dich nach Hause. Die Kombination aus Schmerzmitteln und Bourbon ist nicht gerade empfehlenswert.«

# 2

Summer rieb sich über die Schläfe, hinter der es bereits gegen Mittag unangenehm zu pochen begonnen hatte. »Nein, Jo«, sagte sie zu dem Mann, dessen enttäuschtes Gesicht ihr vom Display ihres Laptops entgegenblickte. »Das Problem liegt nicht bei Diamond Girl. Sie sind zu schnell und fordern zu viel von ihr.«

»Ich habe alles genau so gemacht, wie Sie es mir in dem Kurs gezeigt haben. Ganz genau so«, beharrte der Pferdebesitzer.

Nein, hatte er nicht, dachte Summer und unterdrückte angesichts der zornigen Falte, die sich zwischen den ergrauten Brauen ihres Gegenübers bildete, einen resignierten Seufzer. »Jo, Sie sollten sich …«

»Immerhin habe ich verdammt viel Geld bezahlt. Da erwarte ich eine Besserung des Probl…«

»Jo!« Summer legte eine Spur Schärfe in ihre Stimme, um den Mann wenigstens für einen Moment zum Schweigen zu bringen. »Diamond Girl ist kein Roboter. Wir haben im Kurs darüber gesprochen, dass wir sie nicht mit einem Fingerschnippen dazu bringen werden, in den Anhänger zu gehen. Viele Pferde haben dieses Problem, weil sie vor der Enge Angst haben. Sie erreichen nur dann einen Fortschritt, wenn

Sie Geduld aufbringen und sich an den Trainingsplan halten, den ich für Sie geschrieben habe. Erinnern Sie sich noch, was ich Ihnen gesagt habe?«

»Ja«, knurrte der Mann. »Wenn sie einen Schritt in Richtung Anhänger macht, muss ich sie zurückschieben, damit ich derjenige bin, der die Entscheidung für sie trifft, bevor sie selbst zurückschreckt.«

Immerhin hatte er zugehört. »Genau. Sie zeigen ihr, dass Sie das Leittier sind und vom Hänger keine Gefahr ausgeht.« Summer legte wieder eine Spur mehr Verständnis in ihre Stimme. »Lassen Sie ihr Zeit. Jedes Pferd hat seinen eigenen Rhythmus. Bei einem mag es einen Monat dauern, bei einem anderen ein halbes Jahr. Halten Sie sich an den Trainingsplan, und seien Sie vor allem geduldig.«

Jo brummte etwas, das Summer nicht verstehen konnte, und verabschiedete sich dann. Sie beendete die Skype-Verbindung und klappte ihren Laptop zu. Mit einem erschöpften Seufzen ließ sie ihre Stirn auf die kühle Oberfläche des Gehäuses sinken.

»Beschissener Tag?«

Summer drehte den Kopf, ohne ihn anzuheben. Das kühle Plastik tat ihrem brummenden Schädel viel zu gut. »Manche Menschen werden nie begreifen, dass Pferde keine Maschinen sind, die man an- und ausknipsen kann«, sagte sie statt einer Antwort zu ihren Schwestern, die links und rechts am Eingang zu ihrem Büro standen – einem ausrangierten, verbeulten Pferdeanhänger, den Jack ihr vor Jahren hinter die Fohlenweide gestellt hatte, damit sie über einen eigenen Arbeitsplatz verfügen konnte. Gemeinsam hatten sie über die Breite der Stirnseite eine Bank eingebaut, die mit bunten Decken und Kissen gepolstert war. Davor hatte sie einen schmalen Schreibtisch und einen alten Klappstuhl als Besucherplatz gestellt, von dem bereits die hellblaue Farbe abblätterte. Megan hatte das Ganze irgendwann mit einer Lichterkette aufgemotzt, die sie an der Decke entlanggespannt und durch ein paar Sturmlampen ergänzt hatte. Statt der Heckklappe hatte Jack eine Tür und zwei wacklige Treppenstufen eingebaut. An den Wänden waren ein paar leere Weinflaschen aufgehängt, in denen immer wieder frische Wiesenblumen steckten – ebenfalls das Werk ihrer jüngeren Schwester.

»Dafür haben sie ja dich«, sagte Megan leichthin. Ihre gespielt gute Laune täuschte Summer genauso wenig wie Abby, die ihr einen schnellen Seitenblick zuwarf. Megans Haut war fahl unter der Bräune dieses Sommers, ihre Lippen blutleer und das fröhliche Glitzern aus ihren Augen verschwunden. Es würde zurückkehren, keine Frage. Aber ganz sicher nicht heute. Denn heute war nicht nur ein beschissener Tag, sondern ein *verdammt* beschissener Tag. Und das lag nicht an anstrengenden Reitern wie Jo – heute war Jacks Geburtstag. Der erste, den sie ohne ihn verbringen mussten.

Summer stand auf und schloss Megan in die Arme. Ihre Schwester klammerte sich an ihr fest, und im nächsten Moment spürte sie auch Abby, die sich der Umarmung anschloss.

»Ich vermisse ihn so wahnsinnig«, flüsterte Megan, und Summer konnte die Tränen in ihrer Stimme hören.

»Wir alle, Süße«, wisperte Abby und rieb ihnen beiden über den Rücken. Eine Geste, die nicht nur Summer und Megan beruhigte, sondern auch Abby guttat.

Schließlich löste sich Megan aus der Umarmung und wischte sich über die Augen. »Na los«, forderte sie ihre Schwestern

auf und schenkte ihnen ein zittriges Lächeln. »Lasst uns raus-
fahren.«

Sie fuhren mit Abbys Jeep nach Home Port und parkten an
der kleinen Marina, in der neben ein paar heruntergekommenen
Fischkuttern und nicht ganz so alten Motorbooten die *Sea
Horse* vertäut lag – Jacks Boot. Das grau verblasste Zedern-
holz des Hafengebäudes war über und über mit ausrangierten
Holzbojen der ortsansässigen Hummerfischer behängt. Eine
Mischung aus Formen und Farben, die Summer normalerwei-
se ein Lächeln ins Gesicht zauberte. Sie liebte diesen Anblick.
Aber heute war er nur ein dumpfes Pochen aus Erinnerungen.
Als Kind hatte sie oft mit Jack hier gestanden und geraten, zu
wem welche Boje gehört, bevor sie zum Fischen rausgefahren
waren. Jack war einfach überall auf der Insel präsent.

Sie schleppten ihre Kühlbox an ein paar ausgemusterten
Hummerkäfigen aus grünem Draht vorbei und gingen an
Bord der *Sea Horse*, die am Ende eines kurzen Stegs lag. Megan startete den Motor, während Abby und Summer die Leinen lösten.

Sie hatten nicht darüber gesprochen, wohin sie fahren würden, aber Megan schlug ganz automatisch die Richtung von
Jacks Lieblingsroute ein. Langsam steuerte sie das Boot aus
der Marina und drückte den Gashebel dann durch. Sie fuhren parallel zum Festland in Richtung Norden, vorbei an Sandy Beach und um die Spitze der Insel herum. Die schwarze
Steilküste flog an ihnen vorüber, kleine Buchten mit versteck-
ten Sandstränden und ein Meer von Bojen, die auf dem Wasser trieben und die Position der Hummerkörbe am Meeres-
boden anzeigten. Wie eine Reihe farbenfroher Perlen zogen
sich die Cottages und Sommerhäuser auf den Klippen ent-

lang. Boote dümpelten an den Anlegestegen, denn jetzt, im Sommer, strömten die Urlaubsgäste unablässig auf die Insel.

An der Spitze der Insel manövrierte Megan die *Sea Horse* durch die Fahrrinne, die zwischen der Klippe und der vorgelagerten Felsnadel lag, auf der der Leuchtturm stand, und ließ das Boot dann auf das offene Meer hinausschießen. Erst auf Höhe der Halfmoon Bay, die eingeschlossen von schroffen Klippen vor ihnen lag, nahm sie die Geschwindigkeit zurück und schaltete dann den Motor aus. Hier waren sie auf dem Wasser, ihrem Zuhause aber trotzdem unglaublich nah. Man musste sich nur auf der rechten Seite der Bucht den steilen Weg hinaufkämpfen, und schon stand man auf der Wiese hinter dem Ranchhaus. Oder man entschied sich für den etwas flacheren Pfad auf der linken Seite der Halfmoon Bay und landete auf der Lichtung von *Seal Rock Hall*.

Auf den Felsen unterhalb der Klippe sonnten sich ein paar Robben. Aus Richtung des heruntergekommenen Herrenhauses über ihnen, das inzwischen eingerüstet war, hörten sie leise die typischen Baustellengeräusche aus Hämmern, Bohren und Sägen, die der Wind auf das Meer hinaustrug.

»Jack hätte es gefallen, dass *Seal Rock Hall* wieder aufgebaut wird«, sagte Abby mit einem Blick nach oben. Dann zog sie die Kühlbox zu sich heran und öffnete sie.

»Und dass Mom die Halfmoon Bay von den Morgans zurückgekauft hat«, ergänzte Megan.

Ihre Schwestern hatten recht. Summer atmete die salzige Luft ein und ließ den Blick über die Bucht schweifen, die wie ein perfekter Halbmond – dem sie ihren Namen verdankte – aus grauem Sand vor ihnen lag. Das hier war einer von Jacks absoluten Lieblingsplätzen gewesen. Hierher war er gern mit dem Boot gekommen und hatte zum Gestüt hinaufgeblickt.

Abby reichte ihnen jeweils ein Bier. Island Brew, das Jack am liebsten getrunken hatte. Sie drehten die Deckel ab und stießen an.

»Auf dich, Daddy«, brachte Megan den Toast aus.

Sie hielten ihre Flaschen über die Reling und kippten je einen Schluck Bier ins Wasser, ehe sie tranken.

Eine Weile saßen sie einfach da und hingen ihren Gedanken – und Erinnerungen – nach. Im Herbst, nachdem ihn ein Herzinfarkt völlig überraschend aus ihrem Leben gerissen hatte, hatten sie Jacks Asche an einem dunklen, regnerischen Tag genau von der Stelle aus, an der das Boot jetzt dümpelte, über dem Atlantik verstreut. So hatte er es sich gewünscht. Und so hatten die Schwestern und Olivia das Gefühl, dass er noch immer bei ihnen war.

»Er hätte nicht gewollt, dass wir Trübsal blasen«, sagte Megan schließlich, wischte sich eine Träne aus dem Augenwinkel und trank einen großen Schluck Bier.

»Da hast du recht.« Abby richtete sich auf und nippte an ihrer Flasche. »Lass uns das tun, was Jack gemacht hat, wenn er mit uns oder Mom hier rausgefahren ist. Lass uns reden.«

»Über Gott und die Welt«, ergänzte Summer, »wie er es immer getan hatte.« Jack war nicht ihr leiblicher Vater gewesen. Ihre Mutter und er hatten sich erst ineinander verliebt, als Summer vier und Abby fünf Jahre alt gewesen war. An ihren eigenen Vater, Scott Martin, hatte Summer keine positiven Erinnerungen. Olivia hatte ihn aus dem Haus geworfen, als sie noch nicht einmal ein Jahr alt gewesen war. Jack war immer für sie da gewesen. Er hatte alles für sie und ihre Schwestern getan. Immer. Das Band, das zwischen ihnen gesponnen war, hätte nicht dichter gewebt sein können, wenn er ihr leiblicher Vater gewesen wäre. Und doch war die Verbindung zwischen Megan und ihm noch einmal anders gewesen. »Hat jemand was von Mom gehört?«, fragte sie ihre Schwestern.

»Sie hat eine Nachricht aus dem Spa geschrieben.« Megan seufzte. »Es geht ihr gut. Aber es ist so merkwürdig, sie nicht hier zu haben. An einem Tag wie diesem.«

Abby griff nach Megans Hand und drückte sie. »Jeder trauert anders. Mom hat sich dazu entschlossen, den Erinnerungen zu entfliehen, die besonders an Jacks Geburtstag überall lauern. Es wird ihr guttun.«

Summer musste lachen. »Dafür werden Maxine, Marsha und Frankie schon sorgen.« Die Freundinnen ihrer Mutter hatten sie nach Jacks Tod aufgefangen und würden auch an diesem traurigen Wochenende für sie da sein. »Wenigstens muss sie sich nicht mit solchen Nervensägen wie ich auseinandersetzen.« Der Satz war Summer herausgerutscht. »Entschuldigt. Ich wollte nicht jammern.«

»Deine Kursteilnehmer?«, hakte Abby nach.

»Hmm.« Summer sah zur *Seal Rock Hall*-Baustelle hinauf. Die Geräusche waren nach und nach verstummt. Finley Morgans Bautruppe machte offenbar Feierabend für diesen Tag. Auch sie konnten nicht mehr ewig hier draußen bleiben. Sobald die Sonne gesunken und die Dämmerung über die Insel hereingebrochen war, mussten sie ebenfalls zurückkehren. Aber hier draußen, ungestört, ließ sich über manches besser reden als auf dem Gestütshof, wo sie ständig von irgendjemandem unterbrochen wurden. »Die meisten sind regelrecht versessen darauf, an der Beziehung zu ihren Pferden zu arbeiten und Lösungen für ihre Probleme zu suchen. Aber manche scheinen nur zu kommen, um mir zu zeigen, dass sie mehr Ahnung haben als ich. Ich meine: Wer gibt so viel Geld für einen Kurs aus und versucht dann ständig, dem Coach das Gegenteil zu beweisen?«

Für einen Moment herrschte Stille auf dem Boot. Sanft schaukelten sie auf den Wellen, die glucksend gegen den Rumpf schlugen.

Megan räusperte sich schließlich. »Bereust du es?«, fragte sie leise.

Dass sie die Kurse geben musste, damit sie sich gleichzeitig El Amor und das neue Dach der Futterscheune leisten konnten? Kein bisschen! »Nein.« Sie warf ihrer Schwester ein beruhigendes Lächeln zu. »Ich bin besser als Pferdetrainerin, aber ich kriege das mit den Workshops schon hin. Solange die Leute einen Kurs bei uns buchen, werde ich ihn auch geben.«

»Aber das ist nicht alles, oder?« Abby bewies einmal mehr den Spürsinn, der sie zu einer so guten Psychologin machte.

Summer senkte den Blick auf ihre Bierflasche und drehte sie in den Händen. »Alec ist sauer auf mich … auf uns«, korrigierte sie. »Und auf die viele Arbeit. Wir haben uns seit dem 4. Juli nur einmal zu einem Abendessen getroffen. Ich bin noch mit zu ihm gegangen, aber … na ja«, sie zuckte mit den Schultern, »nachdem wir miteinander geschlafen haben, musste ich schon wieder los.«

»O, wow.« Megan verzog das Gesicht. »Wenn ein Mann das machen würde, wäre es billig.«

»Das ist nicht die Antwort, die ich hören wollte. Was hätte ich denn machen sollen?« Summer schluckte. Das Gespräch, das sie führten, gehörte zu der Sorte, die man sich für seine beste Freundin aufsparte. Bei einer Flasche Wein und Schokolade. Aber Summer pflegte keine Freundschaften wie ihre Schwestern. Abby und die Mitglieder ihrer Cover-Band, die *Barn Cats*, waren wie ein vierblättriges Kleeblatt. Megans beste Freundinnen Kelly und Mel lebten inzwischen zwar nicht mehr auf der Insel, hielten den Kontakt aber beharrlich und trafen sich regelmäßig zu Skype-Abenden. Und Summer – hatte Carrie. Die sie tatsächlich als ihre beste Freundin bezeichnen würde, auch wenn sie sich bei Weitem nicht nahe genug standen, um ihr über ihre Beziehungsprobleme mit Alec das Herz auszuschütten. Summer hatte Carrie kennengelernt, als sie noch in der *Livestock Feed Company*, dem Futtermittelladen der Insel, gejobbt und jeden Penny gespart hatte, um irgendwo Reitstunden zu nehmen. Sie liebte Pferde. Über alles. Genau wie Summer. Das war ihre Verbindung. Die Basis, auf der sie ihre Freundschaft aufgebaut hatten. Und doch gab es eine persönliche Schwelle, die sie nie überschritten hatten. Sie waren nie zu tief in das Leben der jeweils anderen eingedrungen. Gespräche wie dieses führte Summer sowieso am liebsten gar nicht. Und falls doch – kamen dafür nur ihre Schwestern infrage. Summer lenkte ihre Gedanken zurück auf Alec und den letzten Streit, den sie gehabt hatten, als sie nach dem Abend mit ihm auf die Insel zurückgekehrt war, statt die Nacht mit ihm zu verbringen. »Ich musste um halb fünf morgens raus. Von Machias zurückfahren, dann zwei Pferde trainieren und das Führungskräfte-Seminar vorbereiten, das du«, sie wies mit dem Bier in der Hand auf Megan, »mir aufs Auge gedrückt hast.«

»Du hast Alec doch erklärt, warum du gehen musstest, oder?«, fragte Abby.

»Natürlich habe ich es ihm erklärt. Aber ... es ...« Summer blies die Backen auf und stieß dann den Atem aus. »Ehrlich gesagt läuft es schon eine Weile nicht mehr so besonders. Er versteht die Arbeit auf dem Gestüt nicht. Natürlich war er immer da, wenn ich ihn gebraucht habe. Besonders, wenn es darum ging, in einer Nacht-und-Nebel-Aktion ein Pferd zu retten. Aber inzwischen hält er mir ständig vor, ihn links liegen zu lassen. Er sagt, ich interessiere mich für nichts außer Pferde.«

»Womit er nicht ganz unrecht hat«, murmelte Megan.

»Nicht hilfreich!« Summer warf ihrer jüngeren Schwester einen finsteren Blick zu. »Er hat mir allen Ernstes vorgeschlagen, einfach Cameron um Kohle anzuhauen. Diesem Typen kommt die Knete doch zu den Ohren raus«, imitierte sie Alec. »Dem tun die paar Kröten für ein neues Dach doch überhaupt nicht weh.«

»Autsch.« Abby verzog das Gesicht bei der Erwähnung, dass sie einfach ihren Freund um Geld bitten sollten. »Das war wirklich nicht besonders nett. Aber irgendwie hat er auch recht.«

»Hör ihr zu«, sagte Megan, als Summer die Augen verdrehte. »Unsere große Schwester kann schlaue Sachen sagen.«

Abby rammte Megan spielerisch den Ellenbogen in die Rippen. Dann wurde sie wieder ernst und sah Summer an. »Wenn du eure Beziehung retten willst, musst du etwas dafür tun. Du kannst nicht von Alec erwarten, dass er sich ewig hinten anstellt. Und es wird vor allem auch dir guttun, Zeit mit jemandem zu verbringen, der nur zwei Beine hat und sich mit dir über etwas anderes unterhält als die Arbeit. Komm Alec ein bisschen entgegen. Gib ihm einen Grund, an eurer Beziehung festzuhalten.«

Summer wusste, dass ihre Schwester recht hatte, und ihr schlechtes Gewissen, ihrem Freund gegenüber, wuchs noch ein bisschen weiter. »Sobald ich die Zeit dafür erübrigen kann«, antwortete sie.

»Nein.« Megan schüttelte den Kopf. »Wir arbeiten alle hart, keine Frage. Aber du hast dir besonders viel aufgeladen. Abby, Mom und ich werden dir ein Zeitfenster freischaufeln, dann gibt es keine Ausrede mehr. Du lässt dir etwas ganz Besonderes einfallen und überraschst Alec.« Sie erhob sich und ließ den Motor des Bootes an. »Und jetzt fahren wir erst einmal zurück und holen uns im *Frankie's* Cheeseburger. Die essen wir auf der Terrasse hinter dem Haus und trinken am Feuer noch ein Bier auf Daddy.«

\*

Die Ärzte und die Physiotherapeuten hatten ihr Okay gegeben, sowohl für Matt als auch für Ice. Es gab keinen Grund mehr, *Woodberry* fernzubleiben. Matt war seit dem Sturz kein einziges Mal auf dem Gestüt gewesen. Ellyn hatte ihn ein paar Mal besucht und ihn auf dem Laufenden über die Fortschritte des Pferdes gehalten – und umgekehrt wahrscheinlich ihrem Mann berichtet, wie er sich schlug und wie lange es wohl dauern würde, bis er wieder im Sattel saß. Zeit war Geld, in der Reitbranche genau wie in jedem anderen Geschäft. Und für dieses Jahr standen noch ein paar Crosscountry-Turniere an, bei denen Matt und Ice starten sollten.

Er parkte seinen Pick-up auf dem Angestelltenparkplatz und blieb einen Moment sitzen, die Hände so fest um das Lenkrad gekrallt, dass seine Fingerknöchel weiß hervortraten.

Langsam ließ er das Steuer los und wischte die plötzlich feuchten Hände an seiner Hose ab.

»Willst du hier sitzen bleiben?«

Matt zuckte zusammen, als Garret die Wagentür aufzog. »Hey, Boss. Ich wollte gerade aussteigen.«

»Dann ist ja gut.« Garret schlug ihm mit seiner riesigen Pranke auf die Schulter.

Matt bemühte sich, nicht zusammenzuzucken. Denn auch wenn seine Verletzungen verheilt waren, waren seine Schulter und die Rippen noch immer empfindlich. Sein Boss machte sich nicht die Mühe, darauf zu warten, bis er ausgestiegen war. Er stiefelte einfach davon und zwang Matt damit automatisch, ihm zu folgen.

Die Ställe beruhigten Matts Nerven zumindest etwas. Das Klappern der Hufe auf dem gepflasterten Hof. Der Geruch nach Pferden und Heu. Diese Dinge waren ihm vertraut, begleiteten ihn bereits sein Leben lang.

Ice stand schon auf dem Sattelplatz. Aufgesattelt und bereit für sein Training – oder vielleicht auch nicht. Als Matt auf ihn zutrat, legte er die Ohren an und zuckte nervös mit dem Kopf. Da sind wir schon zwei, ging es Matt durch den Kopf. Er schluckte trocken und wischte seine schweißnassen Hände abermals an den Oberschenkeln seiner Hose ab.

»Ruhig, Großer.« Eine der Pferdepflegerinnen strich Ice über die flammenförmige Zeichnung auf seiner Stirn, der er seinen Namen verdankte. »Wir haben in den vergangenen Wochen ein leichtes Aufbautraining gemacht. Gesprungen ist er aber bisher noch nicht.« Sie klopfte mit der flachen Hand gegen seinen Hals. »Garret sagt, das Springen übernimmst du.«

Matt trat noch ein paar Schritte näher und betrachtete Ice genau. Er bückte sich, um sich die Narbe anzusehen, die das zerstörte Hindernis an Ice' Bauch hinterlassen hatte. Sie war gut verheilt. Aber das Pferd tänzelte zur Seite, als Matt sie berühren wollte.

Garret klatschte in die Hände und lehnte sich gegen die Stallwand. »Das Pferd ist so weit. Du bist so weit. Ich will euch springen sehen.«

»Soll ich ihn zum Parcours führen?«, fragte die Pflegerin.

Mandy? Oder Madeline? Matt konnte sich beim besten Willen nicht an den Namen der Frau erinnern. Er griff nach den Zügeln. »Danke. Das mach ich schon.« Plötzlich hatte er nicht mehr das Gefühl, so weit zu sein. Hatte er das seit dem Unfall überhaupt jemals gedacht? Er hatte sich das Video von seinem Sturz noch immer nicht angesehen. Daher wusste er weder, was an diesem Hindernis geschehen war, noch erinnerte er sich an die Details. Was im Umgang mit Ice wenig hilfreich war, besonders weil er sich in den letzten Wochen von dem Pferd ferngehalten hatte.

Ice warf den Kopf zurück und hielt dagegen, dann fügte er sich für einen Moment, und Matt setzte sich in Richtung Sprungplatz in Bewegung. Doch schon im nächsten Augenblick begann Ice wieder zu tänzeln und nervös zu schnauben. Bis sie den Sandplatz erreichten, war der Hengst zweimal zur Seite weggeschreckt und hatte sich nur mit größter Mühe halten lassen.

Aufzusitzen gestaltete sich als noch schwieriger. Ice tänzelte weiter nervös, zuckte mit den Ohren und wich Matt immer wieder aus. Die Pferdepflegerin hatte es sich nicht nehmen lassen, ihn zu begleiten. Sie hielt von der anderen Seite gegen.

Als er es schließlich schaffte, sich in den Sattel zu hieven, hatte er Probleme, den Hengst unter Kontrolle zu halten. Trotz der seitlichen Begrenzung durch die Pflegerin und der Zügel, die er fest in den Händen hielt, rannte Ice los und drehte sich.

Am Zaun des Reitplatzes hatte sich eine kleine Menschentraube versammelt, die sein erstes Training verfolgen wollte. Neben Garret stand Ellyn, die ihm aufmunternd zunickte. Matts Vater lehnte Tabak kauend an den weiß gestrichenen Querriegeln. Ein paar der anderen Gesichter kannte er, einige waren ihm fremd.

Die Pferdepflegerin, Maggy?, stand noch immer mit ängstlichem Gesicht neben ihnen. Matt war sich nicht sicher, ob sie sich mehr Sorgen um ihn oder Ice machte. »Im ersten Moment ist er immer ein bisschen aufgeregt«, erklärte sie ihm.

Wollte sie ihm ernsthaft weismachen, dass sie das Pferd, das er inzwischen seit Jahren ritt, besser kannte als er? »Ich weiß, was ich tue, Marry.«

»Melinda«, verbesserte sie ihn, ehe sie sich auf die Unterlippe biss. »Ich habe …«

Matt hörte nicht weiter hin. Er wandte den Hengst in Richtung des Sprungparcours und zwang ihn, auf dem Boden zu bleiben, als er steigen wollte. »Reiß dich zusammen«, knurrte er mit zusammengepressten Zähnen – nicht sicher, ob er sich selbst oder das Pferd meinte. Seine Hände waren schweißnass. Genau wie sein T-Shirt, das ihm am Rücken klebte. Erst einmal musste er Ice unter Kontrolle bringen. Er ließ ihn ein paar Runden traben und dann in einen Galopp fallen. Wartete, bis sich der Hengst auf ihre Arbeit konzentrierte und nicht mehr vornehmlich darauf, Matt loszuwerden.

Als er das Gefühl hatte, Ice reagierte auf seine Hilfen, entschied er, einen Springversuch zu starten. Das Pferd war immer noch verspannt und ängstlich, aber besser würde es wohl an diesem Tag nicht mehr werden.

Er ließ ihn angaloppieren und hielt auf das Hindernis zu.

Ice wurde schneller, flog, von ihm angetrieben, auf die Stangen zu. Dann änderte sich, im Bruchteil einer Sekunde, alles. Bruchstücke seines letzten Sprungs fegten durch seine Gedanken. Sein rasender Herzschlag. Der Staub, den die Hufe des Hengstes aufwirbelten. Nicht genug, um sich daran zu erinnern, wie der Unfall abgelaufen war. Aber es reichte, um zu verstehen, dass Ice wieder verweigern würde. Er spürte den Widerwillen des Tieres, als er es weiter antrieb. »Komm schon, komm schon«, murmelte er verbissen. Wie ein Mantra. Ein Mantra, das Ice nicht erreichte. Das Pferd bewegte sich noch vorwärts, aber Matt spürte genau, dass es im Kopf bereits stehen geblieben war. Statt zu springen bremste Ice so hart ab, dass sich seine Kruppe senkte und Matt die Bretter auf sich zukommen sah. Matt balancierte die plötzliche Bewegung aus und ritt eine Volte, um erneut auf das Hindernis zuzuhalten. »Los jetzt!«

Ice hielt dagegen. Matt schaffte es nicht mehr, ihn überhaupt richtig anzutreiben. Vor den Stangen buckelte er und stieg. Matt hielt sich im Sattel. Als der Hengst merkte, dass er seinen Reiter auf diese Weise nicht loswurde, brach er zur Seite aus, und dieser Satz katapultierte Matt endgültig aus dem Sattel. Während er in Richtung des Hindernisses flog, stob sein Pferd in vollem Galopp davon.

Matt landete nicht zum ersten Mal in seiner Reiterkarriere im Dreck und rollte sich instinktiv ab. Trotzdem war der Aufprall im Staub des Reitplatzes heftig genug, ihm die Luft aus den Lungen zu pressen und seine frisch verheilten Brüche erzittern zu lassen. Er drehte sich herum und sah gerade noch, wie Ice panisch vom Platz raste. Ellyn, die am offenen Gatter stand, stellte sich ihm in den Weg, um ihn aufzuhalten. Sie machte sich groß und wedelte mit den Armen. Ice wurde tatsächlich langsamer, was ihr die Chance gab, nach seinen Zügeln zu greifen. Doch genau diesen Moment suchte er sich aus, um noch mal durchzustarten. Ellyn landete, genau wie Matt, im Dreck, und von dem Pferd war nur noch eine Staubwolke zu sehen.

»Scheiße!« Matt rappelte sich auf und humpelte los. Jeder Knochen in seinem Körper schmerzte, und er fühlte sich wie ein Greis an seinem hundertjährigen Geburtstag. Seinen Zaungästen musste es so vorkommen, als bewege er sich in Zeitlupe vorwärts.

Als er Ellyn erreichte, hatte sich die Traube von Zuschauern, die gerade noch am Zaun gestanden hatte, um sie versammelt. Alle redeten wild durcheinander und schienen ihr »Mir geht es gut. Wirklich! Nichts passiert« einfach zu überhören.

»Ruhe jetzt!« Garret hatte sich mit hochrotem Kopf einen Weg zu seiner Frau gebahnt und hob sie auf die Arme. Ihren Protest ignorierte er. Mit einer mörderischen Wut in seinem Blick drehte er sich zu Matt um. »Fang dieses verdammte Vieh ein. Und dann will ich dich in meinem Büro sehen.« Ohne eine Antwort abzuwarten marschierte er davon.

»Bist du okay?«, fragte Matts Vater, der in dem ganzen Tumult unbemerkt neben ihn getreten war.

»Sicher.« Matt widerstand dem Bedürfnis, über seine Hüfte zu reiben und vorsichtig die Schultern zu bewegen. »Du hast Garret gehört. Lass uns Ice einfangen.« Damit er ins Büro seines Bosses gehen konnte. Vermutlich, um sich seine Kündigung abzuholen.

Ice war schnurstracks in den Stall zurückgaloppiert. Er stand an der hinteren Wand. In die Enge getrieben. Panisch. »Ich hole ihn«, sagte Matt und hob die Arme seitlich, um den Rest des Trosses, der ihm gefolgt war, davon abzuhalten, näher an den Hengst heranzutreten. Das Pferd schien allerdings anderer Ansicht zu sein. Bei Matts Anblick legte es die Ohren nach hinten und verdrehte die Augen, während es stieg und mit den Vorderbeinen nach ihm schlug. »Ho, ho.« Matt hob beruhigend die Hände. »Na komm schon.« Er versuchte noch einmal, sich Ice zu nähern. Mit dem gleichen Ergebnis.

Eine halbe Stunde dauerte es, bis Matt es – mit Melindas Hilfe – schaffte, Ice in seine Box zu bugsieren. Er machte sich nicht die Mühe, sich umzuziehen oder frisch zu machen. Verschwitzt und dreckig, wie er war, betrat er Garrets Büro. Sein Boss hatte noch nie ein Problem damit gehabt, seinen Reichtum jedem unter die Nase zu reiben. Das tat er nicht nur mit seinen wertvollen Renn-, Spring- und Crosscountry-Pferden, er zeigte es auch mit seinem Fuhrpark – und mit seinem Büro. Innerhalb der mit dunklem Mahagoni getäfelten Wände hatte Matt schon unter normalen Umständen das Gefühl, keine Luft zu bekommen. Die Wand hinter Garret zierte neben jeder Menge Geweihe und Fische, die zu seinen Jagdtrophäen gehörten, der Kopf eines Grizzlys, den er in den Rockys geschossen hatte. Links von ihm hingen die Fotos, die ihn mit allen möglichen wichtigen und möchtegern-wichtigen Persönlichkeiten zeigten. Vom amtierenden Gouverneur des Staates Kentucky über Filmsternchen bis hin zu einigen Ex-Präsidenten der Vereinigten Staaten. Die gegenüberliegende

Wand war übersät mit den Preisen, die seine Pferde einge-heimst hatten.

Doch das Wichtigste in Garret Parsons Leben lehnte leicht derangiert an seinem wuchtigen Schreibtisch, während er mit finsterer Miene dahinter saß.

»Bist du wirklich okay?«, fragte Matt Ellyn. Dass sie stand, war ein deutliches Zeichen dafür, dass sie ebenfalls ein paar fiese Prellungen davongetragen hatte, die das Sitzen zu einer Qual machen würden.

»Keine Sorge«, antwortete sie und strich sich eine ihrer blonden Haarsträhnen hinter das Ohr, was eine kleine Sand-kaskade auf die glänzend dunkle Oberfläche des Schreibtischs rieseln ließ. Ein Schmutzstreifen zierte ihre rechte Wange und zog sich dann über ihre komplette rechte Seite. »Ich bin okay.«

»Nichts ist okay!«, donnerte Garret. »Dieser verdammte Gaul hätte dich fast umgebracht! Matt, verdammt noch mal! Ich erwarte von dir, dass du das Pferd unter Kontrolle hältst.«

Das erwartete Matt ebenfalls von sich. Und normalerwei-se hatte er die Pferde auch unter Kontrolle. Immer. Er hat-te keinen blassen Schimmer, wieso ihm das ausgerechnet mit Ice plötzlich nicht mehr gelang. Dieser Hengst und er hatten bereits seit Jahren eine so enge Bindung, dass er die meiste Zeit über vergaß, dass Garret der Besitzer des Pferdes war und nicht er. »Diese Melinda hat ihn verritten«, brachte er eine Schuldzuweisung vor, an die niemand im Raum glaubte. Er wusste es besser, genau wie sein Boss und dessen Frau. Seit diesem verdammten Sturz beim *Three-Days* vor zwei Monaten lief alles aus dem Ruder.

»Bullshit!«, brüllte Garret erwartungsgemäß. »Dieses Mist-vieh hat meine Frau angegriffen. Es kommt morgen zum Abdecker. Und du kannst dir deinen letzten Lohnscheck holen. Du bist raus aus dem Rennzirkus. Eine Kombination wie dich und diesen Gaul kann ich hier nicht länger brauchen.«

Matt konnte nicht behaupten, dass ihn der Rauswurf überraschte. Garret war bekannt für seine impulsiven Übersprungshandlungen. Ihm war völlig egal, dass Ice und er zu seinen erfolgreichsten Teams gehörten und bereits unzählige Preise für ihn abgeräumt hatten. Hier ging es um seine Frau – und damit ums Prinzip. Matt schluckte trocken. Er würde einen neuen Job finden. Nach Reitern wie ihm leckte man sich überall die Finger – zumindest hatte man das vor diesem beschissenen Sturz getan. Aber egal, ob er wieder im Sattel landete, notfalls konnte er sich auch eine Zeit lang als Stallbursche durchschlagen. Es wäre nicht das erste Mal in seinem Leben, dass er Mist schaufeln würde. Aber Ice … Ihn konnte Matt nicht mit gutem Gewissen einfach dem Schlachter überlassen. Das wäre blanker Wahnsinn. »Garret, bei allem Respekt«, er räusperte sich, »dieser Hengst hat einen unglaublichen Stammbaum. Er würde sich trotz allem noch ganz fantastisch für die Zucht eignen. Ihn jetzt zum Abdecker zu bringen, wäre ein unglaubliches Minusgeschäft.« Manchmal half ein Hinweis auf das Geld, das sein Boss noch verdienen konnte.

Aber nicht immer. »Das ist mein letztes Wort. Und jetzt schwing deinen Arsch von meinem Gestüt.«

»Stopp!« Ellyn hob die Hand und verlagerte kaum merklich ihr Gewicht. An dem leichten Zucken ihres Mundwinkels konnte Matt erkennen, dass die unsanfte Landung sie härter erwischt hatte, als sie zugeben wollte. »Wir werden nicht eines unserer erfolgreichsten Teams einfach so aufgeben«, sagte sie entschieden und blickte ihrem Mann fest in die Augen. »Ice war in Panik. Es war absolut dämlich von mir, mich einem flüchtenden Pferd in den Weg zu stellen. Ich weiß das genauso gut wie jeder andere auf diesem Hof. Es war ein Reflex, den ich mit ein paar blauen Flecken bezahlen werde. Mehr ist nicht passiert«, erinnerte sie ihren Mann noch einmal daran, dass sie glimpflich davongekommen war, als er widersprechen wollte. »Unser Problem liegt ganz woanders. Zwischen dir und Ice stimmt die Chemie nicht mehr, seit diesem Sturz beim Turnier. Wir werden das Pferd deshalb auf keinen Fall aus dem Verkehr ziehen, aber ich glaube auch nicht, dass ein anderer Reiter mit ihm zurechtkommen wird. Zumindest nicht im Moment.« Inzwischen hatte sie ihre Aufmerksamkeit Matt zugewandt.

Einen Moment herrschte Stille im Raum. Dann richtete sich Garret in seinem Schreibtischsessel auf. »Und was schlägst du vor?«, fragte er seine Frau.

»Wir schicken die beiden in Therapie.«

»Was?«

»Auf keinen Fall!«

Matt und sein Boss hatten gleichzeitig gesprochen. Sie waren sich in vielen Dingen nicht einig. Aber bei einer Sache lagen sie auf einer Wellenlänge: Von Pferdeflüsterei und Reiterhokuspokus hielten sie nichts. Sie glaubten nur an die klassischen Methoden, die sich seit Jahrzehnten, teilweise bereits seit Jahrhunderten, bewährt hatten.

»Das kommt überhaupt nicht infrage«, machte Garret seinen Standpunkt noch einmal deutlich. »Wir werfen kein Geld für so einen Schwachsinn raus.«

Ellyn zog die Augenbrauen hoch und sah ihn einen Moment stumm an, bis ihm die Bedeutung seiner Worte bewusst wurde, bevor sie sie noch einmal wiederholte. »Du willst kein

Geld dafür ausgeben? Aber damit, Ice aus dem Verkehr zu ziehen, hast du kein Problem. Finde den Fehler, mein Lieber.«

Garrets Gesicht färbte sich dunkelrot. Doch dann atmete er tief ein und wieder aus. Jeden anderen, der so mit ihm sprechen würde, würde er in der Luft zerreißen. Aber Ellyn wusste genau, wie sie mit ihrem Mann umgehen musste. Auch wenn sich Matt vorsichtshalber mit einem Schritt der Tür näherte, falls sich die Wut seines Bosses in seine Richtung kanalisieren sollte. »Du scheinst schon jemanden im Auge zu haben«, sagte er zu seiner Frau, statt einen Tobsuchtsanfall zu bekommen.

Ellyn nickte. »Summer Cooper.«

»Nie gehört«, sagte Garret. Matt konnte ihm nur recht geben. Wer auch immer das war, eine bekannte Größe in der Pferdewelt war sie jedenfalls nicht.

»Doch, Schatz.« Ellyn schenkte ihrem Mann ein gewinnendes Lächeln. »Du erinnerst dich, als Reeva zwölf oder dreizehn war und unbedingt diesen Horsemanship-Kurs besuchen wollte?«

Reeva, die Tochter seiner Bosse, ging aufs College, dieser Kurs musste also mindestens zehn Jahre zurückliegen. Er selbst war erst seit sieben Jahren in den *Woodberry Racing Stables*, hatte sie damals also noch nicht gekannt.

»Vage«, gab Garret zu und zeigte damit, dass er sich ebenfalls kaum an diesen Kurs erinnerte.

Ellyn winkte ab. »Ich habe Reeva und Coconut Kiss damals nach Maine gefahren. In die *Silver Brook Stables*. Der Kurs war toll und Reeva hin und weg. Das eigentlich Interessante habe ich erst im Anschluss an das Coaching gesehen. Ich konnte dieser Summer beim Training mit einem Problempferd zusehen, das sich ganz ähnlich verhalten hat wie Ice heute. Sie hatte eine unglaubliche Art, mit dem Tier umzugehen und sein Vertrauen zu gewinnen. Ich war wirklich beeindruckt.«

»Und wieso sagt mir der Name dann nichts?«, wollte Garret wissen.

»Weil sie noch im gleichen Jahr aufgehört hat, Kurse zu geben und sich nur noch auf Problemtiere, aber vor allem die Rettung misshandelter Pferde spezialisiert hat. Seit ein paar Wochen gibt sie allerdings wieder Kurse. Sie war in Nullkommanichts«, Ellyn schnippte mit dem Finger, »ausgebucht. Aber ich denke, wir können ein paar Kontakte spielen lassen und vielleicht einen kleinen Bonus drauflegen, damit sie uns dazwischenschiebt.«

»Ich werde darüber nachdenken«, brummte Garret.

*Ich nicht*, ergänzte Matt in Gedanken. Sollten sie ihn doch feuern. Er würde sich nicht von einem selbst ernannten Guru sagen lassen, wie man mit Pferden umging – er ritt schließlich seit seinem fünften Lebensjahr. Und er hatte während seiner inzwischen dreißigjährigen Karriere unendlich viele Schleifen und Pokale gesammelt. Also brauchte er ganz sicher niemanden, der ihn bevormundete und glaubte, alles besser zu wissen als er.

# 3

Summer hatte ein paar Tage über das Gespräch mit ihren Schwestern nachgedacht, während ihr schlechtes Gewissen Alec gegenüber immer weiter gewachsen war. Ihr war zwar schließlich klargeworden, dass Abby und Megan recht hatten, aber sie war niemand, der einfach losstürmte und ihren erstbesten Gedanken in die Tat umsetzte. Sie dachte nach, wägte ab und plante. Dann hatte sie sich mit Hilfe ihrer Familie einen Abend – und einen Morgen – freigeschaufelt. Sie hatte erst um zehn Uhr am nächsten Tag ihren ersten Termin, also würde sie Alec heute Abend nicht nur überraschen – dieses Mal würde sie die Nacht über in Machias bleiben und am nächsten Morgen gemeinsam mit ihm frühstücken können. Vielleicht sogar im Bett.

»Wie sehe ich aus?«, fragte sie Megan und drehte sich einmal im Kreis.

»Absolut heiß!« Megan tippte mit dem Zeigefinger gegen Summers Arm und zog ihn dann mit einem zischenden Geräusch weg, als hätte sie sich verbrannt. »Du solltest dich öfter so anziehen.«

Na klar. Summer machte sich nicht die Mühe, darauf hinzuweisen, dass es in ihrem Leben kaum Anlässe gab, zu denen ein solcher Aufzug passen würde. Der Gedanke ließ sie ihrem Spiegelbild zulächeln. Das würde vielleicht seltsam aussehen, wenn sie in einem luftigen Neckholder-Sommerkleidchen, das in der Mitte ihrer Oberschenkel endete, und Cowboy-Boots im Roundpen stand, und der erstbeste Windstoß den Rock heben und der ganzen Welt ihre sexy Spitzenunterwäsche präsentieren würde. »Jedenfalls danke, dass du mir das Kleid leihst.« Es war aus einem leichten, cognacfarbenen Stoff, der durch Spitzenkanten am oberen und unteren Saum ein bisschen verspielt wirkte. Das raffinierteste Detail war ein schmaler Spitzenstreifen zwischen Oberteil und Rock, der an der Taille ihre Haut durchschimmern ließ.

Megan seufzte. »Ich komme vor lauter Arbeit sowieso nicht mehr dazu, meine Klamotten auszuführen. Also freue ich mich, dass sie wenigstens dir nützlich sind.«

»Ich hoffe, ich mache ihnen alle Ehre.« Summer grinste. Inzwischen war sie tatsächlich ein wenig aufgeregt. Alec und sie waren schon zwei Jahre ein Paar, und spannende, heiße Momente gab es bei ihnen schon seit einer Weile nicht mehr. Es wurde also höchste Zeit, wieder etwas Feuer in ihre Beziehung zu bringen und Alec vor allem das Gefühl zu geben, dass er ihr etwas bedeutete.

»Rock es, Schwester!« Megan stieß mit der Faust gegen ihre und ließ sie im Zurückziehen aufgehen wie eine kleine Explosion.

Ein paar Minuten später war Summer auf dem Weg nach Machias. Das Wetter war wundervoll. Der Himmel knallblau, und das Meer lag ruhig unter ihr, als ihr Pick-up über die alte Steinbrücke rumpelte, die Stonebridge Island mit dem Festland verband. Sie ließ das Fenster herunter und genoss den Wind, der ihr durch die offenen Haare strich. Gut gelaunt sang sie die Songs im Radio mit. Verdammt, warum hatte sie so etwas nicht schon viel eher gemacht? Allein die Vorfreude auf diesen Abend mit ihrem Liebsten löste einen guten Teil der Spannungen, die sie seit Tagen mit sich herumtrug.

Sie stellte ihren Wagen hinter dem Apartmentkomplex ab, in dem Alec lebte. Immerhin war das hier eine Überraschung. Sie schnappte sich den Korb mit dem Essen vom Beifahrersitz und ließ sich mit dem Schlüssel, den er ihr vor über einem Jahr gegeben hatte, selbst in seine Wohnung. Er hatte ein Meeting mit der Leitung der Highschool, an der er als Football-Trainer arbeitete. Wenn er nach Hause kam, wollte sie ihn mit einem guten Essen und ihrem Outfit überraschen. Da sie in der Küche nicht besonders begabt war, hatte sie auf den Trick zurückgegriffen, den sich alle Cooperfrauen hin und wieder zunutze machten: Sie hatte eine Portion von Alecs Lieblingslasagne aus der Gefriertruhe geholt, die ihre Haushälterin, Rose Walsh, immer gut gefüllt hielt. Die musste sie nur auftauen und einen Salat dazu anrichten, außerdem Kerzen auf den Esstisch und eine gute Flasche Wein. Genau so stellte Alec sich einen perfekten Abend vor.

Sie musste gar nicht so lange warten, wie sie vermutet hatte. Als sie Alecs Schlüssel im Schloss hörte, war die Lasagne noch nicht ganz aufgetaut. Aber das spielte keine Rolle. Sie hatte bereits zwei Gläser Wein eingeschenkt. Ihr Glas in der einen griff sie mit der anderen nach dem Feuerzeug, um die Kerzen auf dem Esstisch anzuzünden, als ihr bewusst wurde, dass ihr Freund nicht allein war. Ein atemloses Kichern begleitete sein tiefes Lachen.

Summer hatte gar keine Zeit, diese Information zu verarbeiten, denn schon im nächsten Augenblick taumelte Alec in ihre Richtung. In einen wilden Kuss versunken … mit Carrie! Summers … bester Freundin. Sie rissen an ihren Klamotten. Von der Wohnungstür durch den Flur hatten sie es schon geschafft, Carrie zur Hälfte zu entkleiden.

»Ich könnte dich direkt hier auf dem Boden …«, gurrte sie.

»Schon wieder?« Alec lachte kehlig und drängte sie weiter in den Raum. »Bis zum Esstisch schaffen wir es, und dann werde ich dich …«

»Vorsicht mit den Kerzen auf dem Tisch!«, unterbrach Summer sie mit einer Stimme, die sich in ihren eigenen Ohren wie die einer Fremden anhörte. Eine Stimme, die ruhig war. Kein bisschen so wie der Sturm, der sich in ihrem Inneren zusammenbraute. »Hexen brennen ja angeblich ziemlich schnell.« Sie hatte keine Ahnung, woher diese Worte kamen. Ihr Gehirn war wie leer gefegt. Stocksteif blieb sie stehen, ihr Weinglas noch immer in der Hand, als Carrie sich mit einem entsetzten Schrei von Alec löste und er mit zum Kampf erhobenen Händen zu ihr herumfuhr.

»Summer?« Einen fassungslosen Moment lang starrte er sie an. Dann blinzelte er. »Summer?«, brachte er dann noch einmal heraus. »Was zur Hölle machst du hier?«

»Darauf warten, dass die Lasagne fertig wird.« Immer noch diese ruhige Stimme. »Und was treibt ihr so?« Sie legte den Kopf schräg und sah die beiden abwartend an. Dabei fühlte sie sich wie eine Zeitbombe, deren Countdown inzwischen von zehn abwärts zählte. Besonders, als Carrie ihr Kinn ein wenig anhob. Herausfordernd. Ihre Augen blitzten in einem siegesgewissen Funkeln auf. Fast so, als gäbe es zwischen Summer und ihr einen Wettkampf, in dem sie gerade zum entscheidenden Schlag ausgeholt hatte.

Der Augenblick dauerte nicht länger als den Bruchteil einer Sekunde, dann ging Carrie halb hinter Alec in Deckung und zischte: »Scheiße, Summer!« Sie bemühte sich, ihre Kleider wieder zu ordnen. »Uns so zu erschrecken. Du hast mich gerade drei Jahre meines Lebens gekostet.«

»Tatsächlich?« Summer zuckte mit den Schultern und leerte den Wein in ihrem Glas in einem Zug. »Mich hat es nur einen schönen Abend gekostet. Und die Gewissheit, eine monogame Beziehung zu führen.« Sie hielt das Glas vor sich. Ein wunderschöner Kristallschliff. Erbstücke von Alecs Großeltern, wie Summer wusste. Irisches *Waterford Crystal*, das ihm wahnsinnig viel bedeutete. Die letzten Rotweintropfen funkelten im Licht der Kerzenleuchter auf dem Tisch.

»Summer! Nein!« Alec starrte sie mit weit aufgerissenen Augen an. Er konnte offensichtlich in ihrem Gesicht lesen, was sie vorhatte, auch wenn sie noch immer ihren Instinkten folgte, statt wirklich zu denken. »Tu das nicht!«

Sie öffnete die Hand und ließ das Glas fallen. »Ups. Das tut mir leid«, sagte sie in die atemlose Stille, die dem Zersplittern des Erbstücks folgte. Sie zog Alecs Schlüssel aus ihrer Handtasche, die über der Stuhllehne hing, und warf ihn auf den Tisch, sodass er bis zu dem überraschten Pärchen auf die andere Seite rutschte. »Den solltest du wohl besser ihr geben«, sagte sie zu ihrem Freund, drehte sich auf dem Absatz um und verließ den Raum. Im Türrahmen blieb sie noch einmal stehen. »Ehe ich es vergesse«, sagte sie über ihre Schulter. »In zwanzig Minuten dürfte das Essen fertig sein. Vergesst bei eurer Vögelei nicht, den Herd auszuschalten, wenn ihr nicht wollt, dass die Rauchmelder losgehen.« Im nächsten Moment stand sie vor dem Haus und atmete die milde Abendluft ein. Wie hatte sie sich nur so zivilisiert verhalten können? Eigentlich hätte sie schreien, mit Dingen um sich werfen und völlig … völlig … ausrasten müssen. Sie hatte sich einen Abend und eine Nacht für ihren verdammten, betrügerischen Mistkerl von Freund freigeschaufelt. Und alles, was ihr eingefallen war, als sie ihn mit ihrer besten Freundin erwischte, war, ein Sammlerglas fallen zu lassen? Ihre Schwestern wären schwer enttäuscht von ihr.

Aber jetzt musste sie erst einmal die Flucht ergreifen, bevor sie doch noch ausrastete. Sie hatte ihren Wagen fast erreicht, als sie Alecs schnelle Schritte hinter sich hörte.

»Summer!«, brüllte er. »Bleib stehen!«

Was sie mit Sicherheit nicht tun würde. Noch beim Rennen drückte sie mit der Fernbedienung die Zentralverriegelung des Pick-ups auf. Sie hatte ihren Wagen bereits erreicht und die Tür aufgerissen, als er sie einholte.

»Warte!« Er zog sie am Arm zu sich herum, bevor sie einsteigen konnte.

»Lass mich los, Arschloch!« Summer wand sich aus seinem Griff.

»Sorry.« Alec hob beschwichtigend die Hände. »Ich wollte dir nicht weh tun. Aber verdammt, Summer! Du weißt, was mir diese Gläser bedeuten! Wie konntest du nur?«

Summer schnappte nach Luft. »Das fällt dir dazu ein? Das Kristall deiner Großmutter?« Sie stieß ihm mit dem Zeigefinger vor die Brust, um den Abstand zwischen ihnen zu vergrößern. »Ich habe dich gerade mit meiner besten Freundin erwischt. Verdammte Scheiße, Alec! Darüber solltest du dir Gedanken machen.«

»Hör zu, wir reden darüber, wenn du dich wieder ein bisschen beruhigt hast.«

»Nein, Alec. Ich werde mich nämlich nicht wieder beruhigen.« Sie zog an der Autotür, aber er hielt dagegen. »Wir sind Geschichte. Und jetzt lass mich in Ruhe.«

Doch Alec ließ nicht los. »Du wirst hysterisch. Dabei hast du gar keinen Grund, dich aufzuregen. Du bist doch an allem schuld. Wenn du mir auch nur einen Hauch mehr Aufmerksamkeit entgegengebracht hättest, wäre das nicht passiert.«

Er taumelte überrascht zurück, als Summers Hand seine Wange traf. Sie hatte nicht nachgedacht. Ihr war noch nicht einmal bewusst gewesen, dass sie das Bedürfnis verspürt hatte, ihn zu schlagen. Ihre Handfläche brannte mindestens so sehr wie der rote Fleck, der sich auf seiner linken Gesichtshälfte ausbreitete. Sie sprang in ihren Wagen, bevor sie auf die dumme Idee kam, sich zu entschuldigen. Vorsichtshalber verriegelte sie die Türen, startete den Motor und ließ Alec in einer Staubwolke hinter sich zurück.

*

Matt starrte in seinen Drink. Die Bar, die dem Motel in Machias gegenüberlag, in dem er für diese Nacht abgestiegen war, war seiner miesen Laune nicht gerade zuträglich. Die geradezu verzweifelten Versuche in den letzten Tagen, mit Ice zu trainieren, hatten alles nur schlimmer gemacht. Von Mal zu Mal war die Atmosphäre zwischen dem Hengst und ihm explosiver geworden. Garrets Angestellte hatten begonnen, das Weite zu suchen, sobald Matt auch nur in der Nähe des Stalls aufgetaucht war. Nicht einmal Melinda, die Pferdepflegerin, die Ice während seiner Genesungsphase wahrscheinlich verritten hatte, traute sich noch in die Nähe des um sich tretenden, buckelnden Pferdes. Sein Vater hingegen hatte es sich natürlich nicht nehmen lassen, ihm mit jeder Menge Ratschläge zur Seite zu stehen. Ratschläge, die so unnötig waren wie eine Surfausrüstung in der Wüste.

Irgendwann hatte Matt es begriffen: Er hatte keine Wahl. Seine letzte Chance war die Trainerin in Maine, die angeblich mit jedem Pferd fertigwurde. Garrets Pläne für Ice und ihn waren klar. Sein finsterer Blick in den Tagen nach Ellyns Unfall hatte Bände gesprochen. Er wartete nur darauf, dass Pferd und Reiter ihm einen Grund gaben, die Reißleine zu ziehen. Einzig seine Frau hielt ihn zurück. Aber wie lange noch?

Matt hatte seine Fühler vorsichtig bei den anderen Reitställen in der Gegend ausgestreckt. Die Chancen, irgendwo unterzukommen, standen im Moment ebenfalls schlechter, als er ursprünglich angenommen hatte. Also hatte er sich gefügt.

Zwei Tage und eintausenddreihundert Meilen später fühlte er sich kein bisschen besser. Seine Existenz drohte ihm unter dem Arsch wegzurutschen wie Ice, wenn er stieg. Sechs Wochen hatten sie ihm aufgebrummt. Aber was kam danach? Wenn der Hengst sich nicht wieder einkriegte, oder Miss Pferdewunder ihn nicht in den Griff bekam – wovon er nicht ausging –, dann waren diese eineinhalb Monate seine Galgenfrist. Mehr auch nicht. Wahrscheinlich wäre es sinnvoller gewesen, sofort alles hinzuschmeißen und sich weiter weg nach etwas Neuem umzusehen. An der Westküste gab es zum Beispiel wirklich gute Ställe. Matt kippte seinen Bourbon. Er hatte nicht den blassesten Schimmer, warum er noch immer an seinem Job auf *Woodberry* festhielt. Und an Ice.

Von seinem Selbstmitleid genervt schob er sein Glas in Richtung Barkeeper und bedeutete ihm nachzuschenken. Die

lange Fahrt hatte seinen Körper steif werden lassen. Er sollte sich an die Lockerungsübungen halten, die sein Physiotherapeut ihm gezeigt hatte. Aber Whiskey würde diesen Zweck
ebenfalls erfüllen. Und nebenbei dafür sorgen, dass er aufhörte, zu viel nachzudenken.

Als die Tür aufgestoßen wurde und laut genug gegen die
Wand knallte, dass man es über den lauten Countrysong hören konnte, der durch die Bar hallte, sah Matt auf. Die drei
Frauen, die sich bis gerade eben noch an einem Line Dance
zu diesem Lied versucht hatten, zuckten erschrocken zusammen. Sie hatten vor einer Weile bereits versucht, mit Matt zu
flirten, aber ihm war heute nicht danach. Sie waren alle drei in
die Kategorie »hohe Absätze – kurze Hauptsätze« einzuordnen. Nicht dass das schlimm wäre. Er hatte in seinem Leben
schon genug Abende mit genau dieser Art Frau genossen –
und sie mit ihm.

Die Frau allerdings, die im Türrahmen stand, nachdem sie
hier aufgekreuzt war wie ein SWAT-Team, ließ sich kein bisschen in diese Schublade stecken. Sie passte eher in die Kategorie »Rachegöttin« – und denen kam man erfahrungsgemäß
besser nicht in die Quere. Matt wandte unauffällig den Kopf,
um herauszufinden, welches arme Schwein es treffen würde.
Die Typen, die in der Ecke Darts spielten? Den Cowboy, der
an der überschminkten Blonden in einer Sitznische herum-
fummelte? Oder die zwei Männer, die aussahen wie Trucker,
und sich bei einem Bier an einem Tisch am Rand der Tanzfläche schweigend gegenübersaßen.

Offenbar war keiner von ihnen in Gefahr. Die Rachegöttin
hielt genau auf ihn zu. Oder besser gesagt auf den Barhocker
neben ihm. »Whiskey«, blaffte sie.

Der Barkeeper, der gerade am anderen Ende mit der Bestellung eines Pärchens beschäftigt war, ließ sich nicht von den Fingern, die ungeduldig auf das Holz des Tresens klopften, aus der Ruhe bringen. Wahrscheinlich kannte er diese Art von Kundschaft. Matt hingegen fühlte sich in Gegenwart einer wütenden Frau nie besonders gut. Mit dem Zeigefinger seiner linken Hand schob er den Bourbon, den der Barmann ihm gerade erst hingestellt hatte, zu ihr herüber.

Sie sagte nichts, und sie sah Matt nicht an. Nein, sie griff nur nach dem Glas, legte den Kopf in den Nacken und kippte ihn auf ex hinunter.

Matt betrachtete ihr Gesicht im verspiegelten Flaschenregal hinter der Bar. Hohe Wangenknochen, schön geschwungene, volle Lippen und mandelförmige Augen, deren Farbe er in dem dämmrigen Licht nicht erkennen konnte. Viel langsamer, als sie es gekippt hatte, stellte sie sein Glas zurück auf den Tresen. Für einen Moment senkte sie den Kopf und schloss die Augen. Dann sah sie ihn von der Seite an. »Danke«, sagte sie schlicht und weniger aufgebracht als noch vor einer Minute.

»Schlechter Tag?«, fragte Matt.

Sie stieß einen kleinen Seufzer aus, bevor sie antwortete. »Ganz eindeutig.«

»Na dann.« Matt hob zwei Finger, worauf der Barkeeper wesentlich besser reagierte, als auf ihre fordernde Bestellung gerade eben. Er schob zwei neue Drinks über die Theke. »Darauf, dass das Zeug hilft.« Dann stieß Matt mit ihr an und kippte den Whiskey, genau wie sie.

Als sie das Glas diesmal abstellte, fielen ihre dunklen Haare nach vorn und verdeckten ihr Gesicht. Ihr Zeigefinger glitt am Rand des Tumblers entlang.

Matt hatte keine Ahnung, was sie dachte. »Hey.« Er wartete, bis sie sich die dunklen Haare, deren Spitzen in der trüben Barbeleuchtung kupferfarben schimmerten, hinter die Schulter strich und ihn ansah. Jetzt konnte er ihre Augenfarbe erkennen. Sie erinnerte an die Drinks, die sie gerade gekippt hatte. Goldbraun. Verdammt, war dieser Blick, der ständig zwischen traurig und wütend hin und her pendelte, anziehend. Überhaupt: Diese ganze Frau zog ihn in ihren Bann. »Ärger mit dem Freund?«, fragte er.

Einen Moment starrte sie auf das leere Glas, bevor sie Matt wieder ansah. »Wahrscheinlich eher Exfreund.«

»Das tut mir leid«, sagte er, ganz automatisch. Auch wenn das kein bisschen stimmte. Er mochte es nämlich nicht, mit einer Frau am Tresen einer Bar zu sitzen und im nächsten Moment von einem Typen herausgefordert zu werden, der sein Revier markierte. Denn ganz plötzlich hatte er das Bedürfnis, den Abend mit ihr an dieser Bar zu verbringen. Und das lag nicht daran, dass er sich fühlte, als genieße er eine letzte Nacht in Freiheit, bevor er am nächsten Tag auf das Pferdeflüsterer-Schafott geführt werden würde. Er musterte sie unauffällig von der Seite. Ihr Kleid war nicht viel länger als die der tanzenden Ladies hinter ihm. Aber ihres hatte viel mehr ... Klasse. Ja, das war das richtige Wort dafür. Es endete in der Mitte ihrer auf dem Barhocker übereinandergeschlagenen Oberschenkel. Ihre Beine waren verdammt lang. Schlank, aber muskulös, wie er es von Reiterinnen kannte – und mochte. Sie endeten in hellbraunen Cowboy-Boots. Ihre Haare fielen in Wellen bis über die Mitte ihres Rückens. So, wie sie sie ständig über ihre Schulter zurückstrich, trug sie sie vermutlich selten offen. Er drehte sich auf seinem Barhocker zu ihr um und hielt sein

Whiskeyglas hoch. »Wir können damit weitermachen«, sagte er und schenkte ihr sein schiefes Grinsen. »Ich helfe dir gerne dabei, dich zu betrinken. Wir können aber auch zu etwas anderem wechseln. Bier? Wein? Ich leiste dir Gesellschaft, wenn du den Mistkerl verfluchen willst, dem du den Laufpass gegeben hast. In so was bin ich verdammt gut.«

Einen Moment lang sagte sie nichts. Dann lehnte sie sich mit verschränkten Armen zurück und warf ihm einen scharfen Blick zu. »Wie kommst du darauf, dass ich ihn verlassen habe und nicht umgekehrt?«

»Ich bitte dich …« Er schenkte ihr sein charmantestes Grinsen und ließ den Rest des Satzes offen. Wenn sie von der nervigen Sorte wäre, würde sie jetzt Gründe verlangen, warum sie seiner Meinung nach zu gut für diesen Kerl gewesen war.

»Bier«, entschied sie stattdessen, und in Matts Magen fing es angenehm an zu kribbeln.

Natürlich bestand bei einer Frau, die gerade eine Beziehung beendet hatte, immer die Gefahr, dass ihre Stimmung kippte. Aber die, die neben ihm saß, schien fest entschlossen, es dem Arschloch zu zeigen. Matt war mehr als bereit, sie dabei zu unterstützen. Er drehte sich zum Barkeeper um. »Wir nehmen zwei Bier«, bestellte er.

»Island Brew«, ergänzte sie. »Mein Lieblingsbier«, sagte sie, als Matt sie wieder ansah.

Sie stießen an, und die schöne Unbekannte trank einen großen Schluck, bevor sie das Glas abstellte und Matt wieder ansah. »Er hat mich betrogen. Ich habe ihn erwischt. Ende der Geschichte«, fasste sie zusammen, was sie offenbar hergetrieben hatte. »Ich werde ihm nicht nachweinen. Aber ich habe wirklich Lust, die letzten Stunden zu vergessen. Zumindest für eine Weile.«

»Eine mittelmäßige Kneipe. Ein paar Drinks. Und ein wirklich guter Zuhörer wie ich – das ist der beste Weg dazu.« Dann fiel ihm etwas ein. »Ähm ...«« Matt kratzte sich am Kopf. »Du hast ihn doch nicht so kennengelernt, oder? Bei ein paar Drinks in einer Bar?«

Sie schüttelte den Kopf und trank noch einen Schluck. »Bei der Arbeit an der Highschool«, antwortete sie. »Er ist der Football-Coach.«

»Ah.« Matt ließ seinen Blick noch einmal unauffällig über ihren Körper gleiten. Eine Lehrerin. Wenn es solche Lehrerinnen zu seiner Schulzeit gegeben hätte, hätte er im Unterricht wahrscheinlich besser aufgepasst. Obwohl ... Er betrachtete noch einmal den Saum ihres Kleides, der sich in der Mitte ihrer Oberschenkel befand. Vielleicht wäre er in noch tiefere Tagträume versunken, als es so schon der Fall gewesen war. »Was von den Dingen, die du gern tust, hat er am meisten gehasst?«

Sie stieß einen undefinierbaren Laut aus und verzog die Lippen zu einem bitteren Lächeln. »Wo soll ich anfangen?« Einen Moment lang schwieg sie und dachte nach. »Ich wollte ihn abhaken, nicht mich über ihn aufregen. Tanzen«, sagte sie dann mit Blick zu den Line-Dance-Ladies, die sich gerade wieder vor der Juke-Box drängten, um nach neuen Songs zu suchen. »Er hat nie mit mir getanzt.«

Nichts leichter als das, dachte Matt. »Dann haken wir ihn jetzt ab. Warte.« Er ließ sie an der Theke zurück und gesellte sich zu den Tänzerinnen. »Darf ich mich vielleicht kurz dazwischendrängen?« Er schenkte den Damen ein strahlendes Lächeln. Wie zu erwarten ließen sie ihm den Vortritt. Er schob einen Quarter in den Schlitz und wählte einen Song aus, der zu diesem Abend passte. Die ersten Takte erklangen, und er drehte sich zu der schönen Unbekannten um und hielt ihr die Hand entgegen, als die *Backstreet Boys* zu singen begannen: *What if I never run into you? – Was, wenn wir uns nie getroffen hätten?*

\*

*What if you never smiled at me? – Was, wenn du mich niemals angelächelt hättest?* Summer zog die Augenbrauen hoch, als der Mann, der an der Bar neben ihr gesessen hatte, sich vor der Jukebox zu ihr umdrehte. Einladend streckte er ihr die Hand entgegen. Sie trank noch einen Schluck Bier und erhob sich. Dieser Typ war irgendwie … süß. »Die *Backstreet Boys*?«, fragte sie. »Ernsthaft?«

»Hey.« Dieses charmante Lächeln hatte er echt drauf. »Es kommt nicht auf die Band an, sondern auf den Text. Was, wenn du nicht meinen Drink runtergekippt hättest?«, sang er seine eigene Version des Songs und drehte sie von sich weg, nur um sie im nächsten Moment wieder zu sich heranzuziehen.

»Was, wenn du mich nicht davon überzeugt hättest, mit dir zu tanzen?«, stimmte sie ein und konnte sich tatsächlich ein Lachen nicht verkneifen.

Er wirbelte Summer um ihre eigene Achse – und sie musste gestehen, dass sie es genoss. Der Alkohol, das Tanzen – das sie so liebte – und dieser durchaus ziemlich attraktive Unbekannte ließen den Abend verwischen und die Erinnerungen an Alec und Carrie wenigstens eine Zeit lang verschwimmen. Sie würde sich irgendwann mit dem auseinandersetzen müssen, was vor noch nicht einmal einer Stunde geschehen war – aber im

Moment wollte sie nicht daran denken. Das war der Grund gewesen, warum sie spontan an dieser Bar angehalten hatte. Für heute wollte sie diesen demütigenden Moment vergessen. Und der Mann, der sie in den Armen hielt, sorgte genau wie der Alkohol und dieser schmalzige Song dafür.

Summer sah zu ihm auf. Ihr Tanzpartner war wirklich ein sehr attraktiver Mann. Er war etwa in ihrem Alter. Groß und athletisch, auch wenn seine Schultern nicht so breit waren wie Alecs. Seine Augen waren grün und von kleinen Fältchen umgeben, die annehmen ließen, dass er dieses charmante Lächeln oft aufblitzen ließ. Durch seine rechte Augenbraue zog sich eine kleine Narbe, die höchstens ein paar Wochen alt war. Summer konnte nicht einschätzen, womit er sein Geld verdiente. Er trug ein Poloshirt, Jeans und Stiefel. Seine Hände waren rau. Vielleicht ein Zimmermann oder Maurer. Aber das war auch egal. Sie wollte gar nichts über ihn wissen. Er sollte sie einfach weiter über die Tanzfläche wirbeln.

Sie bestellten noch ein Bier, tanzten, wenn die Line Dancerinnen die Tanzfläche freigaben, und plauderten, wie Fremde es tun, wenn sie zum ersten Mal aufeinandertreffen. Seinem Dialekt nach stammte er aus einem der südlicheren Bundesstaaten. Georgia, oder North Carolina vielleicht, so genau konnte Summer das nicht sagen. Aber genau das war es, warum sich das Zusammensein mit diesem Mann so richtig anfühlte. Sie wusste nichts von ihm. Und er nichts von ihr. Nicht einmal die Namen hatten sie ausgetauscht, so als ob die Seifenblase, in der sie sich befanden, sonst platzen könnte.

Sie erzählte ihm nur unwichtiges Zeug, zum Beispiel wo man in der Gegend angeln oder jagen konnte, denn er wirkte auf sie wie ein Typ, der viel Zeit im Freien verbrachte. Er wiederum murmelte irgendetwas von hübschen Lehrerinnen in ihr Ohr, was sie dank der lauten Musik und des Nebels, den der Alkohol in ihrem Gehirn hinterließ, nicht richtig verstand.

Als sie nach dem nächsten Tanz an die Bar zurückkehrten, legte er Summer die Hand auf den unteren Rücken, direkt über ihrem Po. Sie spürte die Wärme, die von seinen Fingern durch den dünnen Stoff ihres Kleides drang. Selbst als sie längst wieder saßen und ein weiteres Bier bestellt hatten, konnte sie die Stelle, an der er sie berührt hatte, noch fühlen. Summer war dabei, einen angenehmen Schwips zu bekommen. Sie fühlte sich leicht. Trotzdem wusste sie ganz genau, was sie tat. Und sie verstand die Blicke ihres Gegenübers. Ein Mann, der sie attraktiv fand. Attraktiv genug, sie mit seinen Blicken zu verschlingen. Sie zum Mittelpunkt seiner Aufmerksamkeit zu machen. Sie genoss das. Genau so hätte Alec sie ansehen sollen, doch sie schob den Gedanken zur Seite und ließ sich noch einmal zur Tanzfläche ziehen. Die Tänzerinnen hatten längst das Feld geräumt, und auch sonst hatte sich die Bar schon ziemlich geleert.

Ihr Gegenüber schaffte es, das Gespräch locker dahinfließen zu lassen, während Summers Gedanken begannen, sich um ihn zu drehen. Schließlich begann der Barkeeper, ihnen auffordernde Blicke zuzuwerfen und die Stühle um sie herum hochzustellen.

»Wir sollten wohl langsam gehen«, sagte der Unbekannte neben ihr. Er reichte seine Kreditkarte über den Tresen und schob ihre zur Seite, als sie ihren Anteil der Drinks zahlen wollte. »Ich habe dich zu den Bieren überredet, ich möchte dich gern einladen«, sagte er schlicht und ignorierte ihren Protest. Nachdem er den Beleg unterschrieben hatte, rutschte er von seinem Barhocker und bot Summer seinen Arm, um sie nach draußen zu führen.

Summer schauderte in der frischen Nachtluft. Sie spürte den Alkohol, der ihr langsam wirklich zu Kopf stieg – so konnte sie nicht heimfahren. Gerade als sie überlegte, welche ihrer Schwestern sie so spät noch anrufen konnte, damit sie sie abholte, lehnte sich ihr Begleiter neben der Tür gegen die Hauswand und zog sie mit sich.

»Das war ein überraschender Abend.« Seine Stimme klang ein wenig heiser. Er sah ihr in die Augen und strich ihr eine Haarsträhne hinter die Schulter. Dann ließ er seine Fingerspitzen über ihren Wangenknochen gleiten.

Summers Herzschlag beschleunigte sich. Sie hatte so etwas noch nie gemacht. Aber ... was Alec konnte, konnte sie schon lange. Ein kindischer Gedanke, das war ihr klar. Und doch: Im Moment fühlte er sich verdammt gut an. Abgesehen davon ... der Mann vor ihr war ein Fremder. Sie würden sich nie wiedersehen nach dieser Nacht. Er begehrte sie. Und sie ... wollte sich begehrt fühlen. Sie wollte genießen, ohne zurückzublicken. Morgen wäre dieser Abend Geschichte. Sie würde sich wieder auf die wesentlichen Dinge in ihrem Leben konzentrieren. Auf die Kurse, die sie geben musste. Die Trainings. Die Problempferde. »Das finde ich auch.« So hätte sie sich den Ausgang des Abends nicht vorgestellt, als sie sich bei Megan das Kleid geliehen hatte. Sie biss sich auf die Unterlippe, nahm all ihren Mut zusammen und lehnte sich gegen ihn, beugte sich vor, bis sich ihre Lippen fast berührten. Nur Zentimeter trennten sie voneinander. Sie sah ihm in die Augen – und überwand die letzte Distanz.

*

65

*O Gott* war alles, was Matt durch den Kopf schoss und durch den gesamten Körper, als ihre Lippen sich trafen. Diese Frau war die blanke Versuchung. Sie hatte ihn in dem Moment in ihren Bann gezogen, in dem sie die Tür zur Bar aufgestoßen hatte. Und dieser Kuss ... Sie öffnete die Lippen, und Matt nutzte die Chance, den Kuss zu vertiefen. Er drehte sich mit ihr in den Armen, presste sie gegen die Hauswand und schob seine Hand in ihre Haare. »Mein Motel ist auf der anderen Straßenseite«, murmelte er, bevor er sie noch einmal küsste, ihren Körper an seinen zog. *Sag nicht Nein*, betete er im Stillen. *Sag bitte nicht Nein.*

»Perfekt«, flüsterte sie, als er ihre Lippen wieder freigab.

\*

Summer erwachte wie immer mit den ersten Sonnenstrahlen. Im ersten Moment fühlte sich alles um sie herum falsch an. Das war nicht ihr Bett. Genauso wenig wie Alecs Schlafzimmer. Und der Mann, der neben ihr lag, war ganz eindeutig nicht ihr Freund. Ihr Herz begann zu rasen. Was war passiert? Langsam setzten die Erinnerungen an die vergangene Nacht ein und drangen durch das Hämmern in ihrem Kopf. Alec und Carrie. Dieser gutaussehende Fremde. Das Tanzen und die Drinks. Wie sie ineinander verschlungen in sein Hotelzimmer gewankt waren. Die Küsse. Seine Hände, die jede Stelle ihres Körpers berührt hatten. Ihre, die es ihm gleichtaten.

Sie wusste im Moment nicht, wie sie mit diesem Ausrutscher umgehen sollte. Erst einmal musste sie hier weg – bevor ihr One-Night-Stand aufwachte. Sie hielt den Atem an, als sie vorsichtig aus dem Bett rutschte. Doch er bewegte sich keinen Millimeter. Während sie ihre Kleider zusammensuchte, schlief er tief und fest weiter. Summer betrachtete ihn ein letztes Mal. Die Decke war ihm bis zur Taille hinuntergerutscht, legte seine Brustmuskeln und den flachen Bauch frei. Sie ließ ihren Blick weiter nach oben gleiten, über sein kantiges Kinn und den Bartschatten. Wie gut, dass seine Augen geschlossen waren und er sie nicht mit diesem intensiven Blick festhalten konnte, wie er es in den vergangenen Stunden getan hatte.

Ihre Hand lag bereits auf dem Türknauf, und doch zögerte sie noch einen Moment. Sollte sie ihm ihre Handynummer hinterlassen? Ihre Karte? Irgendwie war es merkwürdig, jetzt einfach zu gehen. Summer schüttelte über sich selbst den Kopf. Sie war mit einem Fremden mitgegangen, was an sich schon völlig verrückt war – aber sie hatte sich attraktiv fühlen wollen. Hatte begehrt werden wollen. Er hatte ihr gegeben, was ihr Selbstbewusstsein gebraucht hatte. Und sie würde die Spielregeln nicht im Nachhinein ändern, nur weil es sich merkwürdig anfühlte, ihn einfach so zu verlassen. Sie wusste ja nicht einmal seinen Namen. Gut so, ermahnte sie sich selbst und öffnete die Tür vorsichtig. Sie warf einen letzten Blick zurück auf den schlafenden Mann und zog die Tür dann leise, aber entschlossen hinter sich zu. Er war ein Typ aus dem Süden. Sie hatten nicht darüber gesprochen, was er in Machias wollte. Das war auch egal. Er würde nach Hause zurückkehren. Es war besser, sich an eine ganz besondere Nacht zu erinnern, die sie Alecs Verrat für ein paar Stunden hatte vergessen lassen, und das Ganze hier abzuhaken. Entschlossen stieg sie in ihren Pick-up, der noch vor der Bar geparkt war.

Doch kaum legten sich ihre Hände um das Lenkrad, stürzten die Erinnerungen an den letzten Abend mit aller Macht auf sie ein. Die Ereignisse, die dazu geführt hatten, dass sie überhaupt erst in dieser Bar gelandet war. Alec. Und Carrie. Der Unbekannte, mit dem sie die Nacht verbracht hatte, hatte sie den Verrat für ein paar Stunden vergessen lassen. Aber jetzt war alles wieder da. Und wie es bei so etwas üblich war, wirkte so ein Betrug im Tageslicht noch hässlicher als im Moment des ersten Schocks. Summer rieb über ihr schmerzendes Herz. Wie lange lief das zwischen den beiden schon? Trug sie selbst eine Mitschuld? War es so, wie Alec ihr immer wieder vorgeworfen hatte? Dass sie nur ihre Pferde im Kopf hatte und sich sonst für nichts interessierte? Hätte sie es am Ende merken müssen? Immerhin ging es hier um den Mann, mit dem sie seit zwei Jahren eine Beziehung führte. Und um die Frau, die sie bereits seit zehn Jahren kannte – und abgesehen von ihren Schwestern für ihre beste Freundin gehalten hatte.

Das war das, was sich im Moment am schlimmsten anfühlte. Nicht, dass ihre Beziehung gescheitert war. Vielleicht waren Alec und sie ohnehin unaufhaltsam auf das Ende zu geschlittert. Sie hatte ihn überraschen wollen, um an ihrer Zukunft zu arbeiten. Ihre Schwestern hatten völlig recht gehabt: Sie musste ihm zeigen, was er ihr bedeutete. Aber die beiden zusammen zu sehen … Die Wut, die ihr entgegengeschleudert wurde, weil sie unangekündigt aufgetaucht war. Kein Schuldbewusstsein. Keine Bitte um Verzeihung. In Carries Augen hatte sie regelrecht Triumph aufblitzen sehen. Sie hatten Summer vorgeführt. Hatten sich hinter ihrem Rücken wahrscheinlich über sie kaputtgelacht – während sie ihnen blind vertraut hatte.

Sie warf sich einen Blick im Rückspiegel zu. Ihr Gesicht sah nicht anders aus als am Tag zuvor, zumindest auf den ersten Blick konnte man nicht hinter ihre neutrale Miene blicken. Sie ließ den Motor an und setzte den Pick-up zurück. Auf dem Gestüt wartete Arbeit auf sie. Ihre Familie zählte auf sie. Ein neuer Klient würde heute mit dem Training beginnen. Sie würde sich nicht erlauben, an Alec und Carrie zu zerbrechen. Zumindest jetzt noch nicht. Vielleicht heute Abend, wenn sie allein war und über all das in Ruhe nachdenken konnte. Bis dahin würde sie sich zusammenreißen.

# 4

Summer atmete den Duft von frisch gebackenem Bananen-brot tief ein, als sie die Küche des Ranchhauses betrat. Sie hatte eine Kopfschmerztablette genommen, um gegen den Bier- und Whiskeykater der vergangenen Nacht anzukämpfen, und sich eine lange Dusche gegönnt. Die Temperaturen würden heute auf über fünfundzwanzig Grad klettern, also hatte sie sich für kurze Jeans-Shorts und ein hellblaues T-Shirt entschieden, das auf der Vorderseite das Logo des Gestüts und auf dem Rücken den Schriftzug *Silver Brook Stables* aufwies. Dazu trug sie ihre gut eingelaufenen Stiefel – ihre Arbeits-uniform im Sommer. Die Haare fielen ihr noch feucht über den Rücken. Sie würde sie noch ein wenig trocknen lassen, bevor sie sie zu einem Pferdeschwanz zusammenband und unter einem Strohhut-Stetson verschwinden lassen würde.

Jetzt brauchte sie erst einmal einen Kaffee. Und ein Stück Bananenbrot, das ihre Mutter offenbar erst am vergangenen Abend gebacken und zum Abkühlen auf die Küchentheke gestellt hatte.

Summer durchquerte den großzügigen Raum, der trotzdem gemütlich wirkte. Das hier war das Refugium der Haushälterin. Erst von Beth, als Summer und ihre Schwestern aufgewachsen waren, und nun schon seit einer ganzen Weile von

Rose, der Frau des Gestütsverwalters Josh Walsh. Hier wurden die Mahlzeiten für die Rancharbeiter gekocht, und der größte Teil des Essens, das die Gefrierschränke füllte. Wie zum Beispiel die Lasagne, die sie … Summer schob den Gedanken zur Seite. Nur am frühen Morgen und nachdem Rose am Nachmittag Feierabend gemacht hatte, gehörte die Küche den Cooper-Frauen. Viel genutzt wurde der Raum von Summers Familie allerdings nicht. Bevor Rose morgens das Zepter schwang, tranken sie hier Kaffee. Und abends wärmten sie sich auf, was Rose ihnen zum Dinner vorbereitet hatte.

Das Einzige, was hier nicht aus Roses Töpfen oder Pfannen stammte, war das Bananenbrot auf dem Tresen. Schon ihre Großmutter – die bereits vor Summers Geburt gestorben war – hatte dieses Brot gebacken. Olivia hatte die Tradition übernommen. Und auch Abby, Megan und Summer konnten es neben wenigen anderen Gerichten zubereiten. Summer schob eine Tasse unter die Kaffeemaschine und schnitt eine Scheibe des Brotes ab, um es in der Mikrowelle aufzuwärmen. Der Duft des Gebäcks bedeutete für sie schon immer Heimat. Zuflucht. Geborgenheit. Vielleicht hätte sie gestern einfach nach Hause fahren und ein Stück frisches Bananenbrot essen sollen, statt an der nächsten Kneipe zu halten.

Sie bemerkte eine Bewegung hinter sich und drehte sich gerade noch rechtzeitig um, um einen Jack Russell in die Küche huschen und auf einen der Stühle am Tisch springen zu sehen. Einen von Megans Flipflops im Maul sah er sie mit schräg gelegtem Kopf neugierig an. Die V-förmigen, nach unten geklappten Ohren waren braun, genau wie das Fell um die Augen herum und sein Rücken, während der Rest weiß war.

»Jumper!«, hörte sie Megans geflüsterten Ruf aus dem Flur. »Jumper, wo steckst du?«

Summer zog die Augenbrauen hoch. »Ich weiß zwar nicht, wer du bist, aber ich glaube, du bist gemeint.«

Der Hund ließ den Flipflop fallen und gab ein kurzes Bellen von sich, als wolle er Summer zustimmen – und sein Versteck verraten.

»Ach, hier steckst du.« Megan kam in die Küche, einen Flipflop an, der Fuß des gestohlenen Schuhs nackt. »Hey! Da ist es ja wieder, unser wildes Sexluder.«

Die Worte ihrer Schwester ließen Summer zusammenzucken. Genau wie Abbys Kichern, die hinter Megan die Küche mit ihrem Labrador Charlie an ihrer Seite betrat und den Flipflop aufhob, um ihn auf Bissspuren zu untersuchen. Alec! Sie meinten ihre vermeintliche Nacht mit Alec, wurde ihr bewusst – nicht den One-Night-Stand mit einem Fremden. Summer atmete tief durch, nahm zwei weitere Becher aus dem Schrank und stellte einen davon unter die Kaffeemaschine. Mit dem ersten in der Hand drehte sie sich um und lächelte ihre Schwestern an. »Guten Morgen. Vielen Dank noch mal, dass ihr meinen Frühdienst übernommen habt.«

Megan schlüpfte in ihren Flipflop, den Abby ihr reichte, und lehnte sich neben ihr an den Küchentresen. Sie zog den Kaffee unter der Maschine hervor und schob die dritte Tasse für Abby darunter. »Ich hoffe, es hat sich gelohnt«, sagte sie mit einem Augenzwinkern.

Summer nippte an ihrem Kaffee, um Zeit zu gewinnen. Was sollte sie ihren Schwestern erzählen? Ganz sicher nicht die Wahrheit. »Ich habe mich von Alec getrennt«, platzte sie heraus, bevor sie sich bremsen konnte.

»Was?« Abby, die gerade nach ihrem Kaffee greifen wollte, fuhr zu ihr herum. »Du hast Schluss gemacht? Wolltest du nicht eigentlich etwas für eure Beziehung tun?«

Summer stellte das Bananenbrot und ihren Kaffee auf den alten, blank gescheuerten Küchentisch. Sie stieg über Charlie, der einfach mitten auf dem Boden kollabiert war und noch ein Nickerchen hielt, bis seine Futterschüssel gefüllt werden würde, und setzte sich neben den Jack Russell. Sie hielt ihm ihre Hand hin, damit er sie beschnüffeln konnte, bevor sie ihm über den Kopf strich. Er reckte ganz automatisch sein Kinn, damit Summer seinen Hals kraulen konnte. »Ja«, stimmte sie Abby zu. »Das war der Plan. Aber dann hat sich alles anders entwickelt als gedacht.«

»O Mann. Verdammt.« Megan schlang ihr von hinten die Arme um den Hals und presste die Wange an ihre. »Das tut mir wahnsinnig leid. Willst du uns erzählen, was passiert ist?«

»Nein.« Summer schüttelte den Kopf. »Nicht jetzt. Ich brauche im Moment einen klaren Kopf.« Sie blickte auf die Uhr auf ihrem Handydisplay. »In nicht einmal zwei Stunden kommt ein neuer Klient, und ich muss mich noch auf ihn vorbereiten.«

»Ah, Ice Blue Fire.« Megan nickte. »Der Hengst wurde gestern schon eingestellt. Ein wunderschönes Tier. Das hier ist sein kleiner Kumpel Jumper. Der Reiter musste gestern noch mal los und hat Josh gefragt, ob er den Hund über Nacht hierlassen kann. Er hätte eigentlich bei dem Pferd bleiben sollen.« Megan streichelte den Jack Russell ebenfalls. »Aber wie hätte ich diesem hübschen Kerl widerstehen können? Ich habe ihn mit ins Haus genommen und heute Nacht in meinem Cottage schlafen lassen.«

Abby setzte sich Summer gegenüber und griff nach ihrer Hand. »Trotzdem musst du über Alec reden«, brachte sie das Gespräch auf das ursprüngliche Thema zurück. »Wie wäre es, wenn wir uns heute Abend zusammensetzen? Falls dir nicht danach ist und du noch mehr Zeit brauchst, lass es uns einfach wissen. Aber versprich uns, dass du das nicht in dich hineinfrisst und alles mit dir selbst ausmachst.«

»Keine Sorge, ich verspreche es. Lasst uns heute Abend reden, okay?« Bis dahin würde sie wissen, wie sie mit dem, was am Vortag alles geschehen war, umgehen würde.

»Gut.« Megan drückte ihre Schulter. »Kann ich Jumper bei dir lassen? Du triffst ja nachher sowieso sein Herrchen.«

\*

Die schöne Lehrerin, mit der Matt die Nacht verbracht hatte, hatte das Unausweichliche nur aufgeschoben. Die heißen gemeinsamen Stunden hatten ihn vergessen lassen, dass heute das Training mit Ice beginnen würde. Aber als er die Augen aufgeschlagen hatte, war der Grund für seine Anwesenheit in Maine sofort wieder dagewesen. Genau wie die Erkenntnis, dass die schöne Unbekannte verschwunden war. Er hatte es nicht anders erwartet, schließlich wusste er nicht einmal ihren Namen. Trotzdem hatte sich für einen Moment Enttäuschung in ihm breitgemacht, als er festgestellt hatte, dass sie sich wirklich in Luft aufgelöst hatte. Nicht einmal eine Handynummer hatte sie ihm hinterlassen.

»Wozu auch?«, murmelte er, als er seinen Wagen in Richtung Stonebridge Island lenkte. Die Nacht würde ihm sicher noch eine Weile im Gedächtnis bleiben. Aber mit dem Sonnenaufgang setzte wie immer auch der schale Beigeschmack eines One-Night-Stands ein.

Inzwischen stand die Sonne hoch am strahlend blauen Himmel und versprach einen heißen Sommertag. Sein Pick-up rumpelte über die Steinbrücke, der die Insel im Nordosten Maines vermutlich ihren Namen verdankte. Er hatte Ice gestern bereits in den *Silver Brook Stables* untergestellt, sich dann aber ein Hotel außerhalb der Insel gesucht, um wenigstens noch eine Nacht weit ab von allem zu verbringen, was mit Pferde-Hokus-Pokus zu tun hatte. Netterweise hatte auch Jumper auf dem Gestüt bleiben können, denn in dem Motel waren Hunde nicht erlaubt gewesen. Zum Glück, dachte er, als seine Gedanken wieder zu der schönen Unbekannten abschweiften. Ab heute hatte er ein Zimmer im *Jasper Point Motel*, einem der Motels auf der Insel. Und dort war auch Jumper willkommen.

Das Städtchen, durch das er fuhr, Home Port, war bunt und farbenfroh. Bevölkert von jeder Menge Touristen, die mit ihren Booten anlegten oder in Flipflops und Surfshorts durch die Straßen schlenderten und durch ihre Sonnenbrillen die ordentlich gestrichenen Häuser mit vor Blumen überquellenden Blumenkästen bewunderten. Fast schien es Matt wie ein Wettkampf unter Nachbarn: Wer hatte die leuchtendste Farbe verwendet? Genervt setzte er seine Sonnenbrille auf, um die Farbnuancen wenigstens ein bisschen zu dämpfen. Er würde zwar nicht behaupten, dass der Barbesuch am vergangenen Abend einen Kater hinterlassen hatte, aber wirklich spurlos war er auch nicht an ihm vorbeigegangen. Keine gute Grundvoraussetzung, um gleich seiner Lehrmeisterin gegenüberzutreten und sich gegen sie zu behaupten. Aber eins nach dem anderen. Trotz der viel zu kurzen Nacht war er früh in Machias losgekommen und würde es noch schaffen, im Motel einzuchecken, bevor er auf dem Gestüt erwartet wurde. Vielleicht fand er sogar noch einen anständigen Coffeeshop auf dem Weg zu den *Silver Brook Stables*.

Das Motel sah genauso aus wie die meisten, die man an amerikanischen Highways fand. Hellgraue Fassade. Rote Türen. Und eine neugierige Managerin, die sich als Lucille Carlson vorstellte und versuchte, alles über seinen Aufenthalt auf der Insel in Erfahrung zu bringen. Matt wusste, wie das Kleinstadtleben funktionierte. Home Port war vielleicht ein bisschen weniger verfallen, farbenfroher und von mehr Touristen bevölkert als Willisburg, Kentucky, aber die Leute hier waren genauso neugierig wie in seiner Heimatstadt. Und genauso begierig darauf, sich in das Leben der anderen einzumischen, statt sich um ihr eigenes zu kümmern. Mrs. Carlson würde ihn nicht aus ihren Fängen entlassen, bevor er ihre Neugier befriedigt hatte. Also warf er ihr ein paar Brocken hin, bestätigte ihre Vermutung, dass er ein paar Wochen auf dem Gestüt verbringen würde und hörte sich im Gegenzug ein Loblied auf die Cooper-Frauen an, die in den *Silver Brook Stables* ganz Wundervolles leisteten.

Matt nickte ein paar Mal und warf das eine oder andere gebrummte »Hmm« in den Raum, während er die Postkarten studierte, die auf einem Ständer in die Ecke gequetscht worden waren. Als er es schließlich schaffte, die Hotelmanagerin abzuschütteln und sein Gepäck in sein Zimmer zu bringen, war er überrascht, dass sein Zuhause für die nächsten Wochen bereits in diesem Jahrtausend angekommen war. Hell und sauber. Anständige, zeitgemäße Holzmöbel. Ein grauer

Schieferboden statt der üblichen, jahrzehntealten Teppiche, die die Gerüche aller vorherigen Gäste speicherten. Das Bad war winzig für einen Mann von einem Meter neunzig, aber man konnte nicht alles haben. Matt stellte sein Gepäck neben dem Bett ab. Er würde erst zum Auspacken kommen, wenn er seinen ersten Tag auf dem Gestüt hinter sich hatte. Jetzt würde er sich erst einmal den dringend benötigten Kaffee besorgen.

Auf dem Weg zurück in die Stadt fuhr er langsam. Was nicht nur daran lag, dass er die Augen nach einem Laden offen hielt, wo er an die inzwischen bitter nötige Dosis Koffein kam. Die Sommergäste, die nicht nur die Gehwege, sondern auch die Straße bevölkerten, Eis aßen und Selfies machten, ließen ein höheres Tempo gar nicht zu. Doch selbst wenn er schneller gewesen wäre, hätte er das »Coffee-to-go«-Schild im Fenster von *Marsha's Bakery* nicht übersehen. Er parkte auf einem kleinen Parkplatz auf der gegenüberliegenden Straßenseite und grüßte die Leute, die ihm entgegenkamen, freundlich, als er die Straße überquerte. Die Ladentür stand offen, und er wurde bereits vor dem Haus von einer Duftwolke aus starkem Kaffee und süßem Gebäck begrüßt. Hier draußen waren mehrere Bistrotische aufgestellt, an denen die Kundschaft, auf den ersten Blick Einheimische genauso wie Sommergäste, frühstückten oder eine Tasse Kaffee genossen.

Matt betrat die Bäckerei und wurde von sonnengelben Wänden und den gleichen Bistrotischen wie draußen empfangen. Der Kuchentresen bestand aus warmem, dunklem Holz und ergänzte das gemütliche Ambiente. Die große Frau, die mit einer geblümten Schürze und einem strengen Dutt hinter dem Tresen stand, musterte ihn eingehend. Matt hatte das Gefühl, sie blickte ihm bis in die Seele.

»Sie müssen der Reiter sein, der die nächsten sechs Wochen bei den Coopers verbringen wird«, stellte sie fest und zog die Augenbrauen nach oben, als wolle sie ihn herausfordern, ihr zu widersprechen.

Matt unterdrückte ein Seufzen. Er hatte sich nicht getäuscht: Der Buschfunk funktionierte hier genauso problemlos wie in Kentucky. Mrs. Carlson hatte die Kunde von seinem Aufenthalt in ihrem Motel bereits verbreitet. »Matthew Walker«, stellte er sich vor und schenkte der Frau ein Lächeln, das seine Wirkung normalerweise nie verfehlte. »Meine Freunde nennen mich Matt.«

»Und Sie glauben, dass wir Freunde sind, weil …?«, zeigte sie sich ziemlich unbeeindruckt. Verdammt, an ihr schien sein Charme abzuperlen wie Wasser an Teflon.

»Weil«, er beugte sich vertraulich vor und sog den Duft der Backwaren vor sich tief ein, »wir sicher Freunde werden. Wenn die Sachen auch nur halb so gut schmecken, wie sie riechen, werde ich viel Zeit in Ihrem Laden verbringen.«

Die Frau nickte. »Etwas Besseres als meine Backwaren werden Sie auf dieser Insel nicht finden.« Zweifelsohne eine Tatsache. »Ich bin Marsha, was Sie wissen sollten, wenn Sie die nächsten Wochen hier verbringen, Schätzchen.«

»Freut mich, Sie kennenzulernen, Marsha. Können Sie mein Leben retten? Ich brauche unbedingt einen Kaffee. Und eines von diesen Blaubeertörtchen.«

»Zum Hier-Essen?«, wollte sie wissen.

»Zum Mitnehmen, bitte.« Er hätte gern noch ein wenig mit ihr geplaudert. Nirgends erfuhr man so viel über eine Stadt –

oder in diesem Fall eine Insel – wie in den örtlichen Restaurants, Bars oder eben der Bäckerei. Aber wenn er pünktlich auf dem Gestüt sein wollte, blieb ihm für einen kleinen Plausch keine Zeit. Er würde das einfach bei Gelegenheit nachholen. Über Summer Cooper, seine Pferdetrainerin, gab es mit Sicherheit viel in Erfahrung zu bringen. Informationen, die ihm helfen würden, die Frau, mit der er es zu tun bekommen würde, einzuschätzen.

»Ich gehe davon aus, Sie nehmen einen Keramik-to-go-Becher«, riss Marsha ihn aus seinen Gedanken.

»Wie bitte?«, fragte er.

Marsha wies mit dem Daumen auf das Schild an der Wand hinter ihr, das besagte, dass man für einen Keramikbecher zwar fünf Dollar Pfand zahlen musste, der Kaffee dafür aber einen Dollar billiger war als im Styroporbecher. »Wir haben auf dieser Insel dem Plastikmüll den Kampf angesagt. Schließlich sind wir keine dieser großen Ketten, denen ihr Müll scheißegal ist. Sie können den Becher wieder bei mir abgeben oder überall sonst auf der Insel, wo es Kaffee gibt. Wenn Sie sechs Wochen hierbleiben, werden Sie so einen Becher brauchen.«

Matt mochte die ruppige Art der Bäckerin. Er grinste sie breit an. »In diesem Fall brauche ich auf jeden Fall einen von diesen Bechern.«

Marsha nickte. »Gute Wahl.« Sie schob einen Becher, auf dem *Stonebridge Island* stand und ein Umriss der Insel abgebildet war, unter den Kaffeeautomaten. »Willkommen auf der Insel«, sagte sie, als sie ihm den Kaffee und das Küchlein über den Tresen reichte.

Matt zahlte und versprach, der Bäckerei bald wieder einen Besuch abzustatten. Auf dem Weg nach draußen biss er bereits das erste Mal von dem süßen Teilchen ab und verdrehte im nächsten Moment genüsslich die Augen. Wahrscheinlich sollte er sich mit diesem Süßkram ein bisschen mehr zurückhalten. Als Leistungssportler hatte er sich zumindest an einen groben Ernährungsplan gehalten und jeden Tag trainiert. Seit seinem Sturz war all das zu kurz gekommen. Solange er auf dieser Insel festsaß, sollte er wenigstens anfangen, ein paar Gewichte zu stemmen, um seinen Körper wieder in Schuss zu bringen. Wenn die Pferdeflüsterin dann mit Ice fertig war und Garret ihn doch noch feuern würde, wäre er wenigstens körperlich auf der Höhe, wenn er sich nach einem neuen Job umsah.

Bis er seinen Wagen auf der anderen Straßenseite erreichte, hatte er das Blaubeerküchlein ganz verschlungen und leckte sich den restlichen Zucker von den Fingern. Er wollte gerade seinen Kaffeebecher in die Halterung in der Mittelkonsole seines Pick-ups stellen, als er sie sah. Seine schöne Unbekannte huschte ein paar Meter entfernt über die Straße. Hier? Auf Stonebridge Island? Ihre Haare wehten hinter ihr her. Sie kamen ihm ein wenig länger vor als in der vergangenen Nacht, aber bei Tageslicht wirkte ja vieles anders. Der kurze Rock, die langen Beine in Cowboy-Boots … Er hatte bereits einen Schritt von seinem Wagen weg gemacht, um ihr zu folgen, als jemand einen Namen über die Straße rief: »Megan.« War das ihr Name? Megan? Sie drehte sich um, um dem Rufer zuzuwinken – und Matt blieb stehen. Das war nicht seine schöne Unbekannte. Aber im ersten Moment hatte sie wirklich so ausgesehen.

Er schüttelte über sich selbst den Kopf und kehrte zu seinem Pick-up zurück. Offensichtlich hatte er die vergangene

Nacht doch nicht einfach so zur Seite geschoben. Im Moment hatte er das Gefühl, dass es wirklich ein Verlust war, weder ihren Namen noch ihre Telefonnummer zu kennen. Ein paar Nächte wie die vergangene würden die Langeweile verdrängen, mit der er sich in den nächsten Wochen mit Sicherheit herumschlagen musste. Andererseits hatte er nie darüber nachgedacht, dass sie vielleicht auf dieser Insel lebte. In diesem Fall lief sie ihm möglicherweise ganz automatisch über den Weg. Dieser Gedanke brachte ihn zum Grinsen, als er den Pick-up startete und den Weg zu den *Silver Brook Stables* einschlug. Er würde dem Pub auf der Insel heute Abend auf jeden Fall einen Besuch abstatten. Man konnte ja nie wissen.

*

Summer hatte sich so schnell wie möglich in ihr Büro in dem ausrangierten Pferdeanhänger zurückgezogen, nachdem sie in der Küche auf ihre Schwestern getroffen war. Sie wollte weder darüber nachdenken, was sie in der vergangenen Nacht getan hatte, noch darüber, dass sie ihre Schwestern angelogen hatte – oder zumindest mit der Wahrheit hinter dem Berg gehalten hatte. Heute Abend, schwor sie sich, heute Abend würde sie ihnen alles erzählen. Aber bis dahin hatte ihr Job Vorrang. Ihr neuer Kumpel – Jumper – döste neben ihr auf der Bank, während sie die Akte durchging, die sie für ihren neuen Kunden angelegt hatte. Ice Blue Fire aus den *Woodberry Racing Stables* in Kentucky. Das Gestüt war in Reitsportkreisen natürlich ein Begriff, und Summer erinnerte sich sehr wohl daran, Ellyn Parsons und ihre Tochter Reeva vor ungefähr zehn Jahren bei einem Horsemanship-Kurs kennengelernt zu haben. Den Jockey – Matthew Walker – kannte sie nicht. Aber das war auch besser so. Auf diese Weise konnte sie sich unvoreingenommen auf das Problem von Reiter und Pferd konzentrieren. Nach Ellyns Schilderungen kamen die beiden nicht mehr miteinander klar, seit sie beim *Kentucky Three-Day* gestürzt waren.

Sie klappte die Akte zu und legte sie in ihren alten, verbeulten Blechschrank. »Na komm. Dein Herrchen wird gleich hier sein«, rief sie den Hund. Er sprang auf und sauste an ihr vorbei, ehe sie die Tür des Pferdeanhängers hinter sich zuschob. Summer würde Pferd und Reiter erst einmal auf sich wirken lassen, überlegte sie. Ganz ohne schriftliche Unterlagen und Notizen.

Megans Wagen fehlte, als sie auf den Hof zurückkam. Summer erinnerte sich, dass sie einen Termin in Home Port hatte. Sie ging zum Roundpen hinüber, wo Cassiopeia schon für eine Stunde Reittherapie mit der kleinen Robyn Morgan bereitstand. Abby war noch in ihrem Büro, aber der Wallach trabte in der Hoffnung, ihr ein Leckerli abzuluchsen, zu Summer herüber, als sie sich an das Gatter lehnte. Jumper kam zu ihr und schnupperte aufmerksam auf dem Boden herum. Offenbar war er gut an Pferde gewöhnt. »Na mein Hübscher«, grüßte Summer Cassiopeia und strich ihm über den Hals. Niemand konnte den bettelnden Blicken des Wallachs widerstehen, besonders in Anbetracht der Tatsache, dass er heute noch viel harte Arbeit vor sich hatte. Sie zog ein Leckerli aus der Tasche ihrer Shorts. Das Pferd inhalierte es regelrecht, als sie es ihm hinhielt – und zog im nächsten Moment die Clownsnummer ab, für die es bekannt war. Ehe Summer sich aus seiner Reichweite bringen konnte, hatte er ihr den Stetson vom Kopf gezogen und hielt ihn außerhalb ihrer Reichweite.

Summer lachte. »Du frecher Kerl! So dankst du mir, dass ich dich verwöhne?« Gerade, als sie nach ihrem Hut greifen wollte, hörte sie hinter sich ein Fahrzeug. Sie drehte sich um, als der Motor erstarb und die Fahrertür eines silberfarbenen Pick-ups aufgeschoben wurde. Jumper richtete sich auf, blickte kurz in Richtung des Wagens und stürmte – offenbar überglücklich – los. Das Erste, was Summer sah, waren Stiefel und Jeans. Dann erschien der Rest des Mannes in ihrem Blickfeld. Summer erstarrte. Er! Was hatte *er* hier verloren? Wie hatte er sie gefunden? Sie merkte, dass sie immer noch mit erhobenem Arm dastand, als Cassiopeia den Stetson über ihre ausgestreckte Hand stülpte. Langsam senkte sie den Arm und setzte den Hut auf.

Er fing den Hund auf, der ihm ohne zu bremsen in die Arme sprang und ihn wild zappelnd begrüßte. Abgesehen davon blieb der Typ einfach stehen und starrte sie an. Summer konnte hierbleiben und über den Hof hinweg zurückstarren. Was nicht besonders hilfreich sein würde. Sie zog die Krempe des Stetsons tiefer in die Stirn, um seinem Blick auszuweichen, und ging langsam auf ihn zu.

*

Der Pick-up rumpelte über die Brücke des Silver Brook und rollte auf dem Hof des Gestüts aus. Matt wollte gerade aussteigen, als er die Frau am Roundpen stehen sah. Schon wieder eine Fata Morgana seiner schönen Unbekannten. Er schüttelte über sich selbst den Kopf. Die Frau musste endlich aus seinen Gedanken verschwinden. Er grinste, als er sah, wie das Pferd der Frau den Stetson vom Kopf klaute. Nettes Kunststück.

Jumper, der neben ihr herumgeschnüffelt hatte, entdeckte ihn und stürmte auf ihn zu. Dann drehte die Frau sich um – und Matt blieb wie hypnotisiert stehen. Das war sie. Er fing Jumper auf, der wie immer zielsicher in seine Arme sprang, schaffte es aber nicht, seinen Blick von der Frau zu lösen. Matt blinzelte, um sicherzugehen, dass er sich nicht wieder täuschte. Aber nein, sie war immer noch da. Und so überrascht, wie sie ihn anstarrte, hatte sie ihn ebenfalls erkannt. Was tat sie hier, auf dem Hof der Coopers?

Er würde es wohl gleich erfahren. Nachdem das Pferd den Hut zurückgegeben hatte, zog sie ihn sich tief ins Gesicht und kam auf ihn zu.

»Das nenne ich mal eine Überraschung«, sagte Matt, als sie ihn erreichte. Er setzte Jumper wieder auf den Boden, der sich sofort daran machte, seine nähere Umgebung zu erkunden.

Die Frau sah sich um, als wolle sie sichergehen, dass sie von niemandem belauscht wurden. »Du verfolgst mich doch nicht, oder?«, fragte sie dann leise. »Das war eine Nacht. Sie ist vorbei …« Sie holte zu einer unbestimmten Geste aus.

»Ehrlich gesagt bin ich gar nicht wegen dir hier«, beruhigte er sie. Obwohl jetzt, wo sie sich wiedergetroffen hatten, könnten sie ja vielleicht wirklich ihre Nummern austauschen. »Ich habe einen Termin. Mit Summer Cooper.«

Einen Moment blieb sie stumm vor ihm stehen. Unter dem Schatten, den der Stetson auf ihr Gesicht warf, konnte er nur ihre untere Gesichtshälfte erkennen. Sie war blass geworden. Die sinnlich geschwungenen Lippen, die er in der Nacht noch geküsst hatte, bildeten eine schmale Linie. Sie schob den Hut mit dem Zeigefinger ein Stück zurück und hob langsam den

Kopf, um ihm in die Augen sehen zu können. »Ich bin Summer Cooper«, sagte sie.

»Was?« Matt starrte sie fassungslos an. »Ich denke, du bist Lehrerin?«, platzte er heraus.

»Wie kommst du denn darauf?«, fragte sie und schob die Hände in die Gesäßtaschen ihrer Shorts. Unbehaglich wippte sie auf den Absätzen ihrer Stiefel vor und zurück.

»Das hast du doch gestern gesagt.«

Wieder drehte sie sich um, um nach uneingeladenen Zuhörern Ausschau zu halten. »So etwas habe ich nie behauptet«, widersprach sie dann, deutlich leiser als er.

»Doch, du hast es gesagt. Nicht so direkt«, korrigierte er sich. »Aber du hast erzählt, dass du deinen Ex an der Highschool kennengelernt hast.«

»Ja. Weil ich ehrenamtlich das Crosscountry-Laufteam trainiere. So haben Alec und ich uns getroffen«, zischte sie.

»Okay.« Matt rieb über die kleine Narbe, die sich seit dem Sturz durch seine rechte Augenbraue zog. Das hier war … absolute Scheiße. Eine andere Bezeichnung dafür fiel ihm nicht ein. »Wenn ich gewusst hätte, wer du bist, hätte ich mich niemals auf dich eingelassen.«

Summer stützte die Hände in die Hüften und sah ihn prüfend an. »Vielen Dank für die Blumen«, konnte sie sich die sarkastische Erwiderung auf seine – zugegebenermaßen nicht besonders gut gewählten – Worte nicht verkneifen. »Dann kann ich also davon ausgehen, dass du Matthew Walker bist.«

»Matt«, sagte er ganz automatisch.

Summer drehte sich von ihm weg, legte den Kopf in den Nacken und atmete tief ein und aus. Ein Moment, der ihm Zeit gab, den Hof in Augenschein zu nehmen. Was er sah, gefiel ihm. Ein Gebäude, er vermutete die Futterscheune, sah ein bisschen mitgenommen aus. Alles andere war blitzsauber und ordentlich. Er atmete den Duft nach Pferden, Heu und Mist ein, der jeden Pferdebetrieb ausmachte und dafür sorgte, dass sich ein Reiter sofort wohlfühlte.

»Hör zu.« Summer wirbelte wieder zu ihm herum. »Die letzte Nacht ist nicht passiert.«

Er sparte sich eine Antwort und sah sie einfach nur mit schräg gelegtem Kopf an.

»Ich habe mir für Ellyn die Mühe gemacht, dich in einem wirklich vollen Terminkalender unterzubringen. Wenn du irgendjemandem von dieser Nacht erzählst, beende ich die Zusammenarbeit mit dir auf der Stelle. Verstehen wir uns?«

Matt konnte nicht anders. Er zog den rechten Mundwinkel zu einem sarkastischen Grinsen nach oben. Was für eine Ironie, dachte er. Er hatte eine atemberaubende Nacht mit einer fantastischen Frau verbracht – nur um dann herauszufinden, dass sie diejenige war, mit der er beim besten Willen nicht zusammenarbeiten wollte. Eigentlich musste er also nur herumerzählen, dass sie miteinander geschlafen hatten, und sie würde ihn rausschmeißen. Was ihn von dieser verdammten Pferdeflüsterei erlöste – und ihn den Job kosten würde. »Wir verstehen uns«, brachte er heraus und lehnte sich gegen den Kotflügel seines Pick-ups. »Ich freue mich, dich kennenzulernen, Summer Cooper.«

Sie runzelte angesichts des Sarkasmus in seiner Stimme die Stirn. »Fangen wir einfach an«, entschied sie. »Du willst vermutlich erst einmal nach deinem Pferd sehen.«

Nein, das wollte er nicht. Ice würde heute sicherlich nicht besser auf ihn reagieren als in den letzten Tagen. Summer ging aber bereits auf einen der Ställe zu, also blieb ihm nichts anderes übrig. Er stieß sich von seinem Wagen ab und folgte ihr. Jumper, der für einen Moment den Anschluss verpasst hatte, schoss an ihm vorbei und stoppte erst auf Summers Höhe, um sie in den Stall zu begleiten. Super. Sogar sein Hund hatte die Seiten gewechselt.

# 5

Summer bemühte sich um Professionalität. Was sonst sollte sie auch tun? Sie hatte in Matts Gesicht lesen können, dass er nicht ihrer Meinung war, was ihre Entscheidung betraf. Offenbar hatte er überhaupt kein Problem damit, mit ihrem One-Night-Stand hausieren zu gehen. Wahrscheinlich fand er es sogar noch witzig, dass ausgerechnet sie beide sich in dieser Bar in Machias über den Weg gelaufen waren.

Sie führte ihn zu Ice' Box. Das Pferd war ein wunderschönes Warmblut, das vor Nervosität völlig überdreht war. Dem Tier war deutlich anzumerken, dass die Aufregung stieg, als Matt den Stall betrat. Um die Situation – und vor allem das Problem – einschätzen zu können, trat sie mental und körperlich einen Schritt zurück und überließ Matt die Arbeit mit dem Pferd. »Leg ihm sein Halfter an und führe ihn zum Sattelplatz. Wenn Ice aufgesattelt ist, möchte ich, dass du ihn eine Runde auf dem Sandplatz reitest.«

Sie war sich nicht sicher, ob sie aus Matts Brummen ein »Na klar doch« heraushörte. Falls das seine Einstellung zu dem Training mit Ice sein sollte, wunderte sich Summer nicht wirklich, warum Pferd und Reiter nicht mehr miteinander klarkamen. Andererseits erlebte sie ein solches Verhalten auch nicht zum ersten Mal. In der Regel war nicht das

Tier das Problem, sondern der Mensch, der die Verantwortung trug.

Sie sah dabei zu, wie Matt den widerspenstigen Hengst mühsam so weit unter Kontrolle brachte, dass er ihn zum Sattelplatz führen konnte. Wobei Summer sich nicht sicher war, wer wen führte. Das Satteln des Pferdes war das nächste Drama. Als Matt und Ice es bis zum Sandplatz geschafft hatten und er aufsaß, brachten sie es nicht einmal auf eine Runde, bevor der Hengst seinen Reiter abwarf. »Zufrieden?«, knurrte Matt sie an, als er sich den Dreck von der Hose klopfte.

Sie hatte das Gatter geschlossen und sah dem Pferd dabei zu, wie es reiterlos weiterrannte. Immer am Zaun entlang, auf der Suche nach einem Fluchtweg. »Ich bin eher beeindruckt, wie lange du dich überhaupt oben gehalten hast.« Und dass er sich getraut hatte, sich auf dieses Pferd zu setzen. »Einen Sprung braucht es jedenfalls nicht mehr, um Ice die Nerven verlieren zu lassen.«

Matt humpelte zu ihr an den Zaun, ohne den Hengst aus den Augen zu lassen. Er rieb sich über die Schulter, sagte aber nichts.

Summer hatte in den Unterlagen, die Ellyn ihr geschickt hatte, von Matts Verletzungen gelesen. »Bist du okay?«, fragte sie, als er sich gegen den oberen Querriegel lehnte und für einen Moment das Gesicht verzog.

»Ja«, knurrte er. »Hast du genug gesehen?« Mit den Blicken folgte er Ice, der am anderen Ende des Sandplatzes stehen blieb und mit angelegten Ohren zu ihnen hinübersah.

»Für den Moment«, sagte sie. Matt und Ice hatten einen langen Weg vor sich, so viel war klar. Für die Beziehung zwischen Pferd und Reiter war es gut, dass Matt sechs Wochen auf Stonebridge Island blieb. Für ihren Seelenfrieden … eher weniger. »Ice gehen die Nerven durch«, sprach sie das Unübersehbare aus. »Wir werden das ändern. Und dafür sorgen, dass ihr wieder zusammenfindet.«

»Vielleicht sollte ich erwähnen, dass ich nicht an diese Pferdeflüsterei glaube.« Als ob sein Verhalten daran einen Zweifel gelassen hätte. »Was auch immer du denkst, ändern zu können, es wird nicht funktionieren.«

Summer, die Ice beobachtet hatte, blickte Matt an. Er wirkte frustriert. Sie glaubte nicht, dass das daran lag, dass sein Pferd ihn vor ihr in den Sand katapultiert und er sich blamiert hatte. Der Grund war eher, dass er sein Pferd einfach nicht mehr verstand, obwohl die Chemie zwischen ihnen jahrelang gestimmt hatte. Inzwischen fehlte zwischen den beiden jede Bindung. Ice war für Matt nur noch ein Sportgerät. Eines, das er nicht mehr unter Kontrolle hatte. »Kannst du mir euren Sturz beschreiben?«, fragte sie ihn.

»Nein.« Matt rieb sich über die kleine Narbe, die seine rechte Augenbraue teilte. Emotionaler Stress, dachte Summer sofort. »Ich kann mich nicht daran erinnern, was passiert ist. Ich bin erst im Krankenhaus wieder zu mir gekommen. Mit gebrochenen Rippen und einem gebrochenen Schlüsselbein. Unter anderem.«

Summer schob ihr Klemmbrett unter den Arm und steckte den Stift in die Gesäßtasche ihrer Shorts. »Hat es keine Nachbesprechung zu dem Sturz gegeben? Seid ihr den Unfall nicht durchgegangen?«

»Nein.« Kurz, knapp und abweisend. Matt schien das Thema nicht vertiefen zu wollen.

Also blieb ihr nichts anderes übrig, als nachzubohren.

»Warum nicht? Das ist doch inzwischen eine übliche Methode und wird nach jedem Wettkampf zur Leistungsoptimierung gemacht. Ganz gleich, wie das Rennen ausgeht.«

»Mag sein.« Wieder dieses Reiben über die Narbe. »Ich bin noch nicht lange wieder auf der Höhe. Krankenhaus. Physiotherapie«, zählte er auf. »Die Analyse des Sturzes war bis jetzt mein kleinstes Problem.«

Dabei hätte sie sein größtes Problem sein sollen. Schließlich hatte der Unfall ihn nach Stonebridge Island geführt. Wusste er wirklich nicht, was passiert war – oder behauptete es einfach nur? »Warum reitest du?«, konnte Summer sich ihre Frage nicht verkneifen.

»Was?« Matt sah sie verständnislos an.

»Du bestreitest deinen Lebensunterhalt auf diese Weise«, erklärte Summer die Frage. »Warum bist du nicht Automechaniker? Oder Trucker? Oder irgendwas anderes?«

Er stützte seine Hände gegen den obersten Zaunriegel und ließ seinen Kopf für einen Moment dazwischen hängen. Als er wieder aufsah, hatte Summer an diesem Tag zum ersten Mal das Gefühl, dass er die Wahrheit sagte. »Weil das leider das Einzige ist, was ich wirklich gut kann.«

*

Sie hatte ihn aus seinen Pflichten für diesen Tag entlassen. Einfach so. Summer Cooper hatte ihm erklärt, dass sie zunächst einmal hatte sehen wollen, wo das Problem zwischen Matt und Ice lag. Offenbar hatte sie gesehen, was sie ihrer Meinung nach wissen musste, denn er wurde nicht mehr gebraucht. Den Hengst, der immer noch von der anderen Seite des Sandplatzes zu ihnen herübersah, würde sie selbst einfangen. Mit einem »Ich erstelle einen Trainingsplan für euch beide. Sei morgen pünktlich um zehn wieder hier« hatte sie ihm den Rücken zugedreht und war auf Ice zugegangen.

Er hatte kein Interesse daran gehabt, ihr dabei zuzusehen, wie sie sich mit seinem Pferd abmühte. Vielleicht hatte er auch ein winziges bisschen Angst, dass sie ihrem Ruf gerecht wurde und am Ende besser mit Ice klarkam, als ihm lieb war. Auch wenn er bis jetzt noch keinen Schimmer hatte, was sie tun würde, um das Problem zu lösen. *Komm morgen wieder! Ich erstelle euch einen Trainingsplan!* Darüber konnte er nur den Kopf schütteln. Aber gut. Er war am Meer, und er hatte Zeit. Also konnte er seinen Aufenthalt genauso gut als Urlaub betrachten, solange seine Trainerin ihn vom Hof jagte. Er seufzte, als er zu seinem Wagen zurückging. Die Version von ihr, mit der er gestern getanzt und die er mit in sein Motelzimmer genommen hatte, hatte ihm eindeutig besser gefallen.

Matt fuhr, Jumper auf dem Beifahrersitz, die Vorderpfoten gegen das Armaturenbrett gestützt, um nur nichts zu verpassen, vom Gestüt aus kreuz und quer über die Insel. Überall sah er Sommergäste. Die meisten Ferienhäuser waren bewohnt. Die Touristen wanderten durch die Wälder, kurvten mit Mountainbikes durch die Gegend. Trotzdem erweckte die Insel nicht den Eindruck eines typischen Touristen-Hotspots. Alles lief einen Gang gemütlicher, entspannter, als er es erwartet hätte. Aber er musste gestehen, dass ihm dieses träge Tempo durchaus gefiel. In einer Hippiekommune namens Sandy Beach, der zweiten der beiden Städte auf der Insel, fand er neben ein paar Souvenirshops, einer Töpferei und einem Stand, der gewebte Sachen anbot, eine kleine Bäckerei, in der er ein weiteres Blaubeerküchlein erstand, das lecker war, aber nicht ganz so spektakulär wie das aus *Marsha's Bakery*, und wo er seinen To-go-Kaffeebecher auffüllen ließ. Er machte es sich mit seinem Hund auf einer der Bänke bequem, die auf der Klippe an der Inselspitze standen. Hier konnte er sich den Wind um die Nase wehen lassen und die Linie des Festlandes betrachten. Genau wie den Leuchtturm, der auf einer Felsnadel vor der Insel gebaut worden und nur bei Ebbe zu erreichen war. Er atmete den Geruch nach Sonne und Meer ein. Seetang und Salz. Jumper kläffte eine freche Möwe an, die knapp über ihren Köpfen entlangsegelte und empört kreischte – vielleicht, weil Matt von dem Küchlein keinen Krümel übriggelassen hatte.

Das Klingeln von Matts Handy zerstörte die Idylle dieses Moments. Ein Blick auf das Display ließ in Matt den Wunsch aufkeimen, den Anruf einfach zu ignorieren. Aber sein Vater ließ sich nicht abwimmeln, wie er nur zu gut wusste. Wenn er nicht ranging, würde Hank es so lange weiterversuchen, bis er abnahm. Oder seine Mailbox voll war. »Dad«, grüßte er, nachdem er über das Display gewischt hatte.

»Wie läuft es da oben im Norden?«, wollte sein Vater statt einer Begrüßung wissen.

»Fantastisch«, log er und nippte an seinem Kaffee. Hank Walker hatte sich schon immer mehr für die Leistung seines Sohnes interessiert als für seinen Sohn. Zumindest seit seine Mutter … Matt wischte den Gedanken zur Seite.

»Und wie macht sich Ice? Gibt es schon Fortschritte?«

Das Festland schien von seinem Punkt aus zum Greifen nah. Matt betrachtete die Pinien, die an der Uferkante standen. Sie hatten sich schon immer vor dem Sturm weggeduckt, der vom

Atlantik über sie hinwegfegte, und waren dabei ganz windschief geworden. Ein bisschen fühlte er sich wie diese Bäume. Sein Vater war ein Orkan, der über ihn hinwegfegte – oder ihn vor sich hertrieb – so lange Matt denken konnte. Was hatte er noch vor ein paar Stunden zu Summer gesagt? Er ritt, weil es das Einzige war, was er gut konnte. Aber irgendetwas war in diesem Jahr passiert. Nicht erst, als Ice und er gestürzt waren. Es hatte schon vorher begonnen. »Wir sind erst einen Tag hier.« Nichts würde ihn dazu bringen, seinem Vater von dem Desaster zu erzählen, zu dem sein erster Trainingstag geworden war.

Hank brummte irgendetwas Unverständliches. »Halt mich auf dem Laufenden, ja?«

Matt rieb sich über den Nacken. »Sag Garret, er soll mich selbst anrufen, wenn er etwas von mir will.«

»Wie kommst du drauf, dass …«

»Mach's gut, Dad«, unterbrach Matt ihn und legte auf. Er schob das Handy zurück in die Hosentasche und blickte zu der kleinen Familie hinüber, die gerade ein Stück weiter die Klippe hinunter ihr Lager aufschlug. Die Mutter breitete eine Picknickdecke aus und packte dann die mitgebrachten Snacks aus, während der Vater mit seinem Sohn auf den Schultern herumrannte, der kichernd einen Drachen im Atlantikwind flattern ließ. Familienleben. Matt war sich sicher, so ähnlich hatte sein Leben auch mal ausgesehen, selbst wenn er sich daran genauso wenig erinnerte wie an den Sturz mit Ice. Irgendwann, bevor sein Vater begonnen hatte, ihn zu einem der besten Vielseitigkeitsreiter der Vereinigten Staaten auszubilden.

Jumper fiepte. Der Hund schien seine miese Stimmung zu bemerken, denn er schob seinen Kopf unter Matts Arm durch und legte ihn an seine Brust, als wollte er ihn trösten.

»Du hast recht«, murmelte Matt und streichelte den Hund. »Es bringt nichts, in Selbstmitleid zu versinken. Wir sollten ins Hotel fahren.« Jumper legte den Kopf schief und sah ihn an, als verstünde er jedes Wort. »Dann setzten wir uns auf die Terrasse hinter unserem Zimmer. Und ich fange endlich an, den neuen Grisham zu lesen, und du kannst ein bisschen im Wald herumstöbern.«

Jumper sprang von der Bank, rannte ein paar Schritte und drehte sich dann zu Matt um. Auffordernd bellte er ihn an.

»Jepp. Ich komme.« Matt erhob sich ebenfalls und bewegte vorsichtig seine schmerzende Schulter. Was auch immer Summer Cooper am nächsten Tag von ihm verlangen würde, er setzte sich nicht noch mal auf Ice.

\*

Summer ließ ein so genanntes Problempferd und seinen Reiter immer erst einmal auf sich wirken und versuchte so, einen möglichst unverfälschten Eindruck der Situation zu erhalten. Bei Matt und Ice würde sie aber nicht darum herumkommen, sich den Sturz zumindest im Nachhinein anzusehen. Matt behauptete, sich nicht an den Sprung zu erinnern – aber sein Umgang mit dem Pferd sprach Bände. Keine Nähe. Keine liebevollen Berührungen. Matt tätschelte dem Hengst nicht den Hals, streichelte ihm nicht über die Nase oder steckte ihm ein Leckerli zu. Ice war außer sich, aber sein Reiter war nicht weniger traumatisiert. Auch wenn er es leugnete, ein Problem zu haben und die Schuld seinem Pferd zuschob.

Summer hatte es geschafft, genug Vertrauen zu Ice aufzubauen, dass sie ihn ohne größere Probleme zu den Ställen zurückführen konnte. Sie sattelte ihn ab und putzte ihn, bevor sie ihn auf einen Paddock stellte, der an eine der Koppeln angrenzte. Wenn sein Reiter schon nicht mit ihm klarkam, sollte das Tier nicht auch noch von seinen Artgenossen ferngehalten werden. Eine Weile beobachtete sie, wie er und die anderen Pferde sich über den Zaun beschnupperten. Mit ihnen kam Ice offenbar besser klar als mit Matt.

Schließlich stieß sie sich vom Koppelzaun ab und zog sich in ihren Pferdewagen zurück. Sie nahm sich eine Cola aus dem kleinen Kühlschrank in der Ecke und klappte ihren Laptop auf. Ellyn Parsons hatte ihr eine Datei mit dem Video des Unfalls geschickt. Summer schraubte die Colaflasche auf und trank einen Schluck. Dann stellte sie sie zur Seite und rief das Video auf. Einen Moment wartete sie, bis die Datei hochgeladen war und der kleine, blaue Kreis aufhörte, sich zu drehen. Dann erschienen Matt und Ice auf dem Bildschirm, und Summer wurde in den nächsten Sekunden Zeugin ihres grauenvollen Unfalls.

Als das Video endete, lehnte sie sich zurück und schluckte. Das Bild war in dem Moment eingefroren, in dem Matt reglos neben dem vor Schmerzen schreienden Pferd hinter dem Hindernis lag.

Summer atmete tief durch und presste die Hand auf ihr rasendes Herz. Sie hatte schon viele furchtbare Stürze zu Gesicht bekommen. Mehr als einen, der tödlich ausgegangen war. Und jede Menge leidende Pferde und verletzte Reiter. Aber den Mann da liegen zu sehen, mit dem sie die vergangene Nacht verbracht hatte … es war unglaublich, dass er diesen Sprung überhaupt überlebt hatte. Allein im vergangenen Jahr waren bei Turnieren zwei Reiter bei ähnlichen Unfällen ums

Leben gekommen. Sie griff nach ihrer Cola und trank einen großen Schluck gegen ihren plötzlich staubtrockenen Mund. Trotz des furchtbaren Ausgangs des Sprungs musste sie das Video analysieren, verstehen, was passiert war. Sie ließ die Szenen noch einmal langsamer ablaufen und griff nach ihrem Klemmbrett, um sich Notizen zu machen.

Ice tänzelte schon vor dem Start nervös, aber Matt grinste in die Kamera. Ein Lächeln, das sie inzwischen schon ein paar Mal an ihm gesehen hatte. Und ob sie es sich eingestehen wollte oder nicht, eine Nacht mit ihm zu verbringen half ihr jetzt, sein Verhalten bei diesem Turnier einzuordnen. Die Kamera fing alle Details ein. In seinen Augen blitzte nicht die Leidenschaft, die er für einen Wettkampf brauchte. Eine Leidenschaft zu der er fähig war, wie sie sehr gut wusste. Sein Lächeln schaffte es nicht wirklich, die Anspannung in seinem Gesicht zu überdecken. Matt war mindestens so nervös wie Ice. Warum nur? Sie konnte den Auslöser für sein Verhalten nicht entdecken. Aber sie erkannte den Fehler, den er gemacht hatte, auf den ersten Blick. Matt hatte Ice viel zu sehr vorangetrieben, war viel zu schnell auf das Hindernis zugeritten und hatte zu hastig zum Sprung angesetzt. Das Pferd hatte den Absprung nicht richtig hinbekommen und war hängen geblieben. Beim normalen Springreiten hätte Ice die Stange einfach gerissen. An den fest verbauten Crosscountry-Hindernissen jedoch hatten sie keine Chance gehabt. Sie waren über das Hindernis gestürzt, und Ice hatte Matt für einen Moment unter sich begraben.

Summer schaltete das Video ab und rieb sich über das Gesicht. Verdammt. Matt war mindestens so traumatisiert wie Ice, auch wenn er das mit jeder seiner Gesten leugnete. Sie verstand, dass er nach diesem Sturz ein Problem hatte. Aber die Anspannung in seinem Körper hatte sie schon vor dem Sprung erkennen können. Sie gab seinen Namen in die Suchmaschine ein. Jede Menge Ergebnisse wurden angezeigt. Summer rief ein Video nach dem anderen auf, sah sich genau an, wie Ice und Matt sich verhielten. Analysierte jede einzelne Aufnahme – und erkannte, dass das Problem weiter zurückreichte. In seinen jungen Jahren war Matt ganz offensichtlich ein Typ gewesen, der mit seinem Pferd in absolutem Einklang war – und hatte das bei seinen Wettkämpfen auch gezeigt. Doch bei den letzten Turnieren, die er geritten war, war die Anspannung sowohl bei ihm als auch bei Ice stetig gestiegen. Summer vermutete, dass beide unter Druck standen. Einem Druck, der immer weiter zugenommen hatte. Das war eines der Hauptprobleme, die die beiden lösen mussten. Sie mussten den Druck loswerden. Und wieder Vertrauen zueinander fassen. Etwas, das ganz eindeutig für Pferd und Reiter galt.

Summer seufzte und trank noch einen Schluck Cola. Nachdenklich blickte sie auf ihre Notizen. Sie vermisste Jack, so wie jeder in ihrer Familie und auf dem Gestüt. Aber in Momenten wie diesen fehlte er ihr besonders. Wäre er hier, könnten sie über Matt und Ice sprechen. Trainingsmethoden gegeneinander abwägen. Überlegen, wie sie Matt dazu bringen konnten, sich wieder auf sein Pferd einzulassen. Jack hatte nicht nur ein unglaublich gutes Gespür für Pferde gehabt, er hatte auch Menschen lesen können wie niemand sonst, den Summer kannte. Jack hätte gewusst, wie sie mit Matt umgehen musste. Vermutlich hätte er sogar gespürt, was in diesem Motelzimmer zwischen Matt und ihr geschehen war. Sie spürte die Hitze, die allein bei dem Gedanken an ihrem Hals nach oben kroch. Entschlossen schob sie die Gedanken an Matts nackten Körper beiseite und richtete sich auf. Es wurde Zeit, wenigstens mit ihren Schwestern zu sprechen.

Summer wollte den Laptop gerade zuklappen, als die Nachricht aufploppte, dass sie eine E-Mail erhalten hatte. Sie öffnete ihr Postfach und starrte auf Alecs Namen. Den ganzen Tag über hatte sie es geschafft, ihn und Carrie aus ihren Gedanken zu verdrängen. Genau wie sie es hinbekommen hatte, nicht an Matts nackten Körper in einem Motelbett zu denken, während sie ihren Job machte. Es hatte ihr geholfen, sich auf ihre Arbeit zu konzentrieren. Aber jetzt gab es für diesen Tag nichts mehr zu tun. Es wurde Zeit, sich den Tatsachen zu stellen. Sie wischte ihre plötzlich feuchten Hände an ihren Jeans-Shorts ab und atmete tief durch, bevor sie Alecs Mail öffnete.

*Hey Baby*, las sie. *Ich habe heute ein paar Mal versucht, dich zu erreichen.* Summer blickte ganz automatisch auf ihr Handy, auf dem jede Menge verpasste Anrufe und Nachrichten zu finden waren. Sie versuchte zu vermeiden, dass eines der Pferde, mit denen sie arbeitete, sich erschreckte, weil es plötzlich in ihrer Hosentasche zu klingeln begann. Alec sollte das eigentlich wissen, aber ... Summer senkte den Blick wieder auf den Bildschirm, um weiterzulesen. Die Nachricht war nicht lang. Er bat sie darum, sich mit ihm zu treffen. Er wollte ihr erklären, was passiert war – als ob sie das nicht mit eigenen Augen gesehen hatte. Carrie war ein Ausrutscher gewesen, den er furchtbar bereute. Ob Carrie das auch so sah? Wieder sah Summer das triumphierende Glitzern in den Augen ihrer Freundin vor sich. Und hatte nicht einer von ihnen gesagt, dass sie es *diesmal* nicht wieder im Flur treiben wollten? Carrie war ganz sicher keine einmalige Sache für Alec gewesen.

Sie wollte den Laptop zuklappen und Alec für den Moment einfach ignorieren, aber seine nächsten Worte hielten ihren Blick gefangen. *Du musst zugeben, dass du an dieser Situation nicht ganz unschuldig bist,* schrieb er. *In der letzten Zeit warst du nicht gerade oft für mich da. Ich habe mich einsam gefühlt.* Und ihre beste Freundin war so nett gewesen, ihm darüber hinwegzuhelfen, oder was? Endlich keimte die Wut in ihr auf, die sie schon so lange vermisste. Wut auf ihren betrügerischen Mistkerl von Freund. Verdammte Wut auf die Schlampe von angeblich bester Freundin. Summer klappte den Laptop zu und stand auf. Jetzt war sie in der richtigen Verfassung, mit ihren Schwestern zu reden.

Summer duschte den Staub des Tages ab, schlüpfte in bequeme Yogahosen und ein Top, griff aber trotzdem nach einem Hoodie, weil es schnell kälter wurde, sobald die Sonne untergegangen war. Sie fand ihre Schwestern hinter dem Haus, wo in der Feuerstelle auf der Wiese bereits ein paar Holzscheite brannten. Die lodernden Flammen boten die gleichen Farbschattierungen wie die, in denen die Sonne hinter dem Horizont verschwand.

»Da bist du ja!« Abby, die gerade eine Flasche Wein öffnete, drehte sich um und lächelte Summer an.

»Wir waren schon kurz davor, ein Suchteam loszuschicken.« Megan stellte einen Krug Eistee auf den Tisch im Patio und legte Summer dann eine Hand um die Taille.

»Irgendjemand muss sich um die Arbeit auf dem Hof kümmern«, neckte Summer ihre Schwestern, um die Stimmung ein wenig aufzulockern, auch wenn ihr eigentlich gar nicht nach Scherzen zumute war.

»Dieser neue Fall? Matthew Walker?« Megan lehnte ihren Kopf an Summers Schulter. »Ich habe euch ein paar Minuten von Weitem zugesehen. Das wird eine echte Herausforderung.«

»Stopp!« Abby hob die Hand, um Megan zu unterbrechen. »Über das Training können wir später noch sprechen. Lasst uns erst mal über Alec und dich reden. Wenn du möchtest«, fügte sie hinzu. Sie hielt ein Rotweinglas hoch und schaute sie fragend an.

Summer schüttelte den Kopf – von Alkohol hatte sie erst einmal genug. Viel zu deutlich stand ihr vor Augen, was sie getan hatte, als sie das letzte Mal zu viele Drinks erwischt hatte. Sie löste sich von Megan und goss sich Eistee ein. Mit dem Glas in der Hand machte sie es sich auf einem der Deckchairs am Feuer bequem und wartete, bis ihre Schwestern sich zu ihr gesellten.

Abby strich ihr in einer liebevollen Geste über das Bein, bevor sie sich auf den Platz neben ihr fallen ließ.

»Ich habe Alec mit Carrie erwischt«, sagte Summer.

»Verdammte Scheiße«, fluchte Megan, während Abby einen ungläubigen Laut ausstieß.

»Dann hat deine Überraschung also nicht so funktioniert, wie du dir das vorgestellt hast«, sagte Abby leise. »Tut mir leid, dass wir dich davon überzeugt haben, dich darauf einzulassen.«

»Nein.« Summer blickte auf den Ozean hinaus, als sie weitersprach. »Entschuldige dich nicht dafür. Ich habe keine Ahnung, wie lange das noch weitergegangen wäre, bis ich es herausgefunden hätte. Ich weiß noch nicht einmal, wie lange das schon läuft.«

»Du denkst, sie haben schon länger etwas miteinander?«
Megan stieß einen wütenden Laut aus.

»Als sie eng ineinander verschlungen in das Esszimmer getaumelt sind, in dem ich mit Kerzen und einem Glas Wein
auf ihn gewartet habe, die Lasagne im Ofen, habe ich sie ein
paar Dinge sagen hören, die darauf schließen ließen.« Summer
starrte weiter auf das Meer hinaus. »Alec behauptet allerdings,
dass es ein Ausrutscher gewesen sei.«

»Glaubst du ihm?«, fragte Abby.

»Einem Lügner und Betrüger?« Summer schnaubte. »Kein
bisschen.«

»Was ist passiert, als du sie erwischt hast?« Megan nippte
an ihrem Wein. »Bist du ausgeflippt? Was haben sie gesagt?«

Summer stellte ihren Eistee zur Seite und rieb sich mit den
Händen über das Gesicht. Abbys Retriever Charlie setzte sich
neben ihren Deckchair und legte den Kopf auf Summers
Oberschenkel. »O Gott, ihr werdet es nicht glauben.« Charlie blickte zu ihr auf, also streichelte sie ihn. Was nicht nur der
Hund liebte, sondern auch sie beruhigte. »Erst habe ich gar
nichts getan. Ich war wie in einer … Schockstarre«, war das
einzige Wort, das ihr dazu einfiel. »Dann habe ich irgendwas
echt Dämliches gesagt, wie ›sie sollen aufpassen, dass sie sich
nicht an den Kerzen verbrennen, wenn sie auf dem Tisch vögeln wollen‹ und dann … war ich irgendwie gar nicht mehr ich
selbst. Ich hatte das Weinglas noch in der Hand – ich habe es
einfach auf ex runtergekippt und dann fallen lassen.«

Ihre Schwestern schwiegen einen Moment. Dann beugte
sich Megan in ihrem Stuhl vor, um Summer besser ansehen
zu können. »Wow«, sagte sie. »Was meinst du mit Weinglas?
Eines von diesen superedlen, superbesonderen Erbgläsern?

Die Alec über alles liebt und die Leute wie ich nicht anfassen dürfen?« Er hatte Megan tatsächlich mal auf einer Party statt einem seiner geliebten Erbstücke ein Colaglas mit eingravierter Pepsi-Werbung für den Wein gegeben. Summers jüngere Schwester gehörte nicht zu den Menschen, die so etwas je vergaßen.

»Ähm, ja. Genau so eins.« Summer drückte für einen Moment ihr Gesicht in Charlies Fell. »Ich weiß gar nicht, was in mich gefahren ist.«

Abby lachte leise. »Stimmt, das sieht dir gar nicht ähnlich. Das ist eher Megans Stil.«

»Vielleicht lag es an meinem supersexy Kleid.« Megan zwinkerte Summer zu und zog sich die Haare über die Schulter nach vorn, nur um dann anzufangen, sich eine der Strähnen um den Finger zu wickeln. »Vielleicht hat das einfach auf dich abgefärbt.«

Damit brachte sie Summer trotz der Wut auf Alec zum Lachen. »Ich glaube nicht, dass ich mich in eine zweite Megan verwandelt habe.« Obwohl, wenn sie daran dachte, was sie in der vergangenen Nacht noch getan hatte, kam das der Einstellung ihrer Schwester zu den Themen »Männer« und »Spaß haben« schon recht nahe. »Aber ich muss gestehen, dass ich verdammt sauer bin. Sauer genug, dass mein Verhalten mir nicht leidtut.«

Abby schenkte Megan und sich nach. Summer leerte ihren Eistee und hielt ihrer Schwester ihr Glas ebenfalls hin. Inzwischen war ihr doch nach etwas Stärkerem. »Lass mich raten«, sagte ihre Schwester, als sie die Weinflasche über ihr Glas hielt. »Er hat sich gemeldet und alles noch schlimmer gemacht.«

»Den Tag über hat er ein paar Mal versucht, mich zu erreichen. Ich hatte das Handy auf lautlos und es deshalb gar nicht gemerkt. Also hat er sich die Mühe gemacht, mir eine Mail zu schreiben. Wie gesagt, er behauptet, es war ein Ausrutscher. Abgesehen davon gibt er mir eine Teilschuld, weil ich schließlich nie für ihn Zeit habe und mich um nichts anderes kümmere als um meine verdammten Pferde.«

»Nun«, Abby hatte ihre kühle Psychologenstimme aufgesetzt und zog die Augenbrauen nach oben, »wenn er nicht begriffen hat, dass nichts, aber auch gar nichts eine Entschuldigung für sein Verhalten ist, dann kannst du ihm gern mal einen Termin bei mir machen. Ich bringe ihm das gerne noch mal näher.«

»Du zerreißt ihn in der Luft«, korrigierte Megan und setzte sich auf Summers Stuhllehne, um ihr den Arm um die Schultern zu legen. »Ich würde mir gern den Rest von ihm vorknöpfen, wenn du mit ihm fertig bist.«

»Danke euch.« Summer legte den Kopf in den Nacken und blickte in den Himmel, an dem die ersten Sterne zu blitzen begannen. Sie würde ihre Schwestern nicht auf Alec loslassen. Aber es war verdammt gut zu wissen, dass sie an ihrer Seite standen und ihr Halt gaben.

Stunden später lag Summer wach in ihrem Bett und starrte die dunkle Decke an. Es war so still um sie herum, dass ihre Gedanken viel zu laut durch ihren Kopf kreisten. Früher hatte es immer leise Geräusche um sie herum gegeben. Der Ast des alten Ahornbaums, der bei Wind gegen die Gaube ihres Fensters geklopft hatte. Abby, die in ihrem Zimmer, rechts von Summer, leise Gitarre gespielt hatte. Megans Stimme und ihr

Kichern auf der anderen Seite, wenn sie bis in die Nacht hinein mit irgendwelchen Jungs telefoniert hatte. Jetzt war das alles anders: Der alte Ahornbaum hatte im letzten Jahr weichen müssen, weil die Gefahr bestand, dass er beim nächsten Sturm auf das Haus kippte. Megan war schon vor Jahren ausgezogen, um ein paar hundert Meter weiter in einem der Angestellten-Cottages hinter der Hengstkoppel ihre Individualität zu entdecken. Ihr altes Zimmer hatte sie in ein Büro verwandelt, von dem aus sie die Geschicke des Gestüts lenkte. Abby war erst vor ein paar Wochen mehr oder weniger fest zu Cameron gezogen, der auf der Insel ein Haus gemietet hatte. Sie schlief nur noch in ihrem alten Zimmer, wenn sie einen frühen Termin auf dem Gestüt hatte. Summers Mutter hatte ihr Zimmer im Erdgeschoss, also konnte sie sich hier oben selbst atmen hören. Dabei war Summer noch nie der Typ gewesen, der Schwierigkeiten mit dem Einschlafen hatte. Zumindest, bis sie an einem Tag herausgefunden hatte, dass ihr Freund und ihre beste Freundin sie betrogen und sie im Anschluss mit einem Fremden geschlafen hatte, der sich als ihr neuer Problemklient herausstellen sollte.

Es machte keinen Sinn, noch länger in die Dunkelheit zu starren und sich selbst auf die Nerven zu gehen. Vor ihr lag ein anstrengender Tag, sie musste schlafen. Dringend. Mit einem genervten Seufzer strampelte sie ihre Decke zur Seite und stand auf. Barfuß stieg sie die Treppe ins Erdgeschoss hinunter. Vielleicht würde eine heiße Milch mit Honig ja helfen.

Summer zog leise die Küchentür auf und stieß einen erstickten Schrei aus, als sie sich ihrer Mutter gegenübersah. Olivia presste sich, ebenso überrascht, die Hand auf den Brustkorb. Sie trug ihren Morgenmantel über dem Pyjama. Ihre

Füße waren genauso nackt wie Summers, und ihre dunklen Locken ringelten sich unbändig über ihren Schultern. »Was schleichst du mitten in der Nacht hier herum?«, brachte sie heraus und schickte ein überraschtes Lachen hinterher.

»Ich …« Summer zuckte mit den Schultern. »Ich konnte nicht schlafen.«

»Ach Schätzchen.« Olivia strich ihr die Haare hinter die Schultern. »Komm her.« Sie zog sie in ihre Arme, und Summer atmete tief ein. Den Hauch von Bananenbrot und Sattelleder, der immer wie eine Ahnung in der Luft lag. Und den ganz eigenen Duft ihrer Mutter, nach Orangenblüten und Minze.

Olivia wusste es, ging es Summer durch den Kopf. Ganz gleich, ob es ihr eine ihrer Schwestern erzählt oder sie es gerade eben in ihrem Blick gelesen hatte. Vielleicht war es auch einfach nur die Intuition einer Mutter. Als ob diese Umarmung alle Dämme sprengte, konnte Summer die Tränen, die in ihren Augen zu brennen begannen, einfach nicht mehr aufhalten. Mit einem Schluchzen brachen sie sich Bahn.

Sie hatte das Gefühl dafür verloren, wie lange sie in der Küche stand, getröstet von ihrer Mutter, die ihr in sanften Kreisen über den Rücken strich und beruhigende Worte ins Ohr murmelte. Schließlich versiegten die Tränen, und Summer hob den Kopf, um sich mit dem Handrücken über die Wangen zu wischen.

Olivia hielt ein Küchentuch unter den Wasserhahn und reichte es ihr, um die Tränen endgültig abzuwischen. Dann holte sie Gelpads aus dem Kühlschrank und drückte sie Summer in die Hand. »Hier, leg die für eine Minute auf deine Augen, sonst sind sie morgen rot und geschwollen.«

»Danke.« Ihre Mutter hatte wie immer recht. Und verdammt, tat das gut. Sie hielt die Augen geschlossen und genoss die Kälte auf ihrem brennenden Gesicht. »Was tust du da?«, fragte sie, als ihre Mutter mit Geschirr zu klappern begann.

»Tee«, kam die schlichte Antwort.

Summer hob die Pads halb, um die Augen einen Spalt zu öffnen. »Ich bin runtergekommen, um mir eine heiße Milch mit Honig zu machen.«

Olivia schüttelte eine Teedose. »Ich habe was Besseres. Das ist eine super Mischung von Maxine.«

Summer schloss die Augen wieder. »Da ist doch nichts Illegales drin, oder?« Maxine Grant war zwar die Bürgermeisterin von Home Port, und die Zeit, in der sie selbst gewebte Klamotten getragen, ihre Handrücken mit Henna-Tattoos versehen und in einer Kommune gelebt hatte, lag bereits seit zwei Jahrzehnten hinter ihr, trotzdem blitzte der alte Hippie in der Freundin ihrer Mutter immer mal wieder durch. Da half es auch nicht, dass sie ihre Hosenanzüge inzwischen in edlen Boutiquen in New York kaufte.

»Keine Sorge.« Olivia zog den pfeifenden Wasserkessel vom Herd und goss den Tee auf. »Alles ganz natürlich. Und keine verbotenen Substanzen. Aber er hat wirklich eine sehr beruhigende Wirkung.«

Summer legte die Kühlpads zur Seite und sah ihrer Mutter dabei zu, wie sie Tassen und die Kanne auf ein Tablett stellte.

»Lass uns ins Wohnzimmer gehen«, schlug ihre Mutter vor.

Summer legte die Pads in den Kühlschrank zurück und folgte Olivia, die das Tablett auf den Couchtisch abgestellt und ihnen eingeschenkt hatte. Sie setzte sich ihrer Mutter gegenüber und nahm ihren Becher zwischen die Hände. Der

Tee war noch zu heiß, um ihn zu trinken, aber er wärmte ihre eiskalten Hände. »Alec und Carrie … ich habe sie zusammen erwischt«, erzählte sie zum zweiten Mal, was passiert war, ohne zu sehr ins Detail zu gehen.

»Das tut mir leid für dich, mein Schatz.« Olivia drehte ihren Teebecher mit einem nachdenklichen Ausdruck im Gesicht zwischen ihren Händen und schwieg einen Moment. »Weißt du«, sagte sie dann. »Man kann nicht immer im ersten Moment wissen, ob der Mann, den man sich ausgesucht hat, der ist, mit dem man den Rest seines Lebens verbringen wird.« Ein kleines Lächeln kräuselte ihre Lippen, als sie mit dem nackten Fuß über die Stelle fuhr, die einen Hauch dunkler war als der Rest des Holzbodens. Wer nicht wusste, dass ein Glas Rotwein den Dielenboden verfärbt hatte, als Olivia vor über dreißig Jahren ihren ersten heftigen Streit mit Jack gehabt hatte, hätte den Fleck gar nicht gesehen. Aber er war da. Und für Olivia war er noch immer eine Art Verbindung zu dem Mann, den sie über alles geliebt hatte. »Und manchmal haben wir den richtigen jahrelang direkt vor unserer Nase und merken es nicht.«

»Du meinst Harley Chapman? Ihn hatte ich wirklich noch nicht auf dem Schirm«, sagte Summer und schaffte es damit, die gedrückte Stimmung wenigstens ein bisschen aufzulockern. Harley war ein alter Cowboy, der seinen Stetson wahrscheinlich nicht einmal zum Schlafen abnahm und schon für die Coopers gearbeitet hatte, als Summer noch nicht einmal auf der Welt gewesen war.

»Na ja, vielleicht solltest du Harley in Ruhe lassen. Der arme Mann bekommt noch einen Herzkasper.« Olivia zwinkerte ihr zu. »Du weißt, was ich meine. Manchmal lassen wir uns auf die Falschen ein und halten jahrelang daran fest.« Sie wies mit der Tasse in der Hand in Summers Richtung. »Obwohl wir wissen, dass es ein Fehler ist.« Summer wusste, worauf ihre Mutter hinauswollte. Ihr leiblicher Vater, Scott Martin, war die schlimmste Version eines Dads und Ehemanns gewesen, die man sich nur vorstellen konnte. Jack hingegen ... »Und manchmal läuft uns der perfekte Mann im unpassendsten Moment über den Weg. Wir können es gar nicht glauben, trauen uns nicht, oder lassen den Moment einfach verstreichen, ohne zu merken, wie besonders er ist.« Olivia lächelte, und in ihrem Blick lag so viel Zuversicht, dass Summer tief durchatmete und das Lächeln erwiderte. »Du fühlst dich belogen und vorgeführt. Carrie ist eine furchtbare Freundin – dich so zu hintergehen. Und Alec war ganz offensichtlich nicht der Richtige für dich. Aber der Mann, der perfekt für dich ist, wird dir früher oder später über den Weg laufen. Das verspreche ich dir.«

»Ja, Mom. Im Moment plädiere ich allerdings eher für später.« Der Tee war inzwischen weit genug abgekühlt, dass sie vorsichtig daran nippen konnte.

»Man kann nie wissen. Vielleicht bist du ihm längst begegnet.«

*Ganz sicher nicht*, widersprach Summer in Gedanken. Der einzige Mann, dem sie in letzter Zeit über den Weg gelaufen war, war Matthew Walker. Und er war ganz sicher nicht der richtige Mann für sie. Für ihr Leben. So wie Jack der richtige für ihre Mutter gewesen war.

# 6

Olivia hatte recht behalten, stellte Summer fest, als sie am nächsten Morgen in den Spiegel blickte. Ihre Augen waren noch immer geschwollen vom Weinen. Dass sie sich trotz Maxines Teemischung für den Rest der Nacht weiter schlaflos hin und her gewälzt hatte, war dem Ganzen nicht unbedingt zuträglich gewesen. Zumindest hatte sie so Zeit gehabt, sich Gedanken über Matt Walker und Ice zu machen. Während sie Kaffee kochte, holte sie noch einmal die Kühlpads aus dem Kühlschrank und presste sie auf ihre schweren Lider.

Im Haus war es noch ruhig, aber Abbys Jeep stand auf dem Hof. Wahrscheinlich war sie bereits in ihrer Praxis. Ein perfekter Zeitpunkt, um mit ihrer Schwester über ihren neuen Klienten zu reden. Sie füllte einen zweiten Thermobecher mit Kaffee, setzte ihre Sonnenbrille auf und ging zu Abbys Büro hinüber.

Ihre Schwester hatte ihre Praxisräume im ehemaligen Wirtschaftsgebäude, einem kleinen Cottage neben dem Stutenstall. Es war genau wie die anderen Gebäude dunkelrot gestrichen. Als der Hengststall vor ein paar Jahren neu gebaut worden war, hatte er einen Anbau bekommen, in dem das neue Wirtschaftsgebäude integriert worden war. Das alte Cottage hatte eine Zeit lang leer gestanden, bevor Abby es zu ihrem Arbeitsplatz umfunktioniert hatte.

Summer stieg die drei Stufen zu der winzigen Veranda vor der Praxis hinauf, klopfte und setzte sich dann auf die Treppe. So früh am Morgen, kurz nachdem der Tag erwacht war, war es draußen am schönsten. Die Sonne kletterte gerade erst über die Wipfel der Pinien. Morgendunst lag noch über den Wiesen, und alles um sie herum war friedlich und still.

Sie hörte, wie Abby die Tür öffnete. Als Erstes kam Charlie, stupste mit seiner kalten Hundenase zur Begrüßung gegen ihre Wange, ehe er an ihr vorbeitrottete, eine Runde an den Koppelzäunen entlang drehte und hinter dem Seniorenheim, wie sie den Stall nannten, in dem ihre Pferderentner ihren Lebensabend verbrachten, auf die Hofhunde Henry und Nugget stieß, die ihn zum Spielen aufforderten. Im nächsten Moment ließ ihre Schwester sich neben ihr auf die Treppenstufe fallen. »Bitte sag mir, dass das mein Kaffee ist.« Sie streckte die Hand nach dem Becher aus, den Summer ihr mitgebracht hatte, und trank einen großen Schluck. »Ah, tut das gut. Du bist meine Lebensretterin.« Abby trank noch einen Schluck und stellte den Becher dann zur Seite. Mit einer sanften Bewegung zog sie Summers Sonnenbrille ein Stück auf dem Nasenrücken nach unten, um ihr in die Augen sehen zu können. »Schlechte Nacht gehabt?«, fragte sie.

Summer seufzte und schob die Brille zurück. »Könnte man so sagen«, bestätigte sie, was ihre Augen bereits verraten hatten.

Abby angelte wieder nach dem Kaffeebecher und legte Summer ihren freien Arm um die Schultern. »Willst du noch mal darüber reden? Über Alec? Du weißt, dass ich jederzeit für dich da bin.«

»Danke. Aber im Moment lieber nicht. Ich habe heute

Nacht viel Zeit gehabt, über meine neuen Klienten nachzudenken. Matt und Ice sind eine harte Nummer. Ich glaube, der Hund, Jumper, ist in diesem Fall der Einzige, um den man sich keine Sorgen machen muss.«

»Ich habe das Pferd gesehen. Seine Probleme sind nicht zu übersehen«, stimmte Abby ihr zu.

»Hmm.« Summer nippte an ihrem Kaffee. »Und Matt würde niemals zugeben, dass er ebenfalls Schwierigkeiten hat.« Sie warf ihrer Schwester einen Seitenblick zu. »Er kann sich nicht an seinen Unfall erinnern, hat aber auch noch keine Anstalten gemacht, sich damit auseinanderzusetzen.«

»Gibt es Aufnahmen von dem Sturz?«, fragte Abby.

Summer nickte. »Die Besitzer von Ice haben mir ein Video geschickt. Das hat Matt sich allerdings bis jetzt noch gar nicht angesehen, obwohl der Unfall schon fast drei Monate her ist.« Summer drehte sich so, dass sie ihre Schwester direkt ansehen konnte. »Ich habe mir überlegt, ob du mal mit ihm sprechen könntest. Vielleicht kommst du ja an ihn ran. Ich werde inzwischen versuchen, das Vertrauensverhältnis zwischen Ice und ihm langsam wieder aufzubauen. Matt wird heute also viel Zeit im Stall und im Roundpen verbringen.«

Abby grinste sie an und prostete ihr mit ihrem Kaffee zu. »Dann weiß ich ja, wo ich ihn finde.«

*

Zwei Minuten vor zehn fuhr Matt auf den Hof des Gestüts. Er hatte verdammt schlecht geschlafen. Genau genommen hatte er sich den größten Teil der Nacht von einer Seite auf die andere gewälzt und versucht, die wild in seinem Kopf kreisenden Gedanken zu ordnen. Immer darauf bedacht, alles auszuklammern, was seine Probleme mit Ice betraf. Dementsprechend mies war seine Laune.

Er stellte seinen Pick-up neben denen ab, die bereits vor dem Ranchhaus geparkt waren und vermutlich den Gestütsmitarbeitern gehörten. Kaum öffnete er die Wagentür, versuchte Jumper, mit einem neuen Beutestück aus der Fahrerkabine zu springen – Matt gelang es gerade noch, seine Sonnenbrille vor dem Hund in Sicherheit zu bringen. Als Jumper klar wurde, dass er Matt im Moment nichts klauen konnte, sprang er mit einem Satz über ihn hinweg auf den Boden. Mit einem fröhlichen Bellen schoss er in Richtung des Hauses davon.

»Na, mein kleiner Flipflop-Dieb, da bist du ja wieder.«

Matt erkannte die Frau, die gerade die Verandastufen herunterkam, vom Vortag wieder. Er hatte sie in Home Port gesehen und einen Moment lang für Summer gehalten. Megan – so hatte sie jemand gerufen. Sie beugte sich zu seinem Hund herunter und kraulte ihn unter dem Kinn, was ihn in schiere Ekstase versetzte. »Hi«, sagte sie und winkte ihm zu, als sie sich wieder aufrichtete. Mit einem Aktenordner unter dem Arm kam sie auf ihn zu. Jumper umkreiste sie wie ein Planet seine Sonne. »Ich bin Megan«, bestätigte sie, was Matt bereits wusste, als sie ihn erreichte und ihm die Hand hinhielt. »Ich bin Summers Schwester.«

Matt hatte sich so etwas schon gedacht – es erklärte die Ähnlichkeit. »Matt Walker«, sagte er und schüttelte die dargebotene Hand.

»Schön, dich kennenzulernen, Matt. Und herzlich willkommen auf *Silver Brook*. Ich habe Ice gesehen. Ein wunderschönes Tier«, schwärmte sie. Sie hatte die gleichen Augen wie Summer, bemerkte er. Mandelförmig und bernsteinfarben. Wie ein guter, alter Whiskey.

»Ja«, antwortete Matt. Alle redeten davon, wie schön Ice war. Aber hübsch allein reichte nun mal nicht aus, zumindest nicht im Pferdesport, wo es um Millionen ging.

Megan schien seine Einsilbigkeit nichts auszumachen. »Ich soll dir ausrichten, dass Summer im Roundpen hinter diesem Stall da drüben ist. Du sollst einfach zu ihr kommen.« Sie hielt ihren Ordner hoch. »Ich muss los. War schön, dich kennen-zulernen.«

Im nächsten Moment war sie an ihm vorbeigerauscht und in einen rostigen Jeep Wrangler gesprungen. Jumper sah ihr mit schief gelegtem Kopf nach.

»Na komm«, forderte Matt ihn auf. »Lass es uns hinter uns bringen.« Er schlug den Weg zum Stall ein. Jumper schloss zu ihm auf und blieb an seiner Seite, als sie den Stall durchquer-ten und den Roundpen dahinter erreichten.

Summer stand in der Mitte des eingezäunten Kreises und ließ Ice im Kreis laufen. Sie bestimmte das Tempo und die Richtung, dirigierte den Hengst, machte aber immer wieder Pausen. Matt konnte regelrecht sehen, wie es im Kopf des Pferdes arbeitete. Dann ließ sie es wieder laufen. Abwartend lehnte sich Matt gegen den Zaun.

Matt war sich sicher, dass Summer ihn bemerkt hatte, auch wenn sie ihn ignorierte und sich voll und ganz auf Ice kon-zentrierte. Das gab ihm die Möglichkeit, sie bei ihrer Arbeit zu beobachten. Er hatte schon immer eine Schwäche für Frauen in kurzen Jeans-Shorts und Cowboystiefeln gehabt. Dazu hat-te Summer ein Tanktop an, das sich wie eine zweite Haut an ihre perfekten Kurven schmiegte. Zum Schutz vor der Sonne trug sie, wie er auch, einen Stetson aus Stroh, der definitiv schon bessere Zeiten gesehen hatte. Ihre Haare pendelten, zu einem schlichten Pferdeschwanz zusammengebunden, über ihren Rücken, und ihre Sonnenbrille hatte sie in die Tasche ihrer Shorts gehakt.

Summer machte wieder eine Pause. Sie blieb still in der Mitte des Roundpens stehen und wandte sich leicht ab. Ice hielt ebenfalls an und sah zu ihr hinüber. Dann machte er einen Schritt in ihre Richtung. Noch einen. Einen Moment zögerte er, dann überwand er die Distanz und stupste mit der Nase gegen Summers Hand, die sie leicht ausgestreckt hatte. »Das hast du toll gemacht, mein Hübscher«, lobte sie Ice und streichelte erst seine Nase und dann seinen Hals. »Berühre ihn nie als Erstes«, sagte sie etwas lauter und blickte dabei über die Schulter zu ihm herüber. »Warte immer, bis Ice Kontakt aufnimmt.« Die Hand noch immer am Hals des Pferdes, drehte sie sich ganz um. »Hast du gesehen, was wir gemacht haben?«

Matt nickte.

»Gut. Dann bist du jetzt dran.« Summer tätschelte Ice' Hals ein letztes Mal und kam an den Zaun. Sie kletterte zwischen den Querriegeln hindurch und stellte sich neben Matt. »Probier es aus.« Auffordernd lächelte sie ihn an.

Ein Lächeln, das wie ein Flashback an ihre gemeinsame Nacht durch seinen Kopf schoss. Und verhinderte, dass er ihre nächsten Worte mitbekam. »Was?«

»Du sollst aufhören zu denken und es stattdessen fühlen.«

Was auch immer sie ihm damit sagen wollte. Matt blickte zu Ice hinüber und stieg dann in den Roundpen. Das Pferd reagierte ganz automatisch, tänzelte und zog sich dann wieder an den Zaun zurück. Von dem er es nicht wegbekommen würde, egal, was er versuchte. Matt wusste das genau, aber Summer schien das nicht zu sehen. Nur weil sie einen guten Zeitpunkt erwischt hatte, an dem Ice nicht ganz so bockig war, bildete sie sich wahrscheinlich ein, das Tier im Griff zu haben. Aber logischerweise würde Ice sich jetzt, nachdem er sich für ein paar Minuten benommen hatte, noch unmöglicher aufführen. Matt hatte gar keine Chance, ihn in den Griff zu bekommen.

»Atme tief durch«, wies Summer ihn an. Gut, dass er mit dem Rücken zu ihr stand und sie so wenigstens nicht sehen konnte, wie dieser dämliche Spruch nervte. Für einen Moment sah es so aus, als wolle angesichts dieses ungebetenen Rates sogar Ice die Augen verdrehen. Was Matt zum Grinsen brachte. Aber natürlich war das Einbildung, denn Ice bewegte sich keinen Meter. Als Matt versuchte, ihn zum Laufen zu bringen, stieg das Pferd und trat mit den Vorderhufen in seine Richtung. Wieder atmete Matt den trockenen Staub des Reitplatzes ein, den seine Hufe aufwirbelten. Für den Bruchteil einer Sekunde spürte er den Schmerz, mit dem er damals hinter dem Hindernis bei *Three Days* auf den Reitplatz aufgeschlagen war, wie einen Blitz durch seinen Körper zucken …

»Scheiße!« Matt stolperte rückwärts, bis der Zaun ihn stoppte. *Flashback*, dachte er. Das war ein verdammter Flashback gewesen. Winzig, aber höllisch Furcht einflößend.

Ice schüttelte den Kopf und drehte ihm das Hinterteil zu. Seine Art, die Fronten zu klären.

»Bist du okay?«, hörte er Summers Stimme hinter sich. Er machte sich nicht die Mühe, sich zu ihr umzudrehen. Natürlich war er nicht okay. Weil einfach überhaupt nichts mehr stimmte.

Matt machte es wie Ice. Er blieb, wo er war, und ignorierte das Pferd, so wie das Pferd versuchte, so zu tun, als gäbe es Matt nicht. Er lehnte seinen Rücken gegen den Zaun und hakte den Absatz seines Stiefels in den unteren Querriegel. Die Ellenbogen auf der obersten Zaunlatte abgelegt, ließ er den Blick schweifen. Überall hin, nur nicht in Ice' und Summers Richtung. Abgesehen von den Problemen, die ihn hergeführt hatten, waren die *Silver Brook Stables* wunderschön. Hinter dem Roundpen zogen sich weiß eingezäunte Koppeln über die sanften, grünen Hügel bis zu dem dunklen Pinienhain, hinter dem der Ozean lag. Pferde grasten zufrieden auf den Wiesen, und ein leichter Wind machte die Hitze erträglich. Einen Moment stand er da und genoss dieses friedliche Bild, dann hörte er das Knirschen von Summers Stiefeln hinter sich. Ihre nackten Beine tauchten neben ihm auf, und er musste sich abermals zusammenreißen, um seine Gedanken nicht in eine völlig falsche Richtung laufen zu lassen.

Summer blieb so neben ihm stehen, dass sie sowohl ihn ansehen, als auch Ice im Blick behalten konnte, der sie aufmerksam beobachtete und mit dem Schweif peitschte. Eine Bewegung, die das ganze Unbehagen des Pferdes ausdrückte. »Du und Ice, ihr habt noch viel Arbeit vor euch. Wir fangen ganz von vorne an.« In einer freundlichen Geste legte sie ihm die Hand auf die Schulter. »Bleib einfach hier. Versuche, mit Ice zu kommunizieren. Das ist für heute alles.« Sie zog ihre Hand langsam zurück. »Ich habe meine Schwester gebeten, sich mal mit dir zu unterhalten. Sie wird nachher noch bei dir vorbeischauen.«

Nun hob Matt den Blick doch von ihren Beinen, um ihr ins Gesicht sehen zu können. Ihre Augen lagen im Schatten der Krempe ihres Hutes. »Megan? Warum …«

»Nein.« Wieder dieses leichte Lächeln. »Meine andere Schwester. Abby. Dr. Abigail Cooper.«

Die Art, wie Summer den Doktortitel betonte, ließ in Matts Hinterkopf alle Alarmglocken schrillen. »Eine Tierärztin?«, fragte er vorsichtig. Dass sich eine Veterinärin Ice ansah, machte durchaus Sinn.

»Eine Psychologin«, antwortete Summer und schlenderte davon.

»Na klar«, murmelte Matt. Wenn es auf diesem Hof schon eine Pferdeversteherin gab, durfte eine Psychotante nicht fehlen.

Sein Handy vibrierte in der Hosentasche. Er zog es heraus und las die Nachricht, die Ellyn ihm geschrieben hatte. *Ganz fantastisch* tippte er, um ihre Frage, wie es lief, zu beantworten. Wahrscheinlich standen sie oder Garret sowieso in engem Kontakt mit Summer und wurden brühwarm von jedem einzelnen Moment seines Versagens unterrichtet.

Als Summers Schwester eine Viertelstunde später auftauchte, hatte Matt sich keinen Millimeter bewegt und stand weiterhin an die Einzäunung des Roundpen gelehnt. Ice beobachtete ihn immer noch schlecht gelaunt von der anderen Seite. Aber immerhin hatte Matt die Zeit nutzen und einen ganzen Haufen E-Mails und Nachrichten auf seinem Handy beantworten können, die bereits ein paar Tage überfällig waren, weil er einfach keine Lust gehabt hatte, den Leuten zu erklären, wo er war. Und warum. Aber früher oder später musste er sich melden. Seine Beziehung zu Ice würde sich schließlich nicht dadurch verbessern, dass sie sich beide gleichzeitig im selben Roundpen aufhielten.

Nachdem er an diesem Morgen bereits eine von Summers

Schwestern kennengelernt hatte, wunderte er sich nicht, dass auch die Frau, die gerade um den Stall herumkam, ihr sehr ähnlich sah. Statt Shorts wie Megan und Summer trug sie Jeans zu ihren Cowboy-Boots und eine Bluse statt eines Tops. Auf einen Hut verzichtete sie, und die dunklen Haare fielen ihr offen über die Schultern. Sie hatte die gleichen Gesichtszüge wie ihre Schwestern, und, als sie ihr Lächeln aufblitzen ließ, sogar das gleiche Grübchen. Matt hätte wetten können, dass sie auch die gleiche Augenfarbe wie ihre Schwestern hatte.

»Hi«, sagte sie, als sie ihn erreichte. »Ich bin Abby.«

Ja, definitiv die gleichen goldbraunen Augen. »Matt.« Ein »Schön, dich kennenzulernen« würde er sich sparen.

Abby lehnte sich neben ihn an den Zaun und legte die Unterarme auf den obersten Querriegel. »Wie läuft es denn mit Ice?«

Matt steckte sein Handy ein und schob die Hände in die Gesäßtaschen seiner Jeans. »Ich gehe davon aus, dass Summer dir das bereits brühwarm erzählt hat. Sonst wärst du nicht hier, oder?«

Wieder dieses Lächeln, ehe Abby den Kopf schräg legte und ihn einen Moment betrachtete. »Dass mich Summer um Hilfe gebeten hat, hat sie dir gesagt. Abgesehen davon mache ich mir gern selbst ein Bild.«

»Dann mach dir dein Bild.« Er zog die Hände wieder aus den Taschen und hob sie zu einer allumfassenden Geste. »Hier bin ich. Dort ist das Pferd. Ich bin nicht freiwillig hier. Ice vermutlich auch nicht. Aber weder braucht er eine Pferdeversteherin, noch brauche ich eine Psychiaterin«, brach es aus ihm heraus.

»Psychologin«, korrigierte Abby ihn. Sie wurde nicht sauer,

119

wie er vermutet hatte. Tatsächlich erweckte sie nicht im Geringsten den Eindruck, als ärgere sein Ausbruch sie. Wahrscheinlich hatte sie schon mit genug Typen wie ihm zu tun gehabt. Typen, die ihre Arbeit infrage stellten. Ihren Doktortitel und ihre Reputation. Matt hatte nicht grundsätzlich ein Problem mit Psychologen. Es gab viele Menschen, für die sie hilfreich waren. Nur eben nicht für ihn. »Du brauchst vielleicht keine Hilfe«, sprach Abby in diesem Moment seinen Gedanken aus. »Aber es ist nun mal so, dass du hier bist. Genau wie Ice. Ihr habt euch das nicht ausgesucht. Aber das heißt ja nicht, dass ihr beiden nicht das Beste aus der Situation machen könnt. Summer ist wirklich eine fantastische Trainerin. Selbst wenn du deine eigenen Wege gehen willst und Methoden hast, mit denen Ice und du wieder zueinander finden, schadet es nicht, dir anzuhören, was sie zu sagen hat und das eine oder andere auszuprobieren.« Sie verlagerte ihr Gewicht auf den anderen Fuß und stützte sich mit den Händen gegen einen der Zaunpfosten. »Und was mich angeht: Ich bin nicht hier, um dich zu therapieren. So etwas tue ich aus Prinzip nicht gegen den Willen der Leute. Aber du sollst wissen, dass du jederzeit mit mir reden kannst, wenn dir danach ist. Wenn du dich mal auskotzen willst oder dir einfach nur etwas von der Seele reden, steht meine Tür immer offen.« Sie stieß sich von dem Pfosten ab. »Das wollte ich dir nur sagen.« Abby hatte sich schon halb abgewandt, als sie sich noch mal zu ihm umdrehte. »Eins noch. Summer hat erzählt, dass Ice und du Probleme habt, einander zu vertrauen. Kommunikation ist die Basis. Nonverbale Kommunikation«, konkretisierte sie. »Ihr bekommt das sicher nicht von heute auf morgen hin. Das braucht Zeit. Was dazu aber absolut notwendig ist,

ist Ehrlichkeit. Genauso wie Selbstreflexion. Viele Leute meditieren, um ihre Selbstwahrnehmung zu steigern und ihren Fokus zu setzen.« Sie zog einen USB-Stick aus ihrer Hosentasche und hielt ihn ihm entgegen. »Ich habe dir ein Meditationsprogramm auf den Stick kopiert. Probiere es doch einfach mal aus.«

Matt starrte auf den Stick. Er hatte sich geärgert. Darüber, hier zu sein. Darüber, sich von Summer gängeln zu lassen. Darüber, dass sie ihm ihre Schwester auf den Hals hetzte. Doch langsam aber sicher begann sich dieser Ärger in blanke Wut zu verwandeln. Er hob den Blick und sah Abby in die Augen. »Ihr kapiert es nicht, oder? Ich brauche diesen ganzen Psychoscheiß nicht! Ich bin nicht hier, weil ich mein Leben verändern will, oder irgend so ein Mist. Ich bin hier, weil mein Boss das so will. Aber was ich ganz sicher nicht brauche, sind Gespräche«, er malte mit den Fingern Gänsefüßchen in die Luft, »oder Meditation, um mich selbst zu reflektieren.« Er zog die Krempe seines Stetsons in die Stirn und lief los.

»Wo willst du hin?«, rief Abby ihm nach.

Er hatte keinen blassen Schimmer. »Ich bin hier fertig«, antwortete er, ohne sich noch einmal umzudrehen. Jumper, der sich in den letzten Stunden auf dem Gestüt herumgetrieben hatte, kam angefegt und hielt mit ihm Schritt, als Matt die Richtung seines Pick-ups einschlug. Wenigstens auf seinen Hund konnte er sich verlassen. Er ließ ihn in die Fahrerkabine springen und folgte ihm.

Im nächsten Moment rumpelte er über die Holzbrücke und in Richtung Old Country Road. Die Gedanken in seinem Kopf fuhren Achterbahn, drehten einen Looping nach dem anderen. Im Augenblick war er sich nicht einmal sicher, ob er den Weg zum Motel einschlagen oder einfach gleich über die Brücke fahren und Stonebridge Island ein für alle Mal hinter sich lassen sollte.

\*

Summer war gerade fertig, die Stute zu striegeln, die sie gymnastiziert hatte, als Abby den Putzplatz betrat.

Ihre Schwester breitete in einer resignierten Geste die Arme aus. »Ich habe es vermasselt«, sagte sie.

Summer tätschelte der Stute den Hals und drehte sich zu Abby um. »Was meinst du damit?«

»Ich habe versucht, ein Gespräch mit Matt zu führen.« Sie schüttelte den Kopf, als könne sie immer noch nicht fassen, was passiert war. »Ich hatte schon den einen oder anderen schweren Fall in meiner Karriere. Aber mit jemandem, der dermaßen blockt, habe ich es wirklich selten zu tun gehabt. Er ist einfach gegangen.«

»Gegangen? Wohin denn?«

Abby zuckte mit den Schultern. »Das kann ich dir nicht sagen. Er hat seinen Hund eingesammelt, ist in seinen Pick-up gesprungen und davongerauscht, als ich ihm Meditation als eine Therapiemöglichkeit vorgeschlagen habe. Kann sein, dass er in seinem Motel ist. Genauso gut kann er Gas gegeben und die Insel in einer Staubwolke hinter sich gelassen haben.«

Summer schüttelte den Kopf. »Dieser Mann ist unglaublich.« Unglaublich waren vor allem die zwei Seiten, die sie an ihm kennengelernt hatte – und die beim besten Willen nicht miteinander vereinbar waren. »Wir können Ice trainieren. Ihn kriegen wir wieder hin. Aber Matt? Wenn sich jemand dermaßen sträubt, macht es keinen Sinn, überhaupt mit ihm zu arbeiten. Dabei sieht ein Blinder, dass er das Problem ist und nicht das Pferd. Falls er nicht schon von sich aus die Kurve gekratzt hat, werde ich Ellyn anrufen und ihr sagen, dass Matt rausfliegt. Sie kann gern jemand anderen schicken, der mit Ice trainiert. Oder wir bringen ihn allein wieder in die Spur, und sie holen ihn in ein paar Wochen ab. Aber Matt ist raus.«

»Nein.«

Summer hatte sich gerade hinuntergebeugt, um die Kardätsche und den Striegel in die Putzkiste zu räumen, richtete sich aber bei dem entschiedenen Wort ihrer Schwester wieder auf. »Nein? Nein, wir schicken Ice auch zurück? Oder nein, Matt sollte hierbleiben?«, fragte sie, als sie sich zu Abby umdrehte.

»Du kannst Matt nicht wegschicken.« Abby lehnte sich gegen den Querbalken, an dem die Pferde zum Putzen angebunden wurden. »Heute Morgen hast du es selbst gesagt: Er erinnert sich nicht an seinen Sturz. Weil er es nicht will, oder weil er es nicht kann. Auf jeden Fall tippe ich auf ein tiefes Trauma. Deshalb reagiert er auch so hart und abwehrend. Weil er ganz genau weiß, dass mit ihm etwas nicht stimmt. Und weil er Angst davor hat, sich damit auseinandersetzen zu müssen.«

Das würde zumindest erklären, warum der Matt auf dem Gestüt ein völlig anderer Mensch war als der, den Summer in der Bar kennengelernt hatte. »Er will sich nicht helfen lassen. Weder von dir noch von mir«, gab sie zu bedenken. »Und jemandem, der jede Unterstützung ausschlägt, werden wir nicht beistehen können.«

»Das sehe ich anders. Wir können ihm helfen. Und genau das sollten wir tun.« Sie warf einen Blick auf ihr Handydisplay. »Wir haben gleich Mittag. Lass uns versuchen, Mom und

Megan zu erwischen und uns zum Lunch zu treffen. Alles, was wir brauchen, ist eine Strategie. Die beiden können uns dabei helfen, eine zu entwickeln.«

Summer wusste, woher Abbys eiserner Wille kam. Sie hatte einmal eine Patientin verloren, Kelsey, für die sie nicht so dagewesen war, wie sie es ihrer Meinung nach hätte sein sollen. Sie würde niemanden mehr sich selbst überlassen, wenn sie glaubte, ihm helfen zu können. Ob derjenige nun damit einverstanden war oder nicht. »Du willst ihn übers Ohr hauen?«, fragte sie. Bei dem Gedanken, Matt hinters Licht zu führen, konnte sie das Grinsen, das sich auf ihre Lippen stahl, nicht mehr unterdrücken.

»Nicht übers Ohr hauen«, widersprach ihre Schwester. »Ihm Alternativen aufzeigen, mit seiner Situation umzugehen, ohne dass er es merkt«, formulierte sie ihre Definition. »Ich habe da schon ein paar Ideen.«

»Daran habe ich keinen Zweifel. Also gut, lass uns ein Lunch-Meeting abhalten. Dann sehen wir weiter.« Summer löste den Strick, mit dem die Stute angebunden war. »Versuchst du, Mom und Megan zu erwischen? Ich bringe solange diese Hübsche hier zurück.«

# 7

Matt hatte die Insel nicht verlassen – das herauszufinden war einfach gewesen. Ein Anruf bei Lucille Carlson hatte genügt, um in Erfahrung zu bringen, dass er mittags – ziemlich wütend – aus seinem Wagen gesprungen und in seinem Zimmer verschwunden war. Und es bis jetzt nicht wieder verlassen hatte.

Sein Pick-up stand auch noch da, als Summer ihren Wagen neben seinem ausrollen ließ und den Motor abstellte. Auf ihrem Beifahrersitz stapelten sich eine große Thermobox und ein kalter Six-Pack. Der Köder, wie ihre Mutter es genannt hatte. Summer war nach wie vor nicht davon überzeugt, dass diese Taktik funktionieren würde, aber Olivia war regelrecht über sich hinausgewachsen bei dem Brainstorming, das sie bei ihrem Lunch abgehalten hatten. Das Prinzip, das hinter der Idee steckte, verstand Summer. Ihre Mutter war der Meinung, dass es hilfreich wäre, Matt ihre Welt zu zeigen. Ihre Arbeit mit den Pferden. Die Rettung misshandelter Tiere, um die sie sich regelmäßig kümmerte. Auf diese Weise könnte sie Matt vorsichtig in die richtige Richtung lenken und ihm wieder ins Bewusstsein rufen, worauf es eigentlich ankam, wenn man mit Pferden zu tun hatte. Ihre Schwestern waren von diesem Vorschlag ganz begeistert gewesen. Summer war sich allerdings nicht sicher, ob Matt den Trick nicht viel zu schnell durchschauen würde.

Nichtsdestotrotz hatte sie sich am Ende geschlagen gegeben. Auch wenn sie sich selbst eingestehen musste, dass das gar nicht so viel mit Matt zu tun hatte, sondern eher mit Alecs Nachricht, mit der er angekündigt hatte, ihr Schweigen nicht länger zu akzeptieren und heute Abend auf dem Gestüt vorbeizukommen, um mit ihr zu reden. Für eine Auseinandersetzung mit ihm war sie definitiv nicht bereit. Der Besuch bei Matt hatte etwas von einer Flucht. Summer stieß ihre Wagentür auf. Aber verglichen mit einer Aussprache mit ihrem Ex-Freund war ein Pferdetrainern misstrauender, sturer Vielseitigkeitsreiter mit einem Unfalltrauma ganz eindeutig die bessere Wahl.

Sie holte die Boxen vom Beifahrersitz und trug sie zu Matts Zimmertür. Dank ihrer vollen Hände blieb ihr nur die Möglichkeit, mit dem Fuß anzuklopfen – und dann zu warten. Jumper bellte auf der anderen Seite aufgeregt, aber Matt ließ sie zappeln. Erst, als sie ein zweites Mal ungeduldig ihre Stiefelspitze gegen die Tür pendeln ließ, wurde diese aufgerissen.

»Was ist …?« Matt brach mitten im Satz ab und hob den Six-Pack von der Thermobox, um zu sehen, wer sich dahinter verbarg. »Summer?« Als einziges Zeichen seiner Überraschung« zog er die Augenbrauen nach oben, während sein Hund zur Begrüßung einmal an ihr hochsprang und dann ein paar freudige Runden um ihre Beine drehte.

Summer zwang sich zu einem Lächeln. »Ich komme in Frieden. Und ich habe Essen.«

Matt starrte sie nur an und sagte gar nichts. Die Styroporbox zwischen sich standen sie auf der Schwelle zu Matts Zimmer, und Summer war sich noch immer nicht sicher, ob er sie hereinbitten oder ihr die Tür vor der Nase zuschlagen würde. Zumindest konnte sie jetzt den Grund sehen, aus dem er sie hatte warten lassen. Er trug nur seine Jeans und hatte sich ein Handtuch um den Hals geschlungen. Seine Haare waren nass, und über seinen Brustkorb rannen noch einzelne Wassertropfen. Der angenehme Duft einer einfachen Seife hing in der Luft.

Summer schluckte trocken. »Tut mir leid, wenn ich dich beim Duschen gestört habe«, sagte sie und bemühte sich, nicht auf seinen Brustkorb zu starren.

Erleichtert atmete sie aus, als Matt schließlich einen Schritt zur Seite trat und sie hereinließ. Sie stellte die Box neben der Tür auf den Boden, wo Matt bereits das Bier abgestellt hatte, und kraulte Jumper zur Begrüßung unter dem Kinn. Dann sah sie seinem Herrchen hinterher, als dieses im Bad verschwand und kurz darauf ohne Handtuch, dafür aber mit einem T-Shirt, zurückkehrte. Gut. Ein angezogener Matt half ihr, sich besser auf ihr Anliegen zu konzentrieren.

»Ich bin zwar ziemlich neugierig, was du hier willst. Aber wie du schon gesagt hast: Du hast Essen dabei. Bevor es kalt wird, sollten wir damit anfangen und die Fragen auf später verschieben«, schlug er vor. »Was hast du mitgebracht?« Er hockte sich neben die Styroporbox und hob den Deckel an, in dem der Geruch nach Zigaretten hing. »Interessanter Duft«, stellte Matt fest und schob Jumper zur Seite, der neugierig seinen Kopf in die Kiste steckte.

»Das ist nur die Box«, beruhigte Summer ihn. »Frankie, die Besitzerin des Diners, aus dem das Essen stammt, ist nicht oft ohne eine Zigarette im Mundwinkel zu sehen.« Sie nahm die

Essensschachteln heraus und überließ es Matt, die Teller, das Besteck und die Papierservietten zusammenzusammeln, die darunter gelegen hatten. »Das Essen ist aber ganz okay.« Solange man nicht wie Abby grundsätzlich das Chicken Reuben bestellte, ergänzte sie im Stillen.

Matt drehte sich einmal um die eigene Achse, als überlege er, wo sie essen konnten. Auf dem kleinen Schreibtisch war in einem unmöglichen Durcheinander jede Menge Kram und ein Karton voller Bücher abgestellt. Obenauf lag ein Thriller, aufgeklappt und verkehrt herum. So als habe er darin gelesen und ihn dann zur Seite gelegt. Das Bett war ordentlich gemacht – aber definitiv keine Option. Matts Blick blieb, genau wie ihrer, an dem bunten Bettüberwurf hängen, ehe er sich räusperte und zur Hintertür schaute. Offenbar erinnerte ihn das Bett genau wie Summer an ihre gemeinsame Nacht. »Wie wäre es mit der Terrasse?«

»Gute Idee.« Summer folgte ihm und Jumper nach draußen. Der Hund lief in Richtung des Waldes davon, der sich ein paar Meter hinter der Wiese erhob, die die Rückseite des Motels begrenzte. Ein paar Türen weiter hatte ein älterer Mann einen Grill aufgebaut und drehte Steaks. Er winkte ihnen gut gelaunt zu, als sie auf die Terrasse traten. Aus einem kleinen Kofferradio drangen leise Country-Songs, zu denen eine schöne, weibliche Stimme mitsang. Wahrscheinlich die Frau des Grillmeisters, die durch die offene Terrassentür zu hören war.

Matt stellte das Geschirr auf dem winzigen Resopaltisch ab und ging noch einmal zurück, um den Sixpack zu holen. »Also, was gibt es?«, fragte er noch einmal, als er Summer ein Bier reichte.

Sie nahm es und stellte es zur Seite, um die Boxen zu öffnen. »Ich wusste nicht, was du magst, also habe ich mich für Pasta mit Shrimps und Knoblauchbrot entschieden, außerdem Chicken Wings mit Pommes Frites. Und zum Nachtisch Bananenbrot, das meine Mutter gebacken hat.«

»Frittiertes Hühnchen?« Matt legte den Kopf schräg. »Soll das eine Anspielung auf meine Herkunft sein?«

Summer konnte sich ein Lächeln nicht verkneifen. »Ach, ist das denn nicht so? Ich dachte, ihr ernährt euch in Kentucky alle von Fried Chicken. Und von Bourbon«, ging sie auf das Geplänkel ein.

»Da muss ich dich enttäuschen.« Matt hob den Deckel von den Spaghetti. »Ich mag beides.«

»Ich auch«, sagte Summer. »Lass uns teilen, dann können wir alles probieren.«

Sie teilten die beiden Gerichte untereinander auf und begannen schweigend zu essen. Nach ein paar Minuten stellte Matt seinen Teller auf den Tisch zurück und warf ihr einen Seitenblick zu. »Ich vermute, dass du nicht hier bist, um mit mir zu essen, ohne ein Wort zu sagen.« In einer Geste, die er selbst gar nicht wahrzunehmen schien, griff er an seine linke Schulter und bewegte sie vorsichtig, als ob er Schmerzen hätte.

»Probleme?«, fragte Summer und zeigte mit ihrer Gabel auf die Stelle.

Matt ließ seine Hand wieder sinken. »Ich habe ein paar Übungen gemacht, zu denen mir der Physiotherapeut geraten hat. Danach ist mein Schlüsselbein immer ein wenig empfindlich«, gab er erstaunlich offen zu. »In ein paar Stunden ist das wieder okay.«

Summer griff nach einer Serviette, um sich die Finger abzuwischen. »Gut zu hören«, sagte sie. »Und ja, ich bin nicht gekommen, um stumm neben dir zu sitzen. Es gibt ein paar Dinge, über die ich mit dir reden möchte.«

»Ich bin ganz Ohr, was du dir diesmal hast einfallen lassen, um mir meine Probleme mit Ice aufzuzeigen. Den Teil mit der Meditation kannst du dir übrigens sparen. Den hat deine Schwester schon übernommen.« Matt klang sarkastisch. Aber als Summer ihm einen Seitenblick zuwarf, konnte sie zumindest keine Wut in seinen Gesichtszügen erkennen. Er wirkte fast entspannt, als er nach einem Hähnchenflügel griff.

»Ich habe nicht vor, mit dir über Ice zu sprechen.«

Die Taktik wirkte, denn Matt blickte überrascht auf. »Hast du nicht?«

»Ich habe mir eher Gedanken darum gemacht, wie du die nächsten sechs Wochen auf dem Gestüt herumbekommst. Und«, sie trank einen Schluck Bier, »ich muss gestehen, dass es an meiner Ehre kratzt, wie wenig Respekt du meiner Arbeit als Pferdetrainerin entgegenbringst.«

Matt hielt inne, eine Gabel voll Spaghetti auf halbem Weg zwischen Teller und Mund. »Ähm …«

»Entschuldige.« Summer hob beschwichtigend die Hand. »Ich bin manchmal etwas zu direkt. Aber warum soll ich so tun, als störe es mich nicht, wenn es mich eigentlich echt sauer macht?«

»Ähm«, machte Matt noch einmal. Er ließ die Gabel langsam sinken und lehnte sich in seinem Stuhl zurück, so als müsse er darüber nachdenken, was er als Nächstes sagen sollte. »Ich mag ehrliche Leute«, sagte er schließlich. »Aber ich mache dir auch nichts vor. Ich glaube nicht an deine Methoden. Und das wird sich auch nicht ändern, wenn du sechs Wochen lang versuchst, mich zu bekehren.«

»Genau darum geht es.« Summer war erleichtert, dass er wenigstens nicht sofort abgeblockt hatte. Vielleicht lagen ihre Mutter und ihre Schwestern doch nicht so ganz falsch mit ihrer Einschätzung seiner Persönlichkeit. »Ich habe gar nicht vor, dich zu überzeugen. Schon allein deshalb, weil es nichts bringt, wenn man diese Dinge nicht freiwillig annimmt. Meine Idee ist folgende: Ich zeige dir meine Welt. Du kannst mir über die Schulter schauen, mir folgen wie ein Schatten. Du kannst mir Fragen stellen. Du kannst Dinge ausprobieren. Ich zwinge dich zu nichts, außer zur Stallarbeit. Die muss sein. Außerdem arbeite ich mit Ice. Allein. Auch hier kein Zwang. Wenn du Lust haben solltest, dich einzubringen, oder bereit bist, wieder mit ihm zu trainieren, bist du jederzeit willkommen.« Summer hob ihr Bier zu einem Toast. »Das ist mein Angebot.«

*

»Das ist dein Angebot?« Summers Worte wirbelten völlig unkoordiniert durch Matts Kopf. Genau genommen hatte er keinen klaren Gedanken fassen können, seit er die Tür geöffnet hatte und hinter der Styroporbox und dem Six-Pack nur ein paar Beine in Shorts und Stiefeln gesehen hatte. Beine, die er überall wiedererkannt hätte, seit sie sich in diesem Motel in Machias um seine Hüften geschlungen hatten. Beine, die ihn viel mehr beschäftigten, als gut für ihn war. Und zwar jedes Mal, wenn Summer in diesen heißen Jeans-Shorts auftauchte. Selbst mit dem Hoodie, den sie gegen die abendliche Kühle über ihr Tanktop gezogen hatte, sah sie noch unglaublich attraktiv aus.

131

Mindestens so sehr wie ihr Auftauchen in seinem Motelzimmer beschäftigte ihn allerdings der Grund dafür. Was wollte sie von ihm? Sie wirkte nicht wie der Typ Mensch, der nicht verwinden konnte, dass andere ihre Arbeit nicht ernst nahmen. Sie war sicher schon oft angeeckt. Hatte sich und ihre Methoden verteidigen müssen. Warum also war es ihr gerade bei ihm wichtig, dass er sie verstand?

»Das ist mein Angebot«, wiederholte sie. »Lass dich darauf ein, und zwar richtig. Oder beende deinen Aufenthalt in den *Silver Brook Stables*. In diesem Fall können wir zusammen mit Ellyn und Garret darüber nachdenken, wie wir mit Ice verfahren. Er kann hierbleiben, und ich arbeite mit ihm. Die andere Möglichkeit wäre, du nimmst ihn wieder mit nach Kentucky. Es ist einzig und allein deine Entscheidung.«

Auch wenn es im ersten Moment wie ein Angebot wirkte, war es doch eine Pistole, die sie ihm auf die Brust setzte. Matt sprang auf und überquerte die Terrasse, wozu er gerade einmal zwei Schritte brauchte. Er trat auf den schmalen Rasenstreifen und starrte in das dichte Unterholz des Waldes, in dem er Jumper rascheln hörte. Zumindest der Hund hatte Spaß auf dieser Insel. »Es ist nicht gerade so, als ob ich eine Wahl hätte«, konnte er sich nicht verkneifen.

»Man hat immer eine Wahl«, widersprach Summer. »Ich sehe, dass die Zusammenarbeit zwischen dir und Ice nicht funktioniert. Also bestehe ich nicht länger auf eurem gemeinsamen Training. Aber wenn du hierbleibst, musst du dich auf dem Gestüt einbringen. Du hast dein ganzes Leben mit Pferden verbracht. Du weißt, wie das läuft.«

Matt drehte sich zu ihr um. Sie saß vollkommen gelassen an seinem winzigen Terrassentisch und trank einen Schluck

Bier. Irgendwie wurde Matt das Gefühl nicht los, dass er gerade über den Tisch gezogen wurde. Auch wenn er die Finger nicht darauf legen konnte, was ihr Angebot für ihn bedeutete. Es wäre so viel einfacher gewesen, wenn sie an seine Tür geklopft hätte, um ihm mitzuteilen, dass sie nichts von ihm wollte außer heißem, leidenschaftlichem Sex. Damit hätte er wesentlich besser umgehen können. »Wie genau stellst du dir das vor?«

Summer griff nach einem Chicken Wing und zog es durch die scharfe Soße. »Wie gesagt: Du musst dich komplett darauf einlassen. Das bedeutet, dass du auf den Hof ziehst. Wir haben ein paar Cottages für Angestellte. Abbys Freund, Cam, ist gerade erst aus seinem ausgezogen, dort kannst du für die nächsten sechs Wochen wohnen. Du bekommst Aufgaben zugeteilt, wie jeder andere auf dem Gestüt. Abgesehen davon bist du mein Schatten, beobachtest und machst dir Gedanken über jedes meiner Trainings, bei dem du dabei bist.«

»Und ich muss nicht mit Ice arbeiten?«, hakte er vorsichtshalber noch einmal nach.

»Musst du nicht. Wobei wir hin und wieder prüfen werden, ob sich deine Meinung vielleicht ändert.« Summer begann, an ihrem Chicken Wing zu knabbern, während Matt sich wieder umdrehte, um abermals in den Wald zu starren. Seine Meinung würde sich ganz sicher nicht ändern.

Wo war der verdammte Haken in diesem Deal? Was waren die Nachteile, die dieses Arrangement für ihn bereithielt? Er müsste sich nicht mehr analysieren lassen. Er musste sich nicht mit Ice beschäftigen. Und er hätte zumindest eine Frist von sechs Wochen, bevor er sich seiner Zukunft stellen musste. Garret würde ihn feuern, wenn er nicht mit Ice klarkam.

Aber sechs Wochen waren ziemlich viel Zeit, um die Fühler auszustrecken und zu schauen, wo es einen Job für ihn gab. Er wusste, dass er annehmen würde. Schon allein deshalb, weil er den Stillstand nicht ertragen konnte. Er hatte nicht gelogen, als er gesagt hatte, er erinnere sich nicht an seinen Sturz. Aber Bruchstücke dieses Tages kehrten zurück. Überfielen ihn regelrecht, wenn er sich nicht mit irgendetwas beschäftigte, das ihn ablenkte. Aber auf dem Gestüt leben? »Ich würde lieber hier wohnen bleiben«, versuchte er zu verhandeln.

»Die Cottages sind super. Du solltest das Angebot annehmen.«

Was so viel hieß wie: Das ist nicht verhandelbar. Matt kehrte zum Tisch zurück. Summer schien ihren Plan gut durchdacht zu haben. Einen Aspekt hatte sie allerdings ausgelassen. Ein Detail, das zwischen ihnen stand wie ein rosafarbener Elefant. Matt musste ständig an ihre gemeinsame Nacht denken. Und auch Summer dachte daran. Er hatte es in ihrem Blick gelesen, als sie auf seinen nackten Oberkörper gestarrt hatte. Daran, wie sie sein Bett fixiert hatte. Er beugte sich zu Summer hinunter und legte seine Hände links und rechts von ihr auf die Armstützen ihres Stuhls. Dann brachte er seine Lippen neben ihr Ohr und atmete ihren zarten Duft ein. »Willst du mich in deiner Nähe haben?«, flüsterte er. »Kannst du damit überhaupt umgehen?«

Für einen Moment herrschte Stille zwischen ihnen. Dann spürte er Summers Hände auf seinem Bauch. Sie sah ihm in die Augen, und ihre Blicke verhakten sich. Matts Bauchmuskeln zogen sich erwartungsvoll zusammen, und er musste schlucken. Die Berührung war heiß. Aufreizend. Sein Herzschlag beschleunigte sich, als Summer ihre Hände nach oben

gleiten ließ. Als hätte sie alle Zeit der Welt. Über seinen Brustkorb, bis zu seinen Schultern.

Mit einer langsamen, aber entschiedenen Bewegung schob
sie ihn zurück. »Ich ...«, er sah, wie sie trocken schluckte,
»kann ganz wunderbar damit umgehen.«

Sie hatte ihn weit genug zurückgeschoben, dass er sich wieder ganz aufrichtete. Den Moment nutzte sie, um ihren Stuhl
ein Stück zurückzuschieben und aufzustehen. »Wie ich dir gestern Morgen gesagt habe: Zwischen uns wird nie wieder etwas passieren. Und du wirst kein Sterbenswörtchen über diese
Nacht verlieren, sonst platzt der Deal.« Während sie gesprochen hatte, war sie bis zu seiner Zimmertür gegangen. Sie hob
die Hand zu einem Winken. »Morgen früh erwarte ich dich um
acht auf dem Gestüt. Megan wird dir deine Unterkunft zeigen, und dann weise ich dich in deinen Arbeitsplan ein. Gute
Nacht.«

Im nächsten Moment war sie verschwunden. Wenn Matt
nicht noch immer das Gefühl ihrer Hände auf seinem Oberkörper gespürt hätte, das halb gegessene Essen auf dem Tisch
gestanden wäre, hätte sie genauso gut ein Geist gewesen sein
können.

Als er später die Essensreste in dem kleinen Kühlschrank
neben dem Schreibtisch verstaut hatte, entdeckte er den USB-
Stick, der auf der Tagesdecke seines Bettes lag. Er nahm ihn
und legte ihn auf den Stapel Bücher, die er während seines
Aufenthaltes auf der Insel lesen wollte. Ganz sicher brauchte
er ihn nicht erst in seinen Laptop zu schieben, um zu wissen,
was sich darauf befand – Dr. Abigail Coopers Meditationshil-
fe. Summer hatte versprochen, sich nicht mehr einzumischen.
Aber so ganz hatte sie es doch nicht lassen können. Sie war

frech. Und dickköpfig. Mit den Fingerspitzen strich er über die kühle Plastikhülle des Sticks. Er würde in das Cottage ziehen. Und ihr über die Schulter blicken. Weil er das so wollte. Weil er sich für sie interessierte. Mehr über sie in Erfahrung bringen wollte.

Als er den Kopf hob und seinen Blick im Spiegel traf, bemerkte er das leichte Lächeln, das sich in seine Mundwinkel geschlichen hatte.

*

Benedict Morgan schenkte seinem Sohn Arthur und sich einen Scotch aus der Kristallkaraffe ein, die auf der Mahagoni-Bar in seinem Büro stand.

Mit seinem Tumbler in der Hand drehte er sich zu den Fenstertüren um, die auf den Ozean hinauszeigten. Der Abend war mild. Der perfekte Abschluss eines Sommertages auf der Insel. Trotzdem hielt Benedict die Fenster und Türen geschlossen. Zumindest so lange, bis Arthur und er ihre Besprechung beendet hatten. Hier draußen lebte außer ihrer Familie zwar niemand, aber nicht einmal seine Schwiegertochter Sarina sollte davon etwas mitbekommen. Von gewissen Leuten, die manchmal um das Haus schlichen, ganz abgesehen. Vor ein paar Wochen war sein Enkel Finn einfach um das Haus herumgelaufen und hatte an das Fenster seines Arbeitszimmers geklopft. »*Santos Investments* haben sich heute bei mir gemeldet«, informierte er seinen Sohn.

Arthur trat neben ihn. Wie immer ließ er seinen Drink ein paar Mal im Glas kreisen, bevor er das Aroma einsog und dann daran nippte. »Sie werden ungeduldig, nehme ich an.«

Benedict gab einen Laut von sich, der ihn selbst an das Brummen eines alten Bären erinnerte, der einen Dorn in seiner Tatze stecken hatte. Genau so fühlte er sich angesichts der Ereignisse, die ihm in den letzten Wochen aus den Händen geglitten waren. Gereizt wie ein alter Grizzly mit Schmerzen. Und wieder einmal waren die Coopers der Dorn in seinem Fleisch. Eine Tatsache, die sich wie ein dunkler Schatten durch sein Leben zog. »Die Schnapsidee deines Sohnes hat unsere Planung ziemlich weit zurückgeworfen. Den Investoren diesen Fauxpas zu erklären, war wirklich harte Arbeit.«

»Finn ist nicht nur mein Sohn. Er ist auch dein Enkel. Und du bist derjenige, der ihm *Seal Rock Hall* überschrieben hat, ohne ihn in die Pläne einzuweihen«, hielt Arthur dagegen. Er kam nach Benedict. Eine Anschuldigung ließ er nicht einfach auf sich sitzen.

Benedict befand, dass das einer der seltenen Abende war, an denen er sich einen zweiten Whiskey gönnen musste. Er hatte große Pläne. Pläne, mit denen sich Millionen verdienen lassen würden. Aber vor allem waren es Rachepläne. Denn egal, wie viel Geld er machen konnte, er wollte die Coopers vernichten und endlich das Land besitzen, das ihm seit über einem halben Jahrhundert zustand. Damals hatte er kurz vor der Hochzeit mit Catherina Cooper gestanden. Die lukrativste Verbindung, die man auf Stonebridge Island eingehen konnte. Er als Immobilienmogul der Insel hätte endlich das schönste Stück Land – die *Silver Brook Stables* – in die Hand bekommen. Doch dann war Catherina kurz vor der Hochzeit durchgebrannt. Mit einem verdammten Pferdetrainer. Sie hatte Benedict um das Gestüt gebracht – und zum Gespött der ganzen Insel gemacht. Das hatte er ihr – auch über ihren Tod hinaus –

nie verziehen. Ihr genauso wenig wie Catherinas Tochter Olivia oder ihren drei Enkelinnen, die die *Silver Brook Stables* seit diesem Jahr leiteten.

Arthur und er waren auf einem guten Weg gewesen. Sie planten einen Hafen für große Kreuzfahrtschiffe. Um sich von anderen Städten an der Küste zu unterscheiden, mussten sie eine Möglichkeit schaffen, die wirklich großen Schiffe anlegen zu lassen. Was auf dieser Insel nur an einer Stelle möglich war: der Halfmoon Bay. Umschlossen vom Land der Coopers war sie zum wertvollsten Teil seines Unterfangens geworden. Gemeinsam mit *Seal Rock Hall*, einem alten Herrenhaus, das auf der Klippe über der Bucht thronte und das Empfangszentrum für die Kreuzfahrtgäste werden sollte. Benedict hatte den Coopers in einem cleveren Schachzug die Bucht verkauft. Für den Kauf hatten sich die Cooper-Frauen weit aus dem Fenster lehnen müssen – und genau das war sein Ziel gewesen. Wer knapp bei Kasse war, wurde angreifbar. Der nächste Schritt in seinem Plan war es, die Stellschrauben hier und da ein wenig anzuziehen, um die Coopers in finanzielle Bedrängnis zu bringen. Wenn sie ihre Hypotheken nicht mehr zurückzahlen konnten, wäre er zur Stelle. *Silver Brook* würde endlich ihm gehören, und er konnte seine Visionen verwirklichen.

Doch dann hatte sein Enkel Finley in einer eigenmächtigen Aktion *Seal Rock Hall* verkauft und damit Benedicts Vorhaben beinahe pulverisiert. Und den Stachel noch tiefer in Benedicts Fleisch getrieben. Denn Finn hatte ausgerechnet an Cameron Montgomery, den neuen Lover von Abigail Cooper, verkauft. Einen millionenschweren Hotelier aus Boston, der – wer hätte es gedacht – ein Hotel aus dem alten Herrenhaus machen wollte.

»Ich habe Santos erklärt, dass Montgomery wohl kaum noch Interesse an *Seal Rock Hall* haben wird, wenn unser Schiffsanleger direkt darunter liegt und jeden Tag Tausende von Touristen an seinem Hotel vorbeiströmen«, erzählte Benedict seinem Sohn. »Ich gehe davon aus, dass Montgomery den Kauf des Herrenhauses spätestens dann als Fehler betrachten wird und zu einem Preis, den wir bestimmen, an uns verkauft.«

»Hat Santos das geschluckt?« Arthur ließ den Rest seines Whiskeys im Glas kreisen.

»Hat er. Mit ein bisschen Überzeugungsarbeit. Aber so einen Ausrutscher können wir uns nicht noch einmal erlauben. Wir müssen anfangen, unsere Pläne ein wenig zu forcieren. Ich will nicht, dass Santos am Ende abspringt, weil ihm die Geduld ausgeht. Wir haben schon viel zu viel Geld in dieses Projekt gesteckt, um uns das erlauben zu können.«

»Hmm«, brummte Arthur und machte es sich in einem der tiefen Lederclubsessel bequem. »Das Freilassen der Pferde im Frühjahr hat nicht besonders viel gebracht. Es hat nur ein bisschen an ihnen«, er machte mit der Hand eine Geste, als suche er das richtige Wort, »gerüttelt«, brachte er es schließlich auf den Punkt. »Ich hatte mir von dieser Aktion mehr erhofft.«

Benedict sah das anders als sein Sohn. Es war vielleicht auf den ersten Blick nicht die durchschlagendste Aktion gegen die Coopers gewesen. Aber sie hatte zum einen gezeigt, dass die Morgans einen wirklich starken Verbündeten auf dem Gestüt hatten. Jemanden, auf den sie sich verlassen konnten. Jemanden, der die Familie mindestens so hasste, wie es die Morgans taten. Und zum anderen war das nur der Auftakt gewesen. Der erste Schlag gegen die Coopers. »Es hat die Kunden des Gestüts aufhorchen lassen. Soviel ist sicher.«

»Wenn wir sie in den Ruin treiben wollen, brauchen wir einen Coup mit mehr Durchschlagskraft.« Arthur tippte nachdenklich mit dem Zeigefinger gegen den Rand seines Tumblers. »Vielleicht eignet sich diese hässliche alte Scheune mit dem durchhängenden Dach.«

»Nein.« Benedict schüttelte den Kopf. »Das würde ihnen wehtun, keine Frage. Aber die nächste Maßnahme muss Außenwirkung haben. Es muss sie an ihrer empfindlichsten Stelle treffen.«

»Ich verstehe, was du meinst.« Arthur grinste, und Benedict konnte in den Augen seines Sohnes sehen, wie Aufregung und Adrenalin allein bei dem Gedanken durch seinen Körper schossen, den nächsten Schritt in die Wege zu leiten. »Ich habe gehört, dass sie einen sündhaft teuren Hengst kaufen wollen und in diesem Sommer jede Menge wertvoller Pferde von ihren Besitzern auf dem Gestüt eingestellt wurden, um sie auszubilden, zu bereiten oder zu besamen. Das wäre ein guter Angriffspunkt.«

Der die Coopers vernichten würde. »Ich habe da bereits eine Idee«, sagte Benedict und griff abermals nach der Whiskey-Karaffe. An so außergewöhnlichen Tagen, wie dieser einer war, durfte er sich auch einmal einen dritten Drink einschenken.

# 8

Die Cottages, die zu den *Silver Brook Stables* gehörten, waren Matt schon aufgefallen. Er hatte angenommen, dass sie für Gäste und Mitarbeiter bereitstanden, hatte aber niemals erwartet, dass er so schnell selbst für ein paar Wochen in eines einziehen würde.

Seine Sachen zu packen und aus dem *Jasper Point Motel* auszuchecken hatte nicht wirklich lange gedauert, sodass er bereits zehn vor acht auf den Hof des Gestüts rollte.

Megan Cooper schien ihn trotz allem schon erwartet zu haben. Sie saß gemeinsam mit einer zweiten Frau, die Matt nicht kannte, die aber ebenfalls zur Familie zu gehören schien, auf einem Schaukelstuhl auf der Veranda des Ranchhauses, den Stetson über ihr Knie gehängt, einen der Stonebridge-Island-Kaffeebecher in der Hand, den auf der Insel jeder zu besitzen schien. Sie winkte ihm zu, als er die Wagentür öffnete, und kraulte Jumper, als er auf sie zustürmte, um sich ein paar Streicheleinheiten abzuholen. Die Cooper-Frauen schienen es seinem Hund echt angetan zu haben. Sobald er Summer oder eine ihrer Schwestern sah, interessierte Jumper sich nicht mehr für sein Herrchen.

Matt folgte seinem Hund etwas langsamer und nutzte die Gelegenheit, die Frau zu betrachten, die neben Megan saß. Er vermutete, dass das die Mutter der Cooper-Schwestern war. Die gleichen Gesichtszüge, allerdings mit ein paar Linien in der leicht gebräunten Haut. Die gleichen Augen. Selbst die Haarfarbe stimmte überein, auch wenn sich durch die der Frau bereits feine silberne Fäden zogen. »Megan.« Er nickte Summers Schwester zu. »Guten Morgen, Ma'am.« Er zog seinen Stetson vom Kopf und reichte der älteren die Hand. »Matt Walker.«

Die Frau lächelte ihn strahlend an und ging sofort zum Du über. »Matt. Schön, dich kennenzulernen. Wir sind hier nicht besonders förmlich«, erklärte sie. »Ich bin Olivia. Und ich freue mich, dass du dich dafür entschieden hast, ein paar Wochen bei uns zu verbringen. Ich hoffe, ich darf dich diese Woche mal zum Dinner ins Ranchhaus einladen.«

Megan lachte und stand auf. »Jetzt lass Matt erst mal ankommen. Komm mit«, wandte sie sich an ihn, was auch von Jumper als Aufforderung gesehen wurde, aufzuspringen und vor ihnen her in Richtung der Cottages davonzustürmen, als wisse er ganz genau, dass sie hier einziehen würden.

Die Cottages erinnerten Matt an die Strandhütten, in denen Surfer den ganzen Sommer über hausten, um Wellen zu reiten und sich die Haare langwachsen zu lassen. Wahrscheinlich waren sie sogar genau diesen Behausungen nachempfunden, überlegte er, als sie dem Weg aus weißem Muschelkies an den Rand des Pinienhains folgten. Die Cottages fügten sich perfekt in ihre Umgebung ein. Auf der einen Seite war Wald, auf der anderen gab es einen atemberaubenden Blick in eine Bucht hinunter, die aus grauem Sand einen perfekten Halbkreis bildete.

»Die Halfmoon Bay«, erklärte Megan, die seinem Blick gefolgt war. »Einer der schönsten Flecken auf dieser Insel. Das da drüben ist es übrigens.« Sie wies mit dem Kinn in Richtung der Hütte am linken Rand der Reihe.

Alle Cottages waren mit inzwischen grau verblichenen Zedernschindeln verkleidet und besaßen eine Mini-Veranda, die man über drei Treppenstufen erreichte. Das Einzige, worin sie sich unterschieden, waren die Farben der jeweiligen Türen. Die von der Hütte, die Matts neues Zuhause werden sollte, war hellgrün.

»Ich wohne in dem Cottage mit der dunkelblauen Tür«, erzählte Megan ihm.

Matt hatte über die Jahre immer mal wieder in Angestellten-Unterkünften gelebt. Meist Baracken, die er sich mit anderen geteilt hatte. Manche komfortabler – die meisten nicht. Diese Hütten sahen zumindest von außen ganz okay aus. Trotzdem überraschte es ihn, dass eine der Besitzerinnen des Gestüts in einer solchen Unterkunft lebte. »Ich hatte angenommen, dass du im Ranchhaus wohnst«, sprach er seinen Gedanken aus.

»Nein.« Megan seufzte und lächelte wehmütig. »Im Haus ist es inzwischen ganz schön still geworden. Ich bin vor ein paar Jahren ausgezogen, weil ich der Meinung war, mich selbst verwirklichen zu müssen. Ich bin zwar nicht gerade weit gekommen, aber ich liebe es, mein eigenes Reich zu haben. Aus meinem alten Zimmer im Ranchhaus habe ich ein Büro gemacht.

Abby ist vor zwei Jahren zwar wieder ins Ranchhaus gezogen, nachdem sie aus Portland zurückgekehrt war«, erzählte Megan weiter, während sie auf sein neues Zuhause zugingen. »Inzwischen wohnt sie aber die meiste Zeit über bei ihrem Freund Cam. Sie haben ein Haus ein Stück weiter nördlich gemietet. Jetzt wohnen nur noch Summer und meine Mutter im Ranchhaus. Wenn du die Dinnereinladung annimmst, zeige ich dir das Haus. Aber jetzt erst mal zu deinem neuen Heim.« Megan stieg die drei Stufen auf die kleine Veranda hinauf und schloss die Tür auf.

Matt folgte ihr in die Hütte, die, wie er erwartet hatte, nur aus einem Raum bestand. Rustikale, honigfarbene Dielen knarrten unter ihren Stiefeln, aber was er sah, gefiel ihm.

»Die Cottages sind schon ein bisschen in die Jahre gekommen«, erklärte Megan ihm und lehnte sich gegen eine winzige Küchenzeile, die gerade ausreichte, um sich einen Kaffee zu kochen oder ein Fertiggericht aufzuwärmen. »Meine Mutter hat sie vor dreißig Jahren bauen lassen. Wir haben zwar inzwischen alle renoviert, aber den einen oder anderen Kratzer im Boden wirst du noch finden.«

»Das stört mich nicht.« Holz mit Kratzern war wie ein Gesicht mit Falten: Es erzählte Geschichten und hatte Charakter. Matt sah sich um. Ein großes, aber schlichtes Holzbett beherrschte die linke Seite des Raumes. Eine Couch, Beistelltisch und Fernseher. Was seinen Blick wie magisch anzog, war das große Baywindow, das ihm eine Aussicht über die gesamte Bucht bot. Matt kam vom flachen Land. In der Nähe von Willisburg gab es einen See – aber es war natürlich etwas völlig anderes, jeden Morgen als Erstes den Atlantik zu sehen, wenn er die Augen öffnete.

»Wahnsinn, oder?« Megan war neben ihn getreten und betrachtete ebenfalls den Ozean. »Das Schöne wird sein, dass du jeden Tag so früh anfängst zu arbeiten, dass du fantastische Sonnenaufgänge zu sehen bekommen wirst«, zog sie ihn auf.

Matt drehte sich zu ihr um. Das freche Funkeln in ihren Augen wich einem ernsten Ausdruck, der zu der Hand passte, die sie in einer fast tröstlichen Geste auf seine Schulter legte. »Du bist nicht freiwillig hier, Matt. Aber ich verspreche dir, dass du es nicht bereuen wirst, nach Stonebridge Island gekommen zu sein.«

Matt schluckte. Er war sich nicht sicher, ob sie wirklich die Insel meinte. Wahrscheinlicher war, dass Megan von seinem Aufenthalt auf dem Gestüt sprach, von dem sie fälschlicherweise annahm, dass er ihm helfen würde, seine Probleme mit Ice in den Griff zu bekommen.

Er wollte gerade sagen, dass es sie nicht wirklich etwas anging, warum er hier war. Auch wenn die Cooper-Schwestern die Angewohnheit zu haben schienen, ihre Nase in sämtliche Angelegenheiten zu stecken, die sie nichts angingen. Doch dann kehrte das Lächeln in Megans Augen zurück, und der Moment war vorüber. So, als ob sie ihm gesagt hätte, was sie loswerden wollte – nur um dann zur Tagesordnung zurückzukehren.

Sie warf einen Blick auf die Uhr auf ihrem Handydisplay. »Noch einmal: Herzlich willkommen in den *Silver Brook Stables*. Pack in Ruhe aus. Summer holt dich in einer halben Stunde ab und führt dich rum. Sie wird dir die Mitarbeiter vorstellen und dir deine Aufgaben für die nächsten Tage zuteilen.«

Die halbe Stunde, die ihm blieb, reichte problemlos, sich und Jumper einzurichten. Das Hundebett, auf das Jumper bestand, platzierte er neben der Couch, und seine Klamotten verteilte er in dem schmalen Kleiderschrank und der Kommode aus hellem Holz, die in der Ecke standen. Die Bücher, die er als Erstes lesen wollte, packte er auf den Nachttisch. Er hatte genügend Zeit, den Quilt zu bewundern, der das Bett bedeckte und in allen möglichen Grüntönen gehalten war und perfekt zur Haustür seinen Cottages passte. Das Bad war noch winziger als das in seinem Motelzimmer. Eine Person konnte sich geradeso zwischen Waschbecken, Dusche und Toilette durchquetschen. Matt schaltete probehalber die Dusche an. Der Wasserdruck war gut und das Wasser heiß. Das war nach einem harten Arbeitstag wichtiger als die Größe des Bades.

Summer klopfte pünktlich eine halbe Stunde später an seine Tür. Sie war gekleidet wie an den Tagen zuvor und hatte ihren Strohhut tief in die Stirn gezogen. »Hi«, sagte sie und beugte sich hinunter, um Jumper zur Begrüßung zu streicheln und ihm ein Leckerli zu geben. Was er im Tausch für Matts Handy, das er sich geschnappt hatte, gerne annahm. Summer gab Matt das Telefon mit einem Grinsen zurück, kommentierte die Apportierkünste seines Hundes aber glücklicherweise nicht. »Bereit für eine Tour über den Hof?«, fragte sie, als sie sich wieder aufrichtete.

»Absolut.« Matt zog die Tür hinter sich zu und folgte Summer von der Veranda.

Es fiel ihm nicht schwer, sich zurechtzufinden. Jeder Pferdebetrieb funktionierte nach den gleichen Grundsätzen, genauso wie sich die Menschen ähnelten, die auf einem Gestüt arbeiteten. Nach der Runde, die er mit Summer durch die Ställe gedreht hatte, hatte sie ihm seine Aufgaben für diesen Tag zugeteilt. Ehrliche, harte Arbeit. Bis zum Mittag wusste er, wie der Hase lief. Er hatte herausgefunden, dass Harley Chapman ein Urgestein auf dem Hof war, das länger hier arbeitete, als er sich selbst erinnern konnte. So einen Typen gab es auf jedem Hof, genau wie jemanden, der wortkarg und verschlossen war. Im Fall der *Silver Brook Stables* war das eine Pferdewirtin namens Zara Sanders. Er mochte die Dynamik auf dem Gestüt. Er mochte das Essen, das Rose Walsh kochte und das verdammt lecker war. Und er mochte ihren Mann, Josh, den Verwalter von *Silver Brook*, auf den ersten Blick.

Matt mistete Ställe, half dem Hufschmied und machte sich mit zwei Männern auf die Suche nach einem Ausreißer-Fohlen, das offenbar schon zum dritten Mal ausgebrochen war. Nach Feierabend trank er mit den Rancharbeitern ein Bier, das sie ihn zahlen ließen, weil er der Neue war. Er war angenehm erschöpft, als er die Stufen zu seiner Veranda hinaufstieg.

Doch als er, nachdem er geduscht und etwas gegessen hatte, auf seiner Couch saß und durch die Fernsehprogramme zappte, kroch eine unangenehme Unruhe in ihm auf, gemeinsam mit dem Gefühl, sich irgendwie beschäftigen zu müssen. Also rappelte er sich noch einmal auf, stieg in seine Stiefel. Er wusste nicht wirklich, was er tun würde, wenn er das Haus verließ. Aber wahrscheinlich würde er einfach noch einmal eine Runde durch die Ställe drehen. Doch statt diese Richtung einzuschlagen, folgte er Jumper in den Wald hinter den Cottages, in dem sein Hund einen Ast gefunden hatte, der viermal so groß war wie er selbst und den er stolz davonschleppte. Matt atmete die Ruhe ein, die ihn umgab. Das Rauschen der Bäume im Wind, das sich mit dem des Ozeans mischte, der irgendwo vor ihm an die Klippen schlug. Unter den hohen Wipfeln der Pinien hatte sich eine angenehme Kühle gehalten, die er nach dem schweißtreibenden Tag genoss.

Er sah bereits, wie sich der schmale Waldstreifen auf der anderen Seite wieder lichtete, als Jumper ihm begeistert entgegensprang. Was hatte er da …? »Ernsthaft jetzt? Ein Schraubenzieher?« Matt betrachtete die Beute des Hundes, der sich mit schräg gelegtem Kopf vor ihn hingesetzt hatte. »Wo hast du den denn her?«

Matt wollte nach dem Werkzeug greifen, aber sein Jack Russell war in Spiellaune. Er sprang auf und war davongerannt, ehe Matt seinen Gedanken auch nur zu Ende gedacht hatte. Seine Reflexe waren ganz eindeutig schon mal besser gewesen. Allerdings hatte Matt auch nicht gedacht, dass sich hinter diesem Pinienhain noch etwas befand. Neugierig, wen sein Hund beklaut hatte, folgte er Jumper und blinzelte ein paar Schritte später gegen die grelle Sonne, die sich auf dem endlosen Ozean spiegelte. Das Glitzern war so blendend, dass Matt die Augen zusammenkneifen musste und die Inseln, die das Meer vor ihm teilten, nur erahnen konnte. Er brauchte einen Moment, bis sich seine Augen an das Licht gewöhnt hatten und er die Klippe, auf der er gelandet war, näher in Augenschein nehmen konnte. Links, unterhalb der Klippe, lag die Halfmoon Bay, die er auch von seinem Cottage aus sehen konnte. Schräg rechts vor ihm erhob sich ein Gebäude, von dem er hinter den Gerüsten und Planen nicht viel erkennen konnte. Hier und da blitzte hellblaue Farbe hinter den Folien auf, und Matt hatte den Eindruck, dass es sich um ein altes Gebäude handelte.

Dann entdeckte er die beiden Männer, die auf der Treppe vor der Tür hockten. Einer steckte gerade den Schraubenzieher, den Jumper geklaut hatte, in seinen Werkzeuggürtel zurück, der andere hielt seinen Hund fest. Matt spannte sich ganz automatisch an, und seine Schritte beschleunigten sich. Erst als er erkannte, dass der Mann Jumper am Hals kraulte und sein Hund vor Ekstase mit dem ganzen Körper wackelte, entspannte er sich wieder und verlangsamte seine Schritte.

Der Typ mit dem Werkzeuggürtel nahm seinen Schutzhelm ab und richtete sich auf, als er Matt bemerkte. »Gehört der kleine Dieb zu dir?«, wollte er wissen und nickte mit dem Kinn in Richtung des Hundes.

»Ja. Tut mir leid.« Matt hob entschuldigend die Hände. »Er ist eine Kreuzung aus Jack Russell und Elster.«

»Na dann bin ich ja froh, dass er sich den Schraubenzieher geschnappt hat und nicht meine Rolex.« Der Zweite richtete sich ebenfalls auf. »Du musst Matt Walker sein«, mutmaßte er.

»Ich wusste ja, dass Stonebridge Island nicht besonders groß ist. Aber dass die Insel so klein ist, dass sich mein Name schon überall herumgesprochen hat, hätte ich nicht gedacht.« Matt reichte dem Mann die Hand. »Stimmt genau. Ich bin Matt Walker. Und das ist Jumper«, stellte er sich und seinen Hund vor.

»Cameron Montgomery.« Sein Gegenüber verfügte über einen festen Händedruck, und Matt konnte die Schwielen und rauen Stellen auf seiner Handfläche fühlen, die seinen eigenen ähnelten, aber nicht recht zu den Markenklamotten und der teuren Sonnenbrille passten. Und nein, auch nicht zu der Rolex an seinem Handgelenk, an die Jumper zum Glück nicht herangekommen war.

»Ich bin Finley Morgan.« Der Bauarbeiter reichte ihm ebenfalls die Hand. Ihm war anzusehen, dass er auf eine Baustelle gehörte. Das fing bei den völlig zerschundenen Sicherheitsstiefeln an und zog sich über den offenbar viel benutzten Werkzeuggürtel, dessen Leder schon jede Menge Macken aufwies, bis zu seinem Helm, den er neben sich gelegt hatte und der ebenfalls schon ganz schön zerkratzt war. Der Typ strich sich die einen Tick zu langen Haare aus dem Gesicht und grinste breit. »Ich gehöre nicht zu den Tratschtanten. Deshalb habe ich keinen Schimmer, wer ihr zwei seid«, sagte er mit einem

Seitenblick zu Matts Hund, der begonnen hatte, die Umgebung zu erkunden.

Cameron gab ein schnaubendes Geräusch von sich. »Glaub mir, Matt, auf dieser Insel tratscht jeder. Auch die, die so tun, als hielten sie sich raus«, konnte er sich in Richtung seines Kumpels nicht verkneifen. »Ich bin mit Abby zusammen«, ergänzte er dann, um Matt zu erklären, woher er wusste, wer er war.

»O!« Matt kratzte sich unbehaglich im Nacken. Wie viel hatte Summers Schwester ihrem Freund über seinen unrühmlichen Abgang erzählt?

»Mach dir keine Sorgen, Mann.« Cameron schlug ihm gut gelaunt auf die Schulter. »Die Cooper-Frauen können einem ganz problemlos den letzten Nerv rauben, wenn sie es darauf anlegen.«

»Was ich absolut bestätigen kann«, sagte Finn. »Und dabei bin ich noch nicht mal mit einer liiert – oder wollte es jemals sein.«

Cameron verdrehte bei Finns letztem Satz die Augen. »Wir wollten uns gerade ein Feierabendbier aufmachen. Leiste uns doch Gesellschaft.«

Matt wollte ablehnen. Er hatte bereits mit den Rancharbeitern ein Bier getrunken. Doch dann schlich sich der lange, einsame Abend in seine Gedanken. Einer der Gründe, warum er seine Hütte überhaupt verlassen hatte. Die beiden Männer waren sympathisch, und zumindest wusste Cameron Dinge über ihn, die Abby ihm erzählt hatte. Vielleicht war bei einem Bier herauszubekommen, wie die Cooperfrauen – besonders Summer – über ihn dachten. »Gerne«, sagte er schlicht und nahm ein Island Brew entgegen, das Finn ihm aus einer Kühlbox reichte.

Sie öffneten die Flaschen und stießen an, bevor sie sich wieder auf die breiten Eingangsstufen fallen ließen.

»Was für ein Projekt ist das hier?«, fragte Matt neugierig. Auf den ersten Blick schienen die beiden Männer nicht zusammenzupassen, und doch wirkten sie wie beste Freunde.

»*Seal Rock Hall*?« Cameron grinste breit. »Das ist eine lange Geschichte.«

Matt zuckte mit den Schultern. »Ich habe jede Menge Zeit«, sprach er die reine Wahrheit aus.

»Na, wenn du es wirklich hören willst.« Cameron und Finn wechselten sich ab, ergänzten und unterbrachen sich. Und unterließen es nicht, sich gut gelaunt gegenseitig ein wenig aufzuziehen. So erfuhr Matt, dass das alte Herrenhaus in Finns Besitz jahrelang vor sich hinvegetiert hatte und nicht mehr viel gefehlt hätte, bis es der nächste Sturm einfach mit sich genommen und die Einzelteile auf dem Meer verstreut hätte. Bis Cameron es entdeckt und seine Vision eines Hide-Away-Hotels in die Tat umgesetzt hatte. Er hatte Finn den alten Kasten kurzerhand abgekauft und ihn als Bauunternehmer mit der Restauration von *Seal Rock Hall* beauftragt. Und über die Arbeit waren die Männer ganz offenbar zu Kumpels geworden, auch wenn Matt ganz deutlich spüren konnte, dass im Hintergrund noch eine ganz andere, tiefgreifende Geschichte mitlief. Eine, über die beide offenbar nicht reden wollten. Zumindest nicht mit ihm.

»Cam hat es vor ein paar Monaten auf die Insel verschlagen, um seine Sozialstunden abzuleisten.« Finn stieß dem Hotelier grinsend den Ellenbogen in die Rippen. »Was ist deine Ausrede, Matt, dich eine Zeit lang am schönsten Flecken Amerikas rumzutreiben?«

Matt überlegte, wie er seine Anwesenheit in den *Silver Brook Stables* am besten erklären konnte. »Mein Pferd ist … es wird hier trainiert.« Was nicht mal im Ansatz der Wahrheit entsprach. Weder gehörte Ice ihm, noch stimmte der Teil mit dem Training. Cameron war zwar mit Abby liiert, abgesehen davon war er aber ein Hotelier, der sich hauptsächlich darum Gedanken zu machen schien, das alte Herrenhaus wieder aufzubauen. Finn war Bauunternehmer. Auch er beschäftigte sich hauptsächlich mit *Seal Rock Hall.* Mit Sicherheit interessierte sich keiner von ihnen für die Details seines Aufenthalts auf Stonebridge Island.

»Du hast dir jedenfalls die richtige Jahreszeit ausgesucht«, sagte Cameron. »Als ich im Frühjahr hier angekommen bin, ist mein Wagen bis zur Stoßstange im Schlamm versunken.«

Finn verschluckte sich an seinem Bier. »Vielleicht lag das daran, dass die Stoßstange deines damaligen Wagens nur zehn Zentimeter über dem Boden geschwebt ist.«

Die beiden kabbelten sich gutmütig weiter. Jumper war von seiner Erkundungstour zurückgekehrt und hatte sich auf der Treppenstufe neben Matt zusammengerollt, den Kopf auf Matts Oberschenkel gebettet. Das war es, was ihm in den vergangenen Monaten gefehlt hatte, wurde ihm bewusst: Männer, mit denen man ein Bier trinken konnte, ganz egal, ob in einer Kneipe wie dem *Roadkill*, gegen die Wand einer Scheune gelehnt oder, wie hier, auf den Stufen, die zu einer Baustelle führten. Zusammensitzen nach einem harten Arbeitstag, zufrieden mit dem, was man geschafft hatte. Matt war noch nie der Typ gewesen, der enge Freunde um sich gescharrt hatte. Aber er war immer gut mit den Leuten ausgekommen. Er mochte seine Kollegen, und sie hatten ihn gemocht. Doch seit dem verdammten Sturz war er allen aus dem Weg gegangen. Weil er nicht an den Unfall erinnert werden wollte. Und weil doch jeder danach fragen und darüber reden wollte. Hier war das anders. Die Rancharbeiter hinterfragten seine Anwesenheit nicht. Cameron hatte vielleicht von Abby das eine oder andere erfahren, schien jedoch kein Interesse daran zu haben nachzufragen. Diese Männer wussten nichts über ihn, und es lag in Matts Hand, wie viel aus seinem Leben in Kentucky er preisgab. Entspannt stützte er seine Ellenbogen auf die Treppenstufe hinter sich. Gerade fühlte er sich so entspannt und frei wie schon seit einer Ewigkeit nicht mehr.

Er trank noch einen Schluck Bier und wollte Cameron gerade fragen, mit was für einem Wagen er nach Maine gekommen war – er selbst war noch nie etwas anderes als einen Pick-up gefahren, aber dem Hotelier traute er durchaus einen Porsche zu –, als Jumper seinen Kopf hob, ein glückliches Bellen von sich gab und aufsprang. Er sprintete über den mit Unkraut und Lupinen überwucherten Vorplatz des Herrenhauses und blieb am Rande der Klippe stehen. Aufmerksam und mit freudig wedelndem Schwanz blickte er in die Halfmoon Bay hinunter.

Cameron und Finn reckten, genau wie Matt, den Kopf, um zu sehen, was die Aufmerksamkeit des Hundes erregt hatte. Oder besser gesagt: wer. Matt starrte auf den grauen, feinen Sand hinunter. Auf die Wellen, die sanft an den Strand rollten. Und auf die leuchtend pinkfarbenen Turnschuhe, die nur Zentimeter von der Wasserkante entfernt ihre Abdrücke im Sand hinterließen.

»Ah, für Summer war der Tag mal wieder nicht anstrengend genug«, witzelte Cameron.

Aber Matt konnte nicht antworten. Er konnte den Blick nicht abwenden von den langen, muskulösen Beinen. Von den flüssigen, gleichmäßigen Bewegungen ihres Körpers. Der Geschwindigkeit, mit der sie sich vorwärtsbewegte. Leicht wie eine Feder und doch so kraftvoll. Matt war sich sicher, dieses Tempo nicht lange mithalten zu können – zumindest nicht in seinem aktuellen Zustand.

Er glaubte sich zu erinnern, dass Summer erzählt hatte, dass sie das Crosscountry-Laufteam einer Highschool trainierte, als er fälschlicherweise angenommen hatte, sie sei Lehrerin. Worüber Matt allerdings nie nachgedacht hatte, war, ob sie selbst auch lief. Und wie kurz die Lauftights waren. Wie eng das Funktions-Top, das sie dazu trug.

Jumper bellte zweimal und hüpfte aufgeregt auf und ab, aber Summer bemerkte ihn nicht. Selbst wenn der Wind, der über die Klippe fegte, sein Bellen nicht ins Landesinnere getragen hätte, konnte Matt sehen, dass sie ihr Handy am Oberarm befestigt und Kopfhörer in den Ohren hatte. »Komm her, Jumper«, rief er den Hund, bevor er noch davonrannte, um Summer beim Sport Gesellschaft zu leisten.

Der Hund drehte sich nach ihm um, blickte dann aber wieder in Summers Richtung und bellte noch einmal.

»Da ist ja jemand ganz schön verknallt«, bemerkte Finn trocken.

»Was?« Matt fuhr zu dem Mann herum, der lässig einen Schluck Bier trank. Er dachte doch nicht etwa … nur, weil er einmal mit Summer geschlafen hatte – wovon noch dazu niemand etwas wusste …

»Dein Hund.« Finn wies mit der Flasche in der Hand auf Jumper. »Er würde Summer am liebsten hinterherrennen.«

»Das würde ich allerdings auch gern.« Cameron klopfte sich mit der flachen Hand auf den Bauch. »Nicht, weil ich verknallt bin in die Schwester meiner Freundin, aber weil ich kaum noch Sport mache, seit ich auf Stonebridge Island bin.«

Matt atmete langsam aus. Seine Reaktion war lächerlich gewesen. Und hätte echt peinlich enden können, wenn die Männer gemerkt hätten, dass er sich angesprochen gefühlt hatte. Sport war ein Thema, mit dem er umgehen konnte. Über seine Fitness, die seit seinem Krankenhausaufenthalt noch lange nicht auf der Höhe war, hatte er sich in letzter Zeit zunehmend Gedanken gemacht. »Gibt es auf der Insel irgendwo eine Möglichkeit zu trainieren?«

»Nein.« Cameron schüttelte den Kopf.

Während Finn im gleichen Moment »Klar doch« sagte.

Die beiden sahen sich an, und Cameron zog die Augenbrauen nach oben. »Es gibt eine Muckibude, die sich Fitnessstudio nennt. Aber bevor du die benutzt, machst du lieber Liegestütze hinter einer der Scheunen«, erklärte er Matt. »Oder habe ich was verpasst?«, wandte er sich anschließend an Finn.

»Nein, was das *Island Power Gym* angeht, hast du absolut recht«, sagte Finn. »Das kann ich tatsächlich auch niemandem empfehlen. Aber ich habe einen wirklich guten Fitnessraum in meinem Haus.«

»Du hast ... einen Fitnessraum? Mit allem Drum und Dran?«

»Mit allem Drum und Dran. Inklusive eines Kühlschranks mit isotonischen Getränken.«

Cameron stellte sein Bier zur Seite und verschränkte die Arme vor der Brust. »Und du hast mir bis jetzt kein Sterbenswörtchen davon erzählt?«

Finn zuckte mit den Schultern. »Ich wusste nicht, dass du trainieren willst. Jedes Mal, wenn du mir mal auf der Baustelle zur Hand gehst, kriechst du danach auf allen vieren davon. Außerdem«, er blickte zur Halfmoon Bay hinunter, wo Summer längst nicht mehr zu sehen war, »glaube ich nicht, dass Abby – oder sonst jemand aus dem Hause Cooper – besonders begeistert wäre, wenn du bei mir trainierst.«

»Ernsthaft jetzt?« Cameron zog wieder die Augenbrauen nach oben. Er konnte das auf eine ganz besonders ausdrucksstarke Weise, stellte Matt fest, die sagte: Verarsch mich nicht, Kumpel. »Du und ich, wir machen seit Monaten Geschäfte miteinander. Wir gehen regelmäßig ein Bier trinken. Und du hast dich mit deinem Vater und deinem Großvater wegen dieses Projekts angelegt. Glaubst du da wirklich, ich mache mir darüber Gedanken, was Abby von unserer Freundschaft hält? Sie ist mir wichtig, keine Frage«, relativierte er seinen letzten Satz ein bisschen. »Aber meinen Muskeln ist diese dämliche Fehde zwischen den Morgans und den Coopers total egal.«

Fehde? Matt blickte zwischen den beiden Männern hin und her. Doch keiner von beiden schien sich gerade für ihn zu interessieren. Einen Moment lang maßen sie sich mit Blicken, dann zog Finn seinen rechten Mundwinkel zu einem Grinsen nach oben und legte Cameron die Hand auf die Schulter. »Du hast recht«, sagte er schlicht. »Komm vorbei, wann immer du willst.« Jetzt bezog er auch Matt wieder in das Gespräch ein. »Und bring unseren neuen Freund jederzeit mit, wenn ihm in den *Silver Brook Stables* die Decke auf den Kopf fällt.«

Matt bedankte sich bei Finn. Etwas Training konnte er wirklich dringend brauchen. Seine Gedanken waren allerdings immer noch bei der Fehde. Was hatte es damit auf sich? Ob er

Cameron und Finn darauf ansprechen konnte? Sollte er Summer fragen?

»Hey!« Finns Ruf riss Matt aus seinen Gedanken. »Das gibt es doch nicht! Komm zurück, du frecher Kerl!«

Jumper, der zu ihnen zurückgetrottet war, nachdem Summer aus seinem Blickfeld verschwunden war, hatte offenbar einen günstigen Moment abgewartet und dann dem Bauunternehmer einen Arbeitshandschuh geklaut, den der in der Gesäßtasche seiner Jeans stecken hatte, und sich damit aus dem Staub gemacht.

»Dein Hund schuldet mir einen Handschuh.« Finn hielt das übrig gebliebene Exemplar hoch.

»Sorry.« Matt hob entschuldigend die Hände. »Ich bring dir ein neues Paar mit, wenn ich die Einladung annehme, deinen Fitnessraum zu benutzen.«

# 9

Summer klopfte gegen Matts Cottagetür. Als er nicht sofort öffnete, ersetzte sie ihren Fingerknöchel durch die Faust.

»Ja, verdammt! Wo brennt's denn?«, hörte sie ihn rufen. Im nächsten Moment flog die Tür auf – und Summer sah sich wieder einmal Matts nackter Brust gegenüber. Das schien zur Gewohnheit zu werden. Mit dem Unterschied, dass diesmal keine Wassertropfen vom Duschen über seine Haut liefen. »Summer!« Seine Augen spiegelten seine Überraschung. Ihr würde es nicht anders gehen, wenn jemand nachts um halb elf gegen ihre Tür hämmern würde. »Ist was passiert?«

»Ja. Zieh dir was an, ich brauch dich.« In dem Moment, in dem die Worte ihren Mund verlassen hatten, wurde ihr bewusst, wie falsch sie herausgekommen waren. »Ähm …«, versuchte sie sich zu korrigieren, doch Matt war schneller.

Er legte den Kopf schräg und zog den rechten Mundwinkel zu einem halben Grinsen nach oben. »So läuft das bei dir? Normalerweise bitten mich Frauen, die spät am Abend an meine Tür klopfen und behaupten, sie würden mich brauchen, meine Klamotten loszuwerden. Und zwar so schnell wie möglich.«

»Entschuldige. So war das nicht gemeint.« Summer bückte sich zu Jumper hinunter, der gähnend auf sie zukam, um sich kraulen zu lassen. Offenbar hatte ihr Besuch nicht nur Matt überrascht, sondern auch seinen Hund geweckt. »Ich brauche deine Hilfe. Das heißt: Vorher muss ich dich fragen, ob du grundsätzlich ein Problem damit hättest, möglicherweise, unter Umständen vielleicht ein kleines bisschen gegen das Gesetz zu verstoßen.« Sie verzog das Gesicht, als ihr auch dieser Satz bewusst wurde. Was war heute nur los mit ihr? Es hatte den Anschein, als ob zwischen Matts nacktem Oberkörper und den Aussetzern in ihrem Gehirn eine direkte Verbindung bestand. Sie hielt den Kopf weiter gesenkt und streichelte Jumper, bis sich die Röte, die ihr in die Wangen gestiegen war, ein wenig verflüchtigte.

»Ob ich grundsätzlich ein Problem damit hätte, möglicherweise, unter Umständen vielleicht ein kleines bisschen gegen das Gesetz zu verstoßen?«, wiederholte Matt ihre Worte. Er lehnte sich mit der Schulter in den Türrahmen und verschränkte die Arme vor dem Oberkörper. »Grundsätzlich habe ich möglicherweise unter Umständen kein Problem damit. Wenn du mir sagst, was los ist. Steckst du in Schwierigkeiten? Oder eine deiner Schwestern?«

»Nein, bei uns ist alles okay.« Summer hatte das Gefühl, sich wieder aufrichten und Matt auf Augenhöhe begegnen zu können. Das, worum es heute Nacht ging, war bedeutender als die verräterische Röte in ihrem Gesicht. »Es geht um ein misshandeltes Pferd, dem ich helfen will. Doch dafür brauche ich Unterstützung.«

Matt zögerte keine Sekunde. »Warte kurz. Ich bin gleich so weit.« Ob ihm bewusst war, dass er gerade gezeigt hatte, was Pferde ihm bedeuteten?

Denn er fragte nicht, wo sich das Tier befand oder was passiert war. Er wollte nicht wissen, gegen welche Gesetze er gegebenenfalls verstoßen würde. Ein Pferd musste gerettet werden – also verschwand er in seiner Hütte und zog sich an. So schwierig sich die Beziehung zwischen ihm und Ice auch gestalten mochte, Matt Walker hatte das Herz am rechten Fleck. Er war ein Pferdemensch durch und durch. Das hatte Summer schon in den letzten Tagen feststellen können. Er liebte Pferde. Und er liebte die Arbeit mit ihnen. Von ihm war kein Murren zu hören, egal, welche Arbeit sie ihm gab. Nur seine Einstellung zu ihren Horsemanship-Kursen hatte sich noch nicht geändert. Wenn sie ihn bat zuzusehen, tat er das. Er kommentierte die Stunden nicht, aber in seinen Augen konnte Summer seine Skepsis ganz deutlich lesen. Vielleicht gab diese Nacht ihnen die Chance, einen ersten Schritt in die richtige Richtung zu machen.

Jumper tauchte als Erstes wieder auf, Matts Baseballkappe in der Schnauze. Summer nahm sie ihm ab und hielt sie Matt hin, als er, wie sie, in dunklen Jeans und einem schwarzen Longsleeve aus dem Cottage kam. Er hatte, ohne dass sie es extra erwähnen musste, verstanden, dass sie sich nach Möglichkeit unsichtbar machen mussten. Was unter anderem der Grund war, aus dem sie einen schwarzen Pick-up fuhr, obwohl Megan der Meinung war, ein rotes Modell würde viel besser zu ihr passen. Genau wie ihr Pferdeanhänger entgegen aller anderen auf dem Gestüt ebenfalls schwarz war. »Wir können Jumper im Ranchhaus bei Charlie lassen, wenn du magst. Die beiden verstehen sich gut«, schlug Summer vor.

»Das wäre super.« Matt griff nach der Baseballkappe und setzte sie auf.

»Was ist das nur mit deinem Hund, dass er ständig irgendetwas apportiert?«, fragte Summer und stieg die Treppen von der Miniveranda hinunter.

Matt seufzte und zog die Tür hinter sich zu. »Das ist meine Schuld«, gab er zu. »Du weißt ja, wie das bei Turnieren läuft: Du bist den ganzen Tag angespannt und auf Höchstleistung. Körperlich genauso wie mental. Abends im Hotel ist man dann einfach nur noch völlig fertig. Das Schlimmste ist für mich immer, wenn ich es ins Bett geschafft habe und dann feststelle, dass die Fernbedienung des Fernsehers noch auf einer Kommode auf der gegenüberliegenden Seite des Zimmers liegt. Also habe ich Jumper beigebracht, die Fernbedienung zu holen.« Er zuckte mit den Schultern. »Seitdem ist er ganz scharf darauf, mir zu helfen.« Sie hatten den Weg auf den Hof eingeschlagen, und Matt beugte sich im Laufen hinunter, um seinen Hund zu streicheln.

»Er scheint aber auch anderen gern zu helfen. Meinen Schwestern und mir bringt er ständig irgendwelche Geschenke«, rüttelte Summer ein bisschen an Matts Geschichte. Sie konnte sich nur zu gut vorstellen, wie er nach seinen Wettkämpfen völlig erschöpft ins Hotelbett gefallen war.

»Ja, inzwischen hat er sich zu einem echten Hundeflittchen entwickelt, das seine Liebe jedem anbietet, der es unter dem Kinn krault«, brummte Matt gespielt beleidigt.

Summer konnte ihr Lachen nicht unterdrücken. »Er hat schon ein paar Eigenheiten, soviel ist sicher.«

Matt grinste sie von der Seite an. »Die Geschichte, wie ich zu ihm gekommen bin, ist auch nicht ganz alltäglich.«

»Nein? Du hast ihn nicht im Tierheim gefunden, ihr habt euch in die Augen gesehen und gewusst, ihr seid füreinander bestimmt?«, zog Summer ihn ein wenig auf. Jeder konnte sehen, dass Jumper ein Rassehund war und Matt vermutlich verdammt viel Geld für ihn ausgegeben hatte.

Er lachte trocken. »Wenn es etwas gab, was ich ganz sicher nicht gebraucht hätte in meinem Leben, dann war es ein Hund. Aber vor zwei Jahren habe ich ein Turnier gewonnen, das von einem großen Terrier-Züchter gesponsert wurde. Als ich am Ende des Wochenendes auf dem Platz stand, haben sie nicht nur Ice eine Schleife angeheftet und mir einen Scheck in die Hand gedrückt – den Hundewelpen gab es obendrein. Glaub mir«, Matt sah sie wieder von der Seite an, »ich habe alles versucht, um Jumper loszuwerden. Aber niemand wollte ihn oder hatte Zeit für ihn. Also habe ich ihn wohl oder übel behalten, ohne zu wissen, was ich mit ihm anfangen soll. Und inzwischen …«

»Kann der eine nicht mehr ohne den anderen.« Summer lächelte Matt an. »Abgesehen davon, dass ich es skandalös finde, dass ein Wettkampf-Sponsor lebende Tiere verschenkt, ist das eine tolle Geschichte.« Sie waren am Ranchhaus angekommen, und Summer öffnete die Tür, damit Jumper hineinschlüpfen konnte. »Ich werde meine Familie warnen, zumindest die Fernbedienung zu verstecken, solange Jumper unser Gast ist.«

»Vermutlich kein Fehler«, stimmte Matt ihr zu. »Erzählst du mir, was uns erwartet? Mit welcher Art von Problem setzen wir uns heute Nacht auseinander?«

Summer hatte den Pferdeanhänger bereits an ihren Pick-up gekoppelt, bevor sie zu Matt gegangen war. Jetzt zog sie die Fahrertür auf und stieg ein. Matt schnallte sich auf der Beifahrerseite an, als sie den Motor startete.

»Mit einer der übelsten Formen von Tierquälerei.« Summer lenkte den Pick-up über die Holzbrücke des Silber Brook.

Das dumpfe Rumpeln der Holzbohlen mischte sich mit dem Country-Song, der leise aus dem Radio klang. »Einem Typen namens Donald Howard aus Daya Mills, der einfach nur bösartig ist. Er hat bei der Scheidung vor einem Jahr dafür gekämpft, das Pferd seiner Ex-Frau zugesprochen zu bekommen. Aus reiner Boshaftigkeit. Einfach nur, weil sie das Tier über alles geliebt hatte. Aber er hatte es für sie gekauft, also durfte er es – nach langem Hin und Her – schließlich auch behalten. Dabei macht er sich absolut nichts aus ihm. Die Frau hat am Anfang sogar befürchtet, er würde es erschießen oder zum Abdecker geben – einfach nur, weil er es konnte.«

»Stattdessen lässt er das Pferd vor sich hin vegetieren, nehme ich an.« Matt setzte sich auf dem Beifahrersitz so, dass er seinen Rücken gegen die Tür lehnen und Summer beim Reden ansehen konnte.

»Je länger die Stute – sie heißt übrigens Bonfire Darling – lebt, desto länger kann dieses Arschloch Howard seine Ex-Frau mit der Tatsache quälen, dass er sie ihr weggenommen hat.« Summer blickte kurz zu Matt hinüber, bevor sie sich wieder auf die Straße konzentrierte. »Das ist kurz zusammengefasst, was uns erwartet. Howard hat das Pferd in einem Verschlag auf seinem Grundstück versteckt.«

»Und wir werden es da rausholen?« Summer hörte die Skepsis in Matts Stimme. »Warum macht das nicht das Veterinäramt? Es müsste doch eigentlich genügen, ihnen einen Tipp zu geben.«

»Genau das haben wir natürlich als Allererstes versucht. Aber es gibt da ein kleines Problem.« Sie atmete tief durch. Wenn sie Pech hatte, würde Matt sie gleich fragen, ob sie völlig durchgeknallt war und sie bitten, anzuhalten und ihn aussteigen zu lassen. Dann müsste sie die Sache allein durchziehen. Was ungleich schwieriger wäre, aber sie würde es hinbekommen. »Donald Howard ist der Bürgermeister von Daya Mills. Er und der Leiter des Veterinäramts spielen zusammen Golf. Gemeinsam mit dem Polizeichef, versteht sich. Und Howards Wort, dass er Bonfire Darling nicht verwahrlosen lässt, wiegt offenbar mehr als die Anzeige, die wir gegen ihn erstattet haben. Zweimal haben wir es inzwischen versucht. Keine Chance.«

Matt ließ sie nicht wissen, dass er der Meinung war, dass sie den Verstand verloren hatte. »Wer ist ›wir‹?«, wollte er stattdessen wissen.

»Eine Tierschutzorganisation, die sich auf die Rettung von Pferden spezialisiert hat. *A Horse is a friend.*« Carrie war diejenige gewesen, die sie mit dem Verein in Kontakt gebracht hatte. Sie hatte bereits versucht, misshandelten Pferden zu helfen, bevor sie Summer kennengelernt hatte. Und Summer hatte sich den Rettern nur zu gern angeschlossen. Schließlich war sie es gewesen, die Alec ins Boot geholt hatte. Einen starken Mann, der auch mal eine Tür aufbrechen konnte, wenn es nötig wurde. Oder dabei half, ein Pferd aufzurichten, das es von allein nicht mehr schaffte hochzukommen. Sie war diejenige gewesen, die Carrie und Alec einander vorgestellt hatte – und dann nicht kapiert hatte, was zwischen den beiden geschehen war. »Wir agieren nur so, wenn es nicht anders geht«, fuhr sie fort, nachdem sie die Gedanken an die beiden Betrüger zur Seite geschoben hatte. »Normalerweise begleite ich den Tierarzt oder das Veterinäramt nur, wenn ein Verstoß gegen das Tierwohl vorliegt und die Pferde irgendwo untergebracht werden müssen. Dann hole ich sie zu uns in den Stall und päppele sie wieder auf. Aber manchmal sind Aktionen wie diese nötig. Wir können einfach nicht noch länger warten und das Tier sich selbst überlassen.«

Sie hatten die Insel hinter sich gelassen, und Summer lenkte den Pick-up an der nächsten Kreuzung in Richtung Westen. Matt schwieg einen Moment und rieb sich nachdenklich über das Kinn. Sein Blick ruhte im spärlichen Schein der Armaturen auf ihr. »Trotzdem ein ganz schön heikles Unterfangen. Bist du noch nie angezeigt worden?«

Das brachte Summer zum Grinsen. »Unzählige Male«, gab sie zu. »Aber bis jetzt bin ich immer davongekommen. Ich habe da ein paar fantastische Tricks auf Lager.«

»Ach ja.« Matts Lächeln ließ seine Zähne in der Dunkelheit aufblitzen. »Bist du die Patentochter des County-Richters oder sowas?«

»So etwas ähnliches. Meine Patentanten sind Marsha und Frankie – du hast beide sicher schon auf der Insel kennengelernt. Sehr praktisch, wenn man einen Lunch braucht, oder einen Cupcake. Das Essen, das ich dir neulich ins Motel gebracht habe, stammte aus Frankies Restaurant, und in *Marsha's Bakery* bist du bestimmt auch schon gewesen. Bei der Tierrettung sind sie allerdings nicht besonders hilfreich. Aber eine unserer Hauptorganisatorinnen, Mary-Jane, ist die Nichte des County-Sheriffs und noch dazu mit einem Tierarzt verheiratet. Sie hat beste Kontakte zu unserem Veterinäramt. Alles, was wir tun müssen, ist, Bonfire Darling über die Grenze ins Washington-County zu bekommen und die Zustände in diesem Stall zu dokumentieren. Ich habe eine Kamera dabei. Mit den Beweisen, die wir sammeln, kann dem Besitzer von hier aus der Prozess gemacht werden. Dazu kommt Amtsmissbrauch und was weiß ich noch alles. Genau das Gleiche kommt auch auf den Sheriff von Daya Mills und das dortige Veterinäramt zu. Wir haben bei beiden Behörden Quellen, die uns Memos zum Umgang mit unseren Anzeigen zugespielt haben. Die Sache ist geritzt. Nur mahlen die Mühlen des Gesetzes eben langsam, und so lange können wir die Stute nicht einfach ihrem Schicksal überlassen. Das ist eigentlich eine narrensichere Angelegenheit.«

»Eigentlich?«, hakte Matt nach.

»Falls sie uns vor der County-Grenze erwischen, hoffe ich für dich, dass du einen guten Anwalt hast.« Summer schluckte. Diese Entscheidung für sich selbst zu treffen war das eine – sie Matt aufzubürden, etwas völlig anderes. Alec hatte gewusst, worauf er sich einließ. Vor ihrer ersten Nacht-und-Nebel-Aktion, wie sie es nannte, hatte er sie zig Mal zu »normalen« Pferderettungen begleitet. Sie hatte ihm vor der Nacht erklären können, auf was er sich einließ. Und sie war sich sicher, dass er total auf den Nervenkitzel gestanden hatte. Matt hingegen hatte sie einfach ins kalte Wasser gestoßen, ihn mit einem Minimum an Informationen in ihren Pick-up gelockt und war losgefahren. Weil ihre Mutter und ihre Schwestern es für eine verdammt gute Idee hielten, ihn einzubinden.

»Ich werde mir gleich die Nummer einer Anwaltshotline runterladen«, sagte er und klang nicht besonders besorgt. »Warum ich?«, wollte er dann wissen. »Du hast doch sicher jede Menge Leute, die dich bei diesen Aktionen unterstützen.«

Ja, warum ausgerechnet Matt? Weil ihre Mutter und ihre Schwestern gesagt hatten, sie solle ihn herausfordern. Solle ihn daran erinnern, was Pferde für ihn bedeuteten. Einer hilflosen Stute zu helfen, würde ihn vielleicht aufrütteln. Der Umgang mit einem traumatisierten Pferd konnte ihm helfen, auch auf sein verstörtes Tier zuzugehen. Das hoffte sie zumindest, nachdem er Ice noch immer keines Blickes würdigte.

Und dann war da noch die Tatsache, dass ihre ursprünglichen Helfer nicht mehr zur Verfügung standen. Was wiederum die Erinnerungen an Matts und ihre gemeinsame Nacht aufblitzen lassen würde. Summer hätte das gern verhindert. So groß der Schock gewesen war, als Matt nach der Nacht im Motel auf dem Gestüt aufgetaucht war, so erleichtert war sie, dass er mit niemandem darüber geredet hatte – und auch nicht versucht hatte, an diese Stunden anzuknüpfen. »Ähm …« Sie räusperte sich. So unangenehm es ihr war, darüber zu reden, aber wenn Matt den Kopf für sie hinhielt, sollte er auch die ganze Wahrheit kennen. »Alec, mein Ex-Freund«, konkretisierte sie, weil sie sich nicht sicher war, ob sie seinen Namen in der Bar in Machias erwähnt hatte, »hat mir normalerweise geholfen. Genau genommen bin ich über Carrie zu der Tierschutzorganisation gekommen. Wir kannten uns schon viel länger, als ich mit Alec zusammen war. Sie war meine beste Freundin – na ja, bis letzte Woche jedenfalls. Eine Zusammenarbeit mit den beiden kommt also verständlicherweise nicht mehr infrage.«

*

»Carrie?« Matt beobachtete Summer, die den Pick-up zügig durch die Nacht steuerte. Das schwache Schimmern des Armaturenbretts warf eine Mischung aus Licht und Schatten auf ihr Gesicht. »Ist das die Frau, mit der du deinen Freund erwischt hast?«

Sie presste für einen Moment ihre Lippen zusammen. Ihr Unterkiefer bildete eine harte Linie. »Ex-Freund«, korrigierte sie ihn. »Aber ja, das war Carrie.« Mehr sagte sie dazu nicht.

Matt fragte sich, wie es Summer wirklich ging. Sie war tough. Sie schien vor nichts Angst zu haben und sagte den Leuten – besonders ihm – ihre Meinung geradewegs ins Gesicht. Aber wenn es um diesen Alec und diese Carrie ging … selbst in der dunklen Fahrerkabine ihres Trucks konnte er ihre Anspannung erkennen. Die negative Energie, die in ihrem Körper rotierte, auch wenn sie es meistens schaffte, ihre Gefühle hinter einer neutralen Maske zu verstecken. Als sie in dieser Bar in Machias aufeinandergetroffen waren, war Summer wütend gewesen. Und auch jetzt konnte er den Zorn durchblitzen sehen. Aber was war den Rest der Zeit über? Hatten die beiden Arschlöcher ihr das Herz gebrochen? Weinte sie sich nachts in den Schlaf?

Matt war sicher der Letzte, mit dem sie über ihre Gefühle sprechen würde. Aber er hoffte für sie, dass sie das mit ihren Schwestern oder ihrer Mutter tat. Menschen, die nie über das sprachen, was ihnen auf der Seele lag, verbitterten – wie er nur zu gut wusste. In Situationen wie dieser, in denen sie sich gemeinsam mit Alec und Carrie auf den Weg gemacht hätte, um ein Pferd zu retten, fühlte der Verrat sich sicher wie Batteriesäure an, die sich durch ihren Körper fraß. Matt war nicht der Typ, mit dem sie über ihr Beziehungsaus reden konnte. Aber er war der Typ gewesen, der sie eine Nacht von ihrem Schmerz abgelenkt hatte. Und er war definitiv der Typ, der ihr in dieser Nacht helfen würde, das Gesetz zu brechen, ein Pferd zu retten – und ihr auf seine eigene Art zu zeigen, dass sie sich auf ihn verlassen konnte. Er war – ironischerweise wortwörtlich –

ein Typ zum Pferdestehlen. Auch wenn sie das bei Tageslicht, und mit Ice in seiner Nähe, anders beurteilte.

Matt richtete den Blick wieder nach vorn. Genau im richtigen Moment, um für einen Moment das Ortsschild von Daya Mills durch das Scheinwerferlicht huschen zu sehen. Er hatte nicht erkennen können, wie viele Einwohner die Stadt hatte, aber hinter dem Lichtkegel ihrer Scheinwerfer herrschte nichts als Dunkelheit. »Hier ist es?«, fragte er. Sein Puls beschleunigte sich, und er warf einen Blick auf die Uhr im Armaturenbrett. Ein Uhr nachts. Die perfekte Zeit, um zum Pferdedieb zu werden.

»Jepp.« Summer wirkte konzentriert und genauso angespannt wie er. Sie lenkte den Pick-up durch die Nacht, ohne zu zögern. Offenbar wusste sie genau, wohin sie wollte. Sie bog ein paar Mal ab, und Matt verlor die Orientierung. Schließlich rumpelte sie auf einen unebenen Feldweg. An einem ziemlich mitgenommenen Zaun entlang folgten sie dem Pfad, bis vor ihnen ein Waldstück auftauchte. Summer wendete auf der Wiese davor und hielt an. In Fluchtrichtung, wurde Matt bewusst.

Sie schaltete den Motor aus, und für einen Moment hörte Matt nur Stille. Soweit er das über das Hämmern seines Herzens hinweg beurteilen konnte. »Sieht nicht so aus, als hätten wir jemanden geweckt«, flüsterte er.

Summer blickte zu ihm herüber. In der Dunkelheit konnte er ihr Lächeln nur erahnen. »Du musst noch nicht flüstern. Leise müssen wir erst sein, wenn wir den Wagen verlassen.« Sie griff hinter sich und zog eine Reisetasche vom Rücksitz, die sie zwischen ihnen platzierte und dann öffnete. »Für dich«, sagte sie und hielt ihm ein Nachtsichtgerät hin. Schließlich zog sie ein zweites aus der Tasche und setzte es auf.

Matt schaltete sein Gerät ein und setzte es ebenfalls auf. Summers grün eingefärbte Gestalt gab ihm ein Daumen-hoch-Zeichen. Dann langte sie abermals in die Tasche und holte einen großen Bolzenschneider und eine Infrarotkamera heraus.

Matt griff ganz automatisch nach dem Bolzenschneider, doch Summer zog ihn in ihre Richtung und wies auf die Kamera. »Du nimmst die«, bestimmte sie.

»Es ist doch viel sinnvoller, wenn ich …«, begann Matt.

Doch Summer schüttelte den Kopf. »Nein«, sagte sie fest.

»Willst du darüber diskutieren, wer von uns beiden stärker ist?« Wieder flüsterte er.

»Ich bin mir sicher, dass du beim Armdrücken gewinnen würdest. Aber ich will, dass du filmst.« Summer legte ihre Hand auf seinen Arm, und Matt wurde bewusst, dass das die erste persönliche Berührung war, seit sie miteinander geschla-fen hatten. Summer schien das in diesem Moment ebenfalls klarzuwerden. Ihre Finger zuckten, aber sie ließ sie, wo sie wa-ren. Hielt den Kontakt. Als sie weitersprach, hatte ihre Stim-me einen eindringlichen Ton angenommen. »Ich habe dich in diese Geschichte hineingezogen, aber ich will nicht, dass das Konsequenzen für dich hat. Solange du die Kamera in der Hand hast, bist du nicht zu sehen. Ich möchte, dass du alles filmst. Das Gelände vor dem Verschlag. Das Innere des Stalls. Und wie wir Bonfire Darling da rausholen. Versuch, so wenig wie möglich zu reden. Auf diese Weise bleibst du anonym. Das Video werden wir als Beweismittel benutzen, aber es reicht völlig, wenn ich gegen den Bürgermeister aus-sage.«

Summers Argumente gingen seinem Ego gegen den Strich.

Er war ein Mann, und es war seine Aufgabe, dafür zu sorgen, dass ihr nichts zustieß. Wenn sie zusammen auf diese Mission gingen, war es schlicht sein Job, sie zu beschützen. Aber sein Verstand begriff ebenso, worum es hier ging. Also schluckte er seinen Widerspruch herunter und nickte knapp. Er griff nach der Kamera, während Summer die Innenbeleuchtung der Fahrerkabine ausschaltete, damit sie nicht aufflammte, wenn sie die Wagentüren öffneten.

»Los geht's!«, gab sie dann das Kommando. Sie stiegen aus und öffneten die Klappe des Pferdeanhängers, damit sie schneller waren, wenn sie die Stute aus dem Stall geholt hatten.

Dann folgte Matt Summer durch das hohe Gras und eine Lücke im Zaun. Wenn sie zurückkamen, würden sie dieses Loch auf jeden Fall vergrößern müssen, damit sie das Pferd hier durchbekamen. Aber je später sie Lärm machten, desto besser. Sie hatten das Grundstück kaum betreten, als in einiger Entfernung ein Hund zu bellen begann. Summer blieb stehen und wartete. Kein Rottweiler, der aus den Büschen geschossen kam. Gut. Das Gekläffe klang auch viel zu weit entfernt. Matt war sich nicht sicher, ob der Hund überhaupt auf diesem Grundstück war. Als Summer sich wieder in Bewegung setzte, folgte er ihr so leise er konnte.

Hinter ein paar Büschen tauchte ein windschiefer Schuppen auf. Wenn das der Stall war … Matts Herz zog sich zusammen. Er war im Moment vielleicht nicht ganz eins mit seinem Pferd, aber wer ein Tier so unterbrachte … Summer hielt auf die Tür zu und setzte den Bolzenschneider an. Während sie damit beschäftigt war, ihnen Zugang zu der Hütte zu verschaffen, filmte Matt lieber das Gebäude und die Umgebung – er würde sie auf keinen Fall beim Einbrechen aufnehmen. Der Stall stand auf einem Betonboden. Die Fenster waren mit Brettern vernagelt. Er konnte – nein, er wollte sich nicht vorstellen, dass sich hinter dieser Bretterwand ein Pferd befand.

»Offen«, flüsterte Summer nach dem hörbaren Knacken von Metall. Sie legte Schloss und Bolzenschneider neben die Tür und schob sie auf. Matt folgte ihr ins Innere. Der Gestank traf ihn wie ein Schlag in die Eingeweide. Der Duft nach Pferden und Heu war etwas Wunderbares. Er hatte etwas Beruhigendes, Warmes an sich – und Pferdemist gehörte nun mal dazu. Es machte ihm nichts aus, Pferdeäpfel aufzusammeln und Mist zu schaufeln. Aber das hier … hier stank es ausschließlich nach Exkrementen.

Matt versuchte, die Luft anzuhalten, um dem Geruch zu entkommen. Doch dann machte Summer einen Schritt zur Seite und gab den Blick auf das frei, was sich vor ihr befand. »Fuck!«, entfuhr es Matt. »Dieser beschissene Wichser!«

Summer sagte gar nichts. Sie hockte sich vor dem Knochengestell in die Scheiße, in der es lag. Vorsichtig fuhr sie über den ausgemergelten Körper des Tieres, auf der Suche nach Verletzungen. »Halt noch ein bisschen durch, meine Süße. Wir holen dich hier raus«, hörte Matt sie wispern, als sie der Stute beruhigend über den Hals strich. Vorsichtig zog sie ein Knotenhalfter aus ihrer Jackentasche und streifte es dem Pferd über. Die Stute zuckte zurück, konnte sich aber, so wie sie lag, nicht vor Summer in Sicherheit bringen. »Ist okay, Schätzchen. Wir sind die Guten.« Beruhigend redete Summer auf das Tier ein. Sie verknotete die Enden des Halfters und hakte den Führstrick ein. »Kannst du rüberkommen?« Sie drehte sich zu Matt um. »Alleine bekomme ich sie nicht hoch.«

Matt drehte einen leeren Blecheimer in der Ecke um und platzierte die Kamera darauf. Es war ihm inzwischen scheißegal, ob man ihn auf dem Video erkennen würde. Dieses beschissene Arschloch Howard sollte ihm besser nicht über den Weg laufen. Wobei durchaus möglich war, dass das demnächst passierte, denn der Hund hatte wieder zu bellen begonnen. »Ich helfe von hinten nach«, schlug Matt vor.

»Gut. Wir sollten langsam sehen, dass wir hier wegkommen.« Summer zog sanft am Führstrick und schnalzte mit der Zunge. »Na los, Süße. Hoch mit dir.«

Matt trat hinter das Pferd und machte ein paar scheuchende Bewegungen, bevor er Bonfire Darling auf den Hintern klopfte. »Komm schon«, murmelte er. »Komm schon.«

Das Pferd kämpfte. Im ersten Anlauf gelang es ihm nicht, sich aufzurappeln. Was nicht nur an der fehlenden Kraft durch die Unterernährung lag, die jede Rippe und jeden Wirbel in dem grünen Licht von Matts Nachtsichtgerätes hervorstehen ließ. Bonfire Darling hatte viel zu lange, völlig verformte Hufe, die vermutlich jede Belastung zur Qual werden ließen. Als sie zum zweiten Mal versuchte hochzukommen, zog Summer etwas fester, und Matt half der Stute, das Gleichgewicht zu halten, indem er ihren Schweif packte und sie zusätzlich mit seinem Körper abstützte. Die Stute schaffte es, sich aufzurichten und auf wackligen Beinen stehen zu bleiben. »Braves Mädchen. Und jetzt komm. Schön langsam.« Zögerlichen Schritt für zögerlichen Schritt verließen sie den Stall. Matt nahm die Kamera wieder auf und filmte einmal den kompletten verwahrlosten Verschlag, während er das Pferd weiter stützte, damit es das Gleichgewicht hielt.

Das Bellen des Hundes war wütender geworden. Als Matt

in die Richtung blickte, aus der das Gekläffe kam, sah er Licht. Scheiße. »In dem Haus ist jemand wach«, informierte er Summer leise.

»Wahrscheinlich, weil der Hund so einen Lärm veranstaltet. Lass uns sehen, dass wir hier wegkommen.« Summer drückte Matt den Bolzenschneider in die Hand. »Kannst du den Zaun ein Stück weiter aufschneiden?«

Matt durchtrennte den Maschendraht so schnell er konnte, während der Hofhund langsam durchdrehte. Er kläffte wie ein Wahnsinniger, und Summer beschleunigte ihre Schritte, sobald sie sich durch die Lücke gequetscht hatten.

Bonfire Darling davon zu überzeugen, in den Pferdeanhänger zu steigen, war noch mal eine ganz eigene Herausforderung, aber Summer blieb ruhig, auch wenn Matt im Haus inzwischen vier Fenster zählte, in denen das Licht angegangen war. Es war zu weit weg, um von dort aus gesehen zu werden. Aber wenn Donald Howard seinen Hund losließ, hatten sie ein echtes Problem.

Die Angst des Pferdes war nahezu mit den Händen greifbar. Mit Sicherheit war das Verladen in der Vergangenheit auch keine gute Erfahrung gewesen. Es scheute zurück. Aber Summers Ruhe schien sich irgendwie auf das Tier zu übertragen. Vielleicht spürte es, dass sie ihm nichts tun würden. Es blieb stehen, wie eingefroren, bevor es mit einem Satz in den Hänger sprang und zitternd stehen blieb. »Du bist die Allerbeste«, murmelte Summer. »Matt, kannst du sie festmachen?«

Matt hakte das Halfter in den Sicherungsstrick ein und schloss den Hänger. Summer wartete mit laufendem Motor, bis er auf den Beifahrersitz sprang. Ein Blick nach links zeigte ihm, dass Howards Haus inzwischen hell erleuchtet war.

»Lass das Nachtsichtgerät auf«, sagte Summer.

Im ersten Moment verstand er nicht, was sie bezweckte, doch dann begriff er, dass sie im Dunkeln davonschlichen. Ohne die Scheinwerfer einzuschalten fuhren sie zurück in Richtung Hauptstraße. Matt schwitzte. Sein Herz schlug wie wild gegen seinen Brustkorb und pumpte gnadenlos Adrenalin durch seinen Körper. Summer hingegen saß ruhig und konzentriert neben ihm. Während er das Bedürfnis hatte, Vollgas zu geben und sich so schnell wie möglich aus dem Staub zu machen, fuhr sie langsam und so, dass das Pferd auf dem holperigen Feld nicht noch mehr leiden musste. Erst als sie die Straße erreicht hatten, beschleunigte sie. Sie ließen die Stadt hinter sich, ohne einer Menschenseele zu begegnen. Trotzdem fuhren sie noch einige Meilen, bis sie die Nachtsichtgeräte absetzten und Summer die Scheinwerfer einschaltete.

In der Führerkabine des Pick-ups herrschte Stille. Summer hatte das Radio ausgeschaltet und blickte stur nach vorn. Matt tat es ihr gleich. Langsam schlich sich das Adrenalin aus seinem Körper und ließ Erschöpfung zurück. Seine Schulter schmerzte. Summer war sicher nicht weniger geschafft als er. Er wollte ihr gerade anbieten, sie am Steuer abzulösen, als er das Blitzen in seinem Seitenspiegel bemerkte. Rot. Weiß. Blau. »Die Cops sind hinter uns«, sagte er unnötigerweise, denn Summer blickte in diesem Moment ebenfalls in den Spiegel.

\*

Summer hieb mit der Faust auf das Lenkrad. Gleich würde es hässlich werden – wenn ihnen nicht schnell etwas einfiel. »Mist«, fluchte sie. »Nur noch vierzehn Meilen bis zur

County-Grenze. Fast hätten wir es ohne Probleme geschafft.«
Sie schob Matts Nachtsichtgerät in seine Richtung und setzte
ihres auf, sobald sie die Scheinwerfer ausgeschaltet hatte. Die
Straße wand sich um eine langgezogene Kurve, und das Blau-
licht verschwand aus ihrem Blickfeld.

»Das ist die perfekte Stelle, um zu verschwinden«, sagte
Matt und setzte sein Nachtsichtgerät ebenfalls auf.

Summer wurde langsamer, suchte nach einem Versteck.

»Da!« Matts Arm erschien in ihrem Blickfeld und wies auf
die gegenüberliegende Straßenseite. »Das sieht wie ein schmaler Waldweg aus.«

Im ersten Moment konnte Summer gar nichts erkennen,
dann nahm sie die schmale Schneise ebenfalls wahr. »Wirkt
eher wie ein Trampelpfad. Aber so wie es aussieht, ist das
unsere einzige Möglichkeit.« Sie zog den Pick-up nach links
und rumpelte über das schmale Straßenbankett. In Sekunden
hatte sie den schmalen Grasstreifen überwunden und zwäng-
te den Wagen samt Anhänger durch dichtes Gebüsch unter
die Bäume. Wenn der Wagen des Sheriff-Departments nach
ihnen Ausschau hielt, würde er vermutlich eher den rechten Wegrand absuchen. Sie schaltete den Motor aus, setzte das Nachtsichtgerät ab und lehnte sich in ihrem Sitz zurück.

»Du zitterst.« Matt griff nach ihren Händen und rieb mit
den Daumen über ihre Handrücken.

Eine Berührung, die sie vermutlich beruhigen sollte, aber
genau die gegenteilige Wirkung hatte. Alec und sie hatten nach
Einsätzen wie diesen immer den heißesten Sex gehabt. Rück-
blickend betrachtet war das wahrscheinlich einer der Gründe
gewesen, warum er sie bei ihren Rettungsaktionen begleitet

hatte. »Das ist nur das Adrenalin.« Aufregung, die schnell in Erregung umschlagen konnte. Wenn sie nicht achtgab.

Matt zog sie an sich. In eine feste Umarmung. Er rieb mit der Hand über ihren Rücken, um sie zu beruhigen – was nicht hilfreich war. Denn sein Herz schlug unter ihrer Wange genauso schnell wie ihr eigenes. Trotzdem löste sie sich nicht von ihm. Blieb einfach, wo sie war, und genoss für einen Moment die Nähe.

Im nächsten Augenblick tauchten die Blinklichter auf, und der Streifenwagen rauschte an ihrem Versteck vorbei. »Das ist gut gegangen«, flüsterte sie.

»Hm.« Matts Brustkorb vibrierte bei diesem Laut. »Jetzt müssen wir nur noch warten, bis sie wieder zurückkommen.«

»Und dann noch ein bisschen länger.« Summer seufzte. »Ich geh mal nach Bonfire Darling sehen.«

»Nein.« Matt löste die Umarmung und schob Summer zurück, bis sie wieder in ihrem Sitz lehnte. »Ich sehe nach der Stute. Und für den letzten Teil der Strecke löse ich dich am Steuer ab.« Er wartete Summers Erwiderung gar nicht erst ab, sondern öffnete die Wagentür und verschwand aus ihrem Blickfeld.

Sie musste gestehen, dass sie nicht undankbar war für seine Unterstützung. Erschöpft schloss sie für einen Moment die Augen. In den letzten Jahren hatten ihr Team und sie so viele Pferde retten können. Und doch brach es ihr jedes einzelne Mal das Herz, wenn sie wieder sah, wie die Menschen mit diesen sanften, edlen Tieren umgingen.

\*

Ein paar Stunden später legte Matt die Arme auf die Oberkante der Box und betrachtete Bonfire Darling. Erst jetzt, im hell erleuchteten Stall in den *Silver Brook Stables*, war die Verwahrlosung des Tieres so richtig erkennbar. Mit frischem Wasser und Heu versorgt hatte es sowohl etwas gefressen als auch getrunken und sich dann vorsichtig auf das saubere Stroh gelegt. Sogar ein kleines behagliches Schnauben hatte Bonfire Darling von sich gegeben.

Morgen würde man sie waschen und die viel zu lange Mähne entwirren müssen. Der Tierarzt und der Hufschmied würden kommen. Aber jetzt war die Stute erst einmal in Sicherheit.

Matt und Summer hatten eine ganze Weile abgewartet, nachdem der Streifenwagen zum zweiten Mal an ihnen vorbeigefahren war. Eingehüllt in die seltsame Stimmung, die in der Fahrerkabine geherrscht hatte, seit er Summer in den Arm genommen hatte. Es hatte sich gut angefühlt, ihr so nahe zu sein. Auch wenn er sich nicht sicher war, ob das an der gemeinsamen Rettung von Bonfire Darling lag oder an dem, was vor ein paar Nächten geschehen war.

Er blickte zu Summer hinüber. Sie sah zufrieden aus. Matt konnte nachvollziehen, wie gut es tat, ein so furchtbar misshandeltes Tier aus den Klauen seines Besitzers zu befreien. Allein beim Gedanken an Donald Howard flammte blanke Wut in ihm auf. »Das war eine gute Aktion«, sagte er. »Danke, dass du mich daran hast teilhaben lassen.«

»Ich danke dir, dass du mich unterstützt hast«, erwiderte Summer.

»Wie geht es jetzt mit ihr weiter?«, wollte Matt wissen.

Summer sah ihn nicht an, als sie weitersprach. Aufmerksam beobachtete sie die Stute vor sich. »Dieses Schätzchen hat das Glück, dass wir dafür sorgen können, dass es zu seiner Besitzerin zurückkann. Wir päppeln sie auf, während wir die rechtlichen Details klären. Und dann kann Howards Ex-Frau sie abholen. Ich will nur nicht, dass sie ihr Pferd so sieht. Das wird sich die Frau nicht verzeihen. Aber ich rufe sie morgen an und sage ihr Bescheid, weil der Sheriff mit Sicherheit an ihre Tür klopfen wird.«

»Was passiert mit den Tieren, die ihr an niemanden übergeben könnt?« Matt hatte seine Arme von der Kante der Box genommen und lehnte sich so mit der Schulter gegen das Holz, dass er Summer ansehen konnte.

Summer blickte zu ihm herüber. »Wir versuchen immer, einen Paten für die Tiere zu finden. Wenn das nicht funktioniert, behalten wir sie hier und bringen sie in unserem Seniorenheim unter.«

Das Seniorenheim – wie es auf dem Gestüt genannt wurde – hatte Matt schon kennengelernt. Dort waren die älteren Semester der *Silver Brook Stables* untergebracht, gemeinsam mit Pferden, die ihre Besitzer gegen eine kleine Pension hier einstellten. So konnten die Tiere unter ihresgleichen sein und ihren Lebensabend in Würde verbringen.

»Apropos«, holte Summer ihn aus seinen Gedanken. »Ich muss morgen ein bisschen mit den Trainingseinheiten jonglieren, weil ich im Sheriff-Büro auf dem Festland vorbeischauen muss. Ich will die Beweise abgeben und dafür sorgen, dass wir keine rechtlichen Konsequenzen zu spüren bekommen. Der Doc und der Schmied haben sich auch noch für morgen Vormittag angesagt. Und vorher muss ich zusehen, dass ich Bonfire Darling sauber bekomme.«

»Lass mich das übernehmen.« Matt schluckte, kaum dass er

die Worte ausgesprochen hatte. Woher war das denn gekommen? Summer bei der Rettung des misshandelten Tieres zu unterstützen, war das eine. Im Anschluss die Verantwortung für das Pferd zu übernehmen etwas völlig anderes. Er hörte in sich hinein. Der Gedanke, sich um die Stute zu kümmern, fühlte sich irgendwie … richtig an.

Summers Blick entnahm er, dass sie nicht weniger überrascht war als er selbst. Er zuckte mit den Schultern und rieb sich über die Narbe in seiner Augenbraue. »Fahr du zum Sheriff. Ich übernehme den Rest.« Er würde Bonfire Darling waschen, ihre Mähne kürzen und entfilzen. Dann würde er bei ihr bleiben, wenn sie untersucht wurde und vor allem, wenn der Schmied sich um die Hufe kümmerte.

Summer zögerte einen Moment, dann nickte sie. »Okay. Nochmal danke. Du bist mir wirklich eine große Hilfe. Aber langsam sollten wir zusehen, dass wir ins Bett kommen und wenigstens ein paar Stunden Schlaf kriegen. Demnächst geht die Sonne auf.« Sie stieß sich von der Box ab und ging zum Stalltor. Auf halbem Weg drehte sie sich noch einmal um. »Am Wochenende findet in Homeport das *Fisherman's Festival* statt. Abby wird mit ihrer Band spielen. Wenn du kommst, gebe ich dir ein Bier aus.«

Matt schaffte es, trotz der Müdigkeit, die plötzlich bleischwer auf seine Schultern drückte, zu grinsen. »Ein Bier? Echt jetzt? Das ist alles?«

Summer zog die Augenbrauen hoch und blickte ihn verständnislos an.

»Ein Tanz sollte dabei schon herausspringen, wenn ich für dich das Gesetz breche.«

Mit diesen Worten brachte er Summer zum Lachen. »Ein

Tanz ist auf jeden Fall auch drin«, gestand sie ihm zu. Sie drehte sich wieder um und setzte ihren Weg fort.

»Kann man sich von deiner Schwester ein Lied wünschen?«, rief Matt ihr hinterher, als sie das Tor aufschob. »Spielt sie Songs von den *Backstreet Boys*?«, konnte er sich eine Anspielung auf ihre gemeinsame Nacht nicht verkneifen.

»Träum weiter«, sagte Summer, ohne sich noch einmal zu ihm umzudrehen. Im nächsten Moment war sie in der Morgendämmerung verschwunden. Trotzdem hörte Matt ihr leises Lachen, als sie über den Hof lief.

# 10

»Warum muss ich mich so herausputzen?« Summer drehte sich vor dem Spiegel in ihrem Zimmer hin und her. Die warme Nachmittagssonne schien durch das Fenster und ließ winzige Staubkörnchen zu der Party-Playlist tanzen, die Megan auf ihrem Handy laufen ließ. Einer der Sonnenstrahlen verfing sich in dem mit Strasssteinchen besetzten Spaghettiträgern des Kleides, das Summer anhatte, und ließ es aufleuchten wie einen Blitz. Dieses Kleid war definitiv nicht das richtige. Genau wie die anderen Klamotten, die ihre jüngere Schwester angeschleppt und auf ihrem Bett verteilt hatte. Summer konnte nur hoffen, dass Abby, die es sich in ihrem Lesesessel gemütlich gemacht hatte, bei Cam übernachtete und Summer heute Nacht ihr Bett nehmen konnte. So wie sie Megan kannte, würde sie die Kleider garantiert nicht wegräumen, bevor sie in die Stadt fuhren.

»Probier das mal an.« Megan hielt ihr ein anderes Kleid hin. »Wir putzen dich raus, weil du einen schönen Tag haben und dich gut fühlen sollst«, beantwortete sie dann die Frage. »Dazu gehört nun mal ein heißes Outfit.«

Summer traf im Spiegel auf Abbys Blick und zog die Augenbrauen hoch.

»Was denn?« Abby hob die Arme zu einer unschuldigen

Geste. »Megan hat recht. Sieh mich an. Ich trage diese engen, völlig zerrissenen Jeans, weil Cam total darauf abfährt.«

Summer gab ein »Pff« von sich und verdrehte die Augen.

Megan lachte. »Cam fährt darauf ab, dass du die Frontfrau der *Barn Cats* bist und mit einer E-Gitarre auf der Bühne stehst.«

»Abgesehen davon, dass er einfach auf dich abfährt. Egal was du trägst – oder auch nicht«, murmelte Summer und schälte sich aus dem Kleid, um pflichtschuldig in dasjenige zu schlüpfen, das Megan ihr noch immer entgegenhielt.

»Nein. Das ist es auch nicht.« Megan schüttelte den Kopf und wühlte in dem Klamottenberg herum.

Wie sie alle drei wussten, hatte Summer noch nie Klamotten gebraucht und sich aufbrezeln müssen, um sich wohlzufühlen, wenn sie ausging. Das war eher Megans Ding. »Es ist wegen Alec, oder?« Wieder blickte Summer Abby an. Megan konnte sich aus allem rausreden, aber ihre ältere Schwester würde ihr die Wahrheit sagen. »Ihr geht davon aus, dass er auch auf dem *Fisherman's Festival* sein wird und wollt, dass ich den bestmöglichen Auftritt habe«, mutmaßte sie.

Abby lehnte sich bequem zurück und streckte ihre Beine aus. »Alec hat in den letzten Tagen vier Mal hier angerufen und wollte dich sprechen. Von den E-Mails, die er garantiert schreibt, von denen du uns aber nichts erzählst, ganz zu schweigen. Ja, wir gehen davon aus, dass er heute in Home Port auftaucht. Und deshalb wollen wir, dass du dich ihm so überlegen fühlst wie nur möglich.«

»Ihr wollt, dass er bereut, mich hintergangen zu haben«, fasste Summer den Gedanken zusammen.

»Nicht unbedingt. Wenn das dein Wunsch ist, dann ja.« Megan strich ihr die Haare hinter die Schultern. »Grundsätzlich sollst du dich einfach nur toll fühlen und amüsieren. Du sollst gar nicht merken, dass er da ist. Und vor allem sollst du dich nicht daran erinnern, dass er dir das Herz gebrochen hat, dieser Mistkerl.« Sie schenkte Summer eines ihrer gefährlichen, hintergründigen Lächeln. »Falls Alec dich natürlich so sehen sollte – umwerfend attraktiv, glücklich und mit dir selbst im Reinen –, darf er sich von mir aus gern in den Arsch beißen, dieser Idiot.«

Summer zog das Kleid aus und drehte sich in Unterwäsche zu ihren Schwestern um. »Ich kann euch ja verstehen«, sagte sie und lächelte die beiden an. Sie war dankbar für ihre Unterstützung. »Aber so funktioniert das nicht. Wenn ich ausstrahlen soll, was ihr euch von mir wünscht, muss ich etwas anziehen, das zu mir passt. Etwas, worin ich mich wirklich wohlfühle.« Statt in den Kleiderstapeln auf ihrem Bett weiterzusuchen, ging sie zu ihrem Kleiderschrank und zog einen kurzen Jeansrock heraus.

Megan legte den Kopf schief und betrachtete Summers Wahl. »Ein bisschen schlicht«, befand sie. »Aber bei deinen Beinen absolut perfekt.«

Summer verkniff sich den Kommentar, dass die Beine ihrer Schwester genauso aussahen wie ihre. »Ich nehme den Rock«, beharrte sie und zog ihn an. »Den Rest könnt ihr aussuchen.«

Megan klatschte begeistert in die Hände und hüpfte ein paar Mal auf und ab, bevor sie in der Schuhauswahl kramte, die sie in einem Karton neben dem Bett platziert hatte. »Auf jeden Fall musst du diese Stiefel tragen.« Sie hielt ein Paar ihrer Cowboy-Boots hoch. Mintfarben. Kunstvoll bestickt mit Blumenapplikationen im Vintage-Stil.

»Und dazu …« Abby erhob sich von ihrem Sessel und

schob ein paar Kleiderbügel in Summers Schrank hin und her. »Dieses Top. Total schlicht, aber super raffiniert.«

Summer betrachtete den tiefen V-Ausschnitt und die kurzen Schmetterlingsärmel. Süße Spitzenränder säumten den schwarzen Stoff als einziges verspieltes Zugeständnis. Ja, das war zu dem Rock und den Stiefeln eine gute Wahl.

»Perfekt.« Megan hob den Daumen. »Die Haare solltest du unbedingt offen tragen. Das machst du viel zu selten.«

Summer schob trotzdem einen Haargummi in die Tasche ihres Rockes. Vorsichtshalber. Wenn ihre Haare sie beim Tanzen störten, würde sie sie zurückbinden, ganz egal, wie Megan das fand.

Abby warf einen Blick auf ihr Handy. »Ich muss los, sonst komme ich zu spät zum Soundcheck.« Sie öffnete die Zimmertür und machte einen Satz zur Seite. »Hallo Jumper«, grüßte sie den Hund, der ins Zimmer stürmte. »Was bringst du uns denn Hübsches?«

»Ein Kochlöffel?« Summer nahm ihm seine Beute ab, sobald er auf das Bett gesprungen war und ihr mit schief gelegtem Kopf sein Hundegrinsen schenkte. »Wie bist du denn an den gekommen?«

»Das würde ich auch gern wissen.« Abby winkte ihnen. »Aber jetzt muss ich wirklich los. Bis später.« Sie ließ Summer und Megan mit dem Hund allein. Wo allerdings Jumper war, war sein Herrchen normalerweise nicht weit.

»Hallo?«, hörte sie Matt rufen, kaum dass sie den Gedanken zu Ende gesponnen hatte. »Jemand zuhause?«

»Wir kommen gleich«, rief Megan und schob ein paar der Klamotten auf Summers Bett zur Seite, um sich zu Jumper zu fläzen und ihn unter dem Kinn zu kraulen, wie er es mochte.

Summer zog die Stiefel an und fuhr sich ein letztes Mal mit der Bürste durch die Haare. Sie hatte vorgeschlagen, den Fahrdienst zum *Fisherman's Festival* zu übernehmen. Deshalb, und weil Jumper den Abend mit Charlie verbringen würde, war Matt zum Ranchhaus herübergekommen.

»Bereit?«, fragte Megan.

Summer nickte. Sie hatte sich nicht einmal im Ansatz so herausgeputzt wie ihre Schwester, aber sie musste zugeben, dass sie sich gewappnet fühlte, falls Alec ihr über den Weg laufen sollte. Eigentlich konnte sie sich nicht vorstellen, dass er sich wirklich auf die Insel traute. Aber Carrie kam von hier. Ihr traute Summer durchaus zu, es darauf anzulegen, mit Alec gesehen zu werden. Einfach, um die Grenzen abzustecken und ihren Besitzanspruch ganz klar zu definieren. Summer hatte keine Ahnung, was seit dem schockierenden Aufeinandertreffen in Alecs Apartment in Carries Kopf vor sich ging. Im Gegensatz zu Summers Ex-Freund, der ihr inzwischen einen ganzen Haufen Nachrichten hinterlassen hatte, hatte sie von Carrie kein Wort gehört. Summer gab Jumper den Kochlöffel zurück und sagte: »Bring ihn wieder runter. Am besten nicht in Charlies Körbchen, sondern dahin, wo du ihn geklaut hast.« Der Hund wedelte mit dem Schwanz und sauste davon.

Megan und Summer folgten ihm. Als sie das Zimmer verließen, sah sie Matt am Fuß der Treppe stehen. Er schaute auf, und ihre Blicke trafen sich. Summers Magen drehte eine Runde auf der Achterbahn. Plötzlich fühlte sie sich wie eine Teenagerin auf dem Weg zum Homecoming-Ball. So, als ob der Weg die Treppe hinunter ihr großer Auftritt wäre. Als ob sie den Jungen, der neben der Haustür wartete, beeindrucken wollte. Nur dass dort unten kein Junge stand, sondern ein Mann. Ein Mann, der den Blick nicht von ihr abwandte. Matt schluckte, sagte aber kein Wort. Als ob es ihm die Sprache verschlagen …

»So, bitte schön. Einmal frische Zitronenlimonade für dich.« Olivia kam aus der Küche, je ein Glas für Matt und sich selbst in den Händen, und unterbrach den Moment. Der sich viel zu intim anfühlte, obwohl sie fast eine ganze Treppe trennte. Olivia folgte Matts Blick mit den Augen und legte mit einem Seufzen die Hand auf ihr Herz, nachdem sie ihm sein Glas gereicht hatte. »Seht euch nur an«, sagte sie mit glänzenden Augen. »Ihr seht fantastisch aus.«

Megan lachte. »Danke, gleichfalls.«

Sie hatte recht. Ihre Mutter sah umwerfend aus. Sie trug enge Jeans, die in coolen schwarzen Stiefeln steckten, und dazu eine figurbetonte, cognacfarbene Bluse. Die dunklen Locken federten leicht über ihre Schultern. Und Matt – in ihm sah Summer die moderne Version eines Cowboys, der auf dem Weg zu einer Party war. Jeans, Stiefel und sein Stetson. Doch statt Hemd und Bolo Tie trug er ein schlichtes, graues T-Shirt, das sich um die Muskeln seines Oberkörpers spannte. Es wäre gelogen zu behaupten, dass er nicht umwerfend aussah.

Das Verhältnis zwischen ihnen hatte sich in den Tagen seit Bonfire Darlings Rettung verändert. Seine offene Skepsis ihr gegenüber war verschwunden. Hin und wieder ertappte sie ihn bei einem Blick, der ihr zeigte, dass er noch immer nicht an ihre Art, mit Pferden zu arbeiten, glaubte. Aber die meiste Zeit über war er dazu zu beschäftigt. Summers Mutter und ihre Schwestern hatten recht behalten: Die Arbeit mit den Pferden erdete Matt. Die traumatisierte Stute hatte sein Herz sofort erobert. So wenig er es schaffte, seine Scheuklappen abzunehmen, wenn es um Ice ging, bei diesem Pferd wusste er instinktiv, was zu tun war. Was Summer obendrein zeigte, dass er sehr wohl wusste, was er tat. Und das, ohne groß darüber nachzudenken. Das war ein wichtiger Schritt in die richtige Richtung. Jetzt musste sie ihn nur noch an der Kommunikation mit Ice arbeiten lassen und hoffen, dass die beiden die gleiche Art von Bindung hinbekamen.

Summer schob den Gedanken zur Seite. Heute würde sie sich über diese Dinge nicht den Kopf zerbrechen. Heute würde sie Matt ein Bier ausgeben. Und mit ihm tanzen. Denn Matt Walker war ein verdammt guter Tänzer.

*

Matt hatte es die Sprache verschlagen. Zumindest für einen Moment. Er war ins Ranchhaus gekommen, um Jumper abzugeben und auf Summer zu warten, die Olivia, Megan und ihn zu diesem *Fisherman's Festival* mitnehmen wollte. Olivia hatte ihm ein Glas Limonade angeboten, und dann – war Summer die Treppe heruntergekommen. Wie eine Königin.

Matt hatte die Hälfte seiner Limonade auf Ex heruntergekippt, gegen seinen plötzlich trockenen Mund hatte das allerdings nicht geholfen. Bilder ihrer gemeinsamen Nacht waren wie Flashbacks vor seinem inneren Auge aufgeblitzt. Ihre Blicke hatten sich getroffen, und für einen Moment fühlte es sich an, als wären sie durch ein unsichtbares Band verbunden.

Olivia und Megan retteten die Situation, indem sie seine Aufmerksamkeit forderten.

»Matt, magst du Stadtfeste?«

»Matt, weißt du, worum es bei unserem *Fisherman's Festival* geht?«

»Matt, wie sieht es bei dir mit dem Tanzen aus? Lohnt es sich, dich auf die Tanzfläche zu schleifen?«, bombardierten sie ihn mit einer Frage nach der anderen.

Er blickte in Summers Richtung. »Ja, tanzen kann ich. Als Erstes werde ich das Tanzbein aber mit Summer schwingen müssen – das hat sie mir als Gegenleistung für meine Hilfe mit Bonfire Darling angeboten. Das und ein Bier.«

»Tatsächlich?« Megan blickte zwischen ihnen hin und her.

Ein Grund für Summer, den Kopf wegzudrehen und angestrengt nach ihren Wagenschlüsseln zu suchen. Trotzdem war Matt das kleine Lächeln nicht entgangen, das sich in Summers Mundwinkel geschlichen hatte. »Lasst uns fahren«, sagte sie, zu niemand Bestimmtem, und drehte sich zur Haustür um.

Matt beugte sich hinunter, um Jumper zum Abschied unterm Kinn zu kraulen. »Benimm dich«, murmelte er ihm zu, auch wenn das ziemlich hoffnungslos war. Peinlicherweise hatte sein Hund, kaum dass sie das Haus betreten hatten, einen Kochlöffel geklaut und ins Obergeschoss geschleppt. Inzwischen lag er zwar wieder in der Küche, aber Matt war sich sicher, wenn er Jumper heute Abend abholen würde, musste er das eine oder andere Beutestück aus Charlies Körbchen einsammeln, wo Jumper seine Schätze neuerdings gern hortete.

»Das *Fisherman's Festival* ist neben der Weihnachtsparade und den Feierlichkeiten zum 4. Juli einer der gesellschaftlichen Höhepunkte auf der Insel«, erklärte Olivia ihm. Nachdem Matt sich wieder aufgerichtet hatte, hakte sie sich bei ihm unter und zog ihn aus dem Haus. »Wer etwas auf sich hält, wird sich an diesem Wochenende in der Stadt sehen lassen.«

Summer hatte sich bereits hinter das Lenkrad gesetzt, und Megan war auf der Beifahrerseite eingestiegen. Matt hielt Olivia die Tür zum Fond des Pick-ups auf und nahm auf der anderen Seite Platz, nachdem er ihre Tür zugeschlagen hatte.

»Dann bin ich froh, mir das Spektakel ansehen zu können«, sagte er zu Olivia, die ihm daraufhin einen kurzen Einblick in die Arbeit und das Leben der Fischer gab, die den größten Teil der Bevölkerung auf Stonebridge Island ausmachten.

»Das Leben als Fischer ist unglaublich hart und gefährlich«, erzählte sie. »Um es auf den Punkt zu bringen: Sie fahren raus. So gut wie immer. Denn ein Tag, an dem du dein Boot im Hafen lässt und deine Hummerfallen nicht leerst, ist ein Tag, an dem du deiner Familie vielleicht kein Essen auf den Tisch stellen oder deine Rechnungen nicht zahlen kannst. Wer allerdings verzweifelt genug ist, bei Sturm rauszufahren, läuft Gefahr, nicht wieder zurückzukehren.«

»Das klingt vielleicht im ersten Moment ein bisschen dramatisch und nach Seemannsgarn.« Megan drehte sich um. »Aber es ist wirklich so. Besonders in den Wintermonaten bekommen wir hier unseren Anteil an heftigen Stürmen ab. Es kommt immer mal wieder vor, dass ein Fischerboot in Seenot gerät. Eine wirkliche Katastrophe hat es aber glücklicherweise schon eine ganze Weile nicht mehr gegeben. Vor fünfzehn Jahren sind die Edwards Brüder mit John Raven zusammen rausgefahren, obwohl sich ein furchtbarer Orkan zusammengebraut hatte. Teile des zerschellten Bootes und der Ausrüstung wurden Tage später, als sich das Wetter wieder etwas beruhigt hatte, ein Stück weiter die Küste hinunter gefunden. Die drei Fischer konnten aber nie geborgen werden.«

»Keine schöne Vorstellung«, murmelte Matt. Er hatte angenommen, dass es hier um ein ausgelassenes Fest ging ...

Olivia schien seine Gedanken zu erraten. Sie drückte seine Hand und lächelte ihn an. »Deshalb feiern wir dieses Fest. Zu Ehren unserer Fischer. Wir gedenken derer, die nicht mehr nach Hause gekommen sind, aber wir feiern auch all die anderen, die es jeden Tag tun. Wir stoßen an auf einen guten Fang und gute Preise am Markt. Manchmal streiten wir, wer den besten Lobster zubereiten kann. Und vor allem ist uns bewusst, dass das Leben vergänglich ist und unsere Zeit begrenzt.« Olivia schwieg einen Moment und blickte aus dem Fenster. Megan drehte sich abermals auf ihrem Sitz um und strich in einer sanften Bewegung über das Knie ihrer Mutter. Wahrscheinlich hatte Olivia sich bei ihren Worten selbst an ihren verstorbenen Mann erinnert. Sie legte ihre Hand für einen Moment über die ihrer Tochter und sah Matt, noch immer lächelnd, an. Auch wenn sich ein bisschen Wehmut in ihren Ausdruck geschlichen hatte. »Deshalb zelebrieren wir uns und unsere Nachbarn einmal im Jahr. So einfach ist das hier. Es wird dir gefallen.«

Das Fisherman's Denkmal, das den Mittelpunkt des Festivals bildete, stand an der Spitze von Fisherman's Cove, einer langgezogenen Bucht, die von Jasper Point bis ins Stadtzentrum von Home Port reichte und die von jedem kommerziellen und den meisten privaten Bootsbesitzern durchquert wurde, um auf das offene Meer hinauszukommen. Wie ein Leuchtturm stand der in Bronze gegossene Fischer auf einem Sockel und grüßte die Vorbeifahrenden. Die überlebensgroße Figur eines Mannes trug Ölzeug und eine Kapuze, die ihm so weit ins Gesicht hing, dass man nur den entschlossenen Zug um den Mund und den Vollbart erkennen konnte. Er blickte zum Horizont hinaus und hatte den Fuß, der in einem schweren Arbeitsstiefel steckte, auf eine Hummerfalle gestellt.

Um das Denkmal herum gab es jede Menge Buden. Fressstände, die von der frischen Lobster-Roll über Steak-Sandwiches und Zuckerwatte bis hin zu Softeis alles anboten, was das Herz begehrte. Andere Buden präsentierten Kunsthandwerk aus der Region, Töpferwaren und gewebte Teppiche aus Sandy Beach zum Beispiel. Am Strand war die Bühne so aufgebaut, dass man gleichzeitig die Musik genießen und später die Sonne über dem Meer untergehen sehen konnte. Überall waren Picknick-Tische aufgestellt, und in den Bäumen baumelten Lichterketten, die vermutlich erst eingeschaltet werden würden, wenn die Nacht über die Insel hereinbrach.

Olivia verabschiedete sich, um sich mit ihren Freundinnen am Stand von *Marsha's Bakery* zu treffen. Matt folgte Summer und Megan, die sich von ihm auf ein Bier einladen ließen und ihm dafür auf einer Runde über das Festival-Gelände alles zeigten, worauf es ankam. Er sog die frische Meeresluft tief in seine Lungen. Irgendwann in den letzten Tagen hatte er begonnen, den leichten Wind und den Geruch des Ozeans mehr als nur zu mögen. Auf der Insel wurde es warm, aber nie so heiß wie in Kentucky, wo ein Sommer auch einmal unangenehm schwül werden konnte.

Die Bühne war noch leer. Die Musik, die über die Wiese hallte, kam aus der Konserve. »Heute Abend spielen die *Barn Cats*, und morgen wird die Stadt noch ein großes Feuerwerk zünden«, sagte Summer, als er am Rand der improvisierten Tanzfläche stehen blieb.

»Wir könnten zwar jetzt tanzen.« Matt betrachtete die Paare, die sich bereits auf der Wiese drehten. »Aber cooler wäre es, wenn deine Schwester spielt.«

»Ich bin absolut deiner Meinung.« Summer schob ihn an der Schulter in Richtung der Fressstände zurück. »Jetzt essen wir erst mal was. Getanzt wird später.«

Matt konnte sich nicht erinnern, wann er zum letzten Mal solchen Spaß gehabt hatte. Seit seinem Sturz auf jeden Fall nicht mehr, abgesehen von dem Abend, als er Summer in dieser Bar aufgegabelt hatte. Aber das war eine andere Art von Spaß gewesen. Das *Fisherman's Festival* war ausgelassen. Fröhlich und unbeschwert. Die Besucher wirkten durch die Bank glücklich und erweckten den Eindruck, einfach nur einen wundervollen Tag genießen zu wollen. Sie besetzten die Picknick-Tische vor den Essständen oder breiteten das, was sie selbst mitgebracht hatten, auf Decken auf der Wiese aus, teilten es mit ihren Nachbarn. Kinder rannten umher wie aufgezogene Duracell-Hasen. Und überall wurde laut genug gelacht, um die Musik zu übertönen.

Matt lernte an diesem Tag so viele Menschen kennen, dass ihm der Kopf schwirrte. Freunde der Coopers. Nachbarn. Fischer (was manchmal schon am Geruch zu erkennen war), Pferdefreunde und sogar die Bürgermeisterin, Maxine Grant, die eine enge Freundin von Olivia war.

Er erkannte Finn, mit dem er neulich ein Bier getrunken hatte, in einiger Entfernung mit einer Gruppe, vermutlich seiner Familie. Finn hob die Hand zum Gruß, und Matt grüßte zurück. Was ihm einen bösen Blick des älteren Mannes einbrachte, der neben Finn stand und dessen Haltung nichts als Stolz und Überlegenheit ausstrahlte. Dann wurde Matt bewusst, dass der Mann gar nicht ihn ansah, sondern Summer und Megan, die neben ihm die Köpfe zusammensteckten und über irgendetwas kicherten. Dann war das wohl Benedict Morgan, Finns Großvater und der Mann, der den Streit mit den Coopers aufrechterhielt.

*

Summer genoss den Tag in vollen Zügen. Sie musste sich eingestehen, dass sie das schon eine Weile nicht mehr getan hatte: Das Gesicht in die Sonne gehalten, mit ihren Freunden und ihrer Familie gelacht. Sie hatte allen Ballast von ihren Schultern geschüttelt und machte sich weder Gedanken über das knappe Budget des Gestüts, die viele Arbeit, die zuhause auf sie wartete, noch über die bösen Blicke, die Benedict Morgan ihrer Familie bei jeder sich bietenden Gelegenheit zuwarf.

Als sie vor einer Weile vom Toilettenhäuschen gekommen war, hatte der alte Mann sie sogar abgefangen und scheinheilig gefragt, ob sie inzwischen rausgefunden hätten, wer im Frühjahr für die geöffneten Gatter verantwortlich gewesen war, die dafür gesorgt hatten, dass sich sämtliche Pferde auf der gesamten Insel verteilt hatten. Bei seinem lauernden Blick war ihr ein kalter Schauer über den Rücken gelaufen. Sie hatte von Anfang an den Verdacht gehabt, dass die Morgans und ihre dämliche, jahrzehntealte Fehde nicht ganz unschuldig an den Ereignissen waren. Aber zum einen hatte sie es nicht beweisen können, und zum anderen gab es außer dem nie abkühlenden Hass keinen Grund, ihrer Familie so etwas anzutun.

Aber auch Benedict hatte sie hinter sich gelassen, als sie zu ihrer Familie – und Matt – zurückgekehrt war. Auf dem Weg hatte sie den Duft von gebratenem Fleisch und gegrillten Maiskolben eingeatmet. War zwei kleinen Mädchen ausgewichen, die riesige, pinkfarbene Zuckerwattewolken vor sich hertrugen. Dieses Festival lief genau so ab wie jedes einzelne, an das sie sich erinnern konnte. Es bedeutete Heimat. Geborgenheit. Alles um sie herum war auf so schöne und gleichzeitig schmerzhafte Weise vertraut. Hier hatten sie so viel gelacht. Sie war als kleines Mädchen auf Jacks Schultern über die Wiese geritten. Hatte Eis geschleckt, immer in der Hoffnung, schneller zu sein als die Sonne, die es in ihrem Waffelhörnchen schmelzen ließ.

Matt sah ihr mit funkelnden Augen entgegen, als sie auf ihn zuging. Es wurde Zeit, neue Erinnerungen zu schaffen. Nicht, um die alten zu ersetzen, sondern um sie zu vermehren. »Die Band deiner Schwester fängt gleich an zu spielen«, hatte er gerufen.

Als ob das nicht unübersehbar gewesen wäre. Die *Barn Cats* waren eine Institution auf der Insel, und verdammt viele Leute waren völlig aus dem Häuschen, als sie in diesem Frühjahr ihr Comeback gefeiert hatten. Summer ließ sich von Matt auf die Tanzfläche vor der Bühne ziehen, auf der Abby *My Hometown* von Bruce Springsteen anstimmte. Die *Barn Cats* spielten immer als Erstes einen Springsteen-Song und zum Abschluss *Perfect Day* von Lou Reed.

Sie tanzten eine Weile. Megan und ihr Sommerflirt, Zac, gesellten sich zu ihnen. Und einige Zeit war auch ihre Mutter mit ihren Freundinnen dabei. Matt brachte Marsha dazu, mit ihm herumzuwirbeln, bis sie sich lachend Luft zufächelte. Summer vermutete, dass er versuchte, ein Donut- oder Kaffee-Abo rauszuschlagen.

»Leute, es ist so schön, euch zu sehen«, rief Abby von der

Bühne, als der *Green-Day*-Song, den sie gerade gespielt hatten, verklang. »Wir sind die *Barn Cats*, und wir sind hier, um euch so richtig einzuheizen.« Die Menge grölte, und Summer schob zwei Finger in den Mund und stieß ein lautes Pfeifen aus.

Ihre Schwester grinste und wartete, bis die Huldigungen vorüber waren. »Ihr kennt uns«, sprach sie dann weiter – und erntete den nächsten Begeisterungssturm. »Ihr kennt uns«, wiederholte sie. »Wir gehören nicht zu den Bands, die Musikwünsche erfüllen – aber heute machen wir eine Ausnahme. Und nein, das wird nie wieder vorkommen.« Sie lachte. »Die einzige Ausnahme … auf vielfachen Wunsch einer ganz besonderen Person. Ladies and Gentlemen.« Sie machte eine Kunstpause. »Hier ist *Larger than Live* von den *Backstreet Boys*.«

Summer wirbelte zu Matt herum. »Du hast dir ernsthaft die *Backstreet Boys* gewünscht?«

Er legte den Kopf in den Nacken und lachte. Dann zog er Summer an sich, um sie im nächsten Moment von sich wegzudrehen. »Ich schwöre, dass ich das nicht war«, behauptete er, als er sie wieder ganz nah an sich herangezogen hatte.

»Komm schon.« Summer zog die Augenbrauen hoch. »Die *Barn Cats* haben noch nie was von den *Backstreet Boys* gespielt.«

»Aber ich war es nicht.« Sein Gesicht spiegelte pure Unschuld, abgesehen von dem mutwilligen Funkeln in seinen Augen.

»Noch nie«, beharrte Summer.

»Vielleicht verfolgen uns diese Jungs ja.« Wieder wirbelte er sie herum. Wieder waren sie sich so nah, dass ihr Herzschlag an Tempo zulegte. »Vielleicht sind diese Songs sogar unser Schicksal.«

»Vielleicht hast du aber auch einfach nur meine Schwester

bestochen.« Summer genoss das Geplänkel. Die Erinnerungen an ihre gemeinsame Nacht, die Matts Worte in Verbindung mit den *Backstreet Boys* hervorriefen, ließen ein Prickeln in ihrem Bauch aufsteigen, leicht wie Champagnerblasen. Sie würde es nicht zulassen, dass sich das, was zwischen ihnen gewesen war, wiederholte. Aber es war wundervoll, eine Weile die Versuchung, die Matt für sie darstellte, auszukosten. Dass zwischen ihnen eine gewisse Anziehung bestand, war von Anfang an klar gewesen. Sie waren aufeinandergeprallt und wie im Rausch detoniert. Selbst nach der Ernüchterung am nächsten Morgen, als sie sich plötzlich auf dem Hof gegenübergestanden hatten, hatte diese Faszination füreinander nie wirklich nachgelassen. Doch seit der Nacht, in der sie Bonfire Darling gerettet hatten, war da auch noch etwas anderes – eine Verbindung. Sie lagen auf einer Wellenlänge, selbst wenn Matt sich bei manchen Themen stur anstellte wie ein alter Bock. Freundschaft war das Wort, das Summer wählen würde, um das zu beschreiben, was in den letzten Tagen zwischen ihnen gewachsen war. Sie waren Freunde geworden.

Der Song wurde von einer Country-Ballade abgelöst, und Matt zog Summer wie selbstverständlich enger an sich. »Gott sei Dank ist dieses Lied vorbei. In dem Tempo hätte ich nicht mehr lange durchgehalten«, sagte er und simulierte ein erschöpftes Stöhnen.

»Ah, diese älteren Typen sind zu nichts zu gebrauchen«, neckte Summer ihn. »Vielleicht leihe ich mir für den nächsten Tanz einfach Megans Zac aus.«

»Mit dem nehme ich es noch auf.« Matt drehte sich mit Summer in seinen Armen.

»Vermutlich hältst …« Summer stockte, als sie die Gestalt

an der Tanzfläche stehen sah, die sie anstarrte. Carrie. Summer hatte nicht nur das Ende ihres Satzes vergessen, sie kam auch aus dem Takt und trat Matt auf den Fuß.

»Autsch«, brummte er. »Wenn du so weitermachst, übergebe ich dich freiwillig an Zac.«

Er hatte es als Witz gemeint, wurde Summer bewusst, also zwang sie sich zu einem Lächeln. Im nächsten Moment drehte er sich wieder, und Summer hatte die Bühne im Blick. Trotzdem spürte sie den Blick ihrer ehemals besten Freundin im Rücken. Ihre Schwestern hatten prophezeit, dass Carrie – und wahrscheinlich auch Alec – hier sein würden. Aber dann hatte sie beschlossen, diesen Tag zu genießen. Und vor allem Matt hatte ihr geholfen, alles Negative für ein paar Stunden zu vergessen. Aber nur, weil man seinen Problemen den Rücken zukehrte, verschwanden sie nicht.

# 11

Matt spürte sofort, dass sich etwas veränderte. Dazu hatte Summer ihm nicht erst auf den Fuß treten müssen. Sie hatten herumgealbert, getanzt – wie Freunde. Und auch wenn die sexuelle Spannung zwischen ihnen nie ganz verschwand, machte es Spaß, den Tag wie gute Kumpel zu verbringen. Denn genau dazu waren sie in den letzten Tagen geworden.

Er amüsierte sich innerlich noch immer darüber, dass die *Barn Cats* einen Hit von den *Backstreet Boys* gespielt hatten. Tatsächlich war er nicht derjenige gewesen, der sich das Lied gewünscht hatte. Aber davon würde er Summer vermutlich nicht überzeugen können. Egal. Sie hatten Spaß.

Und dann, als ob ein Schalter umgelegt worden wäre, hatte sich plötzlich alles verändert. Er hatte sich mit Summer in den Armen gedreht, und auf einmal hatte ihr Atem gestockt. Ihr gesamter Körper hatte sich versteift, und sie war ihm auf den Fuß getreten. Matt hatte sich wieder gedreht, um zu sehen, was sie so aus dem Takt gebracht hatte – emotional und im wortwörtlichen Sinn. Der Auslöser konnte nur etwas gewesen sein, was sie über seine Schulter hinweg bemerkt hatte. Er vermutete, ihren Ex-Freund zu entdecken. Doch da war kein Mann, der aussah, wie Matt sich einen Highschool-Football-Coach vorstellte. Nur eine Frau stand unter den Festival-Besuchern am

Rande der Wiese und starrte auffällig zu ihnen herüber. Hübsch, aber offenbar nicht besonders glücklich darüber, Summer hier zu sehen. War das die Frau, mit der Summer ihren Freund erwischt hatte? Die ehemals beste Freundin? Sie sah so sauer aus, dass man die negativen Schwingungen regelrecht sehen konnte.

Summer versuchte, so zu tun, als ob nichts gewesen wäre. Aber Matt merkte ganz genau, dass sie kein bisschen bei ihrem Tanz war. »Sollen wir eine Pause einlegen?«, fragte er, um ihr die Möglichkeit zu geben, von hier zu verschwinden.

»Ja, das wäre super.« Sie trat einen Schritt zurück und nickte mit dem Kinn in Richtung der Toilettenhäuschen. »Ich verschwinde kurz, okay?«

Matt hob die Hand zum Zeichen, dass er verstanden hatte. Dann drehte er sich nach der Frau um. Sie war verschwunden. Immerhin. Vielleicht würde Summer sich wieder fangen und sie hatten die Chance, auch den Rest des Abends gut gelaunt und entspannt zu verbringen.

Matt drängte sich durch die Fans, die den Auftritt der *Barn Cats* feierten, und blieb am Rande der Wiese stehen. Inzwischen war die Sonne dem Zwielicht gewichen. Die Lichterketten waren eingeschaltet worden und verbreiteten die Atmosphäre einer Sommernacht, die noch lange in Erinnerung bleiben würde.

Matt entdeckte Olivia und ihre Freundinnen. Rose und Josh Walsh hatten sich zu ihnen gesellt. Einen Moment überlegte Matt, zu ihnen hinüberzugehen, doch dann entdeckte er Cameron und Finn. Sie saßen ein Stück entfernt mit einer attraktiven blonden Frau an einem Picknicktisch. Finns Großvater mit dem finsteren Blick war nirgends zu entdecken, also nutzte Matt die Gunst der Stunde. Er hatte Finn schon längst fragen wollen, ob das Angebot mit dem Fitnessraum in seinem Haus noch stand. Noch einmal blickte er sich nach Summer um, konnte sie aber nirgends entdecken. Also ging er zu dem Grüppchen hinüber.

Cameron entdeckte ihn als Erster und winkte ihm zu. Dann beugte er sich zu der Blondine hinüber und sagte etwas zu ihr, was ihre Augen neugierig aufleuchten ließ. Als Matt die drei erreichte, erhob Cameron sich und reichte ihm die Hand. »Matt. Schön, dich zu sehen.«

»Hi.« Matt erwiderte den Gruß, bevor er sich an die Frau wandte.

»Matt Walker«, stellte er sich vor.

Sie lächelte ihn an. »Hallo. Ich bin Valerie, Cams Schwester. Wenn die beiden es erlauben«, sie blickte zwischen Finn und ihrem Bruder hin und her, »mische ich ein bisschen mit, auf *Seal Rock Hall.*«

»Nett, dich kennenzulernen. Finn«, grüßte Matt auch den Bauunternehmer. »Kann ich mich einen Moment zu euch setzen?«

»Klar. Willst du ein Bier?«, bot Finn an.

»Danke, nein.« Matt nahm auf der Bank der Picknick-Garnitur Platz. Der Duft der Käsesoße, die neben einer großen Portion Nachos und ein paar Bierflaschen stand, stieg ihm in die Nase.

»Verdient hättest du es dir«, sagte Cameron. »Er hat Summer geholfen, ein schrecklich gequältes und verwahrlostes Pferd zu retten«, erklärte er seiner Schwester, bevor er Matt direkt ansah. »Danke, Mann. Es tut gut zu wissen, dass Summer bei diesen Aktionen jemanden an ihrer Seite hat, auf den sie sich verlassen kann.«

»Keine Ursache.« Matt räusperte sich. Er war diese Art von Lob nicht gewohnt. Schließlich hatte er bis zu der Nacht vor ein paar Tagen nicht großartig über diese Dinge nachgedacht. Pferde wurden nicht immer gut behandelt. Besonders im Leistungssport, wo es um sehr viel Geld ging, waren die Trainingsmethoden mitunter fragwürdig. Aber was dieses Arschloch Bonfire Darling angetan hatte ... Matt war verdammt froh gewesen, dass er die Stute bereits gewaschen und ihre Mähne geschnitten hatte, und Tierarzt und Hufschmied dagewesen waren, bevor die Besitzerin, die sich nach Summers Anruf nicht mehr hatte fernhalten lassen, in den Stall kam. Das Pferd sah zu diesem Zeitpunkt bereits um Welten besser aus als in dem widerlichen Verschlag. Und trotzdem bot es ein erbärmliches Bild. Er hatte die Besitzerin, die bei dem Anblick, der sich bot, in Tränen ausgebrochen war, lange im Arm halten und beruhigen müssen. Wenigstens hatte die Frau zugestimmt, dass Bonfire Darling noch eine Weile auf dem Gestüt blieb, damit sie sie ein wenig aufpäppeln konnten, bevor sie an ihre Besitzerin zurückging. Aber die Frau kam jeden Tag, packte wie selbstverständlich beim Füttern und Misten mit an, um in der Nähe ihres Pferdes zu sein, das inzwischen morgens schon ungeduldig an der Boxentür auf seine Besitzerin wartete. Und Matt hatte festgestellt, dass diese wundervolle Aura, die nur Pferde hatten, zu Bonfire Darling zurückgekehrt war. In ihr fuchsbraunes Fell. Und in ihre sanften Augen.

Matt wandte sich Finn zu. »Ich wollte dich fragen, ob das Angebot mit dem Fitnessraum noch steht«, wechselte er das Thema. »Ich würde wirklich gern darauf zurückkommen.«

Fin grinste breit. »Klar, Mann. Komm doch morgen Abend vorbei, wir können gemeinsam trainieren. Und wenn du Lust hast, werfen wir anschließend noch ein Steak auf den Grill und machen ein Bier auf«, schlug er vor.

»Steaks und Bier im Anschluss? Wenn das die Parameter sind, bin ich auch dabei«, sagte Cameron.

Seine Schwester zog die Augenbrauen hoch. »Ist das nicht etwas kontraproduktiv?«, fragte sie, ohne sich die Mühe zu machen, den Sarkasmus aus ihrer Stimme herauszuhalten.

Cameron legte ihr den Arm um die Schulter und zog sie an sich. »Das verstehst du nicht«, ließ er sie wissen, verdrehte übertrieben die Augen und brachte sie damit zum Lachen. Laut, fröhlich und mitreißend. Es dauerte eine Weile, bis Cameron weitersprechen konnte. »Finn hat einen Basketballkorb. Nachdem wir ein paar Gewichte gestemmt, Steaks gegessen und Bier getrunken haben, werden wir wahrscheinlich eine Runde spielen. Wobei wir alles wieder abtrainieren. Der Kreislauf eines Männerabends.«

»Aha.« Valeries Lachen gluckste noch immer. Sie war sehr attraktiv. Und unverkennbar aus der Schicht, der die Pferde gehörten, die Typen wie er ritten. »Dann wünsche ich euch viel Spaß. Morgen Abend bin ich sowieso schon wieder auf dem Heimweg.« Kurz verzog sie das Gesicht. »Dabei würde ich mir lieber dieses Spektakel ansehen, statt mich mit Jason, Elayne und unseren Eltern zum Sonntagsdinner zu treffen.«

»Männerabend«, wiederholte Cam. »So gern wir dich sonst um uns haben ...« Er sparte es sich, den Satz zu beenden, und griff stattdessen nach seinem Bier.

»Du lebst nicht hier in der Gegend?«, fragte Matt Valerie.

Sie zog einen Nacho durch die Käsesoße. Bevor sie ihn in den Mund schob, schüttelte sie den Kopf. »Normalerweise lebe ich in Boston. Aber ich verbringe ziemlich viel Zeit auf

Stonebridge Island. Vor allem, wenn ich unserem ältesten Bruder und meinem Vater aus dem Weg gehen will, die der Meinung sind, dass ich als Camerons Innenarchitektin eine Bruchlandung hinlegen werde.« Sie beugte sich ein wenig vor, als wolle sie Matt ein Geheimnis verraten. »Wahrscheinlich hast du schon mal von unserem Familienunternehmen gehört: *Suites by Montgomery*.«

Matt konnte nicht abstreiten, dass er die Luxus-Hotelkette kannte. Auch wenn er noch nie bereit gewesen war, den Preis zu zahlen, den ein Zimmer in diesen Herbergen kostete. Wenn er sich entscheiden musste, zog er das Truckbett seines Pickups mit Blick in die Sterne oder eine Decke in einem Heuschober vor. »Euch gehören diese Hotels?«, fragte er trotzdem. Erst jetzt wurde ihm so richtig bewusst, wie reich Valerie und Cameron waren.

»Nein.« Cameron grinste ihn breit an. »Die Zeiten sind vorbei. Unser Vater und unser Bruder leiten die Hotelkette. Wir ziehen unser eigenes Ding durch.« Er warf seiner Schwester einen liebevollen Blick zu. »*Seal Rock Hall* wird unser erstes Hide-Away-Hotel. Aber wir haben schon ein weiteres Objekt im Blick. In den Green Mountains in Vermont«, verriet er.

Sie plauderten eine Weile, und Matt hörte gespannt zu, wie es Cameron auf die Insel verschlagen und seine Schwester und er beschlossen hatten, eigene Wege zu gehen und sich von den Zwängen ihrer Familie loszusagen. Doch auch wenn Valerie eine interessante Frau war und ihr Lachen wirklich ansteckend, blickte Matt sich immer wieder nach Summer um. Als er sie schließlich entdeckte, richtete er sich überrascht auf. Denn sie war in ein Gespräch mit der Frau vertieft, die sie auf der Tanzfläche angestarrt hatte – und sah dabei nicht glücklich aus.

Finn, dem Matts Reaktion aufgefallen war, folgte seinem Blick und fluchte unterdrückt.

»O Scheiße«, entfuhr es Cameron im selben Moment.

Ohne den Blick von Summer abzuwenden, fragte Matt: »Wer ist das?«

»Das Miststück«, antwortete Valerie, bevor einer der Männer etwas sagen konnte.

»Val!«, wies Cameron sie zurecht.

»Was denn?« Valerie schnalzte mit der Zunge. »Carrie hat keine bessere Bezeichnung verdient.«

Dann war das also wirklich Summers ehemals beste Freundin. Carrie. Matt stand auf. »Ich muss gehen«, sagte er. »Bis morgen Abend.« Dann nickte er Camerons Schwester zu. »Val, war schön, dich kennenzulernen.« Ihre Antwort hörte er bereits nicht mehr.

*

Summer war am Toilettenhäuschen vorbeigegangen und hatte sich an die verblichenen Zedernschindeln der Rückwand gelehnt. Die Wärme des Sommertages steckte noch in dem rauen Holz, auch wenn mit dem Lachen und der Musik längst der Abend über die Insel hereingebrochen war. Die *Barn Cats* spielten sagenhaft. Die Düfte der Fressbuden waren so verführerisch, dass man am liebsten an jeder etwas probieren wollte. Alles glitzerte und funkelte unter den Lichterketten, die den gesamten Festplatz überzogen. Und mit Matt zu tanzen – machte einfach Spaß. Verdammt noch mal! Sie liebte das *Fisherman's Festival!* Schon immer!

Natürlich trug sie nicht nur die Erinnerungen an fröhliche Sommertage mit ihrer Familie mit sich herum. Vielleicht hätte sie nicht so tun sollen, als wäre sie nie mit Alec und Carrie hier gewesen. Vielleicht hätte sie die Erinnerungen an die aufregenden Küsse nicht ignorieren sollen, die ihr Ex-Freund und sie hinter dem Fisherman's Denkmal ausgetauscht hatten, als sie gerade erst zusammengekommen waren. Diese Gedanken waren schmerzhaft. Aber wenn sie sich ihnen gestellt hätte, wenn sie besser auf ihre Schwestern gehört hätte, wäre sie von Carries Auftauchen nicht so überrascht worden. Carrie würde niemals klein beigeben. Das war schlicht nicht ihre Art.

Alec war eher der Typ, der sich nicht hier blicken lassen würde. Besonders, da sie auf keine seiner Nachrichten reagiert hatte. Zudem hatte er – außer zu ihr und Carrie – keine Verbindungen zu Stonebridge Island. Carrie hatte ihn aber sicher überreden können, sie zu begleiten. Vielleicht hatte sie ihm sogar eingeredet, dass Summer dem Festival fernbleiben würde, aus Angst, sie zu treffen.

Carrie konnte überzeugend sein. Summer erinnerte sich noch genau an ihr erstes Treffen mit der zwanzigjährigen Carrie, die sie in der Futtermittelhandlung kennengelernt hatte.

### Sommer vor vierzehn Jahren

*Summer verbrachte die Ferien nach ihrem ersten Collegejahr auf Stonebridge Island. Die Kids, mit denen sie studierte, nutzten die Zeit ohne Bücher und Vorlesungen, um sich treiben zu lassen. Für Summer war es keine Option, morgens auszuschlafen und den Tag am Strand zu vertrödeln oder sich als Backpackerin in Europa durchzuschlagen. Sie half lieber auf dem Gestüt und konnte sich nichts Schöneres vorstellen, als* im Morgengrauen aufzustehen und den Geruch der Pferde einzuatmen, während die Sonne begann, über den Horizont zu klettern. Und sie liebte nichts mehr, als in der Ruhe dieser frühen Stunden im Stall zu arbeiten und dann die Pferde zu trainieren. Das Einzige, das ihr wirklich Sorgen bereitete, war ihre Entscheidung, nach diesem Sommer nicht an die UMaine zurückzukehren, wo sie begonnen hatte, Tiermedizin zu studieren. Aber nach ihrem ersten Jahr war ihr klar geworden, dass das nicht das war, wofür ihr Herz schlug. Was sie wirklich wollte, war Pferde zu trainieren.

Summer war nicht so ehrgeizig wie Abby, von der sie sicher war, dass sie erst nach Hause zurückkehren würde, wenn sie einen Doktortitel in der Tasche hatte. Oder vermutlich sogar Professorin geworden war. Sie war auch nicht so flatterhaft und unentschlossen wie Megan, die sicher noch eine ganze Weile brauchte, bis sie herausfand, wohin ihre Interessen sie treiben würden. Summer wusste einfach, was sie wollte. Und dazu benötigte sie keinen Abschluss. Jack würde das sicher verstehen. Er hatte ihr in der letzten Zeit ein paar Mal nachdenkliche Blicke zugeworfen, und Summer hatte das Gefühl, dass er längst wusste, was sie vorhatte. Ihr Entschluss stand fest. Nur vor der Reaktion ihrer Mutter fürchtete sie sich ein bisschen. Olivia hatte ihre College-Ausbildung abbrechen müssen, weil sie nach dem Tod ihrer Eltern die Leitung der Silver Brook Stables hatte übernehmen müssen. Dann waren Abby und Summer zur Welt gekommen und schließlich Megan, sodass an ein Studium gar nicht mehr zu denken gewesen war. Summer war sich sicher, dass ihre Mutter diese Entscheidungen nie bereut hatte. Aber sie hatte es sich zum Ziel gesetzt, dass ihre Töchter einen Hochschulabschluss machten. Dafür hatte sie Sparkonten angelegt und diesen Wunsch immer wieder betont. Summer fürchtete sich weniger davor, dass Olivia wütend werden würde, wenn sie von ihrer Entscheidung erzählte. Größere Angst hatte sie vor der Enttäuschung, die in den Augen ihrer

Mutter aufblitzen würde. Also schob sie das Gespräch mit ihren Eltern auf. Von Tag zu Tag. Auch wenn sie das Gefühl hatte, dass Jack ihr immer wieder Brücken baute. Mit einem ruhigen Lunch. Einem Abend am Feuer hinter dem Ranchhaus. Summer hatte ein paar Mal Anlauf genommen. Geschafft, über ihren Schatten zu springen, hatte sie es bis jetzt aber noch nicht.

Heute war sie ihrer Mutter aus dem Weg gegangen, indem sie freiwillig das Abholen des Spezialfutters übernommen hatte. Ihr Bein schmerzte wie schon lange nicht mehr. Wahrscheinlich ein Wetterumschwung, mutmaßte Summer und blickte in den strahlend blauen Himmel hinauf, bevor sie mit der Hand in den Schaft ihres Stiefels fuhr und über die Narben an ihrem Unterschenkel rieb. Dann stieg sie aus dem Pick-up und die Stufen zur Futtermittelhandlung hinauf. Im Inneren des vollgestopften Ladens war das Licht dämmrig und die Luft von der Klimaanlage so weit heruntergekühlt, dass sich eine Gänsehaut auf Summers nackten Armen ausbreitete. William Rydell, der Besitzer des Ladens, war nirgends zu sehen. Dafür redete eine junge Aushilfe, die ein Shirt mit dem Aufdruck der Livestock Feed Company trug, unermüdlich auf einen Vater und seine kleine Tochter ein, die sich dem Gespräch nach offensichtlich einen Hund zugelegt hatten.

Summer lehnte sich gegen den Tresen, an dem sie immer ihre Futterbestellungen aufgab und zahlte, und beobachtete amüsiert, wie die junge Frau mit den blonden Zöpfen voller Enthusiasmus alles anpries, was ein Welpe unbedingt zum Leben brauchte. Der Stapel von eigentlich völlig unnützen Dingen, die sich in dem großen, dunkelblauen Hundekörbchen stapelten, wuchs und wuchs. Als Wills Aushilfe schließlich von der Familie abließ, schob der Mann mit hüpfendem Adamsapfel seine Kreditkarte über den Tresen, um die fast dreihundert Dollar zu berappen, die ihn dieser Einkauf kostete.

»Hey«, sagte die Blondine, und drehte sich zu Summer um, als die

Kunden ihr Hundeequipment aus dem Laden schleppten. »Was kann ich für dich ...«

»Summer Cooper!«, unterbrach William Rydell sie, der in diesem Moment durch die Hintertür in den Verkaufsraum trat. Er packte Summer bei den Schultern und zog sie in eine bärige Umarmung. »Schön, dass du wieder da bist. Ferien zuhause, was?« Gut gelaunt schlug er Summer auf die Schulter.

»So was in der Art«, murmelte Summer. Sie fing den Blick des Mädchens ein, das noch immer hinter dem Verkaufstresen stand und sie anstarrte.

»Das ist Carrie«, stellte William sie vor. »Meine Aushilfe für den Sommer. Auch ein College-Kid.« Er zwinkerte Summer zu, als bedeute die Tatsache, dass sie beide studierten, eine Gemeinsamkeit, die sie ganz automatisch zu besten Freundinnen werden ließ. »Du kannst bei ihr zahlen. Carrie, die Lieferscheine für die Coopers sind in dem dunkelgrünen Ordner.« Dann wandte er sich wieder an Summer. »Ich mache dir hinten die Ladung fertig. War wirklich schön, dich zu sehen.«

William stapfte wieder aus dem Raum, und Summer zog die Kreditkarte, mit der die Futterrechnungen bezahlt wurden, aus ihrer Shorts-Tasche. Sie schob sie über den zerkratzten Tresen.

Carrie starrte sie noch immer an, ohne etwas zu sagen.

Summer schob die Kreditkarte noch ein Stück weiter in ihre Richtung, und endlich kam das Mädchen wieder zu sich. »O ... ähm ... sorry.« Hektisch begann sie auf der Suche nach der Rechnung durch den Ordner zu blättern.

»Bist du neu auf der Insel?«, fragte Summer, um Small Talk zu halten. Wahrscheinlich würde sie im Frankie's oder in Marsha's Bakery die komplette Lebensgeschichte der jungen Frau erfahren. Aber ein persönliches Gespräch war ihr lieber.

»Hmm ... ja.« Carrie blickte von den Rechnungen auf. »Mehr oder weniger. Ich komme aus Calais. Meine Mutter ist seit ein paar Monaten mit Harry Dorn zusammen, der diese Bootstouren anbietet. Whale Watching und so was.« Sie zuckte mit den Schultern. »Das Semester ist vorbei. Ich verbringe die Ferien in meinem neuen Zuhause und habe einen Job gebraucht.«

»Harry Dorn? Der ist doch ein netter Typ. Hatte er keinen Job auf der Harmony für dich?« Harry war echt in Ordnung. Eigentlich gab es keinen Grund, bei seiner Erwähnung die Mundwinkel nach unten zu ziehen. Der Tochter seiner neuen Flamme hätte er doch sicher eine Ferienarbeit angeboten. Summer stützte die Unterarme auf den Tresen. Nicht nur, weil sie sich auf ein kleines Schwätzchen einstellte, sondern auch um ihr Bein zu entlasten, das von Minute zu Minute höllischer pochte. »Gerade in der Touristensaison gibt es da doch wahrscheinlich besonders viel zu tun.«

Carrie lächelte schwach. »Ich bin kein Fan von Wasser. Mein Gesicht läuft grün an, sobald ich nur den Fuß auf ein Boot setze.«

»Das ist natürlich ungünstig«, sagte Summer.

»Was soll's.« Wieder zuckte Carrie mit den Schultern, als mache ihr das nichts aus. »Ich mag Tiere, also stört es mich nicht, Zeug für Tiere zu verkaufen. Klar, die Bezahlung könnte besser sein. Aber ich bin froh, überhaupt einen Sommerjob ergattert zu haben.« Sie zog die Kreditkarte durch den Kartenleser und hielt Summer die Quittung zum Unterschreiben hin. »Danke«, sagte sie. »Du weißt ja, wie die Auslieferung des Futters funktioniert.«

»Ja, oft genug gemacht.« Summer lächelte Carrie zu. »Man sieht sich«, sagte sie und stieß sich vom Tresen ab. Sie bemühte sich, nicht zu humpeln, weil sie Carries Blicke im Rücken spürte und es hasste, vor anderen Schwäche zu zeigen. Nach drei Schritten drehte sie sich um. Es war vermutlich furchtbar einsam, den Sommer hier zu verbringen, ohne jemanden zu haben. »Wenn du ein paar Leute kennenlernen willst … die meisten

*von uns Eingeborenen treffen sich abends am Strand in Sandy Beach. La-*
*gerfeuer. Musik. Illegales Bier«, zählte sie auf. Für jemanden, der aus der*
*Stadt kam, vielleicht nicht besonders reizvoll. Aber so wusste die Neue*
*wenigstens, wo man auf der Insel abhing.*

*»Danke ... ähm ... Summer?«*

*Summer hatte sich bereits wieder umgedreht und blickte über die Schul-*
*ter zurück. »Ja?«*

*»Du bist von diesem Gestüt?« Carrie drehte nervös den Kugelschrei-*
*ber zwischen den Fingern, mit dem Summer gerade unterschrieben hatte.*
*»Die* Silver Brook Stables*?«*

*»Ja«, wiederholte Summer. »Warum?«*

*»Ich liebe Pferde«, platzte Carrie heraus. »Danke für den Hinweis*
*mit den Strandpartys. Aber ehrlich gesagt: Ich würde mir viel lieber mal*
*das Gestüt ansehen.«*


Carrie hatte nicht gelogen. Sie liebte Pferde. Über alles. Noch
am gleichen Abend hatte sie Summer in den *Silver Brook Stables*
besucht. Sie hatten zwei Bier aus Jacks Vorräten geklaut, und
Summer hatte ihr das gesamte Gestüt gezeigt. Mit der Zeit
hatte sie herausgefunden, dass Carries Kindheit nicht annä-
hernd so sonnig gewesen war wie ihre eigene. Die Mutter der
Freundin hatte einen Hang zu den falschen Typen. Wenn sie
sich einen Bad Boy an Land zog, blieb sie bei ihm, bis er sie
schlug oder mit ihren Ersparnissen und der Nachbarin durch-
brannte. Ging sie eine Beziehung mit einem netten Kerl – wie
Harry – ein, hielt sie es nie lange genug aus, um dieses schö-
nere, sichere Leben schätzen zu lernen, und kehrte zu den
schlimmen Jungs zurück, die eine magische Anziehungskraft
auf sie zu haben schienen. Carrie hatte prophezeit, dass ihre
Mutter und Harry den Sommer als Paar nicht überstehen wür-

den – und genau so war es gekommen. Noch vor dem Labour Day hatte sie ihre Sachen gepackt und war abgehauen.

Aber Carrie war nicht mehr gegangen. Sie hatte ihr Studium beendet, sich auf der Insel einen Job auf einer der Blaubeerfarmen gesucht und den Kontakt zu Summer gehalten. Manchmal war in Carries Augen etwas aufgeblitzt, das Summer an Eifersucht erinnerte, wenn der Blick der Freundin über die vielen Pferde glitt, die ihr Zuhause auf dem Gestüt hatten. Carrie hatte immer das Geld zum Reiten gefehlt. Schon als Kind hatte sie jeden Penny gespart, aber viele Reitstunden waren dabei nicht herausgesprungen. Ihr Job als Qualitätsmanagerin auf der Blaubeerfarm klang zwar gut, aber die Bezahlung war trotz allem nicht gerade üppig. Summer ließ die Freundin meist Abbys Pferd reiten, weil ihre Schwester sowieso in Portland ihren Doktor machte und wenig Zeit hatte, sie auf Stonebridge Island zu besuchen. Carrie liebte die Pferde viel zu sehr, um Summers Angebote zu reiten abzulehnen. Aber manchmal schien sie Summer – und sich selbst – dafür zu verachten, dass sie auf diese *Almosen* angewiesen war. Erst als Carrie die Hilfsorganisation *A Horse is a friend* fand und begann, Pferde zu retten, verschwanden diese Emotionen aus ihrem Blick. Sie ging voll und ganz in ihrer neuen Berufung auf. Mit ihrer Begeisterung steckte sie auch Summer an. Von da an machten sie sich gemeinsam auf den Weg, Pferden das Leben zu retten. Hin und wieder hatte Carrie kurze Beziehungen gehabt, die aber nirgends hingeführt hatten. Summer hatte sich nie Gedanken darüber gemacht. Und schon gar nicht darüber, dass ihre beste Freundin an ihrem Freund interessiert sein könnte. Bis sie sie zusammen erwischt hatte.

In den letzten Tagen hatte Summer viel über Carrie, Alec

und sich selbst nachgedacht. Eine merkwürdige Dreiecks-konstellation. Ihr war bewusst geworden, dass sie niemanden kannte, der so verschlossen war wie Carrie. Auch wenn sie die Frau immer als ihre beste Freundin betrachtet hatte, verbanden sie in Wirklichkeit nur die Pferde.

Und jetzt stand Summer hier und versteckte sich vor der Wahrheit, die sie nicht gesehen hatte. Vielleicht, weil sie zu ignorant oder mit sich selbst beschäftigt war, um es zu merken. Vielleicht aber auch, weil Carrie ihre Gefühle einfach viel zu gut vor ihr und dem Rest der Welt versteckt hatte.

»Was soll's«, murmelte Summer und stieß sich von der Wand ab. Früher oder später musste sie sich der Situation stellen. Die Leute waren neugierig. Jeder auf der Insel kannte sie. Jeder kannte Carrie. Wahrscheinlich würden alle ein Drama erwarten – aber das würde sie ihnen nicht liefern. Auch wenn ihre ehemals beste Freundin davor sicher nicht zurückschrecken würde.

Summer kehrte auf den Festplatz zurück und sah sich um. Ihre Mutter hatte mit ihrer Clique und den Walshes einen Tisch besetzt und amüsierte sich köstlich. Megan vergnügte sich auf der Tanzfläche zweifellos ebenfalls, so wild, wie sie sich von Zac herumwirbeln ließ. Einen Moment ließ Summer den Blick über die Festivalbesucher gleiten, bis sie Matt entdeckte. Er saß bei Cameron, dessen Schwester und Finn. Perfekt. Summer machte sich auf den Weg zu ihnen. Valerie hatte sie sowieso noch nicht begrüßt.

Sie kam genau drei Schritte, bis Carrie sich ihr in den Weg stellte. »Summer, was für eine Überraschung!« Ein falsches Lächeln blitzte in ihrem Gesicht auf, als sie sich demonstrativ umsah. »Bist du ganz allein hier?«

Summer sparte sich eine Antwort. Carrie hatte gesehen, wie sie mit Matt getanzt hatte. Falls sie also nicht annahm, Summer hätte ein ahnungsloses Opfer vor die Bühne geschleppt, konnte sie wohl davon ausgehen, dass sie in Begleitung hier war. Ganz abgesehen davon, dass sich ihre Familienmitglieder über das ganze Fest verstreut hatten. Sie verschränkte die Arme vor der Brust und wartete ab, was Carrie zu sagen hatte. Denn dass es da etwas gab, konnte sie in ihren Augen lesen. Ihr Herzschlag beschleunigte sich unangenehm. Sie war sich sicher, dass sie das, was gleich kam, nicht mögen würde.

»Ich habe von deiner Rettungsaktion gehört. Wie geht es Bonfire Darling?«, wechselte Carrie das Thema unvermittelt.

»Gut.« Mehr gab es dazu nicht zu sagen. Summer bemühte sich, die Gefühle einzuordnen, die sie bestürmten. Wut, weil die Freundin sie verraten hatte. Traurigkeit, weil ihre Freundschaft zerbrochen war. Und noch immer Fassungslosigkeit, wie dreist Carrie sich verhalten hatte.

»Ich hatte mich als Freiwillige für diese Rettung gemeldet«, fuhr Carrie fort und ignorierte Summers kurz angebundene Antwort, die deutlich signalisierte, dass sie das Gespräch nicht weiterführen wollte. Darum ging es also – unter anderem. Carrie fühlte sich zurückgesetzt, weil sie das Pferd selbst hatte retten wollen.

»Ich habe sie dir nicht weggenommen oder so was.« Summer bemühte sich noch immer, ruhig zu bleiben. Auch wenn zwischen ihren Zeilen ganz deutlich die Worte »im Gegensatz zu dir« mitschwangen.

Carrie legte den Kopf schief und setzte eine nachdenkliche Miene auf. »Tatsächlich?« Sie tippte sich mit dem Zeigefinger gegen die Unterlippe. »Ich habe gehört, du hast dich regelrecht auf diesen Auftrag gestürzt.«

Natürlich hatte sie das. Weil sie das bei jeder Möglichkeit tat, ein Pferd zu retten. Da waren sich die Freundinnen immer ähnlich gewesen. Das hatte nichts damit zu tun, dass sie sich von Alec und Carrie hatte ablenken müssen. Dass sie sich beschäftigen musste, um nicht an die beiden – zusammen – zu denken. Sie war wütend gewesen. Sie hatte sich an der Schulter ihrer Mutter ausgeweint. Und dann war sie wieder in ihrer Arbeit versunken. Was ein Segen war, wenn vielleicht auch nicht die gesündeste Form der Verarbeitung. Was Carrie da andeutete, ließ ihr Temperament hochkochen. »Können Alec und du schon so wenig miteinander anfangen, dass ihr Beschäftigungen außerhalb des Bettes braucht? Oder des Esszimmertisches? Seid ihr schon so verzweifelt auf der Suche nach einer Ablenkung, dass du so scharf auf die Rettung warst?«, fauchte sie. Scheiße! Sie hatte sich mitreißen lassen. Verschwunden war die gleichgültige Hülle, die sie Carrie präsentieren wollte. Hitze stieg ihr in die Wangen. Ihr Puls klopfte laut und schnell an ihrem Hals.

Carries Lächeln wich einem mitleidigen Gesichtsausdruck. »Ach, du armes Schätzchen.« Sie hängte einen schweren Seufzer an ihre Worte. »Du hast es einfach nie begriffen. Alec …«, sie machte eine bedeutungsschwere Pause, die Summer eine Gänsehaut über den Körper trieb, »… hasst Pferde. Von ganzem Herzen.« Dann blieb sie lange genug stumm, damit die Worte in Summers Kopf kriechen und sich dort festklammern konnten. Alec hasste Pferde? Aber wie …

»Ja, das hast du nicht gewusst.« Carries Augen verengten sich zu schmalen Schlitzen. »Aber wie hättest du auch? Du interessierst dich doch nur für dich. Für das, was du willst. Alec hat das Spiel einfach nur lange genug mitgespielt, weil er gehofft hat, irgendwann deine Aufmerksamkeit zu erlangen. Irgendwann mal einen Funken Interesse von dir zu erhaschen.« Sie stieß ein schrilles Lachen aus, das Summer einen Schritt zurücktaumeln ließ. Carrie folgte ihr. »Was glaubst du denn, warum Alec bei all diesen Rettungsaktionen mitgemacht hat? Weil er dich wollte. Du hast ihm keine Chance gegeben, hast ihn am ausgestreckten Arm verhungern lassen. Wenn er kein Interesse an Pferden vorgetäuscht hätte, hätte er niemals bei dir landen können.«

Summer schluckte. Dann war es nach Carries Meinung also ihre Schuld, dass sie sich quer durch seine Wohnung gevögelt hatten, während sie versuchte, ihn mit einem besonderen Abend zu überraschen. »Und du hast das alles von Anfang an gesehen, *Freundin*.« Summer schaffte es nicht, den ätzenden Ton aus ihrer Stimme herauszuhalten.

»O ja.« Carrie kam noch einen Schritt näher. »Ich habe es gesehen. Ich habe gesehen, was für ein wundervoller, anbetungswürdiger Mann Alec ist. Und ich habe gesehen, was für ein selbstsüchtiges, einfältiges Miststück du bist. Alec hat so viel mehr verdient, als du ihm geben kannst. Aber so ist das mit den Menschen, die alles haben.« Carrie hob die Arme zu einer umfassenden Geste. »Menschen, die mit dem goldenen Löffel im Mund aufwachsen. Die so viele Pferde haben, dass sie gar nicht wissen, mit welchem sie ausreiten sollen. Die sich nie Sorgen um das Geld machen müssen. Umgeben von einer großen Familie, die einen anbetet und alles bejubelt, was man angeblich so toll hinbekommt. Du hast Alec nie wirklich gesehen! Ich schon!«

Carries Worte begannen sich in Summers Kopf zu drehen. Die Anschuldigungen waren wie ein Tritt in den Magen.

»Damit du es weißt«, holte Carrie zum nächsten Tiefschlag aus. »Ich werde nicht aufgeben. Ich werde weiter um Alec kämpfen. Ich ...«

Summer taumelte zurück vor dem Hass, der in Carries Worten mitschwang. Sie stellte sich Herausforderungen. Mit hoch erhobenem Kopf. Aber was Carrie ihr gerade entgegenschleuderte, ließ den Drang, sich die Ohren zuzuhalten und einfach wegzulaufen, übermächtig werden.

Vielleicht hätte sie es sogar getan. Vielleicht hätte sie sich umgedreht und hätte die Beine in die Hand genommen. Doch beim nächsten Schritt, den sie zurücktaumelte, stieß ihr Rücken gegen ein Hindernis. Einen Brustkorb, wie ihr am Rande ihrer Wahrnehmung bewusst wurde. Ein Paar schwerer Hände legte sich auf ihre Schultern.

»Da bist du ja«, sagte Matt – und verhinderte damit nicht nur Summers Flucht, sondern auch den giftigen Wortschwall ihres Gegenübers, das ihn mit offenem Mund und aufgerissenen Augen anstarrte. »Ich habe dich schon gesucht«, redete er weiter, als interessiere ihn Carrie kein bisschen. »Bist du so weit?«

»So weit?« Summers Gedanken rasten noch immer in ihrem Kopf hin und her. »Wofür?«

»Für das Bier, das du mir versprochen hast. Mit dir zu tanzen macht durstig.« Seine Hände glitten von Summers Schultern und nahmen die tröstliche Wärme mit. Doch im nächsten Moment spürte sie Matts Arm, der sich um ihre Taille schob. »Gehen wir?«

Endlich begriff Summer, was er tat. Er rettete sie. Sie hatte keine Ahnung, wie viel er von ihrer Unterhaltung und Carries Ausbruch mitbekommen hatte. Und es war ihr erstaunlich egal. Matt hatte ihr eine Chance geboten, sich aus dieser Tirade zu befreien, ohne kopflos davonzulaufen. Oder – verbal – zurückzuschlagen. Summer wusste nicht, wozu sie sich hätte hinreißen lassen. Sie ließ sich von Matt mitziehen, ohne darauf zu achten, wohin er ging. Ganz egal. Nur weg von dieser Furie, die nichts mehr mit der Freundin gemein hatte, die Summer früher in ihr gesehen hatte.

»Atme!«, befahl Matt ihr schließlich.

Sie lehnte, wie erst vor ein paar Minuten, an einer rauen Holzwand und kam seiner Aufforderung nach. Mit geschlossenen Augen sog sie die salzige, warme Luft tief in ihre Lungen.

»Sieh mich an!« Der nächste Befehl mit sanfter Stimme.

Für einen Moment überlegte sie, einfach so stehen zu bleiben. Mit geschlossenen Lidern und nichts weiter zu tun, als ein- und auszuatmen. Doch dann wurde ihr bewusst, dass das vermutlich völlig lächerlich auf Matt wirken musste. Also öffnete sie die Augen.

Matt stand vor ihr. Viel zu dicht. Mit seiner linken Hand stützte er sich neben ihrem Kopf an der Wand ab. Die rechte glitt zu ihrer Wange. Mit den Fingerspitzen fuhr er ihren Wangenknochen nach, strich ihr in einer zarten Geste eine Haarsträhne hinter das Ohr. Viel zu nah, ging es Summer noch einmal durch den Kopf. Er war ihr viel zu nah. Aber es fühlte sich gut an, ihn hier zu haben. Beruhigend. Und sicher.

»Bist du okay?«, flüsterte er.

Summer nickte. Sie war noch immer damit beschäftigt, die Achterbahn in ihrem Kopf zu stoppen. Langsam verlor sie an Fahrt, aber sie stand noch immer nicht still.

»Was für ein Miststück.« Matt schüttelte den Kopf. Seine Finger glitten über Summers Haut, legten sich auf ihren Hals, dort wo ihr Puls noch immer tobte. Seine Berührungen trugen nicht gerade dazu bei, dass sich das verbesserte. Aber seine Art, ihr Blut zum Kochen zu bringen, war eine andere als Carries Angriff. Eine gute. Matt hatte sie schon einmal abgelenkt. Hatte sie schon einmal dazu gebracht, Alec und Carrie für ein paar Stunden zu vergessen.

»Danke«, wisperte sie und presste ihre Lippen auf Matts.

Für den Bruchteil einer Sekunde erstarrte er. So, als hätte er diesen sinnlichen Überfall nicht kommen sehen. Dann ging ein Ruck durch seinen Körper, und er zog sie an sich. Summer schlang ihm die Arme um den Nacken und kostete das Gefühl der Nähe voll aus. Matt schmeckte nach einem Hauch Bier und Pfefferminz. Sie roch Baumwolle und Leder. Spürte seinen sehnsüchtigen Laut, der an ihren Lippen vibrierte und eine lustvolle Gänsehaut über ihren Rücken rieseln ließ. Sie zog ihn noch näher an sich heran, vertiefte den Kuss. Das hier war anders als hinter der Bar, hinter der sie ihn zum ersten Mal geküsst hatte. Damals waren es Wut und Alkohol gewesen, die zu einer Nacht wie im Rausch geführt hatten. Jetzt war sie nüchtern. Wütend, das schon, aber vor allem nüchtern. Auch wenn sie beim letzten Mal gewusst hatte, was sie tat, nahm sie den Mann, in dessen Armen sie lag, jetzt noch viel intensiver wahr. Das Kratzen seiner Bartstoppeln unter ihren Fingern. Seine Hände, die ziellos über ihren Rücken glitten und das fiebrige Brennen in ihrem Inneren nur noch mehr anfachten.

*

Es war ein Fehler, hier zu sein, dachte Alec zum gefühlten tausendsten Mal in der letzten halben Stunde. Er hatte nachgegeben und Carrie zugesagt, als sie ihn bekniet hatte, sie zum *Fisherman's Festival* zu begleiten. Dabei war ihm in dem Moment, in dem er Ja gesagt hatte, klar gewesen, dass es falsch war.

Er hatte die Chance nutzen wollen, Summer zu sehen. Mit ihr zu reden. Ihr zu sagen, wie sehr er bereute, was zwischen Carrie und ihm passiert war. Ja, Summer hatte ihm das Gefühl gegeben, nicht wichtig genug für sie zu sein. Immer hatten diese verdammten Pferde Vorrang. Ständig geschah bei ihren Schwestern irgendetwas Dramatisches. Und viel zu oft musste ihrer Mutter das Händchen gehalten werden. Summer fand wirklich andauernd eine Möglichkeit, ihn links liegen zu lassen. Carrie hingegen … sie war für ihn da gewesen. Sie hatte verstanden, dass er es hasste, die zweite Geige zu spielen und immer wieder allein zu sein, obwohl er in einer Beziehung war. Trotzdem hatte er nicht gewollt, dass Summer herausfand, was zwischen ihrer besten Freundin und ihm gelaufen war. Schon gar nicht auf diese Art. Nichtsdestotrotz war es nun mal geschehen, und er hatte sich wirklich Mühe gegeben, zu Summer durchzudringen. Aber sie verweigerte jedes Telefonat, reagierte nicht auf seine Mails. Und das frustrierte ihn langsam, aber sicher. Jedenfalls genug, um sich von Carrie überzeugen zu lassen hierherzukommen. Er hatte gehofft, dass sich Summer zu einem Gespräch überreden ließe. Schließlich war sie nicht der Typ, der in der Öffentlichkeit eine Szene machte. Wirklich sicher sein konnte er sich da allerdings nicht, schließlich hatte er auch nicht erwartet, dass Summer ihn mit Rotwein, Kerzen und einer verdammten Lasagne in seiner Wohnung überraschen würde.

Carrie sah die Dinge leider völlig anders als er. Einmal mit ihr zu schlafen hätte als Ausrutscher durchgehen können. Aber bei einem Mal war es nicht geblieben. Nachdem sie einmal zusammen gewesen waren, hatte Carrie es immer wieder geschafft, ihn zu verführen. Als Summer ihn dann verlassen hatte, war Carrie sich sicher gewesen, dass sie jetzt eine Beziehung führten. Und nun, während er hier war, um endlich persönlich mit Summer zu reden und sie zu bitten, zu ihm zurückzukommen, war es Carries Ziel, ihr Verhältnis in die Öffentlichkeit zu tragen und es in eine echte Beziehung zu verwandeln. Alec hatte versucht, ihr beizubringen, dass sie niemals ein Paar werden würden, auch wenn sie die eine oder andere Nacht miteinander verbracht hatten. Er liebte Carrie schlicht nicht. Summer war die einzige Frau, die er wollte.

Als Carrie und er auf dem Fest angekommen waren, hatte er sich unter dem Vorwand, Getränke zu holen, so schnell wie möglich aus ihrem Klammergriff befreit und war losgezogen, um nach Summer Ausschau zu halten. Als er sie endlich entdeckte, rutschte ihm das Herz für einen Augenblick vor Schreck in die Hose – Carrie war schneller gewesen als er. So, wie die beiden miteinander sprachen, war es genau die Unterhaltung, die er hatte verhindern wollen. Wenn Carrie versuchte, Summer glauben zu machen, dass er und sie … das musste er unterbinden. Er stellte das Bier, das er sich geholt hatte, auf einem der Picknick-Tische ab und ging auf die Frauen zu. Wahrscheinlich würde das gleich wirklich unschön werden. Aber vielleicht begriff Carrie dann, dass sie nie eine Chance bei ihm haben würde.

Er war keine zehn Meter mehr entfernt von den beiden Frauen, als ein Cowboy auftauchte und Summer den Arm um die Schultern legte. Alec konnte unter dem Schatten, den der Stetson auf sein Gesicht warf, nicht viel erkennen. Aber Summer hob den Blick zu ihm, als er etwas sagte – und wirkte erleichtert. Die beiden sahen – vertraut – aus. Ein anderes Wort fiel ihm nicht ein. War das der neue Freund ihrer Schwester Abby? Nein, das war dieser Hoteltyp aus Boston. Einer von Megans Lovern? Davon gab es schließlich mehr als genug. Er überlegte, aber der Mann kam ihm kein bisschen bekannt vor. Carrie offensichtlich auch nicht, denn sie stand wie zur Salzsäule erstarrt da und starrte den beiden nach.

Alec machte einen Schritt zur Seite und blieb im Schatten einer der Buden stehen, bis Carrie sich langsam abgewandt hatte und in die entgegengesetzte Richtung davonging. Dann folgte er Summer und dem Cowboy. Er würde sie jetzt nicht mehr aus den Augen lassen. Sobald der Typ sie in Ruhe ließ, würde er sie sich schnappen und sich mit ihr aussprechen. Und wenn ihm die Glücksgöttin besonders gewogen war, würde er Summer heute Abend vielleicht sogar mit zu sich nach Hause nehmen. Sie mussten einfach wieder zusammenkommen.

Der Cowboy zog Summer um die Ecke eines Standes mit gewebten Teppichen. Alec wartete einen Moment und schlug dann dieselbe Richtung ein. Er bog um die Ecke der Bude – und blieb wie angewurzelt stehen. Für einen Moment blinzelte er, als müsse er das Bild, das sich ihm bot, scharf stellen. Er hörte nichts mehr, außer dem Blut, das in seinen Ohren rauschte. Was zur Hölle …?

Im ersten Augenblick glaubte er, der Cowboy wäre über Summer hergefallen. Er machte bereits den ersten Schritt in ihre Richtung, um sie zu retten. Dann begriff er. Sie erwiderte den Kuss des Mannes. Sie … küsste ihn!

Alec trat den Schritt zurück, den er in ihre Richtung gemacht hatte. Die beiden waren so ineinander vertieft, dass sie nicht einmal bemerkten, dass sie nicht allein waren. Er drehte sich um und lief los. Nicht zurück zum Festivalgelände, sondern in den Wald. Bis zu den Klippen lief er und starrte dort in die Dämmerung hinaus. Die ersten Sterne glitzerten bereits am Firmament, doch das interessierte Alec kein bisschen. Er ballte die Hände zu Fäusten. Wut rotierte durch seinen Körper wie ein wildes Feuer. Summer küsste einen Typen. Einen Typen, der zumindest vor einer Woche noch ein Wildfremder für sie gewesen sein musste. Denn Alec hatte weder von diesem Cowboy gehört, noch hatte er den Mann jemals gesehen. Eine verdammte Woche war es erst her, dass sie Carrie und ihn erwischt hatte. Nach noch nicht einmal sieben Tagen ließ sie sich von irgendeinem dahergelaufenen Typen die Zunge in den Hals stecken.

Alec stieß ein bitteres Lachen aus, das vom Wind auf das Meer hinausgetragen wurde. Er konnte sich noch verdammt gut daran erinnern, wie er Summer zum ersten Mal gesehen hatte. Auf dem Trainingsgelände der Highschool. Er hatte bereits davon gehört, dass eine ehrenamtliche Crosscountry-Lauftrainerin das Team übernehmen würde, das nach dem Weggang des letzten Coaches in der Luft hing. An jenem Sommerabend hatte Alec ein paar Jungs aus dem Footballteam, die ein wenig zu aufmüpfig geworden waren, ein Straftraining absolvieren lassen. Summer war an ihm vorbeigeschossen wie ein Pfeil. Ein schlanker, muskulöser Körper. Elegante Bewegungen. Und ein langer Pferdeschwanz, der hinter ihr herflog. Sie hatte so heiß ausgesehen in ihren kurzen Laufshorts und dem eng anliegenden Top. Für Alec war sofort klar gewesen, dass er sie kennenlernen musste. Nach ein bisschen Small Talk und dem atemberaubenden Lächeln, mit dem sie ihn bedachte, wollte er sie, wie er noch nie eine Frau gewollt hatte. Trotzdem hatte er fast zwei Monate kämpfen, alle Register ziehen und alle Geschütze auffahren müssen, die ihm in den Sinn kamen, bevor sie überhaupt mit ihm ausgegangen war. Er hatte das Gefühl gehabt, sie ließe ihn am ausgestreckten Arm verhungern. Dummerweise hörte dieses lächerliche Verlangen nach ihr nicht auf. Es nahm sogar zu. Mit jedem Korb, den sie ihm erteilt hatte, wurde es stärker. Schließlich hatte er sogar angefangen, ihr bei diesen beschissenen Pferderettungsaktionen zu helfen. Nur damit sie ihn endlich erhörte. Und mit seinem vorgetäuschten Interesse für Pferde hatte er sie endlich herumbekommen. Aber, scheiße! Alec kickte einen Tannenzapfen über die Kante der Klippe. Es hatte zweieinhalb Monate gedauert, bis sie ihn geküsst hatte. Und über drei, bis er sie das erste Mal ins Bett bekommen hatte.

»Fuck!«, brüllte er in den Wind. Sie hatte ihn eine Ewigkeit zum Narren gehalten. Und jetzt warf sie sich dem Nächstbesten an den Hals, obwohl ihre Beziehung noch nicht einmal ausgekühlt war.

*

Matts Herz schlug wie verrückt. Pures Verlangen pulsierte gemeinsam mit dem Blut durch seinen Körper. Verlangen nach Summer. Dieser Kuss war anders als die wilde Ungezügeltheit in ihrer gemeinsamen Nacht. Es war eine leidenschaftliche Nacht gewesen. Keine Frage. Trotz allem hatte der Alkohol sie enthemmt, das ließ sich nicht wegdiskutieren.

Matt ließ seine Lippen über den rasenden Puls an Summers Hals gleiten. Sie hatte den Hinterkopf gegen die Holzwand der Bude gelehnt und gab ein raues Seufzen von sich. Verdammt. Sie war so sexy. Und er konnte seine Hände nicht von ihr lassen. Fast nicht. Aber wenn er nicht sofort aufhörte …

»Summer«, flüsterte Matt. Er ließ ein letztes Mal seine Lippen über ihren Hals gleiten. Dann lehnte er seine Stirn gegen die verblichenen Zedernholzschindeln neben Summers Kopf. »Jetzt wäre ein guter Zeitpunkt aufzuhören.«

»Was?« Sie drehte den Kopf in seine Richtung, was, so nahe sie sich waren, automatisch dazu führte, dass ihre Lippen über seine Wange glitten und an seinem Mundwinkel liegen blieben.

Matt stöhnte frustriert und ließ sich in einen weiteren Kuss fallen. Wer war er, dass er dieser Frau widerstehen konnte? Trotzdem – wenn sie nicht aufhörten … »Summer«, murmelte er an ihren Lippen. Vernunft und Lust kämpften miteinander. Matt kannte Summer inzwischen gut genug, um zu wissen, dass sie es bereuen würde, ein weiteres Mal die Kontrolle zu verlieren. Das hier geschah, weil sich ihr Zorn auf Carrie auf irgendeine magische Art in Leidenschaft verwandelt hatte. Aber diese Emotionen würden abkühlen, und dann – würde sie es nicht mehr ganz so prickelnd finden, mit ihm rumgemacht zu haben. Er nutzte den Ausweg, der bei ihr immer ziehen würde. »Du willst doch sicher nicht, dass jemand uns hier erwischt.«

Summer erstarrte für einen Moment, ihre Lippen nur Millimeter von seinen entfernt. Dann glitten ihre Hände zu seinen Schultern und schoben ihn mit einer sanften Bewegung zurück. »Du hast recht«, sagte sie leise und räusperte sich. Sie senkte den Blick auf den Boden und stieß mit der Stiefelspitze einen Pinienzapfen an. »Danke, dass du mich von Carrie weggeholt hast.«

»Summer?« Als sie ihren Blick weiter gesenkt hielt, legte Matt seinen Zeigefinger unter ihr Kinn und hob es an, bis sich ihre Blicke wieder trafen. »Gern geschehen. Und von diesem Kuss«, er machte eine Pause, um sich ihrer Aufmerksamkeit sicher zu sein, »bereue ich nicht eine Sekunde.«

# 12

*Von diesem Kuss bereue ich nicht eine Sekunde.* Matts Satz hallte in Summer nach, begleitete sie in ihre Träume und tanzte noch immer durch ihre Gedanken, als sie im Morgengrauen in die Küche tapste und die Kaffeemaschine anstellte.

Vor den neugierigen Blicken ihrer Schwestern würde sie an diesem Morgen verschont bleiben. Sie hatten das große Los gezogen und konnten ausschlafen. Was gut war für Abby, weil ihr Auftritt bis spät in die Nacht gedauert hatte und sie dann mit der Band noch ihr Equipment hatten abbauen müssen. Megan hatte die Chance ebenfalls genutzt und die Nacht bei ihrem Meeresbiologen verbracht. Dafür hatte Summer Stalldienst – mit ihrer Mutter. Der Carries Auftritt auf dem Festival sicher nicht entgangen war.

Sie hörte Olivia hinter sich, die mit einem ansteckenden Gähnen, gefolgt von einem »Guten Morgen«, in die Küche kam. Summer reichte die erste Tasse Kaffee, die sie unter der Maschine vorzog, direkt an sie weiter und schob eine zweite unter den Automaten.

»Gott, ich werde wirklich zu alt für diese kurzen Nächte«, brummte Olivia und ließ sich auf einen der Stühle am Küchentisch fallen.

Summer nahm die Milch aus dem Kühlschrank und goss

sowohl ihrer Mutter als auch sich selbst einen Schluck ein. »Ja, diese Partys haben es in sich.« Sie stellte die Milch auf den Tisch und setzte sich Olivia gegenüber.

»Wie geht es dir?« Ihre Mutter legte die Hand über ihre und streichelte sie in einer federleichten, beruhigenden Berührung.

Summer spülte den hysterischen Lachkrampf, der in ihr aufsteigen wollte, mit einem großen Schluck Kaffee hinunter. Carrie hatte ihr zugesetzt. Aber das, was ihr wirklich zu schaffen machte, waren Matts Küsse. Die sie von den Beinen rissen, durch sie hindurchfegten … wie … ein Tornado aus Schmetterlingen. Anders ließ sich das nicht beschreiben. Er hatte sie geküsst – oder sie ihn. Wer auch immer begonnen hatte: das war völlig egal. Nicht egal war, dass sie seine Lippen in jeder noch so winzigen Zelle ihres Körpers gespürt hatte. Wie ein Instrument hatte er sie erklingen lassen, und wenn sie genau hinhörte, konnte sie das leise Summen, den Nachhall dieser Küsse, noch immer hören. Und dabei war sie – verdammt noch mal – nicht einmal beschwipst gewesen wie beim letzten Mal.

Summer schob die verwirrenden Gedanken an Matt zur Seite und konzentrierte sich auf den fragenden Blick ihrer Mutter. »Ich denke immer, schlimmer kann es nicht werden. Aber inzwischen ist es nicht nur so, dass ich von Alecs Betrug überrumpelt wurde. Ich habe das Gefühl, auch Carrie nie wirklich gekannt zu haben. Die Sachen, die sie mir an den Kopf geworfen hat …« Sie drehte ihre Tasse zwischen den Händen. »Carrie und Alec, das war ein Schock. Aber gestern hat Carrie mir zu verstehen gegeben, dass sie Alec schon immer geliebt hat. Im Gegensatz zu mir hat sie verstanden, dass er für Pferde nichts übrighat und einfach alles vorgetäuscht war. Ich habe nie etwas davon gemerkt.« Und sie war verdammt froh gewesen, nicht auch noch ihrem Ex-Freund begegnet zu sein. Was Carrie da angedeutet hatte, ließ darauf schließen, dass die Sache zwischen den beiden noch nicht so sicher war, wie Carrie sich das wünschte. Was wiederum zu den Nachrichten passte, die Alec ihr noch immer hinterließ.

»So etwas nicht zu bemerken, gibt einem immer das Gefühl, irgendwie dumm zu sein. Zumindest eine Zeit lang.« Olivia starrte an Summers Schulter vorbei auf den Hof. In Gedanken schien sie Lichtjahre entfernt zu sein.

Jetzt war es an Summer, nach der Hand ihrer Mutter zu greifen. »Hast du dich so gefühlt, als …« Sie brachte die Worte »mein Vater« nicht über ihre Lippen.

Olivia schenkte ihr ein kleines Lächeln. Sie schob ihre Tasse zur Seite und legte ihre freie Hand über ihre beiden verbundenen. »Ja, Scott hat mich so empfinden lassen. Jung. Dumm und hilflos.«

Summer wusste, dass ihr leiblicher Vater ein Arschloch gewesen war, auch wenn ihre Mutter dieses Wort nie vor ihr und ihren Schwestern benutzt hatte. Sie kannte die Details nicht, aber sie wusste, dass er ein Spieler und Trinker gewesen war. Manipulativ und gewalttätig. Er hatte Olivia misshandelt. Und wenn sie nicht für ihre Kinder und am Ende auch für sich selbst eingestanden wäre, hätte er vielleicht noch schlimmeren Schaden angerichtet.

»Bis ich begriffen hatte, dass nicht ich das Problem war.« Olivia zuckte mit den Schultern, und ihr Lächeln wurde breiter. Zärtlicher. »Jack hatte einen immensen Anteil daran, dass ich das verstanden habe. Sicher hätte ich es früher oder später auch allein geschafft, aber er hat mir geholfen, mich selbst mit völlig anderen Augen zu sehen.«

Ein bisschen wie Matt, ging es Summer durch den Kopf, der sie einfach vergessen ließ, was für hässliche Dinge Carrie zu ihr gesagt hatte. »Ich bin mir noch nicht ganz sicher, wie ich mich fühlen soll«, gestand sie ihrer Mutter. »Naiv, weil ich es einfach übersehen habe? Oder ignorant und egoistisch, weil ich so mit mir und dem Gestüt beschäftigt war, dass ich um mich herum nichts wahrgenommen habe?«

»Du weißt, dass du beides nicht bist«, widersprach ihre Mutter.

Wirklich? Wusste sie das? Besonders was den egoistischen Teil betraf, hatten sowohl Alec als auch Carrie ein paar Mal auf sie gezielt. Sie würde diese Vorwürfe nicht einfach abtun, selbst wenn das leichter wäre. Aber erst einmal mussten sie sich um die Pferde kümmern, die kein Verständnis für ihr Gefühlschaos haben würden. Summer trank den letzten Schluck Kaffee. »Sollen wir?«, fragte sie ihre Mutter.

Olivia drückte im Aufstehen sanft Summers Schulter. »Lass uns loslegen.«

Es fiel Summer wirklich schwer, sich auf ihren Streit mit Carrie zu konzentrieren, wenn ein Mysterium namens Matt in ihrem Kopf herumspukte. Er hatte ihre Knutscherei hinter der Bude mit den Webteppichen beendet, indem er sie daran erinnert hatte, dass sie ganz sicher von niemandem erwischt werden wollte. Das war angesichts der tratschsüchtigen Inselbewohner absolut richtig. Aber da war noch etwas anderes in seinem Blick gewesen. Die unausgesprochene Warnung, dass sie diese Momente bereuen könnte, sobald sie wieder klar dachte. Denn sie war diejenige gewesen, die mit der Küsserei angefangen hatte. Sie hatte ihn als Ventil für den Frust, die

Wut und die Demütigung benutzt, die Carrie in ihr zum Vorschein gebracht hatte. Und er hatte sie gewähren lassen. Nicht, ohne einen kühlen Kopf zu bewahren und ihr am Ende trotz allem zu sagen, dass er keine Sekunde bereut hatte.

Genau in diesem Stil war es weitergegangen. Er hatte gelächelt, auf der Heimfahrt. Hatte Jumper Megans Flipflop abgenommen, den der Hund ihm stolz als Geschenk präsentierte, und Summer zum Abschied auf die Wange geküsst. Ihr Herz war gestolpert, und er hatte seine Lippen ein paar Sekunden zu lange auf ihrer Haut liegen lassen und dafür gesorgt, dass diese Stelle noch lange gekribbelt hatte, nachdem er ihr eine gute Nacht gewünscht hatte und mit Jumper an seiner Seite in der Dunkelheit verschwunden war.

Summer legte einen Zahn zu beim Ausmisten des Stutenstalles. Sie musste sich auf die Arbeit konzentrieren, damit Matt endlich aufhörte, in ihrem Kopf herumzuspuken.

*

Matt hätte sich auf die Schulter klopfen können für sein heldenhaftes Verhalten. Er konnte sich wieder und wieder selbst daran erinnern, dass es das richtige gewesen war. Aber das änderte verdammt noch mal nichts daran, dass er Summer am liebsten über seine Schulter geworfen und irgendwo hingeschleppt hätte, um da weiterzumachen, wo sie hinter dieser Bude angefangen hatten. Er hatte von ihr geträumt. Sehr bildhaft. Sehr realistisch. Als er aufgewacht war, brauchte er einen Moment, bis ihm klar wurde, dass er allein in seinem Bett lag und nur Jumper neben ihm auf dem Kopfkissen stand und ihm eine seiner getragenen Socken vom Vorabend hinhielt.

Matt hatte den Tag vertrödelt. War mit Jumper auf den Klippen entlanggelaufen und hatte das sonnige Wetter und den leichten Wind genossen. Und doch hatte er es nicht geschafft, Summer aus seinen Gedanken zu verdrängen. Ein paar Mal hatte er sogar zu dem USB-Stick mit den Meditationsübungen hinübergesehen, der auf seiner Küchenanrichte lag. Nein, er war definitiv noch nicht verzweifelt genug, sie zu testen. Er war froh, dass er den Abend mit Cameron und Finn verbringen würde. Hartes Krafttraining und Männergespräche würden ihn hoffentlich eine Weile von seinen Gedanken an Summer ablenken.

Er holte Cameron ab. Der Hotelier stand, Abby in den Armen, in der Tür des schlichten Feriencottages, das er gemietet hatte. Nachdem Matt am Abend zuvor begriffen hatte, wer Cameron tatsächlich war, überraschte ihn dieses schlichte Haus. Aber wenn man den Kuss beobachtete, den Cameron und Abby zum Abschied tauschten – und der kein Ende zu nehmen schien –, war die Größe des Hauses vermutlich kein bisschen wichtig für Camerons Glück. Als das Pärchen es endlich schaffte, sich voneinander zu lösen, griff Cameron nach seiner Sporttasche und warf sie auf die Pritsche des Pick-ups. Er zog die Beifahrertür auf und wartete, bis Jumper ein Stück zur Seite gerückt war, um ihm Platz zu machen. Dann warf er Abby, die ein wenig zerzaust an der Tür stehen geblieben war, eine Kusshand zu.

»Danke fürs Mitnehmen, Kumpel«, sagte er dann an Matt gewandt und schlug ihm kameradschaftlich auf die Schulter.

»Keine Ursache. Dafür kannst du mir den Weg zeigen.« Matt folgte Camerons Anweisungen und überquerte die Insel. Schließlich fuhren sie auf einem schmalen Waldweg durch einen Pinienhain. Matt schnappte nach Luft, als sich das Dickicht der Bäume zu einer Lichtung öffnete, auf der ein absolut spektakuläres Haus am Rande der Klippe thronte.

Cameron, der seine Reaktion bemerkte, grinste ihn von der Seite an. »Als Bauunternehmer ist dein Zuhause deine Visitenkarte.«

»Wenn es danach geht, hat sich Finn die perfekte Referenz gebaut.« Er ließ den Pick-up vor dem Haus ausrollen, von dem er nicht sicher sagen konnte, ob es ein altes, umgebautes Farmhaus war oder neu gebaut und mit alten Elementen versehen. Es wirkte geerdet und ein bisschen nostalgisch. Eine Terrasse hingegen, die sich halb über die Klippe schob, balancierte auf schwarzen Stahlträgern und war mit einem Metallgeländer in der gleichen Farbe eingerahmt. Matt hatte nicht besonders viel Ahnung von Architektur, aber hier schienen ein rustikaler, geschichtsträchtiger Stil auf moderne Materialien zu stoßen, die man eher in einer Industriehalle erwarten würde.

Sie stiegen aus, zogen ihre Sporttaschen vom Truckbett und folgten Jumper zur Haustür, der mit einem neuen Paar Arbeitshandschuhe für Finn als Wiedergutmachung im Maul die Führung übernommen hatte.

Finn öffnete, das Handy am Ohr, noch bevor sie das Haus erreichten, und winkte sie herein. Er wirkte verärgert, wenn Matt die Falte zwischen seiner Braue richtig deutete. »Nein, Dad. Ich sehe das völlig anders … ja, das mag sein, aber …«

Matt achtete nicht länger auf das Gespräch. Beeindruckt drehte er sich einmal um die eigene Achse, kaum dass er durch die Tür getreten war. »Wow«, entfuhr es ihm. Der Stilmix, den er draußen bemerkt hatte, setzte sich hier drin fort. Das Erdgeschoss war ein einziger offener Raum. Der Wohnbereich grenzte sich durch zwei Stufen nach unten vom Eingang ab. Links von ihm befand sich eine große offene Küche, und die gegenüberliegende Wand bestand komplett aus bodentiefen Sprossenfenstern, hinter denen sich die Terrasse, die er schon draußen bemerkt hatte, über die gesamte Länge des Hauses zog. Der Blick über den Ozean und ein Meer aus Hummer-fallen-Bojen bis hin zu einer kleinen Inselgruppe war absolut spektakulär.

Eine schwarze Metalltreppe mit ausgetretenen Holzstufen führte auf eine Galerie, von der mehrere Türen abgingen.

»Ich kläre das mit ihm«, drangen Finns Worte wieder in Matts Bewusstsein. Der Freund war in die Küche gegangen und klemmte sich das Handy zwischen Schulter und Ohr, bevor er den Kühlschrank aufzog und ein Paar Iso-Drinks herausnahm. Er drehte sich um und warf je eine Flasche in Matts und Camerons Richtung. Sie fingen die Drinks auf, und Matt schraubte seine Flasche auf, während er sich weiter umsah. Er durfte diese großzügigen Räume nicht mit seinem winzigen Apartment mit den heruntergekommenen Möbeln und der klappernden Klimaanlage vergleichen. Jumper und er waren damit zufrieden. Aber es hatte in der Vergangenheit mehr als eine Frau gegeben, die die Nase über sein nicht besonders luxuriöses Zuhause gerümpft hatte. Hier würde keine Frau die Augenbrauen nach oben ziehen, bevor sie auf der ausladenden Ledercouch Platz nahm.

»Ich rufe ihn an. Versprochen. Aber jetzt habe ich Gäste. Bye, Dad.« Finn beendete das Gespräch und legte sein Handy auf die Oberfläche der Kücheninsel, die aus Beton gegossen war, genau wie die niedrige Bank neben der Tür und die Oberfläche des Couchtisches. Matt bewunderte gerade einen

Bootsrumpf, der aus ziemlich mitgenommenem altem Holz bestand, von dem der größte Teil der weißen Lackierung abgeblättert war. In den Bootskörper waren Regalbretter eingepasst, auf denen Bücher, ein paar Architekturzeitschriften und Fotos verteilt waren.

»Das Boot hat meinem Urgroßvater gehört«, sagte Finn hinter ihm.

Matt drehte sich um. »Und du hast den unteren Teil abgesägt, es aufgestellt und ein Regal draus gemacht? Das ist ziemlich genial.«

Finn trank einen Schluck seines Iso-Drinks. »Schon mein Urgroßvater hat Häuser auf der Insel gebaut, vermietet und verkauft. Aber er ist zur Saison trotzdem jeden dritten Tag mit diesem Boot auf den Ozean hinausgefahren und hat seine Hummerfallen kontrolliert. Das Boot ist ein Teil der Geschichte dieser Insel, und es wäre eine Schande, es wegzuwerfen oder sich selbst zu überlassen.«

Matt strich über die raue Kante. »Du hast eine ziemlich coole Alternative daraus gemacht.«

»Ist mit deinem Vater alles in Ordnung?«, wollte Cameron wissen. Er lehnte mit gerunzelter Stirn an der Kücheninsel.

Finn winkte ab. »Mein Großvater macht Druck, wegen seines Hafens.«

Die Falten auf Camerons Stirn vertieften sich. »Er hat die Kreuzfahrtschiffe immer noch nicht aufgegeben?«, fragte er.

»Starrsinnig wie eh und je.« Finn zuckte die Schultern. »Er hat schon viel zu viel Geld in diese Sache gesteckt, um noch mit erhobenem Kopf und unbeschädigt da rauszukommen.«

»Es gibt einen Kreuzfahrthafen auf der Insel?« Matt war

überrascht. Er hatte bis jetzt weder einen großen Hafen noch eines dieser riesigen Schiffe bemerkt. Wären die Passagiere eines solchen schwimmenden Hotels nicht bei Events wie dem *Fisherman's Festival* aufgetaucht?

Finn schüttelte den Kopf. »Noch gibt es keinen Hafen – mein Vater und mein Großvater würden nur gern einen bauen. Ein Streitpunkt, nicht nur innerhalb der Familie. Man kann sagen, dass die Insel dabei ist, sich in zwei Lager aufzuspalten.« Er seufzte. »Aber jetzt genug davon. Ihr seid hier, um zu trainieren, also lasst uns schwitzen.« Finn öffnete eine Tür in der Holzvertäfelung unter der Treppe, die aussah, als ob sie irgendwann die Wand einer alten Scheune oder eines heruntergekommenen Farmhauses gewesen wäre.

Cameron und Matt schnappten sich ihre Sporttaschen und folgten ihm auf einer schlichten Betontreppe ins Untergeschoss. Jumper war schon vorausgerannt und inspizierte bereits die Ecken des Raumes, als die Männer ihn betraten. In einem anderen Haus hätte man den Bereich einfach »Keller« genannt. Vielleicht auch »gemütliche Männerhöhle«. Nicht so bei Finn. Nach dem, was Matt im Erdgeschoss gesehen hatte, hätte ihn der Fitnessbereich des Hauses nicht verwundern dürfen – und doch verschlug es ihm für einen Moment den Atem. Es dauerte ein paar Sekunden, bis er begriff, dass dieser Raum eigentlich ein Anbau war, der gleichzeitig die Basis für die großzügige Terrasse bildete, die sie bereits bei ihrer Ankunft gesehen hatten. Dementsprechend zeigte die Fensterfront, die gleißend helles Licht hereinließ, auf den Ozean hinaus.

Cameron pfiff durch die Zähne. »Das ist mal ein Ausblick«, sagte er.

Ganz abgesehen vom hochwertigen Laufband, der Hantel-bank und einigen weiteren Fitnessgeräten, die ordentlich im Raum verteilt waren.

»Danke.« Finn zuckte mit den Schultern. »Das ist das Schö-ne, wenn man ein Haus nach den eigenen Vorstellungen um-bauen kann. Ursprünglich hatte das Haus nur die Veranda am Eingang, und auf der Rückseite gab es lediglich einen winzigen Sitzplatz. Ich wollte aber eine Terrasse, die den Namen auch verdient. Und weil die Konstruktion einen Unterbau brauch-te, bin ich auf die Erweiterung des Kellers gekommen. Unter dem Haus selbst sind Vorratsräume und eine kleine Werkstatt. Das übliche Zeug«, beendete er seine Aufzählung.

»Du weißt auf jeden Fall, was du tust.« Cameron ließ sei-ne Sporttasche fallen und schlug Finn kameradschaftlich auf die Schulter. »Ich bin froh, dass du *Seal Rock Hall* restaurierst. Aber jetzt lasst uns loslegen.«

»Ähm, Matt, was macht dein Hund da?« Finn war stehen geblieben, während Cameron zum Laufband hinüberging. Er betrachte Jumper mit schräg gelegtem Kopf.

Matt folgte Finns Blick. Sein Hund hatte die für Finn be-stimmten Arbeitshandschuhe auf der Hantelbank abgelegt und sich unter den Hanteln, die akkurat vor der verspiegel-ten Seitenwand hinter der Trainingsbank aufgereiht waren, das Zwanzig-Pfund-Gewicht ausgesucht, das er jetzt versuchte, in Matts Richtung zu zerren.

»Will er mittrainieren?«, fragte Finn.

Matt seufzte. »Nein. Er versucht nur schon wieder, mir ein Geschenk zu machen. Manchmal übertreibt er es mit dem Ap-portieren ein bisschen.«

»Ich bin gespannt, ob er es bis zur Tür schafft«, ließ sich

Cameron vernehmen, der das Laufband bereits eingeschaltet hatte und locker joggte.

Finn lachte. »Wenn das so ist, werde ich die Hanteln auf jeden Fall nachzählen, bevor ihr hier verschwindet.«

Es hatte sich gut angefühlt, sich mal wieder so richtig auszupowern und seinem Körper etwas abzuverlangen, wie Matt es vor seinem Unfall tagtäglich getan hatte. Außer bei seinen Kämpfen mit Ice und der Rettung von Bonfire Darling hatte er seine Muskeln in letzter Zeit nicht so benutzt, wie er es gewohnt war. Nach dem Training hatte Finn sie überredet, noch ein paar Körbe zu werfen. Jetzt saßen sie mit einem Bier in der Hand auf der spektakulären Terrasse des Hauses in Deckchairs. Matt sog das Aroma der T-Bone-Steaks ein, die auf dem Grill brutzelten, während die in Alufolie gewickelten Ofenkartoffeln vor sich hin garten. Jumper hatte eine ganze Weile ziemlichen Ehrgeiz an den Tag gelegt, die Hantel in Finns Fitnessraum aber keine zwanzig Zentimeter weit gezogen. Jetzt lag er erschöpft am Terrassengeländer zusammengerollt und schlief.

»Was war eigentlich gestern mit Summer und Carrie los?«, fragte Finn vom Grill aus und wendete die Steaks.

Das Fleisch zischte, während Matt überlegte, wie viel von den Ereignissen des vergangenen Abends er preisgeben konnte – und wollte. »Wenn ich es richtig verstanden habe, wollte diese Carrie Summer wissen lassen, dass sie Ansprüche auf Summers Ex erhebt.«

Cameron gab einen abschätzigen Ton von sich. »Sollen diese beiden Idioten doch glücklich miteinander werden. Summer hat eindeutig etwas Besseres verdient.«

Das sah Matt genauso.

»Summer hat Schluss gemacht, oder?«, fragte Finn. »Sie wird doch wohl nicht zu ihm zurückgehen?«

Matt hoffte, dass sie das nicht tun würde. Aber er wusste nicht genug über diese Beziehung, um das wirklich beurteilen zu können. »Ich habe keine Ahnung«, sagte er ehrlich.

Cameron wies mit dem Bier in der Hand in seine Richtung. »Aber du bist mit ihr abgehauen.«

»Ja, um sie aus der Schusslinie von Carries Giftpfeilen zu bringen.« Von den heißen Küssen, die seiner Rettungsaktion gefolgt waren, würde er den Männern nichts erzählen. Das blieb Summers und sein Geheimnis.

Das Gespräch driftete langsam zu anderen Themen. Sport. Die Eigenarten einiger Inselbewohner. Nach dem harten, lauten Rock, zu dem sie in Finns Fitnessraum Gewichte gestemmt hatten, wirkte das Zirpen der Grillen und das Rauschen des Ozeans beinahe geheimnisvoll. Als Cameron und Matt schließlich aufbrachen, brauchte es Matts komplette Überredungskunst, Jumper davon zu überzeugen, dass er den Knochen des T-Bone-Steaks, den Finn ihm statt einer Hantel geschenkt hatte, nicht mit in die Fahrerkabine seines Pick-ups nehmen konnte.

Als sie schließlich zurück im Cottage waren, war Matt dankbar für die Mischung aus Sport und einem Männerabend. Cameron hatte ihn sogar zu seiner Pokerrunde eingeladen, die in einer Woche stattfinden würde. Die letzten Stunden hatten ihn wunderbar von den Gedanken abgehalten, die unablässig um Summer gekreist waren, seit sie sich auf dem Festival geküsst hatten. Aber jetzt waren Jumper und er allein – und nichts lenkte ihn mehr davon ab, sich jede Sekunde dieses Moments hinter dem Verkaufsstand noch einmal in den schillerndsten Farben auszumalen.

*

Finn wartete, bis der Wald die Rücklichter von Matts Pick-up verschluckte, bevor er sein Handy aus der Hosentasche zog. Er mochte die Männer. Und den Hund. Matt war zu einer guten Ergänzung ihrer Männerrunde geworden. Aber er hatte sie benutzt, um den Abend in die Länge zu ziehen. Das Unausweichliche hinauszuzögern. Das Telefonat mit seinem Großvater, auf das dieser sicher schon ungeduldig wartete.

Langsam ging er um das Haus herum und trat von außen auf die Terrasse. Er fühlte sich zuhause an diesem Flecken der Insel, den ihm Benedict zu seinem einundzwanzigsten Geburtstag überschrieben hatte. Zusammen mit dem alten Herrenhaus, das auf dem *Seal Rock* thronte. Und das in den letzten Monaten für einen ganzen Haufen familiärer Verstimmungen gesorgt hatte. Er trank einen Schluck aus seiner angebrochenen Bierflasche, atmete tief durch und wählte die Nummer seines Großvaters.

Benedict ging nach dem ersten Klingeln ran. Er hatte mit seiner Vermutung also richtig gelegen. Sein Anruf war überfällig. »Wird Zeit, dass du anrufst, Junge.« An manchen Abenden, besonders wenn sein Großvater sich mehr als den einen Scotch erlaubt hatte, den er sich sonst immer zugestand, klang seine Stimme wie eine knarzende alte Zeder.

Finn unterdrückte ein resigniertes Seufzen. »Guten Abend, Grandpa. Ich hatte Gäste, das hat mein Vater dir sicher erzählt.«

Wieder dieser schnarrende Laut. »Man könnte meinen, wir hätten dir beigebracht, was Pflichtbewusstsein und Respekt der Familie gegenüber bedeuten.«

Finn bemühte sich, ruhig zu bleiben. Ohne Pflichtbewusstsein hätte er es mit seiner eigenen Firma nie so weit gebracht. Er strich mit seiner freien Hand über das schwarze Metall, das seine Terrasse einfasste. Und seiner Familie gegenüber wäre er niemals respektlos. Benedict hatte recht: Genau so war er erzogen worden. Aber das änderte nichts daran, dass er nicht allen Ideen seines Großvaters und Vaters ein begeistertes *Halleluja* entgegenjubelte, besonders in letzter Zeit. Dummerweise verwechselte Benedict das mit fehlender Achtung und Ehrerbietung seinen älteren Verwandten gegenüber. »Meine Gäste sind eben gegangen. Wir können also reden, auch wenn ich Dad bereits gesagt habe, dass ich nichts von eurer Idee halte.«

»Es ist mir egal, was du von dieser Idee hältst. Du bist ein Teil dieses Familienunternehmens, und wir haben deine Zügel in den letzten Jahren viel zu sehr schleifen lassen.« Benedict schwieg einen Moment, und Finn stellte sich vor, wie der alte Herr sich in seinem Sessel zurücklehnte und den Scotch in seinem Glas kreisen ließ. »Du hast großen Schaden angerichtet. Für die Firma. Und für die Familie. Ich habe nicht den Eindruck, dass du dich ernsthaft bemühst, das Chaos, das du mit dem Verkauf von *Seal Rock Hall* verursacht hast, wieder in den Griff zu bekommen. Stattdessen restaurierst du dieses Haus munter vor dich hin, als wäre nichts geschehen.«

Finn blickte auf das Meer bunter Bojen hinaus, die auf den sanften Wellen des Ozeans schaukelten und mit dem schwindenden Tageslicht immer weiter verblassten. Sein Elternhaus, das schon immer das Zuhause der Morgans war und in dem er aufgewachsen war, lag nur zwei Meilen die Küste hinauf. Sein Großvater sah vermutlich gerade ebenfalls auf den Atlantik hinaus. Sie hatten das gleiche Bild vor Augen – ihre Ansichten hingegen konnten gar nicht unterschiedlicher sein.

»Wir haben also gar keine andere Wahl«, beschied Finns Großvater.

Man hatte immer eine Wahl, hielt Finn in Gedanken dagegen, sprach es aber nicht aus. »Als mir meine Firma wegzunehmen und mich wieder ins Familienunternehmen einzugliedern?«, fragte er stattdessen, nur um sicherzugehen, Benedict richtig verstanden zu haben. »So hat Dad das zumindest vorhin ausgedrückt.«

»Wir hatten eine Krisensitzung und haben uns zu diesem Schritt entschlossen«, bestätigte Benedict das, was Finns Vater in ihrem Telefonat am Nachmittag angekündigt hatte.

Finns Eingeweide zogen sich bei dem Gedanken zusammen, dass die beiden das absolut ernst meinten. Er stieß ein bitteres Lachen aus. »Ihr könnt weder über mich, mein Leben, noch meine Firma entscheiden, Grandpa«, versuchte er es mit Vernunft, auch wenn er sich bewusst war, dass es dafür längst zu spät war. »Denn all das gehört mir. Du kannst mich um Unterstützung bitten. Und abgesehen von diesem Kreuzfahrtschiffhafen und deinem irrsinnigen Wunsch, den Coopers zu schaden, wirst du sie auch immer bekommen. Aber ich habe mich selbstständig gemacht, als ich dreiundzwanzig war. Ich führe mein eigenes Unternehmen.«

Für einen Moment hallte ein Schweigen durch den Hörer, das lauter war als es jedes gebrüllte Wort seines Großvaters je sein könnte. Als Benedict den nächsten Satz sagte, klang seine

Stimme gefährlich leise. »Alles, was du bist, verdankst du deinem Vater und mir.«

Und mir selbst, ergänzte Finn im Stillen. Er war nicht arrogant. Aber die Aufträge, die er bekam, sprachen genau wie das Feedback seiner Kunden eine deutliche Sprache. Er warf einen Blick auf sein Haus. Die vier heruntergekommenen Wände, aus denen er sein heute sehenswertes Zuhause gemacht hatte, waren das beste Beispiel, dass sein Erfolg mehr war als ein Ableger des Morgan-Familienunternehmens.

»Ich kann dich mit einem Fingerschnippen vernichten, wenn ich das will«, fuhr sein Großvater fort, als Finn noch immer nicht klein beigab.

Er schluckte. Für seinen beruflichen Erfolg brauchte er seine Familie nicht mehr. Sein Geschäft lief bereits so gut, dass er sich die Aufträge aussuchen konnte. Das konnte selbst sein Großvater nicht mehr ändern. Aber Finn wollte keinen Kleinkrieg in der Familie, nur weil Benedict und sein Vater ihren Kopf nicht durchsetzen konnten. »Aber das willst du nicht«, war die einzige Antwort, die Finn einfiel. Und von der er hoffte, dass sie die richtige war. »Grandpa, du bist der Typ, der jahrzehntealte Fehden mit seinen Nachbarn pflegt. Aber so weit würdest du bei deinem Enkel nicht gehen.« Sein Herz hämmerte schmerzhaft gegen seinen Brustkorb. Er konnte nur hoffen, dass das stimmte. »Entschuldige mich jetzt bitte«, sagte er, bevor Benedict etwas erwidern konnte, das sich nicht mehr zurücknehmen ließ. »Ich habe noch ein paar Sachen zu erledigen. Wir sprechen uns, wenn ich nächsten Sonntag zum Essen komme.« Langsam atmete er aus und legte auf.

Er schob das Handy in die Gesäßtasche seiner Jeans und stützte die Hände auf das kühle Metall des Terrassengeländers. Den Kopf in den Nacken gelegt betrachtete er die ersten Sterne, die ihren Platz am Firmament einnahmen. Dann senkte er den Kopf und ließ ihn zwischen seinen Schultern hängen. Er durfte sich nicht von seinem Großvater herumkommandieren lassen, schließlich war er, verdammt noch mal, fast dreißig Jahre alt. Und doch konnte er die Furcht nicht ganz zur Seite schieben, dass Benedict und er begonnen hatten, einen Graben auszuheben, der es ihnen irgendwann unmöglich machen könnte, einander zu erreichen.

Finn stieß sich von der Terrassenbrüstung ab und sammelte die Bierflaschen ein, die noch neben den Deckchairs standen, die seine Freunde am Abend besetzt hatten. Sich den Kopf zu zerbrechen brachte nichts. Sein Großvater musste Dampf ablassen. Bis nächsten Sonntag, zum Familiendinner, das einmal im Monat stattfand, würde er wissen, woran er war.

Er betrat das Haus und stellte die leeren Flaschen auf die Kücheninsel. Matt und Cameron waren beeindruckt gewesen von seinem Zuhause. Er versuchte, den offenen Raum vor sich mit den Augen der Männer zu sehen, doch er schaffte es nicht. Er konnte nur wahrnehmen, was er sich beim Aus- und Umbau vorgestellt hatte. Das perfekte Haus für einen Junggesellen, das aber, sollte er sich dazu entschließen seinen Lebensstil zu ändern, jederzeit eine Familie beherbergen konnte. Er mochte die schwarzen Metallregale und glatten Betonoberflächen, die im absoluten Kontrast zu den warmen Holzelementen in den Böden und Wänden standen. Industrial Style kombiniert mit dem eines alten Farmhauses. Außergewöhnlich und für die meisten Leute, die ihn besuchten, beeindruckend. Im Moment fühlte es sich allerdings ziemlich leer an. In der letzten Zeit hatte er ein paar Mal darüber nachgedacht, dass das

Haus zu groß für ihn allein war. Jumper kam ihm in den Sinn. Er griff nach den Arbeitshandschuhen, die der Hund ihm mitgebracht und die er auf dem Rückweg aus dem Trainingsraum auf die Kücheninsel gelegt hatte. Der kleine Kerl hatte es in kürzester Zeit verstanden, seine Bude aufzumischen. Vielleicht war das die Lösung. Finn hatte in den letzten Monaten immer wieder darüber nachgedacht, dass ein Hund ein guter Freund wäre, der dafür sorgen würde, dass die Einsamkeit aus den Ecken des Hauses verschwand. Er zog sein Handy aus der Tasche und googelte die Homepage des örtlichen Tierheims. Schon auf der Startseite blickten ihm jede Menge Hunde entgegen, die ein neues Heim suchten. Ja, das war es: Morgen würde er dort vorbeifahren und einen Hund aussuchen.

# 13

Der Montagmorgen läutete nicht nur eine wirklich heiße Woche ein, er wischte auch das *Fisherman's Festival* beiseite – die unschöne Auseinandersetzung mit Carrie genauso wie Matts Küsse. Die Wetterfrösche überschlugen sich geradezu vor Aufregung, weil die Temperaturen spätestens am nächsten Tag die Dreißig-Grad-Marke knacken würden. Eine Sensation, die auch die Sommergäste auf der Insel in helle Aufregung versetzte.

Summer hatte Ice aus der Box geholt und ihn auf den Paddock geführt. Die Sonne knallte schon jetzt von einem wolkenlosen, strahlend blauen Himmel auf ihren Rücken. Sie war sich allerdings sicher, dass die Diskussion, die sie gleich mit Matt führen musste, sie mehr ins Schwitzen bringen würde, als es dieser Sommerausbruch je fertigbringen würde.

Eine Woche war Matt jetzt auf dem Hof. Er kümmerte sich rührend um Bonfire Darling. Was ihr zeigte, dass er nicht nur wusste, was er tat – er verstand die Pferde. Er konnte ihre Bedürfnisse lesen, ihre Angst genauso wie ihre Neugier. Wie ein charmanter Verehrer hatte er die Stute bezirzt und langsam angefangen, sie aus ihrem Schneckenhaus zu locken. Er hatte das drauf. Nur nicht, wenn es um sein eigenes Pferd ging. Bei ihm bemühte er sich noch nicht einmal, sich ihm wieder anzunähern. Summer blieben noch fünf Wochen, um das zu ändern. Aber so nahe sie sich an diesem Wochenende wieder gekommen waren, so elektrisch aufgeladen die Luft zu sein schien, wenn sie aufeinandertrafen, so bewusst war sie sich auch, dass Matt nicht nachgeben würde, wenn es um die Arbeit mit seinem Hengst ging. Besonders, weil sie ihm versprochen hatte, dass er sich nicht mit Ice beschäftigten müsste, wenn er auf den Hof zurückkam. Es würde ein Kampf werden, aber sie war fest entschlossen, ihn zu gewinnen.

Als sie Matts Schritte hinter sich hörte, drehte sie sich um. »Guten Morgen.«

»Morgen«, brummte er und bestätigte damit ihre Gedanken. Wenn es um sein Pferd ging, war seine Laune am Tiefpunkt.

»Wo ist Jumper?«, fragte Summer, um die Stimmung ein wenig aufzulockern.

Matt schob die Hände in die Hosentaschen und zuckte mit den Schultern. »Hat unterwegs Charlie getroffen«, gab er wortkarg von sich.

Summer versuchte sich an einem Lächeln. »Dann lassen wir uns überraschen, ob aus Jumper ein Therapiehund wird oder ob Charlie anfängt, Dinge zu apportieren, die ihn nichts angehen.«

Matt lächelte nicht. Um ihn herum rotierte eine Anspannung, die fast mit den Händen greifbar war. Und auch Ice' Haltung hatte sich bei seiner Ankunft sofort verändert.

Summer unterdrückte den Seufzer, der ihr auf der Zunge lag. »Du bist jetzt eine Woche hier, Matt. Wir sind dankbar für deine Hilfe auf dem Gestüt. Ich kann dir gar nicht sagen, wie froh ich bin, dass du mich bei Bonfire Darlings Rettung unterstützt hast.« Sie streichelte Ice' Hals. »Ich habe dich beobachtet in dieser ersten Woche. Du weißt genau, was du tust. Du hast ein Händchen für Pferde und kommst auch mit den schwierigeren Charakteren klar. Das Problem, das wir hier haben«, sie wedelte mit der Hand zwischen ihm und dem Hengst hin und her, »ist kein Problem, dass daraus resultiert, dass du keinen Schimmer vom Umgang mit Pferden hast.«

»Wenn ich mich richtig erinnere, bestand unsere Abmachung darin, dass ich mich nicht um Ice kümmern muss«, knurrte er.

»Das stimmt. Vielleicht habe ich da …«

»Ich reite Turniere, seit ich fünf bin«, schnitt Matt ihr das Wort ab und lehnte sich mit dem Rücken gegen die Begrenzung des Paddocks. Den Absatz seines Stiefels in den unteren Querriegel gehakt, das T-Shirt, das sich eng an seinen Oberkörper schmiegte, und der Strohhut, der einen gemusterten Schatten über seine Augen legte, ließen ihn aussehen wie einen waschechten Cowboy. Nur die zusammengepressten Lippen wiesen darauf hin, dass er kein glücklicher Cowboy war.

»Und das merkt man«, ging Summer auf seinen Kommentar ein. »Das ist genau das, was ich damit sagen will: Du hast keine Schwierigkeiten mit Pferden. Nur Ice und du, ihr kommt nicht miteinander klar«, legte sie den Finger in die Wunde. »Daran werden wir ab jetzt arbeiten.« Sie wartete, bis Matt den Blick weit genug hob, dass sie ihm unter der Krempe seines Stetsons in die Augen sehen konnte. »Du kannst dich dagegen wehren, aber das wird dir nichts bringen. Ich bin fest entschlossen, aus euch wieder ein perfektes Team zu machen.«

Matt verschränkte die Arme vor der Brust und starrte sie an. Einen Moment lang, der sich zog wie Kaugummi, sagte er gar nichts. Dann schob er den rechten Mundwinkel nach oben und verfiel wieder in den Sarkasmus, in dem er sich so wohlzufühlen schien. »Deine Motivation in allen Ehren, aber dieses Thema hatten wir bereits. Ich werde nicht dein Pferdeflüsterer-Experiment spielen.«

Summer imitierte sein Lächeln. Sie wendete Ice und ging auf ihn zu. Zwei Meter vor ihm blieb sie stehen, weil der Hengst scheute und den Kopf zurückwarf. »Was für ein Glück, dass ich keine Pferdeflüsterin bin. Deshalb werde ich gar nicht experimentieren. *Du* wirst das alles selbst machen. Keine Experimente«, betonte sie. »Ich experimentiere nicht mit Tieren, sondern mache nur ganz simple, klassische Arbeit mit deinem Pferd. Und zwar so lange, bis eure Verbindung wieder stimmt.«

Matt warf dem Hengst, der noch immer wachsam neben Summer tänzelte, einen Blick zu. »Das wird nicht funktionieren«, sagte er schlicht. Ein Satz, in dem seine ganze Wahrheit lag. Matt glaubte kein bisschen daran, dass sie die Probleme in den Griff bekommen konnten.

»Das wird es«, widersprach sie entschieden. Matt musste endlich wachgerüttelt werden. Er musste anfangen, sein Trauma zu verarbeiten. »Ab jetzt gibt es keine Ausflüchte mehr. Ich will, dass du ernsthaft mit Ice arbeitest. Damit meine ich nicht, dass du gleich antrainieren sollst. Als Erstes gewinnst du sein Vertrauen zurück, und dann sorgen wir dafür, dass du wieder Spaß am Reiten hast.«

Matt gab einen abfälligen Ton von sich. Er stieß sich vom Zaun ab und machte einen Schritt in ihre Richtung, blieb jedoch stehen, als Ice unruhig tänzelte. Immerhin wich das Pferd ihm nicht aus. »Du solltest deine rosarote Heile-Welt-Brille abnehmen, Summer«, sagte er. »Ich reite nicht zum Spaß. Wenn ich mich auf ein Pferd setze, dann ist das mein Job. Ein harter Job, der Sentimentalitäten oder gar so etwas wie Vergnügen nicht verzeiht.«

Aber so funktionierte Summer nicht. Sie hatte eine verdammt heiße Nacht mit ihm verbracht. Erst vor zwei Tagen hatte sie ihn leidenschaftlich geküsst. Mit solchen Floskeln konnte er sie nicht beeindrucken. Sie bemühte sich, auf seine Worte zu achten, statt seinen Duft einzuatmen, seinen Bartschatten zu betrachten, oder die kleinen Fältchen, die sich in seine Augenwinkel gruben, als er gegen die Sonne anblinzelte.

»Wenn ihr Zeit habt, den Pferden Zucker in den Arsch zu blasen, dann ist das eure Sache. Ich verschwende dafür keine Minute.«

»Gut gebrüllt, Löwe.« Summer lächelte Matt an und verringerte den Abstand zwischen ihnen, indem sie einen Schritt nach vorn trat. Sie hob die Hand und fuhr mit dem Zeigefinger die Augenbraue nach, die sein Unfall geteilt hatte. An der kleinen Narbe hielt sie inne. Matt hatte den Atem angehalten, so nahe waren sie sich plötzlich. Ihr Magen kribbelte bei der Vorstellung, dass er sich nur ein paar Zentimeter vorbeugen musste und ihre Lippen würden sich treffen. Ein paar Zentimeter, die auch sie überbrücken könnte. »Aber ich habe beschlossen, deine Einwürfe zu ignorieren.«

»Ach ja?« Seine Stimme klang rau, und Summer sah seinen Adamsapfel hüpfen, als er schluckte.

»Ja.« Sie ließ ihr Lächeln noch ein wenig breiter werden. »Rückenkratzen.«

»Was?« Matts Blick hatte sich in ihrem verfangen. Sie sah die Verwirrung, die sein Bewusstsein durcheinanderwirbelte.

»Rückenkratzen. Ice liebt es. Also wird es die erste vertrauensbildende Maßnahme zwischen euch beiden sein.« Bevor Matt ihre Worte wirklich begriffen hatte, ließ sie ihre Finger an seinem Arm hinuntergleiten, umschloss seine Hand und legte Ice' Führstrick hinein. Mit der anderen zog sie den Massagehandschuh aus ihrer Gesäßtasche, presste ihn ebenfalls in seine Handfläche und schloss seine Finger darum. Dann trat sie einen Schritt zurück und brachte den dringend benötigten Abstand zwischen sie, bevor sie etwas Dummes tat und sich von dem Verlangen mitreißen ließ, das zwischen ihnen zirkulierte.

Matt starrte sie an. Dann senkte er den Blick auf den Führstrick, bevor er zu Ice hinübersah. Summer musste sich zusammenreißen, um das Kichern zu unterdrücken, das wie Champagnerbläschen in ihr aufstieg. Sie hatte Matt geschlagen. Mit seinen eigenen Waffen. Gut gelaunt über diesen Sieg kehrte sie Reiter und Pferd den Rücken zu und verließ den Paddock.

Summers Triumph hielt an, bis sie ihre Schwestern entdeckte. Abby saß auf dem zweistufigen Tritt, der es erleichterte, in ihr Pferdeanhänger-Büro zu klettern. Megan lehnte neben ihr an dem verbeulten Blech und wedelte sich mit ihrem Stetson Luft zu. So wie sie saßen, hatten sie das Gespräch zwischen Summer und Matt nicht belauschen können. Die Berührungen hatten sie aber mit Sicherheit gesehen, genauso wie die Nähe zwischen ihnen.

»Verdammt, ist das heiß heute«, ließ sich Megan prompt vernehmen – und spielte damit nicht nur auf das Wetter an.

Summer drängte sich zwischen den beiden durch. Sie schaltete den Ventilator im Anhänger ein, um die warme Luft wenigstens etwas umzuwälzen, und nahm drei Colaflaschen aus dem kleinen Kühlschrank. »Gegen die Hitze«, sagte sie und reichte die Getränke an ihre Schwestern weiter, bevor sie ihre Flasche erst über den Nacken rollte, um sich ein wenig abzukühlen, und sie dann öffnete.

»Läuft zwischen dir und Matt irgendwas, von dem wir wissen sollten?«, fragte Abby – wie immer ohne Umschweife.

»Nein.« Summer trank noch einen Schluck, um Zeit zu gewinnen. »Er hat eine Lektion gebraucht, und die hat er bekommen.« Weiter würde sie nicht ins Detail gehen. Sie war sich nicht sicher, warum sie ihren Schwestern nichts von dem One-Night-Stand und den Küssen auf dem Festival erzählte. Vielleicht, weil sie überrascht von ihr und ihrem Verhalten wären. Vielleicht, weil sie zu viel hineininterpretieren würden. Vielleicht, weil sie dann beginnen würden, sich in ihr Leben einzumischen. Natürlich nur, weil sie es gut mit ihr meinten. Aber genau das konnte sie im Moment schlicht nicht gebrauchen. Trotzdem entging ihr der Blick nicht, den Megan ihrer älteren Schwester zuwarf. Summer wies mit der Flasche in der Hand auf Megan. »Lass das!«, forderte sie sie auf.

»Was denn?« Ihre jüngere Schwester hob ihre freie Hand in einer unschuldigen Geste. »Ich habe doch gar nichts gesagt.«

Summer zog die Augenbrauen hoch, formte Zeige- und Mittelfinger zu einem V und deutete damit erst auf ihre und dann auf die Augen ihrer Schwester. »Deine Augen können reden.«

Megan grinste breit. »Und was sagen sie?«

»Das möchte ich hier nicht wiederholen. Gibt es, abgesehen von eurer Sensationsgier, noch etwas, worüber ihr mit mir reden wollt?«, fragte Summer. »Falls nicht: Ich hätte noch einiges zu tun.«

»Eigentlich wollte ich dich fragen, ob du mir morgen aushelfen könntest. Ich habe meine Problemkids da und habe mir gedacht, dass wir bei diesem Wetter einen Ausflug ans Wasser machen könnten«, erzählte Abby.

»Das ist eine super Idee. Und bei dieser Hitze perfekt«, stimmte Summer ihr zu.

»Ja, ich brauche nur noch einen Betreuer. Megan ist dabei, aber Mom hat keine Zeit. Irgendein geheimnisvolles neues Hobby. Und Cam ist mit Finn auf der Baustelle verabredet. Kannst du mich vielleicht unterstützen?«

Bei einem fröhlichen Ausflug mit Wasser und Sonne? Summer blickte zu Matt hinüber, der tatsächlich angefangen hatte, Ice' Rücken zu kratzen. Sie konnte sogar von hier aus sehen, wie das Pferd genüsslich seinen Hals streckte. »Nein, kann ich nicht«, sagte sie und gratulierte sich zu ihrem nächsten cleveren Schachzug. »Aber ich weiß, wer dich begleiten wird.«

Ihre Schwestern drehten sich um und folgten Summers Blick. Megan legte den Kopf schief. »Nicht die schlechteste Idee«, stimmte sie Summer zu. »Er wird das Wasser lieben. Und ich werde es lieben, ihn in einem nassen T-Shirt zu sehen.« Megan erschauerte genüsslich.

»Megs!« Abby verdrehte die Augen.

»Was denn? Ich habe Augen im Kopf.« Megan erwiderte die Geste, mit der Summer ihr zu verstehen gegeben hatte, dass sie sie im Blick hatte. »Ich war nicht die Einzige, die ihn angestarrt hat, als ihr auf dem *Fisherman's Festival* über die Tanzfläche gewirbelt seid.«

Megan hatte Matt und sie bestimmt nicht angestarrt, dachte Summer. Sie war viel zu sehr damit beschäftigt gewesen, mit Zac zu schäkern. Dabei fiel ihr allerdings noch etwas anderes ein. »Apropos *Fisherman's Festival*«, wandte sie sich an Abby, dankbar darüber, dass ihre beiden Schwestern noch nichts von der Auseinandersetzung mit Carrie mitbekommen hatten. »Für wen habt ihr diesen Backstreet-Boys-Song gespielt?« Wenn Abby jetzt sagte, dass Matt sie irgendwie dazu überredet hatte …

Abby blickte nach rechts und links, als müsse sie ein Geheimnis bewahren. »Ich darf es eigentlich nicht verraten. Aber John Yates hat uns geradezu angefleht, das Lied zu spielen. Es ist sein und Chloe Grahams Song. Während wir ihn gespielt haben, hat er ihr unter dem Fisherman's Denkmal einen Antrag gemacht.«

Megan klatschte begeistert in die Hände. »Hat sie Ja gesagt? Sie hat doch Ja gesagt, oder?«

»Natürlich. Die beiden sind wie füreinander geschaffen. Aber warum fragst du?«, wandte Abby sich an Summer.

»Ach, nur so.« Summer zuckte mit den Schultern. »Ich war einfach neugierig.« Darauf, wer sich einen solchen Song wünschte. Sie war sich nicht sicher, ob sie erleichtert sein sollte, dass es nicht Matt gewesen war, der versucht hatte, sie mit dem Song um den Finger zu wickeln – oder ob sie sich insgeheim genau das gewünscht hatte.

*

Matt fühlte sich einmal mehr überrumpelt, als er den Pfad in die Halfmoon Bay hinuntertrabte. Er war sich nicht sicher, was Summer im Schilde führte. Gestern hatte sie ihn dazu gebracht, Ice' Rücken zu kratzen. Dabei hatte er gedacht, sie würde ihn gleich wieder küssen. Sie hatte ihn ganz eindeutig angemacht, ihm dann den Führstrick und den Handschuh in die Hand gedrückt – und sich vom Acker gemacht. Im ersten Moment noch ganz benebelt von ihrer Nähe hatte er angefangen, den Rücken des Hengstes zu massieren, wie sie es verlangt hatte. Bevor ihm klar wurde, was er da eigentlich tat, hatte Ice ein behagliches Schnauben von sich gegeben und den Hals lang gemacht, damit Matt ja nicht vergaß, seinen Widerrist ordentlich zu kratzen, was er schon immer geliebt hatte. Für eine Weile waren Ice und er tatsächlich ganz gut miteinander ausgekommen. Zum ersten Mal seit dem Unfall, wenn er genau darüber nachdachte. Trotzdem hatte er nicht vergessen, dass Summer ihn reingelegt – und angelogen – hatte, als sie ihn mit dem Versprechen, sich nicht um Ice kümmern zu müssen, aus seinem Motelzimmer auf den Hof gelockt hatte.

Matt war davon ausgegangen, dass Summer heute die nächste Lektion für ihn bereithalten würde. Aufsatteln vielleicht. Oder ein bisschen Bodenarbeit mit Ice. Stattdessen hatte er sich in einem Stuhlkreis um die Asche einer Feuerstelle herum wiedergefunden. Beäugt von sechs neugierigen Kinderaugenpaaren, Abby und Megan. Von Summer weit und breit keine Spur. Gestern noch hatten sich ihre Lippen nur Zentimeter von seinen entfernt befunden, heute bekam er sie nicht einmal zu Gesicht. Es fühlte sich an wie ein Katz- und Maus-Spiel, wobei er ganz sicher nicht der Kater war.

Er wusste, was therapeutisches Reiten war, auch wenn er noch nie bei irgendetwas in der Art dabei gewesen war. Heute würde er also eine neue Erfahrung machen. Abby, die ihn abgefangen hatte, hatte ihm erklärt, um was es ging. Die Kinder, mit denen sie ausreiten würden, kamen aus schwierigen Verhältnissen. Von einem kleinen Mädchen namens Chloe, das überhaupt nicht sprach, bis zu zwei ziemlich aggressiven Jungs, Carl und Pete, die sowohl verbal als auch körperlich aufeinander losgingen, war alles dabei. Ein Bus hatte die Kinder aus Machias gebracht. Sie hatten ein Hufeisen herumgehen lassen, woraufhin jeder, der sprach, erzählte, was an diesem Tag oder in der vergangenen Woche toll gewesen war. Dann hatten die Kids eigenverantwortlich die drei Therapiepferde putzen und aufzäumen müssen. Abby kontrollierte die Longiergurte, die über die Pferdedecken geschnallt worden waren, bevor sie die Kinder aufsitzen ließen.

»Normalerweise drehen sie ihre Runden im Wald«, erklärte Megan ihm, als sie ihr Pferd neben seines lenkte und das Aufsteigen überwachte. »Im Winter sind wir manchmal auch nur in der Halle. Das heute ist etwas Besonderes, aber an einem so heißen Tag muss man einfach ans Meer.« Sie lächelte und zog ihren Stetson ein wenig tiefer ins Gesicht. »Abby wird Cassiopeia zu Fuß führen. Er mag, genau wie Chloe, die ihn reiten wird, kein Wasser. Die beiden bleiben also lieber am Strand. Außerdem kann Abby so eingreifen, wenn jemand vom Pferd rutschen sollte. Wir gehen mit den restlichen Kindern ins Wasser. Du führst Foxy, ich Acapulco. Egal, was du machst, behalte die Kids, für die du verantwortlich bist, immer im Blick. Du darfst dich heute um die Jungs kümmern.« Sie reichte ihm zwei Schwimmwesten. »Spätestens, wenn wir in der Bucht sind, sollen Carl und Pete die anziehen. Sie werden sich wahrscheinlich sträuben, also musst du dich durchsetzen.«

»Aha.« Matts Kopf schwirrte. Im Moment wäre er verdammt glücklich, einfach nur Ice' Rücken zu kratzen.

Stattdessen trottete das Pferd, auf dem er saß, ein paar Minuten später in Richtung Meer.

»Können wir echt ins Wasser reiten?« Carl, der vor Pete auf Foxys Rücken saß, drehte sich zu Matt um.

Er hielt die Schwimmwesten hoch. »Sobald ihr die anhabt.«

»Alter.« Matt war sich sicher, dass Pete die Augen verdrehte. »Das ist so lahm.«

Matt ritt neben den Jungen her und hielt ihnen die Westen hin. »Draußen zu bleiben, während die anderen im Wasser Spaß haben, ist definitiv lahmer, Alter.«

Jetzt verdrehte Pete wirklich die Augen. »Lahm«, wiederholte er, vermutlich einfach, um das letzte Wort zu haben, griff aber nach den orangefarbenen Westen und reichte eine an Carl weiter.

Matt hielt das Pferd der Jungen und seines an, damit sie sich in Ruhe anziehen konnten.

»Jetzt dürfen wir?«, wollte Carl wissen, nachdem er den Riemen zugezogen hatte.

Matt hörte die Aufregung in seiner Stimme vibrieren. Die Jungen sahen sich nach den anderen um, die noch damit beschäftigt waren, in die Schwimmwesten zu schlüpfen. Sie wollten die Ersten im Ozean sein – was er gut verstehen konnte. Er war schon ewig nicht mehr mit einem Pferd im Wasser gewesen, aber früher hatte er es geliebt. »Los geht's!«, rief er und ritt an. Foxy folgte seinem Pferd, einer Stute namens Magic, die Abby ihm zugeteilt hatte. Beide Pferde schienen Wasserfans zu sein. Magic lief in den Ozean, bis das Wasser ihr bis zur Brust reichte. Dann hielt sie ihre Nase ins Meer und ließ mit ihrem Atem Blubberblasen aufsteigen, was ihr – wortwörtlich – tierischen Spaß zu machen schien.

Matt blickte zu Foxy hinüber. Sie war weit genug ins Wasser gegangen, dass Carl und Pete nasse Füße bekamen. Gerade schaufelte sie mit den Vorderbeinen Wasser und deckte alle um sich herum mit nassen Fontänen ein, die in der Sonne glitzerten. Magic trottete zu ihr hinüber, wobei sie noch zweimal ihre Nase unter Wasser hielt und sich an Luftblasen versuchte. Als sie das andere Pferd erreichten, spürte Matt, dass Magic kurz davor war, sich zu schütteln. Ihr ganzer Körper begann zu vibrieren, als sie Matt, Foxy und die Jungs in einen Tröpfchenregen hüllte. Carl lachte so sehr, dass er von Foxys Rücken rutschte und ins Wasser plumpste. Immer noch lauthals lachend ließ er sich, von seiner Schwimmweste getragen, auf dem Rücken treiben. Pete hielt das für eine verdammt gute Idee und ließ sich ebenfalls von Foxys Rücken gleiten. Kaum schwammen beide Jungen im Ozean, begannen sie eine wilde Wasserschlacht. Bei Megans Team sah es genauso aus: Die Mädchen, die sie auf Acapulco ins Wasser geführt hatte, verhielten sich genau wie Carl und Pete. Die Pferde tollten ebenso ausgelassen herum wie die Kinder, und als ihn Megans fröhliches Grinsen traf und gleich darauf eine Ladung Wasser, die Carl ihm ins Gesicht spritzte, konnte Matt nicht anders: Er legte den Kopf in den Nacken und lachte. Lauthals. Wie er schon lange nicht mehr gelacht hatte. Er roch den Ozean, fühlte die warmen Sonnenstrahlen auf seiner Haut. Mit einem Mal wurde ihm klar, dass er schon lange nicht mehr so viel Spaß gehabt hatte.

Als Abby, die am Strand mit der ängstlichen Chloe auf Cassiopeias Rücken eine Runde gelaufen war, ihnen schließlich das Zeichen zum Aufbruch gab, fischte Matt die Jungen aus dem Wasser und setzte sie wieder auf Foxys Rücken. Klatschnass und glücklich machten sie sich auf den Rückweg.

*

Summer stand am Rande der Klippe und blickte in die Halfmoon Bay hinunter. Matt betrachtete das Reiten also nur als seinen Job? Es war Arbeit. Kein Vergnügen. Sie konnte das Grinsen nicht unterdrücken, das sich gerade über ihr Gesicht zog. Was ein Haufen Kinder, ein paar verspielte Pferde und strahlender Sonnenschein ausrichten konnten. Wahrscheinlich hatte er es nicht einmal gemerkt, aber er hatte sich ziemlich gut amüsiert.

Als die Gruppe sich schließlich auf den Rückweg machte, kehrte Summer in ihren Pferdewagen zurück, um Papierkram zu erledigen. Erst als sie den Schulbus hörte, der die Kinder abholte und nach Machias zurückbrachte, drückte sie an ihrem Laptop auf Speichern und ging zu dem Paddock hinüber, auf dem Cassiopeia, Acapulco und Foxy nach der Tour ans Meer standen.

Matt lehnte am Zaun und sah den Pferden dabei zu, wie sie sich, nass wie sie waren, auf dem Boden wälzten, bis sie über und über mit Staub bedeckt waren. Abbys Therapiepferde waren wundervolle, geduldige Tiere. Die Klienten und Patienten zu tragen war ein verdammt anstrengender Job für die Pferde – aber diesen Ausflug hatten sie ganz eindeutig genossen.

Summer lehnte sich neben Matt an den Zaun. »Dafür, dass Reiten Arbeit ist, hattest du ganz schön viel Spaß heute.«

Matt antwortete nicht. Er sah Summer auch nicht an. Den Blick starr auf die Pferde vor sich gerichtet, versuchte er sie zu ignorieren.

»Du kannst ruhig zugeben, dass du es genossen hast«, konnte Summer nicht aufhören, zu sticheln.

»Halt die Klappe«, brummte er, sah sie aber immer noch nicht an.

Keine Chance. Sie fing gerade erst an. »Das hättest du gar nicht gedacht, nicht wahr? Dass du mal jemand bist, der einem

Pferd Zucker in den Arsch bläst«, benutzte sie seine eigenen Worte. »Und dass du dich kaputtlachst, wenn …«

Weiter kam sie nicht. Matt fuhr in einer blitzschnellen Bewegung zu ihr herum, riss sie an sich und presste seine Lippen auf ihre. Hart.

Summer schnappte überrascht nach Luft. Was Matt sofort ausnutzte und den Kuss vertiefte. Seine Hände rahmten ihr Gesicht ein, hielten sie gefangen.

Summer spürte die Emotionen, die ihn trieben. Er hatte sie mundtot machen wollen. Statt ihr zu antworten und zuzugeben, dass er diesen Ausflug genossen hatte, hatte er sie geküsst. Sie müsste ihn zurückstoßen und zurechtweisen. Aber Matt zu küssen war einfach … Sie wusste nicht, mit welchen Worten sie die Gefühle beschreiben sollte, die durch ihren eigenen Körper rasten. Die Leidenschaft, die er in ihr auslöste. Das Verlangen nach mehr. Statt den Kuss zu beenden, schlang sie die Arme um seinen Nacken und zog ihn noch näher an sich heran. Seine Kleider waren nass. Sie roch den Ozean und schmeckte die Sonne. Im nächsten Augenblick wurde der Kuss sanfter. Matts Lippen wurden weicher. Zärtlichkeit schlich sich in seine Liebkosungen. Als er sie schließlich lange genug frei gab, um Luft zu holen, strich er mit den Fingerspitzen über ihre Wange und lächelte an ihren Lippen. »Ich hab doch gesagt, du sollst die Klappe halten.«

Summer erwiderte das Lächeln, bevor sie ihn zu einem weiteren, langen Kuss herausforderte. »Und ich dachte, du hättest begriffen, dass ich meine eigenen Methoden habe«, antwortete sie, als auch dieser Kuss irgendwann endete.

\*

Abby hatte sich bei Megan untergehakt und lachte, als sie in Richtung Paddock liefen, um nach den Pferden zu sehen.

»Das war eine fantastische Idee«, sagte ihre jüngste Schwester und lehnte für einen Moment den Kopf an Abbys Schulter. »Es hat den Pferden gutgetan. Den Kindern sowieso. Und wir hatten auch richtig viel Spaß. Sogar Matt war wirklich gut drauf.«

»Was mich an diese merkwürdige Situation gestern früh erinnert«, sagte Abby. Ihre Schwester und Matt hatten so dicht beieinander gestanden. Wenn sie sich nicht irrte, hatte Summer sogar Matts Gesicht gestreichelt.

»Das war ein verdammt intimer Moment gewesen, den wir da zu sehen bekommen haben. Auch wenn Summer nicht darüber reden will. Manchmal braucht es keine Worte, um zu erkennen, was Sache ist«, stimmte Megan ihr zu.

Sie wollten noch kurz nach den Pferden schauen, bevor sie den Tag mit einem Glas Eistee hinter dem Haus ausklingen lassen wollten. Arm in Arm umrundeten sie den Stutenstall – und blieben im nächsten Moment wie angewurzelt stehen.

»O mein Gott«, wisperte Megan und zog Abby einen Schritt zurück, um die Ecke des Stallgebäudes, sodass Summer und Matt sie nicht sehen konnten. Wobei – so verschlungen ineinander, wie sie am Paddock standen und sich küssten, bekamen sie mit Sicherheit nicht viel um sich herum mit.

»Wow, das hätte ich jetzt nicht erwartet.« Megan ließ sich mit dem Rücken gegen die Stallwand fallen. »Summer und Matt …«, murmelte sie nachdenklich vor sich hin und sah Abby an. »Das ist doch gut, oder?«

Abby war sich nicht sicher. »Ja, ich glaube schon«, sagte sie vorsichtig. Summer war nicht der Typ, der sich in Beziehungen stürzte. Alec zum Beispiel hatte verdammt lange kämpfen müssen, bis ihre Schwester ihn erhört hatte. Aber Matt – vielleicht verstand Summer ihn besser als andere. Er hatte etwas erlebt, dass ihn nicht nur körperlich verletzt hatte, sondern auch seine Seele. Genau so, wie es Summer vor all diesen Jahren ergangen war, als sich ihr Leben in einer Nacht ein für alle Mal verändert hatte.

Megan klatschte aufgeregt in die Hände. »Sie wird es vermasseln, wenn wir nicht nachhelfen«, verkündete sie im Flüsterton – aber voller Inbrunst.

»Vergiss es«, warnte Abby sie. »Wir werden uns da nicht einmischen.«

Megan griff nach Abbys Hand und zog sie in Richtung Ranchhaus. »Wir trinken jetzt unseren Eistee. Und dann werden wir uns so was von einmischen.«

# 14

Am nächsten Abend fand Summer Megan auf dem Patio hinter dem Ranchhaus. Sie saß auf einem der Stühle und lackierte sich die Zehennägel, in einem leuchtenden Blau.

»Das sieht cool aus«, beschied sie ihrer Schwester und blickte auf ihre eigenen Füße hinunter, die in Flipflops steckten. Das zarte Mint könnte definitiv mal wieder eine Auffrischung vertragen. Eigentlich könnte sie das gleich machen. Sie wollte Megan sowieso fragen, ob sie Lust hatte, ein Glas Wein mit ihr zu trinken. Matt spukte unaufhörlich durch ihren Kopf – und er hatte es sogar geschafft, Carries Ausraster auf dem *Fisherman's Festival* zu verdrängen. Dieser Kuss an der Koppel ... Der hatte, verdammt noch mal, alles nur noch schlimmer gemacht. Dieses sehnsüchtige Ziehen im Bauch. Das Kribbeln auf der Haut. Er hatte den Kuss irgendwann beendet, genau wie auf dem Fest. Nur dass er diesmal keinen Grund geliefert hatte, es zu beenden. Er hatte einfach aufgehört, sie zu küssen, war zwei Schritte rückwärtsgegangen, ohne ihren Blick loszulassen. Dann hatte er sich umgedreht und war um die Stallecke verschwunden.

Heute hatte er sich verhalten, als wäre nichts geschehen. Während sie ihm immer wieder heimlich Blicke zugeworfen hatte, hatte er mit Ice Bodenarbeit gemacht. Tatsächlich war es bereits ein bisschen besser gelaufen, als sie es sich noch vor einer Woche hätte vorstellen können. Babyschritte. Aber nach vorn.

Das änderte aber nichts daran, dass sie diesen Mann nicht mehr aus ihrem Kopf bekam. Sie hatte die gemeinsame Nacht und die Küsse für sich behalten wollen. Wie einen kleinen, geheimen Schatz. Aber vielleicht war es doch besser, sich das Ganze von der Seele zu reden. Megan war genau die Richtige dafür, obwohl es Summer lieber gewesen wäre, auch Abby dabei zu haben. »Hast du Lust auf ein Glas Wein?«, fragte sie ihre jüngere Schwester.

Megan schob den Nagellackpinsel in das Fläschchen zurück und blies über ihre Zehen. Dann sah sie zu Summer auf und verzog entschuldigend das Gesicht. »Tut mir leid. Ich bin mit Zac … O verdammt!« Hektisch klopfte sie auf die Taschen ihrer Shorts. »Mein Handy!«

»Liegt es drin?« Ein Blick auf den noch feuchten Nagellack auf Megans Füßen sprach dafür, dass sie im Moment nirgends hingehen würde. »Soll ich es dir holen?«

Megan hatte ihr Gesicht in den Händen vergraben und schob zwei Finger auseinander, um Summer durch den Spalt anzublinzeln. »Würdest du das tun? Zac hat gesagt, er ruft kurz an, wen er losfährt. Aber ohne Handy …«

»Klar. Kein Problem.« Summer schluckte die Enttäuschung runter. Wahrscheinlich war es sowieso besser, sie behielt ihr kleines Geheimnis für sich. Zumindest noch für eine Weile. Sie musste einfach lernen, besser mit ihren verwirrenden Gefühlen in Matts Gegenwart umzugehen. »Wo liegt es?«

»Auf dem Heuboden in der Futterscheune.«

»Was?« Summer war sich nicht sicher, ob ihre Schwester sie auf den Arm nahm. »Wie kommt es denn dort hin?«

Megan hatte die Hände wieder gesenkt und lächelte entschuldigend. »Ich habe heute die Heulieferung überprüft. Ich habe das Handy auf diesen Balken links in der Ecke gelegt, damit es mir nicht ins Heu fällt. Und dann habe ich es vergessen. Bis gerade eben ist mir das gar nicht aufgefallen.« Sie wackelte mit ihren Zehen. »Ich würde ja selbst gehen. Aber feuchter Nagellack und Heu …«

»Keine gute Kombination.« Summer unterdrückte ein Seufzen. »Ich hole es dir.« Und dann würde sie es sich mit einem Glas Wein in einen der Deckchairs hinter dem Haus gemütlich machen und der Sonne dabei zusehen, wie sie sich hinter dem Horizont davonstahl.

Sie lief über den Hof und schob das Tor der Futterscheune weit genug auf, um hindurchschlüpfen zu können, und schloss es hinter sich gleich wieder. Aus Erfahrung wusste sie, dass sich sonst sofort eines der Tiere, vor allem die Hofhunde Henry und Nugget, hereinschlich und auf die Suche nach irgendwelchen Leckerbissen machte. Obwohl es draußen noch hell war, herrschte in der Scheune bereits Dämmerung. Aber Summer brauchte kein zusätzliches Licht, um den Weg auf den Heuboden zu finden. Zielstrebig ging sie auf die Leiter zu und stieg nach oben. Sie war gerade weit genug geklettert, um auf die obere Etage blicken zu können, als ihre Bewegungen einfroren. »Was zur Hölle …?«, rutschten ihr die Worte heraus, die bei dem Anblick, der sich bot, durch ihre Gedanken schossen.

Matt stand mit dem Rücken zu ihr. Breitbeinig, die Hände in die Hüften gestützt und betrachtete das – Arrangement –, ein anderes Wort fiel Summer dafür nicht ein. Ihre Worte ließen ihn herumfahren. Der leicht panische Ausdruck in seinen

Augen wäre lustig gewesen, wenn er nicht inmitten einer Szenerie gestanden hätte, die einem Liebesroman alle Ehre gemacht hätte. »Ich war das nicht.« Abwehrend hob er die Hände. In der Linken hielt er eine Glühbirne.

Summer schloss die Augen und atmete tief durch. Sie würde ihre Schwestern umbringen. Okay, vielleicht nicht, aber sie würde ihnen wehtun. »Lass mich raten«, sagte sie, als sie die Augen wieder öffnete und Matt ansah. »Abby hat dich gebeten, hier oben eine Glühbirne auszutauschen.«

»Ja.« Matt legte den Kopf schief. »Dich auch?«

Summer wurde bewusst, dass sie noch immer auf halber Höhe auf der Leiter stand. Sie überwand die letzten Stufen und stellte sich neben Matt. »Ich sollte Megans Handy holen, das sie angeblich hier liegen gelassen hat.«

Matts Mundwinkel hob sich. »Ziemlich ausgekochte Luder, deine Schwestern.«

»Das kann man wohl sagen. Wo ist Jumper?«, fragte Summer und warf Matt einen Seitenblick zu. Er trug seine Alltagsuniform aus Stiefeln, Jeans und einem schlichten, grauen T-Shirt, das sich eng an seinen Oberkörper schmiegte und am Saum ein Stück eingerissen war. Er hatte sich an diesem Morgen nicht rasiert und war sich offenbar gerade mit den Händen durch die Haare gefahren, was sie ein wenig zerstrubbelt aussehen ließ.

Er lachte. »Abby hat mir angeboten, Jumper ein bisschen mit Charlie spielen zu lassen. Ein wirklich gut durchgeplantes Komplott.«

Summer antwortete nichts darauf. Matt hatte absolut recht: Ihre Schwestern waren unmöglich. Sie betrachtete das Meer aus LED-Kerzen, das den Heuboden erleuchtete, die Lichterketten, die sie um die Balken über ihnen geschlungen hatten. Auf dem Heu war die große Patchworkdecke ausgebreitet, die normalerweise auf Summers Bett lag. Daneben stand ein Picknick-Korb. Sie hockte sich hin und öffnete den Deckel. »Ich bringe sie wirklich um«, murmelte sie, als sie den Inhalt betrachtete.

»Ach komm.« Matt hockte sich neben sie. »Ist doch eine nette Geste.«

Summer blickte ihn von der Seite an. Sie spürte die Hitze, die in ihre Wangen stieg. »Wenn deine Schwestern ein Date mit einem Mann arrangieren und dir dann das in den Picknick-Korb legen«, sie hielt die Packung Kondome hoch, die neben ein paar Dosen mit Essen steckte, »dann ist das einfach nur peinlich.« Das war ganz sicher Megans Werk.

»Okay. Bis gerade hätten wir noch annehmen können, dass sie einfach nur eine nette Verabredung arrangiert haben.« Er kratzte sich am Kopf und griff dann nach einer Erdbeere. Für einen Moment betrachtete er sie, dann schob er sie sich in den Mund und richtete sich kauend wieder auf. »Aber das spricht dafür, dass deine Schwestern sichergehen wollen, dass du gut geschützt bist. Oder wollen sie vielleicht, dass du mich verführst?«

»Ich werde dich nicht …« Das wurde immer schrecklicher. Ihr Gesicht musste inzwischen dieselbe Farbe wie die Erdbeeren haben.

»Hey.« Matt wartete, bis sie ihn ansah. »Ich habe selten Geschwister gesehen, die sich so umeinander kümmern und füreinander da sind, wie deine Schwestern und dich.« Er griff nach Summers Hand und zog sie in seine Arme. »Vielleicht wollen sie einfach nur, dass du dir einen schönen Abend machst und haben dafür gesorgt, dass dir alle Optionen offenstehen.« Er schenkte ihr ein Killergrinsen, das die Schmetterlinge durch ihren Bauch stolpern ließ.

»Ich halte das für keine gute Idee.« Summers Stimme klang rauer, als sie das wollte. Die Worte verließen ihren Mund zögerlicher, als sie es sollten.

»Wir sind erwachsen und können tun, was wir wollen. Wenn uns danach ist, essen wir einfach diesen Korb leer, trinken den Wein und stellen ihnen in einer Stunde alles leer vor die Tür.«

»Magst du überhaupt Wein?« Es fiel Summer schwer, gegen Matts Argumente anzukämpfen, wenn sie ihm so nahe war, dass sein Duft und der Herzschlag, den sie unter der warmen Baumwolle an seinem Oberkörper spürte, ihr die Sinne vernebelten.

»Du meinst, weil ich beim letzten Mal Bier und Bourbon getrunken habe?« Er beugte sich ein wenig zurück, um ihr in die Augen sehen zu können.

»Eine berechtigte Frage, finde ich«, hielt Summer dagegen.

»Hmm.« Er zog sie wieder an sich, und Summer konnte nicht widerstehen, den Kopf einfach an seiner Brust ruhen zu lassen. »Ich habe durchaus Manieren, kann eine Flasche Wein formvollendet öffnen, besonders, wenn sie einen Schraubverschluss hat, und mit einer schönen Frau ein Glas Wein trinken. Auch wenn ich das nicht jeden Tag mache.«

Summer verkniff sich ein Lächeln. Der Wein im Picknick-Korb hatte sicher keinen Schraubverschluss. Seit Abby mit Cameron zusammen war, hatte sie sich zu einem ziemlichen Weinsnob entwickelt. »Na gut, dann trinken wir den Wein, essen alles auf und stellen ihnen in einer Stunde den leeren Korb vor die Tür.« Das war doch eine gute Lösung und sollte ihren

Schwestern eine Lehre sein, sich nicht in ihr Liebesleben, na ja, ihr Leben überhaupt einzumischen.

»Gute Idee. Warte, eine Sache noch.« Er zog sein Handy aus der Hosentasche, tippte darauf herum und warf es neben der Decke ins Heu, gerade als die *Backstreet Boys* begannen, »Chances« zu singen. Der erste Song, zu dem sie in der Bar in Machias getanzt hatten.

Diesmal konnte Summer ihr Lächeln nicht zurückhalten, als sie zu Matt aufsah. »Du bist besessen von dieser Band. Dagegen musst du etwas unternehmen.«

Er erwiderte das Lächeln und fuhr mit dem Zeigefinger ihren Wangenknochen nach, was eine Spur aus Feuer auf ihrer Haut hinterließ. Dann begann er, sich im Takt des Songs zu bewegen. »Ich bin besessen davon, mit dir zu tanzen«, sagte er leise. »Und ich unternehme bereits etwas dagegen.« Er schob Summer von sich weg, drehte sie einmal um ihre eigene Achse, und zog sie wieder an seine Brust. Seine Lippen glitten über ihren Hals, blieben für einen Augenblick auf ihrem flatternden Puls liegen, bevor sie zu dem ganz speziellen Punkt unter ihrem Ohr wanderten, der eine Gänsehaut auf ihrem gesamten Körper auslöste.

»Ich werde auf keinen Fall mit dir schlafen«, ließ Summer ihn wissen. Sie musste sich zwingen, klar zu denken. Denn in Matts Armen, mit seinen Lippen auf ihrer Haut und der Melodie, zu der sie sich bewegten, hatte ihr Körper ganz andere Vorstellungen.

»Hmm.« Matts Hände glitten an ihrem Rücken hinunter, über den Jeansstoff ihrer kurzen Shorts, der ihren Po umspannte. Sie strichen über die Stelle, an der der umgekrempelte Saum die Haut ihrer Oberschenkel berührte. »Ständig trägst du diese kurzen Dinger«, murmelte er, die Lippen noch immer an ihrem Hals. »Das macht mich ganz verrückt.«

»Kein … Sex«, wiederholte Summer mit atemloser Stimme.

Matts Hand glitt wieder nach oben, blieb für einen Moment am Bund der Shorts liegen und schob sich dann unter ihr Top, über ihren Bauch nach oben. Langsam, aber unaufhaltsam. Bis sie auf ihrem Rippenbogen zur Ruhe kam. Nur Zentimeter unterhalb ihrer Brust. Sein Daumen strich über ihre Haut. Eine hypnotisierende Bewegung. Hin. Her. Hin. Her. Summer bemühte sich, ihr aus dem Takt geratenes Herz wieder unter Kontrolle zu bringen. Also schloss sie die Augen und legte den Kopf in den Nacken. Sie wollte stark sein. Sie wollte Matt widerstehen. Aber im Moment fühlte es sich viel zu gut an, in seinen Armen zu liegen. Sie hatte vergessen, warum sie sich so gegen das Zusammensein mit ihm wehrte.

Matt betrachtete ihre Bewegung als Einladung, seine Lippen in ihre Halsbeuge zu pressen. Seine Zungenspitze berührte ihre Haut – und Summer gab auf. Sie drehte den Kopf, bis ihre Lippen seine fanden. In einen leidenschaftlichen Kuss versunken taumelten sie auf die Decke im Heu. Die Hand, die er bereits unter ihr Top geschoben hatte, schloss sich um ihre Brust. Mit dem Daumen reizte er die Brustspitze durch den Stoff ihres BHs und ließ ihre Nervenenden in Flammen aufgehen. Summer konnte ein Stöhnen nicht unterdrücken.

»Kein Sex?«, murmelte Matt, während er eine Spur aus Küssen über ihr Dekolleté zog.

»Auf keinen Fall.« Summer stieß ein atemloses Lachen aus. Sie spürte das leichte Vibrieren, das Matts Lächeln auf ihrer Haut hinterließ.

Das hier war anders als in der fieberhaften, alkoholisierten

Nacht vor ein paar Wochen. Seine Berührungen, die Küsse, alles wirkte viel intensiver. Was auch immer ihre Schwestern sich dabei gedacht hatten, sie wollte das hier. Sie wollte Matt. Zumindest für diese zweite Nacht. Sie tastete nach dem Saum seines T-Shirts und zog daran. Er ließ lange genug von ihr ab, dass sie es ihm ausziehen konnte. Summer ließ es fallen und fuhr mit den Händen über Matts Rückenmuskeln nach unten, bis sie die Fingerspitzen unter den Bund seiner Jeans schieben konnte. Sie schlang ihr Bein um seine Hüfte, um ihn noch näher an sich zu ziehen.

»Du bist atemberaubend«, flüsterte Matt an ihren Lippen, bevor er sich an ihrem Hals hinunterküsste. Über ihr Dekolleté. Er reizte ihre Brustspitzen durch den dünnen Stoff ihres Tops und den schlichten Sport-BH, den sie angezogen hatte, weil sie nicht den Hauch einer Ahnung davon gehabt hatte, dass ihn heute noch jemand zu Gesicht bekommen würde. Matt schien sich allerdings kein bisschen für ihre Kleidung zu interessieren. Er schob ihr Oberteil samt BH nach oben, und, nachdem er ihren Oberkörper ein paar Zentimeter angehoben hatte, einfach über den Kopf. Dann küsste er sich wieder nach unten, liebkoste ihre Brüste, glitt mit den Lippen über ihren Bauch, bis zum Saum ihrer Shorts. Er öffnete die Hose. Und auch hier hielt er sich nicht mit Details auf. Gemeinsam mit dem Höschen zog er sie nach unten. Als seine Hände über ihre Unterschenkel glitten, stockten seine Bewegungen kurz.

Summer öffnete ihre Augen und blickte an ihrem Körper hinunter. Matt starrte sie an. Sie. Nicht ihr entstelltes rechtes Bein. Sie sah keinen Ekel in seinen Augen, sondern noch immer dieses leidenschaftliche Funkeln. Seine Aufmerksamkeit, die ganz auf sie konzentriert war. Seine Lippen verzogen sich zu einem sexy Grinsen, als er den Kopf senkte und sich an ihren Beinen nach oben küsste. Er strich mit den Lippen über die Innenseiten ihrer Schenkel und senkte seinen Mund dann auf ihre Mitte.

Summer verlor die Kontrolle über ihren Körper. Alle Nervenenden schienen in ihrem Unterkörper zusammenzulaufen und in einem einzigen, heißen Knoten zu enden, der ihr die Luft zum Atmen nahm. Die Emotionen, die durch sie hindurchfegten, ließen sie aufkeuchen. Ihr Körper spannte sich an, und im nächsten Moment schlugen die Wellen ihres Höhepunktes über ihr zusammen.

*

Matt wartete, bis Summer die Augen öffnete und ihm ein träges Lächeln schenkte. Verdammt, diese Frau haute ihn um. Er ließ seine Lippen und seine Hände an ihrem Körper nach oben gleiten, küsste sie sanft, bis er spürte, dass die letzten Wellen ihrer Lust über sie hinweggeglitten waren.

Bevor er Summer erneut an den Rand der Klippe bringen konnte, drehte sie sich um, sodass er plötzlich unter ihr lag. »Das war ... Wow!«, flüsterte sie an seinen Lippen, ehe sie sich aufrichtete und den Haargummi, mit dem ihre Haare auf dem Kopf zu einem unordentlichen Knoten zusammengefasst waren, zu lösen. Wie ein Wasserfall fielen ihre Haare über ihren Rücken, ihre Schultern. Bedeckten ihre Brüste.

Matt wollte über ihr »Wow« lachen, aber er hatte das Gefühl, als setzte sein Herz einen Moment aus. Wieso hatte er in diesem Motelzimmer vor ein paar Wochen nicht bemerkt, was für eine unglaubliche Frau er vor sich hatte? Er hob die

Hände, liebkoste ihre Brüste und ließ sie an ihrem Körper hinuntergleiten. Summer schob sie zur Seite und beugte sich herunter, um sich so an seinem Oberkörper hinunter zu küssen, wie er es gerade bei ihr getan hatte. Als ihre Lippen über seinen Bauch glitten, zogen sich seine Muskeln vibrierend zusammen.

Sie öffnete seine Jeans und zog sie ihm samt Boxershorts herunter, bis seine Stiefel sie bremsten. Er half ihr, sie auszuziehen, zog sie in seine Arme zurück und drehte sich wieder um, sodass sie unter ihm lag. Dann tastete er nach dem Kondompäckchen, das Summers Schwestern in den Picknick-Korb gelegt hatten, und zog den Schutz über.

Er verschränkte seine Hände mit Summers, schob sie neben ihren Kopf und eroberte ihre Lippen in einem endlosen Kuss, während er in sie glitt. Summer hob die Lider, hielt Matts Blick gefangen. Langsam begannen sie, sich in dem alten Tanz zu bewegen, den ihre Körper instinktiv erkannten. Ihre Hände begannen, ruhelos über die Haut des anderen zu gleiten. Sie heizten diesen leidenschaftlichen Moment immer weiter an, bis Summer den Kopf in den Nacken legte und unter ihm erstarrte. Ihr Körper zog sich um ihn zusammen, und Matt ließ sich in seine Erlösung fallen.

Um nicht auf Summer zusammenzubrechen, drehte sich Matt auf die Seite und zog sie mit sich. Einen Moment sahen sie sich stumm in die Augen. Dann strich er ihr eine Locke hinter das Ohr. Summer drehte den Kopf und presste ihre Lippen in seine Handfläche. Das leidenschaftliche Kribbeln, das gerade noch durch seine Adern pulsiert war, wurde von einem warmen Glimmen ersetzt. Eine Reaktion, die Matt nicht hinterfragen wollte. Er küsste sie und zog sie in seine Arme. »Wow«, benutzte er das gleiche Wort wie Summer zuvor.

Eine Weile lagen sie einfach da, ohne zu sprechen, und warteten darauf, dass sich ihr Herzschlag wieder beruhigte. Die Nacht, die sie zusammen im Motel verbracht hatten, war toll gewesen. Besonders genug, dass er es am nächsten Morgen zumindest ein paar Herzschläge lang bereut hatte, dass sie sich davongeschlichen hatte. Trotzdem war das nicht im Ansatz mit dem zu vergleichen, was sie gerade eben erlebt hatten. Vielleicht lag es am Alkohol beim letzten Mal, oder daran, dass sie es nicht einmal geschafft hatten, Licht einzuschalten und nur die flackernde Leuchtreklame vor seinem Fenster ihren Körper hatte erahnen lassen. Jetzt konnte er sie betrachten. Im weichen Schimmern der LED-Kerzen und Lichterketten. Möglicherweise lag es sogar daran, dass sie sich inzwischen besser kannten, viel mehr übereinander wussten, als noch vor ein paar Tagen.

Bei diesem Gedanken fiel ihm etwas ein, das er vorhin gespürt hatte. Er rollte sich auf den Rücken und zog Summer mit sich, sodass sie den Kopf an seine Brust legen konnte. Dann umfasste er ihr Knie und zog ihr rechtes Bein nach oben, bis es quer über seiner Mitte lag. In einer trägen Bewegung strich er mit den Fingerspitzen von ihrer Schulter über ihre Seite und die Hüfte, was bei ihr eine Gänsehaut aufblühen ließ. Weiter über ihren Po, die glatte Haut ihres Oberschenkels und ihr Knie, bis er die Narben erreichte, die sich über ihr Schienbein und die Seite ihrer Wade zogen. In einer federleichten Bewegung zeichnete er sie nach. Er spürte, wie Summer sich an seiner Seite verspannte. Aber jetzt noch so zu tun, als hätte er sie nicht bemerkt, war Blödsinn.

Matt küsste ihre Schläfe, die einzige Stelle, die er erreichen konnte, ohne sich bewegen zu müssen. »Das ist mir beim letzten Mal gar nicht aufgefallen«, murmelte er und strich abermals über die vernarbten Stellen.

Einen Moment schwieg Summer, und er war sich nicht sicher, ob sie ihm überhaupt noch antworten würde, als sie schließlich sagte: »Beim letzten Mal war es nicht gerade hell im Raum.« Sie räusperte sich. »Und genau genommen hatte ich damals keine Zeit, meine Stiefel überhaupt auszuziehen.«

»Was an sich ziemlich sexy war.« Seine freie Hand begann mit den langen Locken zu spielen, die über ihren Rücken fielen. »Wie ist das passiert?«, fragte er. Und bereute es im nächsten Moment, als Summer, sich aufrichtete und den Kontakt zwischen ihren Körpern löste. Dort, wo sie gerade noch gelegen hatte, strich kühle Luft über seine Haut.

»Findest du nicht, dass wir langsam den Wein aufmachen und den Picknick-Korb leer essen sollten?« Sie wich seinem Blick aus und zog den Korb zu sich heran.

»Summer?« Matt wartete, bis sie ihn wieder ansah. »Wein und Essen sind eine gute Idee. Ich will nicht, dass du dich wegen meiner Frage unwohl fühlst. Wenn du nicht über deine Narben sprechen möchtest, ist das völlig in Ordnung für mich.«

\*

Summer drehte Matt den Rücken zu und öffnete den Picknick-Korb. Es war nicht so, dass ihre Verletzung ein Geheimnis war. Auch wenn sie zugab, dass sie nicht unbedingt gern darüber sprach. Aber dieser Moment, nackt im Heu, an den Mann geschmiegt, mit dem sie gerade leicht bewusstseinsverändernden Sex gehabt hatte, fühlte sich ein wenig zu intim an. Sie brauchte etwas Abstand.

Ihre Schwestern hatten sich beim Vorbereiten dieses Picknicks wirklich Mühe gegeben. Sie holte Schälchen mit Erdbeeren und Trauben aus dem Korb. In mundgerechte Häppchen geschnittenes Bananenbrot. Käsewürfel und Gemüsestreifen. Der Korken des gekühlten Weißweins war schon herausgezogen und so auf die Flasche gesteckt, dass sie ihn leicht herausbekam.

Matt richtete sich hinter ihr auf, strich ihr die Haare hinter die Schulter und verteilte zarte Küsse auf ihrem Schulterblatt, die zu den Flügelschlägen der Schmetterlinge in ihrem Bauch passten. »Kein Schraubverschluss«, stellte er fest und betrachtete das Etikett der Flasche.

»Nein.« Summer drehte sich zu ihm um und küsste ihn auf den Mundwinkel. »Nicht wenn Abby ihn ausgesucht hat. Sie besitzt inzwischen sogar einen kleinen Weinkeller.« Sie reichte Matt die Gläser, die im Korb lagen. »Schenkst du uns ein?«, bat sie ihn. »Und dann«, sie suchte seine Boxershorts aus dem Wust an Kleidern, die sie um sich herum fallengelassen hatten, und reichte sie ihm, »zieh die an.«

Er zog die Augenbrauen hoch und breitete die Arme aus. »Es ist nicht so, dass du das nicht schon alles gesehen hättest.«

Summer zog sein T-Shirt über den Kopf. Sie liebte es, nach dem Sex im Geruch dieses Mannes zu versinken. Matts Shirt roch verdammt gut. Nach Baumwolle, Leder und dem warmen Duft der Pferde. Kein Aftershave. Kein Herrenduft. Am liebsten hätte sie ihre Nase in dem weichen Stoff vergraben – in seiner Gegenwart kam ihr das allerdings zu lächerlich vor. »Alles gesehen. Und genossen«, sagte sie und ließ ihre flache Hand von seiner Schulter über die Brust und die Bauchmuskeln, die sich unter ihren Fingern zusammenzogen, bis zu seiner Hüfte gleiten. »Aber ich wäre gern die Einzige, die es zu sehen bekommt. Normalerweise taucht hier nach der Fütterung niemand mehr auf, aber sicher ist sicher.«

Matt zwinkerte ihr zu. »Das sagst du mir jetzt, nachdem ich meinen nackten Arsch in die Luft gestreckt habe?« Er lachte, und auch Summer konnte sich ein Schmunzeln nicht verkneifen.

Hier würde niemand auftauchen, sonst hätten ihre Schwestern diesen Ort nicht für ihre Verkupplungsaktion ausgewählt. Aber sie fühlte sich einfach wohler, wenn sie nicht völlig nackt waren, während sie ihm ihre Geschichte erzählte.

Sorgfältig stellte sie die Schälchen mit den Snacks zwischen Matt und sich auf. Eine Barriere, die ihr half, einen klaren Kopf zu bewahren.

»Summer?« Matt griff nach ihrer Hand, als sie die Position der Erdbeeren und der Trauben noch einmal tauschte. Er wartete, bis sie ihn ansah. »Ich wollte dich nicht aufregen. Du musst es mir wirklich nicht erzählen, okay?« Sein Daumen strich über ihr Handgelenk, und Summers Blut begann augenblicklich, sich wieder zu erhitzen. »Wir können einfach essen, noch ein bisschen rummachen, und, wenn du willst, noch ein bisschen *Backstreet Boys* hören. Ich weiß, dass du heimlich auf die Jungs stehst.«

Sein flapsiges Statement brachte Summer zum Lachen und nahm einen Teil der nervösen Energie mit sich. Mit Matt schien alles irgendwie leicht. Sie atmete tief durch und griff nach ihrem Weinglas. »Nein«, sagte sie und ließ es gegen Matts klingen. »Ich stehe nicht auf die *Backstreet Boys*. Und ich erzähle dir, was passiert ist.« Sie nippte an dem kühlen, fruchtigen Wein. Es war nur etwas anderes, jemandem davon zu erzählen, der sich in der Welt der Pferde nicht auskannte – wie Alec. Er hatte sich mit einer kurzen Geschichte abspeisen lassen. Aber Pferdemenschen, wie Matt einer war, konnten ganz genau nachvollziehen, wie es zu ihrer Verletzung gekommen war. In der Vergangenheit hatte sie immer wieder das Mitleid in den Augen dieser Menschen sehen können. Etwas, das sie hasste. Denn so schlimm die Ereignisse damals auch gewesen waren, sie hatten sie zu der Frau gemacht, die sie heute war. Und die sie sonst niemals geworden wäre. »Es ist keine schöne Geschichte, und sie ist lang«, warnte sie Matt.

Er lehnte sich auf ihrem Heubett zurück und nippte an seinem Wein, ohne den Blickkontakt zu unterbrechen. »Ich habe Zeit«, sagte er. »Und unschöne Geschichten kenne ich genug. Ich kann mich zwar nicht daran erinnern, aber es wird gemunkelt, dass auch ich neulich etwas echt Unangenehmes erlebt habe.«

»Ja, davon habe ich die Leute schon reden hören.« Summer drückte Matts Hand. Er machte es ihr wirklich leicht. »Du hast sicher schon von Jack gehört«, begann sie.

»Deinem Vater? Er ist letztes Jahr gestorben, nicht wahr?« Matt ließ die Erdbeere sinken, in die er gerade beißen wollte. »Das tut mir unglaublich leid für dich und deine Familie.«

»Ja, Jack war mein Dad. Wir vermissen ihn alle schrecklich. Aber er war nicht mein und Abbys leiblicher Vater. Bevor meine Mutter und er zusammenkamen, war sie mit Scott Martin verheiratet, einem Trinker und Spieler, der auch nicht vor Gewalt zurückgeschreckt ist, wenn er zu viel Alkohol intus hatte oder sein Geld beim Poker verlor.«

Sie sah, wie sich Matts Hand zur Faust ballte. »Hat er euch …«

Summer schüttelte den Kopf. »Aber er hat seine Hand gegen meine Mom erhoben. Bevor er Abby oder mir etwas tun konnte, hat sie ihn rausgeworfen und sich scheiden lassen.«

»Gut so!« Matts Faust löste sich wieder, die Falte zwischen seinen Augenbrauen verschwand aber noch nicht. »Wahrscheinlich war das alles nicht so einfach, wie es sich jetzt anhört.«

»Nein. Das war es nicht. Es hat eine Weile gedauert, bis er begriffen hat, dass es auf dem Gestüt für ihn nichts mehr zu holen gab. Er hat sich in den Süden verkrümelt. Florida, wenn ich richtig informiert bin. Aber alle paar Jahre ist er wieder aufgekreuzt. Immer dann, wenn er in der Klemme gesteckt ist und/oder Geld gebraucht hat.« Sie drehte die Traube, die sie sich ausgesucht hatte, zwischen den Fingern und ließ die Erinnerungen zu, die sie schon vor Jahren zur Seite geschoben hatte. »Wir Kinder haben in der Regel gar nichts davon mitbekommen, wenn er meine Mutter um Kohle anbetteln kam. Meist hatte Jack ihn schon vom Hof geworfen, bevor uns die Gerüchte von seinem Auftauchen überhaupt zu Ohren gekommen waren. Das letzte Mal war er hier, als ich siebzehn war. Mein vorletztes Jahr auf der Highschool. Abby stand kurz davor, ihren Abschluss zu machen.« Sie konnte den Nachhall dieses Sommers noch in sich spüren. Die Unbeschwertheit, mit der sie ausgeritten waren. Jack, der ihr den ausrangierten Pferdeanhänger hinter die Fohlenkoppel gezogen hatte, damit sie ihren ganz persönlichen Rückzugsort hatte. Die Strandpartys und die Segeltörns mit Ethan Gaines, in den sie so unglaublich verschossen gewesen war. Sie hatte zu dieser Zeit gewusst, dass sich ihre Welt bald ändern würde – nur hatte sie damals an ganz andere Dinge gedacht als an die, die dann wirklich geschahen. Damals stand schon fest, dass Abby nach Orono ziehen und studieren würde. Die Erste, die das Haus verließ. Summer würde noch einen Zahn zulegen, härter trainieren und für ihr Stipendium, für einen guten Abschluss lernen. Aber erst einmal lag dieser Sommer vor ihnen.

Der ein abruptes Ende fand, als Scott auftauchte. »Jack und Megan waren nicht da. Sie wollten sich ein Pferd für die Zucht ansehen, irgendwo im Süden, und wollten dafür über Nacht wegbleiben. Aber meine Mutter hatte kein Problem damit, es auch allein mit ihrem Ex-Mann aufzunehmen. Sie jagte ihn davon, als er sie um Geld anbettelte und wieder einmal eine hanebüchene Story erzählte, wer ihm wo und warum nach dem Leben trachtete, weil er ihn beklaut oder übers Ohr gehauen hat.« Summers Hals fühlte sich plötzlich staubtrocken an. Sie trank einen Schluck Wein, bevor sie weitersprach. »Sonst hatte er immer den Schwanz eingezogen und war davongekrochen. Diesmal nicht. Er hat sich bis zum Anschlag volllaufen lassen und war in der Nacht zurückgekommen. Mit einem Benzinkanister und einem Feuerzeug.«

»Scheiße!« Matt richtete sich auf. »Er hat eine der Scheunen angezündet? Das Ranchhaus?«

Summer ließ den Kopf hängen und fuhr sich über den verspannten Nacken. »Er hat sich den Hengststall ausgesucht.« Sie stieß ein bitteres Lachen aus, als ihr bewusst wurde, dass die Folgen jener Nacht Matts Unfall gar nicht so unähnlich waren. »Ich wusste danach lange Zeit nicht, was überhaupt passiert war. Erst nach und nach kamen die Erinnerungen zurück. Abby und ich waren allein. Jack und Megan waren wie gesagt im Süden, und Mom hatte ihre Freundinnen zu einem Wellnesswochenende nach Calais begleitet. Wir waren mit

Freunden am Strand. Als wir nach Hause kamen, hatten wir den Geruch des Lagerfeuers noch in der Nase und haben im ersten Moment gar nicht begriffen, was los war. Doch dann haben wir das Feuer gesehen und die Pferde gehört.« Summer rieb sich über die Arme, auf denen sich eine Gänsehaut gebildet hatte. Sie konnte die verzweifelten Schreie der Tiere noch immer hören. Dieses Echo aus Panik und Todesangst würde nie ganz verhallen.

»Fuck!« Matt zog sie in seine Arme und bettete ihren Kopf an seiner Brust. Jeder, der sich mit Pferden auskannte, wusste, dass Feuer zu den größten Ängsten dieser Fluchttiere gehörte. Und dass tausend Pfund Muskeln, Knochen und Panik mit nichts, absolut nichts, zu stoppen waren. »Ihr habt versucht, sie zu retten.«

Summer nickte an seiner Brust. »Ein paar hatten es bereits geschafft, ihre Boxentüren zu zertrümmern und drängten sich im Stallgang. Wir haben die Tore geöffnet und sie rausgelassen. Aber wir wollten nicht die zurücklassen, die sich nicht aus ihren Ställen befreien konnten.« Eine Tür nach der anderen hatten sie aufgerissen. Hatten die Hitze und den Rauch eingeatmet. Sie mussten die Tiere nicht heraustreiben, sie folgten ganz automatisch ihrem Fluchtinstinkt. »Wir waren noch im Stall, als der hintere Teil der Decke runterkam. Ich hatte gerade eine Box geöffnet, aber in diesem Moment hat auch mein Fluchtinstinkt eingesetzt. Irgendwas muss ich falsch gemacht haben.« Sie zuckte die Schultern. »Genau weiß ich es nicht mehr. Abby konnte später auch nicht mehr sagen. Sie hat mich auf dem Boden liegend gefunden und aus dem Gebäude gezogen, bevor es brennend in sich zusammengestürzt ist. Am wahrscheinlichsten ist, dass ich dem Hengst, den ich gerade aus seiner Box geholt hatte, irgendwie in die Quere gekommen bin. Er hat mich vermutlich umgerempelt und ist dann auf mein Bein getreten.«

Matt griff wieder unter ihr Knie und zog ihr Bein an, sodass er die Linien ihrer OP-Narben mit den Fingerspitzen nachziehen konnte. »Das war ein absolutes Himmelfahrtskommando«, beschied er ihr.

Summer seufzte. »Ich weiß. Aber damals haben wir keine Sekunde nachgedacht.«

Matt presste seine Lippen auf ihren Scheitel. »Niemand, der Pferde liebt, würde nur eine Sekunde darüber nachdenken. Habt ihr alle Tiere rausbekommen?«

»Nein. Ein paar haben wir verloren. Drei. Unter anderem mein Pferd Honey. Aber das war noch nicht das Schlimmste. Bei den Löscharbeiten ist auch noch ein Feuerwehrmann aus Machias ums Leben gekommen. Logan Shaw. Ich habe ihn nicht gekannt. Aber das war …«, sie wusste nicht, wie sie die Gefühle von damals zusammenfassen sollte, »zu viel. Es war einfach zu viel, um es aushalten zu können.«

»Du hattest ein Trauma«, stellte Matt nüchtern fest.

»Ein gewaltiges. Zu diesem Zeitpunkt haben wir das noch gar nicht begriffen, aber dieses Ereignis hat sowohl Abby als auch mir den Weg in unsere spätere berufliche Richtung gewiesen.«

»Warte.« Matt schob Summer ein Stück zur Seite, um die Wasserflasche aus dem Picknick-Korb zu nehmen. Er schraubte sie auf und reichte sie ihr, denn er wusste, dass Berichte wie dieser den Mund staubtrocken werden ließen. Dann schenkte er ihnen Wein nach. »Abbys Weg verstehe ich. Diese Nacht hat sie dazu gebracht, traumatisierten Menschen ins Leben zurück zu helfen. Aber inwieweit hat es dich zur Pferdetrainerin gemacht?«, fragte er.

Summer trank noch einen Schluck und schmiegte sich dann wieder an Matts Brust. »Ich habe dir gesagt, dass es eine lange Geschichte ist.« Sie legte ihre Hand auf seinen Brustkorb, genau an die Stelle, unter der sein Herz schlug. Ruhig und beständig, was sie irgendwie – erdete. »Ich hatte große Pläne, damals. Ich war eine ziemlich erfolgreiche Läuferin und hatte gute Aussichten auf ein Crosscountry-Laufstipendium. Mein Traum war es, Tiermedizin zu studieren. Nach dem Brand war an das Stipendium nicht mehr zu denken. Mein Bein war völlig zertrümmert. Ich musste mehrere Operationen über mich ergehen lassen und bekam einen Fixateur. Für ein halbes Jahr war ich sogar auf einen Rollstuhl angewiesen.«

Matt zog sie noch näher an sich, und Summer schloss für einen Moment die Augen und sog den Trost auf, den sie aus seiner Umarmung zog. »Jack hat mich mehrmals die Woche zur Psychotherapie nach Machias gefahren. Der Doc und ich kamen nicht besonders gut miteinander aus. Einmal bin ich mitten in der Therapiesitzung abgehauen. Einfach davongerollt. Als ich draußen auf Jack gewartet habe, ist mir ein Stück die Straße runter ein ziemlich runtergekommener Stall aufgefallen, den ich bis zu diesem Zeitpunkt nie bemerkt hatte. Ich bin hingefahren und habe ein völlig vernachlässigtes, misshandeltes Pferd gefunden.«

Der Wallach, den sie entdeckt hatte, und der mit wildem Blick auf einem winzigen, völlig verdreckten Paddock gestanden hatte, war nicht nur scheu gewesen. Er war sofort aggressiv auf Summer losgegangen, obwohl sich ein Zaun zwischen ihnen befunden hatte. Trotzdem war da etwas … Mühsam hatte sie sich aus ihrem Rollstuhl hochgehievt und war auf ihrem gesunden Bein balancierend am Zaun stehen geblieben. Ein älterer Mann, der seinen Hund spazieren führte, hatte sie gewarnt, Abstand zu halten, weil das Mistvieh, wie er es nannte, unberechenbar war. Doch Summer erkannte den Schmerz hinter der Aggressivität. Es war ein Spiegel der Angst, die sie selbst umtrieb. Die sie harsch zu ihren Schwestern oder Eltern sein ließ. Die sie eine Tasse durch die Küche schleudern ließ, weil sie sie nicht gleichzeitig transportieren und den Rollstuhl bewegen konnte, ohne sich zu verbrennen. Oder einfach nur vor unerträglichen Schmerzen weinen ließ.

»Ich weiß, du glaubst nicht daran.« Sie hob den Kopf so weit, dass sie Matt in die Augen blicken konnte. »Aber in diesem Moment habe ich das Pferd verstanden. Ich kannte mich mit Pferden aus, so wie du auch, schließlich hatten sie mein gesamtes bisheriges Leben begleitet. Aber dieser Augenblick war anders. Es war, als ob ich plötzlich Dinge wahrnehmen konnte, weil ich mich darauf konzentrierte. Dazu hatte es vorher noch nie einen Grund gegeben. Aber jetzt hatte ich nichts anderes mehr. Ich konnte nicht laufen. Ich würde mein Stipendium verlieren. Alles, worauf ich meine Energie noch konzentrieren konnte, waren die Pferde. Und das hat mir geholfen.«

»Dann war dieses Pferd das erste, das du gerettet hast«, sagte Matt leise.

Summer musste lachen bei der Erinnerung an jenen Nachmittag. »Jack war fuchsteufelswild, weil ich einfach aus der Therapie abgehauen bin und stattdessen dieses Pferd gefunden hatte. Aber ich habe ihn dazu gebracht, Joker – so hieß der Wallach – zu befreien. Noch am selben Tag. Es war eine ziemlich kopflose Aktion, aber Jack hat mich einfach nie im Stich gelassen. Ich glaube, er hatte Angst, dass sonst ich höchstpersönlich in den Stall rollen und das Pferd da rausholen würde, wenn er sich nicht so schnell wie möglich darum kümmern würde. Als er erst mal bei uns stand, habe ich Joker wieder aufgepäppelt. Und so langsam, wie er heilte, ging es auch mir besser. Wir hatten beide einen langen Weg vor uns. Aber am Ende hatte er noch dreizehn Jahre lang ein wundervolles Leben auf dem Gestüt. Ich kam ebenfalls wieder auf die Beine. Das Stipendium konnte ich natürlich vergessen. Ich habe trotzdem angefangen, Tiermedizin zu studieren. Ein Jahr habe ich gebraucht, bis mir klar wurde, dass das nicht mehr das ist, was ich wollte. Meine Zukunft lag bei den Pferden. Und bei ihren Besitzern. Ehe ich michs versah, wurde ich so eine Art Dolmetscherin, die dem einen klarmachen konnte, was der andere von ihm wollte. Und umgekehrt.«

»Das ist wirklich verrückt.« Matts Stimme klang nachdenklich.

»Was?«

»Sie sagen über all diese Typen, diese Pferdeflüsterer, dass sie eine traumatische Erfahrung gemacht haben oder in ihrer Kindheit misshandelt wurden.«

Summer stützte die Hände auf Matts Brust und legte ihr Kinn darauf. »Du weißt, dass es das nicht gibt: Pferdeflüsterer. Aber vielleicht ändert sich wirklich etwas in der Wahrnehmung.« Sie beugte sich vor und küsste Matt. »Aber jetzt sollten wir diese ganzen Snacks aufessen«, flüsterte sie an seinen Lippen.

Matt drehte sich mit ihr in seinen Armen, sodass sie unter ihm lag. »Ich weiß etwas noch Besseres als die Snacks.« Und dann küsste er sie, bis sich die Erinnerungen in Luft auflösten.

# 15

Matts Bewusstsein driftete in Zeitlupe aus dem Schlaf in den Morgen. Langsam begriff er, dass Summer in seinen Armen nicht nur ein Traum war. Anders als nach der letzten Nacht, die sie zusammen verbracht hatten, lag sie eng an ihn geschmiegt in seinem Bett.

Irgendwann in der Nacht hatten Summer und er sich wieder angezogen, die Kerzen und Lichterketten ausgeschaltet und die leeren Schüsseln und Gläser in den Picknick-Korb zurückgepackt. Gemeinsam waren sie in Richtung Ranchhaus gegangen. Doch dann hatte Matt sie an sich gezogen, um sie zu küssen. Summers Körper hatte sich weich und nachgiebig an seinen geschmiegt, so als gehöre er genau dort hin. Er hatte nur daran denken können, dass er sie auf keinen Fall schon gehen lassen wollte. Seine Finger mit ihren verschränkt hatte er den Weg zu seinem Cottage eingeschlagen. Die Spur aus Kleidungsstücken, die von der Tür bis zum Bett reichte, wie er aus den Augenwinkeln erkennen konnte, sprach eine deutliche Sprache. Sie hatten die Finger nicht voneinander lassen können. Und dann waren sie zusammen eingeschlafen.

Matt horchte in sich hinein. Er war es nicht gewohnt, morgens neben einer Frau aufzuwachen. Eine echte Beziehung hatte er seit Ewigkeiten nicht mehr gehabt. Und die wenigen

Male, die er sich während den Turnieren und Wettkämpfen auf eine Frau eingelassen hatte, hatte er es vorgezogen, sich aus dem Bett zu stehlen, bevor die Sonne aufging. Aber das hier fühlte sich gut an. Richtig. Matt hatte keine Ahnung, was an dem Zusammensein mit Summer anders war. Er hatte bereits nach seiner ersten Nacht mit ihr dieses leise Bedauern gespürt, als sie am nächsten Morgen verschwunden war. Jetzt bekam er die Chance, ihr beim Aufwachen zuzusehen. Und die würde er sich nicht entgehen lassen. Ein bisschen war er von sich selbst überrascht, dass er es einer Frau erlaubte, seine Gedanken so zu beherrschen. Andererseits: Seit Ice und das gemeinsame Training nicht mehr die größte Rolle in seinem Leben spielten, war ja genug Platz für andere Dinge.

Summer regte sich neben ihm, und Matt drehte sich so, dass er sie noch näher an sich ziehen und den Duft ihrer Haare einatmen konnte.

»Guten Morgen«, murmelte sie an seinem Hals und ließ ihre Lippen über sein Schlüsselbein gleiten, wo ihn gerade noch ihr Atem berührt hatte.

»Schön, dass du diesmal nicht verschwunden warst, als ich aufgewacht bin.«

»Hmm.« Summer kuschelte sich noch ein bisschen enger an ihn. »Hätte nicht viel Sinn gemacht. Du weißt ja jetzt, wo ich wohne.«

Matt lachte leise. Seine Finger glitten über Summers Rücken, zogen kleine Kreise. Eine Weile schwiegen sie. Genossen die Nähe des anderen. Ließen ihre Gedanken treiben.

»Das hier wird doch keiner von diesen unangenehmen Am-Morgen-danach-Momenten«, murmelte Summer irgendwann an seinem Hals.

Er lehnte sich ein wenig zurück, um ihr in die Augen sehen zu können. Sie sah umwerfend aus mit ihren zerzausten Haaren und dem rosigen Hauch, den der Schlaf auf ihren Wangen hinterlassen hatte. »Nein. Kein peinlicher Verdammt-was-habe-ich-getan-Moment.« Matt zeichnete mit den Fingern ihr Schlüsselbein nach. »Das haben wir schließlich gewusst. Trotzdem sollten wir reden.«

Summer seufzte. »Gibt es einen Kaffee dazu?«

»Kommt sofort. Bleib liegen.« Matt küsste sie und kletterte aus dem Bett. Er schaltete die Kaffeemaschine ein, verschwand kurz im Bad und balancierte dann zwei Tassen zum Bett zurück.

Summer nahm sie ihm ab, während er zurück unter die Decke kroch. Nebeneinander lehnten sie sich in die Kissen, die sie gegen das Kopfteil geschoben hatten. Sie sah ihn von der Seite an und nippte an ihrem Kaffee. Für einen Moment schloss sie genüsslich die Augen. Als sie sie wieder öffnete, war ihr Blick eine Spur ernster. »Du machst das vermutlich öfter«, sagte sie leise.

Matt rieb sich über den Nacken. Das war irgendwie – unangenehm. Aber er würde Summer nicht anlügen. »Du weißt, wie der Reitzirkus läuft. Ständig unterwegs. Turniere. Shows. Ich mache das nicht ständig, falls du das denkst. Aber hin und wieder kommt es vor. Eine feste Beziehung hatte ich jedenfalls schon eine ganze Weile nicht mehr. Und wenn ich eine hatte, dann fanden die Frauen meinen Job am Anfang total romantisch. Aber wenn sie dann gemerkt haben, dass er den größten Teil meiner Zeit beansprucht, war er schnell der Grund für die Trennung.«

»Ja, davon kann ich ein Lied singen.«

Matt sah, wie Summers Gedanken zu ihrem Ex glitten. Er beugte sich hinüber und küsste ihre Schulter. Weder wollte er, dass sie diesen Typen zu ihnen ins Bett holte, noch sollte sie ihre Gedanken zu ihm abdriften lassen.

Sie lächelte ihn an. Die Ablenkung hatte funktioniert. »Ich habe normalerweise keine One-Night-Stands oder kurze Affären, wie du dir vermutlich schon gedacht hast. Deshalb frage ich mich, was das hier ist. Und wie es weitergehen wird.«

Das war der Gedanke, bei dem sich Matts Magen zusammenzog. Eine Reaktion, die ihm in Verbindung mit einer Frau fremd war. »Du weißt, dass ich keine fünf Wochen mehr hier sein werde«, brachte er die Sprache auf das Unwiderrufliche.

»Ja. Eine Affäre mit Verfallsdatum.« Sie lächelte, und Matt konnte die Unsicherheit hinter ihren Worten erkennen. Das hier war nicht Summers Terrain. Hier wusste sie nicht, wie sie sich verhalten sollte. Aber sie war mutig. Wie immer. »Oder ist das Thema nach dieser Nacht für dich erledigt? Damit könnte ich natürlich ebenfalls leben.«

»Obwohl wir beide die Finger nicht voneinander lassen können?« Matt grinste. »Ich habe jede Sekunde mit dir genossen. Und ich würde die nächsten Wochen gern mit dir verbringen.«

Summer biss sich auf die Unterlippe. Dann setzte sie sich so, dass sie ihn richtig ansehen konnte. »Unter einer Bedingung.«

Jetzt kam es. Summer wäre die erste Frau gewesen, die ein Zusammensein, welcher Art auch immer, nicht an Forderungen knüpfte. Forderungen, die viel zu sehr einer Beziehung ähnelten, als dass sie eine leichte, unbeschwerte Zeit miteinander verbringen konnten.

»Ich möchte, dass du dich auf Ice einlässt. Gib mir eine

Chance, euch wieder zusammenzubringen. Öffne dich und lass mich dir helfen, mit diesem Trauma klarzukommen.« Sie hob den Zeigefinger, bevor er etwas erwidern konnte. »Denn der Unfall hat ein Trauma ausgelöst. Das müssen wir nicht schönreden.«

»Was?« Matt blinzelte. Sie hatte gerade nicht versucht, ihn in Richtung einer Beziehung zu drängen – und ihn damit völlig aus dem Konzept gebracht. »Ähm …« Matt rieb sich über das Gesicht und betrachtete die Frau, die vor ihm saß. Nackt, mit einer halbvollen Kaffeetasse in der Hand. Mit wildem Haar, das ihr über die Schultern fiel. Natürlich hätte er sich denken können, dass ihre Bedingungen eher von der ungewöhnlichen Sorte waren. Er hatte keine Ahnung, woher der Gedanke kam, aber er war bereit, es zu versuchen. »Okay.«

»Okay?« Summer betrachtete ihn einen Moment lang, so als wolle sie sichergehen, dass sie sich nicht verhört hatte. Sie nahm Matt die Kaffeetasse ab und stellte sie gemeinsam mit ihrer auf das Nachttischchen. Dann beugte sie sich vor, rahmte sein Gesicht mit ihren Händen ein und drückte ihm einen herzhaften Kuss auf den Mund. »Du wirst es nicht bereuen«, flüsterte sie an seinen Lippen.

Matt legte die Arme um ihre Mitte und drehte sich mit ihr, bis sie unter ihm lag. »Interessante Geschäftsmethoden. Machst du das mit all deinen Kunden?«, neckte er sie.

Summer lächelte. Doch dann wurde ihr Gesichtsausdruck ernst. »Bitte«, sagte sie und legte ihre Hand an seine Wange. »Bitte lass mich dir und Ice helfen.«

*

Summer war sich sicher, dass sie ihren Schwestern nicht entkam. Auch wenn das große Verhör noch ein wenig aufgeschoben werden würde, weil Abby und Megan heute einen übervollen Terminkalender hatten. Spätestens am Abend würde sie ihnen nicht mehr aus dem Weg gehen können.

Bis dahin hatte sie selbst genug zu tun. Sie holte sich aus der Küche ein Stück Bananenbrot und zog sich in ihren Pferdeanhänger zurück. Heute standen zwei Trainingsnachbesprechungen per Skype an. Eine Klientin hatte ein Video geschickt, das die Probleme ihres Pferdes beim Aufsatteln zeigte, und bat um Hilfe. Zwei Wochenendseminare und ein Führungskräfte-Workshop mussten geplant werden. Und an ihre Buchhaltung, die mehr als überfällig war, wollte sie noch nicht einmal denken.

Der Tag verging wie im Flug. Summer tauchte nur kurz aus ihrer Arbeit auf, als Zara Sanders vorbeikam, um ihr ein Sandwich zu bringen, das Rose für sie zubereitet hatte. Andernfalls hätte sie wohl sogar das Essen vergessen.

Erst als sie ihre Schwestern bemerkte, die links und rechts an der Tür des Pferdeanhängers lehnten, wurde ihr bewusst, dass bereits der Abend hereingebrochen war. Sie setzte sich auf und rollte mit den Schultern, um ihre verspannten Muskeln zu lockern. »Wie lange steht ihr da schon rum?«, fragte sie und blickte zu Abby und Megan hinüber.

»Lange genug, um zu dem Schluss zu kommen, dass du ein Workaholic bist.« Megan kam in den Wagen und setzte sich auf den Besucherstuhl. »Ich habe im Kalender gesehen, dass du schon wieder mehrere Kurse zusätzlich ins Programm aufgenommen hast. Bist du sicher, dass du mit diesem Pensum klarkommst?« Sie strich Summer in einer liebevollen Geste über den Arm. »Ich will nicht, dass du dich kaputtmachst.«

»Keine Sorge. Ich kann sie noch reinquetschen. Jetzt muss ich ja nicht einmal mehr ein schlechtes Gewissen haben, weil ich nicht genug Zeit für Alec erübrige.« Sie drückte Megans Hand, die noch immer auf ihrem Arm lag. »Wenn wir nicht wollen, dass uns das Dach der Futterscheune auf den Kopf fällt, müssen wir noch ein bisschen mehr tun.« Summer wurde bewusst, dass sie vergangene Nacht das erste Mal seit Jahren in der Futterscheune gewesen war, ohne überhaupt nur einen Blick auf das Dach zu werfen, das in der hinteren Ecke durchhing.

»Apropos Zeit erübrigen«, fiel Abby ein. »Hast du ein bisschen davon für uns übrig?«, sie hielt die Bierflaschen hoch, die zwischen ihren Fingern baumelten. »Feierabendbier?«

Summer drückte auf Speichern und klappte ihren Laptop zu. »Vielen Dank übrigens für das Picknick. Matt und ich haben stundenlang geredet. Er ist ein wirklich guter Kumpel.« Sie stand auf und folgte Megan aus dem Anhänger.

Während Abby sich in den einen Deckchair fallen ließ, der neben dem Pferdewagen stand, setzten sich Megan und Summer auf die Stufe, die zum Büro führte.

»Ihr habt geredet?« Megan nahm das Bier entgegen, das Abby ihr gab, und reichte eine Flasche an Summer weiter.

»Hmm.« Summer drehte den Verschluss ab und prostete ihren Schwestern zu. »Die halbe Nacht.« Sie warf Megan einen Seitenblick zu. »Was hast du denn gedacht, was wir machen, wenn ihr uns so hinterhältig in die Scheune lockt?«

Abby grinste. »Ein bisschen was anderes wäre uns da schon noch eingefallen.«

»Was an der Packung Kondome nicht zu übersehen war. Wie seid ihr darauf gekommen, so ein Rendezvous vorzubereiten? Hattet ihr nicht einen Moment lang den Gedanken, dass das unheimlich peinlich werden könnte für einen von uns?« Summer wollte ihre Schwestern für diese Einmischung wenigstens ein bisschen schmoren lassen.

»Ehrlich gesagt hatten wir eher das Gefühl, euch einen kleinen Schubser geben zu müssen«, antwortete Megan. Frei von der Leber – wie immer.

Abby räusperte sich. »Wir haben euch zusammen gesehen, als wir vom Strand zurückgekommen sind. Euer Kuss war ziemlich heiß. Also dachten wir, ein romantischer Abend würde euch guttun. Matt mit all den Problemen, vor denen er davonläuft. Und du mit der Aufmerksamkeit, die dir ein Mann entgegenbringt, der deine Welt besser versteht als Alec.«

»War es denn schön?« Megan stieß mit ihrer Schulter gegen Summers. »Habt ihr eine tolle Nacht miteinander verbracht? Hat er dir gutgetan?«, hakte sie nach, als Summer nicht gleich etwas sagte.

Summer hätte die Wahrheit gern noch ein wenig für sich behalten, einfach nur, um ihre Schwestern noch ein bisschen schmoren zu lassen. Und um mit der Geschichte nicht hausieren gehen zu müssen. »Um ehrlich zu sein«, begann sie zögerlich. »Matt und ich – das war gestern nicht das erste Mal.«

»Du hast nach dem *Fisherman's Festival* mit ihm geschlafen, ohne uns ein Wörtchen darüber zu verraten?« Megan schob in einer gespielt beleidigten Geste die Unterlippe vor und brachte sie damit zum Lachen.

»Nein.« Summer holte tief Luft. »Ich habe ihn in einer Bar aufgerissen, nachdem ich Alec und Carrie erwischt hatte. Wir sind zusammen in seinem Motelzimmer gelandet.«

»Du hattest einen One-Night-Stand?« Abby beugte sich

vor. »Ausgerechnet mit Matt? Aber warum seid ihr denn dann am Anfang so schlecht miteinander klargekommen?«

»Weil ich nicht wusste, wer er war, bis er am nächsten Morgen auf dem Gestüt vor mir stand. Sonst hätte ich das niemals gemacht. Genau wie Matt sich nicht auf mich eingelassen hätte, wenn ihm bewusst gewesen wäre, wer ich bin.«

»Seid ihr euch klar darüber, wie verrückt eure Geschichte ist?« Megan prustete los, und Summer und Abby fielen ein. »Auf jeden Fall hast du etwas in Matt verändert – so viel Mühe wie er sich heute mit Ice gegeben hat.«

»Er war bei Ice?« Summer wandte ihrer Schwester den Kopf zu. »Ernsthaft?« Ein seltsames Prickeln wanderte von ihrem Magen aufwärts in Richtung Herz.

»Ice hat einigermaßen mitgemacht. Zumindest im Vergleich zu den vergangenen Malen, als er Matt noch nicht einmal an sich herangelassen hat. Sie haben sich ein bisschen am Friendly Game versucht. An seiner Narbe am Bauch ist Ice immer noch ziemlich sensibel, dort hat er Matt nicht rangelassen. Aber als sie sich nachher im Hals-Biegen, Hinterhand-Kreuzen und Rückwärtsgehen probiert haben, sind sie miteinander klargekommen. Ein Schritt in die richtige Richtung, würde ich sagen. Auch wenn Matt noch weit davon entfernt ist, Ice wieder zu reiten.«

»Ich dachte, du hattest heute einen übervollen Terminkalender?«, konnte sich Summer nicht verkneifen. Trotzdem machte das, was ihre Schwester erzählte, sie glücklich und fast ein bisschen traurig, weil sie es nicht mit eigenen Augen gesehen hatte. Was Abby erzählte, war kein »Schritt in die richtige Richtung«, es war ein Meilenstein. Den Matt gegangen war, ohne dass sie ihn und Ice dazu hatte animieren müssen. Sie hatten es von sich aus getan. Weil Matt begriffen hatte, dass es so nicht weiterging. Und weil er ihr versprochen hatte, es zu probieren. Dass sie ihm dieses Versprechen heute Morgen, nackt in seinem Bett, abgenommen hatte, behielt sie für sich. Abby und Megan mussten nicht alles wissen.

»Wie geht es mit euch weiter?«, wollte Megan wissen. »Habt ihr Pläne geschmiedet?«

»Nein.« Summer schüttelte den Kopf. »Das heißt, miteinander geredet haben wir schon. Aber für einen gemeinsamen Plan gibt es keinen Grund. Matt bleibt nicht einmal mehr fünf Wochen hier. Und ich habe mich gerade von meinem Freund getrennt und hatte noch gar keine Zeit, das irgendwie zu verarbeiten. Wir haben gemeinsam Spaß, arbeiten mit Ice, und in ein paar Wochen geht jeder von uns wieder seiner Wege.« Der Blick, den ihre Schwestern tauschten, entging Summer nicht. »Nur weil es bei Abby anders gelaufen ist und du und Cam immer noch zusammen seid, heißt das noch lange nicht, dass alle Affären sich so entwickeln.«

»Würdest du dir das denn wünschen?« Megan legte Summer den Arm um die Schultern und lehnte den Kopf gegen ihren.

Summer horchte in sich hinein. »Nein«, sagte sie dann, auch wenn sich die Antwort nicht mehr zu hundert Prozent richtig anfühlte. »Ich kenne Matt ja überhaupt nicht. Die Zeit, die er noch hier ist, wird nicht ausreichen, um ihn wirklich kennenzulernen.« Sie lächelte ihre Schwestern an. »Ich werde diesen Sommer genießen und dann zu den schönen Erinnerungen packen. So wie du es immer machst, kleine Schwester.«

»Hmm«, murmelte Megan. Summer wusste genau, was sie damit sagen wollte: Sie war der Typ für diese Art von Beziehung, Summer eher nicht.

Nun gut, dann würde sie ihre Schwestern eben eines Besseren belehren. Aber jetzt wurde es Zeit, das Thema zu wechseln und Abby und Megan von Matt abzulenken. »Wie läuft es denn auf *Seal Rock Hall*?«, fragte sie.

Abby lachte. »Kein besonders subjektiver Themenwechsel«, stellte sie fest und begann dann, von den aktuellen Baufortschritten zu berichten.

Es war so befreiend, mit ihren Schwestern an einem warmen Sommerabend vor ihrem Pferdeanhänger zu sitzen, ein Bier zu trinken und zu lachen.

*

Matt wischte die feuchten Hände an den Jeans ab und setzte sich auf die Couch. Jumper warf ihm mit schräg gelegtem Kopf einen Blick zu, als er im nächsten Moment wieder aufsprang und zum Kühlschrank ging, um sich ein Bier zu holen.

»Ich bin nervös, okay?«, erklärte er dem Hund, der sofort neben ihn sprang und seinen Kopf unter Matts Arm durchschob, als würden sie es sich mit einer Netflix-Serie gemütlich machen, kaum dass er zur Couch zurückkehrte. Diese faulen Abende gab es bei ihnen nicht oft, aber Jumper liebte sie, weil Matt ihn mit Hundekeksen verwöhnte, während er selbst Chips futterte.

Er trank einen Schluck Bier und öffnete seinen Laptop. Das hier würde definitiv kein gemütlicher Abend werden. Summer hatte ihm am Morgen gesagt, dass sie den Abend mit ihren Schwestern und ihrer Mutter verbringen würde. Er hatte also Zeit. Zeit, sich mit sich selbst zu beschäftigen. Nach dem Versprechen, das er Summer nach dem Aufwachen gegeben hatte, waren die Gedanken um sein eigenes Leben präsenter denn je gewesen. Inzwischen stellte er sich seit Monaten taub und blind. Doch mit Summer an seiner Seite war ihm plötzlich klar geworden, dass er so nicht weitermachen konnte. Nicht, wenn er sein Leben zurückhaben wollte. Eine Zeit lang hatte er sich eingeredet, er würde schon klarkommen – irgendwie. Dass er genauso gut Pferdemist schaufeln konnte. Ein Job, gegen den überhaupt nichts einzuwenden war, aber nicht die Beschäftigung, die ihn ausmachte. Er musste zurück in den Sattel.

Es fühlte sich an, als wären in den vergangenen Tagen so viele Puzzleteile ineinander gerastet. Das Gefühl, an den Strand zu reiten und mit Abbys Kindergruppe im Wasser herumzutoben. Abgesehen von den wenigen Versuchen, bei denen Ice ihn sofort wieder abgeworfen hatte, hatte er nicht mehr auf einem Pferderücken gesessen. Und schon gar nicht Spaß dabei gehabt. Dazu Summers Geschichte. Die schwere Verletzung und wie sie sich wieder aufgerappelt und die Pferde zu ihrem Lebensinhalt gemacht hatte. Trotz seiner skeptischen Haltung hatte sie ihn nicht aufgegeben und ihm auf verschiedene Arten gezeigt, worauf es ankam. Was die Tiere bedeuteten und wie er sie behandeln musste.

Und heute Morgen hatte sie ihm das Versprechen abgenommen, weiter mit Ice zu arbeiten. Er hatte eingeschlagen. Nicht, weil er befürchtete, Summers Gunst zu verspielen und sie die nächsten Wochen nur noch aus der Ferne bewundern zu dürfen – sondern weil sie recht hatte. Es wurde Zeit, sein Leben wieder selbst in die Hand zu nehmen.

Er hatte den Tag mit Ice verbracht. Hatte eine Weile in der Box des Hengstes gestanden, hatte ihm den Rücken gekratzt und schließlich Bodenarbeit mit ihm gemacht. Langsam und vorsichtig hatten sie miteinander gearbeitet. So, als wären sie alte Freunde, die sich jahrelang nicht gesehen hatten und erst einmal beschnüffeln müssten, um ihre alte Verbindung wieder aufleben zu lassen. Sie waren miteinander klargekommen. Besser, als Matt erwartet hätte. Dennoch hatten sie das Band nicht neu knüpfen können, das es einmal zwischen ihnen gegeben hatte.

Und das hatte Matt begreifen lassen, was Summer ihm immer wieder klarzumachen versucht hatte. Ein Schritt nach vorn würde nicht funktionieren, ohne sich mit der Vergangenheit auseinanderzusetzen. Was wiederum unmöglich war, solange er nicht wusste, was bei seinem Unfall passiert war. Die Flashbacks waren in den letzten Tagen öfter gekommen, hatten ihn einfach mitten am Tag überfallen. Oder nachts aus Albträumen aufschrecken lassen. Bruchstücke. Puzzleteile. Sein Schmerzensschrei, als er im Staub des Reitplatzes aufschlug. Ice' panisch aufgerissene Augen. Der große Pferdekörper, der sich vor die Sonne schob und ihm das Gefühl gab, gleich unter tausend Pfund zermalmt zu werden. Aber all das hatte sich noch immer nicht zu einem Gesamtbild zusammenfügen lassen, brachte die Erinnerungen nicht zurück. Die Antwort, nach der er suchte, würde er nur auf eine Art finden.

»Dann wollen wir mal«, sagte Matt, nicht sicher, ob er mit Jumper sprach oder sich selbst Mut machen wollte. Er lud das Video, das Ellyn ihm geschickt hatte, atmete tief durch und drückte Play.

Die Sequenz dauerte genau 28,6 Sekunden. Nicht einmal eine halbe Minute. Ein winziger Zeitraum, der trotz allem gereicht hatte, sein komplettes Leben aus den Angeln zu katapultieren. Matt trank einen Schluck Bier, der nicht gegen den staubtrockenen Mund half, und streichelte Jumper, der sich zitternd an ihn drückte. Erst dann wurde ihm bewusst, dass er derjenige war, der zitterte, und der Hund nur versuchte, ihm Trost zu spenden. Schweiß trat ihm aus allen Poren, als er das Video ein zweites Mal ablaufen ließ.

Plötzlich war alles wieder da. Der Druck, unter dem Matt an diesem Tag gestanden hatte. Die endlosen Diskussionen mit seinem Vater im Vorfeld. Garrets Drohung, kurz bevor Matt gestartet war. Ice, der gleich den Sprung verweigern würde, weil er Matts Nervosität spiegelte und ihn dazu zwang, ein zweites Mal anzureiten. Die Angst, seinen Job verlieren. Die Angst, schlechter abzuschneiden als sein direkter Konkurrent, Steven Willard. All das war wieder da. Er konnte die warme Brise spüren, die die gespannte Stimmung über den Turnierplatz wehte. Die Gesprächsfetzen der Zuschauer. Die Gerüche der Imbissbuden. Der Moment, in dem ihm bewusst wurde, dass es ein Fehler war, Ice beim zweiten Anreiten über das Hindernis zu zwingen, obwohl er bereits wieder im Begriff war zu verweigern, stand ihm plötzlich glasklar vor Augen. Sein Herz raste. Adrenalin pumpte gnadenlos durch seinen Körper. So wie damals. Die Gedanken, die ihn beherrscht hatten, waren zurück. Leuchteten in seinem Kopf auf wie eine Neonreklame: Er würde sich nicht disqualifizieren lassen, weil sein Pferd den Sprung zum zweiten Mal verweigerte. Er würde – verdammt noch mal – dieses Turnier gewinnen. Während all diese Erinnerungen auf ihn einstürmten, sah er sich selbst dabei zu, wie er scheiterte. Jedem Zuschauer musste klar gewesen sein, was er aus seinem Blickwinkel nicht hatte wahrhaben wollen. Er hatte viel zu viel Druck auf Ice ausgeübt. Am Bildschirm seines Laptops sah er selbst, dass sie diesen Sprung niemals schaffen würden. Warum war ihm das nicht bewusst gewesen, als sie das Hindernis in Angriff genommen hatten? Ice und er waren keine Einheit. Sie kämpften gegeneinander, noch während Matt den Hengst antrieb. Versuchten, die Führung über die Situation zu erlangen.

»Das konnte niemals gutgehen«, murmelte er und klappte den Laptop zu. Jumper änderte seine Position so, dass er seine Vorderpfoten auf Matts Brust stellen und seinem Herrchen über das Kinn lecken konnte. »Danke, Kumpel.« Matt kraulte den Hund unter dem Kinn, bevor er ihn sanft zur Seite schob und aufstand. Das Adrenalin rauschte noch immer durch seine Venen. Sich so scheitern zu sehen, war überwältigend – auf die unschöne Art. Sich selbst im Staub liegen zu sehen. Bewegungslos. Doch viel schlimmer war die Angst, als Ice auf ihn gestürzt war. Todesangst. Reiten war ihm immer etwas Vertrautes gewesen. Auf dem Rücken eines Pferdes hatte er sich immer sicherer gefühlt als sonst im Leben. Und plötzlich hatte er Angst gehabt. Unfassbare Angst, dass in diesem Moment alles vorbei war. Das vor Schmerz schreiende Pferd halb über ihm …

Matt umfasste seinen Nacken und zwang sich, ruhig ein- und auszuatmen. Wenn er sich früher so rastlos und hilflos gefühlt hatte wie gerade, hatte es für ihn nur eine Option gegeben. Matt drehte sich zu Jumper um. »Gehen wir ausreiten?«

Ein Satz, den der Hund verstand. Er sprang über die Sofalehne und war vor ihm an der Haustür. Matt zog eilig seine Stiefel an und folgte dem Tier. Die Cooper-Frauen hatten ihm gesagt, dass er jederzeit eines der Therapiepferde reiten könnte, solange die nicht für eine Stunde eingeteilt waren. So spät am Abend wurde sicher niemand mehr behandelt.

Aber als Erstes sah er nach Ice. Er nahm einen Apfel aus der Kiste neben der Stalltür und teilte ihn. »Hey Großer«, sagte er, als er an die Box des Hengstes trat. Ice beobachtete ihn wachsam, aber nicht so panisch wie in der Vergangenheit. »Ich habe deinen Lieblingssnack dabei.« Er hielt dem Pferd eine der beiden Apfelhälften hin. Eine Leckerei, der Ice noch nie hatte widerstehen können. Er angelte sich den Snack von Matts Hand und stupste ihn, kaum dass er ihn verputzt hatte, gegen die Schulter, als wolle er ihm sagen: Ein Apfel hat immer noch zwei Hälften. Wie in alten Zeiten. Matt schluckte, als er ihm das zweite Apfelstück reichte. Er strich über Ice' Hals und war dankbar dafür, dass das Pferd ihm das erlaubte. Sie waren auf einem guten Weg. Wahrscheinlich erst ein paar Schritte auf einer Hunderte Meilen langen Reise. Aber Summer hatte ihm gesagt, dass sie es schaffen würden. Das würde sicher nicht einfach werden – aber in diesem Moment glaubte er fest daran.

Nachdem er Ice mit erhobenen, leeren Handflächen gezeigt hatte, dass er nichts mehr für ihn hatte, holte er Acapulco von der Weide und sattelte ihn. Mit Jumper an seiner Seite ritt er in die Halfmoon Bay hinunter.

*

Megan hatte behauptet, dass Rose im Haus einen Salat mit gegrilltem Lachs für sie bereitgestellt hatte, also hatten sie ihren Platz an Summers Pferdeanhänger aufgegeben und waren in die Küche des Ranchhauses eingefallen – wo ihre Mutter am Tisch saß und sich einen Beutel Tiefkühlerbsen auf die rechte Gesichtshälfte presste. Summer hatte Olivias Hand mit dem improvisierten Kühlpad vorsichtig zur Seite gezogen, und die Schwestern hatten unisono nach Luft geschnappt.

»Was ist passiert?«

»Wer war das?«

»Bist du überfallen worden?«

Sie hatten alle drei aufgeregt durcheinandergeredet, und Summer war kurz davor, aus dem Haus zu stürmen und nach dem Schuldigen zu suchen, bis Olivia mit einer Geste die Hand hob, die sie alle drei verstummen ließ. »Das war Lucille Carlson«, beantwortete sie die Fragen mit einem Satz. »Und nein, wir sind nicht in Streit geraten, und sie hat mich nicht mit Absicht verletzt. Ich habe mich mit Maxine, Frankie und Marsha zu einem Selbstverteidigungskurs angemeldet.«

»O Mann! Mom!« Megan legte ihrer Mutter den Arm um die Schultern und schüttelte den Kopf. »Deine Hobbys werden immer verrückter. Du hättest doch beim Stricken bleiben sollen.«

Summer drückte ihrer Mutter den Beutel mit den gefrorenen Erbsen wieder in die Hand und schob sie vorsichtig zurück an ihr Gesicht. »Als ob du einen Selbstverteidigungskurs bräuchtest. Du schlägst doch mit einer Mistgabel jeden Angreifer in die Flucht, ohne das üben zu müssen.«

»Ich glaube auch nicht, dass ich noch mal hingehe«, sagte Olivia. »Aber was ist? Sollen wir nicht draußen essen?«, versuchte sie das Thema zu wechseln – und darüber hinwegzugehen, dass sie ihnen einen riesigen Schrecken eingejagt hatte.

Trotzdem hatten sich alle schnell wieder beruhigt, als ihre Mutter ihnen versichert hatte, dass sich ein Arzt das blaue Auge angesehen und für ungefährlich erklärt hatte. »Es wird ein bisschen wehtun und eine Weile nicht besonders hübsch aussehen«, hatte Olivia sie beruhigt. »Aber ansonsten habe ich keinen Schaden davongetragen.«

Sie hatten gemeinsam gegessen und über ihre Nachbarn und die Neuigkeiten der Insel getratscht. Summer war dankbar, dass ihre Schwestern sie nicht vor ihrer Mutter mit Matt aufzogen. Aber der kleine Sportunfall hatte alle ein bisschen abgelenkt. Olivia würde noch früh genug fragen, was da zwischen ihnen passierte. Nach dem Essen hatten sie sich auf ihre Deckchairs gekuschelt und hingen ihren Gedanken nach. Die Unterhaltung war ins Stocken geraten, was aber nicht unangenehm war. Summer genoss das Konzert der Grillen, die überall zwischen den Lupinen auf der Wiese zirpten.

Eine Weile ließ sie ihre Gedanken treiben, als sie das Hufgetrappel hörte. Sie richtete sich im gleichen Moment auf, in dem auch ihre Schwestern die leisen Geräusche hörten. Am Rand des Pinienhains entdeckte sie einen Schatten, der auf die Klippe zuhielt. Summer stellte ihr Bier zur Seite und stand auf.

»Ist das Matt?«, fragte Abby, die angespannt in die Richtung des Reiters blickte.

»Ja. Auf Acapulco.« Summer schluckte. Bisher hatte sie ihn noch nie freiwillig und allein ausreiten sehen. Erst sein Versprechen, sich helfen zu lassen, dann die Bodenarbeit mit Ice. Und jetzt das.

Ihre Schwestern und Olivia erhoben sich ebenfalls von ihren Plätzen. Gemeinsam sahen sie Matt dabei zu, wie er in die Bucht hinunterritt und dann über den Strand galoppierte.

»Als wären ihm seine Dämonen auf den Fersen«, kommentierte Megan das Tempo.

Vielleicht, dachte Summer. Sie hatte das Gefühl, dass er gerade dabei war, seinen Dämonen endlich davonzureiten.

# 16

Zu ihrer Trainingsstunde am nächsten Tag hielten Matt und Ice eine Überraschung für Summer bereit. Sie hatten tatsächlich erste Schritte aufeinander zu gemacht. Summer sprach Matt nicht darauf an, dass sie ihn am Abend mit Acapulco in der Bucht gesehen hatte. Er arbeitete konzentriert und setzte um, was Summer ihm riet. Keine Diskussionen darüber, ob er die Aufgaben, die sie ihm stellte, als sinnvoll erachtete oder nicht. Was Summer als beruhigend empfand, weil es ihr zeigte, dass Matt seine Meinung über sie und ihre Arbeit wirklich geändert hatte. Manches von dem, was sie übten, gelang. Anderes ließ Ice noch nicht zu, dann hielt Matt sich zurück. Er baute keinen Druck auf und ging auf den Hengst ein.

»Das war fantastisch«, lobte Summer die beiden, als die Stunde vorüber war. Ice liebte Äpfel, also halbierte sie einen und gab ihn Matt, damit er sich bei seinem Hengst bedanken konnte. Die zweite Hälfte teilte sie noch einmal, biss von einem Viertel ab und reichte Matt das andere. »Belohnung für uns alle.«

Matt lachte. Er war verschwitzt, wirkte aber irgendwie geerdet. Die Schmetterlinge in ihrem Bauch wirbelten herum, als hätte eine Windböe sie erfasst. Es tat gut, ihn so zu sehen. Das Funkeln in seinen Augen, die Zufriedenheit und Zuversicht, die er ausstrahlte. »Du willst sicher wissen, was los ist«, zog er sie auf.

»Ich sehe, was los ist.« Sie stieß ihm spielerisch den Ellenbogen in die Seite.

Er legte ihr den Arm in einer kameradschaftlichen Geste um die Schulter und stemmte seine andere Hand gegen Ice' Box. »Ich habe mir gestern das Video angesehen.«

Einen Augenblick herrschte Stille zwischen ihnen. Nur das zufriedene Schnauben eines Pferdes hinter ihnen war zu hören. »Wow«, sagte Summer. Sie hatte mit vielem gerechnet, aber dass er sich so in seine Probleme hineingekniet hatte, überraschte sie. »Ich freue mich, dass du es geschafft hast.« Wie selbstverständlich griff sie nach seiner Hand, die auf ihrer Schulter lag, und drückte sie mitfühlend. »Wie geht es dir damit?«

»Es hat mich ganz schön umgehauen. Ich …«, er schüttelte den Kopf, als könne er selbst noch nicht ganz glauben, was er über sich herausgefunden hatte. »Ich möchte dir alles darüber erzählen. Hast du heute Abend Zeit?«

Summer dachte an das Programm, das sie für einen ihrer Kurse noch erstellen musste. Sie hatte das unbedingt an diesem Abend erledigen wollen, weil ihr Zeitplan für den Rest der Woche einfach zu eng gestrickt war. »Ja«, sagte sie, statt seine Einladung auszuschlagen, wie es vernünftig gewesen wäre.

»Dann hole ich dich um sieben ab«, schlug er vor.

»Klingt gut.« In Gedanken jonglierte Summer bereits mit ihrem Zeitplan, um diesen freien Abend zu ermöglichen.

*

Matt hatte sich mit Summer verabredet, um ihr zu erzählen, was er über sich selbst herausgefunden hatte. Das waren Dinge, die sie über ihn und Ice wissen musste. Dinge, die ihr helfen würden für den Trainingsplan, der sein Pferd und ihn wieder fit machen würde, um in den Turniersport zurückzukehren. Denn genau dieser Gedanke hatte sich wie ein zartes Pflänzchen in seinem Kopf festgesetzt. Das war der Grund, aus dem die Parsons ihn hierher geschickt hatten. Aber solange er sich geweigert hatte, überhaupt über sein Schicksal nachzudenken, hatte er diesen Gedanken beiseitegeschoben. Doch jetzt, wo er sich wieder in ihm ausbreitete, kribbelte sein ganzer Körper vor Aufregung, es noch einmal zu probieren. Mit Ice. Zu beweisen, dass sie beide es nach wie vor draufhatten.

Nichtsdestotrotz war es eine Verabredung mit Summer. Wenn er sich nach dem Training mit ihr traf und sie ihre spärlich gesäte Freizeit mit ihm verbrachte, sollte es sich auch für sie lohnen. Ganz abgesehen davon, dass er gerne mit ihr reden – und sie in den Armen halten – würde, ohne allzu neugierige Augen oder Ohren um sich herum.

Er hatte Cameron angerufen, um ihn um einen Tipp zu bitten. Der Freund hatte ihm eine Antwort gegeben, die an sich perfekt klang, Matt allerdings ein Problem bereitete, weil er sich auf ein Terrain begeben musste, auf dem er nicht gerade trittsicher war.

Er holte Summer pünktlich ab und überließ Jumper ihrer Schwester Megan, die ihm versicherte, sich mit ihm und Charlie einen schönen Abend zu machen. Ohne zu verraten, wo es hinging, hielt er ihr die Beifahrertür seines Pick-ups auf und wartete, bis sie eingestiegen war. Sie trug Jeans, Flipflops und ein Top mit Spaghettiträgern. Die Haare fielen ihr offen über die Schultern, und in der Hand hielt sie eine dünne Jacke, weil der Abend kühl werden würde, auch wenn sie sich im Hochsommer befanden. Schließlich war das hier Maine.

Als er eingestiegen war, beugte er sich über die Mittelkonsole, um sie zu küssen. »Hi«, murmelte er an ihren Lippen.

»Hallo.« Ihre Lippen verzogen sich zu einem Lächeln. »Ich bin gespannt, was du geplant hast.«

»Wirst du gleich sehen.« Matt startete den Motor und lenkte den Wagen nach Home Port. Er parkte vor dem grau verwitterten Gebäude einer kleinen Marina, dessen Stirnseite mit ausgemusterten, bunten Holzbojen der örtlichen Hummerfischer bedeckt war.

»Du hast in diesem Hafen ein Boot liegen?«, fragte Summer mit einem neckenden Unterton in der Stimme. Sie hatte mit Sicherheit längst umrissen, was er vorhatte.

»Ähm, nein.« Er rieb sich über den Nacken und warf ihr von der Seite ein Lächeln zu. »Ich habe kein Boot. Aber du, wie ich heute erfahren habe. Und ehrlich gesagt hoffe ich auch, dass du es steuerst.«

Summer warf den Kopf in den Nacken und lachte herzhaft. »Du bist unglaublich. Aber die Idee ist gut. Auf dem Meer haben wir unsere Ruhe, und zufällig liebe ich es, mit der *Sea Horse* rauszufahren. Na komm.« Sie drückte auffordernd seine Hand und sprang aus dem Wagen.

Matt schaffte es, sich noch einen Kuss zu stehlen, bevor er den Picknickkorb vom Truckbett hob, der sich zu einem festen Bestandteil ihrer Verabredungen zu entwickeln schien. Hand in Hand liefen sie über den Steg, der sie zum Boot der Coopers führte. Sie gingen an Bord, und Summer forderte ihn auf, die Leinen zu lösen, während sie den Motor startete.

Langsam manövrierte sie die *Sea Horse* aus dem Hafen und auf das offene Meer hinaus. Matt erkannte die Fisherman's Statue am Ende der Bucht. Dann legte er seine Arme um Summers Mitte, blickte ihr über die Schulter und genoss die Geschwindigkeit, mit der sie die Wellen teilten. Der Wind fegte ihnen die Haare aus dem Gesicht und zerrte an ihren Kleidern. Der Abend war noch warm genug, um den kühlen Luftzug zu genießen.

Summer steuerte das Boot an der Steilküste entlang, und Matt bewunderte die Ferienhäuser, die sich wie bunte Perlen auf einer Schnur an den Klippen aufreihten. An fast jedem Steg, der ins Meer ragte, dümpelte ein Boot auf den Wellen. Er glaubte sogar, an einer etwas einsameren Stelle Finns Haus mit der beeindruckenden Terrasse ausmachen zu können. Dann umrundeten sie die Spitze der Insel, manövrierten durch ein Meer aus Bojen, an denen die Hummerkäfige hingen, und gelangten schließlich auf das offene Meer hinaus.

Als sie den Motor abstellte und sich in seinen Armen zu ihm umdrehte, hatte Matt das Gefühl, als wären sie allein auf der Welt. Er konnte die Küstenlinie der Insel noch sehen und sogar das Festland dahinter. Aber außer dem Plätschern der Wellen und dem sanften Pfeifen des Windes war hier nichts zu hören. Er senkte seine Lippen auf Summers und genoss ihre Hände, die sich unter sein Shirt schoben und an seiner Wirbelsäule hinaufglitten. Den vergangenen Abend hatte er allein verbracht, und um zu sich selbst zurückzufinden, war das auch wichtig gewesen. Aber er hatte es gleichzeitig wirklich vermisst, sie in seinen Armen zu halten, ihr Lachen einzuatmen und ihr die seidigen Haare hinter die Schultern zu streichen, bevor er diese ganz bestimmte Stelle an ihrem Halsansatz küsste. Doch bevor er sich jetzt von diesem Moment mitreißen ließ ... »Ich habe Essen«, murmelte er an ihren Lippen. »Und Wein.«

»Klingt gut«, flüsterte sie zurück. »Aber nicht so gut, wie dich weiter zu küssen.«

Nichts sprach dagegen, ihrem Wunsch noch für eine Weile nachzukommen.

»Ich würde das gerne später in deinem Cottage noch ein wenig vertiefen, falls du noch ein bisschen Zeit für mich erübrigen kannst.« Summer hatte eine Hand unter seinem Shirt hervorgezogen und fuhr mit den Fingerspitzen über die Narbe in seiner Augenbraue. »Aber ich habe uns schließlich aus einem bestimmten Grund hier rausgefahren, oder?«

»Ja.« Matt löste sich langsam von Summer und zog sie mit sich in die Sitzecke. »Kann das Boot so bleiben?«, erkundigte er sich vorsichtshalber. »Brauchen wir einen Anker oder so was?« Nicht, dass sie abtrieben.

Summer lachte. »Nein, Cowboy. Das passt schon.« Sie ließ sich auf die Sitzbank fallen und brachte das Boot damit ein bisschen zum Schaukeln.

Matt balancierte breitbeinig, bis er sein Gleichgewicht wieder im Griff hatte. Vielleicht war das mit dem Gespräch auf dem Meer doch keine so gute Idee gewesen. Vorsichtig setzte er sich neben Summer und zog den Picknick-Korb zu sich heran, in den er einfach dieselben Dinge gepackt hatte, die beim letzten Mal auch drin gewesen waren.

Summer stieß einen anerkennenden Pfiff aus, als er den Wein hervorholte. »Schon wieder die Variante ohne Schraubverschluss«, zog sie ihn auf.

»Ich habe Cam angerufen und mich von ihm beraten lassen. Guter Wein ist wichtig für jede Art von Gespräch«, ahmte Matt seinen Freund nach.

Auch damit entlockte er Summer ein Lächeln, doch dann wurde sie ernst. »Ein guter Wein passt immer. Aber das wird eher ein Gespräch von der ernsten Sorte, nehme ich an.«

Matt schenkte ihnen ein, reichte Summer ein Glas und breitete die Snacks vor ihnen aus. »Nein, das ist nicht mein Lieblingsthema. Aber als Erstes möchte ich mich bei dir bedanken. Du hast mir die Augen geöffnet. Was keine leichte Aufgabe war. Danke, dass du nicht aufgegeben hast.« Er stieß mit ihr an und küsste sie sanft. Dann blickte er auf den Ozean hinaus, der bis zum Horizont eine einzige glatte, blausilberne Fläche war. Absolut beruhigend. »Ich kam nicht darum herum, mir das Video meines Sturzes anzusehen. Die Erinnerungen an diesen Moment waren, abgesehen von ein paar Fetzen, wirklich weg. Vielleicht, weil ich mich geweigert habe, sie zuzulassen. Vielleicht, weil sie tatsächlich gefehlt haben. Mit dem Video ist jedenfalls alles zurückgekommen.«

Summer griff nach seiner Hand und verschränkte ihre Finger in einer tröstenden Geste mit seinen. »Ich habe das Video auch gesehen«, sagte sie leise.

Matt stieß ein unfrohes Lachen aus. »Dann weißt du ja zumindest, was passiert ist.« Er rieb mit dem Daumen über ihren Handrücken. »Ich erinnere mich jetzt allerdings auch wieder daran, wie es dazu gekommen ist. Und sogar hier hast du recht gehabt: Ich habe irgendwann aufgehört, Freude am Reiten zu haben. Ice war für mich nur noch ein Sportgerät, mit dem ich versucht habe zu gewinnen. Um jeden Preis. Um fast jeden Preis«, korrigierte er sich. Summer sollte nicht das Schlimmste von ihm denken. »Ich hätte Ice nie gedopt oder irgendwas in der Art. Aber abgesehen davon hatte ich wirklich einen verbissenen Siegeswillen.«

»Woher kam der?«, fragte Summer. »Du wirkst eigentlich nicht zwanghaft ehrgeizig auf mich.« Sie lächelte ihn an. »Vielleicht warst du das vor dem Unfall, aber es scheint kein Teil deines Wesens zu sein.«

Summer Cooper, die nicht nur die Pferde verstand, sondern auch ihrem menschlichen Gegenüber in die Seele schauen konnte. »Ich glaube, ich muss ganz vorn anfangen.« Er hielt Summer eine Erdbeere hin, ließ sie abbeißen und schob sich den Rest der Frucht dann selbst zwischen die Lippen. »Ich habe, wahrscheinlich genau wie du, zum ersten Mal auf einem Pferd gesessen, kaum dass ich laufen konnte«, sagte er, noch am letzten Bissen kauend. »Mein Vater war Crosscountry-Reiter. Er ist Turniere geritten, allerdings eher semi-erfolgreich. Dafür hat er mein Talent ziemlich früh erkannt.«

»Was ist mit deiner Mom?«, stellte Summer genau die Frage, die sie zum Teil des Gesprächs brachte, den er am wenigsten führen wollte.

»Sie starb, als ich zwölf war. Krebs.«

»O Matt!« Summer drückte seine Hand. »Das tut mir leid.«

»Sie war Lehrerin und hat Bücher über alles geliebt.« Die Erinnerung schnürte ihm auch als erwachsener Mann noch den Brustkorb zu.

»Dann hast du die Bücherstapel, die überall in deinem Cottage rumliegen, ihrer Leidenschaft zu verdanken?«, fragte Summer.

»Das war mein Ausgleich zum Reiten. Sie hat es immer geschafft, mich mit tollen Abenteuergeschichten in andere Welten zu entführen. Nach ihrem Tod habe ich mich regelrecht in die Bücher geflüchtet, weil ich nicht da sein wollte, wo sie nicht mehr war. In meinem Zimmer. In unserem Haus. Alles war voll von Erinnerungen an sie, aber trotzdem kalt und leer.« Matt lehnte sich zurück und blickte in den Himmel, der mit dem ersten blassen Rosaton den nahenden Sonnenuntergang ankündigte. »Mein Dad hat seinen eigenen Weg gefunden, mit ihrem Verlust umzugehen. Damals hat er so richtig angefangen, sich in meine Sportkarriere zu hängen.« Lenk dich ab, dann musst du dich nicht mit deinen Problemen auseinandersetzen. Matt war bis zu diesem Moment gar nicht klar gewesen, dass das eine antrainierte Verhaltensweise war. Eine Methode, die er von seinem Vater übernommen hatte, ohne es zu merken.

Matt schenkte ihnen Wein nach, bevor er weitererzählte. »Mein Vater hat nie wieder geheiratet. Wenn er doch Freundinnen hatte, war er diskret genug, dass ich nie etwas davon mitbekommen habe. Er hat als Bereiter für Jungpferde auf dem Gestüt in Kentucky gearbeitet, auf dem ich trainierte. So hatte er mich immer im Blick, konnte mir seine ungebetenen Ratschläge erteilen und mich kontrollieren.«

»Dann habt ihr kein gutes Verhältnis?«

Für Summer klang das sicher furchtbar. Schließlich standen sich in ihrer Familie alle so unglaublich nah und teilten alles miteinander. Andererseits gab es auch in ihrer Vergangenheit den dunklen Fleck ihres leiblichen Vaters. Vielleicht verstand sie sein Dilemma also doch. »Ich liebe ihn, keine Frage. Er ist schließlich mein Dad. Aber wir kommen nicht besonders gut miteinander aus.«

»Eure Beziehung wird von deinem Erfolg gesteuert und nicht von den Emotionen, die die Bindung zwischen Eltern und Kindern eigentlich steuern sollten«, brachte Summer das

Verhältnis zu seinem Vater auf den Punkt. »Viele erfolgreiche Menschen haben ihre Ziele nur erreicht, weil sie Eltern hinter sich hatten, die es selbst nie geschafft haben, ihren eigenen Anforderungen gerecht zu werden, und das schließlich durch ihre Kinder ausleben. Die Frage ist nur: Kann das Kind damit umgehen, und hat es Spaß an seinem Erfolg?«

»Diese Frage steht am Ende. Da hast du völlig recht. Aber wenn man sie sich beantwortet, stellt man damit ganz automatisch sein Leben infrage. Jeden Erfolg. Jeden Schritt, den man sich auf der Karriereleiter nach oben gekämpft hat. Deshalb schiebt man sie so lange wie möglich vor sich her.«

»Aber jetzt hast du sie dir gestellt?« Summer sah ihn abwartend von der Seite an.

»Ich habe Pferde nur noch als Sportgeräte betrachtet. Sie waren ein Mittel zum Zweck, um Geld zu verdienen und erfolgreich zu sein. Platz für Spaß oder Spiele wie neulich mit den Kindern in der Bucht gab es für mich nicht mehr.« Er zuckte mit den Schultern. »Ich kann mich nicht einmal mehr daran erinnern, wann ich davor zum letzten Mal einfach zum Vergnügen ausgeritten bin.«

»All diese Dinge«, Summer zog das Bein unter ihren Po und drehte sich auf der Sitzbank so, dass sie Matt direkt ansehen konnte, »können wir nachholen. Wir können versuchen herauszufinden, ob du die Arbeit mit den Pferden genießen kannst, so ganz ohne Druck.«

»Danke. Ich muss das tatsächlich herausfinden. Aber selbst, wenn ich den Spaß daran nicht wiederfinden kann, muss ich weiterreiten. Es ist mein Job. Etwas anderes kann ich nicht.«

»War das der Grund für den Unfall? Hast du dich selbst zu sehr unter Druck gesetzt?«

Matt ließ die Hand über die Reling des Bootes hängen und fuhr mit den Fingern durch das kalte Atlantikwasser. Warum hatte er nur so lange gebraucht, um das zu erkennen? »Ich. Mein Trainer. Mein Vater. Garret, der Reitstallbesitzer. Ice und ich hatten bereits bei ein paar Turnieren nicht so gut abgeschnitten. Mit Steven Willard ist ein neuer Stern am Himmel der Vielseitigkeitsreiter aufgetaucht. Ein extrem starker Konkurrent, der mir immer mehr Siege abgenommen hat.« Die Erinnerungen an die erbitterten Wettkämpfe hinterließen ein flaues Gefühl in seinem Magen. »Mein Stallbesitzer verlor langsam, aber sicher die Geduld. Vor meinem Start auf dem *Three-Days* hat er die Daumenschrauben noch mal ein wenig weitergedreht und mir zu verstehen gegeben, dass mein Job auf *Woodberry* Geschichte ist, wenn ich auf dem Treppchen nicht ganz oben stehe. Ich glaube, das war der letzte Tropfen, der noch gefehlt hat, um das Fass zum Überlaufen zu bringen.« Der ihn hatte scheitern lassen.

Summer sagte nicht gleich etwas, nachdem Matt geendet hatte. Sie trank einen Schluck Wein und sah ihn mit nachdenklichem Blick an. »Ich bin froh, dass du dich damit auseinandergesetzt hast«, sagte sie schließlich. »Wir können ganz von vorne anfangen. Du kannst wieder Spaß haben am Reiten und am Springen. Du schaffst das Comeback in den Turniersport, wenn es das ist, was du willst.«

»Es ist der Grund, aus dem Ellyn mich hergeschickt hat, obwohl mein Boss mich viel lieber im hohen Bogen rausgeschmissen hätte.« Matt war bewusst, dass das nicht Summers Frage beantwortete.

Und das sagte sie ihm auch. »Aber was ist mit dir? Was willst du?«

Matt zog sie in seine Arme und legte seine Wange auf ihren Scheitel. »Ich weiß es nicht«, gab er zu. »Als Ice und ich gestürzt sind, hatte ich Todesangst. Ich habe mein Leben an mir vorbeiziehen sehen und dachte, das war's.« Er räusperte sich, weil seine Stimme unangenehm rau klang. »Als ich mit den Kids am Strand war, habe ich nicht darüber nachgedacht. Und gestern Abend bin ich mit Acapulco ausgeritten und habe genauso wenig darüber nachgedacht. Auf einem Pferd zu sitzen ist Teil meines Lebens. Es ist wie … atmen. Aber ich bin mir nicht sicher, ob ich noch einmal springen kann.«

»Du wirst es herausfinden.« Summer drehte sich in seinen Armen so, dass ihr Gesicht ganz nah vor seinem war. »Du wirst keine Ruhe finden, bis du eine Antwort auf diese Frage hast.« Sie strich mit ihren Lippen sanft über seine. Eine Bewegung so zart wie ein Lufthauch. »Ich helfe dir dabei. Zusammen finden wir das heraus.«

Matts Brustkorb zog sich zusammen. Wahrscheinlich war das der Grund, warum er Summer von seiner Geschichte erzählt hatte. Er vertraute ihr. Sie wusste, wie sie ihm helfen konnte. Und sie sagte immer die richtigen Dinge. »Danke«, flüsterte er und erwiderte ihren zarten Kuss ebenso sanft.

*

Benedict Morgan hatte sich nach dem Dinner in sein Büro zurückgezogen. Er schloss sowohl die schalldämpfende Tür hinter sich als auch die einen Spalt offen stehende Terrassentür. Für diese Art von Gespräch brauchte er so viel Privatsphäre wie nur möglich.

Er schenkte sich seinen obligatorischen Scotch ein und

wählte die Nummer von seinem Prepaid-Handy aus, das er sich nur für diesen Zweck angeschafft hatte.

Sein Gegenüber ließ es lange klingeln. Neunmal, bis mit einem leisen »Hallo« abgehoben wurde.

Benedict konnte sich gut vorstellen, wie die Person gezögert hatte, bevor sie den Anruf angenommen hatte. Menschen zu finden, die sauer auf jemanden bestimmten waren, war einfach. Immer hatte irgendjemand mit irgendjemandem ein Problem und war bereit für eine kurzfristige Racheaktion. Das, was er aber brauchte, war jemand mit einem so tiefgreifenden Groll, dass er bereit war, bis zum Äußersten zu gehen. Jemand, der sich zudem wenigstens einigermaßen mit Pferden auskannte. Benedict hatte lange gesucht, bis er die richtige Person gefunden hatte. Aber so liefen die Dinge nun mal. Wenn man wirklich tiefgreifende Rache nehmen und ein Gegenüber wie die Coopers zerstören wollte, musste man geduldig sein und von langer Hand planen. Kurzschlussreaktionen waren wie Nadelstiche. Sie waren schmerzhaft, hinterließen aber keine bleibenden Schäden.

»Warten Sie einen Moment«, sagte die Person. Benedict hörte, wie sie sich von den Stimmen und der Musik im Hintergrund wegbewegte – eine Bar? – bis schließlich eine Tür klappte und er nur noch das Rauschen des Windes und den rauen Atem seines Gegenübers hörte.

»Was ist los?«, fragte Benedict. Das Zögern und die Angst waren sogar durch das Telefon geradezu greifbar.

»Ich … nichts«, kam die vorsichtige Antwort.

»Du willst doch jetzt nicht kneifen?« Benedict lauschte in die Stille, die seine Frage hinterlassen hatte. Bevor die Person am anderen Ende irgendeine Entschuldigung stotterte, würde er sie darauf hinweisen, dass es kein Zurück mehr gab. »Du hängst in dieser Sache bereits viel zu tief drin, um jetzt noch auszusteigen. Vergiss nicht, wie sehr du die Coopers verabscheust. Besonders Summer Cooper, die du wirklich aus tiefstem Herzen hasst.«

»Ja, Sir. Das stimmt. Ich …«  Wieder dieses Zögern. »Ich habe mich nur gefragt, ob es vielleicht noch eine andere Möglichkeit gibt. Die Pferde können schließlich nichts dafür.«

»Die Pferde sind das Mittel zum Zweck. Ohne ihnen Schaden zuzufügen werden wir unser Ziel nicht erreichen: Die Coopers zu vernichten.« Ihm waren diese verdammten Viecher egal, aber auf jemanden, der Pferde grundsätzlich mochte, musste man den Druck ein wenig erhöhen. »Du kannst nicht mehr aussteigen. Dafür ist es längst zu spät. Wir waren uns einig, dass diese Aktion wesentlich Erfolg versprechender sein wird als das Freilassen der Tiere im Frühjahr.«

»Ja, Sir.« Die Antwort kam leise und resigniert. Aber ohne Zögern. Gut.

»Dann sollten wir jetzt mit dieser Aktion beginnen«, gab Benedict den Auftrag zur Vernichtung der *Silver Brook Stables* heraus. Genüsslich nippte er an seinem Drink. Der Anfang vom Ende.

»Ja, Sir. Eine Sache noch: Erwarten Sie nicht gleich morgen ein Ergebnis. Das kann sich alles über ein paar Wochen ziehen. Ich muss abwarten, bis eine Futterlieferung angekündigt wird. Und dann müssen sich die Pellets im Futtersilo mit den Resten vermischen, die sich noch drin befinden. Ich gebe Bescheid, wenn alles geklappt hat.«

Geduld, dachte Benedict und schwenkte den Scotch in seinem Tumbler. Er hatte so lange gewartet, es gab keinen

Grund, jetzt etwas zu überstürzen. »Tu das«, sagte er und legte auf, ohne eine Erwiderung abzuwarten. Er schaltete das Prepaid-Handy aus und legte es in seine Schreibtischschublade zurück, die er abschloss.

Dann öffnete er die Terrassentür wieder und atmete die frische Abendluft ein. Bald, dachte er. Bald war er am Ziel.

\*

Matt genoss die nächsten Wochen auf Stonebridge Island in vollen Zügen. Nachdem er mit Summer über seine Vergangenheit gesprochen hatte, fühlte er sich so leicht und aufgeräumt wie seit Langem nicht mehr. Ice und er arbeiteten ernsthaft an ihren Problemen, und nach zwei Wochen schafften sie sogar ihren ersten gemeinsamen Ausritt, ohne dass Matt Schweißausbrüche vor Nervosität hatte oder Ice der Meinung war, ihn abwerfen zu müssen.

Summer hatte ein Video von ihren Fortschritten gedreht und es Ellyn geschickt, die ihn umgehend angerufen hatte, um ihm zu sagen, wie glücklich sie war, dass es mit ihm und Ice aufwärts ging. Er konnte die Sorge in ihrer Stimme noch immer mitschwingen hören, aber sie hatte abgenommen und einem Hauch Hoffnung Platz gemacht. Matt wusste, dass es Ellyn weniger darum ging, wann Ice wieder in den Rennzirkus zurückkehren konnte, wie es bei ihrem Mann der Fall war. Ihre Sorgen hatten ihm gegolten.

Matt hatte den Spaß an seiner Arbeit wiedergefunden. Wenn er nicht mit Ice trainierte, half er auf dem Gestüt, wie er es schon in der ersten Woche getan hatte. Vom Ausmisten über Hilfe beim Hufbeschlag und Unterstützung der therapeutischen Reitsitzungen, die Abby abhielt – er war sich für keinen Job zu schade. Besonders, weil Summer sich trotz ihres eng getakteten Zeitplans immer Zeit nahm, um ihn und Ice zu unterstützen. Matt hatte sie ein weiteres Mal begleitet, um ein misshandeltes Pferd zu retten. Diesmal weniger dramatisch: tagsüber und gemeinsam mit einem Tierarzt, der einen entsprechenden Gerichtsbeschluss dabeihatte.

So glücklich Matt über seine Fortschritte mit Ice war, der beste Teil seiner Zeit auf dem Gestüt war sein Zusammensein mit Summer. Matt konnte sich nicht daran erinnern, jemals so viel Zeit mit einer Frau verbracht zu haben, mit der er noch nicht einmal in einer Beziehung war. Und damit meinte er nicht nur die Stunden, die sie gemeinsam im Bett lagen – sie verbrachten fast jede Nacht in seinem Cottage. Aber sie arbeiteten auch zusammen. Sie ritten aus. Manchmal saß Summer bis in die Nacht auf seiner Couch und tüftelte an ihren Trainingsplänen. Im Schneidersitz, die Haare zu einem wilden Knoten auf dem Kopf zusammengefasst. In eines seiner T-Shirts gekleidet und den Laptop auf dem Schoß, saß sie mit konzentriert gerunzelter Stirn da und kaute auf ihrer Unterlippe. Ein Anblick, der oft dafür sorgte, dass Matt das Buch, das er gerade las, vergaß und sie einfach nur anstarrte. Und er hatte noch mehr auf Stonebridge Island erlebt: Er hatte mit Cameron und Finn an einer Pokerrunde teilgenommen und gnadenlos verloren. War mit den beiden im Pub in Home Port gewesen und trank regelmäßig ein Feierabendbier auf *Seal Rock Hall* mit ihnen. Hin und wieder luden ihn die Coopers zum Dinner ein. Sie hatten ihm angeboten, sich jederzeit in der großen Bibliothek im Wohnzimmer des Ranchhauses zu bedienen. Und einmal war er mit Summer und ihren Schwestern beim Hummerfischen gewesen.

Es war so natürlich, mit Summer zusammen zu sein, seine Zeit mit ihr zu verbringen, mit ihr zu reden und zu lachen. Dass diese ganz besonderen Momente ein Kribbeln unter seiner Haut auslösten, schob er zur Seite. Schließlich war er ein Profi darin, unschöne Dinge zu ignorieren. Dazu gehörte auch, dass sich sein Brustkorb zusammenzog, wann immer er daran dachte, dass er nicht mehr lange auf Stonebridge Island bleiben würde. In ein paar Wochen musste er sich von Summer verabschieden. Ihm fiel keine Möglichkeit ein, wie sie an dem festhalten konnten, was sie miteinander hatten. Also dachte er lieber überhaupt nicht darüber nach.

# 17

Summer hatte das Gefühl, durch die Tage zu schweben. Die Fortschritte, die Matt und Ice machten, waren beachtlich. Die Nächte, die sie mit Matt verbrachte, waren – noch beachtlicher. Der Gedanke ließ sie grinsen. Sie saß in ihrem Pferdeanhänger und schloss die Akte ab, die sie zu einer Stute angelegt hatte, die sich vor Regenschirmen fürchtete. Was auf dem Reitplatz kein Problem war, aber sehr wohl, wenn man im oft nassen Maine einen Ausritt in die Natur wagte. Cassandra hatte ihre Angst jedoch überwunden, und ihr und ihrer Besitzerin standen ab jetzt tolle Ausflüge bevor.

Summer schloss das Dokument und klappte ihren Laptop zu, als ein Schatten auf ihren Arbeitsplatz fiel. Matt hatte versprochen, sie abzuholen. Sie wollten gemeinsam mit ihrer Familie auf dem Patio hinter dem Ranchhaus zu Abend essen. Dann würde sie noch ein wenig arbeiten und ein paar Zahlen mit ihren Schwestern durchgehen, während Matt und ihre Mutter zwei von Abbys Therapiepferden mit einem kleinen Ausritt bewegen würden. Anschließend würde sie Matt in sein Cottage begleiten und den Tag in seinen Armen ausklingen lassen. Mit einem Grinsen im Gesicht, das sich lächerlich glücklich anfühlte, blickte sie auf – und das Lächeln gefror auf ihren Lippen.

»Mit mir hast du nicht gerechnet, nehme ich an.« Alec lehnte lässig im Türrahmen ihres Wagens. »Wahrscheinlich hast du deinen Pferdeboy erwartet.«

»Was willst du hier?« Die Überraschung hatte ihre Stimme holprig klingen lassen. Sie räusperte sich. »Du bist hier nicht willkommen, Alec. Bitte geh.«

»Ich finde es so schade, dass wir das unterschiedlich sehen.« Statt zu gehen, trat er in den Wagen und zog sich den Besucherstuhl heran, der knarzte, als Alec sich auf ihm niederließ. Viel zu nah vor Summer.

Sie würde nicht vor ihm zurückweichen, auch wenn seine Nähe ihr unangenehm war. Alec dachte im wahren Leben nicht anders als auf dem Footballfeld. Wenn sie ihren Bürostuhl einen halben Meter von ihm wegrollte, würde er das als Sieg betrachten. »Summer«, begann er, bevor sie ihn noch einmal auffordern konnte zu verschwinden, »ich habe dir viel Zeit zum Nachdenken gegeben. Genau genommen habe ich einiges zugelassen, seitdem du mich verlassen hast.« Sein Lachen klang hässlich, so als wollte er ihr damit etwas sagen. »Aber langsam wird es Zeit, dass wir uns wieder zusammenraufen. Wir haben beide Fehler gemacht. Und jetzt sind wir quitt.«

»Quitt?« Wobei auch immer sollten sie einen Gleichstand erzielt haben?

Doch Alec ignorierte ihren Einwurf. Er griff nach ihrer Hand und hob sie an seine Lippen. »Ich liebe dich, Baby. Ich habe noch nie jemanden so geliebt wie dich. Und ich werde dich nicht einfach so aufgeben. Wir gehören zusammen.« Sein Atem strich über ihre Hand, als er sprach. Dann drückte er einen formvollendeten Kuss auf ihren Handrücken.

Summer schloss die Augen, um seinen hoffnungsvollen Gesichtsausdruck nicht sehen zu müssen. Sie spürte seine Lippen. Sie atmete sein Aftershave ein. Doch da war – nichts. Kein Kribbeln. Keine Glücksgefühle. Kein Bedürfnis, sich sofort in seine Arme zu werfen und ihn dazu zu bringen, sie auf den Mund statt auf die Hand zu küssen. All die Dinge würde sie empfinden, wenn Matt vor ihr sitzen würde. Nicht so bei Alec. Eine Mischung aus Erleichterung und der Frage, ob sie je so für ihren Ex-Freund empfunden hatte, wie sie es jetzt für Matt tat. Erleichterung, weil sie jetzt sicher wusste, dass Alec ihr nicht das Herz gebrochen hatte. Er war ein betrügerisches Arschloch, und er hatte an ihrem Stolz gekratzt. Er hatte sie verletzt. Aber er hatte ihr nicht das Herz herausgerissen und geschreddert.

»Alec?« Summer öffnete ihre Augen wieder und entzog ihm ihre Hand. »Für uns gibt es keine gemeinsame Zukunft. Ich liebe dich nicht. Und du liebst mich vermutlich auch nicht. Du kannst es nur nicht ertragen zu verlieren.«

Einen Moment starrte er Summer ausdruckslos an. So als müsse er das Gesagte erst einmal verarbeiten. Dann begann von seinem Hals aus eine unangenehme Röte in Richtung seiner Wangen zu kriechen. »Fickst du ihn?«

»Wie bitte?« Summer erhob sich von ihrem Stuhl und brachte so den inzwischen dringend nötigen Abstand zwischen sie.

»Ich habe euch auf dem *Fisherman's Festival* gesehen. Dich und diesen Cowboy.« Er fuhr sich in einer Geste durch die Haare, die hilflos wirkte. Und wenn Alec sich hilflos fühlte, holte er gern zu Tiefschlägen aus, weil das die einzige Art war, mit den Dingen umzugehen, die er nicht kontrollieren konnte. »Ich dachte, du vögelst ihn einmal. Dann sind wir beide fremdgegangen, und es steht unentschieden. Das ist doch eine gute, ausgeglichene Basis für einen Neustart.«

»Eine Basis?« Das konnte nicht sein Ernst sein! Summer drängte sich an Alec vorbei und aus dem Pferdeanhänger. Draußen stützte sie die Arme auf den obersten Querriegel der Hengstkoppel und ließ den Kopf dazwischen hängen. Ungläubig lachte sie. »Du denkst: Du betrügst mich, dann betrüge ich dich, und damit haben wir einen Gleichstand, auf dem man eine Beziehung aufbauen kann? Was ist nur los mit dir?«, fuhr sie ihn an, als er ihr aus dem Anhänger gefolgt war.

»Summer …«

»Nein!« Sie wirbelte zu ihm herum. »Hör mir gut zu, Alec. Ich sage das jetzt zum letzten Mal: Lass mich in Ruhe! Wir sind kein Paar mehr, und wir werden nie wieder eines sein. Vielleicht habe ich mit dem Cowboy geschlafen, vielleicht auch nicht. Aber dich geht das nicht das Geringste an. Weil ich mich von dir getrennt habe, als ich dich mit Carrie erwischt habe. In einer Beziehung gibt es keine ausgleichende Gerechtigkeit. Man kann sich vertrauen, oder man kann es nicht. Ich«, sie sah ihm fest in die Augen, damit er verstand, was sie ihm sagen wollte, »vertraue dir nicht weiter, als ich spucken kann. Und jetzt verschwinde vom Hof. Ich möchte nicht, dass du noch einmal unangemeldet hier auftauchst.«

»Summer …«, begann Alec noch einmal.

»Geh!« Sie verschränkte die Arme vor der Brust und sah ihrem Ex-Freund dabei zu, wie er die Schultern zurückzog und seine Gesichtszüge in eine ausdruckslose Maske glättete. »Das wirst du noch bereuen. Dieser Typ wird nicht ewig bleiben, weißt du? Sobald du sein Pferd wieder in Form gebracht hast, verschwindet er. Ich hingegen«, er deutete mit dem Daumen auf seinen Brustkorb, »ich werde dann immer noch da sein. Wir gehören zusammen, Summer. So leicht lasse ich mich nicht abschrecken.« Er drehte sich auf dem Absatz um und stampfte davon.

Summer ließ sich mit dem Rücken gegen den Koppelzaun sinken und atmete tief durch. Alecs Versprechen hatte wie eine Drohung geklungen. Auch wenn es ihm lediglich darum ging, das letzte Wort zu behalten. Das wusste sie. Und doch war sie sich nicht ganz sicher, ob Alec nicht tatsächlich weiter um sie kämpfen würde. Was völlig lächerlich wäre.

Matts lachendes Gesicht tauchte vor ihrem inneren Auge auf. Wie anders es war, mit ihm zusammen zu sein. Er verstand es, wenn sie nachts noch einmal rausmusste, weil ein Pferd einen Tierarzt brauchte. Er konnte sich selbst beschäftigen, wenn sie abends noch ein Trainingsprogramm fertigschrieb oder Klientenakten vervollständigte. Ihm war völlig klar, wie viel Arbeit das Leben auf einem Gestüt mit sich brachte. Es machte ihm nicht nur nichts aus, er packte tatkräftig mit an. Obwohl Summer viel mehr Zeit mit ihm verbrachte, kam sie mit ihren Aufgaben auf dem Hof nicht ins Hintertreffen.

Eine Beziehung und die *Silver Brook Stables* schlossen sich also nicht aus. Was nicht hieß, dass Matt und sie eine Beziehung führten. Sie waren einfach nur zusammen, bis Matt zu seinem Rennstall nach Kentucky zurückkehrte.

Aber was sagte das alles über ihre Beziehung zu Alec aus? Summer rieb sich über das Gesicht. Carrie, so mies sie sich auch verhalten hatte, tat ihr fast leid. Wie furchtbar musste es sein, um einen Mann zu kämpfen, der einen wiederum nur benutzte, während er selbst sich um eine andere Frau bemühte.

Sie zog ihr Handy aus der Hosentasche, als es vibrierte. Matt hatte ihr eine Nachricht geschrieben: Er würde es nicht zum Essen mit ihrer Familie schaffen. Ein Stich der Enttäuschung bohrte sich zwischen ihren Rippen hindurch und traf zielgenau ihr Herz. Dabei machte ihr weniger die Tatsache zu schaffen, dass er etwas anderes vorhatte, sondern der Gedanke, dass sie ihn bereits vermisste. Was sagte das über ihr oberflächliches, entspanntes Verhältnis? Summer schob den Gedanken zur Seite.

*Ich bringe dir ein paar Reste mit, wenn du möchtest*, schrieb sie, und Matt antwortete mit einem Daumen-hoch-Emoji. Kurz und unpersönlich. Summer schob das Handy zurück in ihre Hosentasche und schloss die Tür des Pferdeanhängers. Sie würde sich nicht den Kopf zerbrechen. Damit maß sie all dem viel zu viel Bedeutung zu. Stattdessen machte sie sich auf den Weg zum Ranchhaus.

*

Matt war auf dem Weg zu Summers Pferdeanhänger, als er den blitzsauberen SUV auf dem Hof stehen sah. Ganz eindeutig nicht das Fahrzeug eines Pferdemenschen, die grundsätzlich von einer Staub- oder Schlammschicht überzogen waren. »Wer ist das?«, fragte er Zara Sanders, die auf eine Mistgabel gestützt am Fohlenkindergarten lehnte und gerade von einem Müsliriegel abbiss.

Sie warf dem Wagen einen missbilligenden Blick zu. »Ärger«, sagte sie schlicht, drehte ihm den Rücken zu und verschwand im Stall. Besonders gesprächig war sie noch nie gewesen.

Matt hatte keine Ahnung, was sie mit ihrer kryptischen Bezeichnung sagen wollte. Er verstand es erst, als er um die Ecke an der Fohlenkoppel bog und den Pferdeanhänger sah. Seine Schritte verlangsamten sich, als er den Mann entdeckte. Als er sah, wie der Typ einen Kuss auf Summers Handrücken hauchte und sie die Augen schloss, blieb er wie angewurzelt stehen. Was zur Hölle … Er konnte den Mann von hinten nicht wirklich erkennen, aber er war sich sicher, ihn noch nie zuvor gesehen zu haben. Wenn allerdings die breiten Schultern ein Indiz für seinen Beruf waren, dann hatte er vermutlich gerade den betrügerischen Football-Trainer vor sich.

Kälte kroch durch seinen Körper, breitete sich aus wie eine ätzende Säure. Dieses Arschloch von Ex-Freund. Was hatte er hier zu schaffen? Und wieso wirkten die beiden so vertraut? Hatten sie sich wieder versöhnt? Für den Bruchteil einer Sekunde schloss er, genau wie Summer, die Augen. Was tat er hier? Summer und dieser Typ waren zwei Jahre zusammen gewesen. Es war immer möglich, dass Paare nach einer Krisensituation wieder zusammenfanden. Matt hatte keinen Anspruch auf Summer. Wenn sie wieder mit ihrem Ex zusammen sein wollte, dann war das ihr gutes Recht. Kein Grund also, wie ein verknallter Teenager vor Eifersucht platzen zu wollen. Er war nie eifersüchtig. Wenn ein anderer gewann, dann war das eben so. Redete er sich zumindest ein. Matt machte einen vorsichtigen Schritt zurück und drehte sich dann um. Er wollte hier weg sein, bevor Summer ihn entdeckte.

Wenn ein Dinner mit den Coopers bedeutete, mit den wiederversöhnten Turteltäubchen an einem Tisch zu sitzen, konnte er getrost darauf verzichten. Er sah noch einmal nach Ice und schickte Summer auf dem Weg in sein Cottage eine Nachricht, dass er noch etwas vorhatte. Sie antwortete umgehend, dass sie ihm ein Restepaket bringen wollte. Falls sie nicht zu sehr mit ihrem Herzblatt beschäftigt war, ging es Matt durch den Kopf. Darauf verlassen wollte er sich lieber nicht, also schickte er ihr nur den Alles-klar-Daumen und schrieb Cameron eine Nachricht, in der er fragte, ob der Freund ein wenig Zeit für ihn erübrigen konnte.

*Bin noch mit Finn auf der Baustelle. Komm rüber auf die dunkle Seite,* schrieb er. *Wir haben Bier.*

Genau die Antwort, die Matt gebraucht hatte. Statt den Weg zu seiner Hütte einzuschlagen, bog er in Richtung Pinienhain ab und trat kurz darauf auf die Lichtung von *Seal Rock Hall.*

Finn war gerade dabei, Arbeitsmaterialien und Werkzeug auf seinem Pick-up zu verstauen, und hob grüßend die Hand, als Matt auf ihn zukam. »Schön, dich zu sehen, Matt. Ich brauche noch einen Moment«, sagte er über die Schulter.

Cameron führte am Handy ein lebhaftes Gespräch. Er wies mit dem Finger auf einen Sixpack Bier, der bereits auf den provisorischen Treppenstufen des eingerüsteten Herrenhauses stand. Matt folgte der Aufforderung und nahm sich ein Bier. Bis seine Freunde soweit waren, schien es noch etwas zu dauern. »Kann ich mich ein bisschen umsehen?«, rief er Finn zu und deutete mit der Flasche in der Hand in Richtung Haus.

»Klar. Pass auf, wo du hintrittst«, erwiderte Finn.

Matt hatte sich *Seal Rock Hall* noch nie von innen angesehen. Als er das Gebäude betrat, strömte ihm hauptsächlich Licht entgegen. Was daran lag, dass das Erdgeschoss zum größten Teil entkernt war und die gegenüberliegende Wand des riesigen Raumes, in dem er sich befand, aus deckenhohen Fenstern bestand. Die Decke wurde überall dort, wo sich offenbar früher tragende Wände befunden hatten, von hölzernem Stempelwerk gestützt. Auf der rechten Seite führte eine geschwungene Treppe ins Obergeschoss, und ein riesiger Kamin stand frei mitten im Raum. Vermutlich hatte sich auch hinter ihm einmal eine Wand befunden.

Matt war kein Experte in Sachen Hausbau. Er konnte sich nicht wirklich vorstellen, wie diese Räume irgendwann einmal aussehen würden. Eines war allerdings sicher: Der Blick auf die Klippen der Insel und den Ozean von hier aus würde künftige Hotelgäste genauso den Atem anhalten lassen wie ihn. Eine der Fenstertüren war einen Spalt weit aufgeschoben, und auf der großen Terrasse davor standen ein paar farbbespritzte Klappstühle und ein kurzer Balken, der auf zwei Holzböcken lag.

»Die Terrasse ist sicher«, sagte Cameron hinter ihm. »Lass uns rausgehen.« Im Vorbeigehen schlug er Matt zur Begrüßung auf die Schulter und trat dann nach draußen.

Matt folgte ihm und nahm auf einem der Klappstühle Platz.

Cameron entschied sich für den Balken. Er ließ die Beine baumeln und stellte das Bier neben sich. »Finns Jungs verbringen ihre Lunchpause hier draußen«, erzählte er. »Was mich tatsächlich ein bisschen neidisch macht. Also überrede ich Finn, wenigstens ab und zu ein Feierabendbier hier draußen zu trinken.«

»Das Haus wirkt ziemlich beeindruckend«, sagte Matt.

»Manchmal kann ich gar nicht glauben, was wir uns da aufgehalst haben.« Finn kam um das Haus herum auf die Terrasse und ließ sich mit einem Ächzen auf den Stuhl neben Matt fallen. »Aber langsam kann man tatsächlich sehen, dass es vorwärts geht. Vermutlich ist das aber nicht der Grund, aus dem du hier bist.« Er sah Matt von der Seite an. »Wie ein Bauexperte siehst du nicht gerade aus.«

»Nein.« Matt zwang sich zu einem Grinsen. »Ich werde mir das alles erst so richtig vorstellen können, wenn ihr fertig seid.« Er hatte keine Ahnung, wie er das Gespräch auf Summer und ihren Ex lenken konnte, ohne wie ein klammernder Idiot zu wirken?

Cameron nahm ihm die Entscheidung ab. »Ärger im Paradies?«, fragte er und trank einen Schluck Bier. Sie hatten in den letzten Wochen bei dem einen oder anderen gemeinsamen Abendessen mit den Coopers gesessen, weshalb Cameron im Bilde war über Matts und Summers Beziehung. Finn dachte sich seinen Teil wahrscheinlich, auch wenn er Matt nie konkret auf Summer angesprochen hatte. So, wie er den Freund einschätzte, war es schlicht nicht Finns Art, sich ungefragt in die Angelegenheiten anderer Leute einzumischen.

Matt drehte seine Flasche zwischen den Händen. »Was denkt ihr: Wie wahrscheinlich ist es, dass Summer zu ihrem Ex zurückgeht, wenn der sie darum bittet?«

Cameron verschluckte sich an seinem Bier und stellte die Flasche hustend ab. »Ausgeschlossen, würde ich sagen.«

»Ich würde niemals sagen, dass etwas ausgeschlossen ist, wenn es um Frauen geht«, tat Finn seine Meinung kund. »Bei den Cooper-Frauen schon zweimal nicht.«

»Aber Summer und Alec? Nie im Leben.« Cameron sah Matt an. »Ich kenne Summer erst seit ein paar Monaten. Aber so glücklich und gelöst wie in den letzten Wochen, die sie mit dir verbracht hat, habe ich sie vorher nie erlebt.«

»Hmm.« War das Ganze so einfach? »Er ist heute auf dem Gestüt aufgetaucht. Ich habe keine Ahnung, was das zu bedeuten hat.«

»Aber du bist eifersüchtig auf ihn«, bemerkte Finn.

Matt seufzte. »Ja, verdammt. Ich bin eifersüchtig. Und ich weiß nicht, was da zwischen den beiden läuft.«

»Eins kann ich mit Sicherheit sagen«, Finn legte ihm den Arm um die Schultern, »wenn du nicht mit ihr redest, wirst du es nicht erfahren. Nichts ist schlimmer als Missverständnisse. Und nichts lässt sich einfacher aus der Welt schaffen, als wenn man den Mund aufmacht und für klare Verhältnisse sorgt.«

Matt sah, wie Cameron den rechten Mundwinkel zu einem ironischen Lächeln nach oben zog und Finn einen Seitenblick zuwarf. »Zumindest solltest du Summer nicht im Dunkeln tappen lassen, wenn sie dir etwas bedeutet.«

»Dass ich sie mag, weiß sie. Aber wir sind übereingekommen, dass wir die Wochen genießen, die ich noch hier bin. Darüber hinaus hat das Ganze keinen Sinn. Uns trennen tausenddreihundert Meilen.«

Cameron kratzte sich am Kinn. »Das haben Abby und ich auch gedacht. Man kann nie wissen, wie sich die Dinge entwickeln. Ich weiß nur, dass man eine Frau festhalten muss, wenn sie *die Eine* ist. Egal, wie man es am Ende anstellt.«

Matt atmete langsam aus. Camerons Worte hatten dazu geführt, dass sein Herz begonnen hatte, schneller zu klopfen. »*Die Eine*«, betonte er die Worte, »ist sie nicht.« Er war sich gar nicht sicher, ob es die eine perfekte Frau überhaupt gab. Eine Frau, die zwanzig Stunden Fahrt entfernt von einem lebte, war es mit Sicherheit nicht.

»Dann ist ja gut«, sagte Finn. »Und jetzt trink dieses Bier, bevor es warm wird.«

*

Wie ein Geist fühlte sich die Gestalt, die im Schatten eines ausrangierten Fischerbootes stand, das, auf einen Anhänger verladen, am Straßenrand auf seinen Abtransport wartete. Sie hatte beobachtet, wie Megan Cooper den Futtermittelhandel betreten hatte, der alles lieferte, was auf dem Gestüt verfüttert wurde. Von den Pellets, die in den Silos warteten, bis zu den Spezialmischungen, die das eine oder andere wertvolle Pferd verabreicht bekam.

Geduldig wartete der Geist, bis Megan den Laden wieder verließ und über die Rampe zu ihrem rostigen Jeep Wrangler ging. Sie winkte lächelnd jemandem auf der anderen Straßenseite, ließ den Motor an und umrundete das Gebäude, um sich die Säcke mit dem Spezialfutter aufladen zu lassen.

Der Geist wischte die schweißnassen Hände an seinen Jeans ab und setzte sich in Bewegung. *Jetzt oder nie*, dachte er mit wild klopfendem Herzen. Diese Chance würde sich so schnell kein zweites Mal bieten. William Rydell war zurzeit allein in seinem Laden. Sein Mitarbeiter Graham machte sich ein paar schöne Tage mit seiner Freundin auf dem Festland, William musste also selbst Hand anlegen. Mit gesenktem Kopf überquerte der Geist die Straße. Die meisten Leuten nahmen auch sonst nicht viel Notiz von ihm. Das würde gerade heute nicht anders sein. Zügig stieg er die drei Stufen zur Veranda vor dem Futtermittelhandel hinauf. Vorsichtig schob er die Tür ein paar Zentimeter auf und griff schnell nach dem Glöckchen darüber, um zu verhindern, dass es wild zu klingeln begann und seine Anwesenheit verriet.

Er glitt durch den Türspalt. Ihm war schwindlig vor Angst – und vor Erleichterung. Obwohl der Geist den Laden schon eine ganze Weile beobachtet hatte, atmete er zitternd aus, als er sicher war, wirklich allein im Verkaufsraum zu sein. Mit schnellen Schritten überquerte er den mit alten, knarzenden Holzdielen ausgelegten Boden und horchte gespannt auf die Stimmen, die durch die offenstehende Hintertür von der Laderampe zu ihm hereindrangen. Megan tat das, was sie immer tat: Sie lachte und plauderte gut gelaunt mit William. Das würde den Ladenbesitzer noch eine Weile draußen halten.

Der Geist selbst würde nicht viel Zeit brauchen. Er trat hinter den zerkratzten Holztresen, der bereits seit Jahrzehnten Williams Arbeitsplatz war, und warf einen Blick auf die Ordner, in denen die Bestellungen abgeheftet waren. Megans Order war die oberste. Mit zitternden Fingern zog der Geist die gefälschten Lieferaufträge aus der Schutzfolie, die unter seinem Shirt an seinem schweißnassen Bauch klebte. Für eine Sekunde schwebten seine Hände über dem Ordner. Wenn er das wirklich tat ... noch konnte er zurück.

Aber wie hatte Benedict Morgan gesagt? Der Geist steckte bereits viel zu tief in dieser Sache drin. Und er wollte seine Rache, genauso wie Benedict Morgan. Er wollte, dass die Coopers wussten, wie es sich anfühlte, wenn einem der Boden unter den Füßen weggerissen wurde. Wenn einem die Wahlmöglichkeiten genommen wurden. Entschlossen griff er nach Megans Bestellschein und dem der Rinderfarm am anderen Ende der Insel, die fast jeden Tag Futter liefern ließ, um ihre Silos zu befüllen, und heftete die Fälschungen ein. Pferdefutter für die Kühe – und Rinderpellets für das Gestüt. Wieder zögerte der Geist. Die Tiere konnten schließlich nichts dafür ... Doch dann hörte er, wie William und Megan sich verabschiedeten. Es war zu spät, die Entscheidung zu ändern.

Der Geist hastete, die gestohlenen Auftragsscheine in der

Hand, durch den Laden, griff abermals nach dem Glöckchen und glitt lautlos durch die Tür. Vor dem Gebäude wischte er sich mit dem Ärmel den Schweiß von der Stirn. Sein Magen rebellierte. Er schaffte es bis hinter den Gift-Shop, bevor er sich vorbeugte und alles herauskotzte, was er an diesem Tag gegessen hatte. Dann taumelte er noch ein paar Meter weiter und zog ein Feuerzeug aus der Tasche. An einer ruhigen Stelle neben der Mole knüllte er die Papiere zusammen und setzte sie in Brand. Er wartete, bis nur noch schwarze Aschereste übrig waren, die er sorgfältig mit der Fußspitze verteilte.

Erst dann zog der Geist sein Handy aus der Hosentasche und wählte die Nummer. Benedict Morgen nahm den Anruf nicht an, also wartete er, bis sich die Mailbox einschaltete. »Die Sache ist erledigt«, sagte der Geist schlicht und legte auf.

# 18

Matt befolgte Camerons Rat nicht. Summer kam nach dem Dinner mit ihrer Familie wirklich in sein Cottage, wie sie es versprochen hatte. Er beobachtete sie unauffällig, aber es gab keine Anzeichen, dass sie sich mit ihrem Ex-Freund versöhnt hatte. Sie lächelte ihn an, schmiegte sich für einen langen, trägen Kuss an ihn und hielt ihm dann die Dose mit seinem Essen hin.

Matt dachte noch darüber nach, mit ihr darüber zu sprechen, dass er sie und Alec zusammen gesehen hatte. Doch dann hatte sie ihn in sein Bett gezogen und mit ihren Küssen und ihrem Körper von seiner Eifersucht abgelenkt. Matt drängte alle Gedanken an diesen anderen Mann zurück und konzentrierte sich ausschließlich auf die Frau, die sein Herz dazu brachte, Saltos in seiner Brust zu schlagen.

Spätestens, als sie sich in seine Arme gekuschelt hatte, nachdem sie miteinander geschlafen hatten, vergaß Matt diesen Alec vollständig.

»Ich habe eine Überraschung für dich«, murmelte sie und drehte den Kopf, sodass sie ihre Lippen auf seine Schulter pressen konnte. »Du bist so weit, wieder mit dem Springen zu beginnen.«

Für einen Moment wusste Matt überhaupt nicht, was er darauf sagen sollte. Freude, dass es endlich wieder soweit war, kämpfte mit der Furcht, dem nicht gewachsen zu sein. »Wow«, war die einzige Reaktion, die ihm einfiel.

Summer legte ihre flachen Hände übereinander auf seinen Brustkorb und stützte dann das Kinn darauf. Unverwandt sah sie ihn an, während sie weitersprach. »Ice und du, ihr liegt wieder auf einer Wellenlänge. Wir sollten es langsam angehen lassen, aber es ist auf jeden Fall an der Zeit, es zu versuchen.«

»Wie stellst du dir das vor? Du trainierst normalerweise keine Springreiter.« Für einen Augenblick kehrten die Zweifel zurück. Versuchte sie, seine Zeit auf dem Gestüt abzukürzen?

»Ich habe einen Freund mit einem erstklassigen Stall und einer wirklich tollen Springanlage. Sein Name ist Simon Brown, und er freut sich schon auf Ice und dich.«

»Was bedeutet das? Müssen wir umziehen?« Wenn es etwas gab, was er auf keinen Fall wollte, dann auch nur eine Sekunde der Zeit, die ihm mit Summer noch blieb, zu verpassen.

Summer malte mit dem Zeigefinger kleine Kreise auf seine Haut. »Das liegt ganz bei dir. Ihr könnt bei Simon unterkommen. Die Fahrt dorthin dauert etwa eine dreiviertel Stunde, was du Ice sicher nicht jeden Tag antun willst. Ich kann dich nicht immer begleiten, dafür habe ich hier zu viel zu tun. Beim ersten Mal komme ich aber auf jeden Fall mit. Du könntest Ice allerdings bei Simon einstellen und jeden Tag zu ihm rüberfahren. Das Training muss sein, aber ich würde dich wirklich vermissen.«

Der Druck, den der Gedanke, Summer viel früher als gedacht verlassen zu müssen, in ihm ausgelöst hatte, verflüchtigte sich. Er drehte sich mit ihr in seinen Armen um. »Ich würde dich auch vermissen.« Er ließ seine Lippen über ihr Schlüsselbein gleiten. »Danke, dass du das für mich organisiert hast.«

Matt mochte die angespannte Vorfreude, die ihn erfasste, als Summer und er auf das Gelände der *Brown Stables* fuhren. Ice und er würden endlich wieder anfangen zu springen.

»Was sagst du?«, wollte Summer wissen und wies mit dem Kinn auf die gepflegten Anlagen vor ihnen.

»Sieht toll aus.« Diese Ställe standen denen in *Woodberry* auf den ersten Blick in nichts nach.

»Da ist Simon.« Summer sprang aus dem Wagen und ging auf den Mann zu, um ihn zu begrüßen.

Matt betrachtete den Stallbesitzer einen Moment durch die Windschutzscheibe, bevor er Summer folgte. Der Mann war noch nicht ganz sechzig und sah ziemlich fit aus. Unter der Krempe seines Stetsons kringelten sich rotblonde Haare, und seine Augen wirkten selbst aus der Entfernung freundlich. Nachdem er Summer begrüßt hatte, kam er mit einem breiten Lächeln auf Matt zu und reichte ihm die Hand. »Simon Brown. Ich freue mich, Sie kennenzulernen, Mr. Walker.«

»Angenehm. Aber bitte nennen Sie mich Matt.«

»Gerne. Willst du das Pferd erst einmal aus dem Hänger holen, bevor ich dir die Anlage zeige?«, ging Simon zum Du über.

»Das mache ich«, schaltete sich Summer ein. »Ich kümmere mich um Ice, während du dir alles ansiehst.«

Das ließ sich Matt nicht zweimal sagen. Gemeinsam mit Simon machte er sich auf den Weg, das Gelände zu erkunden. Das Training hier würde Spaß machen. Besonders, da Simon nicht nur tolle Ställe hatte, sondern auch etwas vom Springen verstand.

»Im Moment ist nicht allzu viel los«, erzählte Simon. »In den Ferien ist es wie überall ein wenig ruhiger als sonst. Wenn du möchtest, gehört der Springplatz jeden Tag zwischen elf und zwölf dir. Darüber hinaus kannst du alles nutzen, was wir hier zu bieten haben.« Simon blieb mit in die Hüften gestützten Händen stehen und betrachtete die Koppeln, die sich hinter den Reitplätzen erstreckten. »Summer hat gesagt, du würdest den Hengst hier unterstellen, selbst aber pendeln.«

»Wenn das für dich okay ist.«

»Absolut.« Simon drehte sich zu Matt um. »Ich habe das alles hier für meine Tochter gebaut, Michelle. Ich habe die Frau fürs Leben ein wenig später gefunden als die meisten Menschen. Aber ich liebe meine Frau und mein kleines Mädchen über alles.« Er lachte und schüttelte ungläubig den Kopf. »Das kleine Mädchen ist inzwischen dreizehn – und eine absolute Pferdenärrin. Sie will unbedingt springen, auch wenn das ihrer Mutter jedes Mal eine halbe Herzattacke beschert. Es ist also nicht auszuschließen, dass Michelle dich hin und wieder belagern und mit Fragen bombardieren wird. Ich bemühe mich zwar, sie zu trainieren, aber welches Kind hört schon auf die eigenen Eltern, wenn es in die Pubertät kommt. Ganz egal, ob der Vater der Coach ist.«

»Vermutlich niemand.« Matt zwang sich zu einem Lächeln bei den Gedanken an seinen eigenen Vater, dessen Anweisungen er in diesem Alter auch mehr ignoriert als angenommen hatte.

»Für Ice und dich habe ich mir Folgendes vorgestellt.« Simon setzte sich wieder in Bewegung und schlug den Weg zu den Ställen ein, wo Summer und Ice schon auf sie warteten. »Wir fangen klein an. Aufwärmen und zu Beginn ein bisschen Cavaletti-Training, damit der gute Junge sich wieder an die Stangen gewöhnt. Mal sehen, wie er sich macht. Wenn er keine Angst hat, können wir ihn in der Halle frei springen lassen.«

Matt nickte. Es war eine gute Idee, dass Ice bei seinen ersten richtigen Sprüngen keinen Reiter auf seinem Rücken hatte und sich ganz auf sich selbst konzentrieren konnte.

»Erst wenn das gut klappt, lasse ich euch auf den Springplatz. Keine festen Hindernisse am Anfang. Nur Stangen. Wenn ihr euch damit gut fühlt, sehen wir weiter. Aber bis dahin: Ein Schritt nach dem anderen.«

Simons Einstellung gefiel Matt. Ihm blieben noch zwei Wochen in Maine. Trotzdem setzte der Trainer Matt nicht unter Druck und wies darauf hin, dass ihm die Zeit davonlief. Ganz anders als Garret, der ihn gar nicht oft genug darauf hinweisen konnte, wie viel Geld sie mit jedem Tag Training verloren. Simon würde ihn so weit bringen, wie er kam. Wenn sie nicht wieder voll einsatzfähig wären, würde er eben in *Woodberry* weitertrainieren. Aber darüber musste er sich jetzt noch nicht den Kopf zerbrechen. Simons Ansatz klang vernünftig. Er würde weder Ice noch ihn überfordern, auch wenn er mehr Zeit kostete, als Matt gewohnt war.

*

Summer ließ Matt nicht aus den Augen. Sie sah Ice und ihm beim Aufwärmen zu, beobachtete die beiden beim Cavaletti-Training mit den Hindernissen, die Simon erst auf fünfundzwanzig und später auf vierzig Zentimeter Höhe stellte. Keine Herausforderung für einen Springreiter, aber genau richtig, um sich vorsichtig an die alte Form heranzutasten. Sie nahm ein kleines Video auf, das sie Ellyn schicken wollte, und genoss ansonsten den Anblick von Pferd und Reiter, die wieder zu einer Einheit verschmolzen waren.

Matt war verschwitzt, grinste aber breit, während er die Übungen absolvierte, die Simon ihm aufgab. Summer war sich sicher, wenn Pferde lächeln könnten, würde Ice ebenfalls von einem Ohr zum anderen grinsen. Vor vier Wochen war es noch als ein Ding der Unmöglichkeit erschienen, dass Ice und Matt jemals wieder so zusammenfinden würden. Aber sie hatten es geschafft und dabei Summers Herz erobert. Sie rieb über die Stelle ihres Brustkorbes, der sich bei dem Gedanken, dass Matt nur noch zwei Wochen in Maine bleiben würde, unangenehm zusammenzog. Vielleicht hatten sie keine Zukunft. Aber sie war entschlossen, die vierzehn Tage, die ihnen blieben, zu einem unvergesslichen Erlebnis für sie beide zu machen.

\*

Matts Körper wurde geradezu überschwemmt von Endorphinen. Wellen aus Euphorie schlugen über ihm zusammen, als Ice und er den ersten Steilsprung machten. Eine Woche trainierten sie inzwischen mit Simon und hatten unglaubliche Fortschritte gemacht. Sie waren über die Stangen geflogen. Kein Zögern. Keine Angst. Einfach nur ein unglaublicher Sprung, der sehr nah an ihrer Leistung vor dem Sturz gewesen war. Matt liebte es. Jede Sekunde des Trainings. Die gespannte Konzentration beim Absprung genauso wie die mentale Vorbereitung, wenn er die Wege, Kurven und Sprünge in Gedanken durchging.

Inzwischen hatte er sich angewöhnt, nach seinem eigenen Training Simons Tochter ein paar Tipps zu geben. Simon hatte ihm lachend einen Trainerjob angeboten, falls er jemals keine Lust mehr auf den Turniersport haben sollte.

Noch war es nicht so weit, hatte Matt geantwortet und ebenfalls gelacht. In Gedanken war er schon bei Summer gewesen. Er wollte so schnell wie möglich auf die Insel zurück und ihr von seinem Erfolg erzählen. Dieser Tag musste gefeiert werden. Vielleicht würde er sie in dieses pikfeine Restaurant in Home Port einladen. Ins *Beaumont's on the Peer*. Oder in das *Frankie's* gleich nebenan, das nicht mal im Ansatz so exklusiv war, dafür aber heimelig und gemütlich. Ganz egal, Summer sollte wählen. Ihm war alles recht, solange er ihr nur von diesem Training und seinen Fortschritten erzählen konnte.

In den letzten Tagen hatte er begonnen, die Fahrt von Simons Ställen nach Stonebridge Island zu genießen. Meist ließ er die Fenster herunter und atmete die warme Brise ein, die den Geruch von Ozean, Sonne und Pinien ins Landesinnere blies. Die Brücke auf die Insel zu überqueren fühlte sich nach den inzwischen fünf Wochen, die er hier verbracht hatte, an, wie nach Hause kommen. Erstaunlicherweise hatte er den heißen, trockenen Südstaatensommer in Kentucky kein bisschen vermisst.

Er durchquerte Home Port und folgte der Old Country Road nach Norden. Vor ihm fuhr ein Pick-up, den er nach der Behandlung von Bonfire Darling als den Wagen des Tierarztes wiedererkannte. Er bog vor ihm in die Schotterstraße ein, die zum Gestüt führte, und dämpfte seine Begeisterung über diesen Tag etwas. Natürlich konnte das ein ganz normaler Besuch sein. Aber weder Summer noch Megan hatten am vergangenen Abend davon erzählt, als sie auf dem Patio zusammengesessen hatten. Als Matt bemerkte, dass hinter ihm zwei weitere Autos, ein Pick-up und ein SUV, die er nicht kannte, auf den Schotterweg einbogen, nahm seine Unruhe zu. Was war hier los?

Der Hof der *Silver Brook Stables* stand bereits voller Fahrzeuge, weshalb der Tierarzt einfach vor der schmalen Holzbrücke an den Wegrand fuhr. Matt tat es ihm gleich und hielt direkt hinter ihm. Mit einem Blick in den Rückspiegel versicherte er sich, dass es die Wagen hinter ihm genauso machten. Ebenso das nächste Fahrzeug, das in der Staubwolke über der Straße auftauchte.

Matt sprang aus seinem Pick-up und rannte zum Tierarzt hinüber. »Hey, Ben«, grüßte er den Mann, der bereits dabei war, seine Ausrüstung aus seinem Wagen zu ziehen. Matt nahm ihm automatisch ein paar der Sachen ab. »Was ist passiert?«

Der Tierarzt nickte ihm zu. »Koliken«, sagte er und setzte sich in Bewegung. »Mindestens zehn.«

Matt starrte Ben fassungslos von der Seite an. »Zehn?« Wie konnten denn so viele Pferde gleichzeitig krank werden? »Scheiße«, entfuhr es ihm.

»Das kannst du laut sagen«, knurrte der Tierarzt. Er beschleunigte seine Schritte und hielt auf Olivia und Megan zu, die kreidebleich mitten auf dem Hof standen und Daten auf einem Klemmbrett eintrugen.

Matt blickte sich um. Jede Menge Leute hasteten über den Hof, andere führten Pferde auf und ab. Summer konnte er aber nirgends sehen.

»O Matt. Gott sei Dank, dass du hier bist.« Olivia umarmte ihn fest. »Wir können jeden brauchen, der Ahnung von Pferden hat.«

Matt erwiderte die Geste und drückte Summers Mutter fest an sich. Die Verzweiflung war in jeder Faser ihres Körpers zu spüren. »Was kann ich tun?«, fragte er schlicht.

»Such Summer«, sagte Megan neben ihm. »Sie kann noch jemanden brauchen, der ihr hilft, die Tiere auf Symptome zu überprüfen. Sie ist mit ein paar Freiwilligen hinter dem Stutenstall.«

»Alles klar.« Matt rannte über den Hof, am Roundpen und den Paddocks vorbei, hinter den Stutenstall, wo er Summer in einer Gruppe Leute entdeckte, deren Gesichter ihm allesamt fremd waren.

Summer war genauso blass wie Megan und Olivia. Der Schock stand ihr ins Gesicht geschrieben. »Hey«, sagte sie, als sie ihn entdeckte. Sie griff in einen Beutel mit roten Bändern und hielt ihm eine Hand voll davon entgegen. »Wir haben ein Problem mit dem Futter. Es gibt schon mindestens dreizehn kranke Tiere. Kannst du auf die Koppel des Altersheims gehen und überprüfen, ob die Oldies in Ordnung sind? Kranke Tiere bringst du in den Stall, soweit das möglich ist. Dort haben wir ein paar Leute, die sie übernehmen.«

»Bin schon unterwegs.« Matt drückte ihre Hand und rannte zur Koppel hinüber, auf der die älteren Pferde standen, die in den *Silver Brook Stables* ihren Lebensabend verbrachten. Systematisch begann er, die Pferde auf Kolik-Symptome zu untersuchen, band an das Halfter jedes Tieres, dass unauffällig war, eines der roten Bänder, damit es nicht unnötigerweise noch einmal überprüft wurde. Zwei unruhige Wallache brachte er in den Stall und übergab sie einem Helfer. »Beide sind unruhig«, teilte er dem Mann mit. »Der Fuchs scharrt die ganze Zeit und schlägt sich unter den Bauch. Der Schimmel ist aufgezogen.« Beim Abtasten hatte er sofort gemerkt, dass die Muskulatur um den Bauchraum des Tieres verkrampft war und nach oben zog.

»Okay.« Der Mann trug etwas auf einer Liste ein und übergab die Pferde dann an weitere Helfer.

Matt drehte sich gerade um, um auf die Koppel zurückzukehren, als er Summer entdeckte, die in den Stall kam. An ihrer Seite ihr Ex-Freund. Was zum Henker hatte dieser Typ hier verloren? Er hatte Summer zugehört, die ihm im Gehen etwas erklärt hatte. Als er den Blick hob, sah Matt das triumphierende Glitzern in den Augen des Typen.

Im ersten Moment verstand er den Grund dafür nicht. Doch dann begriff Matt. Dieses Arschloch konnte Pferde nicht ausstehen, versuchte aber alles, um Summer zurückzugewinnen und sich dabei als Held und Helfer aufzuspielen. Würde das funktionieren? Summer verbrachte ihre Nächte zwar mit Matt, Alecs Besuch in ihrem Pferdeanhänger hatte sie allerdings nie erwähnt.

Alec blickte zu Matt herüber. In seinen Augen las Matt eine einzige Herausforderung, genau wie in den süffisant verzogenen Lippen und den hochgezogenen Augenbrauen. Also wusste nicht nur Matt, wer Summers Ex war – der Typ wusste ganz genau, wer er war. Matt ballte die Fäuste. Doch dann besann er sich darauf, warum er hier war. Die Pferde waren wichtiger, auch wenn er aus den Augenwinkeln sehen konnte, wie das Arschloch einen Arm um Summers Schultern legte.

Matt kehrte auf die Weide zurück und fand ein weiteres Pferd, das Hilfe brauchte. Als er es in den Stall führte, stand plötzlich Alec vor ihm, um ihm die Stute abzunehmen.

»Da staunst du, was?«, raunte Alec ihm zu. »Du hast verloren, Cowboy. Summer gehört wieder mir.«

»Summer gehört gar niemandem«, knurrte Matt und drückte Alec den Führstrick in die Hand. »Die Stute ist unruhig und flehmt. Auf dem Weg hierher hat sie zweimal versucht, sich hinzulegen. Also sieh zu, dass der Tierarzt sie sich ansieht.«

Er hatte sich bereits wieder zur Koppel umgedreht, als Alec sich hinter ihm räusperte. »Macht es dir gar nichts aus, dass ich wieder derjenige bin, der es ihr besorgt?« Matt ballte die Faust. Es war wie ein Reflex. »Kein bisschen eifersüchtig, dass ich ihr ab jetzt wieder das Bett wärme?« Doch. Er war eifersüchtig, und vor allem wollte er sich das Ganze nicht auch noch brühwarm unter die Nase reiben lassen.

Bevor Matt begriff, was er da tat, fuhr er herum und schlug Alec die Faust mitten ins Gesicht. Scheiße, verdammte!

Alec taumelte, fing sich aber schnell. Viel zu schnell. Ehe Matt ausweichen konnte, holte Alec aus und landete einen Treffer.

Wie zwei wilde Stiere gingen sie aufeinander los. Matt spürte Fäuste. Tritte. Den Körper seines Widersachers, der sich mit seinem verkeilte. Bis ihn urplötzlich jemand von hinten umklammerte und von Alec wegzog. Seine Arme auf dem Rücken fixierte. Und dann war da plötzlich Summer. Direkt vor ihm. Die Arme ausgestreckt, als wolle sie Alec, der hinter ihr stand, beschützen. »Seid ihr verrückt geworden?«, zischte sie.

»Der hat einfach auf mich eingeschlagen«, ließ Alec sich vernehmen.

»Das stimmt«, sagte eine Stimme hinter Matt. »Ich habe es genau gesehen.«

»Bist du von allen guten Geistern verlassen?« Summers Blick schoss Blitze. »Wie kannst du nur? Hier geht es um die Pferde, und sonst um nichts.«

Matt konnte sich ein »Ach ja?« nicht verkneifen, als er Alec hinter Summers Rücken höhnisch grinsen sah.

Summer schüttelte den Kopf. Ihr Gesichtsausdruck war eine Mischung aus Wut und Traurigkeit. »Geh mir einfach aus den Augen«, sagte sie leise und drehte sich zu Alec um.

»Summer …«

Aber sie ignorierte ihn und verließ an Alecs Seite den Stall. Die Stute, um die der Typ sich hätte kümmern sollen, stand noch immer da, genau wie die Meute Schaulustiger, die sich um Alec und ihn versammelt hatte. Wenigstens ließ derjenige, der ihn von hinten umklammert hatte, los. Matt räusperte sich und griff nach dem Führstrick der Stute. »Das Pferd ist unruhig und flehmt. Auf dem Weg hierher hat es zweimal versucht, sich hinzulegen. Der Tierarzt muss sie sich so schnell wie möglich ansehen«, wiederholte er, drückte den Strick dem Erstbesten in die Hand und kehrte auf die Weide zurück, um nach den restlichen Tieren zu sehen.

*

Summer kochte. Vor Wut. Enttäuschung. Und jeder Menge Gefühlen, denen sie im Moment noch nicht einmal einen Namen geben konnte. Sie schob Alecs Hand von ihrer Schulter, als sie den Stall verließ, um ihrer Mutter, die die Organisation in dieser Katastrophe übernommen hatte, den aktuellen Stand kranker Pferde mitzuteilen.

Alec ließ sich von seiner zur Seite geschobenen Hand allerdings nicht abwimmeln. Er passte sich ihren Schritten an, bis sie genervt stehen blieb und sich zu ihm umdrehte. »Du hattest mich darum gebeten, helfen zu können. Dafür bin ich dir wirklich dankbar.« Was nicht die ganze Wahrheit war. Alec war hier einfach aufgetaucht, genauso wie ein ganzer Haufen Freunde, Pferdebesitzer und freiwilliger Helfer. Summer wollte ihn nicht auf dem Hof haben. Sie wollte, dass er sie einfach in Ruhe ließ. Aber Abby hatte das – zum Glück – anders gesehen und ihr zugeraunt, dass sie im Moment jede Hand brauchen konnten, die auch nur im Entferntesten schon einmal etwas mit Pferden zu tun gehabt hatte. Sie hatte recht, und Alec wurde genau wie jeder andere freiwillige Helfer dringend gebraucht. Damit, dass Matt einfach auf ihn losgehen würde, hatte sie nicht rechnen können. Sie blickte Alec von der Seite an. Er würde wahrscheinlich ein Veilchen als vorübergehende Erinnerung an die Prügelei behalten. Summer war sich allerdings sicher, dass er auf dem Football-Feld schon schlimmere Blessuren hatte einstecken müssen. »Wir brauchen deine Hilfe, Alec. Aber an meiner Seite nützt du uns wenig. Hilf uns, die kranken Pferde herumzuführen, bis der Tierarzt Zeit hat, sie sich anzusehen.« Sie wartete keine Antwort ab. Mit langen Schritten hielt sie auf ihre Mutter zu, die mit ihren Schwestern am Rasenrondell stand, das das Zentrum des Hofes bildete.

»Ich habe noch zwei«, berichtete sie, was Megan sofort in ihre Liste eintrug. »Mit denen, die Abby gezählt hat, sind wir bei siebzehn. Zwei schwerere Fälle bis jetzt. Gott!« Megan legte den Kopf in den Nacken und stieß einen frustrierten Schrei aus. »Wie konnte das nur passieren?«

Darauf würden sie vorerst keine Antwort finden, dachte Summer. Um die Ursachen konnten sie sich erst kümmern, wenn es den Tieren wieder besser ging.

»Zumindest geht es bis jetzt allen Pferden gut, die auf Bitten ihrer Besitzer das Spezialfutter bekommen«, informierte Olivia sie.

Wenigstens das. Wenn eines der teuren Sportpferde zu Grunde gehen sollte, weil bei ihnen mit dem Futter etwas nicht stimmte, würde sie das in den Ruin treiben.

»Aber Ben hat darum gebeten, einen zweiten Tierarzt zu holen. Allein schafft er das nicht«, fuhr ihre Mutter fort. »Ich habe schon herumtelefoniert. Mitchell Adams ist auf dem Weg.«

Summer blickte über ihre Schulter auf die vielen Pferde, die von ihren Helfern auf jedem freien Fleck herumgeführt wurden. »Hoffentlich ist er bald da«, murmelte sie. Sie wusste genauso gut wie jeder andere hier, wie schnell eine Kolik einen tödlichen Ausgang nehmen konnte. Für einen Moment schloss sie die Augen und atmete tief durch. Das war nicht der Augenblick, in Panik zu verfallen. Dafür hatte sie später noch genug Zeit. Jetzt war Stärke das Einzige, was zählte. »Ich mache weiter«, ließ sie ihre Familie wissen und kehrte in den Stall zurück.

Alec bemerkte sie aus den Augenwinkeln. Er tat, was sie ihm aufgetragen hatte, und bewegte ein Pferd am Zaun des Paddocks entlang. Matt lief ihr nicht über den Weg, was gut war, weil sie nicht wusste, wie sie im Moment mit ihm umgehen sollte. Jemand informierte sie, dass er auf der Koppel bei einem Pferd mit Kreislaufkollaps geblieben war und einem anderen Freiwilligen die Bänder zum Markieren der symptomfreien Pferde in die Hand gedrückt hatte.

Dann schob sie die Gedanken an die Männer zur Seite und konzentrierte sich auf die Tiere, die ihre Hilfe brauchten. Sie ging überall zur Hand. Versuchte, aufgeregte Pferde zu beruhigen. Unterstützte Ben und später auch Mitchell beim Verabreichen schmerzstillender Mittel und krampflösender Medikamente, die den Bauchraum der Pferde entspannen sollten. Half bei der Behandlung mit Öl, das über einen Schlauch in den Magen der Pferde geleitet wurde. Irgendwann verlor sie den Überblick über die Anzahl der erkrankten Tiere.

Abby ging herum und versuchte, bei allen betroffenen Pferden herauszufinden, was sie gefressen hatten und wie viel sie in den Tagen vor der Kolik bewegt worden waren. Sie notierte Puls, die Temperatur und Atemfrequenz, um den Tierärzten ein möglichst konkretes Bild des Zustandes der Tiere zu geben. Erst flüsterte sie Summer die Zahl Neunzehn ins Ohr und eine Weile später Dreiundzwanzig. Verdammt! Wie hatte das nur passieren können?

Verbissen arbeitete Summer weiter. Selbst als alle Tiere versorgt waren und für diesen Tag nichts mehr zu tun war, ging sie die Ställe noch einmal ab, überprüfte jedes erkrankte Pferd, bis Megan nach ihrer Hand griff und sie auf den Hof zog.

»Pause. Jetzt sofort«, kommandierte sie. »Du siehst aus, als würdest du jeden Moment umkippen«, dabei sah sie selbst keinen Deut besser aus. »Wir müssen wenigstens etwas essen, bevor wir die Nachtwachen einteilen.«

Summer hatte nicht bemerkt, wie die Dunkelheit über die Insel hereingebrochen war. Bis eben hatte sie weder Hunger noch Durst verspürt, aber als sie jetzt aus dem Stall traten, traf sie die Erschöpfung wie eine Faust in den Magen. Auf dem Hof hatten Helfer Tische und Bänke aufgestellt. Rose Walsh hatte gemeinsam mit Olivias Freundinnen eine Art Büfett aufgebaut. Sie verteilten kräftigen Eintopf, dazu Burger, die Frankie grillte und jede Menge Kuchen und Donuts aus Marshas Backstube.

Summer war dankbar für die Unterstützung. Nicht nur für die Verpflegung, sondern auch für die Hilfe ihrer Nachbarn und Freunde. Natürlich war das auf Stonebridge Island nichts Außergewöhnliches. Die Bewohner der Insel hielten zusammen. Trotzdem berührte diese Geste Summer sehr. Sie ließ sich neben Abby auf eine Bank fallen. Megan setzte sich ihr gegenüber, neben ihre Mutter.

Olivia reichte Summer eine Flasche Wasser, die sie in einem Zug halb leer trank. Verdammt, sie hatte gar nicht gemerkt, wie durstig sie gewesen war. Mit den Essensdüften kehrte auch schlagartig ihr Hunger zurück. Kaum hatte sie den Gedanken zu Ende gedacht, tauchte wie von Geisterhand ein Teller mit einem Burger, Pommes und Krautsalat vor ihr auf. Summer blickte auf, in Maxine Grants lächelndes Gesicht. Sonst regierte sie als Bürgermeisterin die Stadt, aber heute war sie offenbar als Kellnerin tätig, die die Meute der Helfer versorgte.

»Danke, Maxine«, sagte Summer und schob sich ein Pommes in den Mund, weil sie plötzlich das Gefühl hatte, es keine Sekunde länger aushalten zu können, ohne etwas zu essen. Genüsslich stöhnte sie und schob gleich noch zwei Pommes hinterher. »Verdammt, tut das gut«, sagte sie kauend. »Wie ist der aktuelle Stand?«, fragte sie dann in die Runde. Jetzt, als sie getrunken hatte und Kohlenhydrate dabei waren, ihren Weg in Summers Magen zu finden, nahm auch ihr Gehirn die Arbeit wieder auf.

»Achtundzwanzig kranke Pferde. So wie es aussieht, sind keine mehr dazugekommen. Zwei schwere Fälle haben wir in die Klinik transportieren lassen. Ben hofft, dass er sie mit einer perkutanen Darmpunktion wieder hinbekommt«, fasste Olivia den Tag zusammen.

»Kein Todesfall?« Summer atmete erleichtert auf. Im schlimmsten Fall hätten sie einige der Tiere verlieren können.

Megan schüttelte den Kopf. »Es grenzt an ein Wunder – und ich bin unglaublich dankbar dafür. Ich weiß noch immer nicht, was das Problem war. Das muss am Futter liegen. Es kann doch kein Zufall sein, dass fast alle Pferde, die Pellets aus der neuen Lieferung bekommen haben, krank sind. Die Tiere, die Spezialfutter bekommen oder noch aus der alten Charge gefüttert wurden, sind gesund. Am liebsten würde ich sofort zu William fahren und überprüfen, ob ich richtig liege. Aber erst einmal müssen wir die Lage hier unter Kontrolle bekommen.« Sie seufzte unglücklich. »Ich verstehe das nicht. Wir hatten doch noch nie Probleme. Und ich habe das Futter selbst bestellt. Was kann da nur schiefgelaufen sein?«

Abby griff über den Tisch und drückte Megans Hand. »Mach dich nicht verrückt. Wir werden es rausfinden.«

»Jetzt müssen wir erst einmal die Nachtwachen einteilen.« Summer griff nach ihrem Burger und biss ein großes Stück ab.

»Josh kümmert sich bereits darum«, brachte Megan sie auf das Laufende.

Summer nickte und biss noch einmal ab. Wenn ihr Verwalter die Einteilung in die Hand nahm, mussten sie sich keine Sorgen machen, dass etwas schieflief.

Für einen Moment herrschte Stille am Tisch. Alle hingen ihren Gedanken nach, und Maxine kam noch einmal vorbei und stellte einen Teller mit Donuts ab.

»Willst du uns noch von der Schlägerei erzählen?«, fragte Megan schließlich. Sie griff nach einem Schokodonut und begann, die Kakaoglasur vom Gebäck zu zupfen.

»Die …« Scheiße! Matt und Alec hatte sie völlig vergessen. Nein, das stimmte nicht. Sie hatte jeden Gedanken an die beiden Männer zur Seite geschoben. Vorsichtig drehte sie sich nach den beiden um.

»Matt hat die erste Wache übernommen, und Alec musste zu irgendeinem wichtigen Spiel oder Training«, sagte Abby.

»Ach so … ähm …« Summer schob ihren leeren Burgerteller zur Seite und griff ebenfalls nach einem Donut. Sie drehte ihn zwischen den Fingern, nicht sicher, was sie zu der Prügelei sagen sollte. »Ich habe keine Ahnung, was da im Stall passiert ist. Auf einmal ist Matt auf Alec losgegangen.« In einer hilflosen Geste hob sie die Hände. »Wie ein Verrückter. So ein Gewaltausbruch passt überhaupt nicht zu ihm.«

»Also, ich glaube nicht, dass Matt so ganz ohne Kneipenschlägereien durch das Leben gekommen ist.« Megan lehnte sich genüsslich auf ihrem Platz zurück. »Er hat sicher schon die Ehre der einen oder anderen Dame verteidigt.«

»Nur dass es bei mir keine Ehre zu verteidigen gibt«, kürzte Summer die Fantasie ihrer Schwester ab. »Hört mal«, redete sie schnell weiter, weil sie bereits an Abbys Blick erkannte, dass sie ebenfalls etwas zu diesem Thema zu sagen hatte. »Das hier ist weder der richtige Zeitpunkt noch der richtige Ort, um das zu diskutieren.« Der Ärger, der erneut auf Matt und Alec in ihr hochkochte, tat gut. Er hielt sie wach und fokussiert – genau das, was sie jetzt brauchte. Zusammen mit dem Zucker, den der Donut in ihr System spülen würde. Sie biss ab und griff nach einem zweiten, während sie aufstand. »Ich werde Josh fragen, ob er meine Hilfe braucht.« Das resignierte Seufzen ihrer Mutter, das ihr folgte, ignorierte sie.

# 19

Matt war kein Schläger. Er war zwar nicht der Typ, der einer Auseinandersetzung aus dem Weg ging und hatte in seinen jüngeren Jahren seinen fairen Anteil an Kneipenprügeleien gehabt. Aber mit einem Football-Coach, der lange genug selbst gespielt hatte, hatte er sich noch nie angelegt. Und hätte es unter normalen Umständen auch nicht getan. Aber dieser Mistkerl hatte ganz genau gewusst, welche Knöpfe er drücken musste. Matt war ausgerastet – und dann vermöbelt worden. Klar, ein paar Treffer hatte er auch gelandet, aber das war die Schmerzen, die er jetzt hatte, nicht wert gewesen. Und Summers enttäuschte Blicke schon gar nicht.

Er rollte die Schultern, rieb mit der Hand über die Stelle, an der er sich vor ein paar Monaten das Schlüsselbein gebrochen hatte, und bewegte seinen dumpf pochenden Unterkiefer hin und her. Als der Schmerz wie ein Pfeil direkt in sein Gehirn schoss, hörte er auf und ließ sich stattdessen vorsichtig auf einen Strohballen im Stallgang sinken.

Sein Puls beschleunigte sich, als auf einmal die Stalltür aufgeschoben wurde. Doch dann erkannte er, dass es Zara Sanders war und nicht Summer. Die Pferdepflegerin hielt ihm einen Stonebridge-Island-Becher hin, und Matt inhalierte das kräftige Kaffeearoma, als er ihn nahm. »Danke.«

Zara setzte sich auf einen Strohballen ihm gegenüber. Sie war genauso blass wie alle anderen Gestütsmitarbeiter, die ihm heute über den Weg gelaufen waren. Der Schreck saß ihr offensichtlich noch immer tief in den Knochen. »Keine Ursache«, sagte sie. Zara war noch nie eine Frau großer Worte gewesen, aber zumindest hatte sie ihrem Gegenüber beim Reden in die Augen gesehen. Jetzt senkte sie erschöpft den Kopf und starrte ihren eigenen Kaffeebecher an. »Ich bin die Ablösung. Irgendwas Besonderes?«

Ablösung. Das klang fantastisch. Nach einer Dusche. Seinem Bett. Und ein paar Stunden, um die Erschöpfung wegzuschlafen, die wie Blei auf seinen Schultern lag, klangen himmlisch. Wenn er dann wieder klar denken konnte, würde er über Summer nachdenken. Vielleicht würde sie sich aber auch irgendwann heute Nacht in sein Bett stehlen, und er wüsste, dass zwischen ihnen wieder alles in Ordnung war. Er würde die Tür seines Cottages jedenfalls nicht abschließen. »Hier ist alles okay«, sagte er zu Zara. »Die Pferde, die das Spezialfutter bekommen, haben allesamt keine Symptome. Es muss an dem Futter aus dem Silo gelegen haben. Anders kann ich mir das nicht erklären.« Die Zeit, die er als Stallwache bei den wertvollen Pferden verbracht hatte, die Summer für ihre Besitzer ausbildete und trainierte, hatte er genutzt, um sich über diesen furchtbaren Zwischenfall Gedanken zu machen.

»Keine Ahnung«, murmelte Zara in ihren Kaffeebecher. »Solange der Spuk jetzt vorüber ist, wird ja alles wieder gut.«

»Hoffentlich.« Es hatte schon Fälle gegeben, in denen verdorbenes Futter einen ganzen Pferdestall ausgelöscht hatte. Zum Glück waren die Koliken früh genug aufgefallen. Nicht auszudenken, wenn … Er schob den Gedanken zur Seite. Sein

Gehirn fühlte sich an wie Brei. Er würde das Feld Zara überlassen. »Danke für die Ablösung«, sagte Matt und prostete Zara mit seinem Kaffeebecher zu.

Doch sie hob den Blick nicht. Das »Gute Nacht«, das über ihre Lippen kam, war kaum zu verstehen.

Der Hof war noch immer bevölkert von Menschen. Freiwillige Helfer, die etwas aßen, Kaffee tranken und über die gleiche Frage diskutierten, die auch in seinem Kopf nicht aufhörte, sich zu drehen: Wie hatte das passieren können?

Matt war nicht danach, sich in eine der Unterhaltungen hineinziehen zu lassen. Er hielt sich im Schatten der Stallgebäude und schlug den Weg zu den Cottages ein, ohne von irgendjemandem gesehen zu werden. Jumper war mit Charlie im Ranchhaus. Olivia hatte sicher nichts dagegen, wenn er die Nacht über dortblieb. Ihn holen und dabei möglicherweise Summer über den Weg zu laufen, wollte er im Moment nicht riskieren. Aber ihm würde es bei den Coopers gut gehen, und er würde seine Spielzeit mit Charlie auf jeden Fall genießen.

Matt gönnte sich eine heiße Dusche, die seine lädierten Muskeln wenigstens ein bisschen lockerte, und fiel anschließend ins Bett. Er machte sich nicht die Mühe, sich etwas anzuziehen, sondern kroch einfach, wie er war, unter die Decke. Heute waren Ice und er zum ersten Mal wieder richtig gesprungen. Die Freude, diese Hürde genommen zu haben, hing nur noch wie ein flüchtiger Hauch in seinen Gedanken. Der Erfolg schien in einem anderen Leben passiert zu sein.

Matt hatte das Gefühl, gerade einmal eine halbe Stunde geschlafen zu haben, als es an seiner Tür klopfte. Ein Blick auf

sein Handydisplay zeigte ihm, dass er tatsächlich erst vor fünfundzwanzig Minuten in sein Bett gefallen war. Mühsam quälte
er sich in die Vertikale und angelte nach seinen Boxershorts,
bevor er die Tür öffnete. »Summer«, sagte er überrascht. Sein
schlaftrunkenes Gehirn nahm zwei Dinge wahr: Sie sah so
müde und erschöpft aus, wie er sich fühlte. Und sie war nicht,
wie es sich in den vergangenen Wochen eingespielt hatte, einfach in sein Bett geschlüpft. Sie hatte geklopft. Wie sie an die
Tür eines x-beliebigen Mitarbeiters oder Nachbarn klopfen
würde.

»Hallo Matt.« Ihr Blick glitt über seinen nackten Oberkörper, verharrte einen Moment an dem Hämatom auf seinem
Schlüsselbein, bevor er an seinem zerschundenen Gesicht
hängen blieb. »Habe ich dich geweckt?«

»Ja. Aber kein Problem. Ist mit den Pferden alles okay?«

»Alles soweit in Ordnung«, beruhigte sie ihn.

»Willst du reinkommen?« Er hielt die Tür auf und machte
einen Schritt zur Seite.

Summer wippte einen Moment unschlüssig auf den Fuß-
ballen, dann schob sie die Hände in die Gesäßtaschen ihrer
Jeans und schüttelte den Kopf. »Nein. Können wir hier
draußen reden?«

»Klar. Wie du willst.« Matt schluckte. »Ich ziehe mir nur
schnell etwas an.« Er ließ die Tür zufallen, zog Jeans und ein
T-Shirt über und griff sich zwei Wasserflaschen vom Küchentresen.

Als er wieder nach draußen kam, hatte sich Summer auf die
Treppenstufe vor dem Cottage gehockt. Er setzte sich neben
sie und reichte ihr eine der Flaschen.

»Danke.« Sie schraubte sie auf und trank einen großen

Schluck. Dann starrte sie geradeaus in die Nacht, so als müsse sie überlegen, was sie als Nächstes sagen sollte.

»Ich vermute, du bist gekommen, weil du eine Entschuldigung von mir willst«, machte Matt es ihr leicht. Wenn sie keine Hilfe mit den Pferden brauchte, konnte ihr förmlicher Besuch nur einen Grund haben.

Er hatte richtig gelegen, wurde ihm klar, als sie sich ihm zuwandte. Ihre Augen sprühten schon wieder Funken. »Was hast du dir nur dabei gedacht?«, fuhr sie ihn an.

Sie hasste Szenen, das wusste Matt. Und doch hatte er sich aufgeführt wie die Axt im Wald. Oder eher wie ein Neandertaler in seiner Höhle. »Es tut mir leid, Summer.« Das war die Wahrheit. »Alecs Auftauchen hat mich einfach gereizt. Ich meine, dieser Typ interessiert sich nicht die Bohne für Pferde. Und kaum passiert so was, taucht er plötzlich hier auf?« Das wiederum war nicht die Wahrheit. Alec hatte ihn unglaublich provoziert. So lange, bis Matt die Kontrolle verloren hatte. Aber das war nichts, was er Summer erzählen musste. Entweder würde sie denken, dass er sich nur herausreden wollte, oder Alec hatte ihr bereits seine Version der Geschichte erzählt, in der er völlig unschuldig zum Opfer von Matts Angriff geworden war. Summers Ex war ein manipulatives Arschloch, so viel war klar. Aber abgesehen davon war er derjenige gewesen, der zuerst zugeschlagen hatte. Das ließ sich nicht schönreden.

»Du bist auf ihn losgegangen, weil …« Sie suchte nach den richtigen Worten. »Weil du eifersüchtig auf Alec bist?«

Matt seufzte. »Wenn du das so nüchtern sagst, klingt es ziemlich kindisch.«

»Allerdings.« Sie drehte sich jetzt so, dass sie ihn richtig ansehen konnte. Ihr Blick war ernst. Trotzdem schaffte Matt es nicht ganz, ihre Knie zu ignorieren, die sich auf der schmalen Treppe gegen seinen Oberschenkel drückten. »Das war absolut inakzeptabel. So ein Verhalten kann ich auf dem Hof nicht dulden.«

»Findest du es nicht ein bisschen merkwürdig, dass er ausgerechnet heute aufgetaucht ist? Nachdem er neulich schon mal da war und in deinem Pferdeanhänger an dir herumgegraben hat? Ich habe euch gesehen«, ergänzte er, als Summer zurückzuckte.

Einen Moment starrte Summer ihn an, das Gesicht eine Maske aus Fassungslosigkeit. »Du spionierst mir nach?« Ihre Stimme klang leise und tonlos. Erschöpfung schwang zwischen ihren Worten mit.

»Nein. Ich wollte dich zum Dinner im Ranchhaus abholen. Und seitdem warte ich darauf, dass du dieses kleine Intermezzo erwähnst. Aber das hast du nicht. Stattdessen taucht dein Ex heute schon wieder hier auf, *um dir zu helfen.*« Zur Betonung der letzten Worte malte er mit den Fingern Gänsefüßchen in die Luft. Diese ganze Situation frustrierte ihn. Wahnsinnig. Wo er doch nichts sehnlicher wollte, als Summer einfach in seine Arme zu ziehen und seine Lippen auf ihren Nacken zu pressen.

»Das heute war eine Situation, die sich mit nichts vergleichen lässt. Wenn mir jemand Hilfe anbietet, dann nehme ich sie an, ohne das zu hinterfragen. Alec hat sich nicht gerade als Pferdefreund herausgestellt, das stimmt. Aber trotzdem war er heute hier. Und er ist in der Lage, ein Pferd über den Hof zu führen, bis die Koliken besser werden. Das ist eine Unterstützung, die wir dringend gebraucht haben. Genau wie die von jedem anderen Freiwilligen. Es steht dir nicht zu, das zu hinterfragen.«

»Ich wollte doch nur …« Ja, was wollte er? Dass Summer sich von diesem Idioten fernhielt, auf den er eifersüchtig war? Dass sie ihm verzieh, dass er sich hatte hinreißen lassen?

»Welche Entscheidungen auch immer ich treffe: Sie gehen dich nichts an.« Summer erhob sich und brachte ein paar Schritte Abstand zwischen Matt und sich. »Wir sind kein Paar.«

Wow. Das saß. Matt atmete langsam ein und aus. Natürlich waren sie nicht zusammen. Nicht so, wie es der klassischen Definition entsprach. Aber trotzdem hatten sie die vergangenen Wochen gemeinsam verbracht. Die Tage genauso wie die Nächte. Sie hatte ihn unterstützt, hatte ihn aus seinem Loch gezogen und Ice und ihm auf die Sprünge geholfen. Sie hatten Spaß gehabt und gegenseitig ihre Gesellschaft genossen. Matt hatte sich nicht erlaubt, an das Ende ihrer Zeit zu denken. Es würde früh genug kommen. Heute Nachmittag hatte er noch gedacht, dass ihm eine Woche blieb. Aber so, wie Summer ihn gerade ansah, war dieser Moment vielleicht schon gekommen – und erwischte ihn eiskalt. Als er Summer kennengelernt hatte, war alles auf eine einzige Nacht hinausgelaufen. Doch inzwischen bedeutete sie ihm so viel, dass er sich den Kopf darüber zerbrach, wie sie es schaffen konnten, sich weiterhin zu sehen, wenn über tausend Meilen sie trennten. »Ich weiß, dass wir kein Paar sind. Und ja, ich war eifersüchtig auf deinen Ex. Aber Summer, meine letzte Trainingswoche läuft an. Ich muss bald nach Kentucky zurück. Sollen wir die Zeit, die noch bleibt, mit Streiten verbringen?«

»Ich glaube, dass wir das zwischen uns ein wenig abkühlen sollten.« Summer zuckte mit den Schultern, als sei es keine große Sache. Aber trotz der Dunkelheit, die außerhalb des Lichtkreises seiner Verandalampe ihre Schatten warf, konnte er die Traurigkeit in ihrem Blick sehen. Es ging ihr nicht anders als ihm. Warum traf sie dann eine solche Entscheidung und verhinderte damit die letzten gemeinsamen Tage, die ihnen blieben?

Offenbar hatte Summer alles gesagt, was ihr auf dem Herzen lag. Sie wandte sich zum Gehen.

»Summer«, rief Matt ihr leise nach. Er hatte sich mit der Schulter gegen die verblassten Zedernschindeln seiner Cottagewand gelehnt. Sie blieb stehen, drehte sich aber nicht um. »Ice und ich sind heute gesprungen.« Er hatte sich so darauf gefreut, ihr in allen Einzelheiten davon zu erzählen. Wie es sich angefühlt hatte. Wie glücklich er gewesen war. Wie stolz auf Ice und sich selbst. Er wollte wenigstens, dass Summer wusste, dass ihr Training mit ihm funktioniert hatte.

Sie legte den Kopf in den Nacken, und wenn er es richtig sah, kniff sie für einen Moment die Augen zusammen. »Das freut mich für euch«, sagte sie leise und verschwand in der Dunkelheit.

*

Summer blieb wach. Es machte keinen Sinn, sich ins Bett zu legen und die dunkle Decke anzustarren. Sie kontrollierte die Pferde. Unablässig. Wieder und wieder. Obwohl sich Freiwillige gefunden hatten, die die Nachtschichten übernahmen – und die deswegen mittlerweile wahrscheinlich zutiefst genervt von ihr waren. Im Morgengrauen hatten sie die Sicherheit, dass es keine weiteren Tiere erwischt hatte. Abgesehen davon waren bis spät in die Nacht eine ganze Reihe Nachrichten von Alec eingegangen, von denen sie nicht eine einzige gelesen hatte. Und sie hatte Matt vergrault. Für eine einzige Nacht war das eine ganze Menge.

Als sie aus dem Stall des Fohlenkindergartens trat, sah sie Licht in der Küche des Ranchhauses brennen. Warm und gelb, wie eine Insel in der heraufbrechenden Morgendämmerung. Mit müden Schritten überquerte sie den Hof. Sie streifte ihre Stiefel auf der Veranda ab und folgte dem Duft von frisch gebackenem Bananenbrot ins Haus. Auf Socken ging sie in die Küche.

Ihre Mutter stand am Küchentresen und schnitt das noch warme Gebäck in Scheiben. Als sie Summer bemerkte, richtete sie sich auf, küsste sie auf die Wange und strich ihr mit einer sanften Geste über den Arm. »Kaffee?«, fragte sie.

»Auf keinen Fall.« Summer presste die flache Hand auf ihren flauen Magen. Sie hatte irgendwann aufgehört, die lauwarmen Kaffeebecher zu zählen, die sie in der Nacht geleert hatte und die nun nicht gerade hilfreich waren, um von ihrem Adrenalinrausch wieder herunterzukommen. »Aber gegen eine Scheibe Bananenbrot hätte ich nichts einzuwenden.«

»Kommt sofort.« Olivia strich Butter auf eine dampfende Scheibe Früchtebrot, die sofort schmolz und von dem Gebäck aufgesogen wurde. Dann stellte sie den Teller vor Summer ab, goss ihr ein Glas Wasser ein und setzte sich ihr mit ihrem Kaffee gegenüber. »Soweit ich es mitbekommen habe, gibt es im Moment nichts Neues. Und keine Neuigkeiten können ja auch mal gute Neuigkeiten bedeuten.«

Summer nickte mit vollem Mund. »In diesem Fall wirklich. Es ist bei den achtundzwanzig Tieren geblieben.«

»Nur wissen wir immer noch nicht, wie das geschehen konnte«, sagte Megan, die in diesem Moment in die Küche stürmte. »Ich bin all meine Bestellungen durchgegangen. Bei mir stimmt alles. Ich habe wirklich keine Ahnung, wie das passiert ist.« Sie lehnte die Stirn gegen den Küchenschrank, während sie sich einen Kaffee machte.

»Das ist nicht deine Schuld«, versuchte Olivia sie zu beruhigen. Sie stand auf, um auch für Megan eine Scheibe Bananenbrot mit Butter zu bestreichen und ihrer Tochter hinzuschieben. Und weil in diesem Moment Abby aus dem Stutenstall kam und auf das Ranchhaus zuhielt, wiederholte sie das Ganze noch ein weiteres Mal.

»Natürlich ist es meine Schuld«, widersprach Megan. »Ich bin diejenige, die das Futter bestellt hat. Eine andere Erklärung gibt es für die kranken Tiere nicht.«

Abby ließ sich auf den Platz neben Megan fallen. »Jetzt lass doch erst mal den Tierarzt rausfinden, was los ist. Vorher wissen wir gar nicht, womit wir es zu tun haben. Ich habe ihm mehrere Futterproben mitgegeben.«

»Trotzdem will ich bei William vorbeischauen. Vielleicht kann er uns weiterhelfen«, blieb Megan hartnäckig.

»Erst einmal müsst ihr etwas essen. Und dann ein wenig schlafen.« Olivia stellte Abbys Portion Bananenbrot vor ihr ab, legte je eine Hand auf Megans und Abbys Schulter und küsste die beiden auf den Scheitel.

Olivia setzte sich durch. Sie versuchten alle, etwas zu schlafen, wälzten sich aber trotz ihrer Erschöpfung nur von einer Seite auf die andere und schafften es nicht, die Gedankenachterbahnen in ihren Köpfen zum Anhalten zu bringen.

Bereits eineinhalb Stunden später saßen sie wieder in der Küche zusammen und starrten in ihre Kaffeetassen.

»Ich kann nicht länger warten«, sagte Megan schließlich mit einem Blick auf die Uhr über der Küchentür. Entschlossen schlug sie mit den Handflächen auf den Tisch. »Ich fahre jetzt zu William Rydell.«

»Aber nicht allein.«

»Ich komme mit.«

Summer und Abby hatten gleichzeitig gesprochen. »Außerdem hat William noch gar nicht geöffnet«, ergänzte Abby, wie immer um Ruhe und bedachtes Handeln bemüht.

»Das ist mir völlig egal. Wenn ihr mitwollt, dann jetzt. Ich warte auf niemanden.« Megan erhob sich und zog den Autoschlüssel ihres alten Jeep Wranglers aus der Tasche.

Zehn Minuten später sahen Summer und Abby dabei zu, wie ihre jüngere Schwester die Metallstufen zu Williams Wohnung über dem Futtermittelladen hinaufpolterte. Mit dem ihr eigenen Temperament hämmerte sie mit der Faust gegen die Tür, bis eines der Fenster über dem verschnörkelten Schild mit der Aufschrift *Rydell – Livestock Feed Company* aufgerissen wurde und Williams verschlafenes Gesicht erschien. »Um Himmels Willen! Megan Cooper! Ist der Teufel hinter dir her oder warum versuchst du, meine Tür einzuschlagen, Mädchen?«

»Ich muss mit dir reden, Will«, rief Megan.

»Dann komm wieder, wenn ich den Laden aufgemacht habe«, gab er ungehalten zurück. Seine grauen Locken waren auf einer Kopfseite plattgedrückt, auf der anderen standen sie wild ab. »Mich aus dem Bett zu reißen, als ob der Laden brennt«, fluchte er, etwas leiser. Summer verstand ihn von ihrem Beobachtungsposten, mit der Hüfte gegen den rostigen Kotflügel des Jeeps gelehnt, allerdings immer noch wunderbar.

»Auf dem Gestüt stehen achtundzwanzig Pferde mit Koliken, nachdem sie das Futter gefressen haben, das ich bei dir bestellt habe.« Megan verschränkte die Arme vor der Brust und klopfte ungeduldig mit der Stiefelspitze auf den metallenen Treppenabsatz. »Das ist ein bisschen, als ob der Laden brennt, oder?«

Williams Gesicht verschwand vom Fenster, und im nächsten Moment riss er die Haustür auf. »Was sagst du da?« Seine Gesichtsfarbe erinnerte an ihre eigene und die ihrer Schwestern am vergangenen Abend. Mit dem Unterschied, dass sich bei William hektische rote Flecken über das ungesunde Weiß verteilten. »Achtundzwanzig? Habt ihr alle durchgebracht? Wie konnte denn so was passieren?«

»Genau das versuche ich rauszufinden. Und ja, bis jetzt haben wir noch kein Pferd verloren. Zwei mussten allerdings in die Klinik und wurden bereits operiert.«

»Um Himmels Willen«, wiederholte William und wies mit der Hand auf seine gestreifte Pyjama-Brust. »Gib mir zwei Minuten, damit ich mir etwas anziehen kann. Wir treffen uns unten im Laden.«

Nachdem er die Tür geschlossen hatte, kam Megan wieder zu ihnen heruntergepoltert. Gemeinsam warteten sie vor der Ladentür, bis William ihnen öffnete. Er war in ausgebeulte Jeans und ein verwaschenes T-Shirt geschlüpft. Die Haare standen ihm noch immer zu Berge. »Abby. Summer.« Er nickte ihnen zu. »Kommt rein.« Mit einer kantigen Bewegung drehte er sich um und ging ihnen mit nackten Füßen voraus, quer durch den Laden zu seinem Bestelltresen.

»Graham war mit seinem neuen Mädchen ein paar Tage auf dem Festland. Als er wieder da war, habe ich mir gedacht, dass das meiner Hildy und mir auch mal guttun würde. Wir waren ein paar Tage in einer kleinen Pension in den Green Mountains. Sind erst gestern Abend spät zurückgekommen.« Er schaltete das Licht über dem zerkratzten Tresen ein und holte seine Bestellordner aus den Fächern darunter. »Graham sollte den Laden heute Morgen aufmachen, damit wir nach dem Trip noch einmal ausschlafen können. In zehn Minuten müsste er eigentlich da sein«, ergänzte er mit einem Blick auf die Uhr, die unter einem präparierten Lachs hinter ihm hing. Hektisch blätterte er durch die Bestellungen, bis er Megans Order fand.

Fast gleichzeitig beugten sie sich über den Tresen und folgten Williams Zeigefinger, der die Linie des Bestellscheins entlangfuhr. »An den Tag erinnere ich mich noch«, murmelte er. »Die Adresse stimmt. Geliefert wurden …« Erschrocken keuchte er auf.

»Rinderpellets.« Summers Herz schlug ihr bis zum Hals. Allein der Gedanke, wie viele Tiere hätten krank werden und sterben können, trieb ihr kalten Schweiß auf die Stirn.

»Wie konnte das passieren, verdammt noch mal?« Megan hatte den Bestellordner bereits zu sich herangezogen und das Blatt herausgerissen. »Das ist nicht meine Bestellung«, stellte sie fest. »Diesen Zettel habe ich nicht ausgefüllt.«

»Warte einen Moment.« William schlug einen zweiten Ordner auf und blätterte, bis er fand, was er suchte. »Hier.« Er zog das Blatt heraus. »Eure Futterlieferung ging an die McLachlen-Ranch.«

»Jemand hat die Lieferadressen vertauscht«, stellte Abby

leise fest. Sie legte die Zettel nebeneinander und strich sie glatt. »Nur dass es den Rindern nichts ausmacht, wenn sie Pferdefutter fressen.«

»Während es anders herum für Pferde mit ihrer sensiblen Verdauung zur Katastrophe wird.« Megan stieß sich vom Tresen ab und rieb mit den Händen über ihr Gesicht. »Wer macht so was?«, fragte sie niemanden bestimmten. Ihr hätte auch niemand eine Antwort darauf geben können.

»Kannst du uns Kopien davon machen?«, fragte Abby und schob die Blätter in Williams Richtung.

»Natürlich. Kein Problem.« William nickte. »Das dauert aber einen Moment, ich muss den Kopierer erst einschalten.«

»Wartet.« Summer zog ihr Handy aus der Hosentasche und fotografierte die Bestellformulare ab. »Uns reicht diese Variante erst einmal. Aber kopiere sie bitte trotzdem, damit die Leute vom Sheriffsbüro sie mitnehmen können.«

»Der Sheriff. Natürlich. Ihr müsst das melden.« William schüttelte den Kopf. »Ich weiß wirklich nicht, wer so was macht. Es tut mir so leid. Die Ordner liegen den ganzen Tag auf dem Tresen. Auf die Idee, dass jemand gefälschte Bestellscheine hineinlegen könnte, bin ich nicht gekommen.«

»Danke für deine Hilfe, William.« Summer schob das Handy wieder in ihre Tasche.

»Haltet mich auf dem Laufenden, ja?«, sagte er, als die Schwestern sich zur Tür umdrehten.

»Machen wir. Und du überlegst noch mal, ob dir nicht noch jemand einfällt, der hier herumgeschlichen ist.«

Das »Mach ich« des Futtermittelhändlers mischte sich mit dem Klingeln des Türglöckchens, als Summer die Tür aufzog und auf die Veranda vor dem Haus trat.

»Was machen wir jetzt?«, fragte Abby, die Hände in die Hüften gestützt.

»Ich brauche jetzt erst einmal Zucker.« Megan lief los. »Lasst uns bei Marsha darüber reden.«

»Gute Idee«, sagte Summer und folgte Megan. »Kommst du?«, rief sie Abby über die Schulter zu.

»Bin schon da.«

Gemeinsam überquerten sie die Straße und betraten *Marsha's Bakery* schräg gegenüber des Futtermittelhandels. Der warme, heimelige Duft frischer Backwaren schlug ihnen entgegen und mit Marsha, die um den Tresen herumkam, sobald sie sie erblickte, und eine nach der anderen in ihre Arme schloss, auch eine Welle aus Geborgenheit. Die Freundin ihrer Mutter gehörte zu ihrem Leben, solange Summer denken konnte.

»Setzt euch, Mädchen«, wies Marsha sie an, verschwand wieder hinter dem Tresen und kehrte kurz danach mit einem Teller zurück, auf den sie den jeweiligen Lieblingsdonut jeder Schwester gelegt hatte. »Esst. Und erzählt mir, was es Neues gibt.« Im Moment war niemand im Laden, also setzte die Bäckerin sich kurzerhand zu ihnen an den Tisch.

Summer lehnte sich zurück. Sie überließ es Megan, von den gefälschten Bestellscheinen zu berichten. Marsha hatte jede Menge Fragen, und ihre Schwestern bemühten sich, alle zu beantworten. Gemeinsam rätselten sie, wer zu so einer Tat fähig war. Um einen Dumme-Jungen-Streich handelte es sich mit Sicherheit nicht. Die Gedanken in Summers Kopf zogen ihre Kreise langsamer. Träge von der Müdigkeit, die sich nicht mehr zur Seite schieben ließ. Für einen Moment schloss sie ihre brennenden Augen. Und öffnete sie wieder, als die Tür der Bäckerei aufgeschoben wurde.

Schon bevor Marsha und ihre Schwestern begeistert seinen Namen riefen, wusste Summer, dass es Matt war, der den Laden betrat. Als ob seine Ausstrahlung vor ihm durch die Tür geglitten war und sich einfach um ihre Schulter gelegt hatte.

Marsha sprang sofort auf, leichtfüßig, als wäre sie zwanzig Jahre jünger, und huschte hinter ihren Verkaufstresen, um einen Stonebridge-Island-Becher unter den Kaffeeautomaten zu schieben. Megan sprang ebenfalls auf und zog Matt in eine Umarmung. Abby hob grüßend die Hand und schenkte ihm ein Lächeln. Summer presste die Lippen zusammen, um ein Stöhnen zu unterdrücken. Musste er ausgerechnet jetzt hier auftauchen?

»Hallo, Summer.« Er nickte ihr zu, als Megan ihn losließ.

»Matt.« Sie erwiderte das Nicken, schaffte es aber nur, die Wand hinter ihm zu fixieren, statt ihm in die Augen zu sehen. Dafür war sie sich sehr wohl der Blicke bewusst, die ihre Schwestern und Marsha austauschten.

»Ich bin auf dem Weg zu Simon und wollte mir nur einen Kaffee und einen Muffin holen«, erklärte Matt ungefragt, so als müsse er sich dafür rechtfertigen, hier aufgetaucht zu sein, während Summer hier war.

Scheiße. Summer hatte sowohl ihn als auch sich selbst in eine unmögliche Situation gebracht. Ein unangenehmes Schweigen breitete sich aus, bis Marsha mit dem Gebäck und einem Kaffee für ihn zurückkehrte.

Matt stellte seinen leeren Tauschbecher auf den Tisch und legte einen Zehn-Dollar-Schein daneben. »Danke, Marsha.« Er lächelte in die Runde. »Wir sehen uns.«

Summers Schwestern warteten wenigstens, bis Matt die Bäckerei verlassen hatte, ehe sie feststellten, dass sein Gesicht

noch schlimmer aussah als das ihrer Mutter nach dem Selbstverteidigungskurs, und sie mit ihren Fragen bestürmten. Sie
hob die Hand, um sie zu stoppen. »Wir sind nicht hier, um
über Matt und mich zu tratschen. Wir sollten herausfinden,
wer versucht hat, uns solchen Schaden zuzufügen. Es wird
höchste Zeit, den Sheriff anzurufen.«

# 20

Matt war der Appetit vergangen. Er verstaute den Muffin im Handschuhfach, um ihn vor Jumper in Sicherheit zu bringen. Was den Hund wiederum dazu brachte, sofort wie wild an der Klappe herumzuschnuppern.

Matt strich ihm über den Kopf. »Lass gut sein, Kumpel«, lenkte er ihn von dem verführerischen Duft ab. Er hätte den Hund mit in die Bäckerei nehmen sollen. Das sah Marsha zwar nicht gern, aber Jumper hätte diese unangenehme Situation irgendwie auflockern können. Jumper schaffte es immer, mit seinen albernen Tricks und seiner guten Laune, die Leute zum Lachen zu bringen und die Lage zu entspannen.

Matt trank einen Schluck von dem Kaffee, den er dringend brauchte, nachdem er die halbe Nacht damit verbracht hatte, an die dunkle Decke zu starren. Bis er schließlich aufgegeben und stattdessen der Sonne dabei zugesehen hatte, wie sie sich über die Kante des Ozeans schob. Den Schmerz in seinem Gesicht ignorierte er. »Ich habe nicht erwartet, Summer in der Bäckerei zu sehen«, sagte er zu Jumper. »Sie hat mich kalt erwischt.« Jumper legte den Kopf schräg und sah ihn aus seinen klugen Hundeaugen an, als wolle er ihn auffordern weiterzusprechen. Aber einem Hund sein Herz auszuschütten, war zumindest in der Öffentlichkeit ein wenig zu schräg. Matt lehnte den Kopf gegen die Nackenstütze und atmete tief durch. Dann drehte er den Zündschlüssel und parkte aus.

Auf der Straßenseite, vor der *Livestock Feed Company*, stand Megans unverkennbarer Jeep. Der war ihm auch schon aufgefallen, bevor er in die Bäckerei gegangen war, aber er hatte angenommen, dass Summers Schwester mit dem Besitzer des Futtermittelladens über die Koliken und das Futter sprechen wollte.

Er hatte sich wie jeden Morgen für die Fahrt zu Simons Stall einen Kaffee und etwas Süßes holen wollen. Summers Anwesenheit in *Marsha's Bakery* hatte ihn überrascht – sprachlos gemacht, um genau zu sein. Er hätte viel cooler mit ihr umgehen müssen. Sie behandeln wie ihre Schwestern und Marsha. Genau das war es, was sie von ihm wollte. Stattdessen hatte er nur ihr müdes Gesicht gesehen. Die Sorgenfalten zwischen ihren Brauen, die er am liebsten mit dem Finger glatt gestrichen hätte. Er hatte herumgestammelt und sich fast noch dafür entschuldigt, dass er in der Bäckerei aufgetaucht war.

Abby und Megan hatten irritiert zwischen ihnen hin und her gesehen. »Sie hat ihren Schwestern noch nichts davon erzählt, dass sie auf Abstand zu mir gegangen ist«, erzählte er Jumper, der sich inzwischen aber mehr für die Welt vor seinem Beifahrerfenster interessierte, die er mit gegen die Tür gestützten Vorderpfoten betrachtete, als sie über die Brücke zum Festland rumpelten.

Bis Matt Simons Trainingsgelände erreichte, hatte er seinen Kaffee längst geleert – und in ihm wuchs das dringende Bedürfnis nach einer weiteren Dosis Koffein. Er war früh dran, also begrüßte er Ice, putzte ihn und kratzte ihm den Rücken, wie es der Hengst mochte. Dann sah er Simons Tochter Michelle eine Weile bei ihrem Training zu und gab ihr ein paar Tipps, bevor er selbst dran war.

Völlig verschwitzt sprang er später aus dem Sattel. Simon lehnte lässig am Zaun. »Das war eine beschissene Vorstellung«, sagte er. »Ganz davon abgesehen, dass du ziemlich beschissen aussiehst.«

»Ist ›beschissen‹ dein neues Lieblingswort?« Matt war genervt. Hauptsächlich von sich selbst. Er hatte sich nicht konzentrieren können. Ice hatte das gemerkt und ganz automatisch versucht, die Führung zu übernehmen – schließlich musste wenigstens einer in ihrer kleinen Herde die Verantwortung tragen. Und wenn das der Mensch nicht tat ... Es war ein Kraftakt gewesen, die Oberhand zu behalten. So funktionierte das Band zwischen Pferd und Reiter nicht, wie Summer ihm vor ein paar Wochen deutlich vor Augen geführt hatte. Egal, wie sein Verhältnis zu Summer inzwischen aussah: Was er über den Umgang mit Pferden von ihr gelernt hatte, setzte er konsequent um. Er hatte nicht vor, jemals wieder mit Zwang gegen Ice anzugehen, auch wenn das Training dann eben scheiße lief. »Nicht mein Tag«, brummte er, als Simon nicht auf seine Bemerkung mit dem »beschissen« einging.

»Willst du über das Veilchen in deinem Gesicht reden?«, fragte Simon.

»Nein, will ich nicht.« Er wollte nur nach Hause. Duschen. Und ungefähr achtundvierzig Stunden schlafen.

»Okay.« Simon tippte mit dem Zeigefinger zum Gruß an seinen Stetson. »Du weißt, wo du mich findest, wenn du deine Meinung änderst.« Er stieß sich vom Zaun ab, beugte sich hinunter, um Jumper eine kurze Streicheleinheit zu verabreichen, und ging davon.

»Simon!«

Der Stallbesitzer blieb stehen und blickte über die Schulter zurück.

Matt schluckte. Auch wenn ihm der Gedanke gerade erst durch den Kopf geschossen war, es war die richtige Entscheidung, redete er sich selbst gut zu. Die Argumente wirbelten durch seinen Kopf, versuchten der Idee Halt zu geben und zu verhindern, dass es wie eine Kurzschlussreaktion wirkte. Reiten war sein Beruf. Ob er Summer noch eine Woche an jeder Ecke traf oder ob sich ihre Wege schon jetzt trennten, war völlig egal. Er musste sich auf seinen Job konzentrieren. Das konnte er offensichtlich nicht, solange er auf Stonebridge Island blieb. »Steht das Angebot mit der Unterkunft noch?«

Langsam drehte sich Simon um und kam zu ihm zurück. »Ja, das steht noch. Allerdings nur, wenn du mir erzählst, was los ist.«

*

Dieser Tag war einer, den Summer nur noch abhaken wollte. Total erledigt ließ sie sich mit einem kalten Bier hinter dem Ranchhaus in ihren Deckchair fallen.

Abby, die bereits in ihrem Stuhl hing, als hätte sie keinen funktionierenden Knochen mehr im Leib, schaffte es gerade noch, ihre Flasche ein paar Zentimeter zu heben, um ihr zuzuprosten. »Braucht diesen Tag noch jemand, oder kann der weg?«, sagte sie.

»Genau das, was ich gerade eben gedacht habe.« Summer

trank einen großen Schluck Bier. Verdammt, tat das gut. Kalt und prickelnd rann es durch ihre Kehle und stieg ihr fast augenblicklich zu Kopf, wo es eine leichte Taubheit verursachte. Summer versuchte sich daran zu erinnern, wann sie zuletzt etwas gegessen hatte. Der halbe Donut in *Marsha's Bakery* an diesem Morgen, auf den ihr der Appetit vergangen war, als Matt in den Laden spazierte. So wie sie miteinander umgegangen waren, hölzern und ungeschickt, war das definitiv einer der Tiefpunkte bei den Ereignissen der letzten Tage gewesen. Würde das jetzt immer so weitergehen? Konnten sie sich nicht mehr normal verhalten, wenn sie aufeinandertrafen? Summer trank noch einen Schluck. Wenigstens gaben die Nachrichten, die der Tag sonst für sie bereitgehalten hatte, vorsichtigen Anlass zur Hoffnung. Sie waren beim Sheriff gewesen. Er war noch an diesem Nachmittag nach Home Port gekommen, hatte mit William geredet und die Originale der gefälschten Bestellbelege mitgenommen. Der Tierarzt hatte signalisiert, dass sich beide Pferde, die operiert worden waren, auf dem Weg der Besserung befanden. Ein paar Tage mussten sie noch in der Tierklinik bleiben, aber es ging zumindest aufwärts – auch auf dem Hof, auf dem es keine weiteren Koliken gegeben hatte. Die erkrankten Tiere kamen langsam, aber sicher alle wieder auf die Beine.

Trotz dieser guten Nachrichten war der Tag ein einziger Kraftakt gewesen. Wieder schlich sich Matts Bild vor ihr inneres Auge. Wie er in der Bäckerei gestanden hatte. Völlig erschöpft und irgendwie – traurig. Summer war sich nicht sicher, ob das das richtige Wort war, aber Matt hatte unverkennbar gezeigt, dass er darunter litt, dass sie ihn auf Abstand hielt. Verdammt, sie litt ja selbst darunter. Wie gern würde sie sich in seine Arme schmiegen, besonders nach einem Tag wie diesem. Aber genau das war das Gefährliche. Er bedeutete ihr längst zu viel. Eine weitere gemeinsame Woche, in der sie so taten, als hinge das Ende nicht wie ein Damoklesschwert über ihnen, würde die Situation kein bisschen verbessern.

Viel wichtiger war es im Moment, sich Gedanken darüber zu machen, wer ihnen und dem Gestüt so schaden wollte, dass er einen so perfiden Plan ausheckte und die Futterbestellungen vertauschte. Einfallen würde Summer dafür nur eine Familie: die Morgans. Aber es war unmöglich, so etwas zu bewerkstelligen, wenn man nicht selbst in den *Silver Brook Stables* arbeitete oder lebte. Als Täter kamen also unmöglich Benedict oder sein Sohn Arthur in Betracht. Was wiederum bedeutete, dass es jemand vom Gestüt sein musste. Jemand, mit dem sie zusammenarbeiteten. Den sie schätzten und als Freund bezeichneten. Summer war sich allerdings sicher, dass niemand von den Leuten, die für sie arbeiteten, zu so etwas fähig war. Jeder Einzelne von ihnen liebte Pferde. Die meisten arbeiteten schon seit Jahren, manche seit Jahrzehnten, für das Gestüt. Niemand würde den Tieren so etwas antun. Oder doch? Diese Gedanken ließen ihre Welt Kopf stehen. Sie war kein naives, kleines Mädchen. Genauso wenig wie ihre Schwestern und ihre Mutter. Aber hatten sie der falschen Person vertraut? Carrie und Alec waren die Einzigen, mit denen Summer im Streit lag. Alec hatte nicht genug Ahnung von Pferden, um sich so einen Komplott auszudenken. Carrie hingegen … in ihrer ehemals besten Freundin hatte sich über die Jahre so viel Hass und Eifersucht aufgestaut. Summer traute auch ihr nicht zu, den Tieren schaden zu wollen. Aber sie hatte genauso wenig geglaubt, dass sie sich an Alec heranmachen würde – oder ihr auf dem *Fisherman's Festival* diese furchtbaren Sachen an den Kopf werfen würde. Und Carrie hatte einen Sommer lang in der Futtermittelhandlung gejobbt. Sie wusste also, wie die Bestellungen funktionierten.

»Willst du mir erzählen, warum Matt und du euch heute Morgen so merkwürdig verhalten habt? Immer noch Ärger im Paradies wegen der Auseinandersetzung zwischen ihm und Alec?«, fragte Abby neben ihr und riss Summer damit aus ihren Gedanken – nur um sie wieder auf das Thema zu lenken, das sie so gerne ausblenden wollte. »Nein. Will ich nicht«, erwiderte sie knapp und trank noch einen Schluck Bier. Wenn das so weiterging, brauchte sie eine zweite Flasche.

»Wenn du darüber reden möchtest, ich bin für dich da.« Abby streckte die Hand aus und drückte Summers Unterarm, der auf der Lehne ihres Deckchairs ruhte.

»Glaubst du nicht, dass wir im Moment ganz andere Probleme haben, um die wir uns kümmern sollten?«

»Und ob wir die haben!« Megan trat aus dem Haus. Offenbar hatte sie den letzten Satz gehört. Ihre Lippen waren zu einer wütenden Linie zusammengepresst. In der Hand hielt auch sie ein Bier und unter ihrem Arm klemmte ihr Tablet. Sie ließ sich in den dritten Deckchair fallen, stellte ihr Bier in den Flaschenhalter und legte das Tablet auf ihren Oberschenkeln ab. »Wir haben sogar riesige Probleme.« Ernst sah sie Abby und Summer an. »Die Besitzer der Einstellpferde, die entweder besamt oder eingeritten werden sollten, haben Wind von den Koliken bekommen. Die ersten haben sich gemeldet und angekündigt, ihre Pferde abzuholen, weil sie hier nicht mehr sicher sind.«

»Scheiße!«, entfuhr es Abby.

*Scheiße*, dachte auch Summer. Keine Pferde, kein Einkommen. Die Einsteller waren das, womit sie ihren Lebensunterhalt verdienten. Wenn das wegbrach … Sie wollte nicht einmal daran denken, selbst wenn dieses Szenario allzu realistisch war, denn sie hatte von solchen Situationen gehört. Wenn der Besitzer eines wertvollen Pferdes sein Tier abholte, sprach sich das in der Pferdewelt schneller rum, als der Tratsch aus dem *Frankie's* auf der Insel. Wer etwas auf sich hielt, würde nachziehen. Und dann war ein Gestüt – mit einem Fingerschnippen – ruiniert.

Hatte Abby vorhin noch gefragt, ob dieser Tag noch für irgendetwas gebraucht wurde oder wegkonnte? Er konnte definitiv weg.

\*

Benedict drückte auf »Senden«. Das war die letzte Mail gewesen. Er loggte sich aus seinem anonymen Account aus, löschte den Browserverlauf und fuhr seinen Laptop herunter. Die meisten Leute begegneten älteren Menschen mit einer gewissen Überheblichkeit, wenn es um ihr technisches Verständnis ging. Vielleicht traf das auf die eine oder andere Grandma zu, die nicht wusste, wie sie Skype bedienen sollte, um in Kontakt mit ihren Enkeln zu bleiben. Er hingegen wusste genau, wie er im Internet anonym agieren und seine digitalen Spuren verwischen konnte.

Er griff nach dem Zettel, den er von seinem verlängerten Arm auf dem Gestüt der Coopers bekommen hatte. Im ersten Moment hatte er getobt, weil auch sein zweiter Anschlag auf den Hof schiefgegangen war. Was musste denn noch passieren, damit die Coopers endlich in die Knie gezwungen wurden? Wie konnten fast dreißig Pferde eine Kolik bekommen, und keines davon ging über den Jordan? Und schon gar kein wertvolles Turnierpferd oder irgend so was. Dabei starben Pferde ständig an Koliken.

Als der rote Schleier aus Wut vor seinen Augen sich langsam gelegt hatte, war ihm eine fantastische Idee gekommen. Manchmal musste ein Plan eben ein bisschen nachjustiert werden. Er hatte seine Kontaktperson auf dem Gestüt dazu gebracht, ihm eine Liste der E-Mail-Adressen der reichen Rennstallbesitzer und Züchter zu schicken, die gerade ein Pferd auf dem Gestüt stehen hatten. Jedem Einzelnen hatte er eine anonyme Mail geschickt, auf die Zustände in den *Silver Brook Stables* hingewiesen und den Besitzern ans Herz gelegt, ihre Tiere so schnell wie möglich dort wegzuholen.

Gut gelaunt zerknüllte er das Papier in seiner Hand und öffnete die Terrassentür. Der Duft nach gegrilltem Lachs wehte um die Hausecke. Wunderbar. Seine Schwiegertochter bereitete gerade eines seiner Lieblingsgerichte zu. Wenn sie und Arthur draußen saßen, hatten sie auch den Feuerkorb aufgestellt. Er umrundete die Hausecke und ging auf direktem Weg zu den aufgeschichteten, fröhlich vor sich hin flackernden Holzscheiten in der Feuerschale und warf die Liste hinein. Innerhalb von Sekunden verwandelte sie sich in schwarze Asche, die der Wind auf den Atlantik hinaustrug.

»Möchtest du ein Glas Weißwein zu deinem Fisch, Benedict?«, fragte Sarina hinter ihm.

Lächelnd drehte er sich um und rieb sich die Hände. »Sehr gerne, meine Liebe.«

\*

Matts Auszug aus dem Cottage dauerte nicht viel länger als sein Einzug. Er packte seine Sachen zusammen und hievte seine Bücherkiste auf die Rücksitzbank seines Pick-ups. Die Reisetasche folgte. Dann sammelte er alles ein, was Jumper in den vergangenen Wochen apportiert hatte, aber ganz sicher nicht Matt gehörte. In dem kleinen Pappkarton lagen ein Tennisball (den Jumper wahrscheinlich Charlie geklaut hatte), eine pinkfarbene Sonnenbrille, ein Geschirrtuch, zwei Flipflops, die allerdings nicht zusammengehörten, und zwei Bücher aus der Bibliothek im Wohnzimmer des Ranchhauses, die Matt sich geliehen hatte.

»Na komm«, sagte er zu Jumper, als er die Cottage-Tür hinter sich zuzog. »Wir gehen uns verabschieden.« Seite an Seite liefen sie über den Weg aus knirschendem Muschelkies zum Haus hinüber. Bereits von Weitem konnte Matt Olivia, Abby und Megan mit ihren Kaffeetassen am Tisch auf dem Patio sitzen sehen. Charlie, der neben Abbys Stuhl gelegen hatte, rappelte sich auf und kam ihnen fröhlich entgegengesprungen. Die Einzige, die in diesem Szenario fehlte, war Summer. Matt bemühte sich, nicht zu viel in ihr Fehlen hineinzuinterpretieren. Er klebte sich ein Lächeln ins Gesicht und trat an den Tisch. »Guten Morgen, die Damen.«

»Morgen, Matt. Schön, dich zu sehen.« Olivia erhob sich bereits. »Kann ich dir einen Kaffee anbieten?«

»Danke. Mach dir keine Umstände. Ich wollte nur das hier vorbeibringen.« Er setzte den Karton auf dem Tisch ab. »Das ist das, was Jumper in den letzten Wochen zusammengeklaut hat. Ich hoffe, es ist nichts Wichtiges dabei gewesen, was ihr verzweifelt gesucht habt.« Er zog die Cottage-Schlüssel aus seiner Hosentasche und schob sie daneben.

Alle drei Frauen blickten auf den Schlüssel. Megan war die Erste, die den Blick hob. Ihre Augen schimmerten feucht. »Du gehst«, stellte sie leise fest.

»Ähm … ja.« Matt räusperte sich. »Vielen Dank für alles. Simon hat mir eine Unterkunft auf seinem Hof angeboten. Ich bin jetzt eine Woche gependelt, aber es ist besser, wenn ich dortbleibe und jederzeit trainieren kann.«

Olivia warf ihm mit gerunzelter Stirn einen Blick zu, den er nicht deuten konnte. Abby lehnte sich mit verschränkten Armen in ihrem Stuhl zurück. Nur Megan schaffte es wie immer nicht, sich zurückzuhalten. Eine Angewohnheit, die er normalerweise an ihr schätzte. Heute wäre es ihm lieber, sie würde ihn nicht aufs Korn nehmen. »Du gehst, ohne dich von Summer zu verabschieden? Läufst du weg, Matthew Walker?«

Ja, verdammt, er lief weg. »Ich hatte erwartet, Summer mit euch hier sitzen zu sehen. Dass sie nicht hier ist, macht aber nichts, ich sehe sie ja Ende der Woche bei Simon. Sie muss das letzte Training begleiten, damit sie Ellyn grünes Licht geben kann.«

»Aber trotzdem nimmst du die Beine in die Hand«, beharrte Megan. Sie verstand es unglaublich gut, den Finger nicht nur in die Wunde zu legen – sie nahm vielmehr ein Messer dazu und bohrte einfach noch ein bisschen darin herum.

Matt unterdrückte ein Seufzen. »Ich mag dich sehr, Megan. Ich mag euch alle«, korrigierte er sich und sah die Cooper-Frauen der Reihe nach an. »Ich war unglaublich gern hier. Aber was Summer und mich betrifft – das ist unsere Angelegenheit. Sprich mit ihr, wenn du etwas von ihr wissen willst, aber versuch nicht, mich auszuquetschen. Jumper«, rief er seinen Hund, bevor Megan noch einmal etwas erwidern konnte, »komm her und verabschiede dich.«

Matt hätte nie geglaubt, dass ihm Stonebridge Island und seine Bewohner einmal so sehr ans Herz wachsen würden. Er war die trockene Hitze Kentuckys gewöhnt. Natürlich war er auch vor seiner Zeit in Maine schon am Meer gewesen, Springbreak in Daytona Beach, ein heißer Wochenendtrip mit einer noch heißeren Möchtegern-Influencerin auf die Outer Banks und zwei Familienurlaube, als seine Mutter noch gelebt hatte. Er kannte das Meer also durchaus. Trotzdem hatte er die Zeit dort nie so sehr genossen wie auf Stonebridge Island.

Er war früh dran. Nachdem er sich von den Coopers verabschiedet hatte, drehte er eine letzte Runde über die Insel. Finn und Cameron traf er auf der *Seal-Rock-Hall*-Baustelle an. Ganz männlich versprachen sie einander, in Kontakt zu bleiben, und schlugen sich zum Abschied gegenseitig kräftig auf die Schultern. Es war wirklich merkwürdig, wie Matt es ein ganzes Leben ohne allzu enge Freundschaften ausgehalten hatte, nur um dann in so kurzer Zeit so viele Leute an sich heranzulassen.

Sein letzter Stopp auf der Insel war *Marsha's Bakery*. Ein letztes Mal ließ er seinen Stonebridge-Island-Becher füllen und suchte sich ein süßes Teilchen aus. Marsha bestand darauf, ihm diese Köstlichkeit zum Abschied zu schenken, und kam um ihren Tresen herum, um ihn fest zu umarmen. »Maxine hat gesagt, dass du gehst, aber zurückkommen wirst«, flüsterte sie ihm ins Ohr.

»Die Bürgermeisterin?«, fragte er überrascht. Er hatte keine Ahnung, was Marsha damit sagen wollte.

Die Bäckerin winkte ab. »Hin und wieder legt sie auch Karten. Und sie hat es ganz deutlich gesehen: Du wirst zurückkommen.«

»Na ja.« Matt rieb unbehaglich über die Narbe in seiner Braue. »Ich finde es toll hier. Wenn ich das nächste Mal Urlaub habe, komme ich euch bestimmt besuchen.«

»Ich glaube nicht, dass es das war, was Maxine gemeint hat«, murmelte sie, als Matt ihr bereits den Rücken zugedreht hatte.

Er konnte sich sehr gut vorstellen, was die Bürgermeisterin damit gemeint hatte. Aber da hatten ihre Karten sie getäuscht.

*

Summer hatte lange genug über den Anschlag auf die Pferde nachgedacht – die ganze Nacht, um genau zu sein. Lange genug jedenfalls, um zu dem Schluss zu kommen, dass nur Carrie als Täterin infrage kam. Niemand sonst hasste Summer und ihre Familie genug, um so etwas zu tun. Abgesehen von den Morgans natürlich – die wiederum nicht genügend Ahnung von Pferden hatten, um diese Aktion zu planen.

Am Morgen war Summer deshalb schon zeitig in ihren Pick-up gesprungen und hatte einmal mehr William Rydell aus dem Bett geschmissen. Mit einem resignierten Seufzer hatte er Summer die Tür geöffnet – und ihr versichert, Carrie in den letzten Wochen nicht um den Futtermittelhandel schleichen gesehen zu haben. Doch nur, weil er sie nicht gesehen hatte, hieß das noch lange nicht, dass sie nicht trotzdem da gewesen war.

Also fuhr Summer im Anschluss auf direktem Weg zu Carries Apartment. Sie hämmerte gegen die Tür – und trat überrascht einen Schritt zurück, als eine junge Frau mit einem Baby auf dem Arm öffnete. Carrie war weggezogen, erklärte der Mann, der hinter den beiden in der Türöffnung auftauchte. Schon vor vier Wochen. Nach Machias, um dort für die Blaubeerfarm einen Bürojob anzunehmen. Die junge Familie hatte Carries Wohnung möbliert übernommen.

Völlig vor den Kopf geschlagen stolperte Summer zu ihrem Pick-up zurück. Carrie war nach Machias übergesiedelt. Wo Alec lebte. War sie vielleicht sogar bei ihm eingezogen? Das ging sie nichts an, wies Summer sich zurecht. Aber es war eine Information, die sie dem Sheriff mitteilen musste. Denn Carrie stand nach wie vor ganz oben auf ihrer Verdächtigenliste.

Dann wendete Summer ihren Wagen und fuhr auf das Festland. Während der Sheriff ein bisschen in Carries Leben herumstocherte – wie er es nannte – würde Summer ihre eigenen Nachforschungen anstellen. Warum, zum Henker, hatte man denn Kontakte, wenn man sie nicht nutzte? Der Sheriff hatte bestätigt, dass es sich bei den Bestellscheinen um Fälschungen gehandelt hatte – was sie bereits wussten. Das Labor hatte mitgeteilt, dass die gelieferten Pellets Rinderfutter waren – ebenfalls keine Neuigkeit. Die Cops bemühten sich wirklich. Es konnte aber nicht schaden, noch aus einem anderen Blickwinkel auf den Fall zu blicken. Richter Sheridan, der ihr auch in anderen Situationen unter die Arme griff, nämlich wenn es darum ging, ein Pferd aus unzumutbaren Zuständen oder vor Misshandlung zu retten, hatte ihr auch in diesem Fall seine Hilfe zugesagt. Was auch immer sie herausfand, würde sie zwar nicht verwenden können. Sie war sich außerdem weiterhin sicher, dass niemand, den sie kannte, bösartig genug war, ihrer Familie so etwas anzutun. Trotzdem musste sie jeden, der die Möglichkeit zu diesem Sabotageakt hatte, überprüfen.

Das wurde schließlich in diesen Detektivserien im Fernsehen immer betont: Nimm jeden unter die Lupe. Und wenn es nur dazu dient, ihn als Täter auszuschließen.

Richter Sheridan hatte sich für sie am Rechner in seinem Arbeitszimmer eingeloggt, ihr eine Tasse Kaffee hingestellt und sich dann mit seiner Zeitung auf seine Veranda zurückgezogen. Summer hatte damit die Chance, die Mitarbeiter der Ranch in allen Systemen abzufragen, auf die der Richter Zugriff hatte. Inklusive ein paar Bundesdateien, die ihr Herzklopfen verursachten. Sie wollte die Angestellten des Gestüts, die für die Coopers zur Familie gehörten, eigentlich nicht ausspionieren – aber sie musste es einfach wissen.

Bei den meisten ihrer Mitarbeiter war nichts zu finden. Harley Chapman war als junger Mann an einem ganzen Haufen Schlägereien beteiligt gewesen und hatte sogar einmal zwei Monate wegen Körperverletzung im Knast gesessen. Andererseits arbeitete er schon fast vierzig Jahre für das Gestüt und hatte noch nie zu erkennen gegeben, dass er seinen Job nicht liebte.

Stan Mitchell hatte ein Auto geklaut, als er dreiundzwanzig gewesen war. Es war der Wagen seiner Mutter gewesen, die die Anzeige später zurückgezogen hatte. Deshalb war er nur zu Arbeitsstunden und einer Bewährungsstrafe verurteilt worden.

Ansonsten – nichts. Ihre Angestellten hatten durch die Bank eine weiße Weste. Nicht, dass Summer daran gezweifelt hätte. Megan überprüfte sehr genau, wen sie einstellte.

Der Sheriff rief an. Er hatte Carrie überprüft. Ihr neuer Job gab ihr ein Alibi, mit dem sich ausschließen ließ, dass sie die Bestellzettel vertauscht hatte. Eine Teambuilding-Veranstaltung, an der sie mit zwei Dutzend Kollegen teilgenommen hatte. Jeder Einzelne von ihnen konnte ihr ein Alibi geben. Summer dankte dem Sheriff für seine schnelle Überprüfung und schob das Handy zurück in ihre Hosentasche. Dann legte sie den Kopf gegen die Lehne des Schreibtischsessels und rieb sich über die müden Augen. Wenn Carrie nicht für das vertauschte Futter verantwortlich war … Irgendetwas hatte sie übersehen. Etwas Gravierendes. Summer starrte auf die Dateien, die sie auf dem Bildschirm des Richters geöffnet hatte. Was war ihr entgangen?

Ihr Handy vibrierte noch einmal in der Hosentasche. Summer zog es heraus und warf einen Blick auf das Display. Megan hatte ihr eine Nachricht geschickt. *Matt ist weg* stand da nur. Summer atmete tief durch. Sie konnte die vorwurfsvollen Ausrufezeichen sehen, die ihre Schwester wohlweißlich nicht an ihren Satz gehängt hatte. Matt war weg. Das war gut. So würden sie sich nicht mehr jeden Tag über den Weg laufen und am Ende unangenehme Situationen wie in der Bäckerei entstehen, in denen sie nicht wussten, wie sie miteinander umgehen sollten.

Er machte Fortschritte mit Ice. Sie konnte ihn noch auf den Stufen des Cottages sitzen sehen, die Schulter gegen die Wand gelehnt. Wie er ihr erzählt hatte, dass sie zum ersten Mal gesprungen waren. Das hätte ein besonderer Moment sein müssen. Etwas, das es zu feiern galt. Stattdessen hatte sie ihm gesagt, dass sie Abstand zu ihm wollte und er sich seine Eifersucht auf Alec schenken konnte. Summer legte die Stirn neben der Tastatur auf die Tischplatte und schloss für einen Moment die Augen. Irgendwann zwischen dem Moment, in dem sie Alec und Carrie erwischt hatte, und jetzt war sie zu einem echten Miststück mutiert – und hatte all ihren Frust am Falschen ausgelassen. Das Gute daran war, dass Matt auf Simons Hof gut aufgehoben war. Er war näher bei seinem Pferd, konnte sich auf das Training konzentrieren und wurde von nichts abgelenkt. Besonders nicht von ihr. Zum Abschlusstraining würde sie zu Simon rüberfahren und Ellyn grünes Licht geben. Spätestens dann wäre Matt sowieso aus ihrem Leben verschwunden.

Summer hob den Kopf wieder und schob gerade ihr Handy zurück in ihre Hosentasche, als der Richter an die halb offenstehende Bürotür klopfte und den Raum betrat. In der Hand hielt er ein Glas Limonade, die herrlich frisch und kühl aussah.

»Die hat meine Frau heute Morgen angesetzt. Ich dachte, Sie könnten vielleicht ein Glas gebrauchen. Wie läuft es mit der Recherche?«

Summer seufzte resigniert. »Ich kann nichts finden. Es ist zum Verrücktwerden.« Sie rieb mit den Händen über ihr Gesicht. Dann sah sie den Richter wieder an. »Wenn Sie ermitteln, wie gehen Sie die Sache an?«

Der Richter lächelte. »Früher hätte ich darauf geantwortet, ich nehme mir die Kartons mit den Akten vor, lese mir alles genau durch und versuche zwischen den Zeilen etwas zu sehen, das da vermutlich gar nicht steht. Heute ist das viel einfacher: Ich statte den Leuten einen Besuch in den sozialen Medien ab. Das erzählt mir mehr über die Menschen, als es eine noch so gute Ermittlungsakte kann.«

Summer trank einen Schluck der köstlichen Limonade. »Darauf hätte jemand in meinem Alter von selbst kommen sollen.«

»Summer, Sie sind aufgeregt und es geht Ihnen nicht gut.«

Er legte seine Hand in einer väterlichen Geste auf ihre, und ihr wurde einmal mehr bewusst, wie sehr sie Jack vermisste. »Da kann man schon einmal den Fokus verlieren.«

»Jedenfalls«, Summer richtete sich gerade auf, »würde ich dieses Glas Eistee gern mit Ihnen auf der Veranda trinken und für einen Moment den wundervollen Vorgarten Ihrer Frau bewundern. Dann fahre ich nach Hause und grabe die dunkelsten Geheimnisse der Leute aus, die mir am nächsten stehen. Kein schönes Gefühl. Aber immerhin weiß ich jetzt, dass wir keine Verbrecher auf dem Gestüt beschäftigen. Ich stehe in Ihrer Schuld, Richter Sheridan.«

# 21

Matts neues Zuhause war nicht zu vergleichen mit dem Cottage auf Stonebridge Island. Die Baracken, in denen sich die Rancharbeiterunterkünfte befanden, erinnerten an ein schlichtes Motel. Zehn Türen unter einer überdachten Veranda, die sich über die gesamte Länge des Gebäudes zog. Neben einer Tür wippte ein alter Schaukelstuhl im leichten Wind hin und her, vor einem anderen Zimmer waren Reitklamotten über einen Wäscheständer gehängt. Ganz am Ende stand ein kleiner quadratischer Tisch, um den vier Stühle gruppiert waren. Matt war sich sicher, dass das die Pokerecke war, die es in jeder Unterkunft dieser Art gab.

Das Zimmer, das Jumper und er für die nächsten Tage beziehen würden, war das dritte von links. Es war sauber, hell und funktional. Mit einem Blick über die Trainingsanlagen. Die Zeit der Sonnenaufgänge über dem Ozean, die man von seinem Bett aus beobachten konnte, war definitiv vorbei.

Er stellte Jumpers Hundebett und seine Reisetasche ab. Die Bücherkiste auszuladen machte er sich für die wenigen Tage, die er noch hier war, gar nicht erst die Mühe. Matt stellte den Sixpack Bier, den er unterwegs besorgt hatte, in den kleinen Einbaukühlschrank, als sein Handy klingelte. Er zog es aus der Hosentasche und warf einen Blick auf die Anruferkennung. »Es ist die Chefin«, erklärte er Jumper. »Hallo Ellyn, was kann ich für dich tun?«, fragte er, nachdem er den Anruf angenommen hatte.

»Matt! Was ist bei euch da oben los?« Ellyn klang aufgeregt.

»Was meinst du? Mit Ice läuft alles super. Ich habe dir doch Videos geschickt.«

»Ich rede von den Koliken in den *Silver Brook Stables*. Die Community redet von nichts anderem mehr. Sag mir, dass Ice sicher ist.«

Matt rieb über die Narbe in seiner Augenbraue. »Du weißt doch, dass Ice bei Simon steht. Und selbst wenn er auf Stonebridge Island stehen würde, müsstest du dir keine Sorgen machen, weil er Spezialfutter bekommt und allein deshalb nicht mit dem falschen Futter in Berührung gekommen wäre.«

»Gut.« Er hörte, wie Ellyn tief durchatmete. »Die meisten Pferdebesitzer holen ihre Tiere aus den *Silver Brook Stables* ab. Jemand hat eine anonyme Mail herumgeschickt, ich habe sie auch bekommen. Demnach sind die Zustände auf dem Gestüt katastrophal. Jeder redet davon. Ich wurde für ein Interview in der Online-Ausgabe des *Racing Horse* angefragt. Selbst die Redakteurin hat schon erwähnt, dass sie auch darüber sprechen will.«

Ein Online-Magazin? Scheiße! Matts Gedanken rasten. Wenn Ellyn ausplauderte, was in dieser ominösen E-Mail stand, würde das den Coopers das Genick brechen. »Hör zu, Ellyn. Du darfst nicht glauben, was dieser Anonymus schreibt«, bat er seine Chefin.

»Ach nein? Dann sind nicht fast dreißig Tiere gleichzeitig an einer Kolik erkrankt?« Ellyn klang erbost.

»Doch, aber du warst selbst schon auf dem Gestüt der

Coopers. Du weißt genau, wie es dort aussieht. Du weißt, wie Summer arbeitet. Du bist diejenige, die Ice und mich hierhergeschickt hat.« Matt wurde klar, dass er begann, sich in Rage zu reden. Er atmete tief durch. »Entschuldige, ich wollte nicht laut werden. Aber die Coopers sind Opfer eines Sabotage-Aktes geworden. Das Schlimmste wäre, jetzt alle Pferde abzuziehen. Du weißt genau, dass sie das ruinieren würde.«

»Bei dem Wert der Tiere denkt man nicht mehr darüber nach, ob man jemand anderen ruiniert«, hielt Ellyn dagegen. »Da geht es um die eigene Haut.«

»Keines der eingestellten Tiere ist davon betroffen«, beschwor Matt sie. »Bitte, Ellyn. Ich konnte immer auf dich zählen. Ich bitte dich auch jetzt darum. Hilf den Coopers. Erinnerst du dich noch, wie sehr du von Summers Arbeit geschwärmt hast? Du hast ihr vertraut, dass sie Ice und mich wieder hinbekommt. Und genau das hat sie getan. Mit der Gabe, von der du so begeistert warst. Wenn die *Silver Brook Stables* zu Grunde gehen, dann wird sie nie wieder einen Fuß auf den Boden bekommen, um irgendjemandem zu helfen.« Matt fiel nichts mehr ein, was er noch sagen konnte. Nichts, außer dass er nicht wollte, dass Summer, ihre Schwestern und ihre Mutter alles verloren. Die Menschen, die ihn aufgenommen und einfach in ihre Familie integriert hatten. Die herzlich und offen waren. Und vor allem wollte er nicht, dass die Frau, die ihm so viel bedeutete, um ihre Existenz bangen musste.

Am anderen Ende der Leitung herrschte Stille.

»Ellyn?«, fragte Matt. »Bist du noch da?«

»Ja«, erwiderte sie schließlich langgezogen. »Ich hatte nicht erwartet, so etwas jemals zu erleben.«

»Was?« Matt sah seine gerunzelte Stirn in der Spiegelung des Fensters. »Was meinst du?«

Ellyn lachte. Ihre Stimme klang weicher, als sie ihm antwortete. »Ich meine, dass ich nicht damit gerechnet habe, dass du dich verliebst. In Summer Cooper.«

»Ich bin nicht …«, versuchte Matt zu widersprechen.

»Du bist total verknallt. Das kann ich in deiner Stimme hören. In allem, was du sagst – und wie du es sagst. Summer muss wirklich etwas ganz Besonderes sein.«

Ja, Summer war etwas ganz Besonderes. Matt war allerdings nicht in sie verliebt. Aber wenn Ellyn das glauben wollte und das den Coopers half, dann würde er seine Chefin nicht von dieser Idee abbringen. »Hilfst du ihnen? Bitte!«

Ellyn seufzte. »Ich werde sehen, was ich tun kann. Wir sehen uns nächste Woche, wenn du zurück bist. Ruf mich an, bevor du in Maine losfährst.«

»Mach ich. Danke, Ellyn.« Matt beendete das Gespräch und legte das Handy auf den winzigen Küchentresen. Wussten Summer und ihre Familie, dass jemand versuchte, nach dem Futter-Eklat alles noch schlimmer zu machen und eine anonyme Mail geschrieben hatte? Er griff noch einmal nach seinem Handy und schickte Ellyn eine Nachricht, in der er sie bat, die Mail an Summer weiterzuleiten. Seine Chefin antwortete mit einem Daumen-hoch-Emoji und einem Smiley mit Herzchen-Augen.

*

Summer hatte sich in ihren Pferdeanhänger zurückgezogen, um in Ruhe die sozialen Medien zu durchstöbern. Bei den älteren Angestellten der Ranch gab es nicht viel zu finden. Weder Harley noch Josh oder seine Frau Rose hatten irgendwelche öffentlich zugänglichen Accounts. Harley wurde einmal auf einem Veteranentreffen der Marines erwähnt, bei denen er vor seiner Zeit auf der Ranch gedient hatte. Von Josh ließ sich gar nichts finden, und Rose strahlte auf einem Bild der Digitalausgabe der Zeitung in die Kamera, nachdem sie den Kuchenbackwettbewerb beim *Fisherman's Festival* gewonnen hatte. Das war jetzt drei Jahre her. Ansonsten trieben sich die Männer wahrscheinlich nur im Internet herum, um Reitzubehör zu bestellen, und die Haushälterin auf der Suche nach neuen Rezepten.

Die Aushilfs- und Teilzeitkräfte waren allesamt jung und von Instagram bis TikTok so stark vertreten, dass Summers Augen von der Bilderflut zu flimmern begannen. Erst bei Stan wurde es wieder weniger. Er war zwar auf Facebook vertreten, schien die Plattform aber nur zu nutzen, um Kontakt zu seinen alten Kumpels und Schulfreunden zu halten. Nichts Auffälliges.

Summer rollte die Schultern, um ihren verspannten Nacken ein wenig zu lockern. Zara Sanders war die letzte. Sie hatte einen Facebook- und einen Instagram-Account. Summer klickte ihren Instagram-Feed an und beugte sich unwillkürlich vor. »Wow«, murmelte sie, als sie die ersten wunderschönen Aufnahmen betrachtete, die ihre Angestellte hochgeladen hatte. Auf den Fotos gab es keine Menschen. Keine Schnappschüsse mit Freunden in der Bar oder gepostetes Frühstück. Nur Natur. Sonnenuntergänge. Pferde. Pflanzen. Bilder, die eine unglaubliche Stimmung widerspiegelten.

Summer hatte keine Ahnung gehabt, dass Zara ein so gutes Auge für Fotografie hatte – und Handykameras dermaßen gute Bilder machen konnten. Hätte sie es gewusst, hätten sie sich vielleicht die Kosten für den Fotografen sparen können, der jedes Jahr die Aufnahmen der Fohlen machte, die zum Verkauf standen, und die Deckhengste für den Katalog ablichtete. Langsam scrollte sie durch die Aufnahmen, was sich bei Zara tatsächlich weniger so anfühlte, als stochere sie im Privatleben der Pferdepflegerin herum, sondern eher so, als besuche sie eine Ausstellung.

Ihren Facebook-Account hatte Zara nicht mehr bedient, seit sie auf Instagram umgestiegen war. Drei Jahre war das inzwischen etwa her. Auch hier hatte sie nur wunderschöne Landschaften, Pferde- und Pflanzenperspektiven hochgeladen. Summer zögerte einen Moment, nicht sicher, ob sie sich überhaupt die Mühe machen sollte, durch die Bilder zu scrollen. »Gleiches Recht für alle«, wies sie sich dann selbst zurecht und nahm sich eine Cola aus dem Kühlschrank. Wenn sie auf den Profilen der anderen herumspioniert hatte, würde sie es auch bei Zara tun. Außerdem machte es wirklich Spaß, die Insel durch deren Augen zu sehen.

Während Summer an ihrer Cola nippte, durch die Aufnahmen scrollte und dabei Jahr um Jahr zurückging, überlegte sie, was sie eigentlich über die Pferdepflegerin wusste. Überrascht hielt sie inne, als ihr bewusst wurde: Da war nichts. Gar nichts. Zara zockte am Handy, wenn sie während der Geburtssaison im Frühjahr oder in Nächten wie neulich Stallwache hatte. Sie mochte Pferde. Mehr hatte sie nie von sich preisgegeben.

Summer scrollte weiter. Pferde. Blüten. Bäume. Sonnenaufgänge. Eine Kerzenflamme vor schwarzem Hintergrund. Sonnenlicht, das durch die Bäume des Pinienhains brach. Eine

Möwe, die über die Halfmoon Bay segelte. Eine Kerzenflamme? Summer stockte und ging noch einmal zwei Bilder zurück. Dieser Post passte nicht zu den restlichen Aufnahmen. Es war kein Foto, das Zara selbst gemacht hatte. Aber Summer kannte das Motiv. Es tauchte immer dann auf den Profilen der Leute auf, wenn ein geliebter Mensch gestorben war oder an ihn erinnert werden sollte. Sie las das Datum, an dem das Bild hochgeladen worden war – und schnappte erschrocken nach Luft. Der 14. Juni vor sechs Jahren. Genau ein Jahrzehnt nach … Summer würde dieses Datum immer erkennen. *Zehn Jahre ohne dich, Dad. Ohne die Chance, dich wirklich kennenzulernen. Dir nahe zu sein. Deine Tochter zu sein.*

Summers Nackenhaare stellten sich auf, als sie den Text unter dem Post las. Das konnte kein Zufall sein, wenn Zara ihren Vater an genau dem Tag verloren hatte, an dem ihr eigener Vater den Hengststall auf dem Gestüt in Brand gesteckt hatte. Sie rieb über die Narbe an ihrem Bein, die unangenehm zu pochen begann. Wann hatte Zara angefangen, auf dem Gestüt zu arbeiten? Summer blätterte durch die Unterlagen ihrer Angestellten, die sie ausgedruckt hatte. Am 1. Juli vor sechs Jahren.

Summer ließ die Blätter sinken. Nur ein paar Wochen nach diesem Post. Nein, das war ganz sicher kein Zufall. War sie am Ende ebenfalls Martin Scotts Tochter? Ihre Halbschwester? Nein, das ergab keinen Sinn. Ihr Vater war ja an dem Tag, an dem er das Feuer gelegt hatte, in den Knast gekommen und nicht gestorben. »O mein Gott«, flüsterte sie, als sie begriff. Hektisch blätterte sie weiter durch alles, was sie bei Richter Sheridan über ihre Angestellten herausgefunden und ausgedruckt hatte. Da war sie, Zara Sanders Geburtsurkunde. Mutter: Leona Sanders. Vater: Logan Shaw.

Langsam ließ sich Summer gegen die Stuhllehne sinken. Logan Shaw war der Feuerwehrmann, der beim Brand des Stalles ums Leben gekommen war. Wie konnten sie das nicht bemerkt haben? Wie konnte Zara sechs Jahre auf dem Gestüt arbeiten, ohne dass auch nur einer von ihnen … Sie zuckte zusammen, als ein Schatten über ihren Arbeitsplatz fiel. »Mom«, brachte sie heraus, als sie den Blick hob. »Du hast mich erschreckt.«

»Das tut mir leid, Schätzchen. Darf ich?« Olivia wartete, bis Summer nickte. »Können wir reden?«, fragte sie und machte es sich auf dem Besucherklappstuhl bequem.

»Mom. Du glaubst nicht, was ich gerade herausgefunden habe.« Summer hörte die Fassungslosigkeit in ihrer Stimme und schüttelte den Kopf. »Ich weiß jetzt, wer für die vertauschten Futterlieferungen verantwortlich ist: Zara.«

»Zara?« Olivia schüttelte den Kopf. »Das ist ausgeschlossen. Ich dachte, du verdächtigst vielleicht Carrie. Sie wusste immerhin genug über den Gestütsbetrieb und hat früher in der Futtermittelhandlung gearbeitet. Und sie hat ganz sicher ein Motiv. Schließlich hat sie deutlich gezeigt, dass sie dich hasst.«

»Du hast recht, Carrie hat ein Motiv. Sie hasst mich. Deshalb habe ich ein bisschen nachgeforscht und den Sheriff auf sie angesetzt. Sie hat ein Alibi für den Tag, an dem die Lieferscheine ausgetauscht worden. Im Übrigen wohnt sie inzwischen in Machias. Aber Zara«, sie blickte wieder auf die Kerze auf ihrem Bildschirm, »hasst unsere ganze Familie.« Summer erzählte ihrer Mutter, was sie herausgefunden hatte.

»Das ist unglaublich! Ich kann mir beim besten Willen nicht vorstellen, dass Zara zu so etwas fähig ist.« Olivia seufzte. Ihr erschütterter Gesichtsausdruck passte zu den Gefühlen, die durch Summers Körper tobten – eine Mischung aus Ungläubigkeit und Verrat. »Ich bin eigentlich hergekommen, um mit dir über Matt zu sprechen. Aber vielleicht sollten wir uns stattdessen mit deinen Schwestern zusammensetzen und den Sheriff anrufen.«

Sie trafen sich im Ranchhaus und gingen alles durch, was Summer herausgefunden hatte. Sie diskutierten. Sie stritten. Und als Summer schließlich völlig erschöpft ins Bett fiel, hatten sie sich auf eine Strategie geeinigt. Sie war so müde, dass sie keinen klaren Gedanken mehr fassen konnte – und driftete bereits davon, kaum dass ihr Kopf das Kissen berührte. Als ihr Wecker klingelte, sie geduscht hatte und in der Küche dankbar die erste Tasse Kaffee entgegennahm, die Abby ihr reichte, fühlte sie sich schon wieder fast wie ein Mensch. Gemeinsam warteten die Schwestern, bis Zaras kleiner Pick-up auf den Hof rollte.

»Okay. Es geht los.« Summer erhob sich und wischte ihre feuchten Handflächen an den Seiten ihrer Jeans ab. Abby hatte vorgeschlagen, mit Zara zu sprechen. Wahrscheinlich hätte sie einen besseren, psychologischeren Ansatz gefunden. Aber Summer hatte darauf bestanden, diejenige zu sein, die ihre Mitarbeiterin mit dem konfrontierte, was sie herausgefunden hatte.

»Viel Glück«, wisperte Megan hinter ihr, als Summer die Küche verließ.

Zara stieg gerade aus ihrem Wagen, als sie auf die Veranda trat. Sie nickte Summer zu, wie immer keine Frau großer Worte, und wandte sich zu den Ställen um.

»Zara? Hast du einen Moment? Ich muss mit dir reden«, rief sie der jungen Frau zu.

Sie antwortete nicht, blieb aber stehen. Beim Näherkommen betrachtete Summer sie. Die kurzen, kastanienbraunen Locken, die zweckmäßige Kleidung. Wenn sie nicht so eine verschlossene, abweisende Miene zur Schau stellen würde, hätte man sie durchaus als hübsch bezeichnen können. Als jemanden, der Pferden absichtlich Schaden zufügen könnte, hatte Summer sie jedenfalls nie gesehen. »Gehen wir ein Stück?«

Zara nickte und ging neben ihr her zum Fohlenkindergarten. Dort angekommen legte Summer ihre Arme auf den obersten Querriegel und sah den jungen Pferden zu, die bereits übermütig über die Koppel tobten, sich gegenseitig neckten und tollkühne Sprünge vollführten. »Ich könnte ewig hier stehen und den Kleinen zusehen«, sagte Summer. »Nicht auszudenken, wenn sie von der Kolik betroffen gewesen wären und wir auch nur eines verloren hätten.«

»Hmm.« Zara lehnte sich neben sie und ließ den Blick in die Ferne schweifen.

»Warum bist du dieses Risiko dann eingegangen? Ich habe immer angenommen, du magst Pferde. Ist dein Hass auf uns so groß, dass es dir egal ist, dass die Tiere dabei zu Schaden kommen?«

»Was?« Zara fuhr zu ihr herum. Mit aufgerissenen Augen starrte sie Summer an. Ihre Wangen färbten sich tiefrot. »Beschuldigst du mich gerade, für den Futtermittelskandal verantwortlich zu sein?«

»Und für die offenen Stalltore im Frühjahr. Das warst du doch auch, nicht wahr?«

»Du hast sie doch nicht mehr alle!« Zara stieß sich vom Zaun ab und wandte sich zum Gehen. »Ich beginne jetzt mit dem Misten.«

»Wir wissen, wer du bist, Zara. Wir haben herausgefunden, dass Logan Shaw dein Vater war. Dein Verlust tut mir sehr leid. Ich …«

»Ach ja?« Zara wirbelte wieder herum und kam die zwei Schritte zurück, die sie sich schon entfernt hatte. Wut dominierte ihre Gesichtszüge. »Es tut dir leid? Was genau? Dass mein Vater wegen dir sterben musste? Dass ich nie eine Chance bekommen habe, ihn wirklich kennenzulernen?« Sie stützte ihre Hände links und rechts von Summers Schultern gegen den Koppelzaun. Ihr wütendes Gesicht viel zu nah vor Summers Gesicht zischte sie: »Ich habe den Einsatzbericht der Feuerwehr gelesen. Mein Dad ist in diesen verdammten Stall gegangen, weil du dort drin vermutet wurdest. Sie haben geglaubt, dich retten zu müssen. Das hat ihn das Leben gekostet, während du längst in Sicherheit warst.«

Summer kannte diesen Einsatzbericht auch. Sie könnte Zara erklären, dass sie zu diesem Zeitpunkt bewusstlos war und Abby viel zu sehr damit beschäftigt, sie wieder wach zu bekommen, um irgendetwas von den Löschmaßnahmen der Feuerwehr mitzubekommen. Aber das würde keinen Sinn machen. Zara kannte nur ihre eigene Wahrheit und würde eine andere nicht zulassen, geschweige denn, Summers Version der Ereignisse anhören.

Zara blinzelte und wischte sich über die Augen. »Ich hatte ihn erst ein paar Wochen vorher kennengelernt. Meine Mutter hat mich allein großgezogen. Doch dann stand er plötzlich vor der Tür und wollte ein Teil meines Lebens sein. Das waren die glücklichsten Wochen, an die ich mich erinnern kann. Du hast mir alles genommen. Alles«, fauchte sie, brachte dann aber immerhin genug Abstand zwischen sie beide, dass Summer wieder durchatmen konnte.

Noch vor ein paar Jahren hätte sie sich von Zaras Anschuldigung in die Knie zwingen lassen. Sie hatte lange gebraucht, um sich nicht für Logan Shaws Tod verantwortlich zu fühlen. Abby hatte einen großen Anteil daran, dass sie schließlich gelernt hatte, mit dieser Schuld umzugehen. Nicht sie hatte die Ursache für das furchtbare Unglück jener Nacht gesetzt – es war ihr leiblicher Vater gewesen. Und der hatte dafür gebüßt, auch wenn sich das Leben eines Menschen sicher nicht mit dem eines anderen aufwiegen ließ. »Also hast du an seinem zehnten Todestag beschlossen, auf dem Gestüt anzuheuern und ihn zu rächen?«, versuchte Summer, Zara aus der Reserve zu locken. Noch hatte sie ihre Sabotage-Akte nicht zugegeben.

Zara zuckte die Schulter. »Ich wollte einfach nur wissen, wer ihr seid. Ich wollte die Leute kennenlernen, die mir meinen Vater genommen haben. Und dann bin ich irgendwie hängen geblieben.«

*Und hatte auf den richtigen Moment gewartet*, mutmaßte Summer.

»Zara, mir bleibt keine Wahl. Ich werde den Sheriff anrufen«, setzte Summer ihr letztes Druckmittel ein.

Wenn sie so etwas wie Schock durch das Gesicht der Pferdepflegerin huschen sah, dann verschwand die Gefühlsregung so schnell wieder, dass Summer sie sich durchaus auch eingebildet haben konnte. Die Wut verschwand aus ihren Zügen, genau wie die Trauer um den toten Vater. Zurück war die unnahbare, abweisende Zara, genau wie Summer sie kannte.

»Du kannst den Sheriff anrufen. Aber was auch immer du mir unterstellst, du wirst es nicht beweisen können. Aber weißt du was?« Sie machte noch ein paar Schritte rückwärts, ohne den Blickkontakt zu unterbrechen. »Ich scheiß auf euch. Ich scheiß auf alles hier.« Sie breitete die Arme aus. Für Zaras Verhältnisse war das schon fast eine richtige Rede. »Diese Unterstellungen tue ich mir echt nicht an.« Sie hob den Mittelfinger. »Ich kündige.« Eine kleine Staubwolke wirbelte um ihre Stiefel auf, so abrupt drehte sie sich auf dem Absatz um und stampfte davon. Kaum war sie in ihren Pick-up gesprungen und davongerast, kamen Abby und Megan aus dem Haus. Abwartend blieben sie auf der Veranda stehen.

Summer kehrte zu ihnen zurück. »Sie hat es nicht zugegeben«, fasste sie die Auseinandersetzung zusammen. »Aber ich verstehe jetzt, was sie dazu getrieben hat.«

*

Benedict Morgan pfiff gut gelaunt, als er nach dem Termin mit dem Bauinspektor in seinen Wagen stieg. Die Abnahme der kleinen Ferienanlage, die er auf dem Festland baute, hatte wunderbar geklappt. Gerade als er den Motor startete, klingelte sein Handy. Er nahm den Anruf an, ohne überhaupt auf das Display zu blicken. Arthur wollte bestimmt wissen, wie der Termin gelaufen war. »Morgan«, meldete er sich knapp.

»Benedict, ich bin es. Zara.«

Er erstarrte in der Bewegung. Einen Augenblick herrschte Stille. Nur die leisen Geräusche der Baustelle drifteten in den Wagen.

»Hallo? Benedict?«

Langsam glitt seine Hand zum Zündschlüssel und schaltete den Motor aus. »Zara, ich dachte, ich wäre deutlich gewesen. Ruf mich nicht auf diesem Handy an.«

»Es ist ein Notfall. Ich habe versucht, Sie auf dem Prepaid-Handy zu erreichen. Aber das war ausgeschaltet.«

Was Gründe hatte.

»Ich habe in den *Silver Brook Stables* gekündigt.«

Das ließ ihn aufhorchen. »Hast du irgendetwas gesagt, das die Coopers zu mir führen könnte?«

»Nein. Natürlich nicht. Summer weiß inzwischen von meinem Dad. Aber ich habe nichts zugegeben. Und ich habe Sie mit keinem Wort erwähnt. Aber jetzt brauch ich einen Job. Dringend.«

Deswegen rief diese dämliche Kuh ihn an? Wenn es bis jetzt keine Verbindung zwischen ihnen gab – soeben hatte sie eine geschaffen. Für einen Moment schloss er die Augen und rieb sich über das Gesicht. »Ich kümmere mich darum. Du hörst von mir. Und, Zara, ruf mich nie wieder unter dieser Nummer an. Nie wieder, verstanden?« Er legte auf. Die Hochstimmung, die ihn noch vor ein paar Minuten fast hatte schweben lassen, war verflogen.

# 22

»Verdammt!« Summer warf ihr Handy auf die Couch. Wochenlang hatten sie einen absoluten Traumsommer erlebt, aber diesen Tag hatte der Wettergott sich auserkoren, die Schleusen zu öffnen. Es fühlte sich an, als ob der gesamte Regen, den sie den Sommer über vermisst hatten, auf einmal vom Himmel fiel. Die Wolken waren so grau, dass sie das Licht im Wohnzimmer des Ranchhauses einschalten musste.

»War das der Sheriff?« Megan hatte beschlossen, dass man an einem Tag wie diesem heiße Schokolade mit Marshmallows trinken konnte, auch wenn man sich noch mitten im August und nicht in der Weihnachtszeit befand. Sie balancierte gerade ihre zweite Tasse zur Couch und setzte sich ganz vorsichtig, damit der Marshmallow-Berg nicht verrutschte.

Summer würde sich nicht wundern, wenn ihre Schwester in absehbarer Zeit einen Zuckerschock erleiden würde. »Ja, das war der Sheriff«, beantwortete sie die Frage. »Zara hatte recht damit, dass nichts passieren wird. Sie haben mit ihr gesprochen. Obwohl sie ein Motiv hat, können ihr weder die freigelassenen Pferde im Frühjahr noch die Futter-Sabotage nachgewiesen werden.«

Megan legte den Kopf gegen die Rückenlehne der Couch. »Sie wird also damit davonkommen?«

»Zumindest, bis ihr das Karma in den Hintern tritt«, befand Summer.

»Das ist immer noch ein bisschen unwirklich. Wie kann sie uns so hassen, dass sie jahrelang hier herumhängt und auf den perfekten Moment wartet, nur um dann die Tiere so zu quälen? Ich glaube, das werde ich nie begreifen.«

Nein. Megan war ein viel zu positiver Mensch, um eine solche Niedertracht, wie Zara sie an den Tag gelegt hatte, wirklich verstehen zu können. »Hast du schon Zahlen zu den Verlusten?«, fragte Summer, statt die Frage ihrer Schwester zu beantworten.

»An der Stelle kommen wir zu den guten Nachrichten.« Megans rechter Mundwinkel hob sich, und sie wedelte mit dem Handy. »Drei Besitzer haben ihre Pferde abgeholt. Sie waren mit nichts davon zu überzeugen, die Tiere hierzulassen. Okay, das sind natürlich die nicht so schönen Nachrichten«, erklärte sie. »Aber es hatten sich ursprünglich fast alle gemeldet, und am Ende haben es nur drei durchgezogen.«

Das war wirklich eine Nachricht, die aufatmen ließ. »Das ist super, Megs. Wie hast du das hinbekommen?«

»Und genau hier liegt unser kleines Wunder: Ich habe gar nichts getan. Das ist allein Ellyn Parsons Verdienst.«

»Ellyn? Du meinst Matts Chefin?«, fragte Summer. Wie immer schlug ihr Herz ein wenig schneller, wenn sie Matts Namen aussprach – oder auch nur an ihn dachte.

»Jepp.« Megan trank einen Schluck heiße Schokolade. »Sie hatte uns doch diese anonyme Mail weitergeleitet, die du dem Sheriff geschickt hast.«

»Ja, nur lässt die sich auch nicht zu Zara zurückverfolgen«, fasste Summer diesen Teil der Ermittlungen zusammen.

»Dafür hat Ellyn jeden angerufen, der bei uns ein Pferd stehen hat. Offenbar redet sie mit Engelszungen. Oder sie hat irgendwelche telepathischen Fähigkeiten, die sie am Telefon entfaltet. Jedenfalls hat sie wirklich fast alle überredet, nicht überstürzt zu handeln. Und dann dieses Interview, das sie gegeben hat, darin hat sie uns ebenfalls über den grünen Klee gelobt. Ich habe Abby und dir gerade den Link zu der Seite geschickt.«

Summer spürte, wie sich ihr Brustkorb ein wenig weitete. »Das sind unglaublich gute Nachrichten. Ich werde Ellyn später anrufen und mich bei ihr bedanken.«

»Ja, das solltest du unbedingt tun. Willst du bis dahin eine Tasse heiße Schokolade?« Megan prostete ihr mit ihrer Tasse zu.

Summer schüttelte sich. »Nein, danke. Ich bleibe bei Eistee.«


Summer wartete, bis Megan in Gummistiefel und eine wasserdichte Jacke geschlüpft war und sich in den Regen geworfen hatte, um einen Termin wahrzunehmen. Als sie allein war, kochte sie sich einen Kaffee und setzte sich auf die gepolsterte Fensterbank, von der aus sie den Gestütshof überblicken konnte, der vor lauter Regen nur schemenhaft zu erkennen war, und las den Artikel in *Racing Horse*. Megan hatte nicht übertrieben. Auf die Fragen, die der Reporter zur Arbeit mit Ice und den Skandalen gestellt hatte, die das Gestüt erschüttert hatten, hatte sie eine Lobeshymne auf die *Silver Brook Stables* und besonders auf Summers Arbeit gesungen. Nachdem sie ihn durchgelesen hatte, drückte sie den Artikel weg und wählte Ellyns Nummer.

»Summer, meine Liebe«, antwortete die Frau bereits nach dem dritten Klingeln. »Ich hatte erst morgen erwartet, von Ihnen zu hören.«

»Morgen?« Summer sah Stan dabei zu, wie er eine Schubkarre über den Hof schob, so schnell, dass es als Rennen durchging, und mit gegen das Wetter eingezogenem Kopf. Das Team hatte ziemlich entsetzt darauf reagiert, dass sie Zara für die Anschläge auf das Gestüt verantwortlich machten. Ihnen war aber auch deutlich die Erleichterung anzumerken gewesen, dass es einen Schuldigen gab und sie sich nicht mehr gegenseitig misstrauisch beobachten mussten.

»Morgen«, wiederholte Ellyn nach einem kurzen, verdutzten Schweigen. »Nach Matts Abschlusstraining. Oder habe ich da was verpasst?«

*Scheiße,* dachte Summer. Sie war mit ihren Gedanken gerade wirklich überall, nur nicht dort, wo sie sein sollte. »Entschuldigen Sie.« Sie wandte den Blick von Stan ab. »Natürlich melde ich mich morgen noch mal. Ich bin guter Dinge, dass Matts letztes Training super wird. Allerdings rufe ich Sie gerade aus einem anderen Grund an: Ich wollte mich bei Ihnen bedanken. Im Namen der *Silver Brook Stables.* Danke, dass Sie herumtelefoniert und dafür gesorgt haben, dass fast niemand seine Pferde bei uns abgezogen hat. Und danke für die Antworten, die Sie in diesem Interview zu unserer Arbeit gegeben haben.«

»O ... ähm, gerne.« Wieder schwieg Ellyn einen irritierten Moment lang. »Aber eigentlich haben Sie das Matt zu verdanken. Er hat mich davon überzeugt. Davon, das Pferd in Maine zu lassen. Die anderen anzurufen. Und Ihren Ruf in diesem Interview zu retten. Ich dachte, Sie hätten ihn darum gebeten.«

»Ich … nein. Nein, das habe ich nicht.« Summer presste die Hand auf ihr schnell schlagendes Herz, als sie begriff, was Ellyns Worte bedeuteten. Sie hatte Matt von sich gestoßen, war auf Abstand gegangen und hatte am Ende dafür gesorgt, dass er aus seinem Cottage ausgezogen war. Und trotzdem hatte er ihr und ihrer Familie geholfen.

»Wow.« Ellyn lachte leise. »Da haben Sie ja einen unglaublichen Fürsprecher. Ich kann mich nicht erinnern, dass Matt sich schon mal so für jemanden eingesetzt hat. Er kommt doch wieder nach Kentucky zurück, oder?«

»Zurück? O! Ja. Ja, natürlich.« Summer schloss die Augen und atmete tief durch. Sie musste aufhören, so herumzustottern. War das nicht eines der Hauptprobleme? Dass Matt und sie getrennte Wege gingen? Gehen mussten? Dass es ganz gleich war, wie sehr sie sich zueinander hingezogen fühlten? Sie kamen aus zwei unterschiedlichen Welten, die nicht miteinander in Einklang zu bringen waren. Ganz zu schweigen von der Entfernung, die zwischen seinem und ihrem Zuhause lag.

»Na, dann bin ich ja beruhigt. Wie gesagt: gern geschehen«, holte Ellyn sie aus ihren Gedanken. »Ich war ja schon mal bei einem Ihrer Kurse. Und ich bin mir sicher, dass niemand sonst mit Ice und Matt gleichzeitig fertiggeworden wäre. Deshalb war das selbstverständlich. Ich muss jetzt los. Wir hören uns morgen, Summer.«

»Ja. Bis morgen.« Summer hörte das Klicken in der Leitung und ließ das Handy sinken. Sie betrachtete ihre blasse Spiegelung in der Fensterscheibe. Die immer noch müden Augen. Den traurigen Blick. Morgen würde sie zu Simon Browns Stall rüberfahren und das letzte Training mit Matt abhalten. Bei dieser Gelegenheit würde sie sich bei ihm für diese unglaubliche

Unterstützung bedanken. Für die Hilfe, ohne die möglicherweise ihre ganze Arbeit den Bach hinuntergegangen wäre.

\*

Matt war zufrieden. Sie hatten das Training bei diesem nicht endenden Wolkenbruch in die Halle verlegen müssen. Er war, genau wie Ice, lieber draußen, aber sie hatten gut zusammengearbeitet. Wie meistens, seit der Knoten geplatzt war. Morgen würde Summer vorbeikommen und das Abschlusstraining mit ihnen machen. Matt war sich sicher, sie war mit ihren Fortschritten zufrieden. Und dann – ja, dann würden Ice, Jumper und er sich auf den Rückweg in den Süden machen. Er hatte nicht erwartet, dass ihm der Abschied vom Norden so schwerfallen würde. Simon hatte ihm noch mal einen Job angeboten, falls er jemals auf die Idee kommen sollte, als Trainer arbeiten zu wollen. Er hatte ihn für diesen Abend zum Essen eingeladen, aber Matt hatte abgelehnt. Heute wollte er sich einen ruhigen Abend machen und früh zu Bett gehen, sodass er mental und körperlich fit war für die Prüfung am nächsten Tag. Denn anders, als seine Einstellung nach dem Unfall ausgesehen hatte, war ihm inzwischen klar, dass Ice und er keine Zukunft im Turnierbetrieb hatten, wenn das morgen nicht funktionierte.

Nachdem er Ice für diesen Tag versorgt hatte, blieb er mit Jumper an seiner Seite in der offenen Stalltüre stehen. Er blickte nach oben und dann zu seinem Hund hinunter. »Wir müssen rennen, wenn wir einigermaßen trocken bleiben wollen«, erklärte er ihm.

Jumper bellte und raste los. Matt folgte ihm. Dass er an Summers Truck vorbeirannte, wurde ihm erst in dem Moment bewusst, als er sie vor sich sah. Sie stand auf der überdachten Veranda neben seiner Tür. Als er sich mit einem letzten Satz aus dem Regen ins Trockene rettete, richtete sie sich gerade von ihrer Begrüßung von Jumper auf. Der Hund wedelte mit dem Schwanz und bellte mit schräg gelegtem Kopf als wollte er sagen: Sieh mal, wer uns besucht.

Matt sah, wer sie besuchte. Ihm war nur nicht ganz klar, warum.

»Hallo.« Sie versuchte sich an einem kleinen Lächeln, das die Spannung zwischen ihnen aber nicht auflösen konnte. Ihre Haare, das T-Shirt und die Jeans waren genauso nass wie seine.

Ein Anblick, der Bilder in seinem Kopf entstehen ließ. Bilder, die er verärgert zur Seite schob. Auf ihr Treffen am nächsten Tag hätte er sich vorbereitet. Doch ein Überraschungsbesuch wie dieser warf ihn zumindest für einen Moment aus der Bahn. »Was kann ich für dich tun?« Höflich und oberflächlich. Genau wie ihre Beziehung jetzt war.

»Mich hereinbitten?«, schlug sie zaghaft vor.

Matt trat neben sie und schloss die Tür auf. Schon allein deshalb, weil er keine Lust auf Publikum oder Zuhörer hatte. »Bitte.« Er machte einen Schritt zur Seite und ließ sie eintreten. Jumper schüttelte, wie Matt es ihm beigebracht hatte, den Regen vor dem Zimmer aus seinem Fell, sodass er ihm nur noch die Pfoten abwischen musste, bevor der Hund auf direktem Weg in sein Körbchen flitzte.

Summer schob sich die nassen Haare hinter das Ohr und sah sich aufmerksam im Raum um.

»Möchtest du ein Handtuch?«, bot Matt ihr an.

»Nein danke. Ich bleibe nicht lang.« Summer drehte sich zu ihm um. Sie stand mitten im Raum – was bei der Größe seines Zimmers nicht zwangsläufig bedeutete, dass der Abstand zwischen ihnen besonders groß war. Sie schob die Hände in die Gesäßtaschen ihrer Jeans, zog sie wieder heraus und verschränkte sie vor dem Oberkörper, was seine Aufmerksamkeit wie von selbst auf ihr nasses Shirt lenkte. »Ich möchte mich bei dir bedanken«, sagte sie. »Nur drei der eingestellten Pferde wurden aus dem Stall geholt. Dazu Ellyns Interview.« Sie sah ihm direkt in die Augen. Ernst und eindringlich. So intensiv, dass sich sein Brustkorb zusammenzog. »Sie hat mir gesagt, dass wir das dir zu verdanken haben. Du hast sie davon überzeugt, uns zu helfen.« Langsam senkte sie den Blick. »Ich muss dir nicht erklären, dass dieser Skandal das Aus für das Gestüt hätte bedeuten können. Aber du hast uns gerettet.«

Was sollte er dazu sagen? Dass er alles für sie tun würde? Oder das zumindest zu diesem Zeitpunkt gedacht hatte? Viel zu präsent war noch die Prügelei mit ihrem Ex-Freund. Auch wenn die Spuren in seinem Gesicht und an seinem Körper langsam verblassten. »Es war das Richtige«, sagte er leise. »Ihr habt es nicht verdient, dass euch so etwas zustößt. Ich meine«, er machte mit der Hand eine ausholende Bewegung, »niemand hat das verdient. Aber ihr … tut so viel Gutes … besonders du. Die Kurse, die Pferd und Reiter zusammenbringen. Deine Rettungsaktionen. Abbys therapeutisches Reiten. Es wäre eine Schande, wenn die *Silver Brook Stables* vor die Hunde gehen würden.«

Summer hatte den Blickkontakt nicht eine Sekunde gelöst, als er gesprochen hatte. Sie hielt ihn immer noch fest, als sie noch einmal leise »Danke« sagte.

Einen Moment standen sie voreinander, ohne etwas zu sagen. Summer löste die Arme vor ihrer Brust und verknotete ihre Finger ineinander. Abwartend. So als hoffe sie, dass er das Richtige sagte – oder tat. Aber was war schon das Richtige, wenn es um Summer Cooper ging? Vor ein paar Wochen hatte er das genau gewusst, aber jetzt hatte er das Gespür für sie verloren. »Danke, dass du extra hergekommen bist, um mir das zu sagen.« Er trat einen Schritt zur Seite, auch wenn alles in ihm schrie, sie nicht gehen zu lassen. »Wir sehen uns morgen.«

Summer verstand seine Geste. Endlich senkte sie den Blick. Sie wirkte irgendwie hoffnungslos und verloren. Aber immerhin erweckte sie so nicht mehr den Eindruck, bis in seine Seele blicken zu können. »Bye«, sagte sie, als sie an ihm vorbeiging und die Hand auf den Türknauf legte. Sie roch nach Summer. Und nach dem Wind und dem Regen, die um die Unterkunft fegten und das Gefühl entstehen ließen, dass sie ganz allein und vom Rest der Welt abgeschieden waren.

Matt öffnete den Mund, um etwas zu sagen. Aber was? Langsam schloss er ihn wieder und sah dabei zu, wie sie den Türknauf drehte. In zwei Sekunden wäre sie verschwunden. Aus seinem Zimmer. Und aus seinem Leben. Endgültig.

»Warte.« Er hatte es ausgesprochen, ohne zu denken. Wenn sie jetzt den Kopf schüttelte und ging … Die Hand auf dem Türknauf verharrte. Für einen Moment starrte sie auf das Türblatt. Dann ließ sie den Knauf los und drehte sich zu ihm um. In Zeitlupe.

Er schluckte trocken, nicht sicher, was er als Nächstes tun sollte. Summer war so unglaublich sexy. Sie war so schön, wie sie ihn anblickte, mit glänzenden Augen und geröteten Wangen. Als ob sie nur darauf gewartet hätte, dass er sie aufhielt. Er hob die Hand, um sie in einer sanften Bewegung an ihre Wange zu legen. Ohne den Blick von ihm abzuwenden drehte

sie den Kopf so weit, dass sie ihre Lippen in seine Handfläche pressen konnte. Die Berührung fuhr Matt wie ein heißer
Blitz in den Unterleib. Im nächsten Moment lagen sie sich in
den Armen, versunken in einen wilden Kuss, der Matts Gehirn leerfegte.

*

Summer hatte sich bei Matt bedanken wollen. Doch als sie
vor ihm gestanden hatte, war auf einmal alles anders. Das
nasse T-Shirt das an den Muskeln seines Oberkörpers klebte.
Der blasse Schatten des blauen Auges, der noch immer an die
Schlägerei mit Alec erinnerte, und sein Blick, der sich regelrecht in ihren brannte. Sie hatte nicht den Mut, ihn um etwas
zu bitten. Eine Umarmung? Einen Kuss? Ein letztes Good-
bye? Sie wusste nicht einmal, was sie sich von ihm wünschte.
Bis zu dem Moment, in dem sie ihre Hand auf den Türknauf
gelegt und er »warte« gesagt hatte.

Als sie sich umdrehte und Matt seine Hand an ihre Wange
legte, hatte ihr Gehirn einen Kurzschluss erlitten. In einen wilden Kuss versunken taumelten sie gegen die Tür.

»Bist du dir sicher?«, flüsterte Matt an ihren Lippen.

Summer schluckte. »Ja«, wisperte sie, bevor sie im nächsten
wilden Kuss versanken.

Ohne seine Lippen von ihren zu lösen hob er sie auf seine
Arme und durchquerte mit wenigen Schritten das Zimmer. Er
legte sie auf das Bett. Summer, die Arme noch immer um seinen Hals geschlungen, zog ihn zu sich herunter, bevor er sich
von ihr lösen konnte. Seine Finger glitten in fiebriger Hast
über ihren Körper, zeichneten ein Muster auf ihren Hals, ihre

Arme, strichen über ihre Brustspitzen. Summer schloss die Augen und genoss die Liebkosungen. Erst als sie spürte, wie er am Saum ihres Shirts zog, hob sie die Lider wieder.

»Hilf mir, das auszuziehen«, murmelte er an ihrem Hals.

Summer nickte und zerrte hastig an ihrem Shirt. Gemeinsam schälten sie den nassen Stoff von ihrem Körper. Matt küsste jeden Zentimeter Haut, den er freilegte, während er ihr auch den BH und schließlich die Jeans und das Höschen auszog.

Sein heißer Atem strich über ihren Körper. Als sie sich ihm entgegenwölbte, hielt Matt einen Moment inne und betrachtete sie, bevor er sich wieder zu ihr herunterbeugte und sie erneut küsste.

Matt verflocht seine Finger mit ihren, schob ihre verbundenen Hände über ihrem Kopf in die Kissen. Zur Bewegungslosigkeit verdammt lag sie unter ihm, genoss seine Zärtlichkeiten. Die Lippen, die über ihren Hals glitten. Über ihr Dekolleté. Er reizte ihre Brustspitzen, streichelte ihren Bauch. Seine Hand glitt zwischen ihre Schenkel, neckte den sensibelsten Punkt ihres Körpers und ließ sie in dem Strudel der Leidenschaft davontreiben. Seine Liebkosungen brachten sie um den Verstand. Mit geschlossenen Augen ließ sie die Welle zu, die über sie hinwegrollte – und davonriss.

*

Matt hielt Summer in seinen Armen und wartete darauf, dass sich ihr Herzschlag ein wenig beruhigte, während sein Herz noch immer wie wild schlug. Er wollte jede Sekunde genießen, die er sie noch in seinen Armen halten konnte. Gerade schob er die dunklen Gedanken zur Seite, die ihn daran erinnerten, dass dies ihre letzte Nacht war, und zog Summer stattdessen noch enger an sich. Summers Hände glitten unter den Saum seines T-Shirts. Sie zerrte es ihm über den Kopf und machte sich dann am Knopf seiner Hose zu schaffen. Er richtete sich auf, zog Hose und Stiefel aus und schloss Summer wieder in seine Arme.

Summer presste ihre Lippen auf seine Brust, genau dorthin, wo sein Herz bei dieser Berührung einen Salto schlug. Sie zeichnete mit den Fingern die Muskeln seines Oberkörpers nach, erforschte ihn, streichelte und küsste ihn, bis Matt ihre Hände einfing und sich über sie schob. Er stützte sich ab und rahmte Summers Gesicht mit den Händen ein. Sie hob die Lider, als er sanft ihre Schläfe küsste. Seine Lippen glitten über ihre Nase zu ihrem Mund, verschmolzen mit ihrem zu einem sehnsüchtigen Kuss.

Summer schlang ihre Schenkel um Matts Mitte, und ohne den Kuss zu unterbrechen drang er in sie ein.

Ihre Körper erkannten einander wieder. Sie passten so perfekt zusammen. Bewegten sich in einem Rhythmus, der in den letzten Wochen zu ihrem geworden war. Wie flüssiges Feuer raste das Verlangen durch seinen Körper, beschleunigte das Tempo, in dem seine Haut über ihre glitt. Er fühlte, wie sich ihr Höhepunkt um ihn herum zusammenzog. Sah, wie sie die Augen schloss und sich ihr Oberkörper unter ihm anspannte. Mit einem leisen Stöhnen glitt sie in ihre Erlösung – und riss ihn mit sich.

Mit seinem Höhepunkt wich die Spannung aus seinem Körper. Er drückte Summer für einen Moment in die Kissen, bis er sich auf die Seite drehte und Summer mit sich zog. Sie ließ die Fingerspitzen über seinen Rücken wandern, was kleine Funken in seinen Nervenenden aufblitzen ließ.

Für eine kleine Ewigkeit lagen sie einfach nur da. Herz an Herz. Streichelten einander. Blickten sich in die Augen. Und schwiegen. So als ob sie beide Angst hätten, dass Worte alles zerstören würden.

Matt verlor das Gefühl für die Zeit. Er spürte Summers Atem an seinem Hals und hörte den Wind und den Regen ums Haus toben. Der Tag war der Dämmerung gewichen, aber sie hatten kein Licht eingeschaltet. Irgendwann glitten Summers Lippen federleicht über seine, forderten ihn zu einem weiteren Kuss heraus, der den Funken zwischen ihnen neu entflammen ließ und dafür sorgte, dass sie sich noch einmal liebten. Langsam und zärtlich. Schließlich schlief Matt mit Summer in seinen Armen ein.

*

Summer erwachte mit einem Ruck. Im ersten Moment wusste sie nicht, was sie geweckt hatte. Doch da war es wieder.

»Matt?« Eine Faust hämmerte gegen die Tür und ließ Summer zusammenzucken. »Matt? Bist du wach?«

Wer brüllte so? Und warum?

»Matt!«

Wieso rief dieser Mann nach Matt? Schlagartig hoben sich die letzten Nebel des Schlafes, und Summer begriff. Weil das hier Matts Zimmer war. Sein Bett. Und sie lag in seinen Armen, ihre Glieder mit seinen verschlungen. Nicht in seinem Cottage auf Stonebridge Island. Sondern in dem Zimmer, das er bei Simon bezogen hatte. Und Simon war es auch, der Matts

Namen rief und nicht aufhörte zu klopfen. Matt. Sie hatte die Nacht mit Matt verbracht.

Er regte sich neben ihr, sodass sie es an der gesamten Länge ihres Körpers spürte, presste für einen Moment sein Gesicht in ihre Halsbeuge und brummte etwas, das sie nicht verstand. Dann hob er den Kopf und blinzelte die Tür an. »Hör auf, mich anzubrüllen, Simon!« Seine Stimme klang rau vom Schlaf, und seine Augen waren bereits wieder geschlossen, als er sich in die Kissen zurückfallen ließ und Summer mit sich zog.

»Hast du vor, heute noch dein Training zu absolvieren, oder kann ich den Platz anderweitig vergeben?«

Matt lag ganz still neben ihr. Für den Bruchteil einer Sekunde schien er nicht einmal zu atmen. Dann schnellte er hoch wie eine Feder. »Scheiße!« Blinzelnd griff er nach seinem Handy und warf einen Blick auf das Display. Dann sah er Summer an. »Wir haben verschlafen«, zischte er. »Ich komme, Simon. Gib mir zwei Minuten«, rief er der Tür zu.

»Gut. Ich bin auf dem Springplatz.«

Sie hörten, wie sich die Schritte entfernten. Für einen Moment waren sie wieder allein. In ihrem Kokon, in dem es nichts gab außer ihnen und Jumper, der den Kopf über den Rand seines Hundekörbchens hob.

So viel Ungesagtes stand zwischen ihnen. Nachdem sie diese Nacht miteinander verbracht hatten, was keiner von ihnen geplant hatte, mussten sie reden. Unbedingt. Aber jetzt blieb keine Zeit mehr. Sie kamen zum Abschlusstraining zu spät. Das durfte doch nicht wahr sein!

»Summer.« Matt hob die Arme in einer hilflosen Geste. »Ich ... können wir reden? Nicht jetzt, aber später?«

»Lass uns erst einmal dein Training hinter uns bringen.« Summer sprang aus dem Bett und begann, ihre Klamotten zusammenzusuchen. Sie durfte jetzt nicht den Kopf verlieren. Ihr lagen Worte auf der Zunge, von denen sie fürchtete, dass sie ungefiltert über ihre Lippen kommen würden, wenn sie nicht sofort Abstand zwischen Matt und sich brachte. Zumindest bis sie die Situation durchdacht hatte. Dazu gehörte, dass sie beide nicht mehr nackt voreinander standen. »Mist, das ist alles noch nass«, schimpfte sie, als sie ihre Klamotten vom Boden aufhob.

»Hier. Fang.«

Summer blickte auf und schaffte es gerade noch, ein T-Shirt abzufangen, bevor es ihr Gesicht traf. »Danke«, murmelte sie und zog es über ihren klammen BH. In die feuchten Jeans zu kommen war ein echter Kampf. Sie band ihre Haare zu einem unordentlichen Knoten auf ihrem Kopf und rieb sich in dem winzigen Bad mit dem Zeigefinger Zahnpasta auf die Zähne. »Ich gehe Kaffee besorgen und nehme Jumper mit«, bot sie an.

»Gut.« Matt zog sich gerade ein Shirt über den Kopf. »Summer.«

Sie drehte sich um, als er ihren Namen sagte. Im nächsten Moment zog er sie in seine Arme und küsste sie. Sie konnte nicht anders, als den Kuss zu erwidern und ihre Hände über die nackte Haut seines Rückens gleiten zu lassen, wo er das Shirt noch nicht heruntergezogen hatte.

»Kaffee«, murmelte er schließlich an ihren Lippen. »Und Training.«

»Ja.« Summer legte ihre Hände auf seine Brust und schob ihn zurück. »Wir sehen uns gleich.«

# 23

Für Summer war es eine richtige Flucht – auch wenn Jumper sich freute, dass sie ihn mit nach draußen nahm und er sich auf die Felder verkrümeln konnte, um sein morgendliches Geschäft zu verrichten. Gut gelaunt kam er wieder auf sie zugerast, als sie das Wirtschaftsgebäude erreichte. Große landwirtschaftliche Betriebe waren alle nach dem gleichen System aufgebaut. Selbst wenn es in den *Silver Brook Stables* jeden Morgen ein kräftiges Frühstück für die Mitarbeiter gab und bei Simon Brown eher die spartanische Version aufgetischt wurde, waren zumindest Kaffee und Muffins dabei.

Summer war allein in der Frühstücksnische. Für einen Moment lehnte sie sich mit dem Rücken gegen die Wand und wartete, bis sich ihr wild rasendes Herz ein wenig beruhigte. Sie hatte nicht noch einmal mit Matt schlafen wollen. Das machte alles nur viel komplizierter. Aber jetzt war es passiert. Und heute war der letzte Tag … Sie seufzte und rieb sich über das Gesicht.

»Lass uns Kaffee holen«, sagte sie zu Jumper. Im Moment ging es nur darum, dass Ice und Matt ihre Prüfung bestanden. Sie pumpte Kaffee aus der Thermoskanne in zwei Styroporbecher, die Marsha ihr um die Ohren hauen würde, wüsste sie davon. Dann drückte sie die Plastikdeckel auf die Becher und legte auf jeden einen Muffin. Vorsichtig balancierte sie das Frühstück, mit Jumper als Vorhut, in den Stall.

Als sie Matt und Ice entdeckte, blieb sie wie angewurzelt stehen. Matt hatte das Pferd schon geputzt und aufgesattelt. Jetzt standen sie auf dem Sattelplatz. Matt hatte die Arme um den Hals des Pferdes gelegt und den Kopf in das weiche Fell gepresst. Ice' Kopf lag auf seiner Schulter. Er schnaubte leise und entspannt. Es sah aus, als umarmten sich Reiter und Pferd wie alte Freunde.

Jumper, der schon vorgelaufen war, kehrte zu ihr zurück und setzte sich neben sie. Das Köpfchen schräg gelegt betrachtete der Hund die beiden, als sei er sehr zufrieden mit der Entwicklung.

Summers Herz hatte sich gerade erst beruhigt. Doch als Matt sich von Ice löste und zu ihr umdrehte, begann es wieder zu rasen.

»Oh … ähm.« Matt rieb sich über die Narbe in seiner Augenbraue. Seine Wangen färbten sich ein wenig dunkler, so als hätte sie ihn bei etwas sehr Intimen erwischt. »Ice und ich haben das früher vor jedem Wettkampf gemacht.«

Summer konnte nicht anders als lächeln. »Vor sechs Wochen hätte niemand gedacht, dass du dich länger als fünf Sekunden auf seinem Rücken halten kannst. Und jetzt seht euch an.« Sie stellte den Kaffee und die Muffins ab und ging zu Ice' Box hinüber, um ihn zwischen den Ohren zu kraulen.

»Danke für das Frühstück.« Matt lehnte sich mit der Schulter gegen eine leere Box und trank einen Schluck Kaffee, bevor er in einen der Muffins biss. »Sollen wir jetzt noch reden?«, fragte er.

Summer wich seinem Blick aus. »Erst die Prüfung, okay? Soll ich Ice schon für dich rausbringen?«

»Nein.« Matt stopfte sich den Rest des Muffins in den Mund und spülte mit Kaffee nach. »Ich bin so weit. Wünsch uns Glück.«

»Viel Glück. Ihr macht das schon.« Summer stand noch immer neben Ice, als Matt zu ihr zurückkam.

Er zog sie in seine Arme und presste seine Lippen auf ihre. »Glückskuss«, murmelte er und küsste sie noch einmal. Ice nutzte den Moment, um mit seiner Nase gegen ihre Wange zu stupsen und leise zu schnauben.

Summer wich lachend zurück. »Jetzt habt ihr euch beide euren Glückskuss abgeholt. Los geht's. Zeigt es uns.«

*

Matt schwebte. Ein anderes Wort fiel ihm nicht ein, um seinen momentanen Zustand zu beschreiben. Körperlich genauso wie in Gedanken. Summer und er hatten die Nacht miteinander verbracht. Und wie! Er konnte sich nicht erinnern, wann er zum letzten Mal verschlafen hatte. Schon gar nicht wegen einer Frau. Er wusste noch nicht, wie Summer und er das in Zukunft hinbekommen sollten, aber diese Nacht war ganz eindeutig ein Zeichen gewesen. Als sie am Morgen hektisch in ihre Klamotten gesprungen waren, um nicht zu spät zu kommen, war es ihm einfach plötzlich klar gewesen: Er hatte sich in sie verliebt. Bis über beide Ohren. Und auf eine Art, auf die er noch nie verliebt gewesen war. Nicht einfach nur verknallt und hingerissen – er liebte sie. So schlicht. So kompliziert.

Ice und er ritten ihre Aufwärmrunden, und er musste grinsen, als er hörte, wie Simon Summer auf das T-Shirt ansprach, das sie trug. Ellyns Tochter hatte es ihm geschenkt, um ihn aufzumuntern, als er nach dem Sturz aus dem Krankenhaus gekommen war. Es zeigte die schwarze Silhouette eines Pferdes mit Reiter auf hellblauem Grund und den Schriftzug: »Das Leben ist kompliziert, ich gehe reiten.« »Ich bin bereit«, rief er Summer und Simon zu, die sich mit ihren Kaffeebechern an den Zaun des Sprungplatzes lehnten.

Summer reichte Simon ihren Becher und zückte ihr Handy. Sie gab ihm das Daumen-hoch-Zeichen, um ihm zu signalisieren, dass er starten konnte.

Wieder war es wie fliegen. Sie ritten den Hindernisparcours in perfekter Synchronie ab. Ice war in Top-Form, und die Verbindung zwischen ihnen so stark wie wahrscheinlich nie zuvor. Summer reckte den Daumen, als sie das letzte Hindernis mit Bravour absolviert hatten. Sie hielt die Handykamera weiter auf ihn gerichtet, als sie zu ihr herüberritten. Ice blieb vor ihr stehen und stupste mit der Nase gegen das Handy. Matt lachte. »Das haben wir auch geübt«, sagte er in die Kamera, nachdem Summer sie wieder ein Stück angehoben und auf ihn gerichtet hatte. »Ein Bussi für Ellyn. Als kleine Entschuldigung von Ice, dass er sie bei unserem letzten Training umgerannt hat.«

Summer ließ das Handy sinken. »Damit sammelt ihr beiden sicher Punkte. Auch wenn das nicht nötig ist. Das war ein fantastischer Durchgang. Dein Boss wird mehr als zufrieden sein.«

»Glückwunsch«, kommentierte auch Simon. »Das war wirklich fantastisch.«

»Während du dich um Ice kümmerst, verschicke ich die Aufnahme schon mal«, schlug Summer vor und begann, auf ihrem Handy herumzutippen.

»Mach das. Wir sehen uns gleich.« Zufrieden mit Ice und seiner Leistung tätschelte er dem Hengst den Hals und lenkte ihn dann zum Abtrainieren auf den Platz zurück.

*

Summer sah Matt und Ice nach. Sie hatten ganze Arbeit geleistet.

Simon seufzte neben ihr. »Ich habe ihm mindestens dreimal einen Trainerjob angeboten. Aber wenn man ihm und diesem Wahnsinnspferd zusieht, sieht man ganz klar, dass die beiden auf die Rennstrecke gehören.«

»Ja. Da hast du recht.« Summer nippte an ihrem Kaffee, der plötzlich bitter schmeckte.

»Na ja, war jedenfalls eine Freude, ihn trainieren zu sehen. Michelle hat auch noch ein wenig von seinen Tipps profitieren können.« Er ließ die Handfläche locker auf den obersten Querriegel des Zauns fallen. »Ihr habt sicher noch jede Menge zu besprechen. Wir sehen uns, Summer.«

»Noch mal vielen Dank, dass Matt hier arbeiten durfte.«

Simon tippte mit dem Zeigefinger gegen die Krempe seines Stetsons und wandte sich zum Gehen. Jumper begleitete ihn ein paar Meter und kam dann zu Summer zurück. Gemeinsam warteten sie auf Matt.

Als er aus dem Stall kam, strahlte er über das ganze Gesicht. Und wieder konnte ihr Herz nicht anders als zu stolpern. Er war so glücklich und gelöst. Ganz anders als der düstere, unbelehrbare Typ, der vor sechs Wochen auf dem Hof aufgetaucht war.

»Hey.« Als Matt sie erreichte, zog er sie in seine Arme und schwenkte sie übermütig herum. Jumper sprang fröhlich bellend neben ihm her. »Das war der Wahnsinn. Danke, Summer.« Er drückte ihr einen herzhaften Kuss auf die Lippen. »Ich bin dir so unendlich dankbar.«

Als er sie wieder abstellte, flatterten diese verdammten Schmetterlinge, die in Matts Gegenwart immer völlig kopflos in ihrem Bauch durcheinanderflogen, schon wieder aufgeregt los. »Ich habe die Aufnahmen an Ellyn geschickt. Sie ist begeistert und ganz entzückt von Ice' Küsschen. Sie wartet mit einem extra Apfel auf ihn, wenn ihr zurückkommt«, erzählte sie Matt.

Er rieb mit dem Zeigefinger über die Narbe in seiner Augenbraue. Ein deutliches Zeichen dafür, dass er nervös war. »Was das betrifft ... sollen wir ein paar Schritte gehen?«

»Gern.« In Bewegung fühlte Summer sich eindeutig wohler. Sie war froh, dass sie nach der Schlägerei zwischen Matt und Alec wieder zu einem freundschaftlichen Umgang zurückgefunden hatten. So konnten sie sich auf eine Weise voneinander verabschieden, die sie beide verdient hatten.

Matt griff nach Summers Hand und verschränkte seine Finger mit ihren. Gemeinsam liefen sie zum Wirtschaftsgebäude. Matt füllte ihre Kaffeebecher noch einmal nach und führte sie dann zu einer kleinen Picknickbank, die versteckt hinter einer Scheune unter einer großen Eiche stand.

»Das ist Michelles Lieblingsplatz, wenn sie sich vor ihrer Mutter und der Ausbildung in Damenhaftigkeit – wie sie es nennt – drücken will. Sie hat sicher nichts dagegen, wenn wir ihn uns für eine Weile ausleihen. Nimm Platz«, forderte er Summer auf. Kaum hatte sie sich gesetzt und den Kaffeebecher abgestellt, griff Matt schon nach ihren Händen. »Du weißt, ich bin nicht gerade ein Philosoph.« Er grinste sie schief an. »Und nach dieser letzten Nacht und diesem etwas hektischen Morgen hatte ich auch nicht viel Zeit, mir Gedanken zu machen. Ich kann dir einfach nur sagen, wie es sich anfühlt, mit dir zusammen zu sein.«

Summers Herz machte einen Purzelbaum. Warum waren sie nicht einfach weitergelaufen? Warum saßen sie hier? Ihre Hände in seinen gefangen. Genau wie ihr Blick, der von seinem festgehalten wurde. »Matt ...«

»Warte. Ich bin noch nicht fertig. Ich kann nicht bleiben«, sprach er das Offensichtliche aus. »Und ich habe noch keine Lösung gefunden. Aber ich finde eine. Das verspreche ich dir.« Er strich mit den Daumen über die Innenseiten ihrer Handgelenke und verursachte kleine Feuerwerke auf ihrer Haut.

»Matt, ich ...«, versuchte sie noch einmal, ihn zu unterbrechen.

Er zog ihre rechte Hand an seine Lippen und küsste sie. »Ich habe mich in dich verliebt.« Er lachte, als könne er es selbst nicht glauben, und Summers Herz zog sich zusammen.

»Matt ...« Diesmal fiel er ihr nicht ins Wort – aber Summer wusste nicht, was sie auf diese Liebeserklärung erwidern sollte. Mit einer sanften Bewegung entzog sie ihm ihre Hände und stand auf. Mit zwei Schritten erreichte sie den dicken Stamm der Eiche und legte ihre Hand auf die runzelige Rinde, die sich nach dem Regen des vergangenen Tages noch immer feucht anfühlte. »Ich fühle mich geehrt. Wirklich.« Gott! Was sagte sie denn da? Sie legte den Kopf in den Nacken und schloss für einen Moment die Augen. Als sie sich gesammelt hatte, drehte sie sich zu Matt um. Er saß noch immer am Tisch und sah sie geduldig an. So als ob ihm bereits klar gewesen sei, dass sie nicht so leicht von seinen Gefühlen zu überzeugen war.

»Streich, was ich gerade gesagt habe«, probierte Summer es noch einmal. Sie kehrte zum Tisch zurück, setzte sich aber nicht. »Ich bin dir wirklich dankbar, dass du mich …« liebst. Sie konnte es nicht aussprechen. »Aber ich glaube, genau das ist auch das Problem. Du fühlst dich dankbar, weil ich dir und Ice geholfen habe, und verwechselst das mit Liebe, weil wir außerdem miteinander geschlafen haben.«

Matt legte den Kopf schräg und musterte sie, was Summer ein kleines bisschen an Jumper erinnerte, der unter der Eiche im Gebüsch herumschnüffelte. »Ich bin Mitte dreißig und habe auch vor dir schon mit der einen oder anderen Frau geschlafen. Ich kann dir also versichern, dass es nicht allein mit dem Sex, dem übrigens spektakulären Sex, zu tun hat.«

»Es wird nicht funktionieren«, brach das einzige Argument aus ihr heraus, das ihr wie in einer Endlosspirale durch den Kopf schoss. »Bitte, Matt, lass uns realistisch sein.« Warum musste sie diejenige sein, die diese Dinge aussprach? Wieso konnte er das nicht selbst erkennen? »Wir hatten Spaß. Und wir haben die gemeinsame Zeit genossen. Aber das reicht nicht für eine Beziehung.« Sie sah ihm fest in die Augen. »Es war nur Sex.«

Der geduldige Ausdruck in Matts Gesicht wich einer Spur Unsicherheit. »Das stimmt nicht«, sagte er dennoch. »Es war mehr als das. Du musst es nur zugeben.«

»Nein. Matt.« Wie konnte sie ihm klarmachen, dass eine Beziehung niemals die Chance hatte zu funktionieren? Sie rang die Hände und holte zu ihrem persönlichen Totschlagargument aus. »Alec …«

»Dein Ex?« Jetzt sprang Matt tatsächlich auf. »Ernsthaft? Du vergleichst das, was wir haben, mit eurer Beziehung? Oder bist du doch wieder weich geworden? Hat er dich so weit, es noch mal mit ihm zu probieren?«

»Spar dir deine Eifersucht.« Summer drehte sich von ihm weg, um die Wut in seinen Augen nicht sehen zu müssen. »Ich wollte sagen: Alec und ich sind der beste Beweis dafür, dass eine Beziehung nicht funktioniert, wenn man es nicht schafft, seine Zeit gemeinsam zu verbringen. Du und ich«, Summer drehte sich wieder um, »hatten Spaß, weil wir ein paar gemeinsame Wochen auf dem Gestüt verbracht haben. Aber zwischen Kentucky und Maine funktioniert das nicht. Das wissen wir beide.« Sie brachte noch einen Schritt mehr Abstand zwischen Matt und sich, weil seine betroffene Miene in ihr den Wunsch wachsen ließ, sich an seine Brust zu werfen und die Arme um seinen Hals zu schlingen, bis das Lächeln in sein Gesicht zurückkehrte. »Es ist viel vernünftiger, das Ganze jetzt und hier zu beenden, als es auf die Distanz zu versuchen. Wir würden uns nur gegenseitig verletzen.«

»Und das hier«, Matt hob die Arme zu einer umfassenden Geste, »ist nicht verletzend?«

»Matt! Du kannst nicht aus deinem Leben aussteigen, und ich werde meines nicht aufgeben. Bitte, mach es nicht noch schwerer, als es schon ist.«

Einen Moment schwieg er, ließ ihre Worte in der Luft hängen. Ließ *sie* in der Luft hängen. »Okay«, sagte er dann leise. Er rieb sich über den Nacken und rief nach Jumper. »Dann sollten wir es nicht künstlich dramatisieren.« Er stützte die Hände in die Hüften und blickte über Summers Schulter ins Nichts. »Leb wohl, Summer.« Mit diesen Worten drehte er sich um und ging davon.

Jumper, der einen Tannenzapfen aus dem Dickicht mitgebracht hatte, blickte irritiert zwischen ihnen hin und her. Er ließ seine Beute fallen und lief zwei Schritte hinter Matt her, bevor er zu Summer zurückkam, damit sie ihn noch einmal unter dem Kinn kraulen konnte. Dann verpasste er ihr mit der Zunge einen Hundekuss auf das Handgelenk. Dorthin, wo Matts Daumen noch vor wenigen Minuten über ihre Haut gestrichen hatte. Und schon schnappte er sich seinen Zapfen und sauste davon, um den Anschluss zu seinem Herrchen nicht zu verlieren.

Summers Knie zitterten. Sie ließ sich auf die Bank sinken und sah Matt nach, bis er hinter der Ecke eines Stalls verschwand. Natürlich hatte er recht gehabt: Sie war nicht ehrlich zu ihm gewesen. Sie hatte sich genauso heftig und unerwartet in ihn verliebt wie er in sie. Aber wohin sollte das führen? Ein Ende mit Schrecken war um so vieles besser als ein langwieriger, erfolgloser Versuch zu retten, was sie verband. Auf dem Gestüt warteten so viel Arbeit, so viele Probleme und Entscheidungen auf sie, die getroffen werden mussten. Sie wollte sich nicht Matts enttäuschtes Gesicht vorstellen müssen, weil sie es nicht schaffte, ihn zu besuchen. Das hatte sie mit Alec nicht hinbekommen, der nur eine halbe Stunde entfernt lebte. Wie sollte sie das mit einem Mann schaffen, der sein Zuhause einen halben Kontinent entfernt hatte?

Mit dem Handrücken wischte sie die einzelne Träne weg, die über ihre Wange rollte. Ihr Hals brannte, aber sie schaffte es, die restlichen Tränen hinunterzuschlucken.

*

Olivia schenkte Abby, Megan und sich selbst am Tisch auf dem Patio des Ranchhauses ein Glas Weißwein ein. Sie hatten zum Abendessen Hummerlasagne gehabt. Eine kleine Feier, weil sie den Futtermittelskandal einigermaßen glimpflich überstanden hatten und langsam wieder Normalität in den *Silver Brook Stables* einkehrte.

Abby hatte bereits Holz in der Feuerstelle auf der Wiese aufgeschichtet. Deshalb griff Olivia nach den Gläsern und trug sie zu ihren Töchtern hinüber. Es war noch immer August, aber langsam streckte der Herbst seine Fühler nach der Insel aus. Die wilde Pracht der Lupinen war verschwunden. Die Abende wurden kürzer, und mit der frühen Dunkelheit zog eine Kühle vom Meer herauf. »Ein Feuer ist eine fantastische Idee«, sagte sie zu Abby und reichte ihr ein Glas, das diese an Megan weiterreichte, bevor sie das zweite entgegennahm.

»Danke Mom.« Megan ließ sich in ihren Deckchair fallen und streckte die Beine aus, als wolle sie sich an den fröhlich züngelnden Flammen wärmen. »Schade nur, dass Summer nicht hier ist und mit uns feiert, dass die Normalität zurück ist. Auf den Alltag«, sprach sie einen Toast aus. »Nicht, dass ich jemals wieder darauf trinken möchte.« Sie grinste und stieß mit Olivia und Abby an. »Ich habe noch etwas zu verkünden«, schob sie hinterher, nachdem sie an ihrem Pinot Grigio genippt hatte. »Ich habe den Kauf von El Amor rückgängig gemacht. Unter den gegebenen Umständen können wir ihn uns schlicht nicht leisten.«

Olivia umarmte ihre Tochter von hinten und legte ihre Wange an Megans Scheitel. »Das tut mir leid«, sagte sie leise.

»Nein.« Megan löste sich von ihr und drehte den Kopf so, dass sie sie ansehen konnte. In ihrem Gesicht spiegelte sich eine traurige Entschlossenheit, wobei die Courage den größeren Teil einnahm. »Wir sind eine Familie. Ein Unternehmen. Im Moment haben wir andere Sorgen als einen neuen Deckhengst.«

»Vielleicht können wir es irgendwie möglich machen«, warf Abby ein. »Unserer Reputation würde ein neuer Hengst mit einem fantastischen Stammbaum auf jeden Fall guttun. Wir würden damit zeigen, dass wir alles im Griff haben.«

»Nein.« Megan lächelte. »Wir zeigen auch so, dass wir alles unter Kontrolle haben. El Amor war einfach ein schöner Traum. Aber ich kann genauso vernünftig sein wie ihr, wenn es darauf ankommt.«

»Danke«, sagte Abby und drückte Megans Hand.

Olivias Herz weitete sich vor Liebe zu ihren Töchtern. Sie trank einen Schluck Wein und blickte auf den Ozean hinaus, hinter dem die Sonne längst verschwunden war. Die Dämmerung würde sich nicht mehr lange gegen die Nacht behaupten können. Aus den Augenwinkeln nahm sie eine Bewegung in der Halfmoon Bay wahr.

»Ist sie das?«, fragte Megan, die ihrem Blick gefolgt war.

»Ja.« Abby seufzte. »Ich mache mir Sorgen. Sie war nicht beim Essen. Und jetzt …«

»Jetzt rennt sie um ihr Leben«, sagte Megan. »Zumindest sieht es so aus.«

»Vielleicht auch vor etwas davon«, murmelte Abby. »Vor dem Leben.«

»Oder vor der Liebe.« Olivia sah Summer dabei zu, wie sie über den Strand rannte, als wäre der Teufel hinter ihr her.

»Können wir ihr helfen?« Megan hatte ihr Glas in den Getränkehalter in ihrem Sitz gestellt. Abbys Hand und ihre waren noch verbunden. Mit der anderen griff sie nach Olivias. »Wir müssen doch irgendetwas tun können.«

Olivia schüttelte den Kopf. »Im Moment gibt es nichts.« Matts Abreise hatte ihrer Tochter das Herz gebrochen, das war unverkennbar. Summer hatte sich damals nicht erlaubt, sich in Alec zu verlieben. Das war es, was diese Beziehung über zwei Jahre auf Sparflamme hatte laufen lassen. Aber gegen die Liebe, die sie wie ein Blitz getroffen hatte, als sie Matt kennengelernt hatte, hatte sie sich nicht wehren können. Jetzt tat sie das Einzige, was sie kannte: Sie versuchte davonzurennen. Olivia kannte dieses Gefühl nur zu gut. Auch wenn es schon dreißig Jahre her war, seit sie selbst das erlebt hatte. »Sie wird uns wieder an sich heranlassen, wenn sie dazu bereit ist«, sagte sie und drückte Megans Hand. Dann blickte sie in den Sternenhimmel über sich. *Hab ein Auge auf sie, Liebster*, schickte sie ihre stumme Bitte zu Jack.

# 24

Routine war Fluch und Segen zugleich. Manchmal half sie, alles andere auszublenden – das waren die Momente, in denen es Summer nicht schaffte, sich in Matts Gedanken auszubreiten. Sich vor sein inneres Auge zu schieben. Und manchmal saßen die Handgriffe, die mit der Routine einhergingen, so fest, dass er sie sicher im Schlaf hätte durchführen können. Dazu kam ihr T-Shirt, das sie nach ihrer letzten Nacht in seinem Zimmer vergessen hatte. Inzwischen lag es auf dem Nachttisch in seinem Apartment. Einmal hatte Jumper es geklaut und in sein Körbchen geschleppt, so als vermisse er Summer genauso schrecklich wie Matt. Um nicht noch mal mit dem Hund teilen zu müssen, legte er es einfach auf sein Kopfkissen, wenn er ins Bett ging, und so konnte er noch immer ihren Duft einatmen, der schwach zwischen den Fasern hing. Was nicht gerade hilfreich war, wenn man versuchte, von einer Frau loszukommen, der man sein Herz vor die Füße geworfen hatte, damit sie darauf herumtrampeln konnte. »Sie hat es nicht getan, um mich zu verletzen«, murmelte er in Ice' Fell, der unter der Behandlung mit dem Massagehandschuh entspannt schnaubte. »Sie wusste selbst nicht, wie sie mit ihren Gefühlen umgehen sollte, und hat einfach die Flucht ergriffen. Das ist doch verrückt, oder? Sie bringt mich dazu, endlich aufzuhören, vor meinen Dämonen wegzurennen. Und dann nimmt sie selbst die Beine in die Hand.«

Jumper, der sich neben der Boxentür im Stroh zusammengerollt hatte, rappelte sich auf und gab ein kurzes Bellen von sich. Ein Zeichen dafür, dass jemand den Stall betreten hatte. Der Hund würde ein Extra-Leckerli bekommen, dafür, dass er ihn gewarnt hatte, bevor er dabei erwischt worden war, wie er Selbstgespräche führte. Matt drehte sich um und schluckte den resignierten Seufzer herunter, der in seinem Hals aufstieg. »Dad«, grüßte er seinen Vater.

»Junge.« Hank legte seine Unterarme auf die Kante der Boxentür. »Was machst du da?«

»Ich kratze Ice den Rücken«, erklärte Matt das Offensichtliche.

»Weil wir jetzt ein Pferde-Spa sind?« Hank schnaubte.

»Ice mag es. Es beruhigt ihn.« Und es entspannte ihn selbst, weil es die Verbindung zwischen ihnen stärkte. Mit einer so simplen Übung hatte Summer ihn und sein Pferd wieder zusammengebracht. Aber das war nichts, was er seinem Vater erklären würde. Weil es nichts war, was Hank Walker verstehen würde.

»Garret und ich haben dir heute beim Training zugesehen. Ihm hat gefallen, was er gesehen hat«, erzählte Hank.

*Und dir, Dad? Hat es dir auch gefallen?* Wieder etwas, was er nicht aussprach. Denn sein Vater würde mit Sicherheit noch etwas auszusetzen haben.

»Meiner Meinung nach solltest du vor dem ersten Hindernis den Druck noch ein wenig erhöhen. Ice kann mehr. Er kann schneller sein, noch besser abspringen. Wenn du willst, trainiere ich das morgen mit dir.«

Dass die Spirale, aus der er sich mit Summers Hilfe so mühsam befreit hatte, so schnell wieder vor ihm auftauchen würde, hatte Matt nicht erwartet. Ice würde sich mit seiner Ausdauer und seiner Kraft von den anderen Sprungpferden abheben. Dadurch, dass er entspannt war, wenn sie ins Rennen gingen. Und nicht dadurch, dass er das Pferd war, auf das der größte Druck ausgeübt wurde. Nicht, dass sein Vater das verstehen würde. Er hatte es ja selbst vor wenigen Wochen nicht für möglich gehalten, dass er so etwas auch nur denken würde. »Nicht nötig, Dad.«

»Wenn du meinst.« Matts Antwort hatte Hank unüberhörbar beleidigt. »Garret hat jedenfalls entschieden, dass ihr zum *Little Kentucky* startet.«

»Okay.« Das *Little Kentucky*, das auf *Woodberry* ausgetragen wurde, war eines der kleineren Turniere. Trotzdem zog es jede Menge Zuschauer an. Die Pferdebesitzer schickten ihre Champions ins Rennen, um zu testen, wie fit sie für die kommende Saison waren. Das hatte Garret wohl auch mit Ice und ihm vor. Er horchte in sich hinein, spürte das leise Kribbeln in seinen Venen, das ihn beim Gedanken an einen Wettkampf immer überkam. Es war leiser als früher, aber es war da. Mit der Zeit würde es zunehmen, dessen war Matt sich sicher. »Wir werden bereit sein«, sagte er und strich Ice über den Hals.

»Hoffen wir, dass das reicht, um zu gewinnen«, konnte sich Hank nicht verkneifen, ehe er sich umdrehte und davonstampfte.

\*

Summer war an ihrem Tiefpunkt angekommen. Davor konnte sie die Augen nicht länger verschließen. Wie konnte man

jemanden so sehr vermissen? Als Matt auf Simons Hof um-
gezogen war, hatte sie nicht viel Zeit gehabt, über ihn nachzudenken. Das hatte das Chaos, das zu dieser Zeit in den *Silver
Brook Stables* geherrscht hatte, einfach nicht zugelassen. Aber
nach der letzten Nacht, die sie zusammen verbracht hatten,
war das anders. Wie oft drehte sie sich um, um ihm etwas zu
erzählen, was sie beim Training mit einem ihrer Klienten erlebt hatte, nur um dann festzustellen, dass er nicht da war?
Wie oft zog sich ihr Herz zusammen, wenn sie in den Stall
trat und Ice' leere Box sah? Seit Matt weg war, schlief sie jede
Nacht in seinem T-Shirt. Summer hätte es inzwischen längst
waschen müssen, aber noch hing ein Hauch seines Geruchs
darin. Noch fühlte es sich an wie seine Umarmung.

Sie kam gerade aus der Bank, wo sie ein paar Schecks ihrer
letzten Kursteilnehmer eingelöst hatte, als sie ihre Schwestern
erblickte, die nebeneinander am Kotflügel ihres Pick-ups lehnten. Mit vor der Brust verschränkten Armen und einem entschlossenen Ausdruck im Gesicht.

»Was macht ihr denn hier?«, fragte Summer, obwohl sie die
Antwort bereits kannte.

»Nicht länger zusehen«, kam Megans Erwiderung prompt.

»Megs.« Abby berührte ihre Schwester kurz am Arm. Ein
Zeichen, dass sie es ruhig und überlegt angehen wollten. Abby
hatte mit Sicherheit bereits ein Gesprächskonzept im Kopf.
»Wir haben ein bisschen mit unseren Terminen jongliert und
möchten den Nachmittag mit dir verbringen.«

Ärger stieg in Summer auf. Sie wollte keine Zeit mit ihren
Schwestern verbringen. Sie wollte sich keine Ratschläge zum
Umgang mit Liebeskummer anhören. Eigentlich wollte sie
nur alleine sein, Matts T-Shirt anziehen und sich die Bettdecke

über den Kopf ziehen. Aber sie wusste, dass es ihre Schwestern einige Mühe gekostet haben musste, den Nachmittag freizuschaufeln. »Gut.« Sie hob die Hände in einer ergebenen Geste. »Bringen wir es hinter uns.«

»Wenigstens müssen wir dich nicht fesseln und knebeln.« Megan hielt Summer die Beifahrertür auf.

»Du weißt schon, dass das mein Wagen ist?«, fragte Summer, als ihre jüngere Schwester ihr die offene Hand hinhielt, damit sie ihren Autoschlüssel hineinfallen ließ. Sie ergab sich in ihr Schicksal, reichte Megan den Schlüssel und ließ sich zum Hafen fahren. »Wir nehmen das Boot?«, fragte sie, als Megan den Pick-up vor dem alten Gebäude der Hafenmeisterei parkte.

»Mom hat uns gebeten, nach den Hummerfallen zu sehen, wenn wir schon unterwegs sind«, erklärte Abby. Sie sprang vom Rücksitz und holte die Kühlbox mit den Fischresten aus dem Kofferraum ihres Jeeps, den sie bereits hier abgestellt hatte. Gemeinsam gingen sie den Steg zum Familienboot entlang. Hummer aus ihren Fallen holen war etwas, was wenigstens Spaß machte – und für ein leckeres Abendessen sorgte. Ein bisschen versöhnte das Summer mit dem Überfall ihrer Schwestern.

Abby hob die Kühlbox an Bord der *Sea Horse*. Sie mussten nicht sprechen, um die Leinen zu lösen, das Boot zu starten und aus dem Hafen hinauszumanövrieren. Sie hatten das schon so oft gemeinsam gemacht, dass jeder Handgriff perfekt saß. Während sie an der Steilküste entlangfuhren, ließ Summer sich mit geschlossenen Augen den Wind um die Nase wehen. Die Sonne wärmte ihr Gesicht, auch wenn das nicht mehr lange so bleiben würde: Der Herbst würde schon bald das Kommando übernehmen.

Megan lenkte das Boot geschickt durch das Meer der Bojen, bis sie die beiden hellblauen Holzkorken mit dem Logo des Gestüts fanden. Abby angelte nach der Kette unter den Bojen und zog den ersten Hummerkäfig hoch. Summer holte die Beute aus dem Käfig, warf nach Augenmaß die ins Meer zurück, die nicht die richtige Größe für den Kochtopf hatten, und hielt die Luft an, als Megan die Falle mit neuen Fischabfällen füllte, bevor Abby sie wieder ins Wasser ließ. Sie wiederholten das Prozedere mit dem zweiten Korb und verpackten ihre Beute. Dann steuerte Megan das Boot weiter um die Insel herum und fuhr schließlich soweit auf den Atlantik hinaus, dass sie einen wundervollen Blick auf die Halfmoon Bay und *Seal Rock Hall* hatten. Die Bauarbeiten waren inzwischen so weit fortgeschritten, dass die Gerüste verschwunden waren. Wahrscheinlich waren Finn und sein Team bereits mit dem Innenausbau beschäftigt. Das Herrenhaus jedenfalls strahlte wieder in seinem originalen Hellblau von der Spitze der Klippe. Summer konnte zwar die Details des kunstvoll gearbeiteten Zuckerbäckerstucks von hier draußen nicht erkennen, aber die weiß abgesetzten Flächen entlang der Dachkante und der Witwen-Ausguck strahlten regelrecht. Es wurde höchste Zeit, dass sie sich die Fortschritte auf der Baustelle mal wieder aus der Nähe ansah.

Megan wählte diesen Moment, um den Motor auszuschalten. Stille umgab sie, sah man einmal von dem Schrei einer Möwe ab, die über ihre Köpfe hinwegsegelte, aber zu dem Schluss zu kommen schien, dass es hier nichts zu holen gab. Dann schlugen nur noch die sanften Wellen des Atlantiks gegen die Bootswand und ließen die *Sea Horse* leicht schaukeln.

Summer wurde bewusst, dass sie das letzte Mal mit Matt

rausgefahren war und er ihr von seinem Leben erzählt hatte. Dinge, die ihr geholfen hatten, ihn zu verstehen. Die ihm geholfen hatten, seine Arbeit mit Ice zu verbessern. Da ihre Schwestern schwiegen, sprach sie aus, was sie hören wollten. Je eher alles gesagt war, desto schneller konnten sie nach Hause zurückkehren. »Matt liebt mich.« Sie räusperte sich und presste die Hand auf ihr Herz, das viel zu schnell schlug. »Und ja, ich liebe ihn auch. Im Gegensatz zu ihm habe ich ihm das aber nicht gesagt.«

»Matt hat dir gesagt, dass er dich liebt?« Megan sah Summer verständnislos an. »Aber warum läufst du denn dann durch die Gegend wie ein Trauerkloß?«

»Weil es ganz egal ist, ob er etwas für mich empfindet. Wem bringt dieses Geständnis etwas?« Summer konzentrierte sich darauf, einen unsichtbaren Fleck von der Reling zu wischen, um dem bohrenden Blick ihrer Schwestern auszuweichen.

»Was vermutlich auch der Grund ist, warum du ihm nicht gesagt hast, dass du genauso fühlst wie er«, brachte Abby es auf den Punkt.

Summer rieb weiter über die Reling. »Würde es ihm helfen, wenn er weiß, wie sehr ich ihn vermisse? Was er mir bedeutet? Zwischen uns liegen Welten – und sechs Bundesstaaten. Es würde alles nur noch schlimmer machen, wenn wir uns gegenseitig total verknallt versprechen, uns so bald wie möglich wiederzusehen. Weil wir beide wissen, dass das nicht passieren wird. Ich kann nicht aus meinem Leben weg. Er nicht aus seinem. Wohin sollte das also führen? Ich habe eine Sommeraffäre gehabt, genau wie du das immer machst, Megan.«

»Der Unterschied ist, dass ich mich in meine Sommerflirts nicht verliebe«, korrigierte ihre kleine Schwester.

Abby setzte sich neben Summer und legte ihr den Arm um die Schultern. »Man kann diese Hindernisse überwinden, wenn man das will. Ich hätte auch nicht geglaubt, dass Cam und ich eine Chance haben. Aber manchmal überrascht uns das Leben. Wenn man es wirklich will, findet man einen Weg, um zusammen zu sein.«

»Was willst du damit sagen?« Summer blickte ihre Schwester an. »Dass ich meinen Job auf dem Gestüt hinschmeißen und zu ihm ziehen soll? Dass ich alles, was ich aufgebaut habe, zurücklassen soll? Euch im Stich lassen? Es kann nicht dein Ernst sein, dass du so etwas überhaupt denkst. Wir stehen so kurz«, sie hob die Hand und hielt Daumen und Zeigefinger ein paar Zentimeter auseinander, »vor dem finanziellen Ruin. Da werde ich mir kaum Gedanken darüber machen können, mir wegen eines Mannes neue Perspektiven zu suchen.«

Megan hockte sich vor Summer und senkte mit einer sanften Bewegung Summers erhobene Hand und hielt sie fest. »Wir wollen nur, dass du weißt, dass du die Chance haben solltest herauszufinden, ob ihr eine Zukunft habt. Wenn du das nicht tust, wirst du das vielleicht dein Leben lang bereuen.«

»Ich soll einem Typen nachlaufen, mit dem ich sechs Wochen verbracht habe? Wie hoch ist die Wahrscheinlichkeit, dass so etwas funktioniert?« Mit ihrer freien Hand wischte Summer die einzelne Träne ab, die über ihre Wange rann.

»Bei mir hat es funktioniert«, sagte Abby leise und presste ihre Wange gegen Summers. »Wenn du es mit Matt probierst und es geht schief, werden wir immer hier sein. Du hast auf den *Silver Brook Stables* eine Familie, die dich immer auffangen wird.«

Summer antwortete darauf nichts. Eine zweite Träne folgte der Spur der ersten. Dann eine dritte. Und dann ließ sich der

Schmerz einfach nicht mehr aushalten, der mit einem Schluchzen aus ihr herausbrach. Gehalten von ihren Schwestern, auf den leichten Wellen des Ozeans, weinte sie sich ihren Schmerz von der Seele.

*

Finn hatte an diesem Tag etwas eher Feierabend gemacht, um sich mit Jasper Bentley zu treffen. Cam und er hatten sich Gedanken über die Bepflanzung der Außenanlagen von *Seal Rock Hall* gemacht. Er hatte einen Termin bei Jasper, um sich ein paar Vorschläge zu holen und sich ein Angebot machen zu lassen. *Gardens by Bentley* war eine der besten Gartenbaufirmen der Gegend und bekannt für ihre hervorragenden Landschaftsarchitekten. Als er seinen Wagen vor der Firma parkte, kehrten die Angestellten gerade von ihren verschiedenen Gartenbaustellen zurück und verstauten ihre Geräte und das Material. Finn war schon fast an der Tür, als ihm die Frau auffiel, die einen Sack Erde von einem Pick-up zog, über ihre Schulter warf und in eine Lagerhalle trug.

»Finn. Schön, dich zu sehen.« Jasper war ihm entgegengekommen und hielt ihm die Tür auf.

»Hallo Jasper.« Finn blickte noch einmal zu der Lagerhalle. »Sag mal, war das gerade Zara Sanders, die da Erde schleppt?«

»Zara? O ja. Dein Großvater hat mich gebeten, ihr einen Job zu geben. Sie war ein bisschen knapp bei Kasse und arbeitet gern an der freien Luft.«

Ja, sie war knapp bei Kasse, weil Summer sie enttarnt hatte. Der Sheriff hatte Zara die Tat nicht nachweisen können, wusste Finn von Cameron. Aber sie war fraglos für die Sabotage verantwortlich. Die Tatsache, dass ausgerechnet Benedict Morgan einen neuen Job für sie gesucht hatte, sprach Bände.

Finn hatte seinem Großvater schon einmal vorgeworfen, für die Probleme in den *Silver Brook Stables* verantwortlich zu sein. Das und der Verkauf von *Seal Rock Hall* hatten bereits für genug Spannungen innerhalb der Familie gesorgt. Finn war sich sicher, dass seinem Großvater auch diesmal nichts nachzuweisen war. Ein erneuter Streit würde eher zu einem vollständigen Zerwürfnis führen als zum Ende dieser verdammten Fehde. Trotzdem würde Finn die Pläne seines Großvaters im Auge behalten, um zu verhindern, dass den Coopers noch einmal Schaden zugefügt werden würde.

*

Drei Tage waren seit Summers Zusammenbruch vergangen. Nach der Rückkehr vom Hummerfischen hatte sie beschlossen, sich zusammenzureißen. Sie hatte wieder angefangen, zu lächeln und hatte endlich Matts T-Shirt gewaschen. Und nur einmal war sie für einen kurzen Moment schwach geworden und hatte Matt gegoogelt. Am Wochenende würde er auf dem *Little Kentucky* starten. Also lief auch sein Leben weiter. Sie hatte recht behalten: Ihre beiden Welten waren nicht kompatibel.

Summer würde sich jedenfalls bemühen, die Wochen mit Matt in guter Erinnerung zu behalten, so wie Megan ihre Beziehungen zu führen pflegte, und nach vorn zu blicken. Den Anfang würden die Donuts machen, die sie bei Marsha für ihre Schwestern und ihrer Mutter holen würde, um sich für die schlechte Laune in den letzten Wochen zu entschuldigen. Sie zog die Ladentür der Bäckerei auf und prallte fast auf – Carrie.

Ganz automatisch machte sie einen Schritt zurück, und ihre ehemals beste Freundin balancierte ihren Cupcake nach draußen. Summer war überrascht, sie hier zu sehen, schließlich wohnte Carrie jetzt in Machias. Wahrscheinlich hatte sie einen Termin auf der Blaubeerfarm im Norden der Insel. Carrie sah erschöpft aus. Und traurig. Dunkle Schatten lagen unter ihren Augen. »Hallo, Summer. Wie geht's dir?«

»Danke. Gut.« Das war zwar nicht ganz die Wahrheit, aber die ging Carrie schon lange nichts mehr an.

»Ich habe schon davon gehört: Du hast dir diesen Jockey aus dem Süden geschnappt.« Sie stieß ein bitteres Lachen aus. »Wieder einmal warst du schlauer als ich. Daran hätte ich mir ein Beispiel nehmen sollen. Stattdessen habe ich gehofft, dass Alec endlich merkt, was er an mir hat.«

Summer hoffte, dass Carrie nicht hier, mitten auf der Straße, eine erneute Szene machte und ihr vorwarf, Alec keine gute Freundin gewesen zu sein und ihn deshalb nicht verdient zu haben. Er hatte sich tatsächlich nach der Schlägerei mit Matt noch einmal bei ihr gemeldet, sicher, endlich wieder bei ihr punkten zu können. Summer hatte ein für alle Mal klargemacht, dass sie nie wieder von Alec hören wollte und er sie einfach in Ruhe lassen sollte. Dann hatte sie seine Nummer blockiert und hoffte, er würde wenigstens das verstehen. Kein Grund also für Carrie, ihr weitere Vorwürfe zu machen. »Ich habe keinen Kontakt mehr zu Alec«, sagte sie schlicht.

»Nein. Ich auch nicht. Neuerdings trifft er sich mit einer Aushilfslehrerin der Highschool.« Carrie drehte sich um und ging davon, ohne Summers Antwort abzuwarten. All der Hass und die Wut, die Carrie ihr noch vor ein paar Wochen entgegengeschleudert hatte, waren einer Leere in ihrem Blick gewichen, die Summer eine Gänsehaut über den Rücken jagte. Für einen Moment tauchte der irrationale Wunsch in ihr auf, dass Carrie ihr noch einmal irgendetwas Eifersüchtiges oder Wütendes zubrüllen würde, statt so … hoffnungslos … davonzuschleichen.

Summer sah ihr nach. Die einst selbstbewusste Frau, die so aufrecht und stolz durch ihr Leben gegangen war, ließ die Schultern hängen und war nur noch ein Schatten ihrer selbst. War es so, wenn man sich verliebte und dieser Liebe jahrelang hinterhertrauerte? Wenn man keine Chance bekam, wie Carrie? Oder wenn man sich diese Chance selbst verwehrte – wie sie? Summer konnte diese Gedanken nicht abschütteln, als sie die Donuts holte und sich zu ein bisschen Small Talk mit Marsha zwang. Sie schaffte es nicht, sie zur Seite zu schieben, als sie auf das Gestüt zurückkehrte. Und als ihre Schwestern und ihre Mutter es sich mit einem Kaffee auf dem Patio gemütlich gemacht hatten und Megan herzhaft in ihr Gebäck biss, platzte sie mit genau dieser Frage heraus. »Was ist, wenn ich nie über Matt hinwegkomme? Wenn ich mich nie wieder in einen anderen Mann verliebe, weil ich ihn nicht aus meinem Kopf – und meinem Herzen – bekomme?«

# 25

»Du musst Ice härter rannehmen«, brüllte Garret nach dem Training über den Platz. Matt ritt zu ihm hinüber. Sein Boss lehnte neben seinem Vater am Zaun. In Hanks Gesicht stand ganz deutlich ein »Hab ich's dir nicht gesagt?«, das Matt ignorierte.

»Ich will, dass ihr beim *Little Kentucky* auf dem Treppchen steht. Ice hat das Potenzial. Halte dich endlich an das, was wir dir gesagt haben, und schöpfe es auch aus«, knurrte Garret. Er war offenbar wieder einmal mit seiner Geduld am Ende.

»Garret, ich habe es dir doch schon erklärt. Es bringt gar nichts, Ice jetzt zum Äußersten zu treiben. Das ist doch das Problem bei Turnierpferden. Sie reiten ihren Wettkampf und sind danach völlig am Ende, weil sie weder genügend Ausdauer noch Kraft haben. Auf diese Weise sind Verletzungen und Unfälle vorprogrammiert. Lass mich mit Ice noch an seiner Kondition und Sprungkraft arbeiten. Immerhin war er verletzt und hat seinen alten Muskeltonus noch nicht ganz zurück.« Er atmete tief durch. Diese Diskussion hatten sie jetzt schon mehrmals geführt, und bis jetzt war Garret wenig zugänglich gewesen für Matts Idee. Was vermutlich vor allem daran lag, dass es Summers Worte waren, die Matt wiederholte. Er hatte begriffen, dass sie recht hatte und ihre Methoden Ice und ihn viel weiterbringen würden, als es Druck vermochte. Sein Boss war leider völlig anderer Ansicht – was den Graben zwischen ihnen stetig tiefer und breiter werden ließ, seit Matt zurück auf *Woodberry* war. »Lass uns das *Little Kentucky* als Probelauf betrachten. Wir schaffen es sicher unter die ersten Zehn, aber ein Platz auf dem Podest ist unrealistisch. Wir trainieren danach einfach weiter, und in der nächsten Saison werden wir unschlagbar sein«, versuchte Matt sich Gehör zu verschaffen. Zum gefühlten tausendsten Mal.

Garret griff nach Ice' Zügeln und drehte den Kopf des Pferdes so weit zur Seite, dass er Matt direkt anblicken konnte. »Ich richte dieses Derby aus«, wiederholte er seinen Standpunkt. »Also werden meine Pferde auch ganz vorn mitreiten. Du wirst dieses Ding mindestens mit dem dritten Platz abschließen, haben wir uns verstanden? Ansonsten kannst du dir einen Tag nach dem Turnier einen neuen Job suchen. Vielleicht nehmen sie dich in dem Stall, in den ich Ice weiterverkaufe. Ich habe die Nase voll von diesen Eskapaden! Und noch mehr von den dämlichen Ideen, die dir diese Pferdeflüsterin in den Kopf gesetzt hat.«

Sie ist keine Pferdeflüsterin, widersprach Matt im Stillen. Es hatte keinen Sinn, weiter mit Garret zu streiten. Allerdings würde er auch nicht in seine alten Muster zurückfallen. Summer hatte ihn gelehrt, das Reiten wieder zu genießen. Freude zu empfinden bei dem, was er tat. Er hatte auf Stonebridge Island sein seelisches Gleichgewicht wiedergefunden. Das würde er nicht wieder aufgeben.

Mit jedem Tag, den das Turnier näher rückte, wurde klarer, dass Ice und er sich mit seinem Vater und Garret im Nacken nicht so weiterentwickeln würden, wie es gut für sie war.

»Haben wir uns verstanden?« Garret ließ Ice' Zügel los. Ohne eine Antwort abzuwarten, drehte er sich um und stiefelte davon.

Hank tippte sich mit dem Zeigefinger an die Hutkrempe und folgte seinem Boss.

Matt saß ab und führte Ice zum Putzplatz, wo er ihn absattelte und striegelte. Die ganze Zeit ging ihm dabei nur ein Gedanke durch den Kopf: Er saß in der Falle. Er konnte so nicht weitermachen. Selbst Ellyn, die immer auf seiner Seite stand, stieß bei ihrem Mann inzwischen auf taube Ohren. Wenn er nicht wieder in den alten Trott verfallen wollte, musste er *Woodberry* den Rücken kehren. Und zwar bevor Garret ihn feuerte. Aber was wurde dann aus Ice? Ohne ihn würde er den Rennstall nicht verlassen. Er hatte nicht schlecht verdient, und abgesehen von einem neuen Pick-up und Pferdeanhänger vor ein paar Jahren hatte er sein Geld nie zum Fenster hinausgeworfen. Trotzdem reichten seine Ersparnisse nicht einmal ansatzweise, um Garret einen Hengst wie Ice abzukaufen.

In den vergangenen Tagen hatte er sogar Simon Brown angerufen. So gern der Stallbesitzer ihn nach wie vor als Trainer einstellen würde, auch er konnte es sich nicht leisten, Ice zu kaufen.

»Na komm, alter Junge.« Matt führte Ice in seine Box und holte einen Apfel aus der Tasche. Er teilte ihn, gab dem Hengst eine Hälfte und biss von der anderen ab. »Wir kennen niemanden, der genug Kohle hat, um uns zu helfen.« Er strich Ice über die Nase. »Und keine Bank gibt mir so viel Geld, um dich zu kaufen.«

Er spürte das Vibrieren seines Handys in der Hosentasche und zog es heraus. Das Display zeigte Camerons Namen an.

Sie waren trotz Matts Rückkehr nach Kentucky in Kontakt geblieben. Ebenfalls ein Novum in seinem Leben. Finn und Cameron waren zu echten Freunden geworden, denen es egal war, wo er sich herumtrieb. Dass Summer und er nicht im Guten auseinandergegangen waren, interessierte sie dabei kein bisschen. »Hey, Cam. Wie geht's dir? Was gibt es Neues?«, fragte er, nachdem er das Gespräch angenommen hatte, in der Hoffnung, dass sein Freund vielleicht am Rande Summer erwähnte.

»Ich wollte mal hören, wie es dir geht«, antwortete Cameron. »Wie ist es so im wilden Süden?«

*

Summer war sich nicht sicher, was sie da eigentlich tat – sie hatte sich verboten, darüber nachzudenken. Carrie zu treffen hatte ihr die Augen geöffnet. Sie musste zumindest herausfinden, ob Matt und sie eine Chance hatten. Wenn es keinen Weg für sie beide gab, dann war das so. Aber sie musste es zumindest versuchen. Denn sie wollte sich nicht in zwanzig Jahren fragen müssen, ob sie etwas hätte anders machen können. Ob sie mehr um ihre Liebe hätte kämpfen müssen. Um Alec hatte sie kein bisschen gekämpft – was nicht nur daran lag, dass er sie belogen und betrogen hatte. Der wichtigste Grund war, dass sie ihn nicht liebte. Nicht so, wie sie sich in Matt verliebt hatte. Er hatte es geschafft, innerhalb von Tagen Gefühle in ihr auszulösen, die sie in den zwei Jahren mit Alec nicht ein einziges Mal gespürt hatte – auf die sie aber nie wieder verzichten wollte.

Wie ihre Liebe zu Matt aussehen sollte, wusste sie nicht. Eine Wochenendbeziehung war jedenfalls keine Option, das war ihr völlig klar, als sie in Louisville in ihren Mietwagen stieg. Zwei Stunden von Stonebridge Island zum Flughafen in Maine. Einen Direktflug gab es nicht, weshalb sie in Washington DC hatte umsteigen müssen. Natürlich hatte der Flieger dann auch noch Verspätung gehabt. Nach Willisburg waren es noch einmal fast zwei Stunden Fahrt. Bis sie die *Woodberry Racing Stables* erreichen würde, hatte sie insgesamt eine elfstündige Reise hinter sich. Langsam wurde die Zeit knapp. Summer hatte Matt überraschen und ihm Glück für den Wettkampf wünschen wollen.

Sie schaffte es trotz aller Eile nicht rechtzeitig. Immerhin fand sie noch einen Platz auf der Tribüne und konnte sich das Rennen ansehen. Ihr Herz überschlug sich, als sie Matt und Ice sah. Die Ruhe des Pferdes und Matts Lächeln, als er sich vorbeugte, dem Hengst etwas ins Ohr flüsterte und ihm über den Hals strich. Die beiden hatten definitiv Fans, die um Summer herum begeistert aufsprangen und ihnen zujubelten. Ihr Rennen war fantastisch. Sie waren im Einklang, nahmen jedes Hindernis in einer wunderschönen, geschmeidigen Bewegung – und erreichten Platz 9. Ein unglaublich gutes Ergebnis für den ersten Wettkampf nach dem Unfall. Summer war so stolz auf die beiden.

Mit den Blicken folgte sie Matt auch noch, als sie die Ziellinie längst überquert hatten. Er ritt direkt auf einen Mann zu, der weniger begeistert zu sein schien. Gefangen in einer Geräuschkulisse, die bereits dem nächsten Reiter zujubelte und zudem viel zu weit entfernt, konnte sie nur die Gestik und Mimik des Mannes (vermutlich war er der Stallbesitzer) lesen. Er brüllte und fuchtelte mit den Armen. Auch Matts Körperhaltung veränderte sich in seiner Gegenwart. Mit gerade durchgedrücktem Rücken und starr geradeaus gerichtetem Blick ließ er die Tirade über sich ergehen.

Summer erhob sich von ihrem Platz und schob sich durch ihre Sitzreihe. Sie wollte endlich mit Matt sprechen, sein Lächeln sehen, das er während seines Rennens im Gesicht gehabt hatte, nicht diesen angespannt teilnahmslosen Ausdruck.

Als sie endlich unten ankam, war Matt in Richtung der Ställe verschwunden.

»Summer?«

Sie drehte sich zu der Stimme um, die ihren Namen gerufen hatte.

»Sie sind es tatsächlich!« Eine Frau, die sie unter der Krempe ihres Stetsons im ersten Moment nicht erkannte, kam auf sie zu. »Ich bin's, Ellyn. Was machen Sie denn hier?«

»Ich …« Summer spürte, wie ihr die Röte ins Gesicht stieg. Matt gegenüberzutreten und ihm zu sagen, dass sie ihn genauso liebte, wie er sie, war das eine. Aber das Ganze seiner Chefin zu erklären, war etwas völlig anderes. »Ich wollte sehen, wie Matt und Ice sich im Wettkampf schlagen.«

Ellyn lachte und umarmte sie. Eine Geste, die Summer sehr an ihre Schwestern erinnerte. »Sie brauchen mir nichts vorzumachen – Sie wollten Ihre große Liebe sehen.«

»Ähm … die beiden waren toll«, sagte sie, statt auf Ellyns Worte einzugehen.

»Ja, unglaublich, nicht wahr?«, stieg ihr Gegenüber sofort darauf ein. »Ich wusste ja, wie viel Talent in Matt und Ice schlummert. Aber es macht einfach Spaß, diesem Team zuzusehen. Ich bin begeistert, was Sie für die beiden getan haben.«

Summers Handy vibrierte. Sie zog es aus der Hosentasche und warf einen Blick auf das Display. Megan. Ihre neugierige

Schwester schaffte es immer, den falschen Zeitpunkt zu finden. Erst einmal wollte Summer wissen, was am Zieleinlauf los gewesen war. Sie drückte Megan weg und konzentrierte sich wieder auf Ellyn.

»Nach dem Rennen gab es Streit«, fasste sie ihre Beobachtungen zusammen.

»Ja.« Das Lächeln verschwand aus Ellyns Gesicht. »Ich bin wirklich ein großer Fan Ihrer Arbeit. Mein Mann leider nicht, genauso wenig wie Hank.«

»Matts Vater?« Summer schob ihr Handy in die Gesäßtasche ihrer Jeans, wo es bereits wieder vibrierte. »Unterstützt er ihn nicht? Es ist doch unverkennbar, wie gut die beiden sich erholt haben. Wie gut sie gesprungen sind. Wenn sie bis zur nächsten Saison auf diesem Niveau weitertrainieren, werden sie nicht zu schlagen sein.«

Ellyn seufzte. »Sie sehen das. Matt sieht das. Und ich kann es auch erkennen. Ehrlich gesagt würde es mich allerdings wundern, wenn Matt am Ende dieses Tages noch einen Job hat.«

»Was?« Scheiße! Sie musste zu ihm. »Ich muss wirklich dringend mit Matt sprechen. Wissen Sie, wie ich zu ihm komme?«

Ellyn legte Summer den Arm um die Schultern. »Um ehrlich zu sein: Das ist kein guter Moment. Ich glaube, gerade fliegen ziemlich die Fetzen.« Sie lächelte Summer aus dem Schatten ihrer Hutkrempe an. »Aber ich habe eine Idee. Wenn Sie ein oder zwei Stunden Geduld haben, weiß ich, wo Sie Matt dann finden können. Haben Sie schon eine Unterkunft? Es wäre mir eine Ehre, Ihnen ein Gästezimmer in unserem Haus anzubieten.«

Das würde Ellyns Mann sicherlich anders sehen, nachdem sie für Matts veränderte Einstellung verantwortlich war. »Danke. Das ist wirklich sehr nett, aber ich nehme mir lieber ein Motelzimmer.« Genau genommen würde sie nicht einmal das tun. Wenn Matt sie wegschickte, so wie sie ihn vor ein paar Wochen, würde sie in ihren Mietwagen springen, nach Louisville zurückfahren und den nächsten Flieger nach Hause nehmen. Wieder begann ihr Handy zu vibrieren. Summer ignorierte es. »Ich wäre Ihnen wirklich dankbar, wenn Sie mir sagen würden, wo ich Matt später finden kann.«

*

»Du hast es komplett vergeigt.« Hank warf seinen Stetson wütend neben Matts Arm auf den Bartresen. »Bruce, ich nehme einen Wild Turkey.«

Matt nippte an seinem Buffalo Trace und wartete die Tirade seines Vaters einfach ab. Er blendete das nervtötende Banjo-Solo des Bluegrass-Songs aus, der viel zu laut aus den Lautsprechern dröhnte. Dolly Partons Jolene-Phase hatte ihm schon immer besser gefallen als ihre Ausflüge in den Bluegrass.

»Hörst du mir überhaupt zu?« Sein Vater kippte den Bourbon und knallte das Glas auf die Theke, um Bruce zu signalisieren, dass er einen zweiten wollte. »Wie oft haben Garret und ich dir gesagt, dass du mehr zeigen musst als diese schwache Vorstellung, wenn du nicht alles verlieren willst? Du kennst Garret! Er macht keine leeren Versprechungen. Als er gesagt hat, du bist gefeuert, da hat er das auch so gemeint. Wie sollen wir das rückgängig machen? Du musst dir, verdammt noch mal, was einfallen lassen!« Er kippte den zweiten Whiskey und orderte den nächsten.

»Ich werde das überhaupt nicht rückgängig machen.« Matt nippte an seinem Drink. »Ich habe es dir in den letzten Wochen oft genug zu erklären versucht: Ich werde Ice nicht kaputtreiten, nur weil ihr einen Sieg wollt. Es gibt auch andere Trainingsmethoden. Bessere, wie ich finde. Nach denen möchte ich arbeiten.« Er trank noch einen Schluck und sah seinen Vater dann direkt an, damit er es endlich begriff. »Wenn Garret mich heute nicht gefeuert hätte, hätte ich gekündigt.« Auch wenn sein Vater ihm kein Wort glaubte, wie sein Blick sagte, war es die reine Wahrheit. Matt hatte es genossen, mit Ice über die Hindernisse zu fliegen. Den Jubel des Publikums. Die Leistung, mit der sie sich bei den letzten Trainingseinheiten noch einmal verbessert hatten. Aber wenn er neue Wege gehen wollte, konnte er das nicht innerhalb der alten Schranken. Solange er in der Falle gesessen hatte, weil er keine Lösung für Ice' Zukunft gesehen hatte, war das eine beschissene Situation gewesen. Doch wenn man etwas wirklich wollte und lange genug nach einem Ausweg suchte, dann fand man auch einen. Bei Ice hatte das funktioniert. Bei Summer leider nicht. Sein Handy, das er neben sein Bourbon-Glas auf den Tresen gelegt hatte, zeigte eine Nachricht von Cameron an. Das Daumen-hoch-Zeichen. Mehr nicht. Aber das reichte völlig. »Ich war lange genug auf *Woodberry*. Es wird Zeit weiterzuziehen.«

»Junge! Du bist von allen guten Geistern verlassen! Was hast du denn vor?« Ein verschlagenes Lächeln schob sich in seine Mundwinkel. »Ich glaube dir kein Wort. Du gehst nirgends hin, ohne Ice. Und ihn wirst du nicht mitnehmen können, ohne zum Pferdedieb zu werden.« Zufrieden mit sich selbst und der Erkenntnis, zu der er gelangt war, verschränkte er die Arme auf dem zerkratzten Tresen und ließ den Drink in seinem Glas kreisen. Für Hank Walker war es nicht möglich, über den Rand seiner Welt hinauszudenken. Matt war Summer allein dafür dankbar, dass sie ihm gezeigt hatte, dass es mehr als das Hamsterrad gab, in dem er gefangen gewesen war. Zum Pferdedieb musste er nicht werden, um Ice mitnehmen zu können. Aber er hatte sich in einen Bittsteller verwandeln müssen – was nicht mal im Ansatz so schlimm war, wie er sich das vorgestellt hatte, wenn man es aus den richtigen Gründen tat.

Der Bluegrass-Song endete, und Matt wappnete sich innerlich bereits auf das nächste Geigensolo. Doch die Klänge, die aus der Jukebox drangen, gehörten zu einem völlig anderen Lied. Sein Herzschlag nahm Fahrt auf.

*Show me the meaning of being lonely – Zeig mir, was es heißt, einsam zu sein –* sang Brian Littrell.

»Weißt du, Junge …«, setzte sein Vater noch einmal an.

*So many words for the broken heart – so viele Worte für ein gebrochenes Herz.* Die Bar war voll. Jeder hier konnte sich an der Jukebox einen Song der *Backstreet Boys* ausgesucht haben. Immerhin war Brian Littrell sogar in Lexington geboren und damit ein echtes Kentucky-Vollblut. Trotzdem lief hier eher ursprünglicher Country.

»Irgendwie holen wir die Kuh schon vom …«

Matt hörte seinem Vater nicht mehr zu. Langsam drehte er sich auf seinem Barhocker zur Tanzfläche um.

*It's hard to see in a crimson love.* Da stand sie. Mitten auf der Tanzfläche. Genau so, wie sie an ihrem ersten Abend dagestanden hatte. In diesem Neckholder-Sommerkleid, das in der Mitte ihrer Oberschenkel endete, und Cowboy-Boots. Der zarte, cognacfarbene Stoff, der im dämmrigen Licht der Bar schimmerte. Die Spitzenkante am oberen und unteren Saum, über die er mit den Fingerspitzen gestrichen hatte, und der schmale Spitzenstreifen zwischen Oberteil und Rock, an dem er sich entlanggeküsst hatte. Nur die Wut, die damals wie eine finstere Wolke hinter ihr her geweht hatte, war Unsicherheit gewichen. Summer war in seiner Gegenwart noch nie schüchtern gewesen. »Entschuldige mich, Dad«, murmelte er in Richtung seines Vaters, der noch immer redete.

Er stand auf und ging zur Tanzfläche, wie magisch angezogen von Summer. Als er genau vor ihr stand, hob sie die Hand. »Darf ich bitten?«, fragte sie.

Matt legte den Kopf schräg. »Du hast eine wirklich ungesunde Beziehung zu dieser Band«, sagte er und nahm ihre Hand.

Im nächsten Moment lag Summer in seinen Armen. Ihr vertrauter Duft. Ihr vertrauter Körper. Das Kribbeln an seinem Hals, als sie ihm ins Ohr flüsterte: »Du bist doch derjenige, der von den *Backstreet Boys* nicht genug bekommen kann.«

»Da irrst du dich. Ich kann nur nicht genug davon bekommen, zu dieser Band mit dir zu tanzen.« Matt blieb mitten auf der Tanzfläche stehen. Zwischen all den schmusenden Pärchen senkte er den Kopf. »Ich habe dich vermisst«, flüsterte er an Summers Lippen. Dann schloss er die Augen und küsste sie. Was sich besser anfühlte als jemals zuvor.

»Nicht so sehr wie ich dich«, murmelte Summer, als sie sich wieder voneinander lösten. Die *Backstreet Boys* sangen noch immer davon, was es bedeutete, einsam zu sein. Eng umschlungen standen sie einfach nur da. Als die letzten Töne verklangen, sah sie zu ihm auf. »Können wir reden?«, fragte sie leise.

\*

Matt hatte sich die Zeit genommen, Summer seinem Vater vorzustellen. Hank hatte davor noch über Matts Wunsch, *Woodberry* zu verlassen, gelacht. Erst Summers Anblick und das Begreifen, was diese Frau für Matt bedeutete, ließen ihn verstehen, wie ernst es ihm war. Er hatte sogar versucht, ein Gespräch über Pferdetraining mit Summer zu beginnen. Schließlich hasste er es, die Kontrolle zu verlieren. Doch Matt musste selbst dringend ein paar Dinge mit Summer besprechen. Er entschuldigte sie bei seinem Dad, warf ein paar Geldscheine auf den Tresen und zog Summer hinter sich aus dem *Roadkill*. Sie hatten es kaum bis zu seinem Wagen geschafft, weil sie weder die Lippen noch die Hände voneinander lassen konnten. Summer war dankbar, dass die Fahrt von der Bar zu Matts Apartment nur ein paar Minuten dauerte. Eng ineinander verschlungen stolperten sie die Treppe hinauf. Kaum war die Tür hinter ihnen ins Schloss gefallen, hatten sie begonnen, sich gegenseitig die Kleider vom Leib zu reißen.

Jetzt lag Summer in Matts Bett und räkelte sich zufrieden, während sie ihm dabei zusah, wie er nackt durch den Raum lief, der sein Zuhause war, und Zeitungen, leere Flaschen und herumliegende Klamotten zusammensammelte, um wenigstens für ein bisschen Ordnung zu sorgen. »Ich hatte keinen Besuch erwartet«, sagte er entschuldigend und warf die Kleider in den Sessel, der vor einem großen Bücherregal stand.

»Wo ist Jumper?«, fragte Summer und richtete sich auf. Sie angelte nach einem von Matts Hemden, das noch neben dem Bett lag. Sie zog es über und schloss zwei Knöpfe, bevor sie aufstand.

»Bei meiner Nachbarin.« Matt kramte in einem Küchenschrank. »Wenn ich ein Turnier habe, nimmt sie ihn immer.

Wein?«, fragte er über die Schulter und hielt eine Flasche hoch. »Ist zwar nicht das Zeug, das ihr von Cam gewöhnt seid, aber ich glaube, er geht.«

»Gern.« Summer nahm das Saftglas mit Pinot entgegen, das Matt ihr reichte.

Er stieß mit ihr an. »Darauf, dass du hier bist.« Mit der freien Hand strich er Summer eine Haarsträhne hinter die Schulter. »Ich kann es noch gar nicht fassen, dass du leibhaftig in meiner Wohnung stehst. Und wie glücklich ich bin, dich zu sehen.«

Summer konnte es selbst noch nicht ganz glauben. Als sie auf der Tanzfläche gestanden hatte und Matt sich wie in Zeitlupe zu ihr umgedreht hatte, war sie noch unsicher gewesen. Hatte Angst gehabt, dass sie vielleicht zu spät gekommen war. Doch als sein Blick ihren getroffen hatte, war diese Sorge von ihr abgefallen, und sie hatte gewusst, dass sie die richtige Entscheidung getroffen hatte. »Ich bin hier, um mich bei dir zu entschuldigen.« Sie strich mit den Fingerspitzen an den gebrochenen Buchrücken in Matts Regal entlang, dem Beweis, dass die meisten Ausgaben schon mehr als einmal gelesen worden waren. »Ich hatte Angst«, gab sie zu, als sie sich umdrehte. »Angst, dass wir es nicht schaffen. Mir ist keine Möglichkeit eingefallen, wie wir zusammen sein können.« Sie schob ihren freien Arm um Matts Mitte und küsste seine Brust auf die Stelle, hinter der sein Herz lag. »Ich liebe dich. Und ich wünsche mir von ganzem Herzen, dass wir es probieren. Ich möchte wenigstens versuchen, eine Lösung zu finden.«

Matt legte den Arm um ihre Schultern und küsste sie auf die Schläfe. »Ich liebe dich, Summer. Hier ist viel passiert in den letzten Wochen. Auch wenn ich nicht aufhören konnte, an dich zu denken, musste ich ein paar Entscheidungen treffen. Ich habe schnell begriffen, dass ich so nicht weitermachen kann. Ich muss weg von *Woodberry*.«

»Du gehst?« Summer schluckte. *Bitte, bitte, geh nicht nach Kalifornien*, betete sie im Stillen. Das Mekka der Vielseitigkeitsreiter wäre der perfekte Ort für ihn. Aber …

Matt lehnte sich ein Stück zurück, um Summer ins Gesicht sehen zu können. Er grinste breit. »Einer der Gründe, warum ich so froh bin, dass du gekommen bist, um mir zu sagen, dass du mich liebst, ist, dass ich andernfalls in der Ungewissheit zu dir hätte zurückkehren müssen, ob du mir eine Chance gibst. Ich habe den Trainer-Job bei Simon Brown angenommen.«

»Was?« Die Schmetterlinge in ihrem Bauch verfielen in einen wilden Hippie-Tanz … so als hätten sie ein paar bewusstseinserweiternde Substanzen eingeworfen. Summer presste die Hand auf ihre kribbelnde Mitte. »Maine? Du kommst nach Maine zurück? O mein Gott!« Sie griff nach Matts Glas und stellte es mit ihrem zur Seite. Dann fiel sie ihm um den Hals und küsste ihn. »Ich habe so darauf gehofft, eine Lösung zu finden. Aber damit habe ich wirklich nicht gerechnet.« Sie küsste ihn wieder, genoss Matts Hände, die an ihrem Rücken hinunterglitten und sich unter den Saum des Hemdes stahlen. Dann durchfuhr sie ein Gedanke wie ein Blitz. »Ice! Was ist mit Ice? Du musst ihn dann ja hier zurücklassen.«

Matt ließ seine Lippen zu ihrer Wange gleiten und gab ihr einen Kuss. »Du hattest recht, als du gesagt hast, wir müssen reden. Lass uns das einfach tun.« Er fuhr mit der Spitze seines Zeigefingers an der Knopfleiste ihres Hemdes entlang. »Anschließend bringe ich dich dazu, dich wieder auszuziehen und den Rest der Nacht nackt zu bleiben.« Er ließ Summer los und holte die Weingläser, mit denen er sich neben ihr auf die

Couch setzte. Er drehte sich so, dass er sie ansehen konnte, und stieß noch einmal mit ihr an. »Eine Lösung für Ice zu finden, war das größte Problem«, erzählte er. »Mir war klar, dass es so nicht weitergeht, aber ohne Ice wäre ich nicht gegangen. Garret wollte ihn verkaufen.«

»Hattest du so viel Geld?« Summer sah ihn überrascht an.

Wieder erschien dieses fröhliche Grinsen auf seinem Gesicht. »Nein. Aber du und deine Schwestern. Und vor allem Cam.«

»Wie bitte?«

Matt warf den Kopf in den Nacken und lachte. Ihr Blick musste ziemlich fassungslos sein. »Ich regle die Dinge gern selbst«, sagte er, nachdem er sich wieder ein wenig beruhigt hatte. »Aber bei Ice ist mir klar geworden, dass ich um Hilfe bitten muss.«

»Und du hast Cam gebeten?« Cameron hatte nicht viel Ahnung von Pferden, aber war jemand der half, wenn Not am Mann war.

»Wir haben einen Deal gemacht. Ich kann ein Viertel der Verkaufssumme stemmen. Cam wollte den Rest übernehmen und mir die Chance geben, es nach und nach abzuzahlen, wenn sich die Zucht erst mal rentiert. Er ist ein verdammt guter Verhandler, dafür, dass er nicht aus der Pferdeszene kommt.« Matt schüttelte lachend den Kopf. »Er hat Ice' Preis noch gedrückt.«

»Und was hat das mit meinen Schwestern und mir zu tun?«, fragte Summer.

»Das war Cams Idee. Nachdem Megan entschieden hat, El Amor nicht zu kaufen, hat er euch angeboten, euch ebenfalls mit einem Viertel an Ice zu beteiligen. Das ist nicht so teuer, wie einen Hengst ganz allein zu kaufen. Und Ice ist eine verdammt gute Investition.«

»Das stimmt. Aber …« Ihre Schwester hätte das erst mit Abby und ihr besprechen müssen. Sie hatte kein Sterbenswörtchen gesagt. Die Anrufe fielen ihr wieder ein. »Wo ist mein Handy? Meine Handtasche …«

Sie hing über einem der Hocker am Küchentresen. Matt reichte sie ihr. Summer fummelte ihr Handy heraus und sah die sechs Anrufe ihrer Schwester und die besprochene Mailbox. »Schwesterchen«, hörte sie Megans fröhliche Stimme, als sie die Nachricht abhörte. »Ich würde ja gern das fantastische Angebot mit dir besprechen, das Cam uns gerade gemacht hat. Da du mich aber wegdrückst und meine Anrufe ignorierst, gehe ich davon aus, dass Matt und du schon im siebten Himmel schwebt. Deshalb vermute ich, dass du nichts dagegen hast, dass die beiden zu uns zurückkommen.« Sie machte ein Kussgeräusch. »Tu nichts, was ich nicht auch tun würde.«

Summer legte das Handy zur Seite. »Du hast recht. Sieht ganz so aus, als hätte ich bereits mein stilles Einverständnis zum Kauf von Ice gegeben.« Sie beugte sich vor und presste ihre Lippen auf seine. »Ich liebe dich.«

»Und ich dich«, antwortete er.

»Ist jetzt der Moment gekommen, an dem ich dieses Hemd wieder ausziehen muss?«, fragte sie lächelnd.

»Definitiv.« Matt war bereits dabei, die Knöpfe zu öffnen.

# Epilog

Der Herbst stand bereits vor der Tür, aber der Sommer hatte noch mal all seine Kräfte mobilisiert und die letzten Augustwochen zu den wärmsten gemacht, die die Wetteraufzeichnung im nordöstlichen Maine in den letzten Jahrzehnten gesehen hatte. Eine Witterung, die für Aufsehen sorgte. Mindestens so viel Aufmerksamkeit hatte Matts Rückkehr auf die Insel erregt. Besonders Marsha war regelrecht euphorisch, als er sich seinen ersten Kaffee und ein Blaubeerküchlein in der Bäckerei geholt hatte. So viel war seit Summers Besuch in Kentucky passiert. Matt war zu ihr in den ersten Stock des Ranchhauses gezogen. Er hatte sich mit seinem Vater ausgesprochen. Sie würden sich wahrscheinlich nie einig werden, wenn es um die Trainingsmethoden ging. Aber wenn es etwas gab, das Hank verstand, dann war es die große Liebe. Er hatte sie mit seiner Frau erlebt. Und er gönnte sie seinem Sohn von Herzen. Im Winter, wenn es auf *Woodberry* ein bisschen ruhiger war, plante er sogar, sie besuchen zu kommen.

Matt und Summer hatten zwei weitere Pferde gerettet. Eines mit einem ordentlichen Gerichtsbeschluss – tagsüber. Das andere in einer weiteren Nacht-und-Nebel-Aktion. Und Bonfire Darling ging es inzwischen so gut, dass sie zu ihrer Besitzerin zurückkonnte. Matt hatte es sich nicht nehmen lassen, die hübsche Stute höchstpersönlich abzuliefern und sich von ihr zu verabschieden. Summer war sich sicher, dass noch viele Tiere folgen würden. Aber das erste gerettete Pferd würde für immer etwas Besonderes bleiben.

»Das ist für mich eine perfekte Sommernacht«, flüsterte Matt Summer zu. »Ich will meine Jugend nicht schlechtreden. Ich hatte wirklich viel Spaß in diesen heißen Kentucky-Sommern am Lake William.« Er stieß einen gespielt melancholischen Seufzer aus, der Summer zum Lachen brachte. »Aber das hier«, seine Arme hoben sich zu einer allumfassenden Geste, »das ist doch der absolute Traum eines jeden Teenagers – und erwachsenen Mannes.«

Summer kuschelte sich an Matts Schulter. Sie wusste genau, was er meinte. Diese Sommerferien-Romantik, die man aus Teenagerfilmen kannte. Ein Lagerfeuer am Strand. Über dem Horizont ein heller Streifen, wo vor einer Weile die Sonne untergegangen war, während der Rest des Himmels bereits von diesem mit Sternen gespickten, dunkelblauen Samt überzogen war. Der Mond hing tief über einer der vorgelagerten Inseln und ließ die ruhige Oberfläche des Atlantiks silbern schimmern.

Um das Feuer versammelt ihre Freunde und Familie. Musik, die abwechselnd von Abbys Gitarre und der kleinen Bluetooth-Box kam, die im Sand stand. Summer blickte zu den Pferden hinüber, die an den Halmen zupften, die auf der schmalen Grasnarbe am Rande der Bucht wuchsen. Charlie und Jumper tollten in den Wellen herum, die auf den Sand rollten. »Genau so haben unsere Sommer ausgesehen. Mit einem Unterschied: Unsere Lagerfeuer haben nicht in der Halfmoon Bay gebrannt.« Wenn Benedict Morgan davon Wind bekommen hätte, hätte er sie vermutlich mit seiner Schrotflinte vor sich hergejagt.

»Meine Damen und Herren …« Cameron ließ den Korken einer Champagnerflasche knallen. »Die Gläser bitte.«

Lachend reichten sie ihm ihre Plastikbecher. »Und Champagner gab es natürlich auch nicht«, ergänzte Summer. »Wir waren eher so die Fraktion ›zu Hause stibitztes Dosenbier‹.«

Matt stieß noch einen melancholischen Seufzer aus. »Ja, verdammt. Ich erinnere mich. Bier hat doch tausendmal besser geschmeckt, wenn man es seinem Vater aus dem Kühlschrank geklaut hat. Seit ich es kaufen kann, ohne meinen Führerschein vorzeigen zu müssen, hat es ein bisschen von seinem Glanz verloren.«

»Ich möchte einen Toast ausbringen«, sagte Cameron und hob seinen Becher.

»Hört, hört«, konnte Megan sich nicht bremsen.

Zac, der neben ihr saß, hielt ihr lachend den Mund zu.

»Danke, Zac.« Cameron nickte ihm zu. »Dieser Sommer war wirklich ein besonderer. Ein neues Unternehmen, die Frau meines Lebens«, er schenkte Abby ein Lächeln, »und jetzt bin ich auch noch ein halber Rennpferdbesitzer.« Sein Blick glitt zu Ice und den anderen Pferden hinüber. »Ich habe keinen blassen Schimmer, was das für mich bedeutet. Aber ich freue mich auf das Abenteuer. Möge Ice viele hübsche Pferdebabys produzieren und alle Turniere gewinnen, bei denen er startet.«

Lachend stießen sie an, und Abby zupfte eine kleine Melodie auf der Gitarre.

Matt räusperte sich und Summer spürte das Vibrieren seiner Stimme an ihrem Rücken. »Cam. Du kannst dir gar nicht vorstellen, wie dankbar ich dir bin.«

»Wir alle«, ergänzte Megan. Sie zwinkerte Summer zu. »Du machst meine eine große Schwester, Abby, glücklich. Du hast meiner anderen großen Schwester, Summer, die Chance gegeben, glücklich zu sein. Und ich bin verdammt zufrieden, weil das Gestüt zumindest den Teil eines verdammt guten Zuchthengstes besitzt.«

»War mir ein Vergnügen.« Cam verneigte sich und brachte die Gruppe zum Lachen. »Und jetzt: Musik bitte!« Er beugte sich zu Abby hinunter und küsste sie, bis sie sich lachend zurücklehnte und die ersten Akkorde anschlug.

»Lass uns tanzen!« Megan zog Zac hoch und hüpfte mit ihm zu dem Countrysong, den Abby spielte, durch den Sand.

Summer nippte an ihrem Drink. Er müsste schauderhaft schmecken aus dem Plastikbecher – aber das tat er nicht. Die Champagnerbläschen prickelten in ihrem Bauch und ließen ein warmes Gefühl in ihr aufsteigen. Dankbarkeit, dass der finanzielle Druck für die *Silver Brook Stables* ein wenig leichter geworden war. Glück, weil der Mann ihrer Träume und sie die Chance bekommen hatten, in ein gemeinsames Leben zu starten. Und Liebe. Für ihre Familie. Für die Pferde. Und vor allem für Matt.

Sie drehte sich in seinen Armen zu ihm um und küsste ihn. »Ich liebe dich«, wisperte sie an seinen Lippen.

»Nicht so sehr wie ich dich«, flüsterte er zurück. Er küsste Summer. Unter dem Mondlicht, zu den fröhlichen Klängen von Abbys Gitarre. Sie roch den Ozean, der sich mit Matts unverkennbarem Duft nach Baumwolle und Leder mischte. Dem Geruch des knackenden Holzfeuers und der Marshmallows, die Cameron röstete.

Als der Song endete, löste sich Matt von Summer. »Abby«, rief er ihrer Schwester über die lodernden Flammen zu und grinste breit. »Kannst du was von den *Backstreet Boys* spielen?«

# Ella Thompson

Eine Liebe unter Sternen –
Stonebridge Island 3

Leseprobe

# Prolog

Megan Cooper fuhr mit dem Zeigefinger durch die Vanillecreme, die kunstvoll auf ihrem Blaubeer-Cupcake aufgetürmt war, und schob ihn genüsslich zwischen ihre Lippen. »Hmm«, summte sie. »Ich liebe diesen Tag. Bye-bye.« Fröhlich winkte sie den vorbeifahrenden Autos zu. Sie konnte den Ozean riechen. Spürte die Sonne auf der Haut und den leichten Wind. Gesprächsfetzen und Kinderlachen klangen von den Booten herüber, die in der Marina hinter *Marsha's Bakery* zum Auslaufen bereit gemacht wurden. Zum letzten Segeltörn in diesem Jahr. Oder auf dem Weg in ihre Heimathäfen, nachdem sie den Sommer über in Home Port gelegen hatten.

»Du bist unverbesserlich.« Abby stieß ihr mit dem Ellenbogen in die Rippen und lachte. »Wir mögen die Touristen«, erinnerte ihre ältere Schwester Megan daran, dass ein Großteil der Bewohner von Stonebridge Island davon lebte, Sommerhäuser und Apartments an Feriengäste zu vermieten und ihnen das halbe Jahr über Zuckerwatte, Eis und gegrillte Hummersandwiches zu verkaufen.

»Trotzdem fühlt es sich am Labour Day immer ein bisschen so an, als ob die Insel aufatmet«, stimmte Megans mittlere Schwester, Summer, ihr zu.

Sie hatten es sich an einem der kleinen weißen Bistrotische mit den verschnörkelten Metallstühlen vor der Bäckerei gemütlich gemacht und blickten dem steten Strom von Fahrzeugen nach, der in Richtung der alten Steinbrücke rollte, die Stonebridge Island mit dem Festland Maines verband. So wie sie es jedes Jahr am ersten Montag im September taten.

»Ich finde es immer ein wenig traurig«, befand Abby. »Wie ein Abschied.«

Megan streckte ihre Beine aus und biss herzhaft in ihren Cupcake. »Bei uns ist es so schön, dass du davon ausgehen kannst, dass sie nächstes Jahr alle wiederkommen.« Megan sah es genau wie Summer. Das Tourismusbüro war mehr als zufrieden gewesen mit der Auslastung der Sommerunterkünfte. Die Läden hatten ein gutes Geschäftshalbjahr hinter sich. Aber am Labour Day leerte sich die Insel wie auf Knopfdruck, und alle, die den Sommer oder wenigstens das letzte lange Ferienwochenende auf Stonebridge Island verbracht hatten, kehrten in ihren Alltag zurück.

»Ich hoffe nur, dass es auf dem Gestüt auch ruhiger wird und wir für den Rest des Jahres von Katastrophen verschont bleiben«, sagte Summer und nippte an ihrem Kaffee.

Megan malte mit dem Finger Schattenmuster auf ihre Jeans. »Für ein Jahr war das mehr als genug Aufregung. Wir haben uns einen wundervollen Indian Summer verdient und dann einen ruhigen Winter. Ohne Dramen und Tragödien.«

Was das betraf, waren sich die Schwestern einig. Abby und Summer hatten beide ihre große Liebe gefunden, aber zwei Sabotageakte auf die *Silver Brook Stables* hatten dunkle Schatten über das Jahr geworfen.

»Was ist mit Zac?«, fragte Abby nach Megans Sommerflirt

und schaute einem Auto nach, auf dessen Dach ein riesiges aufblasbares Einhorn thronte.

Megan seufzte und ließ den Hauch Melancholie zu, der sich um ihre Schultern legte. »Er lädt mich heute Abend ins *Beaumont's* ein. Ein Abschiedsdinner. Eine letzte Nacht. Und morgen früh kehrt er nach Portland zurück.«

Summer griff nach ihrer Hand. »Wirst du ihn vermissen?«

Megan lächelte sie an. »Wir hatten eine wundervolle Zeit. Natürlich werde ich ihn vermissen und die schönen Stunden, die wir hatten. Aber er bricht mir nicht das Herz, wenn es das ist, was du wissen willst.«

»Er ist nicht der Mann, der das Erdnussbutterglas für dich aufschraubt«, benutzte Abby Megans Lieblingsbezeichnung für einen perfekten Mann.

»Nein, das war er nicht.« Megan grinste. »Aber er ist wirklich ein süßer Typ. Ich bin mir sicher, er wird ein wundervolles Mädchen in Portland finden.« Und sie würde weiter ihr Leben genießen. Tanzen. Flirten. Den einen oder anderen Frosch küssen. Und irgendwann auch einen Prinzen.

# 1

Nach dem Kaffee mit ihren Schwestern kämpfte sich Megan dem Strom der Reisenden entgegen, die noch immer die Straßen verstopften, und fuhr in Richtung des *Stonebridge Island Animal Shelter*. Früher hatte sie nach der Schule oft im Tierheim ausgeholfen. Heute ging das nicht mehr, weil sie auf dem Gestüt ihrer Familie, den *Silver Brook Stables*, einfach viel zu viel zu tun hatte. Megan ließ es sich aber nicht nehmen, wenigstens die monatliche Futterspende persönlich vorbeizubringen. Bestimmt hatte Neyla, mit der sie zusammen zur Schule gegangen war, Dienst und vielleicht auch Zeit für einen Kaffee und ein bisschen Inseltratsch.

Megan legte einen kleinen Zwischenstopp an der *Rydell – Livestock Feed Company* ein, um das bei William bestellte Hunde- und Katzenfutter in ihren Jeep zu laden. Dann würde sie die Säcke nur schnell im Tierheim abliefern, bevor sie zu Zac weiterfuhr, um einen letzten gemeinsamen Abend zu verbringen, bevor auch für den Meeresbiologen der Sommer endete und er den Touristen aufs Festland folgen würde.

Sie hätte sich denken können, dass sie hier nicht so schnell wegkam. William fühlte sich nach dem furchtbaren Futtermittelskandal im Sommer, bei dem fast dreißig Pferde auf dem Gestüt krank geworden waren, noch immer schuldig. Dabei war längst klar, dass er nicht für die gefälschten Lieferscheine verantwortlich gewesen war, denn er war genauso reingelegt worden wie sie.

Viel später als geplant bog Megan auf den Hof des Tierheims ab. So viel Betrieb sonst am Labour Day auf der Insel herrschte, so leer war es im *Animal Shelter* – ganz egal, an welchem Feiertag. Und die Tiere waren noch einsamer als sonst, weil auch die ehrenamtlichen Helfer bei ihren Familien waren. Nur Neylas verbeulter Subaru stand auf dem Parkplatz – und der schwarze Pick-up mit dem Logo von *Finley Morgan Construction*. Finn war der Letzte, den sie hier erwartete. Aber vielleicht hatte Neyla ihn zu einer dringenden Reparatur genötigt.

Doch als sie ausstieg, sah sie ihn um die Hausecke kommen. In einen Leinenkampf mit einer Promenadenmischung verwickelt. Beide zerrten an ihrem Ende, nicht bereit nachzugeben. Der Hund war ein hübscher Kerl. Hellbraunes, strubbeliges Fell, bis auf ein dunkelbraunes Schlappohr. Seine Augen sahen klug aus und ein bisschen so, als führe er Finley Morgan vor. Der Gedanke gefiel ihr.

Finn hingegen – sah aus wie immer. Die Haare, die ihm in dunklen Wellen bis zum Kragen reichten, weil er hin und wieder seine Friseurtermine vergaß, verdeckten sein Gesicht. Er trug ein ausgeblichenes T-Shirt, das das gleiche Logo wie die Tür seines Trucks zierte. Seine Jeans waren nicht weniger alt und abgetragen, genau wie die zerkratzten Stiefel. Wenn er jetzt noch einen dieser sexy Werkzeuggürtel umband, könnte er sich für den nächsten *Magic-Mike*-Film casten lassen.

Megan hingegen fand ihn kein bisschen sexy oder anziehend. Finley Morgan war der Stachel in ihrem Fleisch, seit sie zusammen die Schulbank gedrückt hatten. Was vermutlich nicht unerheblich an der Fehde lag, die seine Familie gegen ihre führte. So etwas nahm jedem Mann den Glanz und den Sexappeal. Auch wenn ihre Schwestern behaupteten, dass er nicht wie sein Vater und Großvater war: Megan fiel es schwer, nicht die ganze Familie über einen Kamm zu scheren.

*

Finley Morgan besuchte das *Stonebridge Island Animal Shelter* zum dritten Mal in diesem Sommer. Der Labour Day war einer der Tage, an denen nicht einmal er arbeitete, auch wenn ihm hin und wieder vorgeworfen wurde, ein Workaholic zu sein. Er hatte Zeit – und heute würde er das Tierheim nicht ohne einen Hund verlassen.

»Hallo, Neyla. Wie geht's dir?«, fragte er seine frühere Schulkameradin, als er das schlicht eingerichtete Büro des *Animal Shelter* betrat.

»Finn.« Neyla grinste ihm fröhlich entgegen. »Startest du einen neuen Versuch?« Sie seufzte. »Irgendwann muss es doch mit dir und einem Hund klappen. Du bist die perfekte Wahl für jede Fellnase. Viel frische Luft, jede Menge Platz. Und niemand, mit dem sich der Hund deine Aufmerksamkeit teilen muss.«

»So pauschal würde ich das mit der ungeteilten Aufmerksamkeit nicht sagen«, erwiderte Finn und zwinkerte Neyla zu. Sie hatte zwar recht, aber er war nicht hier, um sein Beziehungsleben zu diskutieren.

Ganz die alte Freundin, die sie war, lachte sie und gab ihm einen Klaps auf den Arm. »Na ja, auf jeden Fall bist du wählerisch. Bei den Frauen vermutlich kein bisschen weniger, als wenn es um einen Hund geht.«

Was das betraf, konnte Finn nicht widersprechen. Zumindest nicht, wenn es um einen Vierbeiner ging. Bis jetzt hatte er sich bei keinem der Tierheim-Besuche für einen Hund entscheiden können. Einfach, weil es nicht gefunkt hatte.

»Wenigstens können wir uns den Papierkram und das Vorgespräch sparen, das haben wir ja schon hinter uns. Bleibt es dabei, dass wir dir einen Teil der Gebühren erlassen und du dafür ein paar Reparaturen im *Shelter* übernimmst?«

»Klar.« Finn nickte. »So wie wir es besprochen haben.«

»Gut« Sie lächelte ihn breit an. »Wollen wir gleich zu den Zwingern gehen?«

»Gerne. Du weißt ja, was ich suche. Vielleicht kannst du mir ja bei der Auswahl helfen.« Als Finn die lange Reihe Käfige sah, die sich an der Rückseite des Gebäudes entlangzog, fühlte er sich genauso überfordert wie bei seinen letzten beiden Besuchen. Das waren mindestens fünfundzwanzig oder dreißig Tiere, die ihn mit wildem Gebell begrüßten.

»Die Entscheidung kannst nur du treffen. Das weißt du genau«, lehnte Neyla seine Bitte ab. »Aber ich kann dir ein bisschen über die einzelnen Hunde erzählen. Das da ist zum Beispiel Carlos. Er ist ziemlich faul und verschläft den größten Teil des Tages.« Was er auch jetzt tat, wie Finn feststellte, als die französische Bulldogge nur träge blinzelte, sich aber kein bisschen für ihn interessierte.

Der Rest der Meute kläffte. Große und kleine Hunde. Hübsche und einige, die schon den einen oder anderen Kampf hinter sich hatten. Freche. Brave. Stubenreine und solche, die noch eine lange Reise vor sich hatten, um so weit zu kommen. Gut erzogene und völlig wilde.

Langsam waren sie die Käfigreihe entlanggegangen. Doch

statt einen Hund zu finden, konnte Finn sich von Tier zu Tier weniger entscheiden. Was ihn langsam verzweifeln ließ, weil er sich wirklich danach sehnte, seinen Seelenhund zu finden.

Am Gitter des vorletzten Käfigs stand eine weiße Pudeldame und wedelte freundlich mit dem Schwanz. Ein niedlicher Hund, aber irgendwie auch nicht das, was zu ihm passte.

Neyla hatte bereits wieder den Rückweg eingeschlagen, aber Finn ging auch noch bis zum letzten Käfig, den sie einfach ausgelassen hatte. Darin saß ein Hund, der nicht wie alle anderen sofort ans Gitter gerannt war. Er bellte nicht. Saß einfach nur da und starrte Finn aus klugen Augen an. »Was ist mit ihm?«, fragte Finn.

»O ... Will.« Neyla schüttelte den Kopf. »Der ist nichts für dich.«

»Warum?« Finns Blick klebte noch immer an dem Hund. Er hatte das Gefühl, plötzlich zu verstehen, warum er sich bis jetzt nicht hatte festlegen können. Weil er auf diesen kleinen Kerl gewartet hatte. Will. Alles in ihm sagte das, auch wenn Neyla da anderer Meinung war.

»Will ... er verdankt seinen Namen seinem starken Willen. Er ist sehr eigensinnig, passt sich nicht an. Ein Eigenbrötler, der meist für sich bleibt und eine erfahrene Hand braucht.«

»Will.« Finn hockte sich vor dem Zwinger hin und rief nach dem Hund. Dem schien es aber egal zu sein, was Finn sich einbildete. Liebe auf den ersten Blick? Seelenhund? Will sah das offenbar anders, denn er drehte demonstrativ den Kopf weg und ignorierte Finn.

»Siehst du? Ein schwieriger Fall.« Neyla wurde ungeduldig. »Wie wäre es mit dem Spaniel-Mix weiter vorn? Ein richtig gut erzogenes Kerlchen.«

Aber Finn war nicht bereit, so einfach aufzugeben. »Will«, rief er noch einmal. Und dann wartete er. Einen Moment noch ließ der Hund ihn zappeln, dann erhob er sich und kam langsam zum Gitter. Der Hund ließ sich von ihm streicheln, hielt den Kopf aber noch immer abgewandt und beobachtete ihn aus den Augenwinkeln. Er reichte Finn bis zum Knie, und das struppig aussehende, hellbraune Fell fühlte sich erstaunlich weich an, als er darüberstrich. »Ich habe mich entschieden«, sagte Finn, überrascht, wie schnell er diese Wahl getroffen hatte. »Lass es mich mit ihm probieren. So wie er sich benimmt, werden die Bewerber für ihn kaum Schlange stehen. Ich nehme ihn mit, und wir werden sehen, ob wir uns vertragen.«

Neyla blies die Backen auf und stieß die Luft langsam aus. »Ich weiß nicht. Deine Eltern hatten zwar früher Hunde, aber für dich ist es ja der erste Vierbeiner, und in dem hier steckt ganz schön viel unterschiedliches Erbgut, das in dieser Mischung zur Herausforderung wird.«

»Was waren seine Eltern?«, fragte er Neyla. »Was denkst du?«

Neyla kniete sich neben ihn. »Wenn ich das wüsste.« Sie legte den Kopf schräg und betrachtete den Hund einen Moment lang. »Die Statur erinnert an einen Labrador. Das strubbelige Fell hat etwas von einem Australian Shephard, die Fellfärbung ist aber eher Golden Retriever.«

Bis auf das rechte, dunkelbraune Schlappohr, befand Finn.

»Seine Persönlichkeit ist wie gesagt sehr ausgeprägt«, erinnerte Neyla ihn noch einmal. »Ein Jagdtrieb wie ein Beagle«, begann sie ihre Aufzählung. »Sportlich wie ein Jack Russel, aber auch verfressen wie ein Labrador. Von der Intelligenz erinnert er an einen deutschen Schäferhund und sein Beschützerinstinkt an einen belgischen Malinois. Das ist wirklich eine heftige Mischung.«

Finn sah Neyla einfach nur an. Ihre Ausführungen schreckten ihn nicht ab. Obwohl – was tat er hier eigentlich? Er horchte in sich hinein, wartete, ob eine Welle der Panik über ihn hinwegspülen würde. Stattdessen fühlte es sich einfach nur gut an.

»Will?«, versuchte Finn es noch einmal. Neyla hielt überrascht den Atem an, als die Promenadenmischung Finn wirklich den Kopf zudrehte. »Sollen wir es miteinander versuchen?« Sein Herz klopfte erstaunlicherweise schneller bei dem Gedanken, das Tierheim gleich gemeinsam zu verlassen.

»Der Hund hat dich tatsächlich gewählt.« Neyla schüttelte den Kopf, noch immer diesen überraschten Ausdruck im Gesicht. »So ein sturer Kerl in all den Wochen, die er jetzt schon hier ist. Und jetzt kommt er einfach ans Gitter und lässt sich von dir streicheln, Finn.«

»Ich glaube, wir haben beide unsere Wahl getroffen«, korrigierte Finn.

»Dann holen wir ihn raus, damit ihr euch ein wenig beschnuppern könnt, und ich mache die Papiere fertig. Du findest mich im Büro, wenn ihr so weit seid.« Neyla öffnete den Zwinger, legte Will eine Leine an und drückte sie Finn in die Hand.

Will mochte die Leine ganz offensichtlich nicht. Er biss sofort hinein und zerrte daran.

Noch einmal ging Finn in die Hocke und kraulte Will zwischen den Ohren. »Ich würde dich ja frei laufen lassen, aber ich glaube, das ist hier verboten. Also lass uns wenigstens so tun, als hätten wir das hier im Griff.«

Will zeigte kein Erbarmen. Er zog und zerrte an der Leine. Offenbar ihr erster Machtkampf, den keiner von ihnen für sich entscheiden konnte. Sie schafften es bis vor das Tierheimgebäude, wo Finn so abrupt stehenblieb, als er den alten, roten, von Roststellen überzogenen Jeep Wrangler entdeckte, dass sich Will überrascht neben ihm auf den Boden fallen ließ und vergaß, weiter in die Leine zu beißen. Die Besitzerin des Jeeps zog gerade einen Futtersack über die offene Ladefläche.

»Hallo, Megan«, grüßte Finn.

Sie hob den Kopf, betrachtete ihn und seinen neuen Gefährten und zog dann den rechten Mundwinkel zu einem abschätzigen Lächeln nach oben. »Was treibst du da, Morgan? Auf der Suche nach einem neuen Opfer, dem ihr den Teufel eintreiben könnt?«

»Das wird kaum möglich sein«, gab er zurück. »Da dir der Teufel ja noch gar nicht ausgetrieben wurde.«

Sie standen sich gegenüber, starrten sich an. Getrennt durch die Ladefläche ihres Wagens. Finn seufzte. Er hasste es, dass Megan ihn immer so aus der Reserve lockte. Niemand konnte ihn so auf die Palme bringen wie diese Frau – und das tat sie seit fast zwanzig Jahren. Seit er sie bei Andrew Springers dreizehntem Geburtstag beim Wahrheit-oder-Pflicht-Spiel hatte küssen müssen. Er mochte sich selbst nicht, wenn er so reagierte. Also atmete er tief durch und verzog die Lippen zu einem versöhnlichen Lächeln. »Du hast natürlich recht.« Er hob die Hände in einer friedlichen Geste. »Bei meiner Familie könnte man auf jeden Fall zu dem Schluss kommen. Aber ich glaube, dieses kleine Teufelchen hat gar keine Nachhilfe von uns Morgans nötig.« Er ging neben Will in die Hocke und streichelte über seinen Rücken.

Megan stand mit zusammengekniffenen Augen da und fixierte ihn und den Hund. Finn hatte ihr mit dem Kommentar über seine Familie den Wind aus den Segeln genommen.

»Ist das eine Futterspende für das Tierheim?«, fragte er und betrachtete sie aus der Froschperspektive. Wenn sie arbeitete, hatte sie ihre Haare meist zu einem Zopf geflochten. In ihrer Freizeit, wie jetzt, trug sie sie offen. Die dunkle Mähne reichte fast bis zu ihrer schmalen Hüfte. Sie trug eine schlichte, schwarze Bluse, enge Jeans, die an den Knien zerrissen waren, und ein pinkfarbenes Paar Cowboy-Boots mit Gänseblümchen-Applikationen. Megan Cooper war bekannt für ihre Vorliebe für ausgefallene Western-Stiefel. Und er hätte das wahrscheinlich sogar ziemlich sexy gefunden – wenn diese Frau nicht so eine Plage wäre.

Finn erhob sich wieder. »Darf ich vorstellen? Will – Megan. Megan – Will. Nimmst du ihn mal kurz?« Er drückte ihr die Hundeleine in die Hand, zog die beiden Futtersäcke von ihrer Ladefläche und warf sie sich mit einem Nicken in ihre Richtung über die Schulter.

»Ich bin selbst in der Lage, das Futter zu tragen«, versuchte Megan ihn aufzuhalten.

Daran zweifelte Finn keinen Augenblick. Megan war auf einem Gestüt großgeworden. Sie hätte keine Probleme, diese Säcke zu schleppen. Mit einem Grinsen im Gesicht drehte er sich zu ihr um. »Und meine Mutter ist in der Lage, mir in den Hintern zu treten, wenn ich einer Lady bei der Arbeit zusehe.«

# Miriam Covi

# Du und ich und immer Meer

## Sommerfeeling garantiert!

978-3-453-42213-1

978-3-453-42271-1

978-3-453-42375-6

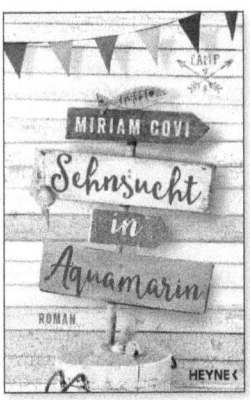

978-3-453-42374-9